Bettina Belitz · Splitterherz

Bettina Belitz bei script5:

Splitterherz
Scherbenmond
Dornenkuss

Bettina Belitz

Splitterherz

Roman

script 5

www.splitterherz.com

ISBN 978-3-8390-0105-9
3. Auflage 2011
Text © 2010 Bettina Belitz
© 2010 script5
script5 ist ein Imprint der Loewe Verlag GmbH, Bindlach
Dieses Werk wurde vermittelt durch die Literatur Agentur Hanauer
Umschlagillustration: Maria-Franziska Löhr
Umschlaggestaltung: Christian Keller
Redaktion: Marion Perko
Printed in Germany

www.script5.de

Für Guido, ohne den ich dieses Buch nie hätte verwirklichen können, und Mio, der von den ersten Zeilen an dabei war – auf, neben und liebend gerne auch unter meinem Schreibtisch.

Prolog

Etwas hat sich verändert. Ich kann es wittern. Die Luft ist weicher geworden, der Wald grüner, der Nachthimmel schwärzer. Der Mond weint.

Eine neue Seele ist da. Sie flattert wie ein gefangener Vogel. Sie ist unruhig, verzweifelt, launisch. Sie ist zart und wild zugleich. Sie hat feine, spitze Widerhaken.

Sie schmeckt köstlich.

Es ist die Seele eines Mädchens. Ich sitze hier oben auf meiner Ruine, schaue hinab in die Finsternis und bin hungrig.

Ich kämpfe dagegen an, mit aller Kraft. Stunde für Stunde, Minute um Minute, und ich werde weiterkämpfen, bis die Seele alt und taub wird und stirbt.

Ich kämpfe. Kämpfe.

Und verliere.

Frühling

Kopflos

Jetzt. Jetzt geschah es endlich. Mit einem Mal schmiegte sich mein Körper weich in die Matratze und ich sank ein winziges Stück tiefer – nur wenige Millimeter, aber sie reichten aus, um meine Lider schwer werden zu lassen. Meine Gedanken zerrissen sich gegenseitig und die Wut wurde milder. Ich war noch wach genug, um mich träge auf das Nichts zu freuen, aber zu müde, um traurig zu sein. Vielleicht erwarteten mich sogar Träume. Tröstende Träume. Irgendetwas, das mich nur für einen Moment glauben ließ, ein anderer Mensch zu sein.

Doch ehe sie eine Chance hatten, sich in meine Seele zu schleichen, näherten sich entschlossene Schritte. »Elisabeth! Bitte.«

Ich knurrte unwillig. Nur wenige Atemzüge später und Papa hätte mich tief schlummernd vorgefunden. Einen Moment lang hasste ich ihn dafür, mich aufgeschreckt zu haben. Mein Herz schlug schmerzhaft gegen mein Brustbein.

»Nein, später«, antwortete ich murrig und zog mir die Decke über den Kopf. War es denn nicht möglich, einfach nur in Ruhe auf dem Bett zu liegen und an nichts zu denken? Ja, es war erst früher Abend, aber an einem Sonntag, und wenn es irgendeinen Tag in der Woche gab, an dem tagsüber schlafen erlaubt sein sollte, dann doch den Sonntag.

Ich wusste genau, was Papa von mir wollte. Er hatte mir gleich nach unserer Ankunft im Nirgendwo damit gedroht. Er wollte, dass ich Umzugskartons schleppte, mir das Haus anschaute, ihm beim Einräumen seiner Bücher half. Und er wollte, dass ich Begrüßungskarten an die Nachbarn verteilte. Nun stand er wieder vor meinem Bett und wedelte mit einem Bündel Briefkuverts vor meinem verborgenen Gesicht herum. Er machte seine Drohungen also wahr.

Genauso wie er wahr gemacht hatte, von Kölns City aufs platte Land zu ziehen und dieses Haus im Westerwald zu kaufen. Ich hatte gelacht, als er mir diesen Entschluss verkündet hatte, weil ich dachte, es sei ein schlechter Witz. Denn Papas Praxis lief gut. Doch er wollte wieder mehr forschen und die psychiatrische Klinik in Rieddorf suchte händeringend nach einem neuen Chef. Wenn Papa wenigstens in Rieddorf nach einem Haus Ausschau gehalten hätte. Aber nein. Wennschon, dennschon. Wennschon ein Umzug aufs Land, dann mitten in die Einöde. In diesem Kaff hier gab es nichts. Gar nichts. Nicht einmal eine Bäckerei. Knapp 400 Seelen, davon wahrscheinlich gut die Hälfte ein Fall fürs Altersheim. Und den Namen des Kaffs wollte ich nicht einmal aussprechen. Kaulenfeld. Das klang nach geschlachteten Tieren.

Mama hatte Papas Idee sofort gefallen. Sie wirkte fast erleichtert, nachdem er den Kaufvertrag unterschrieben hatte. Und daran hatte sich bis jetzt nichts geändert. Die beiden benahmen sich seit Wochen wie Teenager auf der ersten Klassenfahrt. Ich hingegen hatte mich immer öfter in mein Zimmer verkrochen und geheult.

Aber jetzt wollte Papa nicht mehr zulassen, dass ich mich verkroch. Mit einem Auge lugte ich am Kissen vorbei aus dem Fenster. Draußen war es noch hell. Zwar wurde es bereits dämmrig, das Grau wich langsam einem bläulichen Anthrazit, doch man würde mich noch sehen und als fremd erkennen und als exotisch und großstädtisch beurteilen können. Ich wollte mich aber nicht sehen und beurteilen lassen. Von nichts und niemandem.

Papa seufzte und zog eine Grimasse. Die Stirnlocke unter seinem

Wirbel fiel zwischen seine Augenbrauen und zeichnete ein dunkles S auf seine Stirn. Er hatte einfach unverschämt schöne Haare für einen Mann, befand ich zum hundertsten Mal. Es war ungerecht. Frauen sollten solche Haare haben. Ich sollte sie haben.

»Elisabeth, ich habe keine Lust zu diskutieren. Du hast uns in all den Wochen kein einziges Mal beim Renovieren geholfen – gut, das haben wir akzeptiert. Dass du dich heute wieder den ganzen Tag ins Bett legst, obwohl wir alle Hände voll zu tun haben – von mir aus. Aber jetzt bitten wir dich nur, die Begrüßungskarten bei unseren Nachbarn einzuwerfen. Und ich weiß nicht, was –«

»Ich mache es ja!«, rief ich giftig und riss das Kissen herunter. »Ich habe nicht behauptet, dass ich mich weigere. Ich will mich nur noch ein bisschen – ausruhen.«

»Ausruhen«, wiederholte Papa. Sein linker Mundwinkel zuckte amüsiert. »Wovon?«

»In einer Stunde«, ignorierte ich seine Frage stur. Ich drehte den Kopf weg, weil mich sein Blick zu durchleuchten schien. Er ahnte sehr wohl, dass man kaum ausgeruhter sein konnte, als ich es in diesem Moment war – so ausgeruht, dass es in meinen Beinen nervös kribbelte. Ich hatte schließlich nicht nur den heutigen Nachmittag, sondern das gesamte Wochenende im Bett verbracht. Eben hatte ich lange und geduldig warten müssen, bis der Schlaf sich meiner erbarmte. Mir fehlte die Bettschwere. Mein Kopf und meine Gedanken fühlten sich müde an, aber mein Körper war es leid, nur herumzuliegen.

Hoffentlich hatte ich richtig geschätzt und in einer Stunde war es tatsächlich dunkel. Ich wollte so unbeobachtet wie möglich durchs Dorf schleichen. Eine Fremde fiel hier auf wie ein bunter Hund. Am liebsten wäre es mir gewesen, wenn mich dieses vermaledeite letzte Jahr vor dem Abi überhaupt niemand zu Gesicht bekommen würde.

Aber Mama und Papa hatten es sich offenbar in den Kopf gesetzt, zu den Anwohnern mindestens verwandtschaftliche Beziehungen aufzubauen. Als ob meine Eltern sich jemals ernsthaft für ihre Nachbarn interessiert hätten oder gar umgekehrt. Da hätte Jesus persönlich nebenan wohnen können und Papa hätte doch nie mehr gemacht, als vielleicht mal über den Gartenzaun zu winken. Doch die Stimmung war eisig genug und ich hatte keine Lust, mit meinen Eltern über ihren nicht vorhandenen Freundeskreis zu diskutieren. Gut, Mama hatte einen, zumindest telefonierte sie mit Freundinnen und schrieb ihnen oder besuchte sie hin und wieder. Aber zu Gesicht bekamen wir sie trotzdem fast nie. Die beiden sind sich eben selbst genug, dachte ich in einem plötzlichen Anflug von Neid und schnaubte kurz.

»Elisa.« Papas Stimme klang nicht mehr ganz so aufgeräumt und freundlich. »Überspann den Bogen nicht.« Der leichte Luftzug auf meinem Gesicht verriet mir, dass er schon wieder mit den Briefkuverts wedelte, aber ich drehte mich nicht zu ihm um. Die Gefahr war einfach zu groß, dass er mich überredete, sofort aufzubrechen. Schon vorhin hatten sich an den Nachbarfenstern die Vorhänge bewegt, als wir aus dem Auto gestiegen waren und ich frierend im Wind stehen musste, bis Mama endlich den richtigen Schlüssel herausgekramt hatte.

»Na gut. Eine Stunde. Von mir aus«, gab Papa sich geschlagen, ließ die Kuverts auf mein Bett fallen und verschwand.

Mit polterndem Herzen blieb ich liegen und versuchte, an nichts zu denken, während der anthrazitfarbene Himmel sich blauschwarz verfärbte und die Straßenlampe vor dem Haus in einem ungesunden Orangerosa ansprang. Mir war regelrecht übel vor Hunger. Seit Freitagabend hatte ich kaum mehr etwas gegessen, und als ich mich aufrichtete, begann das Zimmer vor meinen Augen zu tanzen. Trotzdem stellte ich mich mit einer schnellen Bewegung auf meine tauben Füße, schlüpfte ungeachtet meiner schmerzenden Zehen in die hochhackigen Stiefeletten von heute Nachmittag und warf mir einen Strickmantel über. Sollte ich doch vor Schwäche und Kummer umkippen und Papa mich finden, ohnmächtig und am besten schwer verletzt dazu – so schwer, dass meine Eltern einsahen, mich an den falschen Ort verschleppt zu haben, und alles rückgängig machten. Der Gedanke hatte seinen Reiz. Wenigstens die theoretische Möglichkeit, Grischa noch einmal wiederzusehen … ihn nur noch einmal anzusehen. Auch wenn er mich nicht sah. Aber hier, hier im Nirgendwo, würde ich ihm niemals mehr begegnen. Es blieb mir nur, von ihm zu träumen.

Nein. Schluss. Kein Grischa. Grischa gehörte jetzt endgültig der Vergangenheit an und vielleicht war das sogar das einzig Sinnvolle an dieser Zwangsumsiedlung. Ich würde ihn nicht wiedersehen. Tobias nicht und Grischa auch nicht. Nicht in der Realität und nicht in Gedanken.

»Bloß kein Rückfall, Ellie«, wies ich mich selbst zurecht. Tagträumereien hatte ich mir schon lange verboten. Sie brachten nur wirre Gefühle und die Realität war anschließend umso gnadenloser. Selbstmitleidige Tagträume waren erst recht tabu. Und das mit Grischa hatte einfach nur wehgetan. Von ihm zu träumen hatte es meistens nicht besser, sondern nur noch schlimmer gemacht, denn die Kluft zwischen meinen Träumen und dem, was tatsächlich gewesen war, verschlang und zermalmte mich jedes Mal brutal aufs Neue.

Nun gelang es mir nicht mehr, meine Augen unscharf zu stellen, weil ich die Tränen wegblinzeln musste. Ich biss mir in die Faust, um nicht zu weinen, und drehte mich langsam einmal um mich selbst. Vorhin, gleich nach unserer Ankunft, hatte ich mich mehr blind als sehend aufs Bett geworfen und Mama weggeschickt. Sie war so stolz auf all das gewesen, was sie mir hier zeigen wollte – und nun wusste ich, warum. Das Zimmer war riesig. Ein ausgebautes Dachstudio, mindestens viermal so groß wie mein altes Zimmer in Köln. An drei Fronten große Fenster, insgesamt sechs Stück, mit Blick über das ganze erbärmlich kleine Dorf. Das Bett stand geborgen unter den Schrägen, aber ich konnte rechts und links nach draußen sehen. Daneben mein Kleiderschrank, am anderen Ende des Raumes die Stereoanlage, eine kleine Couch, unter zweien der Fenster mein Schreibtisch. Und zwischendrin genug Platz für ein geselliges Tanzkränzchen.

Ich fand es tatsächlich schön. Zwar zu leer und zu groß, aber irgendwie heimelig. Meine Schritte hallten nicht, wahrscheinlich wegen der Schrägen und der schweren alten Bodendielen, die mit flauschigen bunten Flickenteppichen ausgelegt waren.

Und trotzdem konnte ich immer noch nicht glauben, dass sie es wirklich getan hatten, dass sie mich aus meinem Leben gerissen und hierher aufs Land verschleppt hatten und das jetzt mein neues Zuhause war – es hätte einfach nicht sein müssen. Nicht ein Jahr vor meinem Abitur. So lange hätten sie noch warten können. Nur dieses eine Jahr. Davon wäre doch niemand umgekommen.

Einen Sommer. Einen Winter. Und noch einen wahrscheinlich viel zu kalten Frühling. Dann konnte ich hier wieder weg. Das musste ich durchstehen, irgendwie.

Vielleicht sollte ich Nicole anrufen. Oder Jenny. Ich glaubte nicht, dass sie mich vermissten; sie wussten schon lange, dass ich wegziehen würde, und in den vergangenen Wochen schien es, als hätten sie sich bereits damit abgefunden. Ich war ständig mies gelaunt und so trafen sie sich auch ohne mich. Trotzdem. Eine vertraute Stimme – einfach nur Hallo sagen. Ich angelte mein Handy aus der Jackentasche. »Kein Empfang«, leuchtete es mir vom Display entgegen. Kein Empfang?

»Scheiße«, fluchte ich und lief in die andere Ecke des Studios. Immer noch kein Empfang. Nicht mal ein kleiner Streifen auf der Funkanzeige. Ich war abgeschottet. Einen kurzen, schmerzhaften Moment lang dachte ich an Tobias, der mich am Wochenende plötzlich wehmütig angeschaut und nach meiner Handynummer gefragt hatte – ach, es hätte sowieso nichts werden können, ich hier, er in Köln, beide ohne Auto. Zum ersten Mal hatte sich ein Junge wirklich für mich interessiert, und was passiert? Ich ziehe nach Dunkelhausen. Ins Exil.

Und nun zwang Papa mich auch noch dazu, mich den anderen Exilanten freundlichst vorzustellen. Ich nahm das Bündel Briefe in meine zittrige Hand und tapste so leise wie möglich die knarzende Treppe hinunter. Aus Mamas und Papas Schlafzimmer ertönte viel zu glückliches Lachen und das Klappen von Kofferscharnieren. »Ich bin dann weg!«, rief ich und schlug die schwere Haustür zu, bevor ich eine Antwort hören konnte. Falls sie mich überhaupt wahrgenommen hatten.

Es war dunkel. Zu dunkel für meine lichtverwöhnten Augen. Die Straßenlampe leuchtete zwar inzwischen hellgelb, warf aber nur einen matten Kegel auf den nassen Asphalt. Ein feiner Nieselregen benetzte mein Gesicht und kroch kalt in meinen Nacken. Es war totenstill – so still, dass ich glaubte, das Rauschen meines Blutes hören zu können. Der Wind hatte sich gelegt. Kein Blatt, kein Strauch bewegte sich.

Starr thronte die riesige Eiche neben dem Feldweg, der an unserem Garten vorbei bis hinauf zur Kuppe führte. Ihre Äste glänzten feucht im verblassenden Schein der letzten Laterne, bevor pure Finsternis den Weg verschlang. Dieser Baum war mir bei unserer Ankunft sofort aufgefallen und hatte ein beklemmendes Gefühl ausgelöst – Trostlosigkeit vermischt mit Neugierde. Ein dicker Ast stand merkwürdig waagerecht ab und war fast frei von weiteren Gabelungen.

»Ich möchte nicht wissen, wer daran schon sein Leben lassen musste«, hatte Papa bemerkt, als Mama begeistert die knorrige Rinde der Eiche berührt und sich an ihren mächtigen Stamm gelehnt hatte – und ich zu fürchten begann, sie würde den Baum umarmen oder gar um ihn herumtanzen. Es war kein gewöhnlicher Baum. Es war eine Gerichtseiche. Man hatte dort Diebe und Mörder gehängt. Heute stand eine Bank darunter, deren morsche Lehne halb abgerissen im hohen Gras steckte. Gestiftet vom Verschönerungsverein.

Papa hatte es sich in seiner Euphorie nicht verkneifen können, eine haarsträubende Geschichte zum Besten zu geben – nicht dass ich sie hatte hören wollen. Irgendein dämlicher Priester hatte sich an diesem Ast erhängt, weil er sich in ein Mädchen verliebt und es geschwängert hatte, und trieb fortan als kopfloser Reiter sein Unwesen. Das zumindest erzählte man sich im Dorf. Sonst gibt es hier ja auch nichts zu tun, dachte ich zynisch.

Gut, es war keine allzu schöne Vorstellung, dass an diesem Baum einst Leichen baumelten. Aber das lag immerhin Jahrhunderte zurück. Jetzt rasteten hier allenfalls Wanderer. Und finstere Gesellen trieben sich auch nicht herum. Ich sah lediglich zwei Schafe mit schauderhaft schmutzigem, verklumptem Fell auf der Weide nebenan ihr graugrünes Gras kauen.

Nun hatte ich mich ein wenig an die Dunkelheit gewöhnt. Ich schlang meinen Strickmantel enger um den Bauch und suchte die passenden Häuser zu den Adressen auf den Kuverts. Alles in nächster Nähe, und sämtliche Häuser sahen aus, als würden alte Menschen darin wohnen. Ich war umzingelt von Greisen.

Nur die letzte Adresse fand ich nicht sofort. »Das ist ganz am Ende der Gartenstraße«, hatte Papa noch gesagt, wie ich mich jetzt erinnerte. Was für ein schöner Name für einen so ungepflegten Weg. Die meisten Häuser wirkten verlassen. Nicht nur die Gärten waren zugewuchert, auch die Büsche neben dem Pfad streiften dornig meine Schultern, so weit ragten sie über die Zäune. Ein Wollfaden an meinem Mantel riss, als sich ein besonders vorwitziger Ast darin verhakte. Ich schloss kurz die Augen und atmete tief durch. Konnten die hier nicht mal die Straßen frei halten?

Da, endlich, die letzte Adresse und ein Hort der Zivilisation. Solarerhellte eisblaue Schmetterlinge aus dem Verkaufsfernsehen (»Die müssen Sie einfach haben!«) schwebten über den ordentlichen Rabatten und alle Fenster wurden akkurat von Rüschen und Übergardinen erstickt. Also auch Greise.

Eine verknöcherte Hand griff von innen zwischen die Vorhänge. Hastig stopfte ich die Grußkarte durch den Briefschlitz. Wenn ich nicht sofort verschwand, würden sie die Tür öffnen und mich in ein Gespräch verwickeln. Und ich wollte nicht reden.

Ich zerrte an dem Gartentörchen, das sich hinter mir von allein geschlossen hatte. Meine Hand rutschte ab und schlug gegen den Holzzaun. Schon bewegte sich die Klinke der Haustür langsam nach unten. Ich griff ein weiteres Mal nach dem Törchen und zog fest daran. Das Scharnier löste sich.

»He, junges Fräulein!«, ertönte eine heisere, unverkennbar alte Männerstimme hinter mir. Ich tat, als habe ich nichts gehört, und trat die Flucht an. Gott, war das albern. Ich floh vor den Nachbarn, die soeben mit liebreizenden Grußkarten der Familie Sturm versorgt worden waren. Mir war die Hitze ins Gesicht gestiegen und mein Herz schlug hart und lebendig unter dem feuchten Stoff meines Mantels, als ich die Straße entlangrannte, bis sie eine Biegung nahm und in einen unbefestigten Waldweg mündete. Das Dorf lag hinter mir.

Doch ich fürchtete, der Greis würde neben seinen Solarschmetterlingen geduldig warten, bis ich meinen Irrtum erkannt hatte, um mich dann in sein gardinenverhangenes Reich zu entführen und mir Kuchen oder Tee aufzuzwingen. Ich musste Zeit schinden.

Ich schloss die Augen, lehnte mich an einen Baum und ließ den Nieselregen auf mein erhitztes Gesicht perlen. Ein unverhofft vertrautes Geräusch holte mich schlagartig in die Gegenwart zurück. Irritiert sah ich an mir herunter. Meine Wangen trieften vor Nässe und mein Mantel hing schlaff und nach Schaf müffelnd um meine Schultern. Den konnte ich in die Tonne kloppen. Wie lange hatte ich hier gestanden?

Jetzt hörte ich es wieder – ein leises, beständiges Gluckern und Schmatzen und dazwischen jenes Quaken und Knottern, das mich und Paul Frühling für Frühling auf die Straße getrieben hatte, damals bei Oma im Odenwald. Kröten. Natürlich. Es waren Kröten, die einen Platz zum Laichen suchten und sich gegenseitig auf dem Rücken trugen. Bewaffnet mit Eimern waren wir losgezogen, um die Kröten vor den viel zu schnell fahrenden Autos zu retten, und waren zu Tränen enttäuscht, wenn wir keiner einzigen begegneten. Doch manchmal fanden wir sie dutzendweise und pirschten immer und immer wieder die Straße auf und ab, während Oma sorgenvoll auf uns wartete.

Seitdem hatte ich keine Kröte mehr gesehen, geschweige denn berührt. Obwohl ich Letzteres lieber meinem Bruder überlassen hatte, der sich grundsätzlich brennend für sämtliche schleimigen Objekte dieses Planeten interessierte.

Hier mussten Tausende von Kröten wandern oder laichen. Ihr Gesang schwoll an und verebbte wieder. Ich richtete meine Augen in die Dunkelheit, bis sie fast zu tränen begannen, und tatsächlich konnte ich nach einigen Minuten meine Umgebung schemenhaft erkennen. Unser Feuchtbiotop auf dem Schulhof in Köln war ein Witz gegen das, was ich hier erahnen konnte – eine weite, lang gestreckte Sumpflandschaft. In einem verschlungenen Muster durchbrach meterhohes Schilf das schwarz glitzernde Wasser. Ehe ich mich versah, hatte ich mich darauf zubewegt. Der Boden unter mir gab schmatzend nach und Schlamm saugte sich an meinen Sohlen fest.

Nicht weitergehen, befahl mir mein Gehirn. Du machst dich schmutzig. Es ist spät am Abend. Es ist kalt. Du holst dir den Tod.

Weitergehen, sagte mein Gefühl. Schau dir eine Kröte an. Irgendwie glaubte ich, dass mich der Anblick einer Kröte trösten würde. Doch ich sah keine. Sie sangen nach wie vor ihr unmusikalisches Lied für mich, aber zwischen dem Schilf und den faulenden Baumstümpfen konnte ich nur schillernde Bläschen und wabernde Algengeflechte ausmachen.

Doch da – etwas flirrte über das zähe Wasser, bläulich und zitternd, dann verharrte es und erlosch. Erlosch? Eines wusste ich: Kröten hüpften träge, nicht schnell und zitternd. Und schon gar nicht schimmerten sie bläulich. Vor allem aber erloschen sie nicht.

Wollte mir da jemand einen Schrecken einjagen? War das etwa ein beliebter Dorfbrauch – zugezogene Großstädter das Fürchten lehren? Vielleicht steckten ja sogar Mama und Papa im Dickicht und freuten sich diebisch über die Finte mit den Begrüßungskarten?

Da war noch eines – ein bebendes blaues Flämmchen, das mit leisem Zischen die Wasseroberfläche erhellte und sofort wieder in die Schwärze der Nacht abtauchte. Okay, ganz ruhig, mahnte ich mich, obwohl es direkt neben mir, beunruhigend nah, laut schmatzte. Du drehst dich jetzt um, verschwindest von hier und kehrst so schnell wie möglich nach Hause zurück. Ich hob testweise meinen linken Fuß an – gut, ich konnte ihn noch mühelos aus dem Schlamm ziehen. Ich war also noch nicht im Begriff, vom Sumpf verschlungen zu werden. Es war ja auch ein mitteldeutsches Biotop und kein schottisches Hochmoor. Trotzdem konnte ich meinen Blick kaum vom Wasser abwenden. Und da, wieder flackerte es bläulich, diesmal hinten am Waldrand, und wieder gelang es mir nicht, mich in Bewegung zu setzen. Was zum Teufel war das nur? Ich starrte mit aufgerissenen Augen über die Wasserfläche und stockte. Nein. Das konnte nicht sein. Das gab es nicht. Nein, Elisabeth, das siehst du nicht. Du bist überreizt und müde.

Doch meine Augen wollten sich nicht von der finsteren Silhouette lösen, die sich zwischen den Baumgerippen aus dem Morast erhoben hatte. Die Flämmchen schossen ihr entgegen und ließen sie nachtblau aufschimmern, bevor sich vollkommene Dunkelheit über den Sumpf senkte und den Schemen verschluckte. Ein jähes Schaudern ergriff mich und meine Zähne schlugen hart aufeinander, ein Geräusch wie das Klappern von morschen Knochen.

Dann wurde es so still, dass ich die Gasbläschen im Schlamm blubbern und gären hören konnte. Die Kröten waren verstummt. Da war nur noch das beständige, glucksende Flüstern des Moores, das sich modrig in meinen Ohren festsetzte.

Ich zog meine versinkenden Füße aus dem gurgelnden Untergrund. Mit zwei staksigen Schritten rückwärts fand ich den Weg wieder. Der Schotter grub sich beruhigend scharfkantig in die dünnen Gummisohlen meiner Stiefeletten. Ich warf nicht einen einzigen Blick zurück.

Erst als ich mit klammen Fingern und bis auf die Haut durchnässt die Eingangstür aufschloss und in die Wärme des Hauses eintauchte, erlaubte ich mir, jenes gespenstische Bild in meinen Kopf zurückzuholen, das zwischen den zuckenden blauen Irrlichtern des Moores aufgetaucht war. Nur ein Kontrast, mattes Schwarz vor dunstigem Grau – eine Gestalt auf einem Pferd, nicht kopflos, aber zumindest lautlos, und für meinen Geschmack viel zu geisterhaft.

Ich lehnte mich an die rustikal verputzte Wand des Hausflures. Er trug bereits Mamas Spuren und wirkte so vertraut und verlässlich, dass ich einen Moment lang nicht wusste, ob ich lachen oder weinen sollte. Überall hingen Bilder aus dem Kölner Haus, die schönen bunten Gemälde, die Papa einst in der Karibik gekauft hatte. Dazwischen hatte Mama Kerzenhalter, angelaufene Spiegel und all die merkwürdigen Reisemitbringsel an die Wand genagelt, die sich im Laufe der Jahre angesammelt hatten. Sogar der struppige norwegische Troll, den ich schon in Köln nicht gemocht hatte, starrte mir aus dem Winkel über den Garderobenhaken entgegen. Und doch – alles sah vertrauter aus, als ich dachte. Das war schön und schmerzlich zugleich. Wenn sie das Haus doch wieder so einrichteten wie in Köln, warum hatten wir dann nicht gleich dort bleiben können? Es sah aus wie Köln. Aber es war nicht Köln. Es war Dunkelhausen.

Ich zog mir den nassen Mantel von den steif gefrorenen Schultern, knüllte ihn in die Ecke und zerrte mir die über und über schlammverkrusteten Stiefel von den Füßen.

»Bin wieder da!«, rief ich in Richtung Wohnzimmer, wo ich Weingläser aneinanderklirren hörte. Da saßen sie jetzt und freuten sich an ihrem neuen, tollen Leben, während ihre Tochter vor lauter Stress und Kummer schon Halluzinationen bekam. Ich kam mir entrückt vor – und gleichzeitig absolut hysterisch.

Ein Reiter in der Nacht, ja, natürlich. Ich war definitiv zu alt, um mich von Papas Spukgeschichten beeindrucken zu lassen. Wie würde Papa das nennen, was mir widerfahren war?, fragte ich mich spöttisch. Landeierpsychose?

Doch als ich mir lustlos ein Käsebrötchen einverleibt, mir die Kälte aus den Knochen geduscht und mich in meinem Bett vergraben hatte, tauchte die Vision noch einmal auf und zog stumm vor meinen geschlossenen Lidern vorüber. Tanzende blaue Lichter, schwarzes Wasser und die wehende Mähne eines auf der Stelle tretenden Pferdes.

Ich hatte scheußliche Angst vor Pferden.

Ich war schon fast eingeschlafen, als mein Gehirn mich daran erinnerte, dass heute Abend kein einziger Lufthauch gegangen war. Tagsüber – ja, da war es windig gewesen. Nachts nicht. Aber die

Mähne des Pferdes hatte sich bewegt. Wie dünne Schlangen, die sich ins schwarze Nichts kringelten.

Es hätte mich beunruhigen sollen. Doch ich war dankbar für den endgültigen Beweis dafür, dass ich etwas gesehen hatte, was es nicht gab.

Es gab keinen schwarzen Reiter. Ob mit oder ohne Kopf.

Es gab keinen Reiter.

Zufrieden drehte ich mich auf die andere Seite. Und meine Traumbilder brachten mich zurück in die Stadt.

Grossstadtpflänzchen

»Iss was, Ellie«, sagte Mama ohne rechten Nachdruck. Sie saß übernächtigt im Morgenmantel am Frühstückstisch, während Papa geschäftig seine Arbeitstasche packte. Mama verschlief das Frühstück normalerweise. Das war Papas und meine Zeit. Wenn überhaupt. Am liebsten war ich um diese Zeit alleine und gerade im Sommer stand Papa gern in aller Herrgottsfrühe auf und verschwand zur Arbeit. Anscheinend dachte Mama, sie würde es mir mit ihrer Anwesenheit leichter machen.

»Keinen Hunger«, murmelte ich.

»Das hier ist aber doch – wirklich schön, oder?«, fragte Mama gähnend. Ich seufzte und sah mich um. Ja, einen Wintergarten hatten wir in Köln nicht gehabt. Und ja, wahrscheinlich war es ein exklusiver Platz zum Frühstücken, auch wenn Mama diese Mahlzeit meistens im Wachkoma zubrachte. Aber Menschen, die morgens geistig anwesend waren, mussten es wohl als schön beurteilen. Es sei denn, sie hatten Heimweh wie ich.

Die ersten Sonnenstrahlen ließen das dunkle Holz unseres wurmstichigen Esstisches warm aufleuchten. Papa trat zu uns, trank im Stehen einen Schluck stilles Wasser und wandte blinzelnd die Augen ab.

»Die Vorhänge sind bald fertig, nur noch ein, zwei Tage«, sagte Mama und strich Papa schlaftrunken über den Arm. »Außerdem hab ich Jalousien bestellt.«

Ich verkniff mir einen bösartigen Kommentar. Es war schließlich nicht gerade nett, über die Krankheiten anderer Leute zu spotten. Aber Papa und seine Migräne – das war etwas, woran ich mich einfach nicht gewöhnen konnte. Und schon gar nicht daran, dass die hellsten Räume im Haus an jedem Schönwettertag rigoros abgedunkelt wurden. Ich wunderte mich, dass er den Wintergarten nicht gleich abgerissen hatte.

Papa musterte meinen leeren Teller.

»Elisa, iss doch was«, ermahnte er mich, bevor Mama ihn daran hindern konnte.

»Ich habe keinen Hunger«, erwiderte ich bockig. Achselzuckend zog Papa sich in den Flur zurück und pfiff dort vor sich hin. Ich hatte wirklich keinen Hunger. Stattdessen war mir schlecht, vor Nervosität und Aufregung und weil ich nachts um drei in bleierner Stille aufgewacht war und nicht mehr hatte einschlafen können. Es war, als ob das Haus lebte. Überall knackte und knirschte es und gleichzeitig war es draußen so beängstigend ruhig. Nicht ein Auto fuhr durch das Dorf, stundenlang.

Stattdessen schrie am Waldrand immer wieder ein Vogel – es war ein merkwürdig sehnsüchtiger, gequälter Ruf, der sich in meinen Ohren einnistete und mir die letzte Müdigkeit raubte. Als es dämmerte, begannen die Singvögel ihr unerträglich optimistisches Konzert und ich marterte mich mit der Frage, was ich anziehen sollte. Ein sicheres Zeichen, dass ich wieder in der Realität angekommen war.

Mein abendlicher Ausflug an den Sumpf – bei Tageslicht betrachtet bestimmt ein lieblicher Teich mit Seerosen und Dotterblumen – kam mir vor wie ein Erlebnis aus fernen Zeiten und meine Vision begann mir sogar peinlich zu werden. Schließlich waren es nur Sekunden gewesen, in denen ich glaubte, so etwas wie einen finsteren Reiter gesehen zu haben. Und selbst wenn das sogar stimmte – vielleicht hatte sich jemand auf seinem Reitausflug verspätet und dort hinten kehrtgemacht. Oder so ähnlich. Ich beschloss jedenfalls, die ganze Angelegenheit so schnell wie möglich zu vergessen und mich ernsthaft meinem Klamottenproblem zu widmen.

Als mein Wecker schließlich um sechs klingelte, war ich allerdings so übermüdet und durcheinander, dass ich nachlässig nach einem engen Wollpulli und meiner Jeans griff. Dazu meine hohen Stiefel mit den Absätzen, ein solides Make-up, ordentlich Mascara, fertig.

»Ich nehme dich heute mit und setze dich bei der Schule ab. Ist ja ganz in der Nähe. Nach Hause kannst du dann mit dem Bus fahren«, rief Papa aus dem Flur.

»Okay«, antwortete ich erleichtert. Ein Lichtblick.

In Papas Auto war ich wenigstens ein bisschen zu Hause. Ich schwieg und gab vor, die Landschaft zu betrachten. Doch da gab es nicht viel zu sehen. Eine grüne, undurchsichtige Welt. Bäume über Bäume, dazwischen fette Wiesen mit hüfthohem Gras, keine Wege, keine Häuser, keine Straßen außer diesem schmalen, schlecht asphaltierten Pfad. Die gesamte Strecke nach Rieddorf fuhren wir an einem dieser unzähligen verschlungenen Bäche entlang, der viel zu viel Wasser führte und sich sumpfig in die Niederungen ausbreitete. Alles war grün und nass und wenig einladend.

Ich schluckte krampfhaft, um das flaue Gefühl in meinem Magen zu vertreiben. Wie würden sie auf mich reagieren – meine neuen Klassenkameraden? Köln schien mir momentan das Paradies zu sein, aber auch dort war es anfangs alles andere als leicht gewesen. Ich hatte irgendwann kapiert, wie man sich anpasst – was man sagen und anziehen muss und welche Interessen cool sind. Worüber man sich aufregen darf und worüber besser nicht. Und dass man sich über gute Noten lieber nicht freut und sie mit einem »Pffft« abtut. Am besten noch sagt, dass man gespickt hat und eigentlich gar nichts kann.

»Sei einfach du selbst«, hatte Mama zum Abschied gesagt. Ich wusste allerdings nicht genau, wie das aussah: ich selbst sein. Ich wusste ja nicht einmal, was ich anziehen sollte. Na, einen Vorteil würde der Umzug aufs Land wenigstens haben, dachte ich grimmig. Hier würde mich hoffentlich niemand Lassie taufen wie in Köln. Oh, wie hatte ich das gehasst. Ich war doch keine Hündin.

»Schau, hier geht's zur Klinik«, riss Papa mich aus meinen düsteren Erinnerungen. »Und da zur Schule.«

»Schulzentrum. Psychiatrische Klinik. Schützenverein«, stand auf dem Schild an der Straßenkreuzung. Eine gute Kombination, dachte ich zynisch.

»Vielleicht kannst du dich ja in einem Sportverein anmelden«, sagte Papa beiläufig, als er zum Schulzentrum abbog.

»Du möchtest, dass ich Sport mache?«, erwiderte ich belustigt.

Papa wusste genau, dass ich seit meinem achten Lebensjahr circa siebzehn verschiedene Sportarten mit beschämend geringem Erfolg angefangen und wieder aufgegeben hatte. Bis ich schließlich gar nichts mehr gemacht hatte. Dabei war es nicht so, dass es mir grundsätzlich an Talent fehlte. Ich war nur viel zu sehr damit beschäftigt gewesen, mich nicht zu fürchten, den Trainer nicht zu verärgern und auf meine Mitspieler zu achten – und irgendwann machte ich einen Fehler nach dem anderen. An Spott und Häme hatte es nicht gemangelt.

»Warum denn nicht?«, fragte Papa. »Du kannst dich ja mal in der Schule umhören, was deine Klassenkameraden machen. So, nun raus mit dir. Melde dich im Sekretariat – die wissen Bescheid. Viel Glück, Kleine.«

»Tschö, Paps.« Ich schlüpfte aus der Tür und war mir kurz sicher, dass meine Beine unter mir nachgeben würden. Ich sah mir den überraschend modernen Bau an. Hier also würde ich mein Abitur machen – und das bedeutete wiederum, dass ich studieren durfte, und da es hier mit Sicherheit keine Universitäten gab, wäre das die Freikarte für die Flucht in eine Großstadt. Vielleicht nach Hamburg wie mein Bruder Paul, mit dem ich mich immerzu gezankt hatte und den ich jetzt so schrecklich vermisste. Er hatte es gut. Er war 23 und konnte machen, was er wollte. Und ich? Mitgefangen, mitgehangen. Ich hatte nicht einmal Hoffnung, dass sich hier etwas ändern und Paul uns besuchen kommen würde. Er hatte es in Köln nicht getan, warum sollte er es jetzt tun? Wie immer wurde meine Kehle eng, wenn ich an meinen Bruder dachte. Sich als 17-Jähriger mit seinen Eltern verkrachen – gut. Das war bestimmt nicht ungewöhnlich. Aber die eigene Schwester gleich mit vergessen? Ja, wir hatten uns gestritten. Aber so heftig nun auch wieder nicht. Und wenn er mir mal schrieb, dann hörte er sich an wie ein Fremder. Als hätte ihn jemand mit vorgehaltener Waffe dazu gezwungen, sich bei mir zu melden.

Niemand beachtete mich, als ich durch das Foyer lief und nach dem Sekretariat Ausschau hielt. Ah. Da war es. Mit weichen Knien lehnte ich mich an den Tresen.

»Elisabeth …« Meine Stimme versagte. Ich räusperte mich und versuchte es noch einmal. »Elisabeth Sturm. Ich bin neu – in der 12. LK Bio, Chemie und Französisch.«

»Wow. Das ist echt krank«, hörte ich eine unverschämt freche Stimme neben mir. Ich blickte in zwei haselnussbraune Augen über einer krausen Nase, die einem Jungen in meinem Alter gehörte. Seine Jeans hing fast in den Kniekehlen. Anscheinend war die Botschaft, dass nun wieder engere Hosen angesagt waren, noch nicht bis in den Wald vorgedrungen. »Bio, Chemie und Französisch«, sagte er grinsend und musterte mich amüsiert.

»Man kann deine Unterhose sehen«, entfuhr es mir und er fing schallend an zu lachen. Die Sekretärin schaute entsetzt zu mir hoch. Mir stieg die Röte ins Gesicht. Verdammt. Genau das war einer der

Gründe gewesen, weshalb ich in Köln anfangs nicht mitspielen durfte. Mein unbeherrschtes Mundwerk.

»Fräulein Sturm, das ist Benni, Ihr Tutor, er begleitet Sie in Ihre Klasse und zeigt Ihnen alles. Er ist Vertrauensschüler und Schulsprecher«, sagte die Sekretärin und machte keinen Hehl aus ihrer Missbilligung mir gegenüber. »Und er ist der Sohn des Bürgermeisters«, fügte sie bedeutungsvoll hinzu.

»Na dann«, sagte ich spröde und wandte mich ihm zu. »Bitte mach es kurz. Ich wollte hier nie hin, niemand wird mich mögen, ich erledige einfach nur mein Abitur.«

Meinte Mama etwa das mit »Sei einfach du selbst«? War das ich? Wenn ja, dann war es eine verdammt schlechte Idee, ich selbst zu sein und nichts zu spielen. Danke, Mama. Benni behielt sein Grinsen, doch seine Augen wurden ernster.

»Du bist die aus Köln, oder?«

»Ja.«

Er schleuste mich durch die Gänge und wich geschickt den uns entgegenstürmenden Unterstufenschülern aus.

»Ich kann dir nur den Rat geben, nicht zu sehr die Großstadtpflanze rauszuhängen. Das mögen die hier gar nicht.«

»Das eben war keine Großstadtpflanze«, blaffte ich ihn an. »Das war pure Verzweiflung.«

»Du meinst also, wir leben hier alle in nachtschwarzer Verzweiflung? Tun wir nicht. Ich jedenfalls nicht.«

Offenbar hatte ich ihn beleidigt.

»So hab ich das nicht gemeint. Ich dachte nur, dass ich – ach, egal.« Ich spürte schon wieder die Tränen hinter meinen Augenlidern und blinzelte hektisch. Ich hatte es vermasselt, in den ersten drei Minuten. Respekt.

»Hier ist dein Stundenplan. Und hier der Saal für deine erste Chemieblockstunde heute Morgen.« Ich lugte vorsichtig in einen Unterrichtsraum, in dem fast nur Jungs saßen und mich neugierig anschauten. Ich schreckte automatisch zurück.

»Halt dich am besten anfangs ein bisschen zurück. Hier kommen die Leute auf einen zu. Du musst nichts dafür tun«, sagte Benni leise.

»Du bist also Experte für das Landleben, was?«, fragte ich säuerlich. Es klingelte.

»So ähnlich«, antwortete er, doch sein Grinsen war verschwunden.

»Dann kannst du mir bestimmt sagen, ob nachts kopflose schwarze Reiter durch das Dickicht brechen«, platzte ich heraus. Ellie, was tust du da nur?, fragte ich mich stumm. Benni sah mich ratlos an.

»Ja, natürlich, jeden Abend mindestens einer, und wenn du nicht deinen Teller leer isst, holen sie dich und vergraben dich im Wald«, antwortete er ein wenig mitleidig. Ich fühlte mich hundeelend, als ich in den Saal schlich und mich in eine freie Zweierbank setzte.

»Hi«, sagte ich mit brüchiger Stimme in Richtung der gaffenden Jungs und schlug die Augen nieder. Ich wollte niemandem ins Gesicht sehen. Damit sie mich nicht sahen. Wie am Abend zuvor. Noch nie hatte ich mich so über die Ankunft eines Lehrers gefreut wie an diesem Morgen.

Nach der sechsten Stunde war ich unerträglich müde. Ich hätte auf der Stelle einschlafen können. Der Unterricht selbst war mir leichtgefallen. Das war nichts Neues. Schon immer war das so gewesen, seit der Grundschule. Doch wenn ich meinen Kopf zu schnell hob, wurde mir schwindlig, und ständig drohten mir die Augen zuzufallen.

In der Pause war Benni noch einmal zu mir gekommen und hatte mir den Weg zum Schulkiosk gezeigt. Er war freundlich gewesen, aber distanziert. Ich hätte mich gerne bei ihm entschuldigt, doch ich fand weder den Mut noch die richtigen Worte.

»Gibt es hier irgendwo ein ruhiges Plätzchen, wo man mal allein sein kann?«, fragte ich ihn schließlich.

»Hm. Eigentlich nicht. Wozu auch? Ist dir schlecht? Dann kannst du zum Hausmeister ins Zimmer, da ist eine Liege.«

»Nein, mir ist nicht schlecht. Ich – ist nicht wichtig, vergiss es«, sagte ich und blieb tapfer und sehr einsam zwischen den schwatzenden Grüppchen im Hof stehen. Vermutlich hatte sich spätestens jetzt herumgesprochen, dass ich den Sohn des Bürgermeisters, Schulsprecher und Vertrauensschüler und damit auch das ganze städtische Dorf beleidigt hatte, und ich würde fortan sowieso alleine mein Dasein fristen. Ob ich nun ein ruhiges Plätzchen dafür fand oder nicht.

Aber jetzt war der erste Tag geschafft und schlimmer konnte es kaum kommen. Mit schweren Schritten schlurfte ich zur Bushaltestelle. Mein Handy hatte wieder Empfang, ausgerechnet in der Schule, wo strengstes Handyverbot herrschte. Aber es war keine SMS für mich eingetrudelt, nicht einmal von Nicole und Jenny.

Der nächste Bus sollte in einer halben Stunde fahren – genug Zeit für mich, um mir die nähere Umgebung der Schule anzusehen. Doch da war nichts außer einem schmuddeligen Bauernhof mit schwarz-weiß gefleckten Rindern auf der Weide und wieder einmal Wiesen und Feldern und Wald. Und einem Edeka in Richtung Zentrum. Die Bäume der Allee spiegelten sich in den Pfützen des Schotterweges, der zur Bushaltestelle führte, und ich machte große Bogen, um meine mühsam geputzten Stiefel nicht ein zweites Mal zu ruinieren.

Es roch nach Heu und Mist und Katzenpipi. Überhaupt roch es hier ganz anders als in Köln – es roch besser, musste ich zugeben. Den Gestank der Autos hatte ich nie gemocht. Großstadtpflanze ... Bennis Bemerkung ärgerte mich immer noch. Wenn der wüsste. Ich war keine Großstadtpflanze. Ich war im Odenwald aufgewachsen, in einem kleinen, ländlichen Vorort von Heidelberg. Erst als ich zehn war, zogen meine Eltern nach Köln, weil Papa in der City eine Praxis übernehmen konnte. Aber damals sollte ich sowieso aufs Gymnasium gehen – und ob Köln oder Heidelberg, das spielte keine große Rolle.

Okay, Ellie, sei ehrlich, sagte ich streng zu mir selbst, als ich mich dem Bushäuschen näherte und immer zögerlicher wurde. Es hatte eine Rolle gespielt. Es war höllisch schwer gewesen, auch damals. Ich musste fünf Jahre lang kämpfen, um mich an Köln zu gewöhnen, und dann durfte ich es karge zwei Jahre genießen. Alles umsonst.

Vorsichtig lugte ich um die Ecke in das schäbige, bekritzelte Innere des Unterstands. Gut. Niemand hier. Trotzdem wollte ich fluchtbereit bleiben und mich nicht hinsetzen. Doch die träge Stille der Umgebung wirkte beruhigend auf mich. Die langen, nicht enden wollenden Schulstunden verblassten allmählich in meinen Gedanken.

In einem erneuten Angriff überfiel die Müdigkeit mich so gnadenlos, dass ich meinen Rücken kaum mehr gerade halten konnte. Ich ließ mich widerstrebend auf einen der drei schmutzig orangefarbenen Plastiksitze sinken und rieb mir die Schläfen. Spannungskopfschmerzen, diagnostizierte ich aus alter Gewohnheit. Hervorgerufen durch Angst, Stress, Anspannung. Ich vermisste mein japanisches Heilpflanzenöl und drückte meine Stirn gegen das kühle Metall der Sitzhalterung.

Dann merkte ich in meinem müden Gedankenkarussell, dass ich beobachtet wurde. Es gelang mir nicht sofort, meine Augen zu öffnen. Es war wie in einem dieser Träume, aus denen man aufwachen möchte, nur um immer wieder in einen neuen, noch schrecklicheren Traum zu rutschen, wenn es einem endlich glückt, die Bilder abzuschütteln. Aber selbst als ich es nach einem kleinen, wütenden

Gewaltakt schaffte, brauchte ich mehrere Sekunden, um ein klares Blickfeld zu bekommen. Ich registrierte nur noch, dass ein riesiges schwarzes Auto um die Ecke bog. Gehört hatte ich es nicht – war ich in einen so tiefen Schlaf gesunken, mitten am Tag?

Das unangenehme Gefühl, beobachtet worden zu sein, ließ mich nicht los, obwohl sich nach wie vor kein Mensch in der Nähe befand.

Gingen jetzt schon die Nerven mit mir durch, nach einem jämmerlichen Tag an der neuen Schule in der neuen Heimat? Ich schnaubte. Heimat … Es würde nie meine Heimat werden.

Eine schleimige Sonne drang mühsam durch die dunstigen, tief hängenden Wolken. Unter den Achseln brach mir der Schweiß aus. Unruhig rutschte ich auf dem harten Plastiksitz herum. Ich war viel zu dick angezogen. Es war warm geworden, geradezu schwül – so schwül, dass ich das Gefühl hatte, von Abertausend winzigen Wassertropfen überzogen zu sein. Verstohlen schnupperte ich an meinem Pulli. Nein, kein Schweißgeruch. Mein Deo hatte sein Versprechen gehalten.

Wo blieb der verdammte Bus? Oder fuhr er nur, wenn hier mehr als eine einsame Schülerin wartete? Ich stand wieder auf und lief nervös auf und ab. Das passte ja. Ein grauenhafter erster Schultag und dann blieb auch noch jenes Gefährt weg, das mich in den einzigen sicheren Hafen bringen konnte – mein viel zu großes, mit viel zu vielen Fenstern ausgestattetes Dachzimmer. Ich sehnte mich danach, mich auf mein Bett zu legen und einfach nur an die Decke oder in den Himmel zu starren.

Ein summendes Motorengeräusch ließ mich herumfahren. Schwere, dicke Reifen knirschten auf dem Schotter der Haltebucht, als das Fahrzeug schlagartig bremste. Es war natürlich nicht der Bus. Sondern, wenn mich nicht alles täuschte, das schwarze Auto von vorhin. Durch die verdunkelten Scheiben konnte ich niemanden erkennen, aber ich sah, wie sich die Fahrertür langsam öffnete und eine Stiefelspitze herausschob. Zornig stürzte ich auf das wuchtige Gefährt zu. Ich war plötzlich unerklärlich wütend.

»Hallo? Wissen Sie, wann dieser verfluchte Bus fährt?«, rief ich. Ich wollte raus aus allem – aus dieser Situation, aus dieser »Stadt« und am liebsten auch aus meiner eigenen Haut. Noch dazu beschlich mich erneut das beklemmende Gefühl, von allen Seiten beobachtet und durchleuchtet zu werden, obwohl der Fahrer mit dem Rücken zu mir saß. Es gelang mir kaum, meine Augen scharf zu stellen. Schweiß prickelte mir im Nacken.

Die Stiefelspitze stockte. Ich setzte zum Sprechen an, doch meine Stimme war nur noch ein heiseres Flüstern. Hilflos sah ich dabei zu, wie die Stiefelspitze wieder ins Wageninnere verschwand, eine Hand die Tür zuschlug und der Wagen mit dröhnendem Motor startete. Kleine spitze Steinchen schlugen gegen meine Unterschenkel und eine stinkende Wolke aus Staub, Öl und Benzin stieg mir in die Nase.

»Idiot!«, rief ich hustend und beherrschte mich mühsam, dem Fahrer nicht den Mittelfinger zu zeigen. Schließlich tat ich es doch – als das Auto um die Kurve gefahren war und der unhöfliche Mensch im Wageninneren mich garantiert nicht mehr sehen konnte. Stattdessen sah mich jemand anderes.

»Elisabeth – was in Gottes Namen tust du da?« Verwirrt drehte ich mich um. Ich hatte unseren Kombi nicht heranfahren hören. Papa lehnte lässig auf der heruntergekurbelten Scheibe des Wagenfensters und blickte mich fragend an.

»Ähm. Ich – ich warte auf den Bus, aber der kommt nicht, und da wollte ich ...«, stotterte ich betreten.

»Der Bus?« Papa blinzelte mich zweifelnd an. »Elisa, es ist halb vier, um diese Uhrzeit fährt kein Schulbus.«

Halb vier? Ich zog den Ärmel meines verschwitzten Pullis hoch,

35

um ihm das Gegenteil zu beweisen. Doch es war halb vier. Und ich hatte um Viertel nach eins Unterrichtsschluss gehabt. Nun verstand ich gar nichts mehr. War ich hier eingeschlafen – so fest, dass ich den Bus nicht gehört hatte?

»Steig schon ein«, forderte Papa mich ungeduldig auf. Hinter ihm bildete sich bereits ein kleiner Stau. Auf einmal war Leben auf der Straße und ortseinwärts konnte ich mehrere Menschen sehen, bepackt mit Einkaufstüten und Taschen. Vom Supermarkt drang das Scheppern der Einkaufswagen herüber. Benommen umrundete ich den Kombi und stieß mir schmerzhaft den Kopf, als ich einstieg. Im Wageninneren lief kaum hörbar Pink Floyd und die Klimaanlage pustete mir kühlend über mein klebriges Gesicht.

»Ich muss eingeschlafen sein«, sagte ich matt. »Ich hab schlecht geträumt heute Nacht«, versuchte ich meine geistigen Ausfälle zu erklären – und in derselben Sekunde, in der ich diese spontane Ausrede aussprach, kam mir alles wieder in den Sinn. Es war keine Ausrede. Ich hatte wirklich einen bösen Traum gehabt. Nun, eigentlich war er nicht böse gewesen. Eher seltsam. Und jetzt waren seine Bilder derart nah, dass ich glaubte, sie greifen zu können – so plastisch und deutlich schwebten sie vor mir.

»Was hast du denn geträumt?«, fragte Papa neugierig. Träume waren sein Steckenpferd. Wer zu ihm in Therapie kam, musste Traumtagebuch führen, ob er nun wollte oder nicht. »Du weißt doch, was man sagt: Die Träume in der ersten Nacht in einem neuen Zuhause werden wahr«, fügte er schmunzelnd hinzu.

»Ich hab von einem Baby geträumt«, antwortete ich gedankenlos.

»Prost Mahlzeit«, sagte Papa trocken und warf mir einen prüfenden Seitenblick zu – halb belustigt, halb argwöhnisch. »Damit lass dir noch ein bisschen Zeit, okay?«

»Ich hab nicht gesagt, dass es *mein* Baby war«, erwiderte ich hastig und beschloss, dass der Rest des Traumes allein mir gehören

würde. Genau wie meine Erinnerung an diese vier langen, grüb-
lerischen Wochen vergangenen November, als ich tatsächlich
fürchtete, schwanger zu sein. Das sollte Papa niemals erfahren.

Doch der war mit seinen Gedanken schon längst wieder bei der
Wissenschaft. Unbekümmert fachsimpelte er, dass alle Mädchen
und Frauen im Laufe ihres Lebens von Babys träumten. Und meistens wäre in diesen Träumen der Kindsvater völlig unwichtig oder
nicht einmal präsent – was für ihn der Beleg dafür sei, wie wenig
der Kinderwunsch eigentlich von dem passenden Mann abhängig
sei, sondern ein Urbedürfnis jeder Frau. Und so weiter und so
fort.

Aber ich hörte nicht richtig zu. Mein Traum nahm meine Gedanken vollkommen in Beschlag. Ich schloss die Augen und versuchte,
mich zurück ins Traumgeschehen zu befördern – denn ich verspürte ein merkwürdiges Verlangen, dort einzutauchen, wo ich aufgewacht war. Als gäbe es noch etwas für mich zu tun, zu erledigen,
zu bewirken. Obwohl der Traum unheimlich und düster gewesen
war, überfiel mich beim Gedanken an ihn eine fast brennende Sehnsucht. Das kannte ich von schönen Träumen, nicht aber von Träumen wie diesem. Hatte ich überhaupt schon einmal einen so deutlichen, real wirkenden Traum gehabt?

Mit Erstaunen stellte ich fest, dass es klappte – ich sah alles wieder
exakt so vor mir, wie ich es heute Nacht vorgefunden hatte. Im
Traum hatte ich die Szenerie von oben betrachten können und besaß die fantastische Gabe, mich frei und lautlos zu bewegen. Aber
ich war wie ein fremder, beobachtender Besucher gewesen. Ich
spielte keine Rolle in dem Geschehen. Ich war lediglich da.

Und ich konnte meine Augen kaum von dem winzigen Säugling
abwenden, der auf einem schäbigen, mit rostigen Nägeln zusam-
mengesetzten Holzdielenboden in seiner Wiege lag. Nein, es war
keine Wiege – es war ein alter Futtertrog, lieblos ausgepolstert mit

Heu und ein paar schmutzigen Tüchern. Es war kalt. Bitterkalt. Über die schräge, grob gezimmerte Decke zogen sich Eisblumen.

Das Baby war nur wenige Tage alt. Sein Gesicht war noch ganz zart und die Haut wie aus dünnem Pergament. Ich wusste, wie Neugeborene aussahen. Papa hatte direkt nach meiner Geburt im Kreißsaal gefilmt – kurze Aufnahmen von der Hebamme, die mich badete, dem glücklichen und erschöpften Gesicht meiner Mutter, dann wieder von mir in meinen allerersten Klamöttchen samt weißem Mützchen auf dem Kopf. Viel geschrien hatte ich nicht, aber man konnte sehen, dass ich verwirrt war und fror, und dauernd versuchte ich, meine Augen mit meinen winzigen Fäustchen zu verdecken.

Aber ich war verteufelt hässlich gewesen. Rot und schrumpelig, Ohren und Nase zu groß für den Rest des Kopfes, und auf dem Schädel klebten wie müde Blutegel ein paar schwarze Locken, die wenige Tage nach der Geburt ausfielen und einem braunroten Flaum Platz machten.

Doch dieses Baby sah anders aus. Seine Haut war rein wie Alabaster und schimmerte im fahlen Licht des Dachbodens. Es hatte bereits dichte schwarze Haare, die in weichen Wellen vom Kopf abstanden. Seine Hände, die zu Fäusten geballt und nach oben gewinkelt neben den Ohren ruhten, waren perfekt – wie Erwachsenenhände in Miniaturform.

Das Ungewöhnlichste aber waren seine Augen: schräg und groß und von einer tiefdunklen, schillernden Farbe. Augen wie Edelsteine. Das Baby regte sich nicht. Es blickte bewegungslos und mit einem engelhaft ruhigen Gesichtsausdruck zur Dachluke hinaus, direkt in den Wintervollmond, der über dem Haus wachte und die karge Schneelandschaft mit einem schwachen bläulichen Licht überzog. Und obwohl es so kalt war und die Brust des Babys sich langsam, aber regelmäßig hob und senkte, bildeten sich keine Atemkristalle vor seiner Nase.

Wo waren die Eltern?, hatte ich mich im Traum gefragt. Wer legte sein Baby allein und schutzlos in der Kälte ab? Wie es nur in Träumen möglich ist, war ich lautlos und unbemerkt die Dachstiege hinuntergeschwebt und hatte sie gefunden. Sie lagen in einem großen, quadratischen Holzbett; zwischen ihnen und eingekuschelt am Fußende der Frau zwei Kleinkinder, die friedlich und geborgen schlummerten. Der Vater schlief ebenfalls tief und fest. Ich konnte seine Atemzüge deutlich hören.

Der Ruf eines Käuzchens durchbrach die Stille der Nacht. Die Mutter wälzte sich unruhig auf den Rücken. Ihr Gesicht verzog sich und ein Ausdruck abgrundtiefer Furcht zeichnete ihren Mund. Sie riss die Augen auf – müde, gerötete Augen – und blickte angstvoll auf die Stiege, die hoch zum offenen Dachboden führte, wo ihr Baby alleine schlief, alleine und hilflos und ohne menschliche Wärme.

Ich wollte sie fragen, warum sie das Baby nicht zu sich holte, warum es da oben so einsam wach liegen musste. Doch als ich meinen Mund zum Sprechen öffnete, war ich schlagartig aus dem Traum aufgewacht und binnen Sekunden wieder eingeschlafen. Vermutlich war er mir auch deshalb erst jetzt wieder eingefallen.

Ich wurde nach wie vor nicht daraus schlau. Was mochte der Traum bedeuten? War ich etwa das Baby? Fühlte ich mich von meinen Eltern im Stich gelassen? Papa sagte immer, die Empfindungen, die ein Traum nach dem Aufwachen hinterließ, seien der wichtigste Schlüssel zu seiner Deutung. Ich war nach wie vor sauer, aber verlassen kam ich mir gewiss nicht vor. Eigentlich verstanden wir uns gut. Jeder ließ den anderen in Ruhe und unsere merkwürdigen Urlaube waren immer friedlich gewesen. Wenn man in die Wildnis fuhr, musste man zusammenhalten, das hatte ich schnell kapiert. Nein, vernachlässigt fühlte ich mich nicht.

Das Gefühl, das der Traum in mir auslöste, war viel eher eine unerklärliche Sehnsucht. Ich wollte noch einmal dorthin zurückkehren, noch einmal in die schimmernden Augen des Babys blicken.

Nein. Das Baby war nicht ich. Der Traum hatte nichts mit meinem Leben zu tun. Vor allem aber spielte er in einer anderen Zeit. In welcher, konnte ich nicht sagen. Aber in diesem Haus hatte es nur einen Kamin gegeben, in dem ein paar quadratische Ballen vor sich hin glühten. Kein elektrisches Licht oder gar eine Heizung. Zum Leben hatte diese Familie nur das Nötigste gehabt und die Wände bestanden aus zusammengefügten, unregelmäßig großen Steinen.

Ich wurde aus meinen Gedanken gerissen, als mein Kopf unsanft gegen die Scheibe schlug. Papa überquerte eine schmale alte Brücke und der Kombi schlingerte wie ein Schiff auf hoher See. Mit müden Augen folgte ich dem trüben Wasser des Bachs und stutzte. Im Dickicht erkannte ich eine steinerne Brückenhälfte, dunkelgrün bewachsen mit Flechten und Moos – eine Ruine. Ich konnte meine Augen nicht so schnell wieder abwenden, wie ich wollte. Ich musste hinsehen. Das war nicht lieblich oder romantisch. Die Ruine sah – ja, sie sah unheimlich aus.

»Was ist das denn?«, fragte ich neugieriger, als mir lieb war.

»Oh, hier gab es mal eine Eisenbahnstrecke. Stillgelegt seit den Fünfzigern«, erklärte Papa aufgeräumt. »Nur die Brücken sind noch übrig geblieben.«

»Also sind die Fluchtwege auch versperrt«, grummelte ich und schloss erneut die Augen. Doch der Traum war nur noch fern, seine Farben verblichen. Jetzt lag das Baby unter der Brückenruine auf dem feuchten, lehmigen Waldboden und ich sah, wie meine weißen Hände nach ihm griffen, es behutsam aufhoben. Es war federleicht. Ich presste mein Ohr fest an den kleinen Leib, um zu hören, ob es noch atmete …

»Elisa? Schläfst du schon wieder?«

»Nein!«, rief ich schnell und löste hastig den Gurt, obwohl ich zu

gerne erfahren hätte, wie der Säugling sich in meinen Armen an-
fühlte … Aber wir waren zu Hause. Die zuschlagenden Autotüren
hallten in der Stille nach. Niemand außer uns war auf der Straße.
Nur hinten, auf dem Feldweg, führte eine alte, bucklige Frau ihren
Hund aus. Er drehte sich um und kläffte keifend, als er uns witterte.
Wie sollte ich nur den Rest dieses Tages füllen? Was sollte ich um
Himmels willen tun, wenn ich mit den Hausaufgaben fertig war?

Ich ließ meine Augen über unser Haus schweifen, das ich mir bis
jetzt nur flüchtig angesehen hatte – ein hoch aufragender, eckiger
Bau mit ausgebautem Giebeldach, großem Hof, Garagenhäuschen
und einem riesigen quadratischen Rasenstück. Mama hatte bereits
einen Beetstreifen entlang des Zaunes angelegt und unzählige Pflanzen in den Boden gesetzt. Wilder Wein rankte sich über die gesamte
Vorderfront des Hauses und wucherte bis über die verwitterten Läden der kleinen Sprossenfenster. Das kannte ich schon aus Köln. Ich
erschauerte, als ich an die farblosen Spinnen dachte, die im Wein-
laub wohnten und sich ab und zu in mein Zimmer verirrt hatten.
Noch waren die Dachfenster frei von Laub, aber die ersten Triebe
versuchten schon, sich an den Fenstersimsen festzukrallen.

Der Garten endete auf der einen Seite direkt am Feld, das sich
anhob und an den dunstigen Abendhimmel grenzte, als fiele man
nach dieser Steigung ins Nichts. Oben auf der Kuppe reckten vier
Apfelbäume ihre dünn belaubten Zweige wie verkrüppelte Hände
in Richtung der matten Sonne.

Die Stille dröhnte in meinen Ohren.

»Na komm schon, Elisa.« Ich schrak zusammen. Papa stand immer noch neben mir.

»Gefällt es dir denn gar nicht?«, fragte er, als er die Haustür aufschloss.

»Doch. Es ist nur – nichts. Es ist okay.« Es war wirklich okay. Und
den Wein konnte ich ja zurückschneiden.

»Hallo!«, rief Papa gut gelaunt in den kühlen Flur hinein. Ich fröstelte. »Hab früher Feierabend gemacht! So kann ich dir ein bisschen im Haus helfen und arbeite heute Nacht.«

»Schön«, hörte ich Mamas Stimme. Ihr Lockenkopf tauchte vor uns im Halbdämmer des Flurs auf. »Dann ...« Sie stockte, als sie mich hinter Papa bemerkte. »Hallo, Ellie. Da bist du ja endlich.«

Ich rümpfte die Nase. Es roch durchdringend nach geschmortem Sellerie. Ich ging in die Küche und lupfte den Deckel des großen Topfes, der auf dem Herd stand. Puh. Gemüsesuppe. Angewidert wandte ich mich ab. Nicht einmal das Essen konnte diesen Tag retten.

»Hi«, sagte ich und wollte mich in den Wintergarten zurückziehen, doch ein Stapel Umzugskisten versperrte mir den Durchgang.

»Musst durchs Wohnzimmer gehen, Ellie«, rief Mama aus dem Flur, bevor sie Papa etwas zuflüsterte. Er lachte leise.

»Was ist denn hier los?«, fragte ich entrüstet. Im Wintergarten sah es aus wie in einem unaufgeräumten Partyzelt. Auf dem Boden standen offene Umzugskartons voller Dekomaterial und Geschirr und Besteck und Tischtücher. Die Hälfte der Glasfronten wurde bereits durch lange nachtblaue Vorhänge verdunkelt. Auf den äußeren Fenstersimsen standen schwere Terrakottatöpfe, in die Mama Rankgitter gesteckt hatte. Also noch mehr wilder Wein und noch mehr farblose Spinnen.

»Sehr hübsch«, brummte Papa, der aus dem Wohnzimmer in den Wintergarten trat und sich neugierig umsah. Er zog den Vorhang ein Stück weiter zu.

»Na ja«, sagte ich spitz. »Das liegt bekanntlich im Auge des Betrachters. Und was bedeutet das da?«

Ich zeigte auf das Sideboard, das mit Tellern, Gläsern und mehreren Flaschen Wein bestückt war.

»Umtrunk!«, verkündete Mama freudig und schob die Kartons

mit ein paar gezielten Fußbewegungen zur Seite. »Heute Abend. Mit unseren neuen Nachbarn.«

Am liebsten hätte ich laut »Nein!« gebrüllt. Bitte nicht noch mehr Menschen, die mich anstarren. Ich halte das nicht aus.

»Ohne mich«, sagte ich leise. »Sorry, aber ich kann das nicht. Nicht heute.«

»Ellie ...«, seufzte Mama und lächelte mir aufmunternd zu.

»Ich hab einen Berg Hausaufgaben zu erledigen und mir fallen jetzt schon die Augen zu, weil ich in diesem scheißstillen Haus nicht schlafen kann«, log ich. »Ich sage Guten Tag und mehr nicht. Okay?«

Ohne eine Antwort abzuwarten, schnappte ich mir meine Schultasche und stürmte nach oben. Der »Berg« Hausaufgaben kostete mich exakt dreiundvierzigeinhalb Minuten. Ich hatte alles erledigt – und nicht nur das: Ich hatte es in Schönschrift getan, die Zwischenzeilen bunt unterstrichen und zum Geschichtsreferat sogar noch zwei Datengrafiken angefertigt. Mehr konnte ich nicht tun. Es war ja bereits mehr als genug.

Von Nicole und Jenny hatte ich immer noch nichts gehört. Ich angelte mir mein Handy aus der Schultasche. Wieder keine Funkverbindung. Stattdessen flackerte das Display unruhig vor sich hin. War nun etwa auch noch das Handy kaputt? Ich legte es auf die Fensterbank. Für eine Sekunde baute sich ein Funkbalken auf, dann erlosch das Licht komplett. Ich schloss das Akkukabel an. Kopfschüttelnd sah ich dabei zu, wie sich die Batterie auflud, im unruhigen Rhythmus des flimmernden Lichts.

Aber eine SMS trudelte nicht ein. Vielleicht hatten die beiden schon längst Nachrichten geschickt und sie kamen nur nicht an? Ich versuchte mir vorzustellen, wie es ihnen ohne mich erging. Jetzt war der Platz neben ihnen frei – der begehrte Fensterplatz schön weit weg von Lehrerpult und Tafel. Ich fragte mich, wie schnell wohl jemand nachrücken würde. Nicole und Jenny waren beliebt. Es konnte nicht lange dauern. Und es hätte mich nicht gewundert, wenn es ein Junge gewesen wäre.

Ich ging an eines meiner vielen Fenster und schaute hinaus, ohne etwas zu sehen. Unten rumpelte und polterte es wieder. Der ständige Geräuschpegel machte mich nervös. Trotzdem gähnte ich ohne Unterlass.

»Warum nicht?«, murmelte ich, als ich mich dabei ertappte, wie ich das Bett anstarrte. Schlafen war besser, als hier zu sein. Ich kuschelte mich mit knurrendem Magen in die weiche, duftende Decke und konnte mir gerade noch das Zopfgummi aus den Haaren ziehen, bevor die Müdigkeit mich überwältigte.

Der Teufel und sein Pferd

»Und das ist Elisabeth, unsere Tochter.«

Papa trat drei Schritte nach hinten, schnappte sich mein Handgelenk und zog mich neben sich in den Wintergarten. Also war mein Plan, lautlos zu verschwinden, schon mal gründlich danebengegangen.

»Hallo«, sagte ich artig und griff nach den Händen, die mir entgegengestreckt wurden. Eine faltige Hand, die einem Greis mit Rübennase gehörte, unserem Nachbarn von links nebenan. Die gelben Finger einer Frau, die nach Nikotin roch, und die zupackenden Hände eines älteren Ehepaars, er in Karohemd und Bundfaltenhose, sie in einem rostroten knielangen Kostüm. Zwischen diesen Menschen wirkte Mama mit ihren Ringellocken und dem bunten Batikhemd wie ein Paradiesvogel. Die Augen der Frau im Kostüm huschten zwischen Papa und mir hin und her.

»Ja, die Tochter, das ist nicht zu übersehen«, lächelte sie. Ihre Hand zitterte leicht, als ich sie losließ. Sie setzte dazu an, noch etwas zu sagen, doch dann schloss sich ihr Mund wieder. Der Greis und die Raucherin wechselten gedämpft ein paar Worte.

Ich sah auf das Sideboard. Die Schnittchen und der Kuchen waren unberührt.

»Und Sie sind also Psychiater?«, fragte der Mann mit dem Karohemd.

»Ja«, erwiderte Papa ruhig. Schweigen breitete sich aus. Ich kannte diese Situationen schon. Es war immer so. Sobald Papa sagte, was er beruflich machte, verstummten alle. Als hätten sie Angst, in den nächsten Minuten in eine Zwangsjacke verfrachtet zu werden. Der Greis hustete und zeigte nach draußen, wo die Weinranken im schwülen Wind sachte das Glas der Scheibe kitzelten.

»Ich kenne jemanden, der Ihnen dabei hilft«, krächzte er.

»Dabei hilft?«, fragte Mama verständnislos.

»Beim Wegschneiden. Geht ruck, zuck«, kicherte der Alte.

»Oh, wir mögen das so«, erwiderte Papa freundlich. Der Greis blinkerte ihn verwundert an. Ich sah, dass die Raucherin ihren Kopf schräg legte und ihre trüben Augen ausgiebig über Papas breite Schultern bis hin zu seinem Hintern schweifen ließ, der sich markant unter der dünnen Anzughose abzeichnete. Mir wurde flau im Magen.

»Ich – äh – ich muss lernen«, sagte ich schnell und floh durch die Küche zur Treppe, ehe Papas Blick mich zum Bleiben überreden konnte. Oben holte ich keuchend Luft. Ich musste hier raus. Und zwar sofort. Vor allem musste ich endlich eine Funkoase finden, um Kontakt zu Jenny und Nicole aufzunehmen. Wenn mein Handy nicht bald funktionierte, würde ich noch den Verstand verlieren. Ich schnappte mir meinen MP3-Player, stopfte mir die Stöpsel so heftig in die Ohren, dass ich mir selbst wehtat, und huschte die Treppe hinunter.

»Ich geh spazieren!«, rief ich Richtung Wohnzimmer, bevor ich die Tür ein wenig zu laut ins Schloss fallen ließ. Spazieren gehen. Wie hatte ich das früher gehasst, wenn Mama oder Oma Paul und mich nach dem Mittagessen durch den öden Wald trieben. Immer im Kreis herum, immer derselbe Weg.

Ich fand es auch jetzt öde, aber es war wenigstens eine Beschäftigung. Die Gartenstraße mit dem Solarschmetterlingsopi wäre der schnellste Weg in den Wald gewesen. Doch mir war das Risiko zu

46

hoch, dass der Alte mich sah und erneut versuchte, mich in sein Haus zu locken.

Nein, dann doch lieber bergab zur Hauptstraße (haha) und über das Brückchen hinüber in die Wildnis. Ich ging schnell und schaute dabei nach unten. Mama hatte mir gestern noch eingebläut, dass man sich hier auf der Straße grüßte und dass ich das bitte auch tun solle. Doch der Gedanke kam mir absolut albern vor. Warum sollte ich einen fremden Menschen grüßen?

Guckte ich aber auf den Boden und hatte die Stöpsel in den Ohren, konnte es mir niemand vorwerfen, wenn ich es nicht tat. Abgesehen davon erschien es mir mehr als zweifelhaft, dass mich jemand grüßen wollte. Ich konnte selbst spüren, wie dünn und verkniffen mein Mund war, und ich wusste, dass sich mir kleine Falten ins Kinn gruben. Aber ich hatte fast Vergnügen an dem Gedanken, unnahbar, ja, von mir aus hässlich auszusehen.

Nach der Brücke musste ich kurz aufschauen, um mich zu orientieren. Denn hier teilte sich der Waldweg in einen kleinen, unbefestigten Pfad und eine breitere Schotterstraße. Unschlüssig blieb ich stehen. Mein Handy war mir keine große Entscheidungshilfe. Die Batterieanzeige war korrekt, doch immer wieder flimmerte das Display unruhig und die Funkverbindung blieb aus. Den unbefestigten Pfad, entschied ich. Er führte am Bach entlang und war so schmal, dass die meisten Spaziergänger sicher die breitere Variante wählen würden.

Schon nach wenigen Metern sanken meine Sandalen zentimetertief in das feuchte, weiche Laub ein, das den gesamten Pfad bedeckte. Ich fügte sie in meinem Kopf zu der imaginären Liste meiner ruinierten Outfits hinzu. Zwei Paar Schuhe und ein Wollmantel innerhalb von 24 Stunden. Vielleicht sollte ich mich damit abfinden, dass ich doch eine Großstadtpflanze war, erwog ich halbherzig. Es würde vieles vereinfachen. Ich würde mein Taschengeld in Zugtickets investieren, am Wochenende meine Freunde besuchen und bei Nicole oder Jenny übernachten. Aber warum trösteten mich diese Gedanken nicht? Warum hatte ich so gar keine Lust, bei meinen Freundinnen zu schlafen?

Nun war ich nicht nur wütend auf den Umzug und all das, was damit verbunden war, sondern auch auf mich selbst. Stur stapfte ich im Marschschritt vorwärts und drehte die Musik so laut, dass sie gegen meine Schädelwände donnerte. Mein Nacken begann zu schmerzen; ein Schmerz, der sich langsam zur rechten Schläfe hocharbeitete und dort pulsierte. Weitergehen. Immer weitergehen.

Ein winziges Insekt flog mir in die Augen und blieb am Rand meiner Kontaktlinse hängen. Ich schlug mir die Hand vors Gesicht. Blind schob ich die Linse hin und her und wischte dabei mit der Fingerspitze über meinen Augapfel. Jenny war es beinahe übel geworden, wenn ich das gemacht hatte, doch sie wusste nicht, was für höllische Schmerzen Fremdkörper unter einer harten Kontaktlinse auslösen konnten. Es war ein Gefühl, als würde eine spitze Nadel im Auge stecken.

Beim zweiten Versuch erwischte ich die Mücke. Sie war in meinen Tränen ertrunken. Ich schnippte sie weg, doch das Brennen blieb und bildete zusammen mit dem Pochen in meiner Schläfe ein quälendes, aufreibendes Schmerzkonzert. Da half nur eines: die Augen geschlossen halten und warten, bis sich die Hornhaut wieder beruhigt hatte. Stehen bleiben wollte ich deshalb nicht. Ich lief blind weiter.

Der Gedanke, bei diesem Experiment eine Böschung hinunterzustürzen und mindestens ohnmächtig, wenn nicht sogar gelähmt oder halb tot im Wald liegen zu bleiben, störte mich wenig. Ich war noch nie in meinem Leben ohnmächtig geworden, doch die Vorstellung, wie es sein könnte, kam mir verlockend vor. Nicht mal mehr träumen … tiefer als Schlaf …

Ich weiß nicht, was genau mich zum Schreien brachte – ein lautloses Schreien, da die Musik in meinen Ohren dröhnte, aber ich spürte in meiner Kehle, dass ich schrie. Es war zu viel auf einmal und zu schnell hintereinander: die kalte Hundeschnauze an meinem Knöchel, die kräftige Hand eines Mannes, der mich am Arm packte, damit ich nicht fiel, sein Zwiebelatem in meinem Gesicht und meine Nase an seinem Lodenwams.

Taub starrte ich ihn an. Sein Mund formte ein stummes O und A. Ich riss mir die Stöpsel aus den Ohren und zog meinen Arm aus seinem festen Griff. Die Berührung war mir zuwider.

»O-ha!«, machte er erneut und deutete mit seinem Spazierstock nach oben. Verständnislos blickte ich in das grüne Dickicht der Baumkronen über uns. Ich murmelte eine Entschuldigung. Was immer er auch meinte – eine Entschuldigung war nie verkehrt. Er lächelte breit und zeigte mir dabei eine Reihe fleckiger gelber Zähne. Sein Dackel hechelte hektisch. Mit blutunterlaufenen Augen schaute er mich beinahe flehend an. Sein Herrchen gab sich leutselig.

»Wohin denn so eilig? Sie sollten umkehren! Bis zum nächsten Ort sind es noch einige Kilometer.«

Er war blendend gelaunt und ich fand seine euphorische Stimmung genauso unerträglich wie die meiner Eltern. Ich fand außerdem, dass er mir gerade mal gar nichts zu sagen hatte.

Er ließ seinen Blick gemächlich über meine Erscheinung gleiten und grinste noch ein wenig breiter. Sein schütteres Haar hatte er mit Pomade quer über die kahle Stirn geklebt, doch da wollte es nicht mehr bleiben. Der Wind richtete es steil auf, sodass eine Strähne steif wie eine Antenne in die Höhe ragte.

»O-ha!«, rief er zum dritten Mal, diesmal so bedeutungsschwanger, dass ich nicht anders konnte, als wieder seinem Blick Richtung Himmel zu folgen. Die Sonne war verschwunden. Über den Baumwipfeln drohten gelblich braune Wolken und in der Ferne vibrierte ein Donnern – ganz anders als jene Unwetterboten, die ich von Köln kannte. In Köln kam das Donnern von oben, aus der Luft. Hier schien es sich durch den Untergrund zu ziehen und jedes kleinste Blatt zu durchdringen.

Trotzdem. Das Gewitter war weit weg und kein Anlass für mich, seiner Aufforderung Folge zu leisten.

»Kommen Sie lieber mit mir. Das ist zu gefährlich hier draußen. Es zieht eine Kaltfront heran«, ermunterte mich der Mann zur Flucht zu zweit.

»Danke, ich muss weiter«, sagte ich knapp, drückte mich an ihm vorbei und verhedderte mich in einem Dornengeflecht, weil ich nicht ein weiteres Mal sein Wams berühren wollte.

Ich muss weiter. Wie idiotisch. Ich hatte keine Ahnung, was in mich gefahren war, aber die Vorstellung, zwei Kilometer mit einem überfreundlichen Pensionär und seinem Hund auf einem schmalen Pfad durch den Wald zu tippeln und mir sein unheilvolles »O-ha!« anzuhören, jagte mir spontan mehr Furcht ein als das neuerliche Donnern, das sich nun nicht mehr ganz so fern anhörte und wieder den gesamten Wald, jedes Zweiglein und Blättchen, durchdrang.

Bevor der Mann noch etwas sagen konnte, hatte ich mir die Stöpsel zurück in die Ohren gepfropft und stapfte vorwärts. Doch schon nach drei Schritten drückte ich hastig die Stopptaste und lauschte mit zum Zerreißen angespannten Nerven den Geräuschen des Waldes. Falls Vögel gesungen hatten, so waren sie verstummt. In der Ferne erhob sich ein Rauschen, das ich nicht zuordnen konnte, und noch weiter weg ein beständiges Grummeln und Rumpeln, dumpf und grollend. Hin und wieder wurde es von einem lauteren Donnern übertönt. Die Abstände verkürzten sich.

Blitze sah ich keine. Aber es war ohnehin schwer, ein Stückchen Himmel zu erahnen. Der dichte Wald schloss sich wie eine grüne Kuppel nur wenige Meter über mir. Die Luft war schwefelgelb und

50

so feucht, dass ich sie kaum atmen konnte. Es roch nach verrottetem Laub – und nach Regen. Der erste Tropfen traf mich dick und schwer im Nacken, als habe er sich verirrt. Dann folgten weitere münzengroße Platscher, die sich als dunkle Flecken auf meiner dünnen Stoffhose abzeichneten.

Ich blieb stehen und lauschte noch einmal. Das Rauschen wurde stärker. Es kam von überall; von oben, unten, links und rechts neben mir.

Und nun hob sich der Wind – urplötzlich und mit solcher Macht, dass ich glaubte, mich festhalten zu müssen. Eiskalt und in heftigen Böen riss er an den Bäumen und Sträuchern. Blüten und Laub wirbelten mir entgegen, um bei ihrem wilden Tanz von dicken Regentropfen zu Boden gedrückt zu werden.

Innerhalb weniger Atemzüge war ich komplett durchnässt. Ich keuchte, doch hören konnte ich es nicht. Ich stopfte meinen MP3-Player in die Hosentasche, damit er nicht kaputtging. Hoffnung machte ich mir jedoch wenig. Objekt vier auf der imaginären Liste der ruinierten Besitztümer.

Es ist nur Regen, sagte ich mir. Starker Regen. H_2O. Mehr nicht. Stell dich einfach irgendwo unter.

So hatte ich das in Köln mit Gewittern gehandhabt. Es war immer ein Geschäft, ein Laden, ein Hauseingang, eine Tiefgarage in nächster Nähe gewesen. Aber in Köln hatte man Gewitter auch vorhersehen können. Über mehrere Stunden wuchs eine pilzförmige dunkle Wolke über den Dächern der Stadt, die sich mit etwas Glück erst in den Abendstunden entlud. Ein paar Blitze, berechenbare Donnerschläge, ein kurzer Guss – fertig. Das hier war etwas völlig anderes.

Ich begann zu laufen. Mehrere Kilometer bis zum nächsten Dorf, hatte der Mann gesagt. Das würde ich unmöglich schaffen, bevor das Gewitter losbrach. Aber hier war ich eingekesselt.

Neben mir ging es steil bergauf; entweder ragten glatte, scharfkantige Felsen empor oder bröckeliges, von nassem Moos bewachsenes Gestein. Dennoch versuchte ich, einen weniger steilen Felsen zu erklimmen, und krallte meine Hand in ein Farnbüschel. Ich rutschte sofort ab und riss mir dabei einen Fingernagel ein.

Nein, das konnte ich vergessen. Ich lief weiter. Die Sohlen meiner Sandalen hatten sich mit Regenwasser vollgesogen wie ein Schwamm und quietschten bei jedem Schritt. Ich musste aufpassen, dass ich nicht auf ihnen abrutschte und mir den Knöchel verstauchte.

Auf der anderen Seite des Pfades rauschte und gurgelte der Bach, nunmehr kein liebliches Flüsschen, sondern eine von Regen und Wind aufgepeitschte graue Höllensuppe aus Strudeln und kleinen Stromschnellen, die stetig anschwoll. Sie konnte ich auch nicht durchqueren, zumal auf der anderen Seite ebenfalls nur ein Meer aus sich im Wind biegenden Bäumen wartete.

Jetzt rannte ich und die Sohlen meiner Sandalen schlugen klatschend gegen meine Fersen. Es musste doch eine Hütte geben, wenigstens einen Unterstand. Meine Hoffnung, dass starker Regen ein Gewitter beendete und nicht einläutete, auch im Westerwald, zerschlug sich mit einem grellen Blitz irgendwo über mir. 21, 22, 23, zählte ich. Das Krachen des Donners kurz nach der dritten Sekunde war so laut, dass es in meinen Ohren anschließend schrill piepste.

Ich klammerte mich in meinen fliegenden Gedanken an eine weitere Hoffnung – dass sich nach der nächsten Wegbiegung irgendetwas zeigte, was mir half. Ich musste meine Schritte verlangsamen, denn der anschwellende Bach hatte an der Biegung die steile Böschung unterspült. Der Pfad war hier nur noch wenige Zentimeter breit. Ich holte tief Luft, klammerte mich notdürftig an den glitschigen Ästen eines Strauches fest und zog mich wie eine Krabbe um die Kurve.

Da – eine der Brückenruinen. Dem Himmel sei Dank. Das war meine Rettung. Ich stürzte auf sie zu und drückte mich unter den verwitterten Resten des Brückenbogens rücklings an die kalten Steine.

Endlich ein Unterstand. Allerdings ein verdammt schlechter, wie ich fast im selben Moment feststellte. Das Wasser kam von allen Seiten, tropfte von den Steinen, rann in kleinen Bächen an den Fugen herunter und quoll zwischen den Wurzeln des Pfades empor. Überhaupt – das war kein Pfad mehr. Das waren nur noch einige Steine zwischen zahllosen ineinanderfließenden Wasserstraßen, die unaufhörlich breiter wurden.

Hier konnte ich nicht bleiben. Ich musste auf die Ruine gelangen, sonst würde ich bald bis zu den Knien im Wasser stehen. Und wenn mich nicht alles täuschte, war die Gefahr, im Wasser vom Blitz getroffen zu werden, größer, als wenn ich mich an einen Felsen oder Stein schmiegte.

Also zurück in den Regen. Der Wind heulte wütend und drückte mir immer wieder die Haare ins Gesicht, sodass ich kaum etwas sehen konnte. Meine Haarspange hatte ich längst verloren – Numero fünf auf der Liste, notierte ich geistesgegenwärtig und verfluchte mich gleichzeitig dafür.

Wenn ich so weitermachte, war ich selbst bald Nummer sechs.

Inzwischen war es so kalt geworden, dass ich keine Kontrolle mehr über meine Finger hatte. Ich benötigte mehrere Anläufe, bis ich den Steinvorsprung zu fassen kriegte, von dem ich mich Stück für Stück auf die Ruine ziehen wollte. Ich biss die Zähne zusammen. Eins, zwei, drei. Und hoch! Mein Fuß rutschte ab und ich sah aus den Augenwinkeln meine Sandale in einem Wasserstrudel davontanzen. Egal. Barfuß kletterte es sich sowieso besser.

Die Kraft in meinen schlotternden Armen ließ schnell nach. Immerhin schaffte ich es bis zu einer Abbruchstelle, die mir genug Platz bot, um mich bäuchlings daraufzulehnen. Mit der rechten Hand hielt ich mich an einem alten, umgebogenen Schienenstück fest. Bis hier hoch würde das Wasser nicht steigen – und wenn ja, dann war sowieso alles zu spät und das ganze Dorf würde versinken.

Es ist nur Regen, sagte ich mir abermals. Regen, Blitze und Donner.

Und beobachtete merkwürdig unbeteiligt, wie sich plötzlich ein bläulicher Schimmer um meinen nackten Arm legte. Mit einem sanften Zischen richteten sich sämtliche Flaumhaare auf und ein tiefes Summen raste durch meine Muskeln. Es sauste die Beine hoch, füllte meine Arme und schoss dann in meinen Kopf. Jeder einzelne Zahn schmerzte und eine immense, bohrende Kraft drückte von innen gegen meine Augäpfel.

Es toste und lärmte um mich herum, ein Donnerschlag folgte dem anderen, so rasch hintereinander, dass ich weder Zeit hatte, Sekunden zu zählen, noch zu beten. Der Regen hatte sich mit dem anschwellenden Bach und den tausend Wassersträßchen zu einem machtvollen Tosen zusammengefunden und um mich herum zerbarsten Äste mit einem fast tierischen Kreischen.

Trotzdem hörte ich die beiden Worte laut und klar, ein beschwörendes, warnendes Drängen: »Lass los!«

Ich starrte auf meinen bläulich schimmernden Arm, der die Schiene umklammert hielt. Loslassen? Jetzt loslassen? Aber das durfte, das konnte ich nicht!

Das Summen wurde stärker. Ich bebte am ganzen Körper. Wenn ich losließ, würde ich fallen, in den reißenden Bach hinein – und überhaupt, woher kam das Flüstern? War es meine Intuition, die mich warnte? Und war die jemals für etwas gut gewesen?

Meine Vernunft sagte Nein. Und doch ließ ich los.

Ich ließ los und nur eine Millisekunde später blendete mich grelles Licht. Meine Haare richteten sich in einem knisternden Fächer kerzengerade auf. Das Schienenstück vor mir, das ich eben noch

54

umklammert hatte, sprühte schlohweiße Funken, die heiß auf mein Gesicht trafen. Der Donnerschlag war so laut, dass ich für einen Moment die Besinnung verlor, bevor ich ins Rutschen geriet und verzweifelt mit meinen eiskalten Händen nach Halt suchte.

Ich fand ihn einen halben Meter tiefer – hier gab es für meine Füße zwei kleine Vorsprünge, gerade groß genug, um mich abzustützen, gerade noch über dem gurgelnden Wasser. Meine Arme hielt ich ausgebreitet wie Jesus am Kreuz und grub meine Finger tief in die Gesteinsfugen. Weinend schaute ich auf den Bach, die Wange fest an das triefende Gemäuer gepresst. »Bitte, lass es aufhören. Bitte, bitte, bitte«, jammerte ich wie ein kleines Kind vor mich hin.

Ich würde bald keine Kraft mehr haben und dann war es vorbei, dann würde der nächste Blitz mich treffen oder ich würde ertrinken, denn ich konnte mir nicht vorstellen, wie ich in diesen Höllenfluten schwimmen sollte. Trotzdem starrte ich bang nach unten, in der Hoffnung, irgendetwas zu sehen, was mir zur Flucht verhelfen konnte. Irritiert kniff ich die Augen zusammen. Schimmerndes Eis spross rings um die abgerissenen Äste und Zweige, die in den nun ruhiger werdenden Regenwassertümpeln staken. Mein Atem gefror zu hellgrauen Dunstschleiern. Trotzdem loderte in mir eine feurige Wärme, die wohlige Schauer über meinen Nacken rieseln ließ. Wahrscheinlich war ich schon tot und wusste es nur nicht.

Das schien logisch, denn dann war jene Gestalt, jenes vielarmige Wesen, das sich als dunkle Silhouette aus den aufsteigenden Nebelschwaden näherte, der Teufel höchstpersönlich und drauf und dran, mich zu holen. Ich drückte meine Augen fest zu und öffnete sie wieder.

Oh. Der Teufel hatte ein Pferd. Und er ritt mitten durch das Bachbett.

Die Gestalt aus dem Sumpf war verschwommen gewesen und weit weg. Ein trügerisches Zerrbild. Und sie hatte sich kaum bewegt.

Dieses Pferd aber galoppierte äußerst real und in einem Höllentempo auf die Brückenruine zu. Sein Reiter saß geduckt auf dem Rücken des pechschwarzen Tieres, dessen Fell bei jedem Galoppsprung neue wundersame Schattierungen zeigte – blau, rot, silbrig. Es kam mir nicht nur unnatürlich groß, sondern auch übermäßig muskulös vor.

Stolz trug es seinen edlen Kopf über einer breiten, glänzenden Brust und die Hufe mussten mindestens tellergroß sein. Trotzdem bewegte es sich elegant und leichtfüßig durch das Unwetter.

Das Gesicht des Reiters konnte ich nicht erkennen. Er hielt den Kopf gesenkt und doch wurde ich den Eindruck nicht los, dass er mich fest im Visier hatte.

Zieh weiter. Lass mich hier sterben. Oder sieh mich gar nicht erst.

Zu spät. Nur noch wenige Meter und das Pferd würde mit vollem Tempo gegen die Ruine und gegen mich krachen – oder mich angreifen? Ich zog den Kopf zwischen die Schultern und schloss die Augen, wie damals beim Versteckspielen mit meinem Bruder vor gefühlten zweihundert Jahren, als ich noch glaubte, wenn ich nichts sah, würde auch Paul mich nicht sehen.

Schon konnte ich das gleichmäßige Prusten des Pferdes hören und auch, wie seine Hufe durch die dünne Eisschicht auf dem Wasser brachen. Das ging doch gar nicht. Es müsste eigentlich einsinken, bis zur Brust mindestens. Also wieder eine Sinnestäuschung. Und so konnte es mir auch nicht schaden. Mir nichts tun. Mir –

Der Griff des Reiters kam so unvermittelt, dass ich erschrocken die Augen aufriss und nach Luft schnappte. »Nein«, wollte ich rufen, doch meine Stimme war eingefroren. Mit einer kräftigen, schnellen Bewegung zog er mich von der Ruine, an deren Steine ich mich wie eine sterbende Spinne geklammert hatte, vor sich aufs Pferd und schlang mir seinen linken Arm um den Bauch. Der Atem des Pferdes stieg in kleinen Wölkchen von seinen Nüstern auf, als es schrill wieherte und sich protestierend auf die Hinterbeine stellte.

Der Mann hinter mir zog energisch am Zügel und drückte seine Oberschenkel an den Leib des sich aufbäumenden Tieres. Er sagte kein Wort, doch das Pferd gehorchte. Noch einmal tänzelte es um sich selbst, bevor es mit einer weichen, fließenden Bewegung in den Galopp wechselte. Neben uns stiegen die Wasserfontänen auf und der Wind peitschte mir ins Gesicht.

Ich vermochte nicht zu sagen, wie lange wir durch das Bachbett ritten – vielleicht nur eine Minute, vielleicht eine Stunde. Ich war viel zu sehr damit beschäftigt, mich vor Panik nicht zu bespucken oder hysterisch zu schluchzen. Nebenbei unternahm ich mehrere erfolglose Versuche, den Kloß in meiner staubtrockenen Kehle hinunterzuschlucken.

Aber die ganze Zeit über hatte ich nur Angst vor dem Pferd. Nicht vor dem Fremden hinter mir, der mich sicher und fest hielt und mit der freien Hand locker das Pferd dirigierte. Der Pfad, über den ich vorhin noch spaziert war – in einer anderen Zeit, einer anderen Galaxie –, war überspült. Die Felswände gingen nahtlos in das schlammige, breite Bachbett über.

Dann war es also doch nicht der Teufel. Sondern jemand, der mich gerettet hatte. Trotzdem war es eine denkbar Furcht einflößende Rettungsvariante. Ein Hubschrauber oder ein Wasserflugzeug wären mir lieber gewesen.

Darüber hinaus stellte ich mir einen Retter ein wenig gesprächiger und freundlicher vor. Strahlender. Verbindlicher. Mit mehr natürlicher Freude am Retten. Obwohl mich der Fremde unvermindert nah bei sich hielt, ohne mir dabei wehzutun, hatte ich den Eindruck, ein unliebsames Stück Gepäck zu sein, das nun mal wohl oder übel getragen, aber bei der nächsten Gelegenheit schnellstmöglich abgegeben werden musste.

Letzteres tat er recht unsanft. Der Regen hatte sich inzwischen in ein gleichmäßiges, weiches Nieseln verwandelt. Überall aus dem Dickicht stiegen Dunstschwaden auf und ich konnte dabei zusehen, wie der Bach abschwoll.

Sogar der Pfad trat wieder zum Vorschein und verbreiterte sich mit jeder Biegung. Ab und zu grollte es noch hinter uns – doch im Vergleich zu den Donnerschlägen, die zuvor mein Trommelfell erschüttert hatten, klang das Grummeln beinahe freundlich.

Mit einer minimalen Handbewegung und fast unmerklichen Gewichtsverlagerung lenkte der Mann (oder war es ein Junge?) sein Pferd die Böschung hoch und setzte mich schneller auf dem Boden der Tatsachen ab, als mir lieb war.

»Autsch!«, entfuhr es mir, als meine nackte Ferse auf einen spitzen Stein prallte. Ich sah reichlich bescheuert aus mit meiner verbliebenen, hoffnungslos ruinierten Sandale (Riemchen kaputt, Absatz weggeknickt) und meinem anderen bloßen Fuß. Weiß und schmal hob er sich von dem grünbraunen Waldboden ab. Meine rosa lackierten Zehennägel wirkten deplatziert zwischen den Schlammspritzern und Kratzern, die sich bis hoch über den Knöchel zogen. Aber ich hatte nicht viel Zeit, mich damit zu beschäftigen oder mich gar bei meinem teuflischen Retter zu bedanken.

Ich erhaschte nicht einmal einen Blick auf sein Gesicht. Er wandte sich in dem Moment ab, als ich zu ihm nach oben schaute. Alles, was ich erkennen konnte, waren dunkle, vorwitzige Haarspitzen unter einer Baseballkappe, eine schlanke Gestalt und lange Beine. Er thronte so lässig und selbstverständlich auf dem Rücken des schnaubenden Ungeheuers, als sei er mit seinem Pferd verwachsen.

»In Zukunft öfter mal nach oben schauen«, sagte er schroff und preschte ohne einen Gruß oder ein Zeichen davon, um meiner Welt ernüchternd elegant und schwerelos durch eine gigantische Nebelschwade zu entrücken.

»Ja, danke auch und schönen Tag noch«, rief ich ihm giftig hinterher.

Das geborgene, beruhigende Gefühl, gerettet worden zu sein, war weitgehend verschwunden, zusammen mit dem Unwetter, dessen dunkle Wolken einem lieblichen Abendlicht Platz gemacht hatten. Ein schmeichelndes Blau verwandelte den Wald in ein Frühlingsmärchen, das betörend nach nassem Gras und Blüten duftete.

Die untergehende Sonne bahnte sich einen Weg durch die Baumwipfel und schaffte es, Wärme durch den Dunst zu schicken. Ich erschauerte. Immer noch spürte ich den festen Griff des Reiters an meinem Bauch und meine nackten Unterschenkel kribbelten von der ungewohnten Berührung mit dem Leib des Pferdes.

Wenn ich mich richtig erinnerte, war er ohne Sattel geritten. Ohne Sattel durch tosende Unwetter galoppieren – sah so die Freizeitbeschäftigung der Hinterwäldler aus?

Doch das war kein Hinterwäldler gewesen. Er hatte einen merkwürdigen Akzent gehabt, kaum hörbar und sehr fein, aber er war da gewesen. Und es war mit Sicherheit kein hiesiger Dialekt.

Dazu diese Stimme – wenn es aristokratische, edle Stimmen gab, dann war seine ein Musterbeispiel. Tief und rein und melodisch. Etwas mehr Freundlichkeit hätte ihr allerdings gutgetan. Stattdessen hatte sie unglaublich arrogant geklungen.

In Zukunft öfter mal nach oben schauen. Hahaha. Sehr witzig.

Leider musste ich zugeben, dass er recht hatte. Die ganze Aufregung wäre nicht nötig gewesen, wenn ich ab und zu einen prüfenden Blick auf den Himmel geworfen hätte. Und das ärgerte mich doppelt und dreifach. Von diesem Zorn konnte mich selbst die idyllische Abendstimmung nicht ablenken. Ich war nur froh, dass der Regen versiegt und es nicht mehr ganz so kalt war. Denn die Wärme in meinem Inneren verglomm mit jedem Schritt, der mich nach Hause führte.

Meine lieben Eltern saßen mit leuchtenden Augen im dämmrigen Wintergarten – allein. Die Schnittchenplatte war noch fast voll, doch die Nachbarn hatten offensichtlich das Weite gesucht.

»Ach, Ellie, da bist du ja«, sagte Mama beiläufig, als sie mich erblickte. Ich baute mich vorwurfsvoll vor ihnen auf, stemmte die Arme in die Seite und beschränkte mich auf ein dramatisches Schnaufen. Es bedurfte keiner Worte, wenn man mich sah – ich musste einen herzzerreißenden Anblick abgeben.

»Hast du das Gewitter beobachtet? Fantastisch«, rief Papa vergnügt. »Konntest dich ja anscheinend unterstellen«, strahlte er mich an. »Aber wo ist dein Schuh?«

»Verloren«, sagte ich kühl und drehte mich auf dem Absatz, der mir geblieben war, um. Die hatten ja wohl völlig den Verstand verloren. Ich rauschte die Treppe hinauf und wollte mich persönlich davon überzeugen, welch armselige Erscheinung mir entgegensah. Aber mein Spiegel verhöhnte mich. Mein Teint war frisch und rein, als hätte ich soeben in einem Jungbrunnen gebadet. Meine Haare fielen locker, wenn auch etwas buschig über die Schultern – keine nassen, verklebten Strähnen mehr. Und auch meine Kleidung: relativ fleckenfrei, aber vor allem trocken. Lediglich meinen Füßen sah man an, dass ich keinen ganz gewöhnlichen Abend gehabt hatte. Hatte die Sonne mein T-Shirt und die Hose getrocknet? Oder meine Körperwärme? Die des Pferdes? So musste es gewesen sein. Denn der Fremde hinter mir hatte sich alles andere als warm und gemütlich angefühlt. Eher kühl und felsig. Offenbar kein Gramm Fett auf den Rippen.

»Elisabeth? Möchtest du nichts essen?«, rief Mama von unten.

»Hab keinen Hunger!«, bellte ich zurück. Mein Magen knurrte protestierend. »Ja, okay, ich komme«, setzte ich einen Hauch freundlicher hinterher.

Aufseufzend schlüpfte ich in meine sauberen, trockenen Flipflops – eine Wohltat. Im Haus konnten mir kaum irgendwelche Kleidungsstücke abhandenkommen. Dann schlenderte ich betont langsam die Treppe hinunter.

»Wir haben uns zu früh gefreut«, hörte ich Papas amüsierte Stimme aus dem Wohnzimmer. »Unsere Tochter ist nicht das erste Mädchen ohne Pubertät. Sie kommt *jetzt* erst in die Pubertät.«

»Sieht ganz danach aus …«, kicherte Mama.

»So ein Quatsch«, blaffte ich dazwischen. Die letzten Stufen hatte ich im Eilschritt genommen, um diesem leidigen Dialog so schnell wie möglich ein Ende zu setzen. »Ich will einfach nur zurück nach Köln. Zurück zu meinen Freunden. Das ist alles.«

Mama schlug die Augen nieder – ein wenig schuldbewusst, wie ich fand. Papa, das konnte ich genau sehen, verkniff sich ein Grinsen.

Wenn ihr wüsstet, dachte ich und belud meinen Teller mit übrig gebliebenen Schnittchen, während Mama die Kerzen anzündete. Draußen senkte sich die Dunkelheit über das Dorf. Im gedämpften Schimmer der flackernden Flammen sah ich wahrscheinlich erst recht nicht erschöpft und mitgenommen aus. Wenn ihr wüsstet, dachte ich noch einmal.

Aber sollte ich erzählen, was mir widerfahren war? Das mit dem Baby im Traum hatte ja schon gereicht, um mich der Lächerlichkeit preiszugeben, und passte prima zu dem Pubertätswahn, den meine Eltern nun hegten. Käme ich jetzt noch mit einer Sumpfhalluzination und einem fremden Retter im Waldgewitter samt schwarzem Ross an, wären das nur perfekte Puzzleteile, um mich als hormonverwirrtes Küken zu disqualifizieren. Und ich wusste auch nicht, wie ich das alles jemand anderem erzählen sollte – selbst Jenny und Nicole kamen nicht infrage. Also hielt ich den Mund und aß stumm vor mich hin. Ich freute mich auf mein Bett, meine Trutzburg in diesem plötzlich so fremden Dasein, und ging rasch nach oben.

Bevor ich mich schlafen legte, gönnte ich mir den bitteren Spaß, meine imaginäre Liste zu Papier zu bringen.

»*Tag 1: Wollmantel. Stiefeletten.*

Tag 2: Fingernagel. MP3-Player. Eine Sandale. Haarspange.«

Mein Handy hatte das Gewitter dank seiner wasserabweisenden Hülle in Knallpink (eines von Nicoles zweifelhaften Geburtstagsgeschenken) überlebt. Empfang hatte ich aber immer noch nicht.

Es dauerte nur wenige Sekunden, bis ich eingeschlafen war – und mich auf dem kalten Dachboden wiederfand.

Noch immer lag der Säugling allein in seiner notdürftig hergerichteten Futtertrogwiege und schaute unverwandt in den Mond. Doch nun vernahm ich ein leises Trippeln. Schwerelos drehte ich mich zur Seite. Ein zierliches, grau-weiß geschecktes Kätzchen huschte mit wedelndem Hinterteil auf den Dachboden. Zielstrebig steuerte es den Futtertrog an und sprang dem Baby mit einem zärtlichen Gurrlaut auf den Bauch. Sofort begann es, sanft und rhythmisch auf dem Säuglingskörper auf und ab zu treten.

Das Baby drehte langsam seinen Kopf und blickte das Kätzchen an. Sein geschwungener Mund verzog sich zu einem Lächeln, das mir einen Schauer über den Nacken jagte. Dieses Lächeln war so direkt, so wissend und erkennend wie das eines Erwachsenen. Sanft schmiegte die Katze ihr Köpfchen an die Wange des Babys, um sich dann wärmend an seinen kleinen, reglosen Leib zu kuscheln, und die Traumbilder entließen mich in die tiefschwarze, bedeutungslose Dunkelheit.

Der Vogel am Waldrand schrie die ganze Nacht.

Zickenterror

Am nächsten Tag führten Mama und Papa mich zum Abendessen aus – in die einzige Gastwirtschaft von Kaulenfeld. Ich war so stumm von der Schule zurückgekommen, dass Mama wohl den Beschluss fasste, mir etwas Gutes zu tun.

Ich willigte ein, denn ich hatte nichts Besseres zu tun, und im Moment ging es mir nur noch darum, irgendwie den Abend hinter mich zu bringen, und wenn es sein musste, dann eben mit meinen Eltern. Doch schon auf dem kurzen Weg hinunter zum Hotel konnten sich meine Gedanken kaum von meinen neuerlichen Schulkatastrophen lösen. Da nützte es auch nicht viel, dass Mama und Papa keinen noch so unglücklichen Versuch unterließen, mich aufzuheitern und abzulenken.

Denn der Vormittag war ein Albtraum gewesen. In der Pause hatte es geregnet, und weil ich dringend allein sein wollte und meine schmerzenden Muskeln – eine Erinnerung an meine Waldexkursion vom Vorabend – das Stehen zur Tortur machten, schloss ich mich im Mädchenklo ein, setzte mich mit ausgestreckten Beinen auf den umgeklappten Toilettendeckel und lehnte meinen Hinterkopf an die kalten Kacheln. Schön still war es hier. Nur gedämpft hörte ich das Prasseln des Regens.

Der Spaziergänger hatte recht gehabt. Dem Gewitter war nachts eine Kaltfront gefolgt und nun war es wieder so kühl wie bei unserer Ankunft. Erstaunlicherweise hatte ich mich nicht wie erhofft erkältet. Nicht einmal einen Schnupfen hatte ich. Kein Kratzen im Hals, gar nichts. Dabei wäre eine Lungenentzündung genau das Richtige gewesen, um die Umzugseuphorie meiner Eltern ein wenig zu dämpfen.

Hier, in meinem muffigen Toilettenrefugium, wollte ich mich endlich konzentriert an meinen feindseligen Retter hoch zu Ross erinnern. Doch kaum hatte ich meine Augen geschlossen, zerfledderten die Bilder in meinem Kopf, als wolle mir mein Gehirn einen Riegel vorschieben. Ich versuchte es stur ein weiteres Mal. Gewitter. Regen. Der reißende Bach. Der Reiter.

Dann war es schlagartig vorbei mit der Ruhe in meinem Kloasyl. Die Tür wurde aufgerissen und mehrere klappernde Absätze ließen meine Schläfen unangenehm pulsieren. Ich hatte zwar nachts wie ein Stein geschlafen, fühlte mich aber trotzdem heillos übermüdet. Papa meinte, es läge an der frischen, guten Landluft, die wir nicht gewöhnt seien. Mama, selbst mehr tot als lebendig, hatte mich prüfend von der Seite angesehen, als ich so sehr gähnen musste, dass ich kaum an meinem Kaffee nippen konnte. Ob sie ahnte, dass ich mich in dem Gewitter beinahe selbst hingerichtet hatte? Doch als ich ihren Blick erwiderte, lächelte sie mir nur verschlafen zu.

Auch jetzt musste ich gähnen, presste meine Kiefer aber fest aufeinander, um besser hören zu können. Ich sortierte drei Mädchenstimmen, die aufgeregt durcheinanderschnatterten. Ihre hellen Stimmen vibrierten in meinen Ohren. Das Wort »Französischtest« fiel. Oh. Musste mein Kurs sein. Wir waren in der Stunde zuvor geprüft worden – eine Lappalie. Ich lauschte angestrengt, ob auch Maike dabei war. Maike war der einzige Lichtblick dieses Vormittags gewesen. Sie hatte mich zu sich an den Tisch gewunken – »Hier ist noch ein Platz frei« – und sorglos auf mich eingeplappert. Nicht ein einziges Mal fragte sie nach Köln oder warum ich hier war. Eigentlich fragte sie nichts – oder sie wartete die Antwort gar nicht erst ab. Aber ihre gute Laune hatte mich ein wenig beruhigt und ich brachte sogar ein paar vernünftige Sätze zustande. Immerhin gab es nun einen Kurs, in dem ich nicht ganz alleine saß. Ja, das war Maike – ich erkannte ihre leicht raue und doch so mädchenhafte Stimme. Den anderen beiden Stimmen konnte ich keine Gesichter zuordnen. Aber gehört hatte ich sie schon.

»Hast du gesehen, wie schnell die Neue geschrieben hat?«, fragte das eine Mädchen belustigt. »Wie heißt die noch mal?«

»Ellie«, sagte Maike schnell. »Elisabeth Sturm. Aber sie wird wohl Ellie genannt.« Danke, Maike.

»Elisabeth Sturm«, tönte es spöttisch von der anderen Seite. »Was für ein Name. So altmodisch. Na ja. Kein Wunder, dass sie sich zu schade für uns ist. Sie guckt uns ja nicht mal an.«

»Benni hat gemeint, sie will hier nur ihr Abi machen und sonst nichts. Das hat sie wohl zu ihm gesagt. Ich meine, sie kommt aus Köln – was will man dann hier?«

Wie wahr, dachte ich verbissen und merkte, dass sich mein Nacken anspannte. Nur klang es bei ihren Worten so, als sei das »Hier« toll und Köln ein bemitleidenswertes Pflaster.

»So, mit Benni redet sie. Na, sieh mal einer an. Ich sag dir eins, Maike, wenn die sich an Benni ranschmeißen will, dann kriegt sie es mit mir zu tun. Sie braucht nicht zu glauben, dass sie ihn krallen kann, nur weil sie aus der Großstadt kommt.« Okay, nun wusste ich, wer da sprach. Die schwarzhaarige Schneewittchenschönheit mit den X-Beinen. Lotte hieß sie, aber ich nannte sie im Geiste nur die schwarze Lola. Ihre giftigen Blicke hatten mich schon am ersten Tag verfolgt. Maike kicherte leise.

»Ich finde sie seltsam«, sagte das andere Mädchen nachdenklich. »Zieht sich an wie ein Model, aber ist total verkrampft.«

»Die ist nicht verkrampft, sondern arrogant«, erwiderte die schwarze Lola.

»Ich glaube nicht, dass sie das ist«, widersprach Maike.

»Nicht?«, fragten die anderen im Chor.

Kurzes Schweigen. Ich hielt die Luft an. Merkten die blöden Weiber nicht, dass hier die ganze Zeit jemand in der Kabine eingeschlossen war?

»Vielleicht ist sie nur unsicher«, mutmaßte Maike nachdenklich. Oh Gott, Maike. Ich verspürte eine plötzliche Sympathie für ihre vielen Sommersprossen und ihre Stupsnase. Trotzdem machte sie es nur schlimmer. Lieber wollte ich arrogant wirken als unsicher.

»Die ist nicht unsicher«, plärrte die unbekannte Stimme. War das womöglich Nadine? Das Mädchen mit der großen Oberweite? »Sieh dir doch an, wie die läuft und sich bewegt. Die denkt, sie wäre was Besseres. Hat wohl reiche Eltern. Ihr Vater ist Leiter der Nervenklinik.«

Nervenklinik … Das hatte man vielleicht im vergangenen Jahrhundert so gesagt. Mühsam unterdrückte ich ein Schnauben. Als die schwarze Lola albern kicherte und ein bedeutungsvolles »Na dann« quiekte, riss mir der Geduldsfaden. Ich klappte den Riegel herum und schlug mit einem gezielten Fußtritt die Tür auf. Es schepperte laut. Die drei Grazien zuckten synchron zusammen. Lola atmete vor Schreck eine schwarze Haarsträhne ein.

»Achtung, hier ist die Bekloppte aus der Großstadt«, zischte ich und rauschte an ihnen vorbei. »Hallo, Maike«, setzte ich etwas milder hinterher. Immerhin – sie war fair gewesen.

»Mensch, Ellie!« Sie stürzte hinter mir her. »Warum machst du so was?«

Ich schwieg und biss mir auf die Lippen.

»Die kriegen ja noch Angst vor dir«, sagte sie vorwurfsvoll.

»Sie haben gelästert. Sie haben es nicht anders verdient«, brummte ich wütend.

»Sorry, Ellie, aber das war kein Lästern. Wir haben nur geredet.

Das ist doch normal. Wir haben nichts Böses gesagt. Ich erst recht nicht. Kommst du mit zum Kiosk? Ich brauche Schokolade.«

»Ich auch. Dringend«, sagte ich knapp.

»Siehst du«, grinste Maike.

»Siehst du?«, fragte Mama.

»Was?«, rief ich verwirrt und hob blinzelnd den Kopf.

»Da, schau, das war mal die alte Poststation, hier haben früher die Kutschen gehalten.«

Ich starrte auf das Efeugestrüpp vor mir, unter dem sich eine Wand mit verblichenem Fachwerkgebälk und einige schwere, rostige Haken verbargen.

»Schön«, antwortete ich mechanisch und gestattete es, dass Mama und Papa mich durch die offene Tür in die Gaststube schoben. Ohne nach rechts oder links zu schauen, steuerte ich zielstrebig den verstecktesten Tisch in der hintersten Ecke an und setzte mich, bevor Mama und Papa es sich anders überlegen konnten. Hier würde mich niemand anstarren. Ganz anders als in der Schule, wo die viel großzügigeren Klassensäle und meine mager besetzten Leistungskurse jedes Verstecken unmöglich machten.

Den Rest des Vormittags hatte ich leider ohne Maike überstehen müssen. Ich verbrachte ihn damit, meine Bücher zu einem Schutzwall aufzustapeln und darüber nachzudenken, ob es einen Ausweg aus dieser Situation gab. Was ich hier innerhalb von zwei Tagen verbockt hatte, würde sich kaum mehr gutmachen lassen. Doch wenn jemand über den Beruf meines Vaters spottete, sah ich rot. Papa half Menschen, denen es schlecht ging. Und wenn das so weiterlief, würde ich auch bald dazugehören.

Als ich abends mit meinen Eltern in der Gaststube saß, verfolgten mich die Verurteilungen der Mädchen immer noch. Wirkte ich tatsächlich so arrogant und verkrampft?

»Hey, Elisa – aufwachen! Und, was möchtest du essen?« Papas

67

tiefe, warme Stimme riss mich aus meinen Gedanken. Ich hatte auf meine Karte gestarrt, ohne auch nur eine Zeile zu lesen. Vor uns stand die Kellnerin und blickte uns fragend an. Wieder hatte ich das Gefühl, im falschen Film festzustecken. Hinter Mama hing ein riesiger Eberkopf mit wütenden kleinen Augen an der holzgetäfelten Wand, umkreist von zierlichen Rehgeweihen. Ich kam mir vor wie im Skiurlaub – nur war das kein Urlaub. Das war mein Leben. Und diese Stube war keine Kulisse, sondern das einzige Restaurant in Gehweite.

In Köln hatten wir allein zehn Restaurants rund um den Block gehabt und keines hätte gewagt, einen ausgestopften Wildschweinschädel an die Wand zu nageln.

»Äh – was nimmst du denn?«, fragte ich Papa.

»Ein Westerwälder Rumpsteak. Englisch, bitte. Blutig«, fügte er erläuternd hinzu. Ich unterdrückte ein Grinsen. Also traute auch er den Holzmicheln hier nicht über den Weg.

»Gut, das nehme ich auch – aber bitte medium. Nicht blutig. Mit Pommes.«

Mama und Papa musterten mich erstaunt. Aber ich hatte Appetit auf ein Stück Fleisch, nachdem ich tagelang nur sporadisch und unlustig gegessen hatte.

Bis unsere Bestellungen kamen, versuchten Mama und Papa, mir das Leben auf dem Land einmal mehr schmackhaft zu machen. Nach einem kurzen Schwatz mit dem Wirt kehrte Papa mit einem Stapel Broschüren zurück – Tourismusprospekten, Wanderkarten (nein danke, das hatte ich schon) und einem Vereinsprogramm. Einem deprimierenden Vereinsprogramm. Es gab einen Fußballklub (ach), einen Schützenverein (niemals) und einen Karateklub in Rieddorf.

»Guck mal, die haben Schnupperstunden. Selbstverteidigung für Mädchen und Frauen«, sagte Mama und blätterte mit einer Andacht in den zerknitterten Schwarz-Weiß-Kopien, als hätte sie es mit einer uralten, wertvollen Handschrift zu tun.

»Oh, bitte«, stöhnte ich. »Das ist nix für mich.«

»Du hast doch gesagt, du wolltest wieder Sport machen«, erinnerte Papa mich.

»Nein, das hast du gesagt. Ich bestimmt nicht. Wird das jetzt ein Verhör?« Ich fühlte mich in die Enge getrieben. Gerade hatte ich mich ein wenig entspannen können und jetzt redeten sie mit mir, als wäre ich elf. Wir schwiegen uns einige Minuten lang an.

»Es war nur eine Idee«, sagte Papa schließlich beschwichtigend.

»Ach, Papa, du weißt doch selbst ganz genau, dass das nichts wird«, seufzte ich. »Das klappt einfach nicht. Außerdem machst du ja auch keinen Sport. Und Mama auch nicht. Und in einem Verein seid ihr erst recht nicht.«

»Ich mache Yoga«, erinnerte Mama mich vorwurfsvoll.

»Das ist kein Sport«, erwiderte ich. »Das ist Hausfrauenbelustigung.« Papa grinste. Wir wussten beide, dass es Mama auf die Palme brachte, wenn wir so etwas sagten. Und deshalb taten wir es immer wieder gerne.

»So?«, fragte Mama und feixte zurück. »Dann frag doch mal die Hausfrau da vorne, ob sie das kann.« Sie zog ihre Unterschenkel über die Knie, verhakte ihre Füße ineinander und verschränkte die Arme mit den Handflächen nach außen auf ihrem Rücken. Ich bekam Schmerzen, wenn ich nur dabei zusah. Die grün gewandeten Männer am Tisch nebenan unterbrachen ihr Gespräch und blickten rätselnd zu uns herüber. Nur besagte Hausfrau pickte weiter Gräten aus ihrer gebratenen Forelle.

»Mensch, Mama«, flüsterte ich und versuchte unauffällig, ihre Arme und Beine zu entwirren, da ich die Bedienung näher kommen sah. Aber sie lachte nur.

Wir aßen wie immer schweigend. Papa verdrehte genüsslich die

69

Augen, als der Fleischsaft in roten Schlieren aus seinem Steak lief. Die Jägersleute neben uns leerten ihre Biere in Rekordgeschwindigkeit und kloppten dabei lauthals Skat. Sie grüßten uns mit einem knappen Kopfnicken, als wir gingen – jeder im Restaurant grüßte uns, doch keiner fing ein Gespräch mit uns an.

Es hatte aufgeklart. Über uns breitete sich ein gigantischer Sternenhimmel aus. Einige Sekunden lang schauten wir stumm nach oben. So etwas hatte ich seit Jahren nicht mehr gesehen.

»Schön«, hauchte Mama andächtig und wickelte sich den Schal fester um den Hals. Auf halber Strecke zum Haus blieb Papa plötzlich stehen und griff sich mit verzerrtem Gesicht an die Stirn.

»Eine Aura?«, fragte Mama mitfühlend.

»Möglich«, antwortete Papa vorsichtig. »Ich gehe besser noch arbeiten, bevor es mich morgen erwischt.«

Also schon wieder eine Nachtschicht. Mama summte vergnügt vor sich hin, während wir die letzten Meter zum Haus hochliefen. Tatsächlich fuhr Papa eine halbe Stunde später nach Rieddorf. Ich zog mich auf mein Zimmer zurück. Mama hatte mir eine Art Paravent rund um den Schlafbereich gebastelt, mit mehreren losen Bahnen eines dunkelgrauen leichten Stoffs, der von silbern schillernden Streifen unterbrochen war. »Damit du es etwas gemütlicher hast«, hatte sie gesagt. Sie machten sich Sorgen, alle beide.

Dennoch entging mir nicht, dass Mama die Fensterbänke um mein Bett herum mit Orchideen zugepflastert hatte. Ihr mochte das ja gefallen – mir nicht. Ich empfand ihren Duft als süß und aufdringlich und ich hatte Mama schon beim Einzug klargemacht, dass ich keine Blumen in meinem Zimmer haben wollte. Ich hatte nicht gerade einen grünen Daumen. Ich nahm die Töpfe von den Fenstersimsen und stellte sie auf die Treppe unter das Oberlicht. Von mir aus konnten sie dort bleiben. Hier musste ich sie weder sehen noch riechen.

70

Schließlich zog ich die lose baumelnden Vorhänge zu und legte mich aufs Bett. Ich fühlte mich wie in einem Beduinenzelt – ich mochte es. Denn an diesem sternklaren Abend kam mir mein Dachstudio auf einmal viel zu groß und zu kahl vor. Kaum hatte ich die Augen geschlossen, wanderten meine Gedanken unbarmherzig weiter zum nächsten Tag.

Morgen. Morgen würde ich wieder einen langen, einsamen Schultag absitzen müssen. Und es gab nichts, auf das ich mich freuen konnte. Nichts, was mir helfen würde, mich durchzubeißen. Die Angst knotete sich dumpf in meinem Magen zusammen und ich bereute es, das ganze Steak gegessen zu haben. Ich wusste nicht, wovor ich mich mehr fürchtete – vor der Schule oder vor der Angst selbst, die mich den ganzen Tag begleiten würde.

Mein Herz klopfte so laut und unregelmäßig, dass ich lange keine Ruhe fand. Doch dann fing der Vogel am Waldrand wieder an zu rufen – klagend und wehmütig. Diesmal aber hielt er mich nicht wach.

Ich empfand seine Schreie als tröstlich und beruhigend und ließ mich von ihnen in einen tiefen, traumlosen Schlaf ziehen.

Samuraifieber

Als der Morgen dämmerte, holte mich die Angst wieder ein. Schon lange bevor mein Wecker klingelte, lag ich hellwach und starr wie ein Brett auf meinem Laken. Die Furcht scheuchte mein Blut dumpf pochend durch meinen Körper. Warum nur hatte ich solche Angst? Ein Jahr ohne Freunde, das müsste doch zu schaffen sein. Immerhin hatte ich keine Probleme mit dem Unterricht. Ich musste mich zumindest nicht vor dem Abitur fürchten. Aber diese Gedanken verschafften mir keine Ruhe. Als der Wecker endlich läutete, torkelte ich wie eine Betrunkene durch mein Zimmer und ließ ständig etwas fallen.

Beim Frühstück war ich allein. Mama schlief und Papa war immer noch in der Klinik. Auf dem Rasen ließ die Sonne jeden einzelnen Tautropfen grell glitzern und zwei Elstern jagten sich laut schnatternd über Mamas wirre Beete.

Ich versuchte, einen Löffel Müsli hinunterzuwürgen, aber mein Magen streikte. Noch zehn Minuten bis zur Ankunft des Busses. Ich ging ein letztes Mal hinauf in mein Zimmer und setzte mich auf mein Bett, in der Hoffnung, die vertrauten Gerüche würden mich ruhiger stimmen. Denn es gab nichts mehr zu tun. Meine Schulsachen waren gepackt, meine Zähne geputzt, mein Make-up akzeptabel. Ich hatte sogar meine Jacke schon angezogen. Doch ich konnte keinen vernünftigen Gedanken fassen. Sobald ich an das dachte, was mich da draußen erwartete, fühlte ich mich schwach und durcheinander. Und wenn ich versuchte, mich mit den Erlebnissen außerhalb der Schule abzulenken – dem Gewitter, dem fremden Reiter –, toste in meinem Kopf ein unbeherrschbares Chaos.

Ich schloss die Augen und stützte die Stirn in meine kalten Hände. Atmen, sagte ich mir. Ganz ruhig weiteratmen.

Plötzlich verstummten die Elstern, deren Gekreische bis hier oben zu hören gewesen war, und auch das überfröhliche Gezwitscher der Singvögel setzte jäh aus. Erstaunt hob ich den Kopf. Ich roch das taunasse, eisige Gras, obwohl meine Fenster nur gekippt waren, und die Angstschauer auf meinem Rücken verwandelten sich in eine wohlige, schmeichelnde Wärme.

»Hab keine Angst. Dir wird nichts geschehen.«

Ich sprang so heftig auf, dass der Nachttisch umkippte und gegen die Wand krachte. Mein Wasserglas zersprang klirrend in tausend Scherben, die auf den nassen Holzdielen gleißend zu funkeln begannen.

»Hallo? Wer ist da?«, rief ich mit dünner Stimme. »Papa? Mama?«

Aber ich wusste, dass niemand hier war. Es war alles so wie vorher – das ruhige Haus, das Ticken der Uhr aus dem Wohnzimmer, das Knistern des Kachelofens. Alles unverändert, bis auf die Tatsache, dass ich jedes einzelne Geräusch hier oben hörte. Begann ich etwa, den Verstand zu verlieren? Angestrengt lauschte ich in mich hinein. Meine Gedanken hatten sich beruhigt. Der Angstknoten im Bauch löste sich, obwohl mein Herz unvermindert schnell vor sich hin galoppierte. Ja, die Angst war verschwunden.

Was war das für ein Flüstern gewesen? Stimmen zu hören, die nicht da waren, war keine Kleinigkeit – das wusste ich als Tochter eines Psychiaters nur allzu gut. Das Flüstern im Wald hatte ich mir im Nachhinein als meine Intuition verkauft. Doch diese Besänftigung eben hatte rein gar nichts mit Intuition zu tun.

73

Ich verließ fluchtartig das Haus und löste auf dem Weg zur Bushaltestelle mehrere schwierige, selbst konstruierte Rechenexempel. Anschließend ging ich im Kopf den Aufbau der DNS durch. Keine Hänger – es klappte wunderbar. Französische Konjugationen? Ebenfalls kein Problem. Mein Oberstübchen funktionierte also noch. Dann fiel mir ein, dass Papa mal erzählt hatte, Genie und Wahnsinn lägen oft sehr nahe beieinander, und ich ertappte mich dabei, wie ich bei diesem Gedanken grinsen musste.

Aber wenn die Stimme keine Einbildung war und einem lebendigen Wesen gehörte – wer sollte das gewesen sein? Ein Flüstern konnte man keinem bestimmten Menschen zuordnen, das hatte ich mal gelesen. Alle Stimmen flüsterten gleich.

Im Bus war die Hölle los. Einige Unterstufenschüler blockierten den Gang und beugten sich johlend über ein Handy. Offenbar versuchten sie, einem Mädchen mit derben Anzüglichkeiten ihre Gunst zu erweisen. Sie hatten also Empfang. Ich zog mein Handy aus der Tasche, doch es zeigte mir das immer gleiche Bild: ein flimmerndes Display und keine Funkverbindung. Verdammt. Ich lehnte meinen Kopf an die Scheibe, blendete das Geschrei mühsam aus und ließ die sonnenbeschienene Landschaft an mir vorüberziehen.

Sollte ich der Stimme Glauben schenken? Es war zu verführerisch. Sie hatte so beschwörend und sicher geklungen, dass mich die Erinnerung an ihre Worte, ja, auch an diese seltsam gedämpften, intensiven Sekunden von vorhin, weiterhin beruhigte. Nun, irgendjemand oder irgendetwas in mir wusste anscheinend, dass nichts passieren würde. Vielleicht half es, wenigstens ein bisschen daran zu glauben.

Es half genau bis zu dem Moment, als ich den letzten Punkt unter meine Hausaufgaben setzte und beschloss, Nicole und Jenny eine Mail zu schreiben und mir alles von der Seele zu reden, was mich bedrückte. Das war zwar in der Vergangenheit nie sehr befriedigend gewesen, weil meistens – falls überhaupt – nur wenige, fahrige Zeilen zurückkamen, die in mir das Gefühl auslösten, aufdringlich gewesen zu sein. Aber ich musste Zeit totschlagen.

Doch schon das Einloggen scheiterte. Unser Internet funktionierte immer noch nicht. Papa machte sich halbherzig daran zu schaffen und beschloss nach schlappen zehn Minuten, dass es wichtigere Dinge gab. Zum Beispiel Umzugskartons auspacken. Diese Kartons nahmen einfach kein Ende. Überall stolperte ich darüber, in den Ecken bauschte sich das Dämmmaterial zu graubraunen Haufen und ständig klapperte und klirrte und schepperte es irgendwo.

Also musste ich es über mein Handy probieren. Immerhin hatte ich eine Flat und das Tippen einer epischen SMS-Mail würde mit Sicherheit bis zum Abendessen dauern. Doch ich konnte es nirgendwo finden. Es war weder in meiner Schultasche noch in meinen Hosentaschen noch in meiner Jacke. Und weil ich das nicht glauben wollte, wühlte ich sie immer und immer wieder durch, bis mir der Schweiß auf die Stirn trat und ich vor Unmut Magenschmerzen bekam.

Ich musste systematisch vorgehen. Wann hatte ich es zum letzten Mal benutzt – oder besser: versucht, es zu benutzen? Morgens im Bus. In der Pause war keine Zeit dafür geblieben, da Maike mich mit den neuesten Gerüchten versorgt hatte. Aber im Sportunterricht … Oh nein. Ich musste es im Sportunterricht vergessen haben. Wir hatten ausnahmsweise in der Vereinsturnhalle neben der Schule trainiert, weil bei uns die Lüftungen repariert wurden, und dort hatte ich mehrfach versucht, eine SMS abzusetzen. Wieder erfolglos natürlich.

»So. Jetzt reicht's«, knurrte ich und zwängte mich in meine Stiefeletten. Ich würde auf der Stelle in dieses verfluchte Dorf fahren, mir Zutritt zur Turnhalle verschaffen und mein Handy suchen. Wenn es tatsächlich eine Vereinsturnhalle war, würde sie geöffnet sein. Und wenn nicht – nun, ich war durchaus in der Stimmung, eine Tür aufzubrechen. Meinem riesigen Zimmer zum Trotz hatte ich das Gefühl, in einem Kerker mit meterdicken Wänden eingesperrt zu sein, abgeschottet und ausgegrenzt vom Rest der Welt. Es machte mich panisch. Keine Minute länger wollte ich tatenlos dabei zusehen, wie man mich in Köln vergaß, weil ich nicht erreichbar war. Im Eilschritt nahm ich die Treppe. Mama räumte gerade die Küchenschränke ein.

»Ich fahr schnell ins Dorf!«, rief ich und schnappte mir den Schlüssel vom Bord. Der norwegische Troll sah mir giftig dabei zu. »Hab mein Handy in der Turnhalle vergessen.«

»Okay, ist gut!«, schwebte Mamas Stimme fröhlich durch das Haus. Also immer noch gute Laune. Das war ja wie eine Krankheit.

Grausame vierzig Minuten später stieg ich aus dem Bus und sah sofort, dass vor der Turnhalle eine Handvoll Jugendlicher herumlungerte. Drei Kaugummi kauende Jungs schlugen sich gegenseitig mit ihren Rucksäcken auf den Hintern und fanden das offensichtlich entsetzlich komisch. Betont unauffällig schlurfte ich ihnen entgegen. Ein zottiger Hund tapste aus einer Hofeinfahrt direkt auf mich zu. Als ich stockte, blieb er ebenfalls stehen und zog die Lefzen hoch. Ein kaum hörbares Knurren ließ seine heraushängende Zunge vibrieren.

»Aus«, sagte ich leise, doch er knurrte weiter. Ich ging zwei Schritte rückwärts und schlug einen langsamen Haken um ihn herum. Der Hund ließ mich nicht aus den Augen. Dann stand ich endlich vor der Turnhalle. Die Jugendlichen hatten sich auf die andere Straßenseite verzogen und stürmten krakeelend den Dönerimbiss. Mit dem Ellenbogen versuchte ich, die schwere Tür aufzuschieben. Abrupt löste sie sich und der Geruch nach abgestandenem Schweiß, verrottendem Gummi und Magnesia stieg mir in die Nase. Drei

76

schmutzige Neonröhren flimmerten klickend vor sich hin. Gut, es war niemand da.

Mit klappernden Absätzen rannte ich die Treppe zu den Umkleidekabinen und der Halle hinunter. Die Vorstellung, mein Handy könne geklaut worden sein, hatte mich schon die gesamte Hinfahrt verfolgt und stimmte mich wütend und ängstlich zugleich. Ich hegte zwar eine winzige Hoffnung, dass hier auf dem Land nicht ganz so passioniert gestohlen wurde wie in Köln, doch schon beim ersten Blick in unsere Umkleide von heute Morgen schrumpfte sie auf einen jämmerlichen Rest Zweckoptimismus zusammen. Hier war nichts außer zwei zusammengeknüllten Taschentüchern und einem schmuddeligen Handtuch, das schlaff an einem Haken baumelte. Trotzdem robbte ich auf den Knien über den staubigen Boden und lugte unter jede Bank und in jede Duschkabine. Ergebnislos.

Mit einem entnervten Stöhnen richtete ich mich auf und drückte die Hände ins Kreuz. War ich überhaupt in der richtigen Umkleidekabine? Umkleiden sahen immer gleich aus und ich hatte seit jeher einen erbärmlichen Orientierungssinn – erst recht innerhalb von Gebäuden. Ich stolperte zurück in den Gang. Irgendwo plätscherte eine Dusche. Ich blieb stehen und lauschte. Das Wasserrauschen kam von rechts. Also stieß ich die linke Tür auf.

Vor mir lag ein weiterer halbdunkler Umkleideraum. Ich brauchte kein Licht zu machen, um zu sehen, dass ich hier noch nie gewesen war. Es war sinnlos weiterzusuchen. Vielleicht lag mein Handy in der Halle, obwohl ich mich nicht daran erinnern konnte, es dorthin mitgenommen zu haben. Auf einmal fühlte ich mich nicht mehr imstande, auch nur einen weiteren Schritt zu machen. Ermüdet ließ ich mich auf eine Bank neben der Tür fallen und atmete stöhnend aus. Die Schmerzen in meinen Schultern waren so stark geworden, dass ich mich zurücklehnen musste. Ich schloss die Augen und ließ meinen Kopf zur Seite sinken. Irgendetwas neben mir duftete so köstlich, dass ich meine Wange dagegenschmiegte. Es gab nach, wollte wegrutschen, doch ich hob schlafwandlerisch meine Hände und hielt es fest, um mein verschwitztes Gesicht tief hineinzudrücken.

Meine Muskeln wurden weich. Ja, sogar die harte Lehne in meinem Rücken schien wie Schaumstoff nachzugeben. Mein Handy war mir gleichgültig. Ich konnte nachher noch danach suchen. Morgen. Irgendwann ...

»Ist da unten noch jemand?«

»Weiß nicht, schau halt mal nach.«

Die Stimmen kamen von oben und sie hörten sich freundlich und locker an, doch in meinen Ohren klangen sie wie Feindesgebrüll. Denn die zweite gehörte zweifelsfrei der schwarzen Lola. Was zum Henker machte die denn hier? Schlagartig war ich wieder wach und mein Magen schien sich einmal um sich selbst zu drehen. Ich knallte mit dem Hinterkopf gegen die Wand, als ich merkte, dass ich mein Gesicht in ein weißes Männerhemd presste. Widerwillig riss ich mich von ihm los. Es roch doch so gut.

Hatte ich schon wieder geschlafen? Es konnte sich nicht nur um ein paar Minuten gehandelt haben, denn mein linker Arm war taub und mein Mund trocken. Schon hörte ich das vertraute Quietschen von Sportschuhsohlen auf Linoleum. Es kam näher und näher, direkt auf mich zu. Ein Schlüsselbund rasselte. Und ich saß völlig verschlafen in der Herrenumkleide und schmuste mit einem fremden Hemd. Zum Nachdenken hatte ich keine Zeit. Mit einem Satz war ich am Notausgang neben den Duschen und lehnte mich auf die Klinke. In letzter Sekunde gab die armdicke Tür nach und entließ mich in einen dunklen, engen Betonkorridor. Blitzschnell, aber leise zog ich sie hinter mir zu. Um mich herum wurde es stockfinster. Ein eisiger Luftzug kroch an meinen Waden hoch. Mit einem ungesunden Stolpern meines Herzens wurde mir bewusst, dass ich mich mehrere Meter unter der Erde befand, ohne Fenster, ohne Tageslicht. Doch Notausgänge führten gewöhnlich nach draußen und wahrscheinlich waren es nur wenige Schritte bis dahin. Ich streckte meine Hände tastend aus. Sie griffen ins Leere. Gab es hier denn keinen Lichtschalter? Noch immer konnte ich nichts sehen.

»Mach schon, Elisabeth«, flüsterte ich. »Lauf.« Meine Stimme hallte in einem gespenstischen, ersterbenden Echo nach. Über mir raschelte es – ein getriebenes, organisches Scharren. Mäuse? Oder gar Ratten? Als hätte mir jemand eine Peitsche über den Rücken gezogen, schoss ich zuckend nach vorne. Klebrige Fäden legten sich hundertfach auf mein Gesicht und dehnten sich mit einem aggressiven Surren. Hysterisch schlug ich um mich. Irgendetwas krabbelte über meinen Nacken, mit langen, tastenden Beinen. Spinnen. Hier war alles voller Spinnen. Ich war eingeschlossen in einem finsteren Verlies voller Spinnen. Wenn ich jetzt ohnmächtig werden würde vor lauter Ekel und Angst, würde mich niemand finden, und sie würden immer und immer wieder über mich hinwegkrabbeln, während ich langsam verdurstete und verhungerte. Sie würden sich in meine Haare einweben, in meinen Mund und meine Nasenhöhlen kriechen und gelb schillernde Kokons auf meinen Schleimhäuten absetzen, in denen Abertausend winzige Beinchen neuer Spinnen zu wimmeln begannen.

Ich stürzte lautlos schreiend weiter, bis meine Fingernägel endlich über kaltes Metall schrammten. Mit letzter Kraft warf ich mich dagegen. Die Tür schwang quietschend auf. Wimmernd torkelte ich in die leere, dämmrige Turnhalle. Ich war noch immer nicht an der frischen Luft, immer noch nicht frei. Aber wenigstens hatte ich Platz zum Atmen. Und die nächste Tür nach draußen befand sich direkt gegenüber. Doch nun krabbelte es nicht nur in meinem Nacken, sondern überall auf meinem Körper. Am Bauch. An den Oberschenkeln. An meiner Brust. Da half nur eines – ausziehen. Alles ausziehen. Und am besten anschließend eine Glatze rasieren.

»Scheiße!«, fluchte ich und zerrte mir meine dünne Bluse über den Kopf. Mit den flachen Händen griff ich unter mein Trägerhemdchen, schob es hoch und tastete fahrig meine Haut ab, erst den Bauch, dann den oberen Rücken. Da, unter meiner Achsel – dünne, zittrige Beinchen. Ich klaubte sie schreiend aus ihrem warmen Nest und schnippte sie fort, bevor ich sie – obwohl sie »nur« einem verwirrten Weberknecht gehörten – mit dem Absatz meiner Stiefeletten schnaubend zu grauem Matsch zermalmte.

»Verdammte, blöde Landeierscheiße! Ich will wieder nach Hause!« Zornig stampfte ich mit dem Fuß auf. Ein weiterer Weberknecht suchte mit staksigen Beinen das Weite. Ich hatte große Lust, etwas zu zertrümmern. Ich hob meine Faust und ließ sie gegen die schwere Tür krachen. »Autsch! Kacke!«

»Das ist ein Dojo. Kein Affenzirkus. Und in einem Dojo gibt es gewisse Regeln. Raus hier.«

Ich fuhr so heftig zusammen, dass ich rücklings gegen die Weichbodenmatte rutschte, die hinter mir an der Sprossenwand lehnte. Kalt berührte der Kunststoff meine nackten Schultern. Die Matte geriet ins Wanken. Hastig zog ich das Hemdchen über meinen entblößten Bauch und schob die Matte zurück an die Wand, bevor sie mich unter sich begraben konnte.

Wer, bitte, lauerte hier im Halbdunkel? Der Stimme nach zu urteilen – eine überhebliche, arrogante Stimme, die mir vage bekannt vorkam – war es ein Mann. Ein junger Mann. Ein paar Sekunden lang verharrte ich erstarrt und wagte nicht, mich umzusehen. Da war kein Geräusch, kein Atmen. Gar nichts. Aber es musste jemand hier sein. Ich spürte seine Gegenwart auf jedem Millimeter meiner Haut.

»Und was tut man so in einem Dojo?«, fragte ich. »Andere Menschen erschrecken?« Ich klang ängstlich und aufsässig zugleich.

Die Stimme antwortete nicht. Ich vergewisserte mich, dass die

Matte hielt, und drehte mich langsam um. Unter der Fenstergalerie saß ein junger Mann mit dem Rücken zu mir auf dem Boden. Seine Hände ruhten auf seinen Knien. Die Handflächen zeigten weiß nach oben.

Er trug einen schwarzen, verwaschenen Kampfanzug, auf dessen Schulterpartie ein roter Drache prangte. Der seidige Stoff war so zerschlissen und dünn, als würde er die meiste Zeit im Schleudergang der Waschmaschine verbringen, doch er saß perfekt. Um die Hüfte schlang sich ein schwarzer Gürtel. Ein Schwarzgurt. Das waren die gefährlichsten – so viel zumindest wusste ich von Karate.

»Ich habe gefragt: Was tut man in diesem verf–«

»Meditieren zum Beispiel. Allein sein. Trainieren. Respekt zeigen«, unterbrach er mich scharf, aber unverkennbar gelangweilt. Seine Stimme erfüllte den gesamten Raum, obwohl er leise sprach. In meinen Ohren klirrte es zart. Mit einer einzigen geschmeidigen Bewegung erhob er sich.

»Respekt bedeutet: verbeugen vor dem Eintreten. Leise sein. Barfuß gehen. Nicht herumfluchen. Verstanden? Und jetzt verschwinde.«

Woher kam mir seine Stimme nur so bekannt vor? Das mit dem Respekt hätte er nicht extra erwähnen müssen – ich war starr vor Respekt. Aber auch reichlich wütend auf diesen Gernegroß.

Noch immer stand er mit dem Rücken zu mir. Sieh mich an!, schrie ich in Gedanken zornig. Sieh mich endlich an! Doch ich brachte keinen Ton heraus. Was war das für ein Kerl? Und was bildete der sich überhaupt ein? Gehörte dieser ach so heilige Dojo ihm persönlich, oder was? Regungslos stand er da und wartete. Ich band mir die Bluse um die Hüften und verkniff mir die Frage, ob man sich denn auch verbeugen müsse, wenn man den Dojo verlasse. Mein Handy war jedenfalls nicht hier, das sah ich mit einem Blick. Hier war nichts außer dem Mann und seiner lähmenden, frostigen

Aura. Ich wagte es nicht, an ihm vorbei und hinüber zum Notausgang zu gehen, zumal dort möglicherweise weitere Spinnen lauerten.

Wie in Trance schritt ich aus der Halle und nahm die Treppe nach oben. Völlig außer Atem ließ ich mich auf den Boden sinken. Es herrschte absolute Stille. Lola und die andere Frau waren nicht mehr da. Ich warf einen Blick auf meine Uhr. Wenn ich den letzten Bus nach Kaulenfeld kriegen wollte, blieb mir keine Zeit zum Ausruhen. Dafür hatte ich viel zu lange geschlafen. Ich atmete tief durch, rappelte mich auf und wollte die Tür öffnen. Sie bewegte sich keinen Millimeter.

»Oh nein«, wimmerte ich. »Nein ...«

Draußen war es inzwischen fast dunkel. Ich sah die Scheinwerfer des Busses herankommen – und beobachtete hilflos, wie er kurz hielt und dann blinkend abbog. Ich war immer noch eingesperrt. Es nahm einfach kein Ende. Eingesperrt mit einem Schwarzgurt in einer kalten, schäbigen Dorfturnhalle. Und ich war selbst schuld, weil ich lieber geflohen war, als mich einer vermutlich harmlosen Frau zu stellen, die allabendlich die Halle abschloss und sicherheitshalber schaute, ob noch jemand hier war. Vielleicht wäre Lola ja gar nicht mit runtergekommen und hätte nie erfahren, dass ich in der Herrenumkleide saß und mich an ein fremdes Hemd schmiegte. Aber selbst wenn sie es erfahren hätte – vermutlich wäre sie immer noch netter zu mir gewesen als dieses arrogante Scheusal da unten. War es am Ende sein Hemd gewesen, an das ich mich vorhin gelehnt hatte? Falls ja – dann wusste er jetzt, dass ich mich in seiner Umkleidekabine herumgetrieben hatte. Ich wartete einen Moment lang ab, ob ich vielleicht nur träumte und gleich aufwachen würde, aber ich tat es nicht. Das war echt. Und es war schlichtweg furchtbar.

»Was mache ich jetzt nur?«, wisperte ich. Ich schaute mich suchend um. Vielleicht fand ich auf dem Schwarzen Brett ja irgendeinen Hinweis auf ein spätes Training – und damit auch darauf, dass die Tür sich wieder öffnen würde. Doch an dem zerbröselten Korkbrett haftete lediglich ein kleiner Waschzettel: »Sondertraining für alle männlichen Violett- und Braungurtträger mit Colin Blackburn jeden zweiten Mittwoch im Monat von 18.00 bis 20.30 Uhr.« Jeden zweiten Mittwoch. Heute war Mittwoch. Der zweite Mittwoch im Mai. Dann war das da unten also Colin Blackburn? Und nutzte die Gunst der Stunde, um viel Platz für sich allein zu haben?

Mit weichen Knien kauerte ich mich auf den abgenutzten Linoleumboden. Mir würde nichts anderes übrig bleiben, als auf diesen Widerling namens Blackburn zu warten und darauf zu hoffen, dass er mir die Tür öffnete. Mein Frieren verwandelte sich in ein unkontrollierbares Zittern. Aus der plötzlichen Panik heraus, er könne mich bemerken, tastete ich nach den Lichtschaltern und bereitete dem Flackern der Neonröhren ein Ende. Ich schluchzte trocken auf.

Okay, Ellie. Nicht heulen. Bloß nicht heulen, beschwor ich mich in Gedanken. Ich hatte es oft genug trainiert. Atmen. Schlucken. Atmen. An etwas anderes denken. Mich auf die unmittelbare Gegenwart konzentrieren. Sinneseindrücke sammeln. Gut, dann würde ich nun einen vorsichtigen und möglichst unbemerkten Blick auf meinen Feind und einzig möglichen Retter werfen. So leise wie möglich kroch ich hinüber zum großen Galeriefenster. Doch schon auf halber Strecke beschlich mich das ungute Gefühl, beobachtet zu werden. Ich drehte mich um. Hinter mir herrschte vollkommene Leere. Kopfschüttelnd schob ich mich weiter bis zu den Fenstern und äugte hinunter. Ich konnte den Fremden im Dämmerlicht der Halle kaum mehr erkennen. Nur schwach hob sich sein Anzug von den nachtgrauen Wänden ab. Anfangs sah ich seinen Schatten nur schemenhaft durch den Dojo gleiten. Dann, nach einigen Minuten des Ausharrens auf steifen Knien, wurde es besser.

»Boah«, raunte ich staunend, als er lautlos abhob und zweimal in der Luft um die eigene Achse wirbelte, um dann im Spagat auf dem Boden zu landen – eine Haltung, aus der ich mich nie wieder hätte erheben können. Doch mit einer einzigen schwebenden Bewegung kam er auf die Füße und brachte seine Arme schnell, aber ruhig in die Ausgangsposition, einen Arm angewinkelt an den Leib gezogen, den anderen ausgestreckt. Er war kein bulliger Kraftprotz. Seine Gliedmaßen waren lang und schlank, aber es spielten harte, unbeugsame Muskeln unter seiner hellen Haut.

Er mochte ja ein Scheusal sein, doch was ich sah, war unbeschreiblich schön. Ein rätselhafter, verwobener Tanz voller Energie und Versenkung, der Gegner erzittern und Bewunderer strahlen lassen musste.

Das hier war kein hektisches Gefuchtel. Das war Magie.

Allerdings war es eine Magie ohne Gesicht. Wenn er sich drehte in seinem Schattenkampf, dessen Gesetze nur er kannte und beherrschte, tat er es so schnell, dass ich keinen Blick auf sein Antlitz erhaschen konnte. Und wenn er verharrte – ein Verharren, bei dem nicht ein Atemzug, nicht eine Unsicherheit zu erkennen war –, dann immer mit dem Rücken zu mir.

Geh weg, du darfst hier nicht sein. Er möchte das alleine tun, wirklich alleine, sagte ich mir immer wieder. Doch ich blieb, obwohl meine Knie auf dem kalten Boden schmerzhaft zu pochen begannen. In mir bohrte eine ferne Sehnsucht, auch nur irgendeine Sache in meinem Leben mit solcher Versunkenheit und Passion tun zu können. Damit sie wirklich nur mir gehörte. Ich war sogar einen Moment lang versucht, mich nicht mehr über seinen Rausschmiss zu ärgern.

»Wenn ich dir nur weiter zuschauen darf«, sprach ich meine Gedanken wispernd aus. Colin erstarrte und drehte sich um. Ich wusste nicht, wie das möglich war – doch er musste mein Flüstern gehört haben. Bevor er mich sehen konnte, ließ ich mich platt auf den Boden fallen und kroch geduckt vom Fenster weg. Ich hielt den Atem an. Diese Bewegung hatte ich schon einmal gesehen. Ein jähes Wenden des Kopfes, stolz und unnahbar, während die Schultern völlig unbeweglich blieben. Obwohl ich noch immer nicht sein Gesicht gesehen hatte, wusste ich mit einem Mal, dass beide ein und dieselbe Person waren: der fremde Reiter aus dem Wald und der einsame Kämpfer dort unten, der soeben mit der Dunkelheit verschmolzen war.

Colin Blackburn hatte mich mit seinem Höllenpferd aus dem Gewitter gefischt. Und im Gegensatz zu mir hatte er mich mit Sicherheit sofort erkannt. Ich verbarg ja auch nicht mein Gesicht wie er. Es hatte wenig Sinn, sich zu verstecken. Ich schaltete das Licht wieder an, stellte mich neben die Tür und wartete.

Ich nahm mir vor, die Arme zu verschränken und ein möglichst gelassenes, unbeteiligtes Gesicht aufzusetzen, sobald ich seine Schritte hörte. Bis dahin jagte mein fliegender Puls einen Schauer nach dem anderen über meinen Rücken. Meine Füße und Hände waren eiskalt; meine Wangen aber brannten, als hätte ich Fieber. Nervös spielten meine Finger mit meinem Haustürschlüssel, bis ein anderes Schlüsselklappern sie übertönte.

Wortlos stieß er die Tür auf, damit ich nach draußen gehen konnte. Ich schaute nicht auf. Als ich unter seinem gestreckten Arm hindurchschlüpfte, wurden die Schauer auf meinem Nacken so mächtig, dass ich in die Knie sackte. Für einen winzigen Moment berührte meine Wange den Stoff seines Hemdes. Unwillkürlich atmete ich tief ein. Dann gab ich mir einen Ruck und torkelte die Stufen hinunter.

Die Straße war menschenleer. Eine Telefonzelle sah ich nicht und ich wollte nicht noch mehr Zeit damit verschwenden, danach zu suchen. Die beste und sicherste Lösung war, nach Hause zu laufen. Ich wollte hier keine Minute länger bleiben. Den Weg kannte ich nun ja und irgendwann würde ich ankommen. Man würde mir danach die Zehen amputieren müssen, aber es war besser, als zu trampen oder im Turnhalleneingang zu übernachten. Missmutig stiefelte ich Richtung Landstraße.

Nur selten rauschte ein Auto an mir vorüber, bis ich schließlich das einzige wache Wesen in dieser stillen, einsamen Welt zu sein schien. Meine Fersen taten scheußlich weh in den engen Stöckelstiefeln und die Kälte wanderte hoch zu meinem Bauch und legte sich klamm auf meinen Rücken. Ich blieb stehen und hob den rechten Fuß an, um ihn zu entlasten. An dem überquellenden Bach neben der Straße quakten die Frösche und im Dickicht raschelte es leise. Ein Reh vielleicht? Oder etwa doch ein blutrünstiger Vergewaltiger?

»Steig ein, ich nehm dich mit.« Viel zu schnell drehte ich mich um und verlor beinahe das Gleichgewicht, weil ich meinen rechten Fuß immer noch wie ein Storch über dem Boden balancierte. Wie konnte es sein, dass ich ihn nicht gehört hatte? Plötzlich erschien mir alles so unwirklich. Doch ich wusste sofort, dass der Mann in dem Auto Colin war. Seine Stimme hatte sich wie ein akustisches Tattoo in mein Gedächtnis gebrannt.

War ihm denn auch klar, dass ich das war, die er da mitnehmen wollte? Ich, die respektlose Großstadtpflanze aus Köln, die sich nicht mit Unwettervorboten auskannte und schon gar nicht mit den internen Dojo-Gesetzen? (Gesetz Nummer 1: Colin trainiert im Dunkeln. Stören und Fluchen verboten. Danke.)

»Worauf wartest du, Ellie?« Schön. Er wusste also auch schon, wie ich hieß. Ob er mit Benni befreundet war? Oder sprach sich so etwas auf dem Land automatisch herum? Ach, egal. Ich hatte an jedem zweiten Zeh eine Blase und mein Hunger brachte mich fast um. Mit einem resignierenden Seufzer stieg ich ein und schloss den Gurt.

Colin griff nach hinten und legte mir kommentarlos mein Handy auf den Schoß. »Besten Dank«, sagte ich frostig. Ich versuchte, es anzuschalten, doch bevor ich meine PIN eingeben konnte, erlosch das Display mit einem kränklichen Flimmern. Mühsam schluckte ich einen neuerlichen Fluch hinunter – und die Frage, warum er mir mein Handy nicht schon in der Turnhalle gegeben hatte. Woher wusste er überhaupt, dass es mir gehörte? Und wo hatte er es gefunden?

»Es lag im Mülleimer«, beantwortete Colin mir mit seiner ruhigen, angenehm tiefen Stimme meine Gedanken. Wieder war der Akzent so fein, dass ich mich anstrengen musste, um ihn wahrzunehmen. Hatte ich mir das Lächeln in seinen Worten eingebildet oder war es tatsächlich da gewesen? Doch ich war zu scheu, um ihn zu mustern, obwohl ich es gerne getan hätte. Und irgendwie war ich wütend, weil er sicherlich gewusst hatte, dass die Tür verschlossen sein würde, und dennoch in aller Seelenruhe weitertrainiert hatte, damit ich mich derweil schön lange fürchten konnte. Nun, dafür fuhr er mich jetzt wenigstens nach Hause und hatte mich vor dem Tod im Wald bewahrt. Ich sollte ihm wohl dankbar sein.

Mir war immer noch kalt. Alle Wagenfenster standen weit offen und meine Nackenmuskeln verkrampften sich in dem unablässig hereinströmenden Fahrtwind.

»Mach dir die Sitzheizung an«, sagte Colin in die Stille hinein. »Der Knopf ist in der Tür, unter dem Griff.«

Er hätte auch einfach die Fenster schließen können – aber bitte. Ich fingerte nach dem Knöpfchen und drückte es. Augenblicklich breitete sich eine wohltuende Wärme an meinem Rücken aus.

Nun riskierte ich doch einen Blick – allerdings nur schräg nach unten. Colin trug eine schmale dunkle Leinenhose und darunter weiche Lederstiefel, die kurz vor dem Zerfall standen. Waren das etwa seine Reitstiefel? Wenn ja, dann ritt er öfter durch Naturkatastrophen. Seine Unterarme waren trocken und sauber und meine feine Nase konnte nicht den Hauch eines Schweißgeruchs wahrnehmen. Stattdessen duftete er dezent nach Pferd, Heu und sonnenwarmen Steinen. Ich wollte nicht wissen, wie ich roch. Angst ist kein schmeichelhaftes Parfum.

Schweigend fuhr er weiter. Ich überlegte, dass es vielleicht sinnvoll wäre, ihm zu sagen, wo ich wohnte. Doch meine Zunge ruhte so träge und schwer an meinem Gaumen, dass es mir reine Verschwendung schien, sie zu bewegen. Das monotone Surren des Motors ließ mich immer tiefer in den warmen Sitz sacken. Ich gab nach und bettete meine Wange an den seidigen Gurt. Eine merkwürdige Gelassenheit lullte mich ein. Aber da war noch etwas anderes, etwas Tiefes, Dunkles, das in der Nähe meines Herzens zog und zerrte. War es die Enttäuschung darüber, dass Colin kaum mit mir redete? Oder dass der einzige Mensch, der mir heute ein Quäntchen seiner Zeit schenkte, ausgerechnet der arroganteste Mann weit und breit war?

»Elisabeth?«, fragte er mit einem unverkennbar ironischen Unterton in der Stimme. »Du kannst ruhig noch sitzen bleiben, aber wir sind da.«

Ich fühlte mich müde und benommen. Widerwillig löste ich mich von der weichen Lehne des Sitzes und öffnete die Tür. Colin hatte zielsicher auf dem Feldweg oberhalb unseres Hauses gehalten.

»Danke fürs Heimfahren … äh, und das Handy«, sagte ich einigermaßen höflich. Keine Reaktion. Doch so stumm wollte ich mich nicht abfertigen lassen.

»Du … das, was du da in der Halle gemacht hast – war das … hat das was mit diesem Sondertraining zu tun?«, fragte ich umständlich.

»Ich trainiere keine Mädchen«, entgegnete er kalt.

»Oh, dann hast du wohl *Tiger and Dragon* verpasst?«, erwiderte ich patzig. *Tiger and Dragon* war meine filmische Bibel. Wir hatten den Streifen mal auf DVD ausgeliehen. An diesem Abend durfte ich wählen, ausnahmsweise. Nach zehn Minuten war Jenny eingeschlafen und Nicole tippte abwesend eine SMS nach der anderen. Beide beschlossen einstimmig, dass ab sofort sie wieder die Filme aussuchen würden. Ich hingegen bestellte mir die DVD noch am selben Abend im Internet und hatte sie seitdem mindestens fünfzigmal angesehen. Ich kannte den Film auswendig.

Und du hast mich vorhin daran erinnert, dachte ich wehmütig.

»Mitnichten«, drang Colins Stimme aus dem Dunkel herüber. Mitnichten. Wer sagte denn heute noch so etwas? »Ich kenne den Film. Nette Tricksequenzen. Ich trainiere dennoch keine Mädchen.«

Langsam, aber sicher beschlich mich das Gefühl, er wollte mich mit aller Macht aus seinem Auto ekeln. Trotzdem konnte ich das nicht so auf mir sitzen lassen.

»Ich will nicht bei dir trainieren. Gott bewahre. Ich wollte nur wissen, ob du Colin Blackburn bist. Der mit dem Sonder-Super-Hooper-Beta-Spezialtraining für Braun- und Lilagurte.« Er schwieg eine Weile. Ich wagte kaum zu atmen.

»Ja, der bin ich«, sagte er schließlich gedämpft. »Und beizeiten können ein paar Kampftechniken nicht schaden.«

Der letzte Satz klang bitter. Und ich verstand ihn nicht. Er sprach in Rätseln. Schön, dann hatten sich ja zwei Bekloppte gefunden. Er war es also wirklich. Colin Blackburn. Ein frauenfeindlicher Karatetrainer, der in seiner Freizeit bei Gewitter durch den Wald ritt. Ich stieß die Tür auf.

»Ellie?«, fragte er leise. Er sprach meinen Namen weicher aus als die anderen. Mit einem offeneren E. Fast wie Ally, die amerikanische Version. Ich hielt inne und drehte mich zu ihm um. Vielleicht doch noch ein freundliches Wort? Sein Gesicht lag im Schatten, aber ich bekam langsam eine ungefähre Vorstellung von seinem Alter. Zwischen 18 und 25, schätzte ich.

»Nimm um Himmels willen das Piercing aus deinem Bauchnabel.«

Mit einem Mal war ich hellwach. Ich japste empört auf. Er hatte meinen Bauch gesehen – das war die eine Sache. Über die kam ich gerade noch hinweg. Aber sich in meinen Körperschmuck einzumischen – nein, das ging zu weit.

»Ich weiß nicht, warum du dich so aufregst«, sagte er, bevor ich meinem Ärger Luft machen konnte. »Du wolltest es doch gar nicht haben.« Jetzt fehlten mir erst recht die Worte. Wie kam er dazu, so etwas zu behaupten? Er kannte mich doch überhaupt nicht.

»Ich lasse mir nicht vorschreiben, was ich mit meinem Körper anstelle«, murmelte ich schließlich. Es klang wenig glaubhaft.

»Nicht? Dann frage ich mich, warum du es dir hast stechen lassen. Gute Nacht, Ellie. Träum schön.«

Ein eisiger Lufthauch streifte meinen Nacken. Noch nie hatte ein Mann so etwas zu mir gesagt. Träum schön. Mit wackeligen Knien stieg ich aus dem Auto. Colin zog überraschend schnell die Beifahrertür zu und brauste davon. Ein Déjà-vu. Ich grub in meinem Hirn nach Erklärungen. Eine zuschlagende Tür … ein davonjagender schwarzer Wagen … das hatte ich doch schon mal erlebt. Aber wieder war es, als würde jemand mein Erinnerungsvermögen stehlen. Ich konnte mich nicht entsinnen.

Vor mir hüpfte mit einem feuchten Klatschen eine Kröte über den Feldweg. Ich ging in die Hocke und sah sie mir an. Ihre dicken Backen bewegten sich rhythmisch und ihre goldenen Augen schienen genau zu wissen, wohin sie sich richten mussten. Durch den Staub zum Wasser. Es musste bewundernswert einfach sein, das Leben einer Kröte zu führen. Winterschlaf, wandern, ablaichen, wandern, Winterschlaf.

Kopfschüttelnd schloss ich die Haustür auf.

»Ellie, endlich!« Mama erwartete mich schon im Flur, die Arme voller zusammengefalteter Umzugskartons. »Was war denn los, warum kommst du so spät?«

»Frag nicht«, bat ich sie seufzend. Ich hatte plötzlich große Lust zu heulen. »Lass mich bitte in Ruhe.« Mama musterte mich nachdenklich und zuckte dann gleichmütig mit den Schultern. Ja, klar, Spätpubertät.

Was für ein chaotischer Abend. Konnte hier nichts normal ablaufen? Musste es immer in einer Blamage, Halluzinationen oder dem Beinahe-Tod enden? Ich setzte mich ins Wohnzimmer und schaltete testweise den Fernseher an – wow, ein echtes Bild. Mama hatte die Sache mit der Satellitenschüssel wohl endlich selbst in die Hand genommen. Papa hätte es nie getan. Er hasste Fernsehen.

Ich stellte die Lautstärke niedrig ein, schlurfte in die Küche und schob eine Tiefkühllasagne in den Ofen. Eine entspannende Müdigkeit kroch in meine Muskeln und dämpfte die Schmerzen in meinen Schultern und Knien. Ich zappte mampfend durch die Kanäle, doch nichts interessierte mich. Dabei hatte ich früher zusammen mit Nicole und Jenny ganze Abende vor dem Fernseher verbringen können. Früher … Mein altes Leben lag gerade mal fünf Tage zurück. Doch das konnte ich ebenso wenig glauben wie die Tatsache, dass Colin sich meiner erbarmt und mich nach Hause gefahren hatte.

Wo er wohl wohnte? In einer Villa? Mit Bediensteten und einem salongroßen Marmorbad? Was machte er hier auf dem Land? Seinem Akzent nach zu urteilen, stammte er nicht von hier.

Meine tausend unbeantwortbaren Fragen wurden leiser, sobald ich mich ins Bett legte und auf das tiefe Grau der Vorhänge schaute. Doch Ruhe fand ich keine. Ich spürte das Piercing in meinem Bauchnabel so deutlich, als sei es gerade erst gestochen worden. Und verdammt, das hatte richtig wehgetan.

»Okay, bitte schön, du eingebildeter, arroganter Saftsack«, fauchte ich, schleuderte das Bettzeug weg und stapfte ins Badezimmer. Vor diesem Augenblick hatte ich mich immer gefürchtet. Mindestens ebenso wie vor dem Stechen selbst. Mit bebenden Fingern fummelte ich an dem silbernen Ringelchen herum, das ich mir vor einem Jahr hatte aufschwatzen lassen und widerwillig bei meinen Eltern durchsetzte. (Papas einziger Kommentar: »Es ist dein Körper.«) Das war so ein Mädchending gewesen; wir wollten uns alle drei gemeinsam piercen lassen, natürlich nicht irgendetwas, sondern anders als die anderen. Letztlich sind aber auch Piercings kreative Grenzen gesetzt und so entschied ich mich für einen kleinen Silberring mit Brilli im Bauchnabel und brauchte Wochen, um mich an das Ding zu gewöhnen.

Aber als ich mich endlich daran gewöhnt und der Bauchnabel wieder eine normale, gesunde Farbe angenommen hatte, ließ ich wohlweislich meine Finger davon, um den Frieden nicht zu stören. Der Ring gehörte eben zu mir, ohne jemals einen Sinn erfüllt zu haben. Denn trotz diverser bauchfreier Shirts mochte ich es nicht besonders, nackte Haut zu zeigen, die niemanden etwas anging.

Nach zwei Minuten Fummeln und derbsten Flüchen, die Colin unter anderem die eitrige Beulenpest an die Hoden wünschten, glitt der Ring mit einem leichten Ziehen aus seinem warmen Nest. Klirrend fiel er in den offenen Abfluss der Badewanne und verschwand.

»Adios«, sagte ich müde. Dann ging ich zurück in mein Zimmer, um den Zettel meiner Verluste aus der Nachttischschublade zu ziehen.

»*Tag 3: Mein Bauchnabelpiercing.*«

Denn ich wusste genau: Ich würde Papa nicht bitten, den Abfluss aufzuschrauben, damit ich es retten konnte. Ich hatte es tatsächlich nie gewollt. Und ich hasste Colin inbrünstig dafür, dass er das wusste. Oder einfach nur geraten und ins Schwarze getroffen hatte.

Nach einem Zögern fügte ich hinzu: *Mein Stolz.* Doch hatte ich jemals Stolz besessen?

Der Schlaf kam schnell. Fast unmerklich streifte mich das mittlerweile vertraute Flüstern, bevor ich ins Nichts fiel: »Siehst du. Es ist nichts passiert.«

Hoffnungsschimmer

Am nächsten Morgen herrschte strahlendes Sonnenwetter – und Papa litt unter Migräne. Aus Rücksicht auf ihn hatte sich Mama mal wieder im Nähzimmer einquartiert. Da ich erst zur dritten Stunde zur Schule musste, nahm ich die seltene Gelegenheit wahr, mit ihr zu frühstücken und sie morgens ausnahmsweise wach und ansprechbar zu erleben. Sie buk Croissants auf und öffnete eine ihrer streng limitierten selbst gemachten Erdbeermarmeladen.

Dass ich kaum redete, störte sie nicht. Sie war voller Unternehmungsdrang und auch ich fühlte mich wach und erholt. Allerdings bemühte ich mich, nicht an meine Dorfturnhallengefangenschaft vom Vorabend zu denken und auch nicht an die wirren Träume, die mich gegen Morgen heimgesucht hatten. Ich hatte im Traum nach dem rufenden Vogel gesucht und konnte plötzlich die höchsten Bäume erklimmen und durch eiskalte Bäche rennen, ohne Erschöpfung oder Schmerz zu spüren – trotzdem hatte ich den Vogel nicht gefunden und war schier verzweifelt.

Mit einer Mischung aus Sehnsucht und Besorgnis schaute Mama hinaus in den Garten. »Ich werde heute versuchen, Mutterkraut aufzutreiben und ein Kräuterbeet anzulegen. Vielleicht hilft es ihm ja doch.« Sie war also in Gedanken bei Papa und seiner Migräne. Aus dem Mutterkraut braute sie einen Sud, der Papa in Migränezeiten helfen sollte. Doch eigentlich half ihm gar nichts. Nur schlechtes Wetter und Dunkelheit.

»Aber pass auf, dass sie dich dann nicht irgendwann als Hexe verbrennen«, mümmelte ich und verschluckte mich beinahe an meinem Croissant.

»Ach, Ellie, guck dich mal um – man würde hier wohl eher auffallen, wenn man keinen Kräutergarten pflegen würde«, lachte Mama erstaunt. Und sie hatte recht. Unsere Nachbargärten waren üppig, aber im Vergleich zu Mamas bisherigem Werk weitaus gepflegter und symmetrischer. Ordentlicher.

»Ich schau noch schnell nach Papa«, beschloss ich und stand auf.

»Nimm eine Tasse Tee für ihn mit«, bat mich Mama und drückte mir ein Tablett in die Hand. Auf leisen Sohlen schlich ich zum Schlafzimmer meiner Eltern und klopfte sachte an. Papa saß aufrecht im Bett, mit einem dicken Aktenordner auf den Knien und einem sagenhaft großen Eisbeutel auf dem Kopf. Die Jalousien waren komplett heruntergelassen, sodass nicht ein winziger Streifen Sonnenlicht in den Raum dringen konnte, doch auf dem Nachttisch brannte eine weiße Stumpenkerze. Es war mir schleierhaft, wie er mit pochendem Schädel seine Unterlagen durchgehen konnte.

»Komm rein, Elisa«, rief er lächelnd, schloss rasch den Aktenordner und winkte mich zu sich.

»Findest du es nicht langsam ein wenig uncool, als Mann Migräne zu haben?«, versuchte ich ihn aufzuheitern.

»Oh, es wird schon etwas besser«, sagte er optimistisch.

Ich glaubte ihm kein Wort. Ich sah ihm an, dass ihn die Schmerzen quälten. Und irgendwie wirkte er hungrig. Ich stellte den Tee auf seinen Nachttisch und ließ mich am Fußende des Bettes nieder. Wie immer konnte ich es nicht recht fassen – mein Papa, ein Bär von einem Mann, stark, athletisch und groß. Und dann Migräne.

Sein Lächeln verschwand und er sah mich prüfend an.

»Wie ist es denn so in der Schule?«

Am liebsten hätte ich die Wahrheit gesagt: niederschmetternd.

Aber ich wollte Papa keine Sorgen bereiten. Ich versuchte es mit einem Mittelweg.

»Na ja, ich muss mich wohl noch eingewöhnen. Aber das eine Mädchen in meinem Französischkurs ist ganz nett.«

Jetzt lächelte Papa wieder und zuckte gleichzeitig zusammen. Tief ausatmend presste er den Eisbeutel an die Stirn.

»Siehst du – jemand wie du findet rasch Kontakt, das war mir klar«, sagte er mit rauer Stimme.

Warum hatte ich dann das Gefühl, er würde seine Worte selbst nicht glauben? Ich hatte noch nie irgendwo rasch Kontakt gefunden. Und Papa wusste das eigentlich.

»Okay, Paps, ich muss los. Bis heute Abend!« Ich drückte ihm einen schnellen Kuss auf seine tiefgefrorene Stirn und beeilte mich, den Bus zu kriegen. Zwei Stunden Chemie und zwei Stunden Französisch – das sollte zu schaffen sein. Ich musste nur darauf achten, Lola und Nadine aus dem Weg zu gehen. Am besten verschwand ich in der Pause wieder in der Toilette.

Der Bus war angenehm leer. Ich steuerte zielstrebig die hinterste Sitzbank an und lehnte mich ans Fenster. »Huch!«, entfuhr es mir, als meine Hosentasche zu vibrieren begann und lang vermisste Signaltöne an mein Ohr drangen. Eine SMS! Mein Handy, es funktionierte wieder. Sofort klopfte mein Herz schneller – endlich eine Funkoase und endlich eine Nachricht aus Köln!

»Hi, Süße, wir kommen dich am Sonntag besuchen, Nicole hat ihren Führerschein bestanden! Vielleicht können wir ins Kino. Die Schule nervt, du verpasst hier nichts. Wir sind um 15 Uhr bei dir! Hdl, Jenny.«

Hdl. Hab dich lieb. Was für eine bescheuerte Abkürzung, dachte ich und erinnerte mich an mein erstes Hdl, das ich mit äußerstem Widerwillen in die Tasten gehauen hatte. Aber es war eine der Spielregeln gewesen.

Wenn ich jemanden lieb habe und es ihm sagen will, dachte ich träumerisch, während die grüne, sonnige Waldwelt an mir vorüberglitt, dann kürze ich diese Worte nicht ab. Klar, ich mochte Jenny und Nicole, sehr sogar – wir waren täglich zusammen gewesen. Aber lieb haben? Das war für mich irgendwie mehr als das. Wen hatte ich überhaupt lieb? Mama, Papa. Und Paul. »Ach, Paul«, flüsterte ich. Für einen Atemzug fühlte ich mich vollkommen einsam. Meine Großeltern waren tot. Mit meiner Tante und meinem Onkel hatten wir keinen Kontakt. Irgendwie hatte Mama es fertiggebracht, sich mit beiden Geschwistern auf Lebenszeit zu verkrachen. Papa war Einzelkind. Meine Cousins kannte ich nicht einmal. Warum musste dann auch noch Paul das Weite suchen … Doch wie immer versuchte ich mich mit dem Gedanken zu trösten, dass er spätestens mit zwanzig sowieso gegangen wäre. Vor drei Jahren. Also spielte es keine Rolle mehr.

Ich konzentrierte mich auf mein Handy. »Oh, ich freu mich!«, tippte ich und löschte es gleich wieder. Das klang so altmodisch. »Oh, wie cooool!« Grinsender Smiley. Schon besser. »Bin grad auf dem Weg zur Schule.« Was noch? »Vermisse euch.« Nein. Löschen. »Miss U.«

Ich schnaufte tief. Aber wenn sie es geschrieben hatte, musste ich es wohl auch tun. »Hdl, Lassie.« Oh Gott. Lassie. Wie konnte ich mir das nur so lange gefallen lassen?

Die ersten beiden Schulstunden verliefen ruhig und unspektakulär. Als es klingelte, blätterte ich umständlich in meinen Büchern und Heften, bis niemand mehr außer mir im Raum war. Vom Fenster aus sah ich, dass Lola und Nadine es sich auf den Bänken im Hof bequem machten. Gut, dann hatte ich die Toilette ja für mich. Doch als ich mich aufatmend umdrehte, stand Benni vor mir.

»Hi, Ellie. Alles okay?«, fragte er mit forschendem Blick.

»Ja, alles bestens«, erwiderte ich schnell und versuchte, mich an ihm vorbeizudrücken.

»Lotte meint, dass sie dich gestern gesehen hat!«, rief er mir hinterher. Ich beschleunigte meine Schritte. »In der Turnhalle!« Oh nein. War ich also doch nicht schnell genug gewesen.

»Muss ein Irrtum sein! Ich war zu Hause«, log ich und riss die Tür zur Mädchentoilette auf. Knallend ließ ich sie ins Schloss fallen. In meinem ganzen Leben hatte ich noch nie so viel gelogen wie in den letzten paar Tagen. So langsam gewöhnte ich mich daran.

»Ach ja?« Maike wuselte grinsend aus der Kabine und machte sich im Gehen den Gürtel zu. »He, mir kannst du es ruhig erzählen. Benni meinte, Lotte habe dich gesehen, wie du aus der Herrenumkleide abgehauen bist.«

Die Buschtrommeln hier auf dem Land funktionierten ja prächtig. Nachlässig hielt Maike ihre Fingerspitzen unter den Hahn und zog sie wieder weg, bevor das Wasser ihre Hände benetzen konnte.

»Ich bin nicht abgehauen«, sagte ich würdevoll. »Ich habe mich nur verirrt. Und ich hatte keine Lust, mich von Lotte ausfragen zu lassen, was ich zwischen den Männerduschen treibe.«

»Ist aber auch lustig, oder?«, kicherte Maike.

»Ja, sehr lustig. Haha. Und was hat Lotte da zu suchen gehabt?«

»Bauch, Beine, Po.« Natürlich. Bauch, Beine, Po. »Eigentlich bin ich auch bei ihr im Kurs, aber ich hatte Kopfschmerzen. Und du, was hast du überhaupt in der Turnhalle gemacht?«, fragte Maike neugierig.

»Ich hab mein Handy gesucht. Ich hatte es dort vergessen.« Oh, das klang beruhigend normal. Viel zu normal für diesen Abend. »Es lag übrigens im Mülleimer«, fügte ich bedeutungsvoll hinzu. Und ich würde zu gerne wissen, wer es dort reingeworfen hat.

»Irgendein Dummejungenstreich wahrscheinlich«, vermutete Maike achselzuckend.

»Na, wenigstens hat so ein seltsamer Karatetiger es gefunden und mir zurückgegeben. Der hat da ganz allein trainiert. Im Dunkeln.«

Maike stockte. Ihre Augen wurden schmal.

»Colin?«

Ich hob fragend die Schultern und sagte nichts. Sie kannte ihn also. Ich zupfte an meinen Haaren herum und wischte mir einen Krümel Wimperntusche aus dem Augenwinkel.

»Groß, schlank und hässlich wie die Nacht?«, fragte sie mit kalter Stimme.

»Keine Ahnung«, sagte ich gleichgültig, während mein Herz einen kleinen Sprung machte. Hässlich? Verbarg er deshalb sein Gesicht?

»Vergiss es, du wirst bei dem kein Training bekommen«, sagte sie hart.

»Das wäre auch mein persönlicher Albtraum«, erwiderte ich. Es klang glaubwürdig und Maike lächelte gelöst.

»Macht der das denn schon lange mit dem Karatetraining?«, fragte ich möglichst beiläufig.

»Nee, soweit ich weiß, erst seit ein paar Jahren. Keine Ahnung, aus welchem Loch der gekrochen ist.«

Bei der Vorstellung, Colin würde aus einem Loch kriechen, musste ich unwillkürlich lachen.

»Er ist gut, oder?«, hakte ich nach, schaute sie aber nicht an.

»Pfff«, machte Maike verächtlich. »In dem Alter schon den schwarzen Gürtel … Das ist doch gar nicht möglich. Nie und nimmer ging es da mit rechten Dingen zu. Den hat der sich bestimmt erkauft oder erlogen.«

Ich fragte mich, wie man sich einen Gürtelgrad erlügen konnte, denn spätestens im Nahkampf müsste man zu Bruch gehen und der Schwindel auffliegen. Colin sah gewiss nicht aus, als könne er bei irgendjemandem oder irgendetwas zu Bruch gehen.

»Er kommt auch nie mit was trinken, hilft bei keiner Vereinsfeier«, hetzte Maike weiter und beobachtete starr, wie ich mir ein paar störrische Strähnen hinter die Ohren zu streichen versuchte. »Das weiß ich von Benni. Aber die schmücken sich halt mit ihm. Deshalb sagt keiner was. Und wenn sie ganz viel Glück haben, macht er beim Sportball mal einen Schaukampf. Aber wehe, man will danach mit ihm reden oder ihm vorher Glück wünschen … Sogar die Eva hat er wie Dreck behandelt und die hat immerhin den braunen Gürtel. Ihm ist keiner gut genug«, steigerte sich Maike in ihre nachtschwarzen Anekdoten aus dem Vereinsleben mit und ohne Colin Blackburn hinein. Weiß der Henker, was der Mann mit ihr angestellt hatte. Normalerweise hätte ich ja auf verschmähte Liebe getippt. Aber Maikes Ablehnung war echt und kam aus tiefstem Herzen. Das spürte ich genau.

»Was machst du eigentlich so in deiner Freizeit?«, fragte ich, um ihre Hasstirade zu stoppen. Maike zuckte zusammen, als habe ich sie erschreckt. Dann kehrte das vertraute Grinsen auf ihr Gesicht zurück.

»He, ich hab eine Idee!«, rief sie vergnügt. »Hast du nächsten Freitag Zeit? Freitags gehen wir immer zusammen ausreiten. Mein Großvater hat ein paar Ponys, die stehen draußen im Wald. Reiten ist das einzig Gescheite, was du hier machen kannst – es sei denn, du willst in den Schützenverein, und das willst du nicht, oder?«

Ich schüttelte stumm den Kopf. Ponys. Ausreiten. Oh nein. Ich hatte definitiv genug von unfreiwilligen Ausritten. Hätte ich doch nur meine Klappe gehalten. Und wer war eigentlich »wir«?

»Maike, ich weiß nicht …«

»Oh doch, das machen wir. Da kann nichts passieren, die sind alle total lieb. Ehrlich.«

Total lieb. So wie die Hunde, die nur spielen wollen und einem dann sabbernd an der Kehle hängen. Es klingelte. Wir mussten zurück in den Unterricht. Maike stieß mich gönnerhaft in die Seite.

100

»Wenn du mitkommst, sag ich Benni und Lotte, dass du das wirklich nicht warst in der Umkleide. Ich denk mir ein gutes Alibi aus. Okay?«

Ich seufzte. »Na gut«, willigte ich leidend ein. Absagen konnte ich immer noch. Oder gar nicht erst hingehen. Aber ich wollte sie nicht vor den Kopf stoßen. Außerdem erschien mir ihr Angebot, mich bei Benni und damit auch bei Lola zu entlasten, nur allzu verlockend.

Am nächsten Tag schickte unser Biolehrer uns in den Wald. Exkursion. Beim Bilden der Zweiergrüppchen blieb ich als Letzte übrig. Ich hatte es nicht anders erwartet. Herr Schütz erbarmte sich meiner, womit mein Status als eingebildete Streberin endgültig besiegelt war.

Doch ich schätzte es, mich bei der Konversation auf das Nötigste beschränken zu dürfen: Fakten und allgemeine Höflichkeiten. Ich hatte mich schon immer gut mit Erwachsenen unterhalten können. Fast besser als mit Gleichaltrigen.

Allmählich entspannte ich mich, obwohl sich das Wetter wieder verschlechtert hatte und sich immer wieder dicke Wolken vor die blasse Sonne schoben. Sobald der Himmel sich verdunkelte, kam ein kühler, hartnäckiger Wind auf. Herr Schütz führte uns ruhig und zielsicher durch dunkelgrüne Wälder, in denen es nach Minze und feuchtem Laub roch, über Felder und schmale Pfade entlang an gurgelnden Bächen. Nach zwei Stunden taten mir so die Knochen weh, dass ich den Schulschluss herbeisehnte und froh war, mich in den Bus setzen zu können. Seit unserer Ankunft im Niemandsland jagte eine körperliche Herausforderung die nächste. Vor Aufregung hatte ich am Morgen mal wieder kaum etwas frühstücken können und jetzt wütete der Hunger wie ein wild gewordenes Tier in meinem leeren Magen.

Es ist tatsächlich Wochenende, dachte ich müde. Ich hatte die erste

Schulwoche hinter mich gebracht. Ich hatte eine Verabredung mit Maike für nächsten Freitag, die ich wahrscheinlich absagen würde – aber immerhin, ich hatte eine Verabredung. Und am Sonntag würden Jenny und Nicole zu Besuch kommen.

Ich fühlte mich gebeutelt und erschöpft, aber es gab etwas, worauf ich mich freuen konnte. Und daran hielt ich mich fest.

Den Samstag verbrachte ich mit Mama in verschiedenen Bau- und Gartenmärkten, die sie äußerst unzufrieden und missmutig vor sich hin meckernd verließ, weil sie nicht fand, wonach sie suchte. Trotzdem war der Kofferraum des Kombis nach unserer Odyssee zum Bersten voll. Nachmittags versuchte ich, mit ihr die schwere, feuchte Erde unter dem zähen Rasen umzugraben. Mir war schleierhaft, wie man so etwas freiwillig tun konnte. Es war viel zu warm, wir schwitzten und nach einer halben Stunde hatten wir beide Blasen an den Händen. Doch die Gartenarbeit machte mich hundemüde. Ein zweites Mal schlummerte ich abends schnell ein und schlief so fest, dass ich mich am nächsten Morgen an keinen nennenswerten Traum erinnern konnte.

Hatte ich überhaupt geträumt? Ich träumte doch sonst immer. Ich saß eine halbe Stunde auf der Bettkante und durchwühlte meinen Kopf nach Traumfetzen, wenigstens nach einer schwammigen Erinnerung. Doch ich fand nichts außer den üblichen Verdächtigen: Träume, in denen ich stundenlang nach einer Toilette suchte und keine fand oder unzureichend gekleidet durch die Schule schlich.

Ich musste mir eingestehen, dass ich enttäuscht war. Gut, die Katze hatte das Baby gewärmt. Es war nicht völlig allein gewesen. Und trotzdem wäre ich gerne noch mal in diesen Traum zurückgekehrt. Für einen Moment fragte ich mich, ob das Baby überlebt hatte. »Oh, Frau Sturm, das war nur ein Traum. Ein Traum!«, wies ich mich laut zurecht.

Obwohl ich schon wieder wohlig müde war, half ich Mama nach dem Frühstück dabei, einen Apfelkuchen zu backen (ein völlig neues Tätigkeitsfeld – bisher wusste ich nur, wie man die Mikrowelle anschaltete und im Backofen eine Pizza heiß machte), duschte mich, föhnte mir die Haare und stellte erschrocken fest, dass kaum mehr Zeit blieb, etwas Besonderes anzuziehen oder mich gar zu schminken. Hastig tuschte ich mir die Wimpern, legte einen Hauch Lipgloss auf und band mir die Haare im Nacken zusammen.

Jenny und Nicole mussten jeden Moment hier sein – hörte ich nicht schon ein Auto heranfahren? Mit zwei Stufen pro Schritt stürzte ich wagemutig die Treppe hinunter und sauste nach draußen auf den Hof, wo gerade ein schicker Kleinwagen zum Stehen kam.

»Mensch, du Arme, wohin hat es dich denn verschlagen?«, rief Nicole mitleidig, drückte mich so fest, dass mir fast die Luft wegblieb, und krönte ihre Begrüßung mit zwei Luftküsschen.

»Wir dachten schon, wir hätten uns verfahren und würden nie ankommen«, lachte Jenny. Gleiches Prozedere: drücken, Luftküsschen rechts, Luftküsschen links. Ich konnte es noch, hatte aber wieder das dumpfe Gefühl, von tausend neugierigen Augen hinter zugezogenen Vorhängen beobachtet zu werden.

»Das ist also das Haus«, sagte Nicole und drehte sich um ihre wohlgeformte Achse. Wie ich, als ich vor einer Woche hier angekommen war. Jetzt war ich diejenige, die in Jeans und Kapuzenpulli im Hof stand, und Jenny und Nicole begannen in ihren stylishen Klamotten synchron zu frieren.

»Kommt, wir gehen mal rein«, bat ich sie, da mir die Situation unangenehm zu werden begann. Denn mehr als ich konnten die beiden hier auch nicht entdecken und sie würden in Kürze feststellen, dass ich in der blanken Ödnis gelandet war. Ich hatte mir diese Ödnis zwar nicht ausgesucht, aber trotzdem schämte ich mich plötzlich dafür.

Ich führte sie um das Haus herum zum Wintergarten. Die Tür stand offen. Hastig zog ich die dunklen Vorhänge zurück und kurbelte die Jalousien nach oben. Mama arbeitete an ihren Beeten und winkte zu uns herüber.

»Hallo, ihr beiden!« Sie richtete sich auf, breitete die Arme aus und rief: »Ist das nicht traumhaft hier?« Oh Mama. Der Rasen war zur Hälfte umgegraben und sah aus wie ein Friedhof nach einem Erdbeben, daneben nur die Nachbargärten, auf der anderen Seite das Feld und über uns der schon vertraut trübe Himmel – was in Gottes Namen glaubte sie, Traumhaftes zu sehen?

Ich verdrehte die Augen, woraufhin Nicole und Jenny leise kicherten. Und ich schämte mich noch etwas mehr, denn Mama hatte eben sehr glücklich ausgesehen mit ihrer schmutzigen Gartenschürze, den hochgesteckten Ringellocken und ein paar scheußlichen lilafarbenen Gartenhandschuhen – vermutlich ein Erbstück von Oma.

Der Kaffeetisch war bereits gedeckt und der Apfelkuchen brachte mich fast um mit seinem verführerischen Geruch.

»Setzt euch«, forderte ich Nicole und Jenny betont locker auf und wies in der Hoffnung, sie würden mit dem Starren aufhören, auf den uralten wurmstichigen Holztisch, den wir aus Schweden mitgebracht hatten.

»Mama hat Kuchen gebacken, was wollt ihr dazu – Kaffee?« Natürlich Kaffee. Mit viel Milchschaum.

»Ähm, Lassie, du – wir waren bei der Autobahnabfahrt gerade noch bei McDonald's, wir hatten so'n Hunger. Ich mag nur einen Kaffee«, sagte Jenny entschuldigend. »Mit Süßstoff.«

»Ich auch. Wenn ich jetzt noch Kuchen esse, nehme ich nur wieder zu«, schloss sich Nicole an.

»Also, ich esse ein Stück Kuchen – ich hab das Ding nämlich selbst gebacken und falle um vor Hunger«, sagte ich schärfer als beabsichtigt. Reiß dich zusammen, Ellie, bläute ich mir ein, während ich den

Kaffeeautomaten zum Röhren brachte. Das sind deine besten Freundinnen. Und wärst du dabei gewesen, hättest du auch deine Pommes gegessen und deinen Milchshake getrunken.

Ein betretenes Schweigen breitete sich aus, als ich einsam meinen Apfelkuchen mampfte und die beiden anderen höflich am Kaffee nippten. Jenny sah sich um und tat so, als würde sie sich für die Einrichtung interessieren. Dabei waren es exakt dieselben Möbel wie in Köln.

»Lustig, gemeinsame Kaffeetafel, wie früher bei den Kindergeburtstagen«, grinste Nicole. »Was machen wir denn danach?«

»Topfschlagen«, antwortete ich sarkastisch und hätte mir am liebsten selbst in den Hintern getreten. Warum fragten sie eigentlich nicht, was ich die vergangenen Tage so gemacht hatte? Wie es in der Schule war? Und was ich sonst noch erlebt hatte?

»Weiß jemand, was im Kino kommt? Hier gibt es doch ein Kino, oder?«, versuchte Jenny die Stimmung zu retten.

Ach, auch das noch. Ich hatte es mithilfe der Tageszeitung am Morgen recherchiert – und die Ergebnisse waren entmutigend.

»Das nächste Kino ist in Altenkirchen – eine halbe Stunde braucht man schon, um da hinzufahren. Und die Vorstellung ist erst um 19 Uhr.«

»Und was läuft?«, fragten beide gleichzeitig.

»*Twilight.*« Den hatten wir schon vor Wochen in Köln gesehen. Und zwar nicht nur einmal.

»Und sonst?«

»Nichts. Das Kino hat nur einen Saal. Sorry.«

Nicole und Jenny versuchten, ihre Enttäuschung zu überspielen. Es ging gründlich daneben. Kino am Sonntag – das war unsere heilige Tradition gewesen. Was sonst sollte man auch an Sonntagen tun? Wir waren samstags ausgegangen, hatten sonntagmorgens ausgeschlafen, etwas für die Schule getan und uns zum Kino getroffen.

105

Nach der verlegenen Kaffeerunde zeigte ich den beiden mein Zimmer, was ihnen dann doch einige Begeisterungsschreie entlockte.

»Hey, hier kann man ja richtige Partys feiern! Wahnsinn!«

»Wenn man die Leute dazu hat, sicher«, grummelte ich.

»Hast du denn schon jemanden kennengelernt?« Jenny grinste verschwörerisch. Oh. Nun war das Jungsthema an der Reihe. Ein kritisches Thema, da Nicole erst einige Wochen mit ihrem Tim auseinander war und derzeit alle Männer hasste. Umso mehr wunderte ich mich, dass sie errötete und auffällig unauffällig in meinen CDs zu stöbern begann, die sie sowieso alle auswendig kannte.

»Eigentlich nicht«, wich ich aus.

»Wie sind die Jungs denn hier so? Ein paar coole Typen dabei?«, hakte Jenny neugierig nach.

Hm. Benni war ein Hübscher, sicher, aber mit ihm hatte ich es mir ja nach fünf Minuten vermasselt. Colin war kein Junge. Colin war indiskutabel. Colin war so schwer zu erklären, dass ich es gar nicht erst versuchen wollte. Außerdem war er laut Maike hässlich.

»Ich weiß nicht, bestimmt. Mal sehen.«

Die beiden schlichen in meinem Zimmer umher wie zwei eingesperrte Panther im Zoo. Sie waren hier eindeutig nicht in ihrem natürlichen Umfeld. Gleichzeitig kam auch ich mir vor wie ein seltenes, aber entstelltes Tier, das kritisch begutachtet wurde. Ich tat ihnen leid. Das spürte ich ganz genau.

Nicoles Handy piepste. Sie hatte Empfang? Gemeinheit. Sofort angelte sie es aus ihrer Hosentasche und wieder huschte eine kräftige Portion Rosa über ihre Wangen. Gedankenverloren ließ sie sich auf mein Sofa sinken und drückte fieberhaft auf die Tasten. Fragend blickte ich Jenny an. Unsere Gedankenübertragung funktionierte noch.

»Sie ist wieder verknallt. Vielleicht was Ernstes«, flüsterte sie mir zu.

»Kenne ich ihn?«

»Toby, der aus der 13. Klar kennst du den. Der war doch ein paarmal mit uns weg.«

»Ach, der ...«, sagte ich beiläufig. Genau der. Der Tobias, der mir Getränke ausgegeben hatte, sich bei der einen Taxiheimfahrt an meine Schulter gelehnt hatte, der behauptete, es sei jammerschade, dass ausgerechnet ich wegzog. Nun, es war ihm wohl nicht schwergefallen, schnellen Trost zu finden.

Oder hatte ich mir das mit ihm wieder nur eingebildet? Hatte ich die ganze Zeit etwas übersehen? Nicole drückte weiter mit verzücktem Gesicht auf ihrem Handy herum, wobei ihr eine seidige Ponysträhne in die Augen fiel. Während Jenny auf mich einredete und mir exklusive Details verriet, die ich niemals hatte hören wollen, verglich ich Nicole unaufhörlich mit mir. Ja, sie hatte größere Brüste und auch größere Augen. Längere Wimpern. Sie konnte sich besser schminken. Bestimmt auch besser tanzen ...

Ich antwortete Jenny mechanisch und lachte ab und zu, ein Lachen, das mir im ganzen Gesicht wehtat. Endlich hatte Nicole ihre SMS-Session beendet und kam mit erhitzten Wangen zu uns herüber.

»Die Jungs treffen sich heute Abend noch im Miller's zum Billard. Er fragt, ob wir auch kommen.« Er. Sag es doch, Nicole, ich weiß es sowieso schon, dachte ich.

»Ja, warum nicht!« Jennys Erleichterung war etwas zu deutlich zu hören. Sofort setzte sie pflichtschuldig nach: »Gehst du auch mit, Lassie?«

Alte Gewohnheit oder ein schwacher Versuch von Humor?

»Und wie komme ich dann zurück nach Hause?«

»Fährt hier kein Zug oder so?«

»Das Schienennetz ist seit den Fünfzigern stillgelegt. Und ein Taxi von Köln nach Kaulenfeld kann ich mir wahrlich nicht leisten.

Außerdem bin ich sehr müde, ich hatte eine anstrengende Woche.«
Nach der keine von euch mich gefragt hat, fügte ich in Gedanken
vorwurfsvoll hinzu. Zum Abschied – sie mussten gleich weg, weil
sie die Jungs sonst verpassen würden, und das ging natürlich gar
nicht – gab es wieder Luftküsschen rechts und links, aber meine
Umarmungen fielen weniger innig aus. Als das Auto um die Ecke
gebogen war, gefror mein Lächeln zu Eis. Ich war wütend und vor
allem hatte ich das Gefühl, betrogen worden zu sein.

Eine Woche – eine einzige Woche und ich war von der besten
Freundin zur Mitleidsnummer mutiert. Eine nervtötende innere
Stimme sagte mir, dass ich das hätte ahnen können. Schließlich war
ich diejenige gewesen, die sich in den vergangenen Wochen immer
mehr zurückgezogen hatte. Ich war hin- und hergerissen. In der einen Sekunde vermisste ich Köln so heftig, dass es wehtat, und wäre
den beiden am liebsten hinterhergerannt, in der anderen Sekunde
hatte ich einen gepflegten Hass auf Jungs, Handys, Schminkuten-
silien, Kinopaläste und Schnellimbisse. Weil das alles Dinge waren,
mit denen ich mich auszukennen glaubte, und ich jetzt feststellen
musste, dass sie mir hier gar nichts nützten. Ich wusste nicht einmal, wie die Jungs in meiner neuen Stufe aussahen, da ich nie von
meinen Büchern aufschaute.

»Ellie, Telefon!«, holte mich Mamas Stimme aus meiner zornigen
Trance. Oh, bestimmt Nicole oder Jenny, die etwas vergessen hatten.
Immer noch angesäuert nahm ich Mama das Telefon aus ihrer erd-
verkrusteten Hand.

»Ja?«, bellte ich in den Hörer.

»Elisabeth? Bist du das?«

Autsch. Eine Jungenstimme. Und zwar eine nette.

»Benni?«, sprach ich meinen Gedankenblitz laut aus.

»Ja, ich bin's. Hi, Ellie. Ich wollte nur fragen, ob du Lust hast, mit
uns Pizza zu essen und eine DVD zu gucken.« Sieh an. Es gab DVD-

Player im Wald. Ich war so durcheinander, dass ich nicht wusste, was ich sagen sollte. Pizza essen.

»Ellie? Bist du noch da?«

»Ja, ich … ich dachte, ich hätte dich beleidigt – und so«, stotterte ich.

»Ach, das ist längst vergessen. Wir sind hier nicht so nachtragend.« Ich musste trotz meines Elends grinsen. Benni machte sich mal wieder für den Westerwälder Menschenschlag stark.

»Okay, danke. Aber – ich war den ganzen Tag auf den Beinen und hatte bis eben Besuch. Ich bin furchtbar müde.« Und ich trau mich niemals, einfach so mit fremden Jungs (und Mädchen?) Pizza zu essen und Filme zu gucken.

»Du hörst dich wirklich k.o. an«, sagte Benni nachdenklich. »Ist alles in Ordnung?«

Wenn ich jetzt Nein gesagt hätte, hätte ich angefangen zu heulen.

»Ja. Ich bin nur sehr müde. Das war eine stressige Woche.«

»Klar«, sagte Benni großzügig. »Aber du wirst dich hier schon noch einleben, bestimmt.« Es klang fast wie eine Drohung.

»Ja, ich glaube auch«, antwortete ich mechanisch. »Und, Benni – frag mich bitte wieder einmal, okay?« Letzteres meinte ich in diesem Moment sogar ernst. Doch ich wusste auch, dass es niemals dazu kommen würde. Das wusste ich einfach.

»Klar doch, mach ich gerne! Dann einen schönen Abend, bis morgen in der Schule!«

Ich legte auf. Mama lauerte wie ein stummer Schatten hinter mir. Ich drehte mich langsam um und ihr erwartungsvoller Blick erstarrte, als sie meine Miene sah.

»Er ist nett, ja, aber ich bin weder verknallt noch interessiert. Ich bin grad gar nichts«, jammerte ich.

»Aber du bist alles für uns«, antwortete Mama beschwichtigend und wollte mich in den Arm nehmen. Doch ich hatte mir geschworen, nicht zu weinen. Ich wich ihr aus und sagte mit erstickter Stimme, dass ich einfach nur ein wenig allein sein musste.

In meinem Zimmer roch es noch nach Nicoles Parfum. Ich riss das Fenster neben dem Bett auf, fächerte hysterisch Luft in den Raum und blickte dann mit verschleiertem Blick auf den trüben Dorfrand.

Ich hätte zu Maike fahren und mit ihr Löwenzahn für ihre Kaninchen sammeln sollen – danach hatte sie mich nämlich am Freitag noch gefragt und in meinen Ohren hatte das so komisch und kindlich geklungen, dass ich lachen musste. Ich hatte ihr gesagt, dass meine Kölner Freundinnen kommen wollten, und sie war nicht böse gewesen und schon gar nicht beleidigt. Ich hätte sie nicht auslachen dürfen. Ich konnte mir zwar Besseres vorstellen, als Löwenzahn zu pflücken, aber dieses Intermezzo eben war unleugbar verschwendete Zeit gewesen.

Endlich war Nicoles Parfum verflogen. Ich setzte mich an den Schreibtisch, lenkte meine Gedanken auf die Schulaufgaben und versuchte, nicht an meine beiden »besten« Freundinnen zu denken.

Nach dem Abendessen war ich so müde, dass meine Augen zu tränen begannen und mir ein Schauer nach dem anderen über den Rücken jagte. Es dauerte, bis mir unter der Bettdecke warm wurde, und als ich in den Schlaf sank, fröstelte ich immer noch.

Stunden später – es war noch stockfinster und die Stille verriet mir, dass der Morgen weit weg war – erwachte ich binnen eines Pulsschlags. Mir war so warm, dass ich mit einer einzigen Bewegung mein Bettzeug zurückschlug. Mein Herz raste. Ich war nicht allein. Hier war jemand. In meinem Zimmer. Ich wollte das Licht anknipsen, doch ich fand den Schalter nicht. Wo war der verflixte Schalter?

Die Lampe rutschte vom Nachttisch und fiel mit leisem Scheppern zu Boden. In diesem Moment brach ein fahler bläulicher Mond durch die Wolken und erhellte das Zimmer mit seinem milchigen Licht. Gänsehaut kroch über meine Arme bis hinauf zu meinem Nacken. Panisch blickte ich in alle Ecken und Winkel meines Zimmers. Ich sah niemanden. Und dennoch war ich nicht allein.

Die Sekunden verstrichen in albtraumhafter Langsamkeit, während ich meinem keuchenden Atem zuhörte. Warum war ich wach geworden? Wer oder was war hier, bei mir?

Dann schrie der Vogel am Waldrand und ich fühlte mich eigentümlich beruhigt. Ich musste Fieber haben, ja, und irgendetwas stimmte nicht – aber meine Angst war verflogen. Eben noch hatte ich überlegt zu fliehen. Jetzt kam mir mein Zimmer vor wie ein schimmernder Palast. Ich stand auf, huschte barfuß ans Fenster und schaute hinaus, wie zuvor am Nachmittag. Doch nun war die Welt nicht trüb, sondern von glitzerndem, magischem Mondweiß überzogen. Eine schwarze Katze saß mitten auf der Straße, still und stumm, als genösse sie die vollkommene Einsamkeit mit all ihren Sinnen. Als sie meinen Schatten wahrnahm und zu mir aufblickte, senkte sich eine jähe Wärme auf meinen Rücken – keine Fieberwärme, sondern ein milder Schauer, fast wie ein Streicheln.

»Erinnere dich«, ertönte das fremde und doch so vertraute Flüstern in meinem Kopf. »Erinnere dich.«

»Wer bist du?«, rief ich und der Zauber war gebrochen. Die Katze auf der Straße huschte davon und eine wild gezackte Wolke schob sich vor den Mond. Ich begann zu schlottern. Mein Nachthemd klebte feucht und kalt an meinem verschwitzten Rücken.

Ich lehnte mich an das Kopfende meines Bettes und wickelte die Decke um meinen fiebrigen Körper, in dem jede Zelle zu pulsieren schien. War es so – verlor ich den Verstand? Aber warum waren meine Sinne dann nicht verschwommener, sondern klarer als sonst?

Und was hatten die Worte überhaupt zu bedeuten? »Erinnere dich.« An was oder wen sollte ich mich erinnern?

Das Blut rauschte in meinen Schläfen, als ich mich hinlegte und meine Körpertemperatur sich langsam wieder normalisierte. Jetzt nicht darüber nachdenken, beschwor ich mich. Morgen ist noch genug Zeit dafür.

Der Vogel am Waldrand sang mich klagend in den Schlaf.

Mimikry

Am nächsten Tag fühlte ich mich miserabel und stand nicht auf, als der Wecker klingelte. Prompt steckte Mama den Kopf zur Tür herein. Ihr Morgenschlaf mochte ihr ja heilig sein, aber wenn die Dinge im Haus nicht ihren gewohnten Lauf nahmen, trieb es sie aus den Federn.

»Ist alles in Ordnung, Ellie?«

»Nein«, sagte ich mühsam. Meine Stimme war heiser, als hätte ich lange und laut geschrien. »Ich glaube, ich bin krank. Ich bleib zu Hause.«

Mama stutzte. Gähnend tapste sie in ihren Plüschschlappen zu mir herüber und schaute mir prüfend ins Gesicht.

»Du siehst wirklich sehr müde aus. Dann mach heute einfach mal frei. Dir geht's bestimmt bald besser. Soll ich dir irgendwas bringen?«

»Nein danke, Mama. Ich will nur schlafen.«

Jetzt schien ihr etwas einzufallen. Sie schlug sich mit der Hand gegen die Stirn und stöhnte auf.

»Ach, Ellie. Ich wollte ja heute Karin in Köln besuchen und auf dem Rückweg zum Gartengroßhändler ...«

»Das macht doch nichts, Mama. Fahr ruhig. Ich bin ja schon groß und komme allein klar.« Ich versuchte mich an einem Grinsen.

»Wirklich?«

»Wirklich.«

Mit einem neuerlichen Gähnen tapste sie zurück zur Tür und hauchte mir ein verschlafenes »Gute Besserung« zu, bevor sie langsam wie eine Greisin die Treppe hinunterschlurfte.

Ich blieb bewegungslos, aber wach liegen, bis Mama nach Köln aufbrach und ich endlich allein war. Das Haus beruhigte sich und nach wenigen Augenblicken war vollkommene Stille eingekehrt. Ich duschte mir die Müdigkeit aus den Knochen, schlüpfte in meine bequemsten Klamotten und zog mich mit einem starken Kaffee in Papas Büro zurück. Die schwarzen Bücherregale reichten bis zur Decke und die Jalousien waren heruntergelassen – ein so vertrauter Anblick, dass ich leise seufzte. In Papas Büro hatte ich immer das Gefühl, in eine andere Zeit einzutauchen. Nur mit den unzähligen bunten Orchideen auf seinem Fensterbrett hatte ich mich niemals anfreunden können. Ich empfand ihre aufragenden Blütendolden als reichlich obszön. Aber auch sie waren immer da gewesen und gehörten zu diesem Büro wie die Glaskaraffe mit stillem Wasser auf Papas Schreibtisch.

Wie oft hatte ich mich in den vergangenen Jahren heimlich hier hereingeschlichen und in all den medizinischen und psychologischen Wälzern geschmökert – aus purer Neugierde und weil er immer gesagt hatte, das sei kein Lesestoff für ein kleines Mädchen. Jetzt aber war ich hier, um herauszufinden, ob ich den Verstand verlor oder nicht. Ich griff mir wahllos einige Nachschlagewerke aus den Regalen, kuschelte mich auf dem grünen Ledersofa in eine flauschige Decke und durchforstete die Inhaltsverzeichnisse nach »Wahnvorstellungen«, »Halluzinationen« und »Stimmen hören«.

Drei lange, anstrengende Stunden später musste ich feststellen, dass ich keinen Schritt weitergekommen war. Würde ich Drogen nehmen oder hätte ich eine Trinkerkarriere hinter mir, wäre die Lösung nach wenigen Minuten gefunden gewesen.

Ich hatte bisher aber nicht einmal an einer Zigarette gezogen, geschweige denn an einem Joint, und war noch nie betrunken gewesen – ein wohlbehütetes Geheimnis vor Jenny und Nicole, denen ich einen täuschend echten Schwips vorspielen konnte. Gleichzeitig trug ich die Verantwortung dafür, dass in unserer Stammkneipe und unserem Lieblingsclub etliche Pflanzen eines kläglichen Äthanoltodes starben, denn ich hatte all die Biere, Longdrinks und Schnäpse klammheimlich in die Blumenkübel geschüttet.

Nein, Papas Bücher hatten mir nicht geholfen. So kritisch ich meine beiden Stimmenerlebnisse auch betrachtete – sie passten nicht zu dem, was ich hier las.

»Mist«, flüsterte ich und vergrub die Hände in meinen Haaren, die sich in der Landluft langsam wieder zu wellen begannen. Mein Glätteisen hatte ich bisher nicht einmal ausgepackt.

»Was quält dich denn, Elisabeth?«

»Oh Gott, Papa!« Ich versuchte hektisch, die Kuscheldecke über die gelesenen Bücher zu werfen. »Was machst du hier?«

»Ich hab ein paar Akten vergessen«, sagte er lächelnd und ging mit federnden Schritten zu seinem Schreibtisch. »Du kannst die Decke ruhig wieder herunternehmen; ich weiß, dass du seit Jahren mein Büro mitbenutzt.«

Gut. Er war also nicht böse. Aber was sollte ich ihm antworten? Ich konnte ihm nicht erzählen, was wirklich passiert war – ich wusste ja nicht einmal, ob es »wirklich« gewesen war. Vielleicht hatte ich eine Krankheit, die so selten war, dass sie in keinem Buch vorkam oder noch gar nicht erforscht worden war?

Mit beneidenswerter Leichtigkeit griff er sich die schweren Akten und setzte sich neben mich auf das Sofa. Knarrend gab das Leder unter seinem Gewicht nach.

»Ach, Papa«, seufzte ich. »Hier ist alles so anders – und ich frage mich …«

115

»Was fragst du dich?«

»Ob man deshalb irgendwie selbst anders wird.« Sorry, Papa, aber mehr kann ich dir nicht sagen, entschuldigte ich mich stumm.

»Natürlich ist man anders als in der Stadt. Es macht einen Unterschied, ob man im Gebirge lebt, am Meer, in der Stadt oder auf dem Land. Es ist viel ruhiger hier. Die Sinne schärfen sich. Und du hattest schon immer sehr feine Sinne. Man hört mehr und sieht mehr.«

Oh ja, man hört mehr. Das kannst du laut sagen, Papa, spottete ich in Gedanken.

»Hast du denn noch …« Papa unterbrach sich räuspernd und schien zu überlegen, ob es klug war weiterzureden oder nicht.

»Was?«, fragte ich ihn.

»Ich habe gesehen, dass du den Wein an deinen Fenstern ein wenig weggeschnitten hast.«

Jetzt räusperte ich mich. Ich ahnte, worauf er anspielte.

»Darf ich das denn nicht?«, entgegnete ich und spielte mit den Troddeln der Kuscheldecke.

»Es verfolgt dich also immer noch, dein – Szenario.« Oh, wie vornehm ausgedrückt. Papa war in seinen versierten, plaudernden Therapiegesprächston verfallen. Ja, das konnte er gut. Plötzlich hatte man das Gefühl, ihm alles anvertrauen zu wollen. Alles und noch mehr.

Doch irgendwie war es mir heute unangenehm. Wir hatten seit Jahren nicht mehr darüber geredet. Ich erinnerte mich noch gut daran, wie ich ihm eines Herbstabends unter Tränen jene Horrorvision geschildert hatte, die mich immer wieder heimsuchte, vor allem nachts, wenn ich nicht einschlafen konnte: die Vorstellung, dass eine Spinne gezielt auf meinen Körper krabbelte, unter meine Kleider und in meine Haare, auf meine nackte Haut, und niemand es schaffte, sie von mir zu lösen. Ich selbst schon gar nicht. Dass ich ohnmächtig wurde vor lauter Ekel und Abscheu. Ich hatte damals von ihm wissen wollen, ob das denn möglich sei – vor Ekel das Bewusstsein zu verlieren. Und zu meinem Schrecken hatte er geantwortet: »Ja. Ja, das ist durchaus möglich. Aber es ist ein sinnvoller Trick deines Körpers, um dich zu schützen und dich vergessen zu lassen.« Im Notausgang der Turnhalle war die Horrorvision beinahe Wirklichkeit geworden. Die vermeintlichen Spinnen hatten sich zwar als altersschwache Weberknechte entpuppt, aber ich mochte mir dennoch nicht ausmalen, was passiert wäre, wenn ich die Tür nicht hätte öffnen können. Ich ließ die Troddeln los und schaute Papa an.

»Ja, ich hab es immer noch«, sagte ich. »Tut mir leid. Diesbezüglich bin ich eben nicht erwachsen geworden.«

Papa lachte und strich mir kurz über die Haare.

»Elisa, du weißt selbst, dass das damit überhaupt nichts zu tun hat. Ängste kennen kein Alter. Und tröste dich: Menschen mit Ängsten sind meistens sehr intelligent und hervorragende Analytiker. Das ist ein Vorteil, kein Nachteil. Du musst ihn nur zu nutzen wissen.«

»Mir ist das selten wie ein Vorteil vorgekommen«, erwiderte ich matt. Eigentlich nie, dachte ich. Nicht selten wünschte ich mir, eine gute Portion dumpfer durch die Weltgeschichte zu trampeln.

»Du wirst dich einleben, Elisa, ich verspreche es dir«, sagte Papa beschwörend und blickte mich mit seinen dunkelblauen, tief liegenden Augen fest an. »Du musst nur immer ehrlich zu dir sein, dann fügt sich alles andere von selbst.«

Ehrlich zu dir sein. Erinnere dich. Sei nur du selbst. Ich begann diese Aufforderungen zu hassen. Das waren doch Binsenweisheiten. Und was hatte es mir in meinem Leben gebracht, ich selbst zu sein? Nichts als Anfeindungen, Spott und Häme.

Ich schleppte mich müde die Treppe hinauf in mein Zimmer und legte mich wieder ins Bett. Doch als ich mich auf die Seite drehte, um mich zusammenzurollen, geriet ich mit meinem Ellenbogen auf die Fernbedienung der Stereoanlage. Das Radio schaltete sich an.

»Because of you ...« Kelly Clarkson. Dieser verdammte, viel zu sentimentale Herzschmerztrauersong. Ein Song voller Erinnerungen. Blind drückte ich die Aus-Taste, aber es war bereits zu spät. Der Refrain hatte sich in meinem Kopf eingenistet. Ich sah Grischa vor mir, wie er am Schulfest zu genau diesem Song mit seiner Klassenkameradin getanzt hatte, eng umschlungen und völlig vertieft, und ich hatte danebengesessen und den ganzen Abend darauf gewartet, dass jemand mit mir redete. Doch alles, was ich tat, war Grischa zuzusehen. Grischa und den anderen. Bis mein Herz vor lauter Sehnsucht und Kummer ganz wund war.

Es fühlte sich an, als wäre es erst gestern gewesen. Ja, damals war ich noch ich selbst. Und solche Situationen waren das Ergebnis. Absolute Einsamkeit. Schon in der Grundschule hatten mir die hallenden Treppenhäuser und die Gerüche nach Kreide, nassen Schwämmen und Putzmitteln, vor allem aber die vielen Seelen um mich herum Angst eingejagt, doch erst im Kölner Gymnasium hatte der wahre Terror begonnen. Denn dort verzieh man mir meine Tränen nicht mehr. Ich war zu alt dafür geworden. Dabei weinte ich gar nicht wegen mir selbst. Ich hatte keinen Grund zu weinen. Jedenfalls keinen der Gründe, die andere zum Weinen brachten. Ich schrieb gute Noten, in allen Fächern, und selbst im Sport rang ich meinem mageren Körper anständige Leistungen ab.

Nein, ich weinte wegen der anderen, wegen Ungerechtigkeiten, aus Wut. Ich weinte, weil der Hund meines Klassenkameraden an dessen Geburtstag vom Auto totgefahren worden war. Er selbst blieb an diesem schwarzen Morgen zu Hause, aber ich weinte für ihn und konnte kaum mehr aufhören. Ich hatte seinen Schmerz gespürt und selbst als er längst das Grab im Garten besuchen konnte, konnte ich es nicht. Ich weinte, weil ein Mitschüler Krebs hatte und ich vor allen anderen wusste, dass er sterben würde. Und er starb. Ich weinte, weil sie den zu klein geratenen Sebastian dauernd verprügelten und keiner ihm half. Ich weinte, weil sie meine Sitznachbarin, mit der mich nicht einmal eine Freundschaft verband, mit Eisklumpen einseiften, als sie eine Ohrenentzündung hatte und vor Schmerzen wimmerte, und auch, als sie sie wegen ihres Korsetts aufzogen.

Und ich weinte aus Angst. Aus purer, nackter Angst, die niemand erkannte – am allerwenigsten ich selbst.

Gleichzeitig widersprach ich den Lehrern, wenn sie ungerecht waren, und beschwerte mich, wenn ich die Notengebung nicht angemessen fand. Wenn sie Klassenkameraden grundlos unfair behandelten. Ich mischte mich in Streitereien ein, die mich nichts angingen, und nun war ich die Böse, Harte, Ungerechte. Ich war die Böse, aber ich war auch der Trauerkloß, die Streberin, die »Heule«.

»Heule, Heule«, riefen sie im Chor, wenn sich wieder ein neuer Sturzbach aus meinen Augen löste. Außerdem trug ich die falschen Klamotten, hatte die falsche Frisur und hörte die falsche Musik. Ich empfand mich als dürr, verschroben und hässlich, obwohl meine Eltern nicht müde wurden, das Gegenteil zu behaupten.

Und irgendwann war ein Punkt erreicht, an dem die Angst übermächtig wurde. Jeden Morgen vor der Schule war mir übel, weil ich fürchtete, wieder weinen zu müssen. Ich konnte nichts mehr essen, bis die Schule vorüber war, und die Ferien wurden zu heiligen Rettungsinseln, in denen ich nur schlief, las und aß. Und davon träumte, dass Grischa mich irgendwann wahrnehmen würde.

Bis ich wieder einmal einen Beschluss fasste – den Beschluss, mich zu ändern. Erstes Ziel: nicht mehr weinen. Manchmal erstickte ich fast an dem Kloß in meinem Hals oder musste unter einem Vorwand den Raum verlassen, aber ich weinte nicht mehr. Meine Devise: nicht mehr zu viel fühlen. Nicht mehr über andere nachsinnen.

Nicht mehr ihre Ängste und Schmerzen erspüren. Das war das Schwerste.

Aber dann war ich so weit, dass ich aktiv werden konnte. Ich beobachtete wie bei einem Experiment und lernte von den anderen. Ich suchte mir Nicole und Jenny als Vertraute und Vorbilder aus, weil sie sehr beliebt waren, aber gleichzeitig einigermaßen sympathisch. Sie waren mir nicht ganz so fremd wie die anderen.

Ich fand heraus, welche Klamotten sie mochten und welche Musik sie hörten, und ich suchte mir für mich etwas, was dem nicht aufs Haar glich, sondern ähnelte. Es funktionierte – sie nahmen mich wahr. Und wir wurden Freundinnen. Die anderen begannen, mich mit wohlgesinnteren Augen zu betrachten. Ich war nicht mehr der Freak, sondern die Freundin der zwei beliebtesten Mädchen der Klasse. Also konnte ich so verkehrt nicht sein. So einfach war das.

Es war erleichternd. Ich war endlich dabei. Ich wurde zu Partys eingeladen und musste im Landschulheim nicht mehr das schäbigste Bett im unbeliebtesten Zimmer nehmen. Ich schrieb absichtlich in regelmäßigen Abständen eine Drei oder eine Vier, um nicht mehr als Streberin dazustehen (ein Akt, der mir körperlich wehtat), und vergaß ebenso absichtlich hin und wieder die Hausaufgaben, sodass ich jemanden ums Abschreiben bitten konnte. Ich glättete meine wirren Haare und machte mithilfe von diversen Frauenzeitschriften einen selbst organisierten Crashkurs in Kosmetik.

Das Einzige, was nicht geklappt hatte, war, Grischa zu vergessen. Mich nicht mehr nach einem Beschützer zu sehnen, der mich erlösen würde.

»Oh Mann, ich war gut«, stöhnte ich und wischte mir die Tränen aus den Augenwinkeln. War ich denn auch zufrieden gewesen? Zufrieden – ja. Aber glücklich? Glücklicher als jetzt? Ich wusste es nicht.

Und was sollte ich davon haben, mich zu erinnern? Ich selbst sein, das hatte nie richtig funktioniert und würde es auch jetzt nicht. Das Einzige, was ich tun konnte, war, neue Regeln zu lernen. Was spielte man hier? Was spielte Maike? Ich konnte bei Maike kein Spiel erkennen. Maike war einfach Maike. Und Benni? Lola? Nadine? Würde ich wieder so auffallen wie damals in der Schule, wenn ich mit ihnen redete – und war es nicht schon passiert?

Und gab es Regeln, die Colin befolgte? Ich fand keine Antworten. Doch meine Enttäuschung über Jennys und Nicoles Besuch verblasste allmählich. Ich hatte sie benutzt – nicht mehr und nicht weniger. Ich mochte sie immer noch, aber irgendetwas passte da nicht mehr.

Ich schlüpfte aus den Federn, zog mir Jeans und Shirt über, ging nach draußen und begutachtete in der warmen Frühlingssonne Mamas Gartenarbeiten. An einigen Stellen kämpfte sich schon frisches Grün durch die Erde. Ich setzte mich auf einen Baumstumpf und strich mit den Händen durch das warme Gras unter meinen Füßen.

Ich würde wieder von vorne anfangen müssen. Es war mühsam, aber es war der einzige Weg. Morgen würde ich die nächste Beobachtungsphase einleiten. Morgen in der Schule. Die Operation Landleben konnte beginnen.

Doch ich wurde den ganzen Tag über das unbehagliche Gefühl nicht los, dass es diesmal nicht gelingen würde.

Frühsommer

STURZFLUG

Ich stand am Rande des Abgrunds und schaute in die schwindelerregende Tiefe. Grün, nichts als Grün, Bäume und Farne und Gräser, ein Meer aus Grün. Doch unten im Tal schlängelte sich leuchtend ein blauer Bach durch das Dickicht. Dort wollte ich hin. Er lockte mich.

Also streckte ich meine Arme aus und stürzte mich hinab. Kurz streiften mich die Schwingen des Todes, dann wuchsen meine eigenen. Sie waren kräftig und stark. Ich musste sie nur ausbreiten und sie hielten mich.

Mutig und voller Freude am Leben beugte ich meinen beschnabelten Kopf nach unten und schoss hinab, immer wissend, dass ich nur meine Flügel ausbreiten musste, um nicht am Felsen zu zerschmettern.

Ich sah alles. Jedes Blatt, jeden Zweig, jedes winzige Klümpchen Blütenstaub am Bein der Bienen, die emsig die zarten Knospen der Sommerblumen umschwirrten. Die Luft streichelte warm meinen Bauch.

Und ich sah auch, dass der Bach ein gelbes, sandiges Bett hatte und nicht tief war. Vielleicht einen halben Meter. Genug, um darin zu laufen. Ich beschloss, dass ich durch ihn hindurchgaloppieren wollte.

Meine Schwingen und Klauen verwandelten sich in vier behufte braunrote Beine. Pure Energie durchströmte meinen wolligen Körper und mein Geweih warf zitternde Schatten auf das Wasser vor mir. Ich labte mich an dem Gefühl, mich auf vier Beinen fortbewegen zu können – mühelos, fast schwebend. Das Wasser spritzte auf, eine köstliche Kühle an meinen Fesseln.

Doch nun wollte ich mehr. Ich wollte das Wasser am ganzen Körper spüren. Ich wollte dem glitzernden Sand nahe sein, in dem das Sonnenlicht spielte.

Kopfüber tauchte ich hinein. Meine Beine und mein Geweih lösten sich auf und machten einem schlanken, wendigen Flossenkörper Platz. Ich wirbelte durch das blaue Nass und sprang gestreckt über kleine Stromschnellen.

Noch nie hatte ich mich so rein, so stark und so sorgenfrei gefühlt. Nie hatte mir das pure Dasein mehr Freude bereitet.

Nie war ich so unverwundbar gewesen. Ich –

»Elisabeth! Ellie! Wach – auf!«

Mit einem Stoß drückte ich die Frau von mir weg. Meine Arme fühlten sich fremd an. Und sehr, sehr kalt.

Warum hatte ich Arme? Ich war doch gerade ein Fisch gewesen.

»Elisabeth, was machst du hier?«

Die Frau – meine Mutter war panisch. Aber ich konnte nicht sprechen. Noch nicht. Es war zu schwierig. Selbst das Atmen kostete große Überwindung. Ich musste mich darauf konzentrieren. Ich hatte einen Mund, keine Kiemen. Meine Glieder waren schwer und träge und das Klopfen in meiner rechten Schläfe erinnerte mich schmerzhaft daran, wie verletzlich ich war.

Ich blinzelte. Urplötzlich begann ich mit den Zähnen zu klappern.

»Ich – ich muss … Ich hab geträumt.«

Ja. Es war ein Traum gewesen. Nur ein Traum. Nur? Er war das Beste, was ich jemals erlebt hatte. Ich wollte zurück. Meine Lider wurden schwer.

»Ellie!«, rief Mama eindringlich. »Bitte bleib wach!«

Trotz meiner Sehnsucht, wieder zurückzukehren – ich war schon auf dem Weg –, drang Mamas Sorge zu mir vor. Sie legte eine warme Decke um meine Schultern und rubbelte meine Oberarme.

»Mama, du tust mir weh«, sagte ich müde. Ich fror wirklich, aber die Decke lastete viel zu schwer auf mir. Ihre Fasern kratzten auf der Haut. Am liebsten hätte ich sogar mein dünnes, kurzes Nachthemd abgestreift, in dem ich hier stand, an der großen Frontscheibe des Wintergartens, gegen die ich eben noch mein Gesicht gepresst hatte. Mama ließ sich nicht beirren. Sie rubbelte weiter. Mein Schlottern und Zittern verebbte. Ich gähnte, bis mein Kiefer knackte.

»Geht es dir gut? Ist alles in Ordnung?«, fragte Mama mich beunruhigt.

Mühsam setzte ich Stück für Stück meine Wirklichkeit zusammen. Ich war weder ein Adler noch ein Hirsch noch eine Forelle. Ich stand in einem dünnen Nachthemd im Wintergarten und hatte eiskalte Füße. Und mein Plan, es in der Schule so zu machen wie in Köln, war bisher gescheitert. Irgendwie klappte das mit dem Beobachten und Nachmachen nicht mehr. Meine Vorahnung hatte sich bestätigt.

»Ja, alles in Ordnung«, sagte ich heiser. Ich räusperte mich.

Es war immer noch schwierig, meine Stimme zu benutzen.

»Du bist doch noch nie geschlafwandelt«, murmelte Mama ratlos.

»Es ist ja nichts passiert«, sagte ich langsam und schluckte. »Es liegt wohl am Mond.«

Dabei war nicht einmal Vollmond. Nein, er nahm noch zu, hatte heute Nacht beinahe sein erstes Halbrund erreicht, doch er hing so tief und märchenhaft groß über den schwarzen Baumwipfeln, dass er den gesamten Wintergarten in silbriges Licht tauchte. War ich nun mondsüchtig? Und was wäre passiert, wenn meine Mutter mich nicht gefunden hätte?

Mama stellte den Wasserkocher an und suchte mir einen ihrer selbst gemischten Tees heraus. Die meisten von ihnen schmeckten schauderhaft, aber ich wollte ihr die Chance nicht nehmen, mich zu verarzten. Etwas zu tun, schien sie zu entspannen. Beflissen summte sie vor sich hin.

Ich selbst war weder aufgeregt, noch hatte ich Angst. Ich war nur verwundert. Denn Mama hatte recht. Bisher war ich noch nie nachts freiwillig aus dem Bett aufgestanden. Und schon gar nicht schlafend. Wenn allerdings so schöne Träume mich nach draußen trieben – dann würde ich es gerne wieder tun.

»Was machst du eigentlich hier? Wie spät ist es?«, fragte ich sie.

»Kurz nach halb vier. Ich konnte nicht schlafen. Und dann hab ich so ein seltsames Geräusch gehört – wie ein Krächzen, als wäre ein Vogel im Haus.«

»Ein Vogel?« Ich erschauerte und wickelte mir die Decke fester um die Schultern.

»Ich hatte mich geirrt. Auf dem Hof haben zwei Katzen miteinander gekämpft. Ich konnte sie vertreiben – und dann hab ich dich gesehen.« Sie goss Wasser in eine Tasse und drückte sie in meine eisigen Hände.

»Baldrian und Zitronenmelisse. Danach wirst du schlafen wie ein Baby.«

Ich gab vor, einen Schluck zu trinken. Wenn Mama doch so tolle Heilmittelchen parat hatte – warum nahm sie dann selbst nichts davon? Manchmal hatte ich fast den Eindruck, sie blieb gerne die halbe Nacht wach.

»Ellie ...«, sagte sie zögernd und schaute mich prüfend an.

»Ja?« Ich nippte an dem Tee. Beinahe verbrannte ich mir die Lippen.

128

»Du hast geträumt, oder?« Ich nickte.

»Bist du dir sicher?« Sie wischte nervös über die Arbeitsfläche.

»Ja, hundertprozentig sicher.«

»Hm«, machte Mama und schwieg kurz. »War es denn ein schöner Traum?«

»Weiß nicht«, murmelte ich. »Verworren.« Ich konnte ihr nicht davon erzählen. Das war zu verrückt. »Ich nehm die Tasse mit hoch, okay?«, fragte ich und deutete auf den Tee. Und schütte ihn in den Abfluss. Sorry, Mama. Sie schaute mich abwesend an.

»Schlaf gut, Ellie. Und nicht wieder umhergehen, ja?«, lachte sie verkrampft. Dafür konnte ich zwar nicht garantieren, aber ich war mir beinahe sicher, dass sich ein solcher Traum nicht wiederholen würde. Doch ich konnte mir schon jetzt schwer vorstellen, dass ich ihn jemals vergessen würde. Vielleicht hatte ich ja Glück und ich wurde nach meinem Tod als Hirsch wiedergeboren. Ist doch echt erbärmlich, auf zwei Beinen durch die Welt zu staksen, dachte ich, als ich unbeholfen die Treppe nach oben stolperte.

Verwirrt zog ich mich in mein Badezimmer zurück. Auch hier leuchtete der Mond den ganzen Raum silberblau aus. Ein schwarzer, runder Schatten in der Badewanne hielt mich davon ab, mit Schwung den heißen Tee hineinzugießen. Ich knipste das Licht an.

Oh Gott, wie ekelhaft. Jetzt wusste ich wieder, was ich am Sommer partout nicht mochte. Denn der Sommer hatte sich sogar zu uns in den Wald gekämpft. Die Nächte waren immer noch kühl, doch die Sonne heizte das Haus tagsüber so auf, dass ich abends meine Fenster öffnen musste – und das wiederum lockte ungebetene Gäste an.

»Bah«, sagte ich leise. »Muss das denn sein?«

Mein erster Instinkt war, nach unten zu rennen und Mama um Hilfe zu bitten. Mit einem unangenehmen Kribbeln im Nacken dachte ich an die dicken, haarigen Exemplare, die mir die Sommer- und Herbstnächte im Odenwald verdüstert hatten – vor allem seit

129

jenem Abend, an dem Papa eine Riesenspinne über meinem Bett erschlagen und beteuert hatte, sie sei mausetot, und ich eine halbe Stunde später aus reinem Instinkt das Licht anknipste und die Spinne quicklebendig auf meinem Kopfkissen kauerte. Vermutlich war dies die Keimzelle meiner persönlichen Horrorfantasie gewesen. Ich hatte damals wirklich das Gefühl gehabt, dass die Spinne mich meinte. Mich wollte. Ja, dass sie auf Rache aus war.

Andererseits saß diese Spinne hier – ein nicht minder scheußliches Exemplar – in der Badewanne, also zwei Türen weit weg von meinem Kopfkissen, und ich konnte sie mit der Handbrause in den Abfluss zwingen und dann den Stöpsel schließen.

Vorsichtig hangelte ich nach dem Duschkopf. Die Spinne blieb starr sitzen. Wie war das noch mal mit der Faszination des Grauens? Ich ekelte mich und konnte meinen Blick dennoch nicht von ihr lösen. Ebenso wenig konnte ich mich dazu durchringen, den Wasserhahn aufzudrehen.

In einem plötzlichen Anfall von Kühnheit griff ich nach einem Kleenex, schloss es um den behaarten Spinnenleib, sodass nur noch die Spitzen der acht hässlichen Beine herausschauten, drückte leicht zu und schmiss das gesamte Paket aus dem gekippten Badezimmerfenster.

»Bah! Pfui! Uaaah!«, rief ich und tanzte einmal um mich selbst. Hysterisch schlug ich das Fenster zu. Jetzt brauchte ich doch Baldrian, konnte mich aber kurz nicht entscheiden, was widerlicher war – Mamas Tee oder die Spinne. Die Spinne, entschied ich schließlich und nahm tapfer einen weiteren Schluck.

Es dauerte eine Weile, bis im Bett das Gefühl in meine vereisten Füße zurückkehrte. Ich war so wach, dass ich jeden einzelnen Herzschlag spürte.

Fast vierzehn Tage waren vergangen seit dem Besuch von Nicole und Jenny – einer ereignisloser und nichtiger als der andere. Sie kamen mir vor wie eine Ewigkeit. Und mir war mittlerweile klar geworden, dass mein Leben in Langeweile ertrinken würde, wenn ich nicht selbst etwas daran änderte. Bis mein schulisches Beobachtungsexperiment Früchte trug – und danach sah es derzeit nicht aus –, musste ich meine Zeit irgendwie füllen.

Und die einzige Alternative zur Langeweile bestand nach wie vor darin, mit Maike ausreiten zu gehen. Vergangene Woche hatte ich mich erfolgreich davor gedrückt, meine Ausrede: Verwandtenbesuch. Natürlich eine Lüge. Aber Maike hatte mich sofort gefragt, ob ich stattdessen nächsten Freitag mitkommen würde. Und ich sagte Ja. Ich, die sich vor Pferden fast noch mehr fürchtete als vor Spinnen. Nur: Ekel vor Spinnen, das konnte jeder irgendwie verstehen. Ich musste ja nicht gleich die ganze Wahrheit auftischen, samt Horrorvision, die zugegebenermaßen etwas übertrieben und unrealistisch war. Aber Angst vor Pferden? Das war fast schon exotisch. Ich kannte jedenfalls niemanden, dem es genauso erging. Doch mich irritierte an ihnen genau das, was ich an Spinnen verabscheute. Sie wirkten unberechenbar auf mich. Unkontrollierbar.

Aber konnte ich so etwas Maike erzählen? Maike hatte das Wort Phobie sicherlich noch nie gehört. Und ich wollte nicht als Angsthase dastehen. Mir reichte der Ruf als Großstadtzicke.

Meine Gedanken wanderten weiter zu Colin – wie fast jeden Abend. Dem rätselhaften, sich abscheulich benehmenden Colin.

Colin hatte mich gerettet. Er hatte mich beleidigt. Und er hatte mich nach Hause gefahren. Das waren zwei gute Dinge und eine weniger gute Sache. Die Bilanz war eigentlich positiv. Sachlich betrachtet. Doch bei alldem hatte er stets gewirkt, als sei ich ein lästiges Insekt und als fehle ihm nur eine Fliegenklatsche, die groß genug war, um mich zu erschlagen.

Ich hatte mir immer geschworen, mich niemals mit einem Jungen oder einem Mann einzulassen, der mich so behandelte wie er. Abfällig und abweisend. Selbst wenn ich Colin noch einmal begegnen würde – ich musste ihm die kalte Schulter zeigen. Dass ich tatsächlich mein Piercing herausgenommen hatte, durfte er niemals erfahren – so froh ich auch war, es getan zu haben.

Colin war also nach wie vor indiskutabel. Benni war tabu, da mich die schwarze Lola sonst vierteilen würde. Und sie war so etwas wie die ungekrönte Hohepriesterin der Oberstufe. Mit ihr durfte ich es mir nicht verderben, wenn ich mich einfügen wollte.

Blieb nur noch Maike und ihr vermaledeites Hobby. Ich sollte zumindest mit ihr zum Stall fahren. Dort würde mir schon etwas einfallen, womit ich mich drücken konnte. So hatte ich guten Willen gezeigt und vielleicht ein paar Punkte gesammelt. Vor allem aber wollte ich endlich einmal morgens aufstehen können ohne die bange Frage, wie ich den Abend füllen sollte, wenn alles getan war, was getan werden musste. Inklusive aller strebsamen Freiwilligkeiten, für die mich meine Lehrer so liebten.

Einen Moment lang trauerte ich dem Adler, dem Hirsch und der Forelle nach.

Dann wickelte ich mich zu einem kleinen, gemütlichen Menschenpaket zusammen und schlief ein.

Pferdeflüstern

»Maike, warte doch mal!« Ich stemmte mich in die Pedale und drückte mit aller Gewalt die Gangschaltung. Es krachte unter meinen Sohlen, aber nichts tat sich. »Maike!«

Endlich bremste sie und drehte sich fragend um. »Wieder deine Kontaktlinsen?«

»Nein!«, brüllte ich und deutete wütend auf mein Fahrrad. Ich hasste es. Ich hatte es schon immer gehasst. Außerdem war ich seit Jahren nicht mehr im Sattel gesessen und meine Schaltung streikte. Seit wir vor einer halben Stunde losgefahren waren, musste ich mich im fünften Gang durch den Wald kämpfen. Bergauf, bergab, über Schotter und Geröll, durch Schlamm und Lehm. Ich hatte es satt. Dreimal waren Pollen unter meine Kontaktlinsen geflogen und einmal hatte ich absteigen müssen, weil ich einen Krampf in der Wade hatte. Ich war nass geschwitzt, halb blind und kurz vorm Verdursten. Maike hob ratlos die Schultern.

»Es ist nicht mehr weit«, rief sie schließlich. Ich schnaubte nur. Das sagte sie nun schon zum fünften Mal. Ich hatte keine Ahnung, wo wir waren. Niemals würde ich diesen Weg ein zweites Mal alleine finden oder gar ohne Lotse nach Hause fahren können. Aber Maike hatte gesagt, auf der Landstraße sei es zu gefährlich. Außerdem wäre das hier eine Abkürzung. Eine Abkürzung!

»Na komm, die paar Meter noch!« Schon traten ihre strammen Schenkel wieder in die Pedale. Ich folgte ihr fluchend. Dann, nach einer neuerlichen Steigung und einem hölzernen Brückchen, das wenig vertrauenerweckend rumpelte, lichtete sich der Wald. Maike sprang vom Rad. Ich tat es ihr erleichtert nach, obwohl ich sie noch nicht eingeholt hatte. »Igitt«, murmelte ich angewidert, als ich dem aufdringlichen Schmatzgeräusch unter meinen Sohlen folgte und nach unten schaute. Halleluja. Ich stand mitten in einem beeindruckenden Haufen frischer, glänzender Pferdeäpfel.

Wir waren also da. Ich wischte mir den Schweiß von der Stirn und sah mich um. Das Abendlicht schmeichelte dem verfallenen Gehöft vor mir. Mit etwas gutem Willen konnte man es als wilde Idylle bezeichnen. Es war keine Ruine, aber auf einem vielversprechenden Weg dorthin. Das Dach war mehrfach notdürftig geflickt worden und schwarzgrüner Efeu rankte sich geschwürartig an der Vorderfront empor. Glasfenster gab es keine. Überhaupt schien das Haupthaus unbewohnt zu sein. Doch das Nebengebäude war unverkennbar ein Stall. Ich hörte ein leises Wiehern und auf dem Hof lag ein riesiges Netz voller Karotten.

Der Stall machte nicht den Eindruck, als würde hier jemand seine Pferde anbinden. Mein Herzschlag setzte kurz aus, als ich Maike in großzügigem Sicherheitsabstand über eine offene Wiese zum grob gepflasterten Hof folgte. Auf der anderen Seite des Gehöfts befand sich ein großflächiger Reitplatz. In einem völlig willkürlichen Muster verrotteten Hindernisse unter dem stetigen Zerren von Wind, Regen und Sonne. Fünf schlammverkrustete Ponys grasten auf der Weide hinter dem Stallgebäude und drehten ihre Köpfe, als Maike zu ihnen hinüberpfiff.

In meinem Magen breitete sich die vertraute Übelkeit rasant aus. Jetzt war es wieder so weit: Ich fürchtete umzukippen, den Verstand zu verlieren, weder sprechen noch mich bewegen zu können – kurz: einfach absolut hilflos zu sein.

»Ellie? Was ist?« Ich stand immer noch auf der Wiese und hielt mein Fahrrad umklammert. Maike lächelte mir zu. »Stimmt etwas nicht?«

Ich schluckte trocken. »Doch, doch – es ist – ich muss nur mal kurz Luft holen.« Dabei gelang mir genau das nicht mehr. Ich versuchte es, aber es war nur eine Art Hecheln. Meine Lungen schienen klein wie Tennisbälle zu sein. Es passte einfach nicht genug Luft hinein.

»Guck mal, da sind ja auch schon die anderen!«, rief Maike und winkte zum Stall hinüber. Oh nein. Nicht das noch. Die schwarze Lola und das Busenwunder Nadine. Meine schweißnassen Finger rutschten vom Lenker. Das Fahrrad schlug scheppernd gegen meine Knie und riss mich zu Boden. Hart prallte das Schutzblech gegen meine Stirn. Ich öffnete meine Fäuste und schloss ergeben die Augen. Konnte ich nicht einfach ein bisschen hier liegen bleiben? Doch schon hörte ich das Rascheln sich nähernder Füße, die rücksichtslos das hohe Gras um mich herum platt traten.

»Mensch, Ellie«, kicherte Maike. »Was machst du denn?«

Ein paar Sekunden stellte ich mich tot, dann schlug ich mit einem tiefen Seufzen die Augen auf und blickte in drei neugierige Gesichter.

»Gleichgewicht verloren.« Ich richtete mich auf, zog das Fahrrad aus dem Gras und wartete, bis das Klopfen in meinen Schläfen leiser wurde. »Schwindlig.« Ich hatte kaum mehr Speichel im Mund. Meine Zunge klebte am Gaumen.

Die Ponys waren ans Gatter getrabt und äugten neugierig zu uns herüber. Maike nahm mir geduldig das Rad aus der Hand und lehnte es an den Zaun. Mit einem kurzen Blick überzeugte sie sich davon, dass ich unverletzt war, und nickte geschäftig.

»Ich nehm die Kira«, verkündete sie und deutete auf ein dickes braunes Pferd mit zottliger Mähne. »Lotte nimmt Pepita und Nadine Prinz.« Prinz war ein kleines weißes Pony. Ich fragte mich, wie es Nadines Gewicht tragen sollte. Lotte hatte sich ein paar Stricke und Halfter über die Schulter gelegt. Aber wo waren die Sättel?

»Dann bleibt für dich nur der Champion«, beschloss Maike. »Die alte Braune kann nicht mehr.« Champion machte seinem Namen keine Ehre. Ein schorfiges Ekzem bedeckte seinen Hals, auf dem Salbenreste in der Sonne glitzerten, und seine Hufe sahen brüchig aus. Vermutlich wäre es ihm das Liebste gewesen, einfach hier auf der Weide zu bleiben. Und ich war bereit, es ihm zu gönnen. Als Maike ihm einen Klaps auf den Rücken gab, zeigte er das Weiße in seinen Augen und bleckte die Zähne. Ich trat einen Schritt rückwärts.

Maike öffnete das Gatter und zog sich auf Kiras breiten Rücken. Also auch noch ohne Sattel. Jetzt nahm Nadine Anlauf. Mit wogenden Brüsten hievte sie sich auf den mageren Prinz, der entrüstet prustete. Lola versorgte die Ponys derweil mit den Halftern und Stricken. Niemand achtete auf mich.

»Ich – ich kann nicht. Sorry.« Ich musste Luft holen, um weitersprechen zu können. Lola fing an zu grinsen. Gleich wird mir schlecht, dachte ich gehetzt. Und ich möchte, dass ihr weg seid, wenn mir schlecht wird.

»Ich fühl mich nicht gut. Kreislauf«, erklärte ich flüsternd. Mir war wirklich schwindlig. Ich angelte Halt suchend nach dem Gatter. Die Silberkettchen um meinen Hals schienen mir die Kehle abzuschnüren.

»Ach, Ellie, die sind alle schon alt, wir reiten nur durch den Wald, im Schritt, das macht Spaß!«, ermunterte Maike mich. Lolas Grinsen verstärkte sich, während sie mit flinken Fingern die Stricke zu Behelfszügeln verknotete.

»Geht ruhig!«, sagte ich und lächelte schwach. Meine Lippen fühlten sich an wie nach einer Betäubungsspritze beim Zahnarzt. »Ich ruf auf dem Handy jemanden an, der mich abholt.« Beinahe hätte ich gesagt: meine Mutter.

136

Mit einem Satz schwang sich Lola auf Pepita und hieb ihr grob die Fersen in die Seite. Pepita knotterte und begann zu traben. Die anderen Ponys folgten ihr. Maike schaffte es nicht, ihre dicke Kira zum Bleiben zu bewegen. Kira wollte zu Pepita. Und zwar sofort.

»Okay, dann gute Besserung!«, rief Maike mir achselzuckend zu und hob grüßend die Hand. Ihr Hintern hüpfte auf dem breiten Pferderücken wabbelnd auf und ab. Champion quietschte kurz und widmete sich wieder dem sattgrünen Gras unter seinen verformten Hufen. Er sah irgendwie erleichtert aus. Sobald Maike, Lola und Nadine außer Sichtweite waren, ließ ich das Gatter los und rannte auf wachsweichen Knien zu den verrottenden Stallungen. Nur weg von der Weide und den Pferden. Ich hoffte, betete, bettelte, dass an einem so schönen Sommertag keines freiwillig im Stall geblieben war. Denn ich musste aus der Sonne. Je schneller, desto besser. Sonst würde es mir wirklich den Magen umdrehen. Noch im Laufen versuchte ich, die Verschlüsse meiner Silberketten zu lösen, doch ich konnte meine bebenden Finger nicht mehr kontrollieren. Hektisch fuhr ich mir mit den Nägeln über den Hals, bis das empfindliche Material nachgab. Unzählige Perlen und winzige Kettenglieder sprangen vor mir über den staubigen Boden. Keuchend atmete ich ein. Ich bekam wieder Luft.

Im Stall war es angenehm dämmrig und sehr warm. Ich lehnte mich aufseufzend gegen einen schweren, spinnwebverhangenen Balken. An den erkerartigen Fenstern, die kaum Licht ins Innere ließen, klebten Schwalbennester wie kleine Trutzburgen aneinander. Ich sah mich argwöhnisch um. Eine Katze schlief in einer der leeren Boxen am Anfang des Gangs, ein graues, rundes Bündel Fell. Doch es waren keine Pferde da. Vor allem aber waren keine Menschen da.

Ich atmete immer noch zu schnell und zu flach. Zitternd drückte ich meine Stirn gegen den Balken und kostete das beruhigende Gefühl aus, endlich in Sicherheit zu sein, als vom Ende der Stallgasse ein sonores Schnauben ertönte. Ruckartig fuhr ich herum und sofort biss sich ein sehniges Ziehen in meiner Schulter fest. Angstvoll starrte ich nach hinten, in diese dunkle Ecke unter dem letzten Fenster. Hatte ich mir das Schnauben nur eingebildet? Wie eine Antwort prustete es erneut und ein Huf schlug donnernd gegen die Wand. Es klang nicht nach einem Ponyhuf. Es klang nach dem Huf eines Giganten.

Auf Zehenspitzen schlich ich auf die hinterste Box zu, obwohl meine Kehle vor Angst wieder so eng war, dass ich nur noch pfeifend atmen konnte. Undeutlich nahm ich eine Bewegung und einen dunklen, glänzenden Berg Fell wahr, dessen Umrisse mit dem Halbdämmer des Stalles verschmolzen. Es war ein Koloss von einem Pferd, schlank und elegant, aber so hochgewachsen und mächtig, dass ich es vermutlich selbst mithilfe eines Hockers nicht hätte besteigen können. Seine tiefschwarze, seidige Mähne fiel weich über die linke Seite seines muskulösen Halses.

Es war das Pferd aus dem Unwetter. Colins Pferd.

Still verharrte es und schaute mich mit großen, schimmernden Augen an. Ich blieb wie versteinert stehen. Ich hatte selten ein so schönes Tier gesehen – und selten solche Furcht vor einem Pferd verspürt. In tiefen Zügen atmete es langsam ein und aus, als würde es schlafen, doch die Ohren waren aufmerksam nach vorne gerichtet.

Ich trat überhastet die Flucht an, streifte jedoch bei meiner ungeschickten Kehrtwendung einen rostigen Schemel. Scheppernd kippte er um. Das Pferd riss mit einer gewaltigen Bewegung den Kopf nach oben. Erschrocken sprang ich nach hinten weg und presste mich gegen die Stallmauer.

An meinen Schläfen sickerten Schweißperlen in mein Haar – so langsam, dass es kitzelte. Ich hätte sie mir gerne weggewischt, doch ich wagte nicht, mich zu rühren. Ebenso wenig wagte ich es, meinen

Blick auf das Pferd zu richten. Also ließ ich ihn auf der Boxentür ruhen. Mit brennenden Augen entzifferte ich die Inschrift des Messingschildes, das sorgfältig an den Holzverschlag genagelt worden war.

»Pferd: Louis d'Argent.

Besitzer: Colin Jeremiah Blackburn.«

Heiliger Bimbam. Na, wenn das keine ungewöhnlichen Namen waren. Dagegen klang Elisabeth Sturm geradezu banal. »Colin Jeremiah Blackburn«, flüsterte ich. Woher zum Teufel stammte dieser Kerl?

Ich stellte mich auf die Zehenspitzen, um aus sicherer Entfernung über die Boxenwand zu linsen. Louis hatte sich beruhigt und kehrte mir sein wuchtiges Hinterteil zu. Die Box war blitzsauber und mit frischen Strohballen ausgelegt, auf denen sich drei Stallkatzen in meditativer Hockstellung gegenübersaßen. Wie Wache haltende Sphinxen starrten sie mich aus halb geschlossenen Augen an.

Mit einem Mal und völlig unverhofft wich meine Angst einer lähmenden Erschöpfung. Die aufreibende Fahrradtour hierher, die Angst, der Durst, die Sonne, Louis – ich musste mich ausruhen. Ich konnte mich gerade noch in eine der leeren Boxen im vorderen Bereich der Stallgasse schleppen, bevor meine Knie unter mir wegsackten. Doch das Stroh fing mich weich auf. Meine Gedanken verformten sich zu Schlieren, die ineinander verschwammen und ständig neue, unruhige Spiralen bildeten.

Es waren keine Gedanken mehr.

Es waren nur noch Gefühle.

Nachtfalter

Als ich erwachte, war es fast dunkel. Für einen kurzen Moment wusste ich nicht, wo ich war. Ratlos fuhr ich mit den Fingern durch das Stroh unter mir. Natürlich, der Stall … Ich stützte den Kopf auf meinen Ellenbogen. Eine der Katzen hatte sich in meine Kniebeuge gekuschelt und schaute mich missmutig an.

»Entschuldige bitte«, flüsterte ich und schob sie sanft von mir weg. Sie machte einen Buckel, gähnte herzzerreißend und trollte sich.

Ich schaute auf die Uhr, doch ich konnte nicht erkennen, wie spät es war. Allerdings konnte die Sonne noch nicht lange untergegangen sein, denn selbst hier im Stall herrschte ein fahles Dämmerlicht.

Vorsichtig erhob ich mich und klopfte mir das Stroh von den Kleidern. Ein schwarzer Schatten huschte mein linkes Bein hinunter. Ich unterdrückte einen Schrei und wischte ihn eilig weg.

Unter erheblicher Mühe sortierte ich meine Arme und Beine. Immer noch war mir so warm, dass ich das Gefühl hatte, Blei statt Luft einzuatmen. Doch als ich aus der Box trat, spürte ich sofort, dass etwas anders war als vorhin. Meine Schultern entspannten sich. Louis war nicht mehr da. Ich wusste es, ohne mich umzudrehen. Das bedeutete aber auch, dass jemand hier gewesen sein musste. Dass Colin hier gewesen sein musste – während ich schlief. Probehalber stellte ich mich in die Stallgasse und schaute zur Seite. Nein, er hatte mich nicht sehen können. Die halb zugezogene Boxentür verwehrte den Blick auf das kleine Nest aus Stroh, in dem ich gelegen hatte.

Es war ein bestürzend wehmütiges Gefühl zu wissen, dass sein Herz nur wenige Meter von mir entfernt geschlagen hatte, während ich nichts mehr von meiner Welt wahrnehmen konnte.

Schlaftrunken lief ich nach draußen – und was ich dort sah, nahm mir den Atem. Louis schien über dem Boden des Reitplatzes zu schweben. Mühelos warf er seine großen, schweren Hufe und nicht minder mühelos saß Colin im Sattel. Nein, er saß nicht – er verschmolz mit seinem Pferd. Der Schatten seiner Baseballkappe und das blaugraue Dämmerlicht verhinderten, dass ich sein Gesicht erkennen konnte. Aber seine fließenden, starken Bewegungen wirkten jung auf mich. Wie konnte er überhaupt genug sehen zwischen all den Hindernissen, kleinen Teichen, Büschen und Bäumen? Es war doch beinahe dunkel.

Wie eine jahrtausendealte, mystische Spukgestalt glitt Louis durch die duftende Dämmerung, während in den Bäumen eine Nachtigall zu einem eigenartig melancholischen Lied ansetzte.

Ein kalter Windstoß, der aus dem Nichts über den Platz fegte, brachte Louis' lange Mähne zum Flattern, doch er selbst blieb ein in sich versammeltes, konzentriertes Pferdewunderwerk. An seinem Maul bildete sich allmählich Schaum und seine Flanken glänzten feucht. Nur Colin schien das harte Training nicht im Geringsten zu ermüden oder gar zum Schwitzen zu bringen.

Ich war unfähig, mich zu rühren. Ich musste ihnen zusehen, Pferd und Mensch, wenigstens für eine kleine Weile. Unauffällig lehnte ich mich an die efeubewachsene Stallwand. Hier würde Colin mich nicht entdecken. Versunken klammerten sich meine Augen an ihm fest und die Zeit blieb stehen.

Erst das penetrante Röhren eines Fliegers weit über uns riss mich aus meiner träumerischen Hypnose. Plötzlich spürte ich meinen

Körper wieder. Meine Augen brannten wie Feuer und tränten unaufhörlich und mein Mund war so staubig, dass ich nicht mehr schlucken konnte. Auf zitternden Beinen hastete ich zur Tränke. Es war mir gleichgültig, ob ich von Colin beobachtet würde oder nicht. Denn die Alternative bedeutete, bleich und leblos vor der Stallgasse zu liegen. Ich drehte den Hahn auf und hielt meinen glühenden Kopf unter das eisige Wasser. Mit der Zunge fing ich die herunterrinnenden Tropfen auf und zwang die Übelkeit mühsam zurück in den Bauch. Ich konnte wieder schlucken. Der bittere Geschmack in meiner Kehle war verschwunden.

Ich strich mir die triefenden Haare zurück und ließ mich mit dem Rücken zur Wand auf den Boden sinken. Umständlich drehte ich den Hahn zu. Zum Aufstehen war ich zu schwach. Niemals würde ich in diesem Zustand nach Hause gehen können. Niemals. Es schien mir sogar unmöglich, mein Handy aus der Tasche zu graben und jemanden anzurufen. Ich konnte mir durchaus vorstellen, mich hier, an Ort und Stelle, auszustrecken und bis zum Morgen zu schlafen.

»Du solltest hin und wieder etwas trinken.« Ich konnte das überhebliche Grinsen vor mir sehen, ohne aufzuschauen. Obwohl er völlig geräuschlos neben mir aufgetaucht war, hatte ich mich nicht erschreckt.

»Ach, geh zum Teufel, Colin«, knurrte ich. Er lachte nur.

Ich hatte keine Lust, nett zu sein. Schließlich war er auch nicht nett zu mir. Wenn er spielen wollte, sollte er mit jemand anderem spielen. Außerdem bekam ich Bauchschmerzen beim Gedanken an mein aktuelles Erscheinungsbild, das alles andere als elegant wirken musste. Ein Wassertropfen rann meine Wirbelsäule entlang und ließ mich am ganzen Leib erschauern. Ich schüttelte mich wie ein nasser Hund.

Colin stellte sich neben mich an die Tränke und begann seelenruhig, Louis' Gebiss zu säubern. Dumpf starrte ich auf seine Stiefel und erschnupperte den urigen Duft sehr alten, gefetteten Leders.

»Du solltest nicht hier sein«, sagte Colin knapp.

»So, sollte ich das nicht«, erwiderte ich unwirsch. Ich stöhnte und bettete mein nasses Gesicht auf meine staubigen Arme. »Ich bin aber hier. Du musst schon einen Stacheldrahtzaun um dich herum errichten, wenn dir kein anderer Mensch gut genug ist.«

Oje. Ich redete schon wie Maike. Aber ich meinte es nicht so wie sie. Trotzdem hatte ich das Gefühl, noch etwas hinzufügen zu müssen. »Außerdem wollte Maike unbedingt mit mir ausreiten«, verteidigte ich mich. Ich wunderte mich, dass ich überhaupt komplette Sätze bilden konnte. Noch vor einer Minute war es mir kaum gelungen, klar zu sehen.

»Ach ja, Maike. Unsere Pferdeflüsterin.« Colins Stimme triefte vor Spott. »Hat sie versucht, dir einen ihrer lahmen Gäule aufzudrängen?«

»Erfolglos«, antwortete ich kühl.

»Auf denen lernt man nicht reiten. Die tragen dich nur herum.«

Okay. Colin unterrichtet keine Mädchen. Und auf Maikes Pferden lernt man nicht reiten. Das war wohl seine Art, mir zu sagen, dass ich nicht erwünscht war. Ellie, hier lernst du nichts. Deshalb: Zisch ab.

Ich fühlte mich zwar langsam wieder imstande aufzustehen, doch ich hatte nicht einmal den Hauch einer Idee, wie ich diesen Abend vernünftig beenden sollte. Mir kam es vor, als sei ich Zigtausende Kilometer von zu Hause entfernt.

Selbst wenn ich jemanden anrief, damit er mich abholte – und dieser Jemand konnte nur Papa oder Mama sein –, wie sollte ich ihm beschreiben, wo ich mich befand? Wo war überhaupt die nächste befestigte Straße? Frustriert blieb ich sitzen und zog die Knie noch dichter an meinen Körper. Colins Stiefelspitzen machten kehrt. Ich blickte ihnen nach, wie sie sich Schritt für Schritt von mir entfernten. Arschloch, dachte ich wutentbrannt. Was anderes als arrogante Bemerkungen hast du auch nicht parat, oder?

Seine Schritte stockten.

»Warte draußen auf mich. Ich fahre dich nach Hause.«

Erstaunt schaute ich auf. Doch Colin war bereits spurlos verschwunden. Wahrscheinlich betüddelte er im Stall sein Höllenpferd.

Ich erhob mich stöhnend. Mein linkes Bein war eingeschlafen. Mit einem pulsierenden Kribbeln kehrte das Blut zurück, als ich mich von der Tränke entfernte. Die Ponys waren wieder vollzählig und grasten friedlich vor sich hin, als wären Maike und die anderen nie hier gewesen. Mein Fahrrad stand nicht mehr am Gatter. Von mir aus, dachte ich gleichgültig. Dann ist es eben weg.

Mit unbeholfenen Schritten stakste ich zu dem efeubewachsenen Torbogen, an dem eine marode gusseiserne Laterne angesprungen war und gelbliches Licht über die dunkelgrünen Blätter goss. Schräg über mir vollendete eine Spinne mit bebenden Beinen ihr Netz, ein makabres Kunstwerk aus tausend klebrigen, todbringenden Fäden. Schon hatte sich ein Nachtfalter darin verfangen. Verzweifelt schlug er mit seinen pudrigen Flügeln. Ob er wusste, dass er sterben musste?

Zwei weiße, lange Finger griffen nach dem Falter und lösten ihn behutsam aus seiner Falle. Die Spinne blieb reglos hocken. Colin fuhr ihr beinahe zärtlich mit dem Daumen über den Rücken. »Du bekommst etwas anderes«, sagte er leise. »Es fliegen noch genügend kleine Biester durch die Dunkelheit.«

Gebannt beobachtete ich, wie der Nachtfalter mit einem kaum sichtbaren Vibrieren seine Flügel schüttelte und sich an Colins Handrücken schmiegte. Ein völlig haarloser Handrücken, unter dessen weißer, reiner Haut bläuliche Adern pulsierten. Fast widerwillig löste sich der Falter und trudelte in die Finsternis davon.

144

Colin hatte seine Kappe abgesetzt, das hatte ich eben am Rande meines Blickfelds wahrgenommen. Um seine staubbedeckten Stiefel strich schnurrend eine grau getigerte Katze. Es ist recht dämlich, einem Mann auf die Stiefel zu stieren, mahnte ich mich. Doch plötzlich hatte ich Angst, in sein Gesicht zu schauen. Obwohl ich es mir, wie ich mir eingestehen musste, so sehr gewünscht hatte. Nein, ich wünschte es mir immer noch. Ob Maike recht hatte? War er hässlich?

Ich musste mich zwingen, den Kopf zu heben. Wie durch einen Magneten wurden meine Blicke nach unten gezogen, so sehr, dass es beinahe schmerzte, sie vom Boden zu lösen. Ein Quäntchen weniger Willenskraft und ich wäre mit gesenktem Kopf stehen geblieben.

Doch nun blickte ich Colin an.

Ich taumelte rückwärts und stieß mit meinem Ellbogen an die zerfressenen Feldsteine des Torbogens. Mit dem, was ich sah, hatte ich nicht gerechnet. Mit einem hochmütigen Adelsgesicht oder einem groben Antlitz – ja, vielleicht. Aber nicht hiermit.

Ich konnte beim besten Willen nicht sagen, ob Colin schön war. Aber hässlich war er gewiss auch nicht. Er sah – anders aus. Anders als alle Männer, die mir bisher begegnet waren. Seine Augen waren schräg und tiefdunkel, wie die eines Indianers. Ein inneres Glühen ging von ihnen aus, ähnlich dem von Fieberkranken – doch weitaus gesünder und kraftvoller. Die Haut spannte sich hell und makellos über seine ausgeprägten Wangenknochen. Seine schwarzen, sympathisch chaotischen Haarsträhnen, dicht und bewegt, reichten bis zu seiner scharf geschnittenen, edlen Nase. Ein Gesicht wie aus tausend Völkern gemischt, ein altes Gesicht – und doch so unfassbar jung.

Emotionslos blickte er mich an und strich sich mit einer nachlässigen Geste die widerspenstigen Haare aus der Stirn. Auch sie wirkte wie in Stein gehauen. In beiden Ohren trug er mehrere schlichte Silberringe – selbst ganz oben, wo es beim Stechen schmerzhaft wurde. Und dann waren da noch seine Lippen. Ich hatte selten einen perfekteren Männermund gesehen, das musste ich widerwillig zugeben. Schmale und doch füllige, fein geschwungene Lippen, mit winzigen Grübchen in den Mundwinkeln, fast so blass wie die Haut – zu blass.

»Das künstliche Licht lässt auch dich nicht unbedingt gesünder aussehen«, kommentierte er mein fassungsloses Starren ungerührt und entblößte beim Lächeln eine makellose, blitzende Zahnreihe. Konnte er Gedanken lesen?

»Du musst damit rechnen, dass man dich bei einer so seltenen Gelegenheit anglotzt. Sonst versteckst du dich ja immer unter deiner Kappe«, giftete ich und spürte, wie ich rot wurde. Ja, ich hatte geschwitzt, im Heu gelegen, mein Make-up hatte sich schon auf dem Weg hierher verabschiedet und ein Abend mit diversen Beinahe-Ohnmachten verkam unweigerlich zum Bad Hair Day – vermutlich machte ich keine gute Figur. Zumindest aber, hoffte ich, sah ich nicht so – so eigenartig aus wie er.

»Möchtest du nun nach Hause?«, fragte er.

»Eigentlich nicht. Nicht sofort«, antwortete ich viel zu ehrlich. Nein, ich wollte noch nicht nach Hause. Es war, als ob die Nacht mich nach draußen zog, ins Freie. Colin musterte mich mit seinen schrägen Kohleaugen.

»In irgendeine Dorfkneipe oder Pizzeria setze ich mich nicht«, stellte er in einem Ton fest, der keinen Widerspruch duldete.

»Ich auch nicht«, erwiderte ich schnell.

»Dann komm mit«, sagte er schlicht und ging mit ausgeruhten Schritten zu seinem Auto, das hinter dem Stall parkte. Jetzt betrachtete ich es zum ersten Mal bewusst – ein wahres Monster von einem Geländewagen. Schwarz natürlich. Wahrscheinlich brauchte es so ein Ungetüm, um einen Koloss wie Louis samt Anhänger ziehen zu können. Im riesigen Kofferraum lag mein Fahrrad.

Er öffnete mir die Tür und ich kletterte auf den Beifahrersitz. Die Luft im Wagen war stickig. Surrend glitten die Fenster nach unten und die feuchte, duftende Nachtluft umschmeichelte kühl meine Haut.

Ich hatte keine Ahnung, wohin er mich bringen würde, was er mit mir vorhatte. Vielleicht fuhr er mich doch einfach nur nach Hause – damit rechnete ich am ehesten, denn ich hatte nicht den Eindruck, dass er erpicht darauf war, mehr Zeit mit mir zu verbringen als nötig. Dennoch wusste ich es nicht mit Sicherheit und alleine die Macht, die ich ihm verliehen hatte, gehörte zu den Dingen, die Mama und Papa in Sorge versetzen würden. Steig nie zu einem Fremden ins Auto. Bleib immer unabhängig. Nimm im Zweifelsfall ein Taxi. Ich schlug alle Ratschläge in den Wind.

Es dauerte, bis wir auf einer befestigten Straße waren. Colin ließ die Scheinwerfer ausgeschaltet. Ich wagte es nicht, ihn darauf hinzuweisen. Möglicherweise schmiss er mich dann raus und ich musste zu Fuß durch die nachtschwarze Wildnis stapfen.

Erst auf der Landstraße drückte er widerwillig den Lichtknopf. Auf halber Strecke nach Kaulenfeld, nur zwei oder drei Kilometer von unserem Haus entfernt, bog er in den Wald ab. Die Straße verengte sich zu einem Wirtschaftsweg, der irgendwann in eine tannennadelbedeckte Zufahrtsstraße überging.

Um uns herum herrschte vollkommene Dunkelheit, nur die Kegel der Scheinwerfer erleuchteten den holprigen Pfad. Colin hielt an, um ein Reh mit seinem Kitz passieren zu lassen, und schaute den Tieren mit finsterem Blick nach. Ein Nachbeben meines Traumes erschütterte mein Bewusstsein. Für Sekunden fühlte ich ihre wild klopfenden Herzen.

Dann erschien ein schmiedeeisernes, offen stehendes Tor vor uns.

Colin lenkte den riesigen Wagen spielerisch hindurch, parkte ihn und stellte den Motor aus. Stumm blieb ich neben ihm sitzen und erkannte im Dunkel ein aus grauen Feldsteinen erbautes, altertümliches Haus. Eine hochbeinige Katze löste sich aus dem Schwarz der wuchtigen Holztür. Maunzend trabte sie zu uns herüber, als wir aus dem Auto stiegen.

»Hallo, Mister X«, sagte Colin leise und strich dem Kater über das knisternde Fell. Ich kam mir vor wie in einem Märchen, doch ich fürchtete mich nicht. Mein Puls peitschte lebensmutig durch meinen Körper und ließ meine Haut von den Haarwurzeln bis zu den Fingerkuppen kribbeln.

Ein flackerndes Wetterleuchten hinter dem Dickicht des Waldes erhellte kurz die Szenerie. Aufrecht, wie ein langer, schmaler Schatten, stand Colin neben mir und blickte auf das Haus.

»Was – was ist das für ein Anwesen?«, fragte ich scheu.

»Ein Forsthaus aus dem 19. Jahrhundert. Ich konnte es preiswert kaufen und herrichten. Den meisten Menschen liegt es zu abgeschieden. Aber für mich und meinen Beruf ist es perfekt.«

»Was machst du denn?«

»Ich bin Forstamtsgehilfe und studiere Forstwirtschaft. So nebenbei.«

Das Lachen blubberte ungehindert aus mir heraus. Förster! Das waren für mich spießige Männer in Lodengrün, aber nicht jemand wie Colin.

Er seufzte nur und ließ mich lachen. »Du weißt eben nicht, was der Wald mir bedeutet. Wie wichtig er für uns ist. Und wie still er sein kann.«

Prompt erstarb mein Gelächter. Doch er schien mir mein albernes Verhalten ausnahmsweise nicht übel zu nehmen.

»Du willst sicher etwas trinken, Ellie.« Oh ja, das stimmte. Meine Kehle war wieder wie ausgetrocknet.

148

Er schloss die schwere Eichentür auf und trat ein, ohne Licht zu machen. Mister X folgte ihm auf flinken Sohlen. Obwohl sich meine Augen langsam an die Dunkelheit zu gewöhnen begannen, konnte ich im Innern des Hauses nichts erkennen.

»Colin?«, rief ich zögerlich.

»Bin gleich wieder da«, hörte ich seine Stimme von ferne. Wo steckte er nur? Ich hatte überhaupt keine Schritte wahrgenommen. Neugierig huschte ich über die Schwelle. Ich vernahm ein leises Scheppern, das aus einem der unteren Räume nach oben drang – natürlich, die Getränke waren wahrscheinlich im Keller gelagert. Ich verließ mich auf mein Gehör und tastete mich der Geräuschquelle entgegen.

Ausgetretene Steinstufen brachten mich nach unten. Auch hier brannte kein Licht. Ich hatte mich im Kölner Haus blind ausgekannt und nur Licht angemacht, wenn ich es wirklich brauchte. Doch dieser Keller war fremdes Terrain und ganz abgesehen davon war es nicht gerade höflich, seinen Gast im finsteren Haus herumtapsen zu lassen.

Plötzlich streifte ein Geruch meine Nase, den ich nicht zuordnen konnte – warm und organisch, gleichzeitig streng, salzig und wild. Schlagartig wallte Panik in mir auf und ich wollte zu Colin, wenigstens in seine Nähe – was war das nur für ein Geruch? Woher kannte ich ihn?

Ich stürzte nach vorn und mein Gesicht prallte gegen etwas Weiches, Schleimiges. Mit einem erstickten Aufschrei versuchte ich es zu greifen. Borstiges Fell drückte sich zwischen meine Finger.

»Colin! Hilfe!«, schrie ich. »Bitte komm schnell, bitte!« Ich schlug wild um mich und immer wieder klatschte schleimiges, stinkendes Gewebe in mein Gesicht.

»Elisabeth«, stöhnte er genervt. »Hab ich gesagt, du sollst mir folgen?«

149

Eine Kerzenflamme erhellte die Finsternis und ich schrie noch einmal, als ich sehen konnte, was mich berührt hatte. Vier blutige Wildschweinhälften hingen in dem kahlen Kellerraum. Böse kleine Äuglein starrten mir schwarz und verkrustet aus ihren toten Höhlen entgegen. Schluchzend fuhr ich mir mit den Händen über das Gesicht. Meine Finger waren voller Blut.

»Oh Gott … oh Gott …« Ich stürzte auf die Treppe zu und wollte ins Freie rennen, doch ich verfehlte die erste Stufe und rutschte hart gegen die kalte Wand. Ein starker Arm griff sanft um meine Hüfte und trug mich mühelos nach oben. Am Ende der Treppe setzte Colin mich wie ein kleines, unartiges Kind ab und schaute mich kopfschüttelnd an. Ein leichtes Grinsen konnte er nicht unterdrücken und kurz hasste ich ihn dafür.

»Was … ist … das?«, keuchte ich und deutete anklagend nach unten.

»Zwei Wildschweine, die dort ausbluten und morgen verkauft werden.« Genau. Es war das Blut gewesen, das ich gerochen hatte. Blut und das strenge Aroma von Wild.

»Warum? Warum?«, fragte ich nicht minder anklagend.

»Ellie«, sagte Colin geduldig, doch es sah aus, als müsste er sich angesichts meiner blutverschmierten Wangen mit aller Gewalt zusammennehmen. »Ich arbeite im Wald. Die meisten Förster sind auch Jäger. Das ist hier etwas völlig Normales. Ich habe dir da unten Wasser aus der Zisterne geholt. Aber du solltest dir jetzt erst einmal das Gesicht waschen.«

Er griff zur Wand und knipste das Licht an. Obwohl ich es mir herbeigesehnt hatte, tat es mir beinahe weh. Geblendet kniff ich die Augen zusammen. Nach dem Desaster im Keller hatte ich Hirschgeweihe erwartet und Felle, die auf einem Eichenparkettboden lagen. Waldgrüne Sofas und altmodische Tischchen.

Doch Colin hatte die urigen Natursteinwände und die schwere

Holzdecke mit einer weißen, modernen Hochglanzküche und hellen Designersofas kombiniert. An der Wand hingen ein alter Sattel und historische Stallgerätschaften; auf dem Kamin standen zahlreiche Schwarz-Weiß-Fotografien.

Ich lief zur Spüle, drehte den Wasserhahn auf und wusch mein Gesicht. Das kalte Nass vertrieb den Ekel und die Angst, die mir eben noch durch Mark und Bein geschossen waren. Colin reichte mir ein Handtuch. Ich trocknete mir das Gesicht ab und sah, dass er ein Glas mit Wasser auf die Anrichte gestellt hatte. Neben dem Cerankochfeld blitzten eine nagelneue Saftpresse und eine vermutlich sündhaft teure Edelstahl-Espressomaschine um die Wette. Die gesamte Küche wirkte unbenutzt und clean.

»Ich mag die modernen Geräte, aber ich koche fast nie«, erwiderte Colin meine Gedanken. Typisch Mann. Ich verkniff mir ein Grinsen.

Das Wasser schmeckte köstlich. Rein und samtig glitt es durch meine Kehle. Überdeutlich nahm ich meine Schluckbewegungen wahr. Colin beobachtete mich mit unergründlichem Blick.

»Gehen wir wieder nach draußen?«, fragte er, als mein Durst gelöscht war. Ich nickte und verließ zusammen mit ihm das Haus. Die natürliche Dunkelheit war wohltuend. Froh, dem gleißenden Elektrolicht entkommen zu sein, beugte ich mich nach vorne und nahm meine Kontaktlinsen heraus. Hier draußen war es egal, ob ich gut sah oder nicht. Alles um uns war graublau und weich.

Lautlos setzte sich Colin auf eine Holzbank. Ich ließ mich schüchtern neben ihm nieder. Die frühsommerliche Wärme umschmeichelte uns. Ab und zu erhellte ein Wetterleuchten die Lichtung und warf bizarre Schatten auf den Kies der Einfahrt. Doch die lastende Schwüle hatte sich verzogen. Nun fand auch der Mond eine Lücke zwischen den Wolkentürmen und verwöhnte uns mit seinem bläulichen Schimmer.

Ich zog die Beine an und wandte mich Colin zu, der stumm neben mir ruhte. Wieder erstarrte ich. Sein Gesicht sah anders aus als vorhin im Licht der Stalllaterne. Viel – weicher und auch die Haut wirkte weniger blass und fahl. Sie schien zu blühen. Seine Züge waren immer noch markant, doch so beseelt und lebendig, dass ich ins Staunen geriet. Langsam drehte er seinen Kopf und ich konnte ihm in die Augen schauen. Sie glitzerten amüsiert.

»Du bist eine gute Schauspielerin, Ellie. Aber nicht gut genug für mich«, sagte er unvermittelt.

»Was meinst du damit?«, stotterte ich verwirrt.

»Das weißt du genau«, antwortete er, ohne seinen ironischen Blick von mir abzuwenden. Mit Mühe lenkte ich meine Augen auf Mister X, der zwischen uns Platz genommen hatte und schnurrend seinen schweren Kopf an Colins Arm rieb.

»Aber ich spiele doch gar nichts«, verteidigte ich mich.

»Nein, jetzt wohl nicht. Aber ansonsten ununterbrochen. Wahrscheinlich sogar vor deinen Eltern.«

»Woher –?« Entrüstet stand ich auf und versuchte, mich vor ihm aufzubauen. Sein Grinsen verstärkte sich. »Woher willst ausgerechnet du das wissen?«

»Ich habe eine gute Menschenkenntnis. Du bist nicht du selbst.«

Oh. Der Herr hat eine gute Menschenkenntnis. Natürlich. Was kann der Herr eigentlich nicht gut?, dachte ich erbost.

Doch daran, dass meine Augen verräterisch zu brennen begannen, merkte ich, dass er ins Schwarze getroffen hatte.

Nein, du wirst jetzt nicht weinen, redete ich mir im Stillen zu. Das wäre dann nämlich ich selbst und eine Heule will niemand haben – erst recht nicht angehende Förster mit grausigen Wildschweinhälften im Keller.

Aufseufzend setzte ich mich wieder neben ihn und fuhr mir nervös durch die Haare.

»Wenn ich ich selbst wäre, dann … dann … Es wäre eine Katastrophe«, murmelte ich. »Das geht nicht. Das will keiner erleben. Bist du denn etwa du selbst?«, fragte ich angriffslustig.

»Ja«, sagte er ruhig und kraulte Mister X den Bauch.

»Hm. Dann bist du aber …« Ich brach ab.

»Was bin ich?« Sein Grinsen wurde mir langsam etwas zu provokant.

»Sehr seltsam. Um es mal vorsichtig auszudrücken.« Ich verschränkte die Arme vor meiner Brust und rückte ein Stück von ihm weg.

»Ich habe nie bestritten, dass ich seltsam bin. Ich bin seltsam. Im wahrsten Sinne des Wortes.« Nun war sein Grinsen verschwunden und eine winzige, scharfe Falte grub sich in seinen linken Mundwinkel.

Er wandte sich von mir ab und richtete seinen Blick auf den Mond, der milchig durch die hohen Tannen schimmerte. Wieder schwirrte ein Nachtfalter heran. Er ließ sich auf Colins Wange nieder. Seine dünnen Fühler glitten tastend über Colins Haut, als würden sie dort köstlichen Nektar trinken.

Colins Selbstsicherheit tat mir nicht gut. Noch immer kitzelten die Tränen in meinen Augenwinkeln. Ich hatte keine Lust, mich von ihm hier therapieren zu lassen. Und er hatte vollkommen recht – seltsam war noch ein viel zu schönes Wort für ihn. Ich beschloss, den Spieß umzudrehen. Jetzt sollte er mir mal ein paar Dinge erklären.

»Warum hast du dein Pferd bei Maike abgestellt? Ich meine – das ist doch kein passender Stall für einen Reiter wie dich, oder?«, wählte ich für den Anfang ein möglichst belangloses Thema.

»Ich habe Louis nicht bei Maike abgestellt«, erwiderte er belehrend. »Der Stall gehört ihrem Großvater.«

»Und – weiter?«, fragte ich halsstarrig. Das war ja schlimmer als

153

Zähne ziehen. Colin schaute lange in den Mond, bevor er mir antwortete.

»Der alte Mann ist blind.«

»Aha.« Ich kapierte gar nichts.

»Er sieht mich nicht.« Colin lachte trocken auf. »Anfangs sagte er, ich sei der Teufel. Und Geschäfte mit dem Teufel schlage man besser nicht aus. Das sei zu gefährlich.«

»Ich kann den Mann irgendwie verstehen«, sagte ich kühl.

»Aber dann hörte er mich eines Abends reiten. Und er sagte, er müsse sich korrigieren. Ich sei nicht der Teufel, sondern der gefallene Erzengel. Zumindest, was Pferde betrifft. Nun, er braucht mein Geld und ich brauche hin und wieder einen Reitplatz. So einfach ist das«, schloss Colin.

»Warum kein normaler Stall mit anderen Pferden und Menschen?«

»Louis ist ein Hengst«, erklärte Colin knapp. »Zu viel Machogehabe.« Das war alles? Nur weil Louis ein Hengst war, stand er alleine mitten im Wald, umgeben von zottigen Ponys, die jenseits von Gut und Böse waren?

»Wie lange gehört dir Louis schon?«, fragte ich weiter.

»Ich habe ihn großgezogen.« Colins Stimme wurde weich. »Er kommt aus England und war ein waschechter Weideunfall. Ein Friesenhengst hatte sich zu den Zuchtstuten verirrt. Doch ich sah sofort, welches Potenzial in ihm steckte. Ich musste ihn haben. Also habe ich ihn zugeritten.«

War Colin doch älter, als ich dachte? Oder eines dieser Genies, die bereits im Alter von vier oder fünf Jahren furchtlos über die Felder galoppierten?

»Hattest du denn schon viele Pferde?« Die Frage kam mir absurd vor, doch ich stellte sie trotzdem.

»Ja. Viele«, antwortete er. Misstrauisch schüttelte ich den Kopf.

154

Was war der Typ eigentlich – ein Blender? Menschenkenntnis, nebenbei studieren, Hauskauf, Pferd aus England, eins von vielen. Zugeritten. Pah. Der wollte mich doch an der Nase herumführen.

»Wie alt bist du?«

Er löste seinen Blick vom Mond und schaute mich direkt an, ohne mit der Wimper zu zucken. Noch immer ruhte der Nachtfalter wie ein lebendiges Tattoo auf seiner Wange.

»Zwanzig«, sagte er leise.

Also doch. Ich hatte sein Alter richtig eingeschätzt. Er ließ es zu, dass ich seine Züge mit kritischem Blick begutachtete. Ich sah keine Altersspuren in seinem Gesicht. Auch seine Hände waren jung, obwohl sie von leichten Schwielen an den Fingergliedern gezeichnet wurden – dort, wo die Zügel verliefen.

»Aber warum – wie kann man denn – ich meine, Pferde werden doch weit über fünfzehn Jahre alt, und …?« Ich schüttelte ratlos den Kopf.

Für einen Moment wirkte Colin, als würde er gegen etwas ankämpfen und verlieren. Dann erhob er sich, ging ins Haus und kam wenige Sekunden später mit zwei Fotografien zurück. Er musste sie vom Kamin genommen haben – es waren vergilbte Schwarz-Weiß-Aufnahmen. Meine Augen hatten sich so gut auf die Dunkelheit eingestellt, dass ich sie ohne Mühe betrachten konnte. Auf dem einen Bild stand Colin mit einem prachtvollen Schimmel auf einer Wiese; auf dem anderen ritt er ihn – in seiner gewohnt stolzen, würdevollen und eleganten Haltung, die nie an Lässigkeit vermissen ließ.

»Das war mein erstes Pferd. Eine Stute aus Arabien. Ein wunderbares Tier. Auf dem Papier gehörte sie nicht mir. Im Herzen schon.«

In meinem Kopf wirbelte alles durcheinander. Ja, er sah jünger aus auf dem Foto. Die Haare waren kürzer, aber er war bereits so

155

groß wie jetzt. Was zum Teufel stellte er mit seinen Pferden an, wenn er in so kurzer Zeit einen solchen Verschleiß hatte? Benutzte er sie nur als Sportgerät? Doch so hatte das vorhin nicht ausgesehen. Wann würde Louis ausgetauscht werden? Dieser Gedanke versetzte mir einen ungeahnten Stich.

Bevor ich eine der auf mich einstürmenden Fragen herauspicken und stellen konnte, nahm er die Bilder behutsam aus meinen Händen.

»Das war schon viel zu viel«, sagte er wie zu sich selbst und schüttelte fast unmerklich den Kopf. Dann sah er mich an, hob seine Hand und strich mit den Fingerrücken zart über meine Lider. Augenblicklich wurden sie schwer und meine Fragen begannen sich aufzulösen. Schnell, eine noch, sagte ich mir. Nur eine einzige.

»Und hattest du damals schon … Was war mit Louis …? Und die Stute – hast du sie … verloren?« Ich sprach schleppend.

»Du musst nach Hause, Elisabeth«, sagte Colin schroff. »Es geht auf Mitternacht zu. Und du bist sehr müde.«

Der Falter löste sich von Colins Wange und flatterte davon. Ein eisiger Windhauch ließ ihn torkeln und taumeln, bevor er in der Finsternis verschwand. Ich glaubte, Colins Augen aufglühen zu sehen.

»Die Nacht ist so schön«, flüsterte ich. Jeder einzelne Herzschlag zog mich weiter abwärts, hin zu dem weichen, duftenden Waldboden unter meinen Füßen. Ich wollte mich ausstrecken, die Augen schließen und in die Dunkelheit eintauchen, in diesem herrlich geborgenen Zustand zwischen Wachen und Schlaf, hier vor Colins Haus. Es konnte kein schöneres Bett geben.

»Du musst nach Hause«, beharrte er drängend. »Geh.«

War es das, was ich dachte? Er schmiss mich raus? Es kam mir vor, als dürfte ich keine Sekunde länger in seiner Nähe bleiben. Schon war er aufgestanden und einige Meter von mir weggetreten.

156

Hatte ich zu viele Fragen gestellt? Verlegen erhob ich mich. Der Wind wurde stärker und die Tannenspitzen über unseren Köpfen rauschten.

»Geh vor«, beschwor Colin mich. »Mister X wird dich begleiten. Ich schließe noch das Haus ab, dann lese ich dich mit dem Wagen auf.«

Tatsächlich sprang Mister X von der Bank, streckte sich und lief leichtfüßig voraus, mitten in den dunklen Wald hinein. Als ich nicht sofort nachkam, setzte er sich auf den mondbeschienenen Pfad und wartete.

Ich überlegte. Ich war noch nie spätabends alleine im Wald gewesen. Schon gar nicht kurz vor Mitternacht. Doch als ich mich zu Colin umdrehte, lag sein Gesicht wieder im Schatten, und da ich mich nicht ein weiteres Mal vertreiben lassen wollte, fügte ich mich seufzend und folgte Mister X, der mich sicher durch die Finsternis führte und regelmäßig Pausen einlegte, um auf mich zu warten. Es blieb mir nichts anderes übrig, als ihm zu vertrauen. Er schnurrte unablässig, was mir ein beruhigendes Gefühl der Zweisamkeit verschaffte.

Plötzlich ließ das gehetzte Trampeln fliehender Hufe den weichen Grund unter mir erbeben. Ich blieb stehen. Mister X drehte sich um, als wolle er mich auffordern weiterzugehen. Der Nachtwind wehte den herben Geruch aufspritzender Erde durch das flüsternde Dickicht. Dann kam der Himmel über uns jäh zur Ruhe. Totenstille senkte sich über den Wald. Kein Lufthauch regte sich mehr. Mister X schaute mich unverwandt an und ich erwiderte seinen Blick, konzentrierte mich nur auf seine gelb schimmernden Augen, bis nach schier endlos dahinkriechenden Minuten der surrende Motor des Geländewagens das Schweigen der Nacht durchbrach. Grelle Scheinwerferkegel leuchteten mich von hinten an und verzerrten meinen Schatten zu einer langen, zittrigen Silhouette.

Wieder öffnete Colin von innen die Tür und ich schob mich in den Wagen, während der schwarze Kater munter zum Haus zurücktollte.

»Und? War es so schlimm?«, fragte Colin mit einem spöttischen Lächeln in seinen Mundwinkeln. Er sah frappierend gesund und munter aus. Brauchte man tatsächlich so lange, um eine Haustür abzuschließen und einen Wagen zu starten? Doch es war mir nicht möglich, diese Frage zu formulieren. Eine fremde Macht, die ich weder begreifen noch benennen konnte, hielt mich davon ab.

»Nein«, gab ich widerwillig zu. »War das eine Mutprobe, oder was?«

Er antwortete nicht, sondern fuhr bis zum oberen Dorfrand von Kaulenfeld, lud mein Fahrrad aus und öffnete mir die Tür. Ganz die alte Kavaliersschule – und ein nicht gerade dezenter Hinweis, dass ich endlich verschwinden sollte.

»Raus mit dir.« Ich rutschte vom Sitz und merkte, dass meine Knochen und Gelenke sich dumpf schmerzend widersetzten. Wann würde dieser elende Muskelkater endlich verschwinden?

»Colin?« Ich versuchte, meine Stimme selbstsicher klingen zu lassen. »Ich möchte Louis kennenlernen.« Ich möchte dich kennenlernen. Nicht Louis. Ich fürchte mich vor Louis. Himmel, was sagte ich da nur?

»Oje«, lachte er. Machte er sich wieder über mich lustig?

»Bitte«, setzte ich nach.

»Und ich möchte, dass du jetzt schläfst.« Es klang freundlicher als alles andere, was er bisher zu mir gesagt hatte, aber immer noch sehr bestimmt. Ich wollte ihn darauf hinweisen, dass er nicht mein Vater war – oder auch nur irgendetwas in der Richtung. Doch es war kein Vatersatz gewesen. Er wollte nicht, dass ich schlafe, damit ich mich erholte, nein, er wollte es, weil … Meine Gedanken verirrten sich.

»Gute Nacht, Ellie.« Er machte die Tür zu.

Schmollend drehte ich mich um und schob das Fahrrad den Feldweg hinunter zum Haus. Mama und Papa waren schon zu Bett gegangen. Alle Lichter waren aus, nur im Flur flackerte eine weiße Stumpenkerze. Bis drei Uhr nachts saß ich mit vor Müdigkeit tränenden Augen vor dem laufenden Fernseher und scheiterte immer wieder an dem Vorhaben, Ordnung in meine Gedanken zu bringen, Fragenlisten für Colin zu erstellen, den Abend zu deuten, sein Verhalten zu interpretieren. Alle Eindrücke verwoben sich miteinander und tosten ungehemmt durch meinen übervollen Kopf.

Am Schluss blieb nur eines haften – die Traurigkeit, mit der er von seinem ersten Pferd erzählt hatte. Was war geschehen, dass er es verloren hatte? Sprach so ein Aufschneider? Jemand, der sich nur wichtig machen wollte? Und warum hatte er das Gespräch so plötzlich unterbrochen?

Als ich Colins Wunsch erfüllte und mich endlich schlafen legte, fühlte ich mich auf einmal unendlich geborgen und behütet.

Ich wartete, bis ich den Vogel am Waldrand rufen hörte, und kostete das süße Gefühl aus, vom Schlaf überwältigt zu werden.

Blaues Eis

Am nächsten Morgen erwachte ich mit brummendem Schädel und musste einige Minuten lang angestrengt nachdenken, bis ich Wirklichkeit und Traum auseinandersortiert hatte.

Meine Träume waren wirr gewesen, wirr und fern jeder Realität, als hätte ich eine andere Gestalt und eine andere Seele angenommen, doch nach und nach kam mir auch der Abend bei Colin äußerst realitätsfern vor.

Mit einem Schaudern erinnerte ich mich an den finsteren Keller mit den toten Keilern, doch ebenso intensiv hatte sich die samtene Nacht mit ihrem Wetterleuchten und Colins trauriger Verschwiegenheit in mein Gedächtnis eingebrannt. Hatte ich mich tatsächlich von einem schwarzen Kater durch den Wald leiten lassen? Was war in dem Wasser gewesen, das Colin mir gegeben hatte – purer Wodka?

Ich beschloss, eine heiße Dusche zu nehmen, nach der meine Welt sicher wieder ihre gewohnten Formen annehmen würde. Vertrauter und auch langweiliger. Doch als ich ins Bad verschwinden wollte, rauschte Mama in einem knielangen Flatterkleid und beseelt von einer aufdringlich optimistischen »Das Leben ist schön«-Stimmung zu mir ins Zimmer und redete von einer Kneippanlage, die just vor zehn Minuten im Bach installiert worden sei. Wir sollten sie doch als Erstes austesten, das Wetter sei schließlich so schön.

»Mama, bitte noch einmal von vorn. Ich hab nichts verstanden.«

Ich hatte nicht den geringsten Bedarf nach Gesellschaft. Mir war allenfalls nach einem starken Kaffee und etwas melancholischer Musik zumute, in der ich mich für eine Weile verkriechen konnte.

»Komm einfach mit. Es wird dir gefallen! Na los, zieh dich an. Außerdem wächst da vielleicht Brunnenkresse.«

Das war natürlich ein schlagkräftiges Argument. Zu müde, um zu widersprechen, spritzte ich mir Wasser ins Gesicht, vergewaltigte meine viel zu welligen Haare zu einem Dutt, der mehr an ein Vogelnest erinnerte als an eine Frisur, und vertraute darauf, dass wir sowieso keinem Menschen begegnen würden auf unserem Weg zu diesem ominösen Kneipptretbecken.

In der Küche trank ich hastig ein paar Schlucke Orangensaft, während Mama beim Bäckereiwagen, der eben hupend vorgefahren war, Brötchen fürs Frühstück besorgte. Schwungvoll lief sie zurück ins Haus und ließ lautstark die Schranktüren klappern. Was für eine entsetzlich gute Laune sie doch hatte. Und das, obwohl sie die Nacht wie so oft alleine im Nähzimmer verbracht hatte. Hatte Papa etwa immer noch Migräne? Wie hielt er das nur aus?

Mit verquollenen Augen trat ich auf die Türschwelle und musste mich beherrschen, um nicht kreischend zurück ins Haus zu flüchten. »Ach du Scheiße«, quietschte ich. Drei Meter vor unserer Haustür saß Mister X und blinkerte mich würdevoll aus seinen gelb glitzernden Schlitzaugen an.

»Was machst du hier?«, fragte ich leise. »Willst du mich entführen?«

Mister X blinzelte nur ein weiteres Mal und blieb stocksteif sitzen. Jetzt trat Mama neben mich und schaute mich belustigt von der Seite an.

»Keine Bange, Ellie, es ist weder Freitag noch der 13. Hast du etwa Angst? Schau doch, was für ein hübsches Tier.« Strahlend bewegte sie sich auf Mister X zu, doch der wandte sich im allerletzten Mo-

ment von ihr ab und schritt lasziv von dannen. Mamas Streichel-
hände blieben leer.

»Ja, was für ein schönes Tier«, sagte ich trocken und Mama warf
mir einen warnenden Blick zu.

»Nun komm schon, du ungezogene Göre. Lass uns kneippen gehen.«

»Das ist so spießig«, brummte ich und trabte Mama missmutig
hinterher. Schweigend liefen wir hinunter zur Dorfmitte, an der
Wirtschaft vorbei und über die Straße zu einer großen Wiese, wo
der Bach knietief und erstaunlich friedlich entlangrauschte.

»Da!«, rief Mama stolz, als habe sie das Flüsschen höchstpersönlich in die Landschaft gegraben. Sie hatte ja keine Ahnung, welch
intensive Bekanntschaft ich mit diesem Gewässer schon gemacht
hatte. An der sanft abfallenden und von wilden Blumen bewachsenen Böschung war ein Gestell verankert worden, über dessen steile
Stufen man ins Bachbett gelangte. Unterhalb der Wasseroberfläche
befand sich ein typisches Kneipprondell mit Geländer zum Festhalten. Mama stapfte forsch ins eisige Nass. Seufzend folgte ich ihr
und schnappte keuchend nach Luft, als das Wasser meine Knie umspülte. Es war geradezu arktisch kalt und ich juchzte unwillkürlich
auf, was Mama als Zustimmung interpretierte.

»Das tut gut, oder?«, jubelte sie und jagte mich noch einmal im
Kreis herum, obwohl ich inzwischen vor Schmerzen jaulte.

»Nein, das tut weh«, jammerte ich und schoss in zwei Sätzen die
Eisentreppe hoch. Stöhnend ließ ich mich auf der Bank nieder und
streckte meine Füße in die Sonne. Dieser Akt war das Uncoolste
gewesen, womit ich jemals meinen Tag begonnen hatte. Und wahrscheinlich das Erfrischendste dazu.

Mamas Lebensgeister jedenfalls waren geweckt.

»Ich geh schon mal hoch und mache Frühstück – trödel nicht zu
lange herum!«, rief sie und marschierte über die taunasse Wiese.

Keine Frage, Mama schien die Natur zu bekommen. Sie blühte sichtlich auf, trotz ihrer dauernden Schlafstörungen. Ich hingegen kam mir ziemlich verwelkt vor und ich sah auch mit Sicherheit so aus. Doch anstatt mich einem längst überfälligen Schönheitsprogramm zu unterziehen, legte ich mich längs auf die Bank und ließ mir die Sonne auf den Bauch scheinen.

Ich dämmerte gerade ein, als ein sonores Motorengeräusch meine aufsteigenden Traumbilder zerriss. Schwere Türen klappten und eine Männerstimme rief etwas. Ich hob den Kopf und blinzelte in die gleißende Morgensonne. Vor dem Wirtshaus stand ein schwarzer amerikanischer Geländewagen. Colins Wagen. Natürlich, die Schweinehälften.

Ich beschloss, in den nächsten sechs Monaten kein Wildschwein zu bestellen. Weniger leicht fiel es mir zu entscheiden, was ich nun tun sollte – still beobachten? Hinübergehen und Guten Tag sagen? So wie ich war, in einer abgeschnittenen Jeans und einem simplen Shirt? Mit einem Vogelnest als Frisur?

Ich löste meine Haare und schüttelte sie kräftig. Ohne in einen Spiegel zu schauen, wusste ich, dass sie wild aussahen. Wild und störrisch. Also doch lieber das Vogelnest. Blind versuchte ich, meine Mähne wieder hochzustecken, und fluchte dabei unflätig vor mich hin.

»Lass sie offen. Ich weiß, wie du aussiehst, so oder so.«

Ich fuhr zusammen und stieß mir beinahe die Haarklammer ins Ohr. Wie war der Kerl nur so schnell herübergekommen, ohne dass ich es bemerkt hatte?

»Guten Morgen«, fauchte ich und überließ meine Haare ihren unbeherrschbaren Launen. Ich war ungewaschen, ungeschminkt, barfuß, zottelig – schlimmer konnte es kaum kommen. Hoffentlich sah auch er ein wenig mitgenommen aus.

Nein, sah er nicht. Er trug eine legere Kapuzenjacke, ein graues

T-Shirt, das einen gut gebauten Oberkörper verriet, perfekt sitzende Jeans und eine dicke schwarze Sonnenbrille. Mister Cool war hier.

»Du hättest früher schlafen gehen sollen. Ich sagte doch, du sollst schlafen.«

Na, das war ja ein grandioser Auftakt. Graf Koks war mal wieder allwissend. Ich stand auf, taumelte in der ungewohnten Wärme und stützte mich in der Hoffnung, es sähe lässig aus, an der Bank ab.

»Hast du deine ekligen Schweine da drüben abgegeben?«

»Ja, habe ich.«

»Dein Kater saß bei mir vor der Haustür«, plapperte ich ohne Sinn und Verstand. Ich wusste wirklich nicht, was ich reden sollte. Colin kam mir plötzlich so fremd vor, so anders – und ich hasste es, seine Augen nicht sehen zu können.

»Er ist eben gerne in meiner Nähe«, grinste er. Ich hatte den Verdacht, dass er mich hinter seinen schwarzen Gläsern schamlos musterte.

»Colin, setz die verdammte Brille ab. Ich kann es nicht leiden, wenn ich mit Menschen rede, die ihre Augen verstecken.«

»Das geht nicht.« Sein Grinsen erlosch. Er trat einen Schritt zurück.

»Doch, das geht, siehst du, es geht ganz einfach«, fauchte ich, streckte meine Hand aus und zog ihm mit einem gezielten Griff die Brille von der Nase. Ich wusste, dass er es hätte verhindern können – aber er tat es nicht. Möglicherweise genoss er sogar meine geschockte Reaktion. Bewegungslos wie eine Statue stand er mir gegenüber und ich konnte kaum fassen, was ich sah. Das musste ein Traum sein. Ich quetschte mir mit den Fingern den Arm. Es tat weh. Ich träumte nicht.

Doch dieser Mann vor mir war nicht Colin. Nicht der Colin von heute Nacht. Seine Augen hatten die gleiche Form, ja, aber sie schillerten in einer unerträglich hellen türkisen Farbe, einer ozeanischen

Mischung aus Grün und Blau. Bräunliche Sommersprossen tanzten auf Nase und Wangen. Seine Haare waren immer noch tiefdunkel, doch von kupfernen Strähnen durchzogen, in denen das Sonnenlicht spielte. Die Sommersprossen und die Kupferfäden im Haar hatte ich möglicherweise gestern übersehen, schließlich hatte ich meine Kontaktlinsen herausgenommen – aber die Augen? Garantiert nicht.

Er sagte nichts; schaute mir nur zu, wie ich angestrengt beobachtete, analysierte und überlegte. Es war unmöglich, irgendwelche Gefühle von seinem Gesicht abzulesen. Er reagierte auf Licht – konnte das sein? Wie ein Chamäleon auf Farben und Stimmung? Im Schein der Laterne vor dem Stall hatte er anders ausgesehen als nachts im Mondlicht vor seinem Haus – und nun wirkte er wie ein auferstandener Wikinger.

Er blinzelte; das Licht schien ihm wehzutun.

»Was ist mit deinen Augen?«, fragte ich direkt. Mir war nicht nach langem Rätselraten zumute.

»Eine Krankheit«, antwortete er ausweichend.

»Oh, eine Krankheit – ein akuter Fall von Vampirismus vielleicht?«, spottete ich.

Jäh veränderten sich seine Züge, wurden hart und kalt.

»Sei nicht kindisch, Ellie«, sagte er abweisend. »Schon mal was von Sonnenallergie gehört? Lichtüberempfindlichkeit?«

Er nahm mir die Brille aus der Hand und schob sie sich wieder auf die Nase. Mich befiel eine überraschende Trauer, nicht mehr in das pulsierende Eis seiner Iris blicken zu können. Ich glaubte ihm nicht. Sonnenallergie bei Dunkelhaarigen? Niemals. Entweder er war so eitel, dass er farbige Kontaktlinsen trug – und das würde ich Sir Colin Jeremiah Blackburn durchaus zutrauen –, und ich hatte die Sommersprossen gestern übersehen oder … Das »Oder« konnte ich nicht beantworten.

Seine distanzierte, gleichgültige Art hatte meine schlechte Verfassung jedenfalls vollendet. Erschrocken spürte ich, dass sich ein allzu vertrauter Druck auf meine Tränendrüsen senkte. Ich schluckte heftig und betete zu Gott, dass meine Stimme stabil blieb.

»Ich wollte nur einen Witz machen. Ich hab nicht gut geschlafen. Ich bin – ich …«, stotterte ich und klang zu meinem Entsetzen alles andere als stabil.

»Du bist einsam«, hörte ich Colins Stimme – doch sie kam nicht von ihm, sondern ertönte in meinem Kopf. Hatte er überhaupt etwas gesagt? Ich blickte auf, aber in seinem Gesicht war nichts zu lesen. Es blieb unbewegt, die Augen fehlten, ich brauchte seine Augen …

»Ist schon gut, Ellie«, sagte er sanft. Jetzt drang seine Stimme wieder normal und natürlich an mein Ohr. Trotzdem stimmte etwas nicht.

Ich schlüpfte umständlich in meine Flipflops. Es kostete mich unsäglich viel Mühe und Konzentration, als hätte jemand meinen Verstand gestohlen. Meine Fingerspitzen kribbelten und in meinen Ohren toste hämmernd das Blut. Verflucht. Das war eine beginnende Ohnmacht. Ich hatte seit gestern Nachmittag nichts mehr gegessen. Ich hatte einfach nicht daran gedacht. Und jetzt – jetzt würde ich umkippen, direkt vor seinen Füßen. Das durfte nicht passieren, auf keinen Fall. Schwarze Flecken wirbelten vor meinen Augen und die Welt drehte sich elegant zur Seite.

»Colin – ich falle in Ohnmacht … ich …«

Das Schwarz war wie Watte. Ich fiel und fiel doch nicht. Ich tat mir nicht weh. Ich registrierte noch, dass mir ein wenig übel war, doch das machte mir nichts aus. Mir würde nichts passieren. Mir konnte gar nichts passieren. Ich ließ los.

Dann war ich weg.

Ich kam wieder zu mir, weil etwas Kühles, Zartes rhythmisch auf meine Beine drückte. Langsam hob ich meinen Kopf und erkannte Mister X, der versonnen meine nackten Waden tretelte.

»Hey«, sagte ich leise. Er tapste zu meinem Kopf und schnurrte mir hingebungsvoll ins Ohr.

Colin war verschwunden. Mein Magen knurrte so laut und gequält, dass ich ein schlechtes Gewissen bekam. Ich hatte mich schändlich vernachlässigt.

»Mister X, ich muss dringend frühstücken.« Als habe er meine Worte verstanden und beschlossen, dass es hier für ihn nichts mehr zu tun gab, hüpfte er geschmeidig davon. Ich fuhr mir mit den flachen Händen über Arme und Beine. Keine Schramme, kein Kratzer. Auch mein Kopf hatte weich gelegen – auf was nur? Ich setzte mich in Zeitlupe auf und nahm die samtige Unterlage in meine Hände. Es war Colins graublaue Kapuzenjacke.

»Na, du bist mir ja ein schöner Gentleman«, murmelte ich und stand vorsichtig auf. Lässt ein Kopfkissen da und verziehst dich. Aber ich fühlte mich besser. Viel besser.

Colins Auto war ebenfalls fort. Wie lange war ich ohnmächtig gewesen? Zwei Minuten? Oder zwei Stunden? Ich hatte keine Uhr bei mir, doch die Sonne stand bereits hoch. Stolpernd hastete ich zum Haus hoch.

»Ellie!« Mama erwartete mich im Garten. »Wo hast du gesteckt? Ich wollte dich gerade suchen gehen.« Sie lief auf mich zu und sah mich aufmerksam an. »Was hast du denn da?«

Ich wickelte die Kapuzenjacke beiläufig um meine Hüften, als gehörte sie mir. »Die hab ich mir doch in Köln gekauft«, schwindelte ich.

»Nein, ich meine das hier«, murmelte sie und wischte mir zwei Grashalme von der Schulter, um mir danach etwas aus den Haaren zu ziehen. »Hoppla«, sagte sie trocken und hielt mir die Leiche einer fingerlangen, blaugrün schillernden Libelle vor die Nase.

167

»Igitt, tu das weg!«, protestierte ich und schob ihre Hand von mir. Wieso hatte ich dieses Vieh nicht bemerkt? Im gleichen Moment spürte ich, dass mein Kopf zu schmerzen anfing.

»Was ist passiert?«, fragte Mama und hinderte mich mit resolutem Griff daran, an ihr vorbei ins Haus zu entwischen. Sie blickte mir skeptisch in die Augen. »Meine Güte, Ellie, du bist ja kreidebleich …«

»Okay, gut – ich bin ohnmächtig geworden«, gestand ich widerstrebend. Mamas Griff wurde noch fester. Mit finsterer Miene führte sie mich ins Haus. »Leo!«, rief sie streng. Dann wandte sie sich erneut mir zu.

»Du hattest dich auf die Bank gelegt, als ich gegangen bin. Und bist ohnmächtig geworden? Im Liegen? Im Halbschlaf?« Sie nahm eine Serviette und wischte mir Erde von der Stirn. »Nach dem Wassertreten?«

»Hm. Ja. Muss wohl so gewesen sein«, sagte ich abwesend und linste auf den Frühstückstisch. Für eine Tasse Kaffee und ein Marmeladenbrot hätte ich, ohne zu zögern, einen Mord begangen. Doch jetzt tauchte Papas mächtige Gestalt im Türrahmen auf.

»Was gibt's?«, fragte er. Seine Stimme klang dunkler als sonst und seine Haare waren zerzaust. Hatte Mama ihn etwa geweckt?

»Sie ist nach dem Wassertreten eingeschlafen und dann ohnmächtig geworden«, sagte Mama. Sie hörte sich beinahe vorwurfsvoll an. Ihr Blick bohrte sich fest in Papas dunkelblaue Augen.

»Nun macht nicht so einen Aufstand, ich bin okay«, versuchte ich sie zu beruhigen, klaubte mich von ihrer Hand los und setzte mich an den Tisch. In Mamas Version meiner Ohnmacht fehlte zwar ein Element, aber ich wäre mit Sicherheit auch ohne Colin umgekippt. Und dann hätte mich niemand aufgefangen. Hatte er das denn tatsächlich? Oder mir einfach nur die Jacke untergeschoben?

»Ihr geht's gut, wie du siehst«, sagte Papa ruhig. Gut war relativ, doch ich hatte Hunger. Ich schmierte mir dick Nutella auf eine Scheibe Brot und trank hastig ein paar Schlucke lauwarmen Kaffee. Mama und Papa schauten sich stumm an.

»Ich muss etwas mit dir besprechen«, sagte Mama schließlich fordernd und stemmte die Arme in die Seite. Papa zuckte verwundert mit den Schultern und zog sich in den Flur zurück. Mama klapperte noch eine Weile lautstark mit Tellern und Besteck, bevor auch sie verschwand. Ich atmete auf. Hatten sie etwa plötzlich Gewissensbisse, mich in die Wildnis entführt zu haben? Wenn ja, dann sollten sie sich ruhig ein paar Minuten lang grämen. Nach meinem Nutellabrot verschlang ich ein Brötchen und ein Croissant, trank drei Tassen Kaffee und schüttete ein großes Glas Orangensaft hinterher. Erst als ich wohlig satt war, fielen mir wieder Colins eisblaue Augen ein.

Eine Augenkrankheit. So, so.

Ich spitzte die Ohren. Es war still geworden. Hatte sich Papa vielleicht auf den Weg in die Klinik gemacht? Wenn ja, dann konnte ich in seinem Büro nach seltenen Augenkrankheiten und Lichtempfindlichkeit recherchieren. Einen traurigen Moment lang erinnerte ich mich an die Mutproben von Paul und mir, denen wir uns mit vor Aufregung glühenden Wangen in Papas Arbeitszimmer stellten, wenn es draußen in Strömen regnete und wir vor Langeweile fast zugrunde gingen. Dann nahmen wir uns den Pschyrembel aus dem Regal und schlugen wahllos irgendeine Seite auf und wer am längsten auf das Foto gucken konnte, ohne zu blinzeln oder wegzuschauen, hatte gewonnen. Nie vergessen würde ich die detailgetreue Aufnahme einer schwarzen Haarzunge – eine abstruse, wenn auch seltene Nebenwirkung von Penizillin. Seitdem fühlte ich mich immer ein wenig beklommen, wenn ich Antibiotika einnehmen musste.

Vielleicht gab es ja auch eine Abbildung von grell türkisblauen

Augen, die eigentlich schwarz sein sollten. Doch Mamas erregte Stimme ließ mich innehalten, bevor ich die Klinke hinunterdrücken konnte. Neugierig presste ich mein Ohr an die Tür.

»Du hast gesagt, hier wird alles besser – und jetzt das!«

Es dauerte eine Weile, bis Papa reagierte.

»Mia, es gibt keinen Grund zur Aufregung. Mädchen in diesem Alter werden gerne mal ohnmächtig.«

Mädchen in diesem Alter. Ha. Und von gerne konnte wohl keine Rede sein. Trotzdem – mir war schleierhaft, warum Mama sich so erzürnte. Sie war doch auch sonst keine Übermutter.

»Dann schwöre mir, Leo, schwöre mir, dass du nichts damit –«

»Moment«, rief Papa scharf und riss die Tür auf. Er fing mich ab, bevor ich vornüberkippen konnte. Mit blitzenden Augen sah er mich an.

»Kann ich dir irgendwie helfen, Elisa?«

»Ich hätte mir gerne den Pschyrembel geborgt«, bat ich höflich. Mama schüttelte den Kopf und seufzte. Papa griff gezielt nach dem schweren Wälzer und drückte ihn mir in die Hand. Mama seufzte noch einmal.

»Sie sieht doch gesund aus«, befand Papa aufgeräumt.

»Sie geht jetzt auf ihr Zimmer«, verkündete ich und winkte kurz mit der Hand, bevor ich Mama und Papa den Rücken zuwandte und nach oben verschwand. Zu gerne hätte ich gefragt, was Mama damit gemeint hatte – dass hier alles besser würde. Etwa mit mir? Was war denn mit mir falsch gewesen in Köln? Oder war es gar nicht um mich gegangen?

Wie auch immer – Papa hatte meinem Lauschangriff ein Ende gesetzt. Dennoch sorgte ich mich nicht allzu sehr um den Disput im Büro. Meine Eltern hielten seit jeher zusammen wie Pech und Schwefel. Spätestens morgen früh würden sie wieder ein Herz und eine Seele sein.

Ich blätterte die Enzyklopädie wahllos durch, um immer wieder vor diesen entsetzlichen Fotos zu erschauern und schließlich entmutigt aufzugeben. Ich gab schnell auf, denn mich beschlich eine leise Angst, dass vielleicht ich diejenige war, der eine Diagnose gestellt werden musste. So oft schon war ich am Rande einer Bewusstlosigkeit entlanggekrochen, doch nie hatte sie mich packen können. Heute aber war es geschehen. Hatten Mamas Worte doch etwas damit zu tun? Wusste sie mehr als ich – vielleicht war ich ja von irgendeiner schleichenden, widerwärtigen Krankheit befallen, die meine Eltern mir bisher wohlweislich vorenthalten hatten und die sie hier auf dem Land kurieren wollten.

Doch eigentlich fehlte mir nichts. Schwere Krankheiten deuteten sich anders an: unerklärlicher Gewichtsverlust, starke Schmerzen, Appetitlosigkeit. Und gelegentlich auch Ohnmachten. Aber eine Ohnmacht in ungewohnter sommerlicher Hitze nach versehentlichem Hungern gehörte wohl nicht dazu. Und als ich das begriffen hatte, fühlte ich mich plötzlich noch elender.

Ein hohles, sinnloses Gefühl machte sich in meinem Bauch breit und kroch kalt zu meinem Herzen hoch. Ich hatte zu nichts mehr Lust.

Den gesamten schönen, sonnigen Tag lang, den Mama wie besessen dazu nutzte, weitere Teile des Gartens umzugraben, verbarrikadierte ich mich in meinem Dachzimmer, zog die Stoffbahnen des Paravents zu und versuchte vergeblich, der Einsamkeit zu entkommen, die sich wie eine alte, verwachsene Liane um meine Brust gewunden hatte.

War ich wirklich so einsam, wie ich mich gerade fühlte, oder war es vielmehr die Erinnerung an meine frühere Einsamkeit, die mich belastete? Konnten Erinnerungen denn so schmerzen? Oder hatte mich am Ende alles wieder eingeholt?

Nachdem ich drei Stunden reglos auf dem Bett gelegen hatte,

lernte ich für die anstehenden Klausuren, erledigte den Rest meiner Hausaufgaben und aß gespielt fröhlich mit meinen Eltern zu Abend.

Kurz überlegte ich, ob ich nachts versuchen sollte, in Papas Büro weiter nach Augenerkrankungen zu recherchieren, aber dann schob ich diesen Gedanken wieder zur Seite. Wenn Papa mich noch einmal dort entdeckte, hatte er wirklich Grund zur Sorge. Und es fiel mir schon schwer genug, so zu tun, als sei alles bestens, denn Mamas Blicke ruhten fast während des ganzen Essens auf mir.

Vor dem Schlafengehen kramte ich meine alten Moby-Alben heraus, mixte mir eine CD mit den sehnsüchtigsten, melancholischsten Songs – mein MP3-Player war ja leider dem Gewitter zum Opfer gefallen – und tat das, womit ich den Tag eigentlich hatte beginnen wollen: Ich setzte mir die Kopfhörer auf und suhlte mich ausgiebig in meiner schlechten Stimmung.

Kopfkino nannte ich das insgeheim. Sobald ich die Augen schloss und mich in die Musik hineinfallen ließ, zogen Filme vor meinen Augen vorüber. Hauptrolle: Elisabeth Sturm. Ich fühlte in diesen Filmen wie in meinem tatsächlichen Leben. Doch ich war eine andere. Ich war schöner und gelassener und witziger, und wenn ich ungerecht behandelt wurde, gab es immer Menschen, die sich für mich einsetzten. Die für mich durchs Feuer gingen. Vor allem einer war da … Ich wagte kaum, seinen Namen zu denken, doch sein Gesicht tauchte wieder vor mir auf, wie so oft schon, seine verschmitzten grünbraunen Augen, sein kurz geschnittener Wuschelkopf und der gesunde rosige Schimmer, der stets auf seinen Wangen gelegen hatte. Grischa. Nie hatten wir miteinander geredet und doch gehörte er zu meinem Leben. Ich konnte es nicht ändern. Das gelang mir nur, wenn ich vollkommen wach war.

Aber nun durchdrang mich die Musik restlos, sodass ich das Gefühl hatte, meinen Körper verlassen zu können. Und obwohl ich glaubte, über mir zu schweben, wurden meine Sinne empfänglicher und klarer denn je. Ich spürte jede winzige Faser meiner Kuscheldecke auf der Haut, die Bündchen der Socken an meinen Fesseln, ich roch die aufgewühlte Erde aus dem Garten, ja, ich konnte sogar die sinkende Temperatur vor dem Fenster erahnen, das süße Aroma der Tautropfen und den staubigen grauen Duft der Straße.

Als ich aufwachte, war es finster und still. Die Stöpsel schmerzten in meinen Ohren und ich riss sie mit einem Ruck heraus.

Mein ganzer Körper war von einer wehmütigen Schwere erfüllt, die mich nach draußen in die Nacht zog. Ich sah mir dabei zu, wie ich meine nackten Füße aus dem Bett schob, auf den kühlen Boden setzte und zur Tür ging. Meine Sohlen berührten kaum den Boden. Lautlos und schwebend bewegte ich mich die beiden Treppen hinunter, öffnete die Tür des Wintergartens und trat ins Freie. Die Stufen der Außenstiege waren eisig, doch es störte mich nicht.

Im Garten stand Colin, mit dem Rücken zu mir. Er trug seine Jeans vom Vormittag und einen wolligen grauen Fleecepullover. Seine Haare wanden sich stur und lebenslustig in alle Himmelsrichtungen und der Schimmer des Mondes ließ seinen Nacken silbern leuchten.

Ich wusste, dass ich nichts sagen musste. Die Schwere in meinem Körper, in meiner Seele, wurde zu einem mächtigen Sog, der mich zu ihm trieb. Als ich ihm so nahe war, dass ich ihn hätte berühren können, drehte er sich um.

Ich sah in seine Augen und drohte zu fallen. So dunkel, so tief …

Ich bin wirklich einsam, dachte ich und hörte nicht auf, in seine Augen zu schauen, obwohl der Abgrund schon so nahe war.

Ich weiß, sagten mir seine Gedanken. Ich lehnte den Kopf an seine Brust und der weiche, ausgewaschene Stoff des Pullis schmiegte sich an meine Wange. Er schloss seine Arme um mich, stark und bestimmt, und die Schwere in mir begann sich aufzulösen. Seine Hän-

173

de legten sich fest auf meinen Rücken, wie ein Schauer streifte sein Atem meinen Hals.

Mit einem bohrenden Schmerz gruben sich seine Fingernägel in mein Kreuz. Ich roch Blut und spürte jeden einzelnen rubinroten Tropfen, der sich aus meiner Haut befreite und meine Wirbelsäule hinunterrann. Colin drückte mich rücklings zu Boden.

Ich ließ es zu – und ließ auch zu, dass sich seine Klauen, seine spitzen, schmerzenden Klauen, in die weiße Haut über meiner Brust kerbten. Es musste so sein. Seine Gedanken zu meinen. Unsere Gefühle ein einziger samtschwarzer Kosmos. Ungezügelt und schön.

Jetzt fiel ich –

und wachte auf. Ich stand mitten in meinem Zimmer und hatte die Arme ausgebreitet. Ja, es war Nacht, der Mond schien, ich war barfuß. Aber ich war in meinem Zimmer.

Und ich war allein. Eine Weile blieb ich so stehen, unfähig, mich zu bewegen oder zu entscheiden, was ich tun sollte. Es kam mir nicht so vor, als sei ich aus dem Bett aufgestanden und hierher getreten. Nein – ich hatte das Gefühl, eine lange Reise hinter mich gebracht zu haben.

Und Colin? Er war doch da gewesen – ich hatte ihn doch gespürt! Sein Pulli. Ich wusste noch genau, wie er sich anfühlte – und dann sein Atem an meinem Hals. Seine Hände in meiner Haut … In meiner Haut?

Ich stürzte zum Lichtschalter, knipste alle Lampen an und rannte ins Badezimmer. Hektisch zerrte ich mir das Nachthemd über den Kopf und versuchte, mithilfe eines Handspiegels meinen Rücken zu betrachten. Er war unversehrt. Keine Klauenspuren. Kein Blut.

»Gott, Elisabeth, reiß dich zusammen«, fauchte ich mich entnervt an, als ich mein Gesicht im Spiegel sah. »Das war ein Traum, ein verdammter, blöder Misttraum.«

Ich streckte mir die Zunge raus. Ich sah aus wie immer. Gut, nicht

174

ganz wie immer – meine Haare hatten sich dazu entschlossen, die Frisur des Suppenkaspars zum letzten Schrei zu erklären, und meine Augen waren in den gesamten letzten drei Jahren nicht mehr so lange ungeschminkt gewesen. Doch ansonsten war das ich, mit meinem üblichen Gesicht und – im Gegensatz zu Herrn Blackburn heute Morgen – ganz normaler Augenfarbe. Papas Dunkelblau mit grünbraunen Sprenkeln von Mama. Eine ziemlich kranke Mischung. Darunter meine blasse Nase mit den verirrten Leberflecken und mein Mund, ernst und ein wenig trotzig. Alles wie gehabt. Meine Fantasie war mal wieder mit mir durchgegangen. Ich hatte nur geträumt.

Ich wusch mir das Gesicht, unternahm einen hoffnungslosen Versuch, meine Haare zur Vernunft zu bringen, und war währenddessen eifrig damit beschäftigt, mich in die Realität einer ganz normalen Westerwälder Juninacht zurückzutransportieren. Doch noch immer konnte ich den Pulli an meiner Wange fühlen und sehnte mich unbändig nach diesem vollkommenen, gelösten und geborgenen Gefühl, das Colins Umarmung in mir hervorgerufen hatte. Wie konnte etwas so real sein, wenn es doch nur ein Traum war?

Ich fand es kindisch und albern und ich schlotterte bereits vor Kälte, doch ich tapste die dunklen Treppen hinunter, schnappte mir Colins Jacke von der Garderobe, flitzte wieder hoch und kuschelte mein Gesicht hinein, bevor ich das Licht ausknipste. Nein, stopp. Nur sicherheitshalber. Noch einmal Treppe hinunter, diesmal in den Wintergarten. Klar – was hatte ich erwartet. Es stand niemand auf dem umgegrabenen Rasen. Still und öde breitete sich unser Garten vor mir aus. Nur ein paar hellrosa Blüten von Nachbars Fliederbusch schwebten wie Schnee über den frischen Beeten.

Mein Herz schlug höher, als ich hinten, unter den Büschen, doch ein Lebewesen erkannte. Kein Mensch, kein Mann, kein Colin – sondern eine schwarze Katze. Wie ein Panther, federnd und kraft-

voll, überquerte sie unseren Rasen und verschwand über den Hof –
nicht ohne kurz innezuhalten und meine Gestalt im Fenster zu
fixieren.

»Mister X?«, fragte ich flüsternd. Quatsch. Blödsinn. Nicht jede
schwarze Katze war Mister X. Wir lebten in einem Dorf. Hier ver-
mehrten sich Katzen wie Unkraut.

Erneut schlich ich die Treppe hoch, vergrub mich unter die Bettdecke und drückte mein Gesicht in Colins Kapuzenjacke. Augenblicklich schlief ich ein. Und träumte nichts mehr.

Unter die Haut

Ich war dankbar, dass am folgenden Montag – einem durchschnittlichen, trüben Tag – eine vierstündige Biologiekursarbeit anstand. Das war etwas, was ich definitiv mit Verstand und Vernunft bewältigen konnte, und ich stürzte mich mit wirrem Haar und Fiebereifer auf die Aufgaben. Nach drei Stunden war ich fertig, nutzte die verbliebene Zeit aber, um an meinen Diagrammen zu feilen. Irgendwann war der Punkt gekommen, an dem es nichts mehr zu tun gab. Ich lieferte die Klausur wenige Minuten vor dem Klingeln ab und verließ den Saal.

Im Schulhof war bereits einiges los – offenbar gab es Freistunden. Als ich zum Kiosk ging, ließ mich ein plötzlicher Impuls mitten auf dem Weg stoppen, obwohl mein Magen vor Hunger knurrte. Irgendetwas stimmte hier nicht. Ich drehte mich um und ließ meine Augen über den Hof schweifen. Von den Mülltonnen drangen grölende Rufe und kreischendes Gelächter zu mir herüber. Ohne nachzudenken, lief ich dem Lärm entgegen. Auf halber Strecke rempelte mich im Vorbeirennen ein Junge an, nicht älter als zwölf. Beißender Müllgestank stieg aus seinen Klamotten auf und an seinem Rücken klebte eine vergammelte Bananenschale. Seine Wangen glühten, doch alles in allem wirkte er aufgeregt, nicht aber verstört. Ganz offensichtlich hatte ihn jemand in die Mülltonne gesteckt – das alte, beliebte, hässliche Spiel. Und er hatte sich befreien können. Aber ein ungutes Flattern in meinem Bauch sagte mir, dass das nicht alles war. Die Stimmen um die Mülltonnen herum wurden lauter. Eine Traube von gaffenden Schülern versperrte mir die Sicht auf das, was sich dort abspielte und die Neugierde der Umstehenden weckte. Obwohl ich Fremde nicht gerne berührte, zwängte ich mich mit wenigen Schritten hindurch.

Ein Blick genügte, um zu sehen, dass die Tonnen leer waren. Das war also nicht das Problem. Das Problem war ein auffallend rothaariger Schüler, der Auge in Auge einem Jungen aus der Oberstufe gegenüberstand. Genau, das war Oliver, aus meinem Deutschkurs. Ein bulliger, quadratischer Typ, den ich sofort als unangenehm und rechthaberisch empfunden hatte. Er überragte den Rothaarigen um gut zwei Köpfe.

»Misch dich nicht ein, Tillmann«, sagte Oliver drohend und stieß den anderen ein Stück von sich weg. Tillmann blieb ruhig, doch ich spürte, dass er eine tickende Zeitbombe war. Nicht nur das – alles in ihm befand sich in Aufruhr. Tausend Empfindungen rasten auf mich ein. Wut, Ekel, Abscheu – und auch Angst. Warum Angst?

»Hört auf mit der Scheiße«, entgegnete Tillmann mit einer überraschend tiefen, erwachsenen Stimme. Wie alt mochte er sein? Nach seiner Größe zu urteilen, höchstens Mittelstufe. Ich näherte mich, bis ich seine Augen sehen konnte, obwohl der Müllgestank mir fast den Atem raubte – säuerliche Milch, nasses Toilettenpapier, faulendes Obst, verdorbene Wurst und Taubenkot. Tillmanns Gesicht war unbewegt, doch in seinen dunklen, schmalen Mandelaugen toste der Zorn.

»Ist das dein neuester Tick? Weltverbesserer spielen?« Oliver lachte höhnisch und ein paar Jungs lachten mit. »Ausgerechnet du?«

Blitzschnell schoss Tillmanns Hand nach vorne und packte Olivers Hemdkragen. Oliver fuhr zurück. Seine Füße verhedderten sich und für einen Wimpernschlag sah es aus, als würde er zu Boden gehen. Dann fing er sich wieder.

»He!«, brüllte er und versuchte, Tillmanns Hand von seinem Kragen zu lösen. »Drehst du jetzt völlig ab, oder was? Jetzt mach dich mal locker, wir haben nur ein bisschen Zwergenwerfen gespielt.«

»Zwergenwerfen ist kein Spiel. Das ist Feigheit und sonst nichts.« Ganz langsam öffnete Tillmann seine Faust, bis Oliver freikam. Wachsam beobachtete er Olivers Mimik, aber ich sah, wie seine Brust sich verkrampfte. Ein kaum wahrnehmbares, krankhaftes Rauschen durchströmte seine Lungen. In seinen Augen flackerte Panik auf.

»Mach nur einen einzigen Fehler, Kleiner«, raunte Oliver, »und du warst die längste Zeit an dieser Schule. Verstanden? Ja? Ich sorg dafür, dass du kein Bein mehr auf den Boden kriegst.«

Tillmanns Fäuste ballten sich, bis die Knöchel weiß hervortraten. Oliver schob seinen Kopf nach vorne, sodass seine Nase Tillmanns Haarspitzen berührte, und atmete ihm mitten ins Gesicht. Er roch nach Knoblauch und kaltem, ranzigem Schweiß.

»Lass ihn in Frieden!«, rief ich scharf. Ein verwundertes Raunen machte sich breit, dann wurde es beklemmend still. Oliver reagierte zuletzt. Ungläubig glotzte er mich an. Tillmann ließ ihn nicht aus den Augen.

»So. Die Neue.« Oliver grinste amüsiert. »Willst du jetzt eine von Papas Therapiestunden mit mir abhalten?« Seine Freunde feixten. »Oder mich in eine Zwangsjacke stecken?« Er wedelte albern mit den Armen.

»Ich will, dass du ihn in Ruhe lässt. Und hör auf, Kinder in Mülltonnen zu schmeißen. Such dir jemand Gleichaltrigen zum Spielen.«

»Pfff«, machte Oliver verächtlich und spuckte aus.

Ich war so wütend, dass ich am liebsten laut geschrien hätte. Meine Augen begannen verräterisch zu brennen. Doch meine Aufmerksamkeit galt Tillmann. Sein Atem rasselte. Ein merkwürdiges Keuchen drang aus seinen Lungen. Hörte das denn niemand außer mir? Ich drehte mich zu den Schülern hinter mir um. Sie blickten mich an, als hätte ich ihnen gerade erzählt, dass zwei plus eins vier ergab. Die schwarze Lola trat dazu und tuschelte angeregt mit Nadine. Dann kicherte sie absichtlich laut. Jetzt gesellte sich auch Maike zu ihr.

»Verpisst euch, und zwar schnell. Geht aus meinen Augen! Haut ab!« Oh. Ich konnte ja doch schreien. Kopfschüttelnd trat Oliver zu seinen Freunden und tippte sich an die Stirn. Ja klar, ich tickte nicht ganz richtig. Da sagte er mir nichts Neues. Maikes fragenden Augen wich ich aus. Tillmann und ich blieben stehen, ohne uns zu rühren, bis die Meute hinter uns sich endlich murrend auflöste. Die Sonne brannte auf unsere Rücken und der Gestank der offenen Mülltonnen wurde schier unerträglich.

»Moment«, flüsterte Tillmann heiser und flitzte in Richtung Toiletten. Ich vergewisserte mich, dass uns niemand mehr beobachtete, und folgte ihm. Doch er rannte am WC-Häuschen vorbei und schlüpfte durch eine Lücke im Zaun. In der Nische dahinter ließ er sich schwer atmend auf die Knie sinken. Die dicht bewachsenen Zweige einer Birke bildeten eine Art Dach, sodass ihn hier niemand sehen würde. Ich schlüpfte hinterher. Ohne mich zu beachten, kramte Tillmann eine kleine Spraydose aus der Hosentasche und hielt sie sich vor den Mund. Mit einem gezielten Griff öffnete ich den Reißverschluss seines blauen Seemannspullovers, vermied es aber, ihn dabei zu berühren. Seine Brust hob und senkte sich angestrengt. Erst nachdem er zweimal inhaliert hatte, entspannte sich sein Körper langsam.

»Asthma«, diagnostizierte ich sachlich. Er reckte sein Kinn nach vorn und schaute mich an. Seine Augen leuchteten wie zwei dunkle Scheinwerfer, doch er war sehr blass.

»Wehe, du sagst es jemandem«, warnte er mich mit rauer Stimme.

180

»Du bist früher auch da reingeschmissen worden, oder?«

»Und du schreibst bestimmt nur Einsen«, entgegnete er kühl.

Ich nickte knapp. »Meistens. Es sei denn, ich geb mir Mühe, eine Drei zu fabrizieren. Geht's wieder? Willst du nicht besser zum Arzt gehen?«

Tillmann winkte ab. »Was soll der schon tun? Und ich hab's ja nicht oft. Nur wenn ich – na ja, wenn so etwas passiert wie eben. Dann. Es – es hat mich erinnert.«

»Ich weiß«, erwiderte ich leise. Ihn hatte es erinnert. Und mich hatte dieser ganze Mist von eben um Jahre zurückgeworfen. Jetzt würde es noch schwerer werden. Tillmann stand auf und streckte sich.

»Ich geh dann mal«, sagte er und drückte sich an mir vorbei, ohne mich auch nur zu streifen. Als ich aus der Nische hinter dem Zaun kroch, war fast niemand mehr im Hof. Zögernd ging ich auf die Turnhalle zu.

»Ellie … Mensch!« Maike stürzte mir entgegen. Anscheinend hatte sie mich gesucht. »Warum machst du das? Warum mischst du dich ein? Wochenlang schaust du niemanden an und jetzt gehst du so in die Vollen. Was ist los mit dir?«

»Hast du das nicht gemerkt?«, fragte ich entrüstet. »Er –« Nein. Tillmann wollte nicht, dass jemand von seinem Asthma erfuhr. »Er will doch nur nicht, dass Kinder in die Mülltonne geworfen werden.«

»Oh, Ellie, das sind Jungsspiele. Jedes Jahr landet einer in der Tonne, das ist doch normal. Die wollen das sogar, das ist eine Art Sport unter den Fünftklässlern. Und der Kleine von vorhin hat's erst recht verdient.«

»Niemand hat das verdient«, entgegnete ich scharf.

»Mag ja sein, aber du hast den Falschen verteidigt. Tillmann hat es faustdick hinter den Ohren. Der ist schon zweimal beinahe von der Schule geflogen, nur sein Vater konnte ihm den Hintern retten. Dass der vor Oliver einen auf gute Seele macht, ist der Witz des Tages.«

»Nein!«, rief ich und wunderte mich über meine eigene Beharrlichkeit. Ich war auf dem besten Weg, meine einzige In-etwa-Freundin zu vergraulen. »Er hatte recht. Vielleicht tun das andere mit einem Schulterzucken ab, wenn sie in den Müll geworfen werden, aber …« Mir gingen die Argumente aus, und nicht nur das – ich hatte auch fast keinen Atem mehr. Maike schaute mich nachdenklich an.

»Also, für mich war das ein Junge, der aus Jux in der Tonne gelandet ist«, sagte sie achselzuckend. »Alle fanden es lustig. Dann mischt sich plötzlich Tillmann ein, holt den Kleinen raus und geht ohne Vorwarnung auf Oliver los …«

»Oliver hat ihn zuerst dumm angemacht«, widersprach ich.

»Ellie, du warst doch gar nicht von Beginn an dabei.«

»Du auch nicht.«

Maike stöhnte und verdrehte in gespielter Verzweiflung die Augen.

»Aber Nadine war es und sie hat's mir erzählt. Außerdem ist Tillmann sechzehn, der kann sich alleine verteidigen.«

Aber nicht, wenn er gerade einen Asthmaanfall hat, dachte ich und wusste trotzdem, dass Tillmann im Zweifelsfall zugeschlagen hätte.

»Du bist ziemlich merkwürdig, Ellie«, seufzte Maike. »Das musste doch echt nicht sein. Du bist schließlich noch nicht lange hier.«

»Doch, musste es«, sagte ich stur. »Sorry.«

Maike schwieg. Wir setzten uns nebeneinander unter den alten Kastanien in die Sonne, die nun nur noch mühsam durch weißliche Schleierwolken drang. Hatten wir jetzt Streit? Hatte ich es mir nun auch mit Maike verdorben? Benni lief an uns vorüber zu den Fahr-

182

rädern und blickte uns fragend an. Maike nickte ihm lächelnd zu. Dann schien sie einen Beschluss zu fassen.

»Okay, Ellie, ich werde Benni sagen, dass er sich was einfallen lassen soll, damit die Tonnen eine Sicherung bekommen. So, dass niemand mehr reingeworfen werden kann. Das ist eigentlich eine gute Idee. Vielleicht kann dein Ruf damit ja noch gerettet werden.«

Mit einer solchen Reaktion hatte ich nicht gerechnet. Vor lauter Erstaunen brachte ich kein vernünftiges Wort heraus. Noch eben hatte Maike mir vorgeworfen, mich eingemischt zu haben, und nun lächelte sie mich an, als sei nichts gewesen.

»Mein Ruf – wie ist denn mein Ruf?«, fragte ich schließlich vorsichtig, obwohl ich stark bezweifelte, dass Maikes Idee mir auf der Beliebtheitsskala nach oben helfen würde. Schließlich hatte ich eben den Spielverderber gemimt. Aber sie schien Feuer und Flamme. Womöglich wollte sie mir einfach etwas Gutes tun.

»Ehrliche Antwort?«

»Nur zu.«

»Gut«, sagte Maike bereitwillig. »Du wirkst, als wolltest du mit niemandem etwas zu tun haben. Du schottest dich ab. Die anderen denken, du hältst dich für etwas Besseres. Und jetzt hast du auch noch die Nase in eine Angelegenheit gesteckt, die dich nichts angeht – lass mich ausreden! Das ist – schwierig, verstehst du? Du siehst nicht so aus, als wolltest du Kontakt haben.«

Ich nickte abermals. Was sollte ich dazu auch sagen? Das kam mir alles furchtbar bekannt vor.

»Und ich hab ehrlich gesagt keine Lust, mich ständig fragen zu lassen, warum ich mich mit dem hochnäsigsten Mädchen der Schule abgebe.«

»Warum tust du es denn dann?«, motzte ich.

»Ach, weißt du«, grinste Maike und spielte mit ihren Schnürsenkeln, ohne mich anzusehen. »Ich bin halt neugierig.«

183

»Na dann«, grummelte ich, obwohl ich ihr nicht glaubte. Natürlich war Maike neugierig. Sehr sogar. Aber war das der einzige Grund? Vielleicht war sie es ja in Wirklichkeit auch überdrüssig, immer mit Busenwunder Nadine und der schwarzen Lola abzuhängen, und einen gewissen Unterhaltungswert bot ich ihr wahrscheinlich. Wenigstens war Maike jemand, mit dem ich ab und zu reden konnte. Außerdem hatte sie mein Fiasko am Stall mit keiner Silbe mehr erwähnt.

»Übrigens«, sagte sie und ließ ihre Schnürsenkel wieder in Frieden. »Am Samstag ist im Chic 80er-Jahre-Party. Und du gehst mit.«

»Bist du dir da sicher?«

80er-Jahre-Party. Oh mein Gott. Da konnte ich ja gleich mit Mama und Papa losziehen und auf eine Ü30-Fete gehen.

»Oh, bitte, Ellie, komm mit, das wird lustig. Diese Partys sind Kult. Manche ziehen sich sogar wie in den Achtzigern an oder machen sich Dauerwellen in die Haare«, begeisterte sich Maike.

Danke, ich hatte genug naturgegebenes Chaos auf dem Kopf. Während wir zur Turnhalle liefen, wo wir uns jetzt beim Volleyball austoben sollten, quasselte sie mir mein linkes Ohr voll, sodass ich keine Chance hatte, ihr klarzumachen, dass ich ganz sicher niemals mit einer Moon-Washed-Jeans oder einer Minipli in eine Disco gehen würde.

In der Sportstunde war es wie gehabt: Trotz gemeinsamer Discopläne wählte Maike nicht mich, sondern Lola in ihre Mannschaft und ich blieb als arbeitslose Auswechselspielerin auf der Bank sitzen – und das, obwohl meine Aufschläge nicht ständig ins Aus gingen. Eigentlich waren mir die ständigen Zwangspausen aber ganz recht. Denn nachdem die Wut über die Geschichte mit Tillmann einigermaßen verraucht war, wanderten meine Gedanken ohnehin zu meinem Traum von Samstagnacht, der langsam wieder in mein

Bewusstsein drang und an den ich mich trotzdem nur undeutlich erinnern konnte. Immer wenn ich mir ins Gedächtnis rufen wollte, wieso Blut geflossen war und was Colin genau mit mir gemacht hatte, sah ich kurz tiefstes Schwarz und spürte dann wieder den weichen Stoff seines Pullovers an meiner Wange, fühlte mich sicher und geborgen.

Und gleichzeitig klopfte mein Herz so ungestüm und hart, als hätte es danach niemals wieder eine Chance, Blut durch meinen Körper zu pumpen.

Nachtgedanken

»Ich dachte, du wolltest Louis kennenlernen.«

Ich öffnete die Augen, sah die Spinne auf mich zustürzen und schaffte es gerade noch, mich zur Seite zu rollen, bevor ihre zittrigen, haarigen Beine auf mein Gesicht trafen. Mit einem Satz war ich aus dem Bett.

In einem grandiosen Sprint jagte ich zum Lichtschalter und fuhr mir dabei panisch durch die ohnehin zerzausten Haare. Niemals würde ich fühlen können, ob sich eine Spinne darin verfangen hatte oder nicht. Ich beugte meinen Kopf nach unten und schüttelte ihn wild, bevor ich etwas wacher wurde und feststellte, dass ich mich wie eine Geisteskranke benahm.

Nun war ich mir auch ziemlich sicher, dass es wieder nur einer dieser lästigen Wachträume gewesen war. Ich hatte noch nie davon gehört, dass Träume vererbbar waren, doch Tatsache war, dass Mama diesen Wachtraum seit Jahren pflegte und ich ihn, seitdem wir umgezogen waren, ebenfalls. Ich glaubte, eine Spinne zu sehen, die sich aus dem Dunkeln auf mich herabließ. Und jedes Mal reagierte ich, als sei ich wach – blitzschnell und geistesgegenwärtig. Eigentlich hätte ich mittlerweile gelernt haben müssen, dass es diese Spinne nicht gab. Und doch – ich stürzte immer wieder aus dem Bett, um das Licht anzuknipsen.

Der Schatten der Spinne verblasste langsam vor meinen weit geöffneten Augen. Beschämt stellte ich fest, dass meine Sinne mir erneut einen Streich gespielt hatten. Da war keine Spinne. Natürlich war da keine Spinne.

Und auch nicht der Mann, dessen unverwechselbare Stimme mich kurz davor in den diffusen Welten meiner Träume an mein angebliches Vorhaben erinnert hatte. »Ich dachte, du wolltest Louis kennenlernen.«

Gähnend setzte ich mich auf die Bettkante und widerstand nur mühsam der Versuchung, meine Haare ein weiteres Mal nach Spinnenbeinen abzusuchen. Überall auf meiner Haut spürte ich das Zittern und Krabbeln von Insektenbeinen. Ich hatte große Lust, mich kopfüber in einen Wassertrog zu stürzen und am ganzen Körper zu schrubben.

Ich wusste nicht, wie spät es war. Meinen Radiowecker hatte ich schon in der Nacht zuvor vom Netz genommen, weil ich sein ständiges Summen und Blinken auf einmal nicht mehr ertragen konnte. Meine Armbanduhr lag im Bad. Und das wollte ich nicht unbedingt aufsuchen, weil ich fest damit rechnete, dort ein echtes, wahrhaftiges Spinnenungetüm vorzufinden. Einer solchen Konfrontation war ich jetzt einfach nicht gewachsen. Aber es war noch stockdunkel draußen – ich hatte viel Zeit nachzudenken und konnte anschließend trotzdem noch genügend Schlaf tanken. Zufrieden ließ ich mich zurück ins Bett sinken.

Sollte ich mich wirklich wieder auf den Weg zu diesem verfallenen Stall machen? Auf der einen Seite hoffte ich ja, dass Colin meine Bitte, Louis kennenlernen zu dürfen, vergessen oder gar nicht erst ernst genommen hatte. Andererseits hatte ich, wenn ich ehrlich war, Tag für Tag auf ein Zeichen von ihm gewartet. Doch wie sollte so ein Zeichen aussehen? Er würde ja wohl kaum mit seinem Wagen vorfahren und mich abholen.

Und dann war da noch mein Stolz. Für Colins Verhältnisse war er an dem Abend bei ihm zu Hause durchaus nett gewesen. Für meine Verhältnisse aber immer noch zu – ja, was eigentlich? Überheblich? Besserwisserisch? Angeberisch? Und nie hatte ich das Gefühl abschütteln können, dass er mich eigentlich loswerden wollte. Diese Insekten-Fliegenklatsche-Geschichte. Aber warum hatte er mich mit zu sich nach Hause genommen, wenn ich doch so lästig war?

»Männer«, knurrte ich genervt und nahm einen tiefen Schluck aus meiner Wasserflasche. Wie sollte ich den Stall überhaupt alleine finden? An Maikes Querfeldeinradtour konnte ich mich kaum noch erinnern. Und selbst wenn ich den Stall ein zweites Mal finden würde – die Vorstellung, mich Louis zu nähern, jagte mir jetzt schon Angst ein. Noch schlimmer allerdings war die Vorstellung, dass Colin meine Panik spürte. Für ihn war Louis ja offensichtlich so etwas wie ein niedliches Schoßhündchen. Aber wie sollte ich Colin sonst wieder begegnen? Zu ihm nach Hause gehen – nein, daran brauchte ich gar nicht erst zu denken. Das würde ich niemals wagen.

Ich konnte mich nicht entscheiden, was ich mir eigentlich wünschte. Da war die eine Seite – Maike, die Schule, die hirnverbrannte 80er-Jahre-Party und die Möglichkeit, mich von Benni für eine der Abertausend Schul-AGs überreden zu lassen, wie er es seit zwei Wochen versuchte. Alles relativ einfach und berechenbar. Mit normalen Menschen.

Und dann waren da die merkwürdigen Erlebnisse im Wald, der Abend bei Colin – und Louis. Der furchterregende, schöne Louis. Aber auch meine Lügen und Geheimnisse. Meine Eltern wussten eigentlich nichts mehr von mir. Und es störte mich kaum. Außerdem hatte ich nun mal großspurig angekündigt, Louis kennenlernen zu wollen. Es war zwar eine Lüge gewesen, ja, ein Trick – aber sollte ich deshalb kneifen? Vor Sir Blackburn klein beigeben? Nein, das wollte ich auf keinen Fall.

»Dann *bin* ich eben ein lästiges Insekt«, sagte ich trotzig in die nächtliche Stille hinein. »Dann suche ich morgen den Stall, in dem dein schreckliches Pferd steht.« Die Gelegenheit war günstig, denn nach dem Volleyball hatte ich in der Umkleidekabine mitgehört, wie Maike, Lola und das Busenwunder sich fürs Kino verabredet hatten. Sie würden also nicht im Stall sein. Niemand würde mich begaffen können, wenn ich erneut vor lauter Angst in mich zusammensank.

»Gut«, murmelte ich zufrieden. Ich würde einfach an die Stelle zurückkehren, an der Colin mich von der Ruine geklaubt hatte, und den Pfad weitergehen. Vielleicht führte er zum Stall. Ich würde vorher die Wetternachrichten hören und im Internet den Regenradar überwachen. Und ich würde mich angemessen kleiden.

Langsam begann mir die grelle Festbeleuchtung in meinem Zimmer wehzutun. Ich knipste alle Lampen aus, tauchte zurück in die Dunkelheit und rollte mich auf meinem Bett zusammen. Es war eine Erleichterung, die Augen zu schließen und mich der Macht des Schlafes zu beugen. Er war ein willkommenes, weiches Nest für meine verwirrten Gefühle und so erwartete ich sehnlichst den Augenblick, in dem mein Bewusstsein die Realität verließ und ich endlich körperlos wurde.

Ich sank hinab auf eine weiße, weite Schneelandschaft. In eine Senke duckte sich ein verwittertes Steinhaus, Mittelpunkt eines einsamen bäuerlichen Anwesens mit Ziehbrunnen im Hof und schäbigen Stallgebäuden. Am Horizont erhoben sich schroffe Hügel und ein eisiger Wind bog die wenigen kahlen Bäume gen Osten.

In einer berauschenden Geschwindigkeit glitt ich auf das Haus zu und lugte durch eines der quadratischen Fenster. Eine Frau mit rotblondem Haar saß mit dem Rücken zu mir auf einem Schemel und strich sich immer wieder über die Brust. Ich beförderte mich allein durch Willenskraft durch das geschlossene Fenster und beobachtete neugierig, wie ihre Muttermilch mit bläulichem Schaum in einen kupfernen Becher strömte. Ich schämte mich nicht, ihr dabei zuzuschauen. Sie sah mich ja nicht. Doch ich sah sie, überdeutlich und, wenn ich wollte, auch in Nahaufnahme.

Sie wirkte nicht glücklich. Nein, ihr Gesicht war angsterfüllt wie in jener Nacht, als sie nach oben zum kalten Dachboden geschaut hatte, wo das Baby allein in seiner Wiege wachte.

Nun stand sie seufzend auf, schritt zur Tür und öffnete sie. Ich folgte ihr. Mit einem leisen Platschen ergoss sich die Milch auf das feuchte Stroh vor der Schwelle. Ein schlammverkrustetes Schwein lief grunzend darauf zu. Sein kurzer Rüssel bebte, als es an der versickernden Milch schnupperte, um ihre Reste schließlich gierig aufzulecken.

Oh Gott – das Baby! Das Baby lebte nicht mehr. Die Milch floss umsonst. Ich ließ die Mutter zurück ins Haus gehen. Sie hatte das Baby dort oben erfrieren lassen, schutzlos und allein. Aber warum wirkte sie dann ängstlich? Und nicht traurig oder schuldbewusst? Wieso konnte ich nicht einmal die Spur eines schlechten Gewissens in ihren blassen Augen erahnen?

Mein Herz brach beinahe bei dem Gedanken, dass das Baby ohne Wärme und Nähe seinem Schicksal überlassen worden war. Eine rasche Bewegung ließ mich zur Seite blicken. Es war das grau-weiß gescheckte Kätzchen. Zielstrebig huschte es durch mich hindurch und steuerte den Stall an. Schnell wie der Wind nahm ich seine Fährte auf.

Es war dunkel im Stall, doch ich konnte sofort jede Einzelheit erkennen. Ein unbändiges Glücksgefühl durchströmte mich, als ich das Baby im Heu liegen sah – schlampig eingewickelt in schmutzige Lumpen, aber lebend und mit klaren, schimmernden Perlenaugen.

Direkt neben ihm stand ein struppiges, schweres Pony mit borstiger Mähne und dichten Haarbüscheln an den Fesseln. Ein dunkelhaariges Mädchen, nicht älter als zehn Jahre, lehnte kniend an dem runden Pferdeleib. Rhythmisch molk es die geschwollenen Zitzen der Stute, die geduldig wartete und nur ab und zu beruhigend prustete.

Wie gebannt starrte der Säugling das Mädchen und die Stute an.

Widerwillig nahm das Mädchen einen Leinenstreifen, tauchte ihn in die warme Stutenmilch und ließ das Baby daran saugen. Mit großen Schlucken trank es. Seine Fäustchen, die während des Melkens regungslos neben den Ohren gelegen hatten, schlossen sich um den Arm des Mädchens und machten dort kleine, zarte Pumpbewegungen. Doch das Mädchen befreite sich sofort von ihnen, als hätte es sich verbrannt.

Immer wieder tränkte es den Leinenstreifen, bis die Milch leer war. Das Baby blieb still liegen. Kein Jammern, kein Klagen. Nur dieser intensive dunkle Blick, dem das Mädchen beständig auszuweichen versuchte.

Als das Baby satt war, stand das Mädchen ruckartig auf, starrte einen Augenblick lang angespannt auf das kleine Lumpenbündel zu seinen Füßen und stürzte schließlich ohne ein einziges Wort aus dem Stall. Die Stute wendete träge den Kopf und blies ihren warmen Atem über das Gesicht des Säuglings, während das Kätzchen sich schnurrend an seinen eingewickelten Körper kuschelte.

Das Baby streckte eine Hand aus und griff nach den samtigen Nüstern des Ponys. Die Stute hielt still, ließ das Kleine nachsichtig gewähren, wie es neugierig die langen Haare auf seinem Maul und die feuchten Höhlen der Nüstern ertastete.

Ich wollte das Baby berühren, nur einmal. Nur ein einziges Mal. Doch als ich meinen Arm bewegte, löste ich mich auf und wurde vom Nichts verschlungen.

Es ist nicht deine Welt, drang es in meinen Kopf. Nicht deine Zeit.

Nur kurz wurde ich wach. Draußen begann es zu dämmern. Der Gedanke, dass das Baby lebte, wenn auch ungeliebt und abgeschoben, besänftigte mein Herz. Es lebte noch. Es war alles gut.

Die Morgenstunden schenkten mir einen tiefen, sanften Schlaf.

Tränenmeer

Allmählich ließ die Hitze dieses Frühsommertages nach. Weich fiel das Sonnenlicht durch die sattgrünen Baumkronen.

Ich blieb stehen. Hier war es gewesen. Genau hier. Die Brückenruine war inzwischen so dicht bewachsen, dass ich sie von Weitem beinahe übersehen hätte. Träge und mit einem fast spöttischen Plätschern floss der Bach neben mir dahin. Ein milder Lufthauch spielte mit den Blättern der Bäume, deren tief hängende Zweige die Strömung streiften, und ließ sie zärtlich flüstern.

Ich umrundete die Ruine. Oben, wo das Schienenstück in den Himmel ragte, hatten sich die Steine durch den Blitzeinschlag dunkel verfärbt. Das war alles. Ansonsten verriet nur der Pfad, dass hier erst vor Kurzem ein Unwetter getobt hatte. An einigen besonders schattigen Stellen hielten sich schlammige Pfützen. In eine dieser Pfützen hatte eine Kröte gelaicht. Die Kaulquappen waren zum Tode verurteilt, wenn sie niemand rettete. Doch ich konnte sie schlecht mit den Händen herausschaufeln und zum Bach tragen, ohne dass sie mir unterwegs aus den Fingern glitschten und verendeten.

Ich rieb mir gähnend über das Gesicht und setzte mich auf einen moosigen Felsbrocken. Er kam mir vor wie ein Himmelbett, das nur auf mich wartete. Bereits den ganzen Weg hierher hatte ich mit dem dringenden Bedürfnis gekämpft, mich irgendwo einzurollen und zu schlummern, und das grelle Sonnenlicht ließ meine Augen ununterbrochen tränen und jucken. Ich schmiegte mich an den Fels und schloss sie. Das Licht drang grün durch meine Lider; noch immer war es mir zu hell und zu warm. Die drückende Schwüle lastete tonnenschwer auf mir. Ich brauchte Wasser auf meiner Haut. Kühles, klares Wasser.

Widerwillig zwang ich meine Augen wieder auf. Wie ein Baby krabbelte ich auf allen vieren die Böschung zum Bach hinunter, zog meine Schuhe aus und ließ meine Beine in die glitzernde Strömung gleiten. Träge starrte ich auf die andere Seite des Ufers. Waren das dort drüben nicht Hufspuren? Und hatte ich nicht eigentlich genau danach suchen wollen? Aber warum nur?

Ich kniete mich hin und fuhr mit den Unterarmen durch das eisige Wasser, bis ich meine Finger kaum mehr bewegen konnte. Die Kälte wirkte. Ich war immer noch müde, doch wieder einigermaßen bei Verstand. Colin. Natürlich. Es war Colin, auf dessen Spur ich mich begeben hatte. Wie hatte ich nur ernsthaft in Erwägung ziehen können, mich mitten im Wald in ein Nest aus Moos zu kuscheln und zu dösen? Vielleicht sollte ich nachts doch lieber schlafen, anstatt Gedanken hin und her zu wälzen.

Gut, ich musste also auf die andere Seite gelangen. Der verfallene Brückenbogen endete genau über der Bachmitte. Eine andere Brücke war weit und breit nicht zu sehen. Kurzentschlossen krempelte ich die Hosenbeine hoch und watete mit zusammengebissenen Zähnen durch die Strömung. Der Bach war nicht tief, doch es lauerten scharfkantige, lose Steine in seinem Bett, die mich gefährlich straucheln ließen. Wie eine Trapezkünstlerin breitete ich meine nassen Arme aus, um nicht zu stürzen. Unversehrt, aber mit vor Kälte schmerzenden Waden erreichte ich das andere Ufer.

»Jawohl!«, rief ich triumphierend. Es waren Hufspuren. Und zwar gigantisch große Hufspuren. Das konnten, nein, das mussten die Hufe von Louis gewesen sein. Mit Feuereifer, wenn auch nach wie vor mit trägen Lidern und bleierner Schwere in den Muskeln, verfolgte ich die Hufspuren – über weichen Waldboden, eine Wiese, deren Gräser und Halme mir bis zur Hüfte reichten, einen schlammigen Pfad.

Viel zu spät wurde mir klar, dass ich bei Dunkelheit niemals wieder zurückfinden würde. Ich hatte permanent auf den Boden gestarrt und das Licht der Sonne verfärbte sich bereits feuerrot. Wie eine glühende Kugel stand sie hinter den Wipfeln der Bäume. Ich blickte direkt hinein und konnte dem Impuls, meine Augen zu schließen, nicht widerstehen. Schon drifteten meine Gedanken ab, ins wohltuend kühle schwarze Nichts.

»Nein!«, rief ich aus trockener Kehle und schob meine Lider mit den Fingerspitzen nach oben. Blinzelnd sah ich mich um. Wo war ich? Mein Blick blieb an einer mit Laub bedeckten Kuhle zwischen zwei Bäumen hängen. Genau die richtige Größe, um sich hineinzuschmiegen. Zu liegen. Keine Muskelanstrengung mehr. Nicht mehr denken.

»Nein« rief ich ein weiteres Mal, doch es war nur noch ein Flüstern. Ich schloss meine Finger fest um einen knorrigen Ast, der neben mir über den Weg ragte. Der leichte Schmerz, den seine zerfurchte Rinde in meiner Handfläche hinterließ, konnte die übermächtige Trägheit kurz bezwingen. Ich begann zu laufen und vor Anstrengung rannen mir die Tränen die Wangen hinunter. Immer wieder schlug ich mir mit den Fingernägeln auf die Unterarme, um wach zu bleiben und nicht jedes Stolpern als Einladung zum Fallen, zum Liegenbleiben zu nutzen.

Es war, als ob ich gegen eine meterdicke Wand anlief, die sich an mich presste und mich zum Kippen brachte, je mehr ich mich bemühte vorwärtszukommen. Ich fragte mich, ob ich das alles hier tatsächlich erlebte – oder ob ich schlief und bald in einen Albtraum geraten würde, der ewiger schien als mein gesamtes bisheriges Leben. Ich wollte gerade aufgeben und mich endlich auf den Waldboden fallen lassen, als es um mich herum heller wurde. Mit Gewalt trieb ich mich vorwärts, schwitzend und fluchend und krampfhaft gähnend, bis das Brückchen und der verfallene Stall vor mir auftauchten.

Die letzten Meter kroch ich mit hängendem Kopf durch den Staub und wälzte mich über die morsche Schwelle des Stalles hinein ins Dunkle, in die erste, leere Box auf mein Bett aus Stroh. Ich musste mich nicht umsehen, um zu wissen, dass alles umsonst gewesen war. Colin war nicht hier. Louis war nicht hier.

Die Enttäuschung raubte mir die letzte Kraft. Noch während ich meine Beine an mich zog und mit den Unterarmen umfasste, war ich eingeschlafen.

»Ich dachte, du wolltest Louis kennenlernen.«

Jetzt war sie echt. Die Stimme. Verdammt, sie war echt. Ich versuchte, mich gleichzeitig auf die Beine und in die Senkrechte zu bringen, meine Haare zurechtzustreichen, das Stroh von meinen Hosenbeinen zu klopfen und so auszusehen, als sei es das Normalste auf der Welt, sein verspätetes Nachmittagsschläfchen in einer fremden Box in einem fremden Stall zu halten. Unter gehörigen Koordinationsschwierigkeiten rutschte ich auf alle viere und atmete beduselt einen Halm Stroh ein. Ich keuchte und hustete, bis mir Tränen in die Augen stiegen.

»Oder möchtest du noch ein bisschen – schlafen?«, fragte Colin mit einem undefinierbaren Lächeln in den Mundwinkeln.

Ich fand mein Beinahe-Ersticken im Vierfüßlerstand schon entwürdigend genug. Noch entwürdigender aber war es wohl, in aller Seelenruhe dabei beobachtet zu werden. Schamlos musterte er die Tränen, an denen ich mich noch einmal verschluckte. Meine Wangen glühten und ich brachte weder ein »Ja« noch ein »Nein« oder gar ein »Hallo« heraus.

196

Ich konnte mich einfach nicht zwischen Freude und Galle entscheiden.

»Also nicht.« Colin zuckte mit den Schultern und wandte sich
gleichgültig ab.

»Doch!«, rief ich. »Doch ... Ich wollte Louis kennenlernen. Und
ich will es immer noch.« Verfluchte Lügen. Als ob ich nicht schon
genug Abenteuer und Widrigkeiten durchgestanden hatte in den
vergangenen Wochen.

»Wir sind draußen auf dem Springplatz«, sagte Colin nur und
verschwand mit einer einzigen geschmeidigen Bewegung. Ich wischte mir mit einem zerfledderten Taschentuch notdürftig das Gesicht
ab und versuchte, mein Herz zu einem gesünderen Tempo zu überreden. Zwecklos.

Also trat ich mit fliegendem Puls ins Freie. Es war Abend geworden. Das letzte Licht der untergegangenen Sonne strahlte in einem
schwachgoldenen Fächer über den dunkelgrünen Bergkamm, der
sich wie der Buckel eines Ungeheuers hinter dem Stall erhob. Nicht
mehr lange und es würde vollkommen dunkel sein.

Ich sah hinüber zum Reitplatz und wünschte spontan, Colin hätte
mich gar nicht erst geweckt. Das Gatter stand weit offen. Colin ritt
Louis nicht, sondern ließ ihn frei umherlaufen. Er selbst stand mit
einer Peitsche in der Hand in der Mitte und machte dabei eine gewohnt gute Figur.

»Oh«, sagte ich nur und versuchte, im Krebsgang, und ohne Louis'
Aufmerksamkeit zu erregen, rückwärts zu verschwinden.

»Nein, Ellie, du bleibst«, ließ Colins hypnotische Stimme meine
Fluchtbewegungen erstarren. Rein und klar drang sie durch die
Dämmerung. »Komm zu mir in die Mitte.«

Louis schnäuzelte selbstvergessen mit einer der Stallkatzen, die es
sich auf einem Hindernis bequem gemacht hatte, und streckte mir
seinen wohlgeformten Hintern entgegen. Doch ich wusste, dass

Pferde keine hektischen Bewegungen mochten, und gab mir große Mühe, langsam zu Colin zu gehen, obwohl ich am liebsten gerannt wäre.

»Okay, gut«, sagte er, als ich mich ihm näherte. Ich riskierte einen kurzen Blick in sein Gesicht und sah, dass seine Augen wieder dunkler waren. Tiefes Braun mit einem verschwindenden Hauch Grün. »Sei mit den Gedanken beim Pferd. Stell dich neben mich. So, nun lassen wir ihn ein wenig laufen.«

Übersetzt bedeutete das: Colin schwang kurz seine Peitsche über den Staub und Louis begann, in einem abenteuerlichen Tempo über den Platz zu preschen. Er sah aus wie eines dieser Pferde aus den alten Westernfilmen; Mustangs, die durch die Wüste galoppieren, den Kopf erhoben, die Nase im Wind, die Mähne flatternd. Nur war Louis in meinen Augen während seiner furiosen Formel 1 schätzungsweise doppelt so groß wie ein Indianerpferd.

Colin selbst bewegte sich gar nicht, doch ich spürte, dass er tatsächlich mit den Gedanken bei seinem Pferd war. Vielleicht war das der Schutzfaktor, der einen vor dem Totgetrampeltwerden rettete?

Anfangs fiel es mir schwer, es Colin gleichzutun. Doch nach und nach konnte ich meine Aufmerksamkeit bündeln.

»Schau ihm nicht in die Augen. Hab einen weichen Blick. Nicht starren«, wies mich Colin leise an. »Sei einfach bei ihm, ohne ihn zu bedrängen.«

Der weiche Blick – was war das wohl? Instinktiv entspannte ich meine Augen, sodass ich alles nur noch verschwommen sah, und nahm Louis' Galopp wie im Traum, wie in Zeitlupe wahr. Ich hörte den Dreierrhythmus der Hufe auf dem Sand, seine kräftige Atmung, roch die Hitze auf seinem Fell. Es war wunderschön – ja, es war vielleicht sogar das Schönste, was ich jemals hatte erleben dürfen. Vor Rührung drängten sich neue Tränen hinter meine Augen, doch ich konnte sie wegschlucken.

Jetzt ließ Louis langsam den Kopf fallen und wechselte in einen athletischen, schwebenden Trab. Colin legte die Peitsche nieder und wartete. Es dauerte, bis Louis ruhiger wurde, der Trab gemächlicher und er schließlich die Hufe in einem eleganten Schritt auf den Boden setzte. Dann blieb er stehen, schaute argwöhnisch zu uns herüber und schnaufte hörbar durch.

»Warum kommt er nicht zu dir?«, fragte ich Colin flüsternd. Ich wagte es nicht, laut zu sprechen.

»Weil du hier bist. Er weiß nicht, ob er dir trauen kann.«

Er wusste nicht, ob er mir trauen konnte? Mir trauen? Es sollte eher umgekehrt sein. Doch ich erinnerte mich deutlich an sein Aufbäumen, als Colin mich aus dem Gewitter gerettet hatte. Louis hatte das ganz und gar nicht gepasst.

»Versuch dich ihm zu nähern«, forderte Colin mich auf. »Aber schau ihm nicht in die Augen.«

Colin wartete schweigend ab, bis ich den Mut fand, mich in Bewegung zu setzen. Schritt für Schritt verkürzte sich der Abstand zwischen dem Hengst und mir. Louis blieb stehen, doch er war unruhig. Zittrige Schauer durchliefen sein Fell. Ich atmete tief in meinen Bauch und hoffte, er würde das auch tun. Noch war ich so gefangen von seiner Schönheit, dass meine Angst nur im Hintergrund lauerte.

Jetzt stand ich vor ihm. Mir war, als könnte ich das Blut durch seinen mächtigen Körper strömen hören. Er wandte seinen Kopf zu mir, sodass ich das Rot in seinen Nüstern sah. Seine Ohren aber waren in Colins Richtung gedreht und sein Schweif peitschte nervös.

»Ich tu dir nichts«, raunte ich und streckte unwillkürlich meine Hand aus, um vorsichtig seinen Hals zu berühren.

»Nicht!«, hörte ich Colin noch rufen, doch es war schon zu spät.

Louis schleuderte schnaubend die Vorderhufe in die Luft, wendete blitzschnell auf der Hinterhand und raste mit wehendem Schweif das Gatter entlang. Binnen Sekunden hatte Colin ihn allein mit seiner Stimme beruhigt und zum Stehen gebracht. Louis warf den Kopf hin und her.

»Ich – ich wollte ihn doch nur streicheln. Nichts sonst«, piepste ich. Ich zitterte am ganzen Leib.

»Ich habe nicht gesagt, dass du ihn anfassen sollst. Nur, dass du dich ihm nähern sollst«, sagte Colin und fügte etwas weniger streng hinzu: »Es ist deine Haut. Er ist deine Haut nicht gewöhnt.«

»Meine Haut ist ja auch eine solche Zumutung«, protestierte ich so leise, dass Colin es nicht hören konnte. Doch vor allem war ich froh, dass mir nichts passiert war. Bedrückt folgte ich den beiden mit gebührendem Sicherheitsabstand in die Stallgasse. Ich hockte mich auf einen Strohballen und schaute Colin kleinlaut dabei zu, wie er Louis' Hufe auskratzte – selbst bei dieser eher unvorteilhaften Tätigkeit sah er stolz und elegant aus –, ihm das Fell abrieb und mit einer einzigen Handbewegung in die Box schickte.

»Komm«, sagte er, ohne mich anzuschauen.

»Ich?«, fragte ich mit kläglicher Stimme.

Leicht genervt drehte er sich um.

»Ja, du. Nun komm schon.«

Nebeneinander standen wir an der Box, mit den Rücken zum Pferd, und schwiegen. Louis prustete lautstark und winzige Speicheltröpfchen benetzten meinen Nacken.

»Er nimmt Witterung auf«, erklärte Colin unbeteiligt, als würden wir über das Wetter sprechen. »Tu so, als wäre er nicht da.«

Kein leichtes Unterfangen bei einem Koloss mit tellergroßen Hufen, fand ich. Noch einmal streifte Louis' heißer Atem meinen Nacken. Sofort musste ich an den Traum denken, an Colin, der mir so nahe war, mein Gesicht an seiner Brust, sein Atem an meinem Hals, und erneut stieg mir die Röte ins Gesicht.

200

»Geht's dir denn wieder besser?«, fragte Colin beiläufig. Er hatte meine Ohnmacht am Kneippbecken also noch in Erinnerung. Diesen verflixten unwirklichen Morgen.

»Ich hatte nicht daran gedacht zu essen.«

»Das kenne ich«, sagte Colin lachend, doch eine mir unerklärliche Bitterkeit drängte sich in seine Stimme.

»Ich hab deine Jacke zu Hause vergessen«, log ich. In Wirklichkeit hatte ich mich nicht überwinden können, sie jetzt schon wieder aus den Händen zu geben. Obwohl sie ein vortrefflicher Vorwand gewesen wäre hierherzukommen.

»Das macht nichts.« Colin grinste. Ahnte er, dass ich nicht die Wahrheit sagte? Doch schon wurde er wieder ernst. »Menschen, die ohnmächtig sind, sollten nicht geweckt werden. Die Ohnmacht ist heilsam. Ein kleiner, belebender Tod.«

Meine Nackenhaare stellten sich auf. Ein kleiner Tod? Was wäre, wenn ich tatsächlich dort am Kneippbecken gestorben wäre – einfach so? Wenn er nicht da gewesen und mein Hinterkopf auf die Eisenkante des Geländers gekracht wäre?

»Belebender Tod, habe ich gesagt«, beendete Colin nachdrücklich meine dramatischen Gedanken. Noch einmal pustete Louis mir in den Nacken, diesmal sanfter und weniger hitzig. Ich erschauerte. Eine letzte verirrte Träne löste sich zeitgleich mit meiner Anspannung und rann langsam über meine Wange. Ich bemerkte sie zu spät, um meinen Kopf wegdrehen zu können.

Und natürlich sah Colin sie. Wieder heftete sich sein Blick daran fest. Er stöhnte leise auf. »Bitte nicht«, flüsterte er und wandte sich ab. Seine Nägel schrammten über das dunkle Holz der Boxentür. Also auch er. Wie hatte ich nur glauben können, dass sie mir nicht wieder alles verdarben? Es war immer so gewesen. Tränen waren das beste Männervertreibungsmittel, das es gab.

Ich hätte mich selbst ohrfeigen können. Nun war ich so mutig

201

gewesen, hatte mich Louis genähert und eine einzelne Träne machte alles zunichte. Wütend wischte ich sie mit dem Handrücken weg.

»Es ist schon spät.« Oh. Colin schickte mich mal wieder weg.

»Ist mir im Moment ziemlich scheißegal«, erwiderte ich trotzig.

Colin senkte den Kopf und dunkle Strähnen fielen ihm in seine makellose Stirn. »Geh nach Hause. Ich bitte dich. Geh«, sagte er so ernst, dass ich aufschaute, obwohl sich eine weitere Träne löste. Seine linke Hand hob sich, doch er packte sie mit der rechten und hielt sie fest.

»Colin, was …« Mir wurde für Sekunden schwarz vor den Augen. Ich atmete tief durch und mein Sichtfeld klärte sich wieder. Colin lehnte lässig an der Box, als wäre nichts gewesen. Von schräg unten schaute er mich an – ein Blick, der keinen weiteren Widerspruch duldete. Und doch so traurig.

»Wenn du dem Schotterweg hinter dem Reitplatz folgst und dann die Straße entlanggehst, bist du in einer halben Stunde da.« Ich wollte ihm erneut sagen, dass er nicht mein Vater sei und sich gefälligst auch nicht so benehmen solle. Wie kam er eigentlich dazu, mich heimzuschicken? Aber die Bitterkeit in seiner Stimme schien nicht nur mir zu gelten. Für einen Moment glaubte ich, sie galt ihm selbst.

»Hab ich schon einmal erwähnt, dass ich Befehle hasse?«, schnauzte ich ihn halbherzig an. Er seufzte, nahm mich bei den Schultern und drehte mich von ihm weg. Sein Griff war sanft.

»Vertrau mir, Ellie. Ich muss Louis noch in den Hänger verfrachten, wir brechen hier die Zelte ab.«

»Warum sollte ich dir …?« Ich sprach nicht weiter, denn als ich mich umdrehte, war Colin nicht mehr da. Na gut, das spurlose Verschwinden war ja eines seiner Markenzeichen. Louis zerbiss krachend eine Karotte. Er sah zufrieden aus, aber er und ich alleine im Stall, selbst mit Trennwand zwischen uns – das war nichts für mich.

Ernüchtert ging ich nach draußen und stapfte den Schotterweg entlang. Das war es also gewesen. Das lästige Insekt wurde einmal mehr fortgejagt. Für Minuten erschien mir der Gedanke, jemals wieder zu lächeln, unmöglich. Mein Gesicht war wie aus Gips, kalt und hart. Dennoch tropften immer wieder heiße Tränen meine Wangen hinunter. Was war nur los mit mir? Ich hatte schon wahre Rekorde im Nichtweinen aufgestellt. Und mich selbst fürstlich dafür belohnt. Einen Monat nicht weinen, eine CD. Zwei Monate nicht weinen, eine neue Jeans. Drei Monate nicht weinen, zwei neue Bücher, eine DVD und ein Saunanachmittag mit Entspannungsmassage.

Jetzt aber waren die Schleusen wieder geöffnet. Ich hasste es. Meine Tränen hatten Colin vertrieben. Warum sonst hatte er mich heimgeschickt? Und doch – es hatte sich nicht angehört, als wäre es ihm leichtgefallen. Oder als triumphiere er gar. Sondern als läge es nicht mehr in seiner Macht. Erwartete er am Ende eine andere Frau im Stall, der ich nicht begegnen sollte? Aber warum hatte er mich dann überhaupt geweckt? Er hätte mich ja auch liegen lassen können. Wer weiß, wann ich von alleine aufgewacht wäre.

Vielleicht war es einfach nur eines dieser blöden Spiele, die Jungs mit Mädchen spielten. Katz und Maus. Ich war auf keine der beiden Rollen erpicht. Ich spielte nicht einmal gerne *Mensch ärgere dich nicht*.

Einsam marschierte ich durch die stille, finstere Landschaft, eingerahmt von undurchdringlichem Wald und glucksenden Bächen, und wollte eins werden mit der Nacht – so wie die Tiere, die unentdeckt neben mir durch das Dickicht krochen und hier heimisch waren, keine Fremde wie ich. Die sich auch im Dunkeln auskannten, jeden Feind witterten und sich schneller fortbewegen konnten, als wir Menschen es uns je auf unseren zwei krummen Beinen erträumen konnten.

Zu Hause ging ich sofort zu Bett.

Als ich die Augen schloss, war ich wieder auf dem verwitterten Reitplatz. Diesmal aber schaute ich nicht auf Louis. Ich schaute auf Colin – Colin, wie er bewegungslos in der blaugrauen Dämmerung stand und Fledermäuse in wundersamen Spiralen seinen Kopf umschwirrten. Tausendfaches Zirpen stieg aus den hüfthohen Gräsern, die den Zaun umwucherten, und erfüllte die abendliche Stille mit sehnsüchtigem Gesang. Jetzt löste sich ein blau schillernder Nachtfalter aus seinem Schwarm und ließ sich auf Colins Nacken nieder. Colin lächelte nur.

Ich aber weinte. Ich weinte und die Tränen liefen in dunklen Salzwasserstraßen an meinem Körper hinunter, wanderten durch den Sand, fanden sich zu Strudeln zusammen und bildeten schließlich einen dunkelblauen, endlos tiefen, salzigen See. Ich ertrinke. Colin, ich ertrinke, versuchte ich zu rufen. Louis wieherte schrill. Doch Colin tat nichts. Er hörte mich nicht. Er schaute mich nicht an. Stumm schwebte er über dem Salzsee, der alles zu verschlingen drohte. Auch mich.

Ich war so traurig.

Der Vogel am Waldrand zog mich mit einem durchdringenden, aber fast zärtlichen Ruf schnell und sicher aus meinen Träumen. Und tiefer Schlaf entführte mich mit sanfter Gewalt in eine ferne, tröstende Welt.

Nachtschattentanz

Verwirrt schaute ich in den Spiegel. Dann auf meine Handflächen, von denen sich deutlich zwei kleine, runde Kontaktlinsen abhoben, und wieder nach draußen. Ich konnte sehen. Ganz ohne Hilfe. Scharf hob sich das Spitzdach der Garage gegen den azurblauen Sommerhimmel ab. Ich konnte sogar das Moos auf den Schindeln erkennen, die dunklen Sprenkel auf dem Verputz.

Zum ersten Mal seit Tagen wanderten meine Mundwinkel von alleine nach oben und nicht, weil ich sie dazu zwang. Ich grinste mich an, dieses nicht mehr ganz so blasse, aber ungeschminkte und unfrisierte Wesen in meinem Spiegel. Vergnügt bugsierte ich die Kontaktlinsen in ihre Behälter zurück. Ich brauchte sie nicht mehr. Zumindest heute nicht.

Was immer da auch mit meinen Augen geschehen war – es gefiel mir. Gut, die Baumspitzen am Horizont verschwammen immer noch. Und die Kühe ganz hinten auf der Weide am Dorfrand konnte ich nur erahnen. Aber verglichen mit all den Jahren zuvor war meine Sehleistung sensationell. Sie war im wahrsten Sinne des Wortes ein Lichtblick nach dieser ereignislosen, stumpfsinnigen Schulwoche.

Ja, es war schon wieder Samstag. Vor mir lagen zwei Tage, von denen ich nicht wusste, wie ich sie füllen sollte. Das Morgenkonzert der Vögel hatte mich viel zu früh geweckt und ich verbrachte die Dämmerung damit, in meinem Kopf Argumente hin und her zu wälzen, die für oder gegen die 80er-Jahre-Disco heute Abend sprachen. Ich gab mir Mühe, möglichst viele dagegen zu finden, hegte aber den Verdacht, dass ich trotzdem hingehen würde. Es gab sonst einfach nichts zu tun.

Colin hatte mich weggeschickt. Noch einmal wollte ich mir das nicht gefallen lassen, an diesem Beschluss gab es nichts zu rütteln. Er sollte andere Mädchen einladen und dann wieder wegschicken. Ich war das Insektendasein leid.

Trotz meiner Enttäuschung hüpfte ich weitaus lebendiger als die vergangenen Tage die Treppe hinunter. Mama und Papa frühstückten ausnahmsweise gemeinsam – Papa wach und ausgeruht, Mama mehr tot als lebendig.

»Ich brauche meine Linsen nicht mehr«, verkündete ich euphorisch.

Papa betrachtete mich zweifelnd über den Rand seiner Zeitung – etwas zu lange und ausführlich. Was passte ihm denn nicht?

»Ehrlich, ich kann wieder viel besser sehen. Ich glaube sogar, ich konnte mein ganzes Leben lang noch nicht so gut sehen.« Meine Kurzsichtigkeit war ein Drama gewesen. Erst in der Grundschule hatte man sie entdeckt. Monatelang kapierte niemand, dass ich schlecht sah, bis die Schulärztin mich schnappte und mehrere Tests mit mir machte. Den Hörtest bestand ich mit Bravour. Ich hörte sogar Sachen, die ich gar nicht hören sollte. Beim Sehtest hingegen schnitt ich katastrophal ab. Ich war nicht nur kurzsichtig, sondern litt auch an einer ausgewachsenen Achsenkrümmung in beiden Augen. Das erklärte, warum ich beim Völkerball nie den Ball erwischte und bei Schulausflügen öfter mal gegen Straßenlaternen und Fensterläden lief. Ich bekam also eine hässliche Brille und mit vierzehn endlich die ersehnten Kontaktlinsen. Ein kostspieliges Vergnügen, da ich sie gerne in den unmöglichsten Situationen verlor.

Papa brauchte gar nicht so kritisch zu gucken. Mutter Natur hatte ihn mit Adleraugen gesegnet. Er ging auf die fünfzig zu und war nicht einmal auf eine Lesebrille angewiesen. Ich fand, dass er sich ruhig ein wenig mit mir freuen konnte.

»Wer hat dich denn da letzten Freitag schon zum zweiten Mal nach Hause gebracht, Elisa?«, fragte Papa unvermittelt und betont beiläufig. Ich warf Mama einen strengen Blick zu, doch sie tat so, als habe sie es nicht bemerkt. Papa war beide Male nicht zu Hause gewesen, als Colin mich heimgefahren hatte, also hatte sie seinen Wagen gesehen und es natürlich sofort brühwarm Papa erzählt. Und allein die Tatsache, dass er seine Frage eine Woche lang mit sich herumgeschleppt hatte, warf ein unglaubwürdiges Licht auf seine zur Schau gestellte Gelassenheit.

»Ähm, das war wieder dieser Junge … äh … junge Mann aus dem Karateklub, ein Bekannter von Benni«, versuchte ich Papas Beiläufigkeit nachzuahmen. Das Wort Junge passte zu Colin wie Bananeneis auf gebratene Forelle.

Papa raschelte mit der Zeitung. Ich konnte seine Gedanken durch seinen Kopf poltern hören. Aber bisher hatte er nie Grund gehabt, mir zu misstrauen. Ich hatte Jenny und Nicole gegenüber oft einen auf wild und ungezogen gemacht, aber das war fast immer heiße Luft gewesen. Meine Eltern konnten sich nicht beklagen. Trotzdem ließ Papa nun die Zeitung sinken und sah mich durchdringend an. Ihn schien tatsächlich etwas zu beunruhigen.

»Ein junger Mann mit so einem teuren Auto? Wie alt ist er?« Oho. Mama hatte ihn mit Einzelheiten versorgt. Ich strafte sie mit einem weiteren Blick ab, den sie geflissentlich ignorierte.

»Zwanzig«, sagte ich und wunderte mich, dass es mir wie eine Lüge vorkam. Aber er war zwanzig. Er hatte es mir selbst gesagt. Papa machte ein undefinierbares Geräusch. Das Gespräch war also noch nicht zu Ende. Ich fischte ein paar unliebsame Rosinen aus dem Müsli und drapierte sie auf meine Untertasse. Falls er fragen würde, ob ich mit Colin etwas am Laufen hatte, konnte ich guten Gewissens Nein sagen. Immerhin hatte der es stets eilig, mich wieder loszuwerden.

»Ich möchte ihm Guten Tag sagen, wenn er dich das nächste Mal nach Hause bringt«, sagte Papa mit undurchdringlicher Miene. Meinte er das ernst? Ich schaute ihn forschend an und er schaute nicht minder forschend zurück. »Ich möchte nur wissen, wer dich mit so einem Geschoss über die Landstraßen kutschiert. Das ist alles, Elisa. Hier geschehen zwar selten Unfälle. Doch wenn, dann gehen sie meistens tödlich aus – und die Opfer sind Jugendliche.«

Okay. Er machte sich Sorgen. Obwohl die Nachtfahrten mit Colin sich merkwürdig entrückt angefühlt hatten, war mir nie bange um mein persönliches Wohl gewesen. Er fuhr ruhig, sicher und zügig – so, als würde er bereits seit unzähligen Jahren Autos durch die Wälder lenken.

»Gut, kein Problem«, willigte ich ein und Papa lächelte zufrieden. »Es wird aber wahrscheinlich nicht passieren. Er kann mich nicht leiden.«

Jetzt verwandelte sich Papas Lächeln in ein Grinsen. Er glaubte mir nicht. Papa war schon immer der Meinung gewesen, ich sei das schönste Mädchen weit und breit. Eine Meinung, die ich gewiss nicht teilte, doch das interessierte ihn nicht. Offenbar konnte er sich auch nicht vorstellen, dass es junge Männer gab, die mir nicht innerhalb von Sekunden verfielen.

Er stand auf, drückte mir einen versöhnlichen Kuss auf die Stirn und zog sich in sein Büro zurück. Mama verschwand wenig später im Nähzimmer und ich musste mich alleine mit der Frage herumquälen, ob ich zur 80er-Jahre-Party in diese Landeierdisco ging oder nicht. Maike würde da sein, das war klar. Und sie rechnete mit mir. Auch Benni, der sich tatsächlich für gesicherte Mülltonnen starkgemacht und laut Maike die Party ins Leben gerufen hatte. Aber

Maike meinte, Benni wäre überall zugange, wo etwas los sei. Schützenverein (Schützenverein!), Fußballklub, Theater-AG, Freiwillige Feuerwehr. Und nebenbei würde er hie und da als Thekenkraft jobben. Was man eben auf dem Dorf so treibt, wenn der Tag lang ist.

Mein Problem war, dass ich nicht wusste, wie ich zu der Party erscheinen sollte. Wenn Jenny, Nicole und ich in Köln ausgingen, hatte es derartige Fragen nicht gegeben – es verstand sich von selbst, dass wir uns mindestens zwei Stunden vor dem eigentlichen Start ins Nachtleben bei einer von uns zum gemeinschaftlichen Aufstylen verabredeten. Das war langatmig, aber notwendig, denn unser Lieblingsclub hatte strenge Türsteher; wer nicht hip war, kam nicht rein, und oh ja, wir waren hip. Niemals wollten wir uns seinen gefürchteten »Das geht gar nicht«-Spruch anhören müssen. Ich wusste noch genau, was ich bei unserer letzten Clubnacht getragen hatte: Minirock, Leggings, meine Absatzstiefeletten und eines dieser viel zu farbigen, ausgeschnittenen »Ich bin ja so sexy«-Oberteile; dazu dick Mascara und vor Gloss triefende Lippen. Es half. Ich hatte zwar den ganzen Abend einen höllisch kalten Hintern und um die Fesseln herum zog es eisig, doch mich begleitete das gute Gefühl dazuzugehören.

Aber hier? Dorfdisco? 80er-Jahre-Party? Auf keinen Fall wollte ich mich lächerlich machen oder meinem Ruf noch weiter schaden. Ratlos stand ich vor meinem Kleiderschrank, zerwühlte sämtliche Fächer, verzierte meinen Boden mit mehreren Klamottenhaufen (»denkbar«, »unauffällig« und »zu tussig«) und bekam immer miesere Laune. Die Situation erinnerte mich frappierend an einen meiner wiederkehrenden Albträume, in denen mich die Zeit drängte und ich einfach nichts Vernünftiges zum Anziehen fand. Genauso war es jetzt.

Entnervt knallte ich die Schranktüren zu und trat gegen einen der Klamottenhügel. Vielleicht, dachte ich, käme es ja auf einen Versuch

209

an. Der Bus würde mich hinbringen, und sollte es mir nicht gefallen, würde ich einfach Kopfschmerzen vortäuschen, ein Taxi nehmen und nach Hause fahren. Das hatte bei Nicole und Jenny das ein oder andere Mal funktioniert, wenn ich des Lärmes und der vielen Menschen müde gewesen war. Und niemand konnte behaupten, ich würde mich abkapseln oder so tun, als sei ich was Besseres. Prompt hatte ich eine Vision von einem eng anliegenden schwarzen T-Shirt, meinen khakifarbenen Chucks und der legeren, aber knackigen Jeans, für die ich sündhafte 120 Euro hingeblättert hatte. Dazu der braune Gürtel mit der silbernen Schnalle – fertig. Jeans und Shirts hatte es schließlich auch in den Achtzigern schon gegeben.

Maike würde sich über meine Anwesenheit freuen und Benni würde es als mutigen Integrationsversuch betrachten. Nun war mir etwas leichter ums Herz. Ich schlurfte ins Bad und ließ mir unter der Dusche eine halbe Stunde lang heißes Wasser auf den Kopf donnern. Der erste Feldversuch in freier Wildbahn konnte beginnen: Elisabeth Sturm mischte sich unters Volk.

Maike quietschte vor Freude, als sie mich aus dem Bus steigen sah. Ich freute mich irgendwie auch. Es war ein gutes Gefühl, empfangen zu werden.

Maike gab sich stilecht. Sie hatte ihr quadratisches Hinterteil in einen babyblauen Jeansminirock verfrachtet und ihre strammen Waden mit mutwillig zerrissenen Nylonstrümpfen bedeckt. Ein grell neonfarbenes Gummi hielt ihr toupiertes Blondhaar zusammen. Es sah ganz danach aus, als habe sie sich auf Madonnas Spuren begeben. Ich schluckte mein Schmunzeln herunter.

»Wo ist die Disco?«, fragte ich sie und schaute mich suchend um.

»Na da«, antwortete Maike verdutzt und zeigte auf ein unauffälliges, weiß getünchtes Gebäude. »Im Untergeschoss.«

Sie schnappte sich meinen Arm und zog mich über die Straße,

bevor ich es mir anders überlegen konnte. Es ging auf zehn Uhr zu. Das letzte Licht des Tages verblasste in einer weichen graugrünen Dämmerung und ein Schwarm Schwalben zog kreischend über unsere Köpfe hinweg. Nun konnte ich Bässe wummern hören und der Geruch nach Nikotin zog mir in die Nase. An der Kasse erwartete uns ein bestiefelter Glatzkopf mit Cowboyhut im Nacken und Dreitagebart. Wir mussten nur zwei Euro hinlegen und schon wurden wir durchgewunken. Keine Ausweiskontrolle und nicht einmal ein müder Blick auf unser Outfit. So einfach ging es also auch.

Ich versuchte, mir meine Überraschung nicht anmerken zu lassen, als ich in der »Disco« stand. Ich musste mich wohl an andere Dimensionen gewöhnen. Und ich war froh, dass Nicole und Jenny weit, weit weg waren. Sie wären rückwärts wieder rausgegangen.

Der Laden bestand aus zwei Räumen, von denen der erste nicht viel größer als mein Dachzimmer war. Entlang der Wand verlief eine lange, gemütliche Bar, an der zu meinem größten Erstaunen Tillmann saß und sich von Benni – der sich ein grauenvolles rosa Frotteestirnband über sein hochgeföhntes Haar gewunden hatte – ein Weizen zapfen ließ. Tillmann genügte ein Hochziehen seiner dunklen Augenbrauen, um mich zu begrüßen – beziehungsweise zu zeigen, dass er mich gesehen hatte. Ich versuchte, ähnlich minimalistisch zurückzugrüßen. Zu meiner Erleichterung hatte er sich ebenfalls nicht verkleidet und begnügte sich wie ich mit Jeans und Shirt.

Der zweite Raum sollte anscheinend die Tanzfläche darstellen. Einsam drehte sich eine abgehalfterte Discokugel im Kreis und ein paar unmotivierte Lichtblitze zuckten über den grauen Boden. Der DJ suchte offenbar noch CDs zusammen und ließ derweil Radio laufen.

Maike ignorierte mein rätselndes Starren und schob mich weiter zur Bar. In Bennis Gesicht ging die Sonne auf. »Hey, Maike, Ellie, schön, dass ihr da seid!«, rief er gönnerhaft, und eh ich mich versah, hatte ich ein Bier in der Hand und musste es gut festhalten, damit er es mir beim Zuprosten nicht aus der Hand schlug.

Nun hatte ich also wieder mein altbekanntes Problem am Hals: Wie lasse ich das Bier verschwinden? Blumenkübel gab es hier nicht; nur zwei armselige Kunstpalmen, die im Takt der Bässe müde erzitterten. Verschmitzt musterte mich Maike von der Seite, als erwartete sie einen sofortigen Beweis meiner Trinkfestigkeit. Auch Benni blickte mich ermunternd an. Gut, da musste ich jetzt wohl durch. Todesmutig hob ich die Flasche an meinen Mund und nahm einen bitteren Schluck. Mit aller Macht zog ich meine Mundwinkel nicht nach unten, sondern nach oben und nickte anerkennend.

Benni strahlte. Maike kicherte. Doch Maike hatte genau gesehen, dass mein Schluck nicht mal ein Singvögelchen satt gemacht hätte. Sie stieß mir fordernd den Ellenbogen in die Seite und tapfer nahm ich einen weiteren Schluck. Der Alkohol wirkte wie immer sofort. Meine Gedanken wurden diffus und meine Knochen verwandelten sich in zähes Gummi. Schon fiel es mir schwer, Maikes Erläuterungen zu folgen, wer sich in welchem Verein engagierte, ihren Papa kannte, auch bei uns auf die Schule gegangen war, Kinder hatte oder bekommen wollte und jedes Jahr vor Weihnachten den Nikolaus spielte. Eine Frau mit Zöpfen, weit schwingenden Fledermausärmeln und violett gepunkteten Leggings gesellte sich zu uns und Maike verwickelte sie in ein hochspannendes Gespräch über das diesjährige Sommerfest des Schützenvereins.

»Ups«, machte ich und tat so, als sei mir das Bier aus der Hand gerutscht. Es zerschellte auf dem Boden und sein Inhalt ergoss sich schäumend über den schmutzigen Estrich. »Tut mir leid, das wollte ich nicht, sorry!«, beeilte ich mich um eine schnelle Entschuldigung.

»Ach, das tritt sich fest«, sagte Benni locker, klaubte die Scherben vom Boden und drückte mir ein frisches Bier in die Hand. Das alles ging so schnell, dass ich weder protestieren noch fliehen konnte. Tillmann grinste breit.

Ich ergab mich meinem Schicksal, nahm einen dritten Mäuseschluck und hoffte auf die Mächte der Verdunstung. Dazu setzte ich ein unbeteiligtes, dezent gut gelauntes Gesicht auf. Wenn Maike und die Frau mit den Zöpfen lachten, lachte ich auch, ohne zu wissen, worum es ging. Der DJ konnte auch nicht zu meiner Entspannung beitragen. Er war offenbar der Auffassung, mindestens jeden zweiten Song mit ein paar coolen Sprüchen einläuten zu müssen, sodass er seine mühsam aufgebaute Partyatmosphäre immer wieder selbst ruinierte. Nicht einmal Maike konnte sich über seine Ansagen amüsieren. Und mich machte er damit schier wahnsinnig.

Meine Sinne befanden sich auf dem Kriegspfad. Ich hatte es verlernt – so schnell … Bei meinem ersten Clubbesuch vor anderthalb Jahren hatte ich anfangs gedacht, ich würde keine zehn Minuten in all dem Lärm und Gestank und Menschentrubel überleben. Ich wusste nicht, wohin ich schauen sollte – so viele Gesichter, so viele schnatternde Münder, dazu die Bässe, die sich in meinen Magen bohrten und mein Trommelfell erschütterten. Tausend Gerüche nach Parfum, Schweiß, Bier, Zigaretten, zertretenem Kaugummi, nassen Scherben, erhitzten Scheinwerfern und ungelüfteten Räumen.

Aber wenn ich die erste Panikwelle überwunden hatte und mir einredete, jederzeit gehen zu können, war es meistens erträglich geworden. Diesen Punkt musste ich auch heute erreichen. Ich ließ meinen Blick schweifen. Ein paar Gesichter kannte ich aus der Schule, doch die meisten waren mir völlig fremd. Tillmann zog es anscheinend vor, alleine über das Leid der Welt nachzusinnen, und verbreitete eine unüberwindbare »Rühr mich nicht an«-Stimmung. Ich machte gar nicht erst den Versuch, ihn anzusprechen. Doch irgendwie tat es wohl zu wissen, dass ich nicht die Einzige hier war, deren Kiefer sich langsam zu verhaken drohten.

Ich hatte es mir gerade einigermaßen wohnlich auf meinem Barhocker eingerichtet und klammheimlich das halbe Bier auf dem Boden verteilt, als Maike und die Frau mit den Zöpfen stockten und ich automatisch den Blick hob. Von einer Sekunde auf die andere war es mit meiner Ruhe und Behaglichkeit vorbei.

Colin war da. Oh, verdammt. Und natürlich blickte er durch mich hindurch, als hätten wir niemals nebeneinander in der Dunkelheit vor seinem Haus gesessen und über seine vielen, vielen Pferde geredet. Nein, er ignorierte mich. Dafür glotzten alle anderen ihn an und zu meinem Ärger schaffte auch ich es nicht, meinen Blick von ihm abzuwenden.

Er trug schmale dunkle Hosen mit einem abgewetzten Ledergürtel, ein weißes, lässiges Hemd, das viel zu weit offen stand, und um seinen Hals schlang sich ein schwarzer, dünner Schal. Seine unzähligen Ohrringe blitzten im Scheinwerferlicht. Das breite Lederarmband am linken Handgelenk bildete einen scharfen Kontrast zu seiner hellen Haut und unter den langen Hosensäumen lugten die verwesenden Stiefel hervor – eine sagenhafte Mischung aus Pirat, Punk und Stallbursche. Seine Haare trotzten den Gesetzen der Schwerkraft ebenso beharrlich wie meine. Verwegen wellten sich ein paar unbezähmbare Strähnen über die Augenbrauen, kitzelten seine Nasenspitze und bildeten im Nacken ein seidiges Nest, das meine Hände auf der Stelle entwirren wollten.

Schon nach wenigen Sekunden hatten sich Maike und die Zöpfchenfrau stirnrunzelnd von Colin abgewendet, um mit verkniffenen Mündern zu tuscheln, doch ich klebte wie ein hypnotisiertes Kaninchen auf meinem Barhocker und konnte meine Augen nicht von ihm lösen. Eitel, beschloss ich. Dieser Mann ist unendlich eitel. Und wusste, dass es nicht stimmte. Nun, vielleicht doch – aber nicht so, wie es aussah. Gürtel, Stiefel und Hemd waren keine Ausgeburt eines Designers – sie waren alt. Und sie passten ihm wie auf den Leib geschneidert. Colin stellte alle anderen in den Schatten.

Er nickte kurz ein paar Leuten zu, die verkniffen zurückgrüßten, und schlenderte dann hinüber zur Tanzfläche. Dort konnte ich ihn nur noch vage als elegante, hochgewachsene und weitgehend bewegungslose Silhouette ausmachen. Eine Silhouette, die allein blieb. Nicht ein Mensch näherte sich ihm. Sollte ich es tun? Nein, Ellie, denk gar nicht erst daran, wies ich mich zurecht. Es geschieht ihm recht, allein zu sein. Er hat es nicht anders verdient. Ich glaubte mir selbst nicht, doch ich blieb stark.

Nach zwei Stunden ermüdender Vereinsgespräche und diverser Biervernichtungsaktionen war mein Hintern eingeschlafen und meine Geduld erschöpft. Entweder es passierte jetzt etwas oder ich würde mir ein Taxi rufen und nach Hause fahren. Ich fühlte mich beduselt und kribbelig zugleich. Und ich war wütend auf Colin. Wie konnte er nur so tun, als würde er mich nicht kennen?

Der DJ hatte nun offenbar genug getrunken, um sein verbales Entertainment zu vernachlässigen. Wir sollten endlich tanzen, los, tanzen, forderte er uns mit schwerer Zunge auf. Niemand reagierte. »Gut, ihr Kostverächter, dann spiel ich halt ein paar aktuelle Sachen. Depeche Mode zum Beispiel. Gab's schließlich in den Achtzigern auch schon.« Er klang verzweifelt. Dann hustete er kurz ins Mikro, schaltete es ab und wandte sich mit finsterem Blick seinem Display zu.

Depeche Mode – ich liebte Depeche Mode, auch wenn Nicole und Jenny sie immer als Altherrenband bezeichnet hatten. Sollte ich doch noch ein wenig warten? Würde der DJ sein Versprechen wahr machen?

Colin, der elende Mistkerl, war aus der Tanzflächenhöhle nicht mehr hervorgekrochen und inzwischen wechselten immer mehr

Gäste, sogar Tillmann, in den zweiten Raum über und versperrten mir die Sicht auf seine Gestalt. Doch Madonna-Maike schien sich bei Benni an der Bar äußerst wohlzufühlen und war dabei, ihr viertes Bier zu vernichten.

Ich entschied mich still seufzend zum Rückzug. Gerade wollte ich mich zu Benni und Maike umdrehen und mich verabschieden, als vertraute Klänge an mein Ohr drangen. War das nicht –? Oh, das war tatsächlich Depeche Mode. Mit *Wrong*. Falsch. Es passte. Ich war falsch hier, in der falschen Zeit, in den falschen Kleidern, im falschen Körper. In der falschen Welt. Wenn es einen Song gab, der zu meinem Leben passte und diesen Abend retten konnte, dann diesen.

Das stille Verharren wurde zur Qual. Ich linste um die Ecke. Gut, ich würde nicht die Einzige sein, die tanzte. Schon rutschte ich vom Barhocker und lief hinüber zur Tanzfläche. Meine Füße fühlten sich sicher auf den flachen Sohlen meiner Chucks, und ohne dass ich etwas dagegen tun konnte, bewegten sich meine Arme und Beine im Takt der kühlen Beats, während meine Seele auf der kalten und doch so melancholischen Stimme von David Gahan zu schweben begann. Die Musik kroch kühl unter meine Haut. Ich schloss die Augen, bis ich nur noch die flackernden Lichter unter meinen Lidern wahrnahm. Es war mir egal, wie ich aussah, ob jemand über mich lachte oder nicht. Ich hatte die anderen ausgesperrt.

Der Song war viel zu schnell vorüber. Blind zog ich mich von der Tanzfläche zurück und lehnte mich an die Wand, bevor ich langsam die Augen öffnete.

Ich war nicht mehr alleine. Während der Bass und mein Herz im Gleichklang dröhnten, zog es mich haltlos in das flackernde Schwarz von Colins Augen. Der Sog seines glühenden Blicks war so stark, dass ich mich nicht dagegen wehren konnte.

Er stand mehrere Meter entfernt an der Wand gegenüber und

216

doch war er mir so nahe, dass ich glaubte, ihm etwas zuflüstern, ihm seine dunklen Haarsträhnen aus dem Gesicht streichen zu können, mit einer einzigen leichten Bewegung. Ein ironisches Lächeln spielte um seine Mundwinkel und seine Kohleaugen musterten mich unverfroren.

Der DJ kämpfte mit seinem Mischpult. Es knackte ein paarmal und ich hörte ihn fluchen, obwohl er das Mikro ausgeschaltet hatte. Dann gab er wutschnaubend auf, nahm einen tiefen Schluck Bier und starrte trüb auf die Tanzfläche. Die Musik, die jetzt lief, war kühl und technisch und dennoch eigentümlich sehnsüchtig. Ich kannte sie nicht, aber sie war mir so vertraut, dass ich hätte mitsummen können. Fast war ich versucht, wieder zu tanzen – doch dann hätte ich mich von Colins Blick lösen müssen. Und das wollte ich nicht. Obwohl ich immer noch wütend auf ihn war, schaute ich ihm herausfordernd in die Augen. Plötzlich füllten wilde Bilder meinen Kopf, kurze Aufnahmen wie aus einem Filmtrailer. Bilder aus einem Leben, das ich nie geführt hatte. Ich sah graue U-Bahn-Schächte, in denen die Menschen tanzten, junge Männer und Frauen mit hochgeföhnten Frisuren, zu großen Sakkos, blassen Gesichtern und spitz zulaufenden Boots. Ich sah in die Augen eines Mädchens mit fedrigem schwarzem Schopf und wollte ihre weichen Lippen küssen. Ich sah meinen Händen und Füßen zu, wie sie Schlagzeug spielten, kraftvoll und locker, während Kunstnebel meine Nase kitzelte, und all das erfüllte mich mit tiefster Zufriedenheit. Ich fühlte Glück. Glück und Leichtigkeit. Irritiert fasste ich mir an meine Augen, doch sie waren offen. Was passierte da mit mir?

Ich schaute wieder zu Colin. Ein wehmütiger Ausdruck trat in sein Gesicht, als würden die Songs Erinnerungen heraufbeschwören. Doch das konnte nicht sein. Er war zwanzig, also kam er 1989 auf die Welt, rechnete ich fix aus. Und da war diese Welle schon vorüber, das wusste ich in diesem Moment – woher auch immer. Ich wusste es einfach. Genauso wie ich auf Anhieb den Song erkannte, den das Mischpult sich nun in seinem Amoklauf aussuchte. Ich sah das Plattencover vor mir. *Being Boiled* von Human League. Dieses Cover hatte ich nie in den Händen gehalten und doch sah ich es so überdeutlich, dass ich es hätte nachzeichnen können.

Colin lauschte, legte den Kopf zurück und senkte die Lider. Seine langen Wimpern warfen Schatten auf die bleichen Wangen. Dann löste auch er sich von der Wand. Noch nie hatte ich einen Mann so wie ihn tanzen sehen. Ich konnte nicht sagen, wann und ob seine Füße überhaupt den Boden berührten. Eine unterschwellige Spannung ging von ihm aus, die mich am ganzen Körper mit einem elektrischen Flimmern überzog, und die verbliebenen Tänzer wichen automatisch vor ihm zurück. Hin und wieder fielen die Discospots funkensprühend aus, sodass das Schwarzlicht Colins Hemd geisterhaft bläulich aus dem Dunkel aufleuchten ließ – und merkwürdigerweise auch das Funkeln unter seinen halb geschlossenen Lidern.

Die Gesichter der anderen verzogen sich zu Fratzen, ihre Augen wurden eng und gemein. Ich sah, wie sie hinter vorgehaltenen Händen abfällig zu reden begannen. Neid und Eifersucht waberten giftgetränkt durch die stickige, verrauchte Luft. Sogar Maike warf erzürnte Blicke hinüber. Nur Tillmann schaute Colin ruhig und sehr aufmerksam zu.

Colin waren die anderen so gleichgültig wie mir. Er tanzte lässig, cool und, ja, ich musste es gestehen – er war auch das, was man wohl gemeinhin als sexy bezeichnete. Er wusste genau, was er tat. Und doch wirkte er selbstvergessen. Er tauchte in etwas ein, was ich nicht kannte, was mir verborgen blieb. Er schottete sich ab. Er war woanders – weit, weit weg.

Komm zurück, Colin, dachte ich instinktiv, geh nicht weg. Bleib bei mir.

218

Die letzten Takte verklangen. Der DJ wollte den nächsten Song starten, aber es tat einen lauten Knall, die Boxen machten ein sonores Blobb und alle Spots erloschen, auch die Schwarzlichtleuchte. Es war stockdunkel.

Ich war eingepfercht zwischen fremden Menschen, und wenn jetzt ein Kabel durchbrannte und Feuer ausbrach, wäre keiner daran interessiert, mich zu retten. Sie würden mich niedertrampeln. Schon wallte Panik in mir auf. Ich bekam Angst, nicht mehr atmen zu können.

»Komm mit nach draußen«, hörte ich Colins Stimme ganz nah an meinem Ohr. Ich griff ängstlich neben mich, doch hier war niemand. »Komm mit. Folge mir.«

Wo war er? Jemand rempelte meine Schulter. Ich roch herben Männerschweiß und spürte eine schwitzige Hand an meinem Arm. Angeekelt fuhr ich zusammen. Das war nicht Colin. Ich setzte meine Füße nach vorne, ohne zu wissen, wohin ich gehen sollte. Wie konnte ich ihm folgen, wenn ich ihn nicht sah? Die Leute um mich herum scherzten, doch ich konnte nackte Angst zwischen den bemühten Witzeleien wittern. Hier hatten Menschen Angst. Und wahrscheinlich hatten sie auch vor dem Stromausfall schon Angst gehabt, ohne es zu wissen. Es hatte mit Colin zu tun. Wenn es zu viele waren, würde Chaos ausbrechen. Massenpanik.

Also lief ich einfach. Ich hatte vollkommen die Orientierung verloren, aber meine Füße führten mich durchs Dunkel, als würden sie magnetisch gezogen. Kein einziges Mal stieß ich gegen eine Wand oder einen anderen Menschen, solange ich nur lief und nicht stehen blieb. Dann drückte ich mich gegen eine Tür und kühle, süße Nachtluft füllte meine Lungen. Ich war frei. Meine Augen sahen wieder.

Colin lehnte auf dem Parkplatz an seinem schweren Auto, als würde er auf mich warten. Wie automatisiert schritt ich zu ihm hinüber, ohne zu wissen, was ich eigentlich sagen sollte. Schließlich hatten wir heute Abend noch kein Wort miteinander gewechselt. Jedenfalls nicht auf die Weise, wie es andere Menschen taten. Und außerdem war ich ja eigentlich noch wütend.

In der Disco sprang das Licht wieder an. Die Leute johlten und klatschten, bis das Wummern der Bässe sie übertönte.

Eine Weile standen wir uns stumm gegenüber.

»Es sah schön aus, wie du getanzt hast«, sagte Colin schließlich leise. Ein Kompliment – er machte mir ein Kompliment? Oder spottete er?

Du auch, wollte ich sagen, doch ich brachte nur ein trockenes Husten zustande. Mein Blick rutschte auf ein Stück nackte weiße Haut, das mir aus seinem offenen Hemdkragen entgegenblitzte. Ich schwankte leicht. Mit äußerster Mühe zwang ich meine Hände in die Potaschen meiner Jeans. Um Himmels willen. Beinahe hätte ich ihn einfach so angefasst. Und ich hatte noch nie einen Jungen einfach so angefasst. Das war mein eisernes Gesetz. Nie aufdringlich sein. Nie den ersten Schritt machen. Und schon gar nicht bei jemandem, der nur noch nach einer Fliegenklatsche sucht, die groß genug ist.

»Weil es echt war. Das warst du. Und niemand sonst«, fuhr Colin fort. Das klang eigentlich nicht so, als würde er nach einer Fliegenklatsche suchen. Aber meine Stimme streikte erneut.

Mit einem Mal fuhr ein kalter Windstoß durch meine Haare. Für den Bruchteil einer Sekunde ließen eisige Schauer meinen Körper schlottern. Colin wandte seinen Blick ab.

»Steig ein, ich fahre dich nach Hause.« Ach so, ja, na klar. Doch merkwürdigerweise fand ich ein obskures Vergnügen daran, mich seinem Befehl zu fügen. Eine träge, lockende Schläfrigkeit breitete sich in mir aus. Als ich mich bereitwillig auf den kühlen Ledersitz sinken ließ, fiel mir trotz meiner gemächlich dahinschwappenden Gedanken Papas Bitte wieder ein. Er würde es sehen, wenn Colin

220

mich ablieferte – ich musste ihm seinen Wunsch erfüllen, sofern er noch wach war. Aber das war er sicherlich.

»Du«, begann ich vorsichtig. Ja, es klappte. Ich konnte wieder sprechen. »Mein Vater möchte gerne wissen, wer dieses Monster fährt, mit dem ich nun schon zum dritten Mal nach Hause gebracht werde.« Ich zuckte entschuldigend mit den Schultern. »Meine Mutter hat uns gesehen. Kannst du ihm kurz Hallo sagen?«

»Klar«, meinte Colin gleichmütig, doch sein mokantes Feixen blieb mir nicht verborgen.

»Was gibt's da so blöd zu grinsen?«, murrte ich.

Das Grinsen verwandelte sich in ein melodisches Lachen.

»Du liebst deinen Vater sehr, oder? Ein anderes Mädchen würde mich einfach bitten, es eine Ecke vorher rauszulassen.«

»Natürlich liebe ich ihn«, entgegnete ich trotzig. Was meinte er wohl mit »anderes Mädchen«? War das sein Hobby – minderjährige Mädchen heimzufahren?

»Das ist gut«, erwiderte er und der belustigte Ton war aus seiner Stimme verschwunden. Nach wenigen Minuten stiller Nachtfahrt waren wir da. Ein mulmiges Gefühl ergriff mich. Papa war ein imponierender Mensch und die wenigen Jungs, die ich ihm bisher vorgestellt hatte, waren bei seinem Anblick in eine frühkindliche Phase zurückgefallen. Was wiederum in meinen Augen alles andere als begehrenswert gewesen war. Sie hatten schlichtweg Angst vor ihm gehabt. Dabei hatte er sie nie schlecht behandelt oder verspottet. Er war sogar ausgenommen freundlich.

Colin war nicht minder imponierend, wenn auch auf eine andere, jüngere Art und Weise – wie würde es bei ihm ausgehen? Würden die beiden sich verbrüdern und mich links liegen lassen? Oder würde Papa ihn hässlich finden wie Maike? Ihn nach seinem Führerschein fragen? Keine dieser Vorstellungen behagte mir.

Umständlich schob ich mich aus dem Wagen und huschte in den

Hof, um zu schauen, ob Papa noch wach war. Natürlich war er das. Im Wintergarten brannte Licht und ich sah ihn am Tisch sitzen.

Ich winkte Colin zur Haustür herüber. Als wir den Flur betraten, zog Colin hörbar Luft ein, als würde er etwas wittern. Kurz hielt er inne.

»Alles in Ordnung?«, flüsterte ich.

»Ja, alles klar«, raunte er, doch in seinen Augen las ich anderes. Er war misstrauisch, auch wenn er es zu verbergen versuchte. Aber ich hatte jetzt weder die Zeit noch die Nerven, mir darüber Gedanken zu machen. Entschlossen ging ich voraus in den Wintergarten, wo Papa bei Kerzenlicht über seinen Büchern brütete und sich Notizen machte.

»Hallo, Papa, ich hab meinen Chauffeur mitgebracht – du wolltest ihn doch kennenlernen. Das ist Colin und er hat ...« Ich brach ab, weil Papas Gesicht erstarrte. Mit einem Ruck erhob er sich, straffte die Schultern und zog witternd die Luft ein – wie Colin gerade eben im Flur. Mich nahm er gar nicht mehr wahr.

Verwirrt drehte ich mich zu Colin um, der Papa mit finsterem Blick taxierte. Seine Augen loderten und das unerklärliche Ahnen in seinem Gesicht verhärtete sich zu einem festen Verdacht. Was passierte hier nur? Eine unsichtbare Kraft drückte mich rückwärts, sodass ich mich an die Wand presste und die beiden hilflos beobachtete. Im Raum war ein Knistern zu hören, ähnlich dem Geräusch von brennenden Wunderkerzen, nur lauter und bedrohlicher.

Was ist hier los?, wollte ich rufen, doch meine Stimme versagte kläglich.

Jetzt machte Papa einen federnden Schritt vorwärts und im selben Moment duckte sich Colin wie ein Raubtier vor dem Sprung. Ununterbrochen sahen sie sich in die Augen. Papas Blick jagte mir einen Schauer nach dem anderen über den Rücken. So hatte ich ihn noch nie erlebt – roh, ungezügelt und unfassbar wütend. Colin wirkte auch wild, aber in seinen finsteren Zügen las ich vor allem Unglauben und ein bodenloses Erstaunen, vermischt mit Aggressivität und furioser Kraft.

Ein grollendes Knurren schien aus Papas Kehle zu kommen. Seine Hände waren zu Fäusten geballt und seine brodelnde Feindseligkeit hätte jeden anderen in die Flucht geschlagen. Colin aber hielt ihm stand.

»Verlassen Sie sofort mein Haus«, sagte Papa leise, aber so drohend, dass mir ein kehliges Wimmern entwich. Was immer hier auch geschah – es jagte mir eine solche Angst ein, dass mir beinahe übel wurde und kalter Schweiß auf meine Stirn trat. Das waren keine Menschen mehr. Das waren blutrünstige Rivalen.

»Und kommen Sie meiner Tochter nie wieder nahe. Nie wieder.«

Colin ließ sich nicht einschüchtern. Immer noch zog er prüfend die Luft ein und nicht ein einziges Mal hatte er mit der Wimper gezuckt. Seine Augen waren fest auf meinen Vater gerichtet.

»Aber Papa, er hat mir doch gar nichts getan«, versuchte ich vergeblich, die unerträgliche Situation zu entspannen.

»Raus!«, brüllte er, ohne mich zu beachten. Seine Stimme war so laut und brachial, dass sie in meinen Ohren schmerzte. Nie zuvor hatte ich ihn so außer sich erlebt. Colin zeigte keine Spur von Angst oder Nervosität. Ohne den Blick von meinem Vater abzuwenden, zog er sich rückwärts aus dem Wintergarten zurück, öffnete die Tür und verließ das Haus über die Außenstiege.

Auf dem Rasen drehte er sich noch einmal zu mir um – ein schreckliches Déjà-vu meines Traumes, nur trennten ihn jetzt eine dicke Glasscheibe und ein zorniger Vater von mir. Seine Augen glühten wie schwarze Kohlen, doch sein Blick war so traurig, dass er mir ins Herz schnitt. Dann verschmolz er mit der Dunkelheit der Nacht.

Fassungslos schaute ich Papa an. Das Knistern war verklungen, aber noch immer schien pure Energie durch seinen angespannten Körper zu jagen.

»Was sollte das denn? Was denkst du dir dabei?« Jetzt war ich diejenige, die wütend wurde. »Er hat mir nichts getan! Er hat mich nur heimgefahren, das ist alles!« Ich war zu schwach, um zu schreien, aber wenigstens brach meine Stimme nicht. Stattdessen schossen mir die Tränen in die Augen. Papa wirkte wie jemand, der mit aller erdenklichen Mühe versuchte, Gedanken und Worte wegzuschieben.

»Er ist nicht gut für dich, Elisabeth«, sagte er mit erzwungener Ruhe. »Er ist zu alt und …«

»Er ist zwanzig! Drei Jahre älter«, unterbrach ich ihn.

»Zwanzig«, knurrte Papa verächtlich. »Hast du ihn dir mal angesehen? Er ist ein Schwerenöter, einer, der Mädchen abschleppt und sie benutzt, sie schwängert und ihnen das Herz bricht. Das erkennt doch ein Blinder!«

Schon immer hatte ich ein verlässliches Gefühl dafür gehabt, ob mich jemand belog oder nicht. Diesmal war es so klar, dass ich keinerlei Zweifel hegte. Papa log. Jedes Wort war gelogen.

»Du lügst«, sagte ich.

»Wag es nicht, mich der Lüge zu bezichtigen, Elisabeth«, herrschte Papa mich an. »Er wird alles vernichten, was dir lieb ist. Alles!«

Seine Stimme und sein Blick waren so befremdlich und Furcht einflößend, dass ich nur noch an eines dachte: Weg hier. Raus. Ich würde keine weitere Minute bleiben.

»Du bist zu weit gegangen, Papa«, sagte ich leise. »Ich bin kein Flittchen. Du könntest mir vertrauen. Aber du tust es nicht. Und du machst mir Angst!«

Mit einem Satz war ich an der Tür des Wintergartens und rannte, so schnell ich konnte, die Stufen zum Garten hinunter. Einen Moment lang war ich mir sicher, seinen Atem hinter mir zu spüren, doch ich sprang ungehindert auf mein ramponiertes Fahrrad, trat keuchend in die Pedale und raste den Feldweg hoch in den Wald hinein.

Unser Haus war plötzlich Feindesland geworden. Ich fürchtete mich davor, dorthin zurückzukehren, doch gleichzeitig zerriss mich der Gedanke daran, dass ich mich meinem Vater widersetzt hatte und abgehauen war.

Wie in Trance bahnte ich mir meinen Weg durch die Tannen, ohne zu begreifen, was ich hier überhaupt tat. Steine spritzten auf und einige Male konnte ich mich nur mit Müh und Not vor einem halsbrecherischen Sturz bewahren. Dann platzte der Hinterreifen. Fluchend schleuderte ich das Rad ins Unterholz.

Ich schluchzte heftig, ein unpassendes Geräusch zwischen dem lieblichen Zirpen der Grillen und dem sanften Rauschen des Windes. Meine Lungen brannten und die Jeans klebte an meinen verschwitzten Beinen. Ein leises Maunzen ließ mich innehalten. Mitten auf dem Pfad stand Mister X. Er blickte mich aufmerksam an.

»Oh, hallo, Katze«, sagte ich erstickt und setzte mich auf den steinigen Boden. Schnurrend trabte er zu mir herüber und rieb seinen dicken Schädel an meiner Wange. Das Schluchzen schüttelte mich am ganzen Körper. Ich verstand Papa nicht und ich verstand Colin nicht. Die ganze Situation war so grotesk und unlogisch gewesen, dass ich noch immer nicht in der Lage war, sie zu interpretieren oder gar zu erklären.

Doch jetzt, wo Mister X mir maunzend schwachen Trost verschaffte, wusste ich, dass ich Colin danach fragen musste. Wenn schon mein eigener Vater log, musste wenigstens er mir die Wahrheit erzählen. Irgendetwas sagte mir, dass er sie kannte.

Mister X zeigte mir verlässlich den Weg und ich fand Colin hinter dem Haus, wo er mit harten, schnellen Schlägen Holz hackte. Immer wieder zog er die Axt mit schier unmenschlicher Kraft durch die dicken Scheite und ab und zu meinte ich, Funken aufblitzen zu sehen, wenn das Metall auf das Holz traf. Mister X plusterte sich vorwurfsvoll auf und setzte sich in gehörigem Abstand auf seinen pelzigen Hintern.

»Aufhören! Stopp!«, schrie ich. Colin reagierte nicht.

Mir war klar, dass er mich wahrgenommen hatte, doch er zertrümmerte erst weitere drei Holzklötze, bis er sich aufrichtete und mich mit qualvollem Blick anschaute. Kein einziger Schweißtropfen rann über sein Gesicht, obwohl es beklemmend schwül war. Sein Hemd hatte Flecken bekommen und seine Hose war übersät mit Holzspänen.

»Was war das eben?«, fragte ich und scheiterte an dem Unterfangen, mein Weinen zu unterdrücken. Trotzdem klang ich erstaunlich fordernd. »Erklär mir, was das war. Sofort!«

Noch einmal löste er die Axt aus dem Baumstamm und schlug sie dumpf in einen Holzklotz, als würden ihn die Energien, die in ihm tobten, sonst zerreißen. Plötzlich stand er direkt vor mir und seine Augen waren voller Wut, Frustration und Schmerz.

»Das kann ich dir nicht sagen. Ich habe nicht das Recht, es dir zu sagen. Ach, Ellie, er mag mich eben nicht.« Colin brach ab. Angestrengt fuhr er sich mit den Händen durch die Haare. Auch er begann mir Angst zu machen, doch einer würde mir die Wahrheit erzählen.

»Du musst es mir sagen. Du musst«, beharrte ich. Ich zitterte wie Espenlaub und Colins Blick blieb kurz an meinen Tränen hängen, die mein Kinn hinuntertropften. Mein ganzes Gesicht tat mir weh. Mein Kiefer war so angespannt, dass das Sprechen mir Kraft raubte.

Colin schwieg eine Weile. Es wurde gespenstisch still um uns herum. Das Zirpen der Grillen war verstummt und auch der Wind hatte sich gelegt.

»Wie heißt dein Vater, Ellie?«, fragte Colin schließlich. Ich hörte, dass es ihn große Überwindung kostete, diese Frage zu stellen, doch dann war der Bann gebrochen. »Wie heißt er?«, wiederholte er laut. Erneut sah ich diese alarmierende Mischung aus Schmerz und Erstaunen in seinen Augen.

»Leo. Leo Sturm«, stotterte ich hilflos. Was hatte das denn nun mit der ganzen Sache zu tun?

»Wie heißt er?«, wiederholte er noch lauter. »Wie heißt er wirklich?«

Meine Gedanken liefen Amok. Doch dann fiel es mir ein. Natürlich. Kurz vor meiner Geburt hatte Papa Mamas Namen angenommen, weil Mama der Meinung war, kein Mädchen dieser Welt habe es verdient, mit seinem Nachnamen groß zu werden. Es sei schon schlimm genug, dass Paul ihn trug.

»Fürchtegott«, antwortete ich zitternd. »Leopold Fürchtegott.«

Colin stieß einen Laut aus, der so klagend und ärgerlich zugleich klang, dass Mister X sich duckte und unwillig knurrte. Ich war mir sicher, den Verstand zu verlieren, wenn mir nicht sofort jemand sagte, was hier vor sich ging.

Colin trat einen Schritt zurück. Ich blieb schlotternd stehen und sah ihm unverwandt in die Augen, obwohl die Tränen in Strömen über meine Wangen liefen.

»Dein Vater …« Colin holte Luft und blickte mich fest an. »Dein Vater ist ein Halbblut.«

Blutsbrüder

»Bitte was?«, fragte ich und zweifelte einen Augenblick an Colins und auch an meinem Verstand. Ein Halbblut? Was sollte das denn sein? Doch er hatte das Wort so unheilvoll ausgesprochen, dass mir nicht nach Scherzen zumute war. Im Gegenteil. Eine eisige Gänsehaut kroch mein Rückgrat hinunter.

»Papa ist kein Indianer oder so etwas – das weiß ich sicher«, warf ich trotzdem halbherzig ein.

»Nein, Ellie«, sagte Colin todernst. »Halbblut bedeutet, dass … dass er befallen wurde und fliehen konnte, bevor die Bluttaufe vollzogen wurde.«

Na, das wurde ja immer besser. Befallen worden. Bluttaufe. Ich konnte mich nicht erinnern, dass mein Vater jemals von irgendetwas gebissen worden war oder gar eine Narbe trug.

»Von was?«, hakte ich dennoch nach, denn die Ungewissheit zerfraß mich. »Einer Schlange? Einer Spinne? Einer Fledermaus?«

Colin lachte trocken, aber traurig auf und schüttelte den Kopf.

»Ich kann dir das nicht sagen. Ellie, das geht nicht. Du hast es bisher nicht gewusst, dann musst du es auch jetzt nicht wissen.« Er glaubte seine Worte selbst nicht.

»Zwing mich nicht«, bat er mich leise. Gott, war ich müde. Ich war so entsetzlich müde. Nur das Weinen hielt mich wach.

»Sag es mir«, bettelte ich mit letzter Kraft. »Bitte.« Doch er schwieg.

Seine Worte hallten in meinen Ohren nach und wollten sich schon mit meinen aufsteigenden Träumen vermischen. Halbblut. Bluttaufe. Angefallen worden. Das klang nicht nach Tieren. Das klang nach etwas, was es in meiner Realität nicht gab, was es nicht geben durfte – und schon gar nicht in meiner Familie. Es klang dämonisch.

»Das ist nicht wahr«, flüsterte ich. »Nein, das ist nicht wahr ...«

Bevor der Schlaf mich zu Boden reißen konnte, hastete ich an Colin vorbei in das Dickicht des Waldes. Ich wollte fliehen, fort von all diesen schrecklichen Wörtern und Vermutungen, die meinen Kopf zu sprengen drohten. Irgendwie musste ich auf den Pfad gelangen, der mich nach Hause brachte. Nach Hause? Was war mein Zuhause?

Zweige schlugen mir ins Gesicht und Dornengeflecht zerkratzte mir die Arme. Immer wieder hielten Wurzeln mich auf oder es schlang sich Gestrüpp wie Fesseln um meine Knöchel, sodass ich stolperte. Schräg neben mir glühten zwei runde grüne Pupillen auf – eine Bestie auf der Jagd, vielleicht war sie gefährlich, bissig, und sofort sah ich die Keiler aus Colins Keller vor mir. Ich schrie auf und versuchte, in die andere Richtung zu fliehen, doch dort war das Unterholz so dicht, dass ich kaum vorwärtskam. Über mir konnte ich keinen Himmel mehr erkennen. Wie ein gefangenes Tier kämpfte ich weiter, obwohl ich schon vollkommen die Orientierung verloren hatte.

»Elisabeth.« Sobald Colins Stimme durch das schwarze Nichts schwappte, wollte ich mich auf den laubbedeckten Boden sinken lassen. Doch seine Arme fingen mich auf. Mühelos warf er mich über seine Schulter und trug mich wie ein Bündel Wäsche durch das Dickicht zurück zum Haus.

Meine Kraft war vollends verbraucht. Meine Arme und Beine zerflossen in Schmerz und Müdigkeit; es gelang mir nicht mehr, einen

Rest von Würde in meiner Körperhaltung zu bewahren. Als Colin mich auf der Bank unter dem überstehenden Dach absetzte, lehnte ich meinen Kopf an seine Schulter und weinte haltlos. Das hatte er nun davon. Ich sollte ich selbst sein, hatte er gesagt. Jetzt war ich es und all die zurückgehaltenen Tränen der vergangenen Jahre durchnässten den ausgewaschenen Stoff seines Hemdes.

»Schau mich mal an«, bat er mich nach einer Weile. Ich hatte mir gerade lautstark die Nase geputzt und ich musste grässlich aussehen. Aber was änderte es schon. Mein Leben war ein außerordentlich bizarrer Trümmerhaufen, dessen Einzelteile mir niemand zufriedenstellend erklären konnte.

Wie vorhin folgte Colin fasziniert dem Lauf meiner Tränen, die langsam versiegten. Behutsam fing er eine mit dem Zeigefinger auf und leckte sie ab. Genüsslich schnurrend schloss er die Augen. Ich hielt verwundert inne. Er hasste sie nicht? Konnte das wahr sein?

»Ich wusste, dass sie gut schmecken – aber so gut …«

Aus verweinten Augen schaute ich ihn an. Ich wollte meine glühende Stirn erneut an seinen kühlen Hals betten, doch sein Blick ließ mich zögern.

»Halt still«, sagte er.

Ich gehorchte, ohne zu atmen. Langsam beugte er sich vor und begann, eine Träne nach der anderen von meinem Gesicht zu – ja, zu essen? Konnte man das sagen? Ein Lecken jedenfalls war es nicht und ein Küssen auch nicht. Er klaubte sie sich mit der Zungenspitze sacht von meinen Wangen; ein Gefühl, als würde die Feder eines Kolibris meine Haut streifen. Kühl und leicht.

Danach pustete er mir sanft über das Gesicht und ich fühlte mich augenblicklich erfrischt. Er selbst wirkte satt und zufrieden, obwohl ich nach wie vor die ungläubige Wut in seinen Augen erahnen konnte.

»Möchtest du jetzt wissen, was ein Halbblut ist?«

Ich nickte begierig. Meine Flucht hatte mich wieder zur Besinnung gebracht. Ich war in einer elendigen Verfassung, aber ich konnte zuhören.

»Du würdest nicht davon ablassen, mich zu fragen, oder?«, vergewisserte er sich.

»Nein. Das würde ich nicht«, antwortete ich fest.

»Das dachte ich mir. Du würdest wiederkommen. Und deshalb sage ich es dir jetzt. Denn du darfst nicht wiederkommen.«

»Das werden wir ja noch sehen«, entgegnete ich stur, doch Colin sah mich mit einem Blick an, der meine Worte im Nu zunichtemachte. Dann wandte er sich ab und musterte seine weißen, feingliedrigen Hände, während er sprach.

»Es gibt nur wenige Halbblüter. Sie sind etwas Besonderes. Ein Halbblut ist ein Mensch, der …« Colin zögerte und schwieg kurz. Ich hing an seinen Lippen. »… der angefallen und beraubt wurde und dabei verwandelt werden sollte. Um ihn auf die andere Seite zu ziehen. Aber er hat sich mit aller Macht gegen diese Bluttaufe gewehrt, konnte sie unterbrechen und fliehen. Er ist wach geblieben, verstehst du? Deshalb wirkte die Bluttaufe nur halb. Halbblüter sind immer noch genug Mensch, um ein einigermaßen normales Leben zu führen. Und oft haben sie besondere Fähigkeiten. Dein Vater ist halb auf dieser, halb auf der anderen, dunklen Seite.«

Er brach ab und gab mir Zeit, seine Worte zu verdauen. Mein Vater sollte etwas anderes als ein normaler Mensch sein – zumindest teilweise? Hatte ich das richtig verstanden? Aber was war die dunkle Seite, von der Colin sprach? Ich versuchte panisch, mich in rein menschliche, vertraute Bedeutungswelten zu retten. Mafia. Drogenhandel. Sekten. Und wusste doch, dass ich hier nichts finden würde. Es passte alles nicht.

»Was ist das für ein Raub? Es geht nicht um – um Geld, oder? Nicht um Wertsachen?«, fragte ich mit scheuer Hoffnung.

Colin lachte tonlos. Dann wurde er so ernst, dass die Angst von vorhin wieder von mir Besitz ergriff. Er zerwühlte mit beiden Händen seine Haare und streifte dabei versehentlich den obersten Ohrring. Der Ring kippte leicht zur Seite. Staunend erkannte ich, dass sein Ohr spitz zulief. Blitzschnell schob er den Ring wieder zurecht.

»Das hast du nicht gesehen«, drang es in meinen Kopf.

Ich stemmte mich mit aller Macht dagegen. Doch, habe ich, gab ich in Gedanken hartnäckig zurück, obwohl die Erschöpfung mich zu verschlingen drohte und das Bild des spitz zulaufenden Ohrs in meinem Kopf bereits ausradiert wurde.

Zornig stand Colin auf. Mit der geballten Faust schlug er gegen einen Baum und lehnte seine weiße Stirn an die Rinde. Dann löste sich seine Faust. Als bäte er um Verzeihung, strich er mit der flachen Hand über den Stamm.

»Was tu ich hier nur?«, murmelte er.

»Dinge erzählen, die ich längst hätte wissen sollen. Was rauben sie?«, bohrte ich weiter. »Ist es vielleicht – Blut? Sind sie so etwas wie …«

»Ach, ihr mit euren ewigen Vampiren«, brach es aus Colin heraus. »Als gäbe es nichts anderes. Immer diese Verherrlichung der Blutsaugerei. Hast du dir mal überlegt, wie unlogisch das Ganze ist? Würde ein bisschen auffallen, wenn auch nur ein einziger Vampir in einer Großstadt Nacht für Nacht Menschen anzapfen würde, die anschließend natürlich sofort dahinsiechen. Dann hätten wir kein Problem mehr mit der Bevölkerungsexplosion, nicht wahr? Außerdem gibt es Wichtigeres als – Blut«, schloss er verächtlich.

Ich sah Dracula spontan in einem anderen Licht. Colin war zweifellos wütend – und er versuchte, mit seiner Wut von dem eigentlichen Thema abzulenken. Fast wäre es ihm gelungen.

»Dann sag es mir, verdammt noch mal. Was ist wichtiger als Blut? Was rauben sie?«, zischte ich ihn an. Es entstand eine kleine, kaum erträgliche Pause, in der zwei Mächte miteinander zu kämpfen schienen. Auf Leben und Tod.

»Träume«, sagte er schließlich bitter, das Gesicht weiterhin von mir abgewandt. »Sie rauben Träume. Schöne, glückliche Träume. Das, was Menschen am Leben hält.«

Es klang absurd. Geradezu lächerlich. Und doch wusste ich, dass es stimmte. Nein, ich fühlte es. Colin log nicht. Und um die Feinheiten konnte ich mich jetzt nicht kümmern. Ich musste wissen, ob ich jemals wieder nach Hause zurückkehren konnte. Zu meinem Vater. Meine Gedanken galten meinem Vater, den ich doch eigentlich liebte.

Fieberhaft dachte ich nach und schob meine Gefühle für einen Moment zur Seite. Papa war also von etwas sehr Bösem angefallen worden, das auf seine Träume aus war und ihn zu seinesgleichen machen wollte. Und somit war er – zumindest zur Hälfte – wohl auch jemand, der Träume brauchte. Aber waren Mama und ich dann nicht gefährdet? Bestand nicht das Risiko, dass er uns – anfiel? Unwillkürlich griff ich mir an die Brust und keuchte auf.

»Nein, Ellie, ich glaube nicht, dass du in Gefahr bist. Vielleicht deine Mutter, aber du nicht. Ich habe den Eindruck, er ist dir gegenüber immun.«

Diese Antwort war nur bedingt beruhigend. Ob Mama überhaupt davon wusste? Schlief sie deshalb im Nähzimmer, wenn er Migräne hatte? Und wann war es geschehen? Vor meiner Geburt? War ich dann nicht ein – ein Viertelblut?

»Wer einmal befallen und zur Bluttaufe gezwungen wurde – was übrigens eher selten geschieht –, kann sich nicht mehr fortpflanzen«, las Colin erneut meine Gedanken. »Nicht auf menschliche Art und Weise. Das gilt auch für Halbblüter.«

»Aber er lebt doch, oder? Ich meine – er kann sterben?«

So viele Fragen brannten mir auf der Seele und ich wusste nicht,

233

wie lange Colin noch bereit war, mir zu antworten. Ich hatte das Gefühl, dass er sich von mir entfernte. Vor allem aber wusste ich nicht, wie lange ich es noch schaffen würde, wach zu bleiben. Meine Lider lasteten wie Steine auf meinen Augen.

»Ja. Kann er. Aber es ist möglich, dass er sehr alt wird und trotzdem nie auf die verfallende Weise altert wie andere Menschen. Und selten krank wird. Aber er wird sterben, irgendwann.«

Kurz überlegte ich, ob Johannes Heesters vielleicht auch ein Halbblut war, und unterdrückte den Drang, irr loszulachen. Beruhig dich, Elisabeth, redete ich mir still zu. Stell deine Fragen. Schnell.

»Du hast nach seinem Namen gefragt – warum? Kennst du ihn?«

Colin seufzte. Es dauerte, bis er antwortete.

»Nicht persönlich. Aber ich habe von ihm gelesen und gehört.«

»Interessierst du dich für Psychologie?«, fragte ich skeptisch.

»Nur am Rande. Dein Vater ist nicht nur Psychiater. Er hat auch noch andere – Aufgaben …«

Das war mir zu schwammig. Welche Aufgaben?

Doch da war noch ein Gedanke, der die ganze Zeit im Hintergrund lauerte und sich permanent dagegen wehrte, formuliert zu werden. Es dauerte Minuten, bis es mir gelang; Minuten, in denen mich das Buchstabenfinden körperliche Kraft kostete. Colin verharrte bewegungslos neben mir. Hoffte er, dass ich scheitern würde?

»Aber wenn … wenn du ihn kennst … vom Hörensagen … seinen Namen … und du um ihn weißt … was – was bist du dann? Wer bist du?« Ich keuchte vor Anstrengung.

»Das ist jetzt nicht wichtig«, erwiderte er mit unbarmherziger Kälte. »Hast du vergessen, dass du mich ohnehin nicht wiedersehen darfst?«

Ich gab auf und es fiel mir viel zu leicht. Schweigend saßen wir nebeneinander und ich wollte nicht glauben, dass all das stimmte, was ich eben erfahren hatte – aber noch weniger wollte ich wahrhaben, dass ich nie wieder hier zusammen mit Colin der Nacht lauschen und mich von dem schwarzen Sog seiner Blicke in die Tiefe ziehen lassen würde. Eine Tiefe, in der ich mich geborgen und geschützt fühlte.

Mit leer geweinten Augen starrte ich in die Finsternis. Nichts stimmte mehr. In Köln hatte ich jahrelang Theater gespielt. Nun war ich hier, auf dem Land, und musste erkennen, dass auch mein Vater das Theaterspielen perfekt beherrschte. Und meine Trauer darüber vertraute ich einem Menschen an, von dem ich kaum etwas wusste. Ein Käuzchen rief und Mister X, der friedlich neben uns Platz genommen hatte, spitzte aufmerksam seine Zauselohren.

»Geh nach Hause, bevor er dich suchen lässt. Rede mit ihm.« Colins Stimme klang kalt und abweisend.

»Ich habe kein Zuhause mehr«, erwiderte ich schläfrig.

»Natürlich hast du das. Geh jetzt. Mister X wird dich begleiten.«

Ein paar letzte Schritte liefen wir zu dritt. Schon jetzt konnte ich die Wehmut nahen spüren, die mich packen würde, wenn unsere Wege sich trennten. Colin blieb stehen. Es war kein Mond zu sehen und doch spiegelte sich schimmerndes Licht in seinem Gesicht. Ich überlegte nicht mehr, ob er hässlich oder schön war. Nachts war er so schön, dass kein Maler je imstande gewesen wäre, diese Anmut auf Papier zu bannen. Ich konnte mich nicht von ihm abwenden. Mit sanftem Druck drehte er mich um und sein kühler Atem streifte meinen Hals.

»Lauf. Es wird dir nichts passieren«, flüsterte er.

Die Erkenntnis traf mich wie ein Schlag. Dieses Flüstern – ich kannte es. Er war die Stimme gewesen. Colin. Er hatte mich vor der Schule beruhigt und mich gemahnt, mich zu erinnern … Ich fuhr herum und blickte auf den menschenleeren Pfad. Er war verschwunden.

Übermüdet taumelte ich nach Hause, meine schmerzenden Augen auf Mister X gerichtet, der mich zielstrebig führte und erst vor unserer Tür wieder kehrtmachte.

Papa erwartete mich im Wohnzimmer.

»Hausarrest«, sagte er nur knapp. »Morgen und die kommenden zwei Wochen.«

»Gut«, entgegnete ich kühl, bevor ich mich zur Treppe wandte. »Aber wenn du denkst, dass du mich damit mundtot kriegst, hast du dich getäuscht.«

Von allem, was mir in dieser neuen Welt einigermaßen vertraut geworden war, war nichts mehr geblieben. Und wenn mich nicht alles täuschte, würde ich Colin nie wiedersehen.

Angezogen fiel ich aufs Bett und drückte mein heißes Gesicht in den Stoff von Colins Jacke. Ich weinte, bis der Schlaf mich zu sich zog.

Nachts träumte ich von ihm. Er fing meine Tränen in einem Glas auf und sie schimmerten im Mondlicht wie Edelsteine.

BEFALL

Ich erwachte mit dröhnendem Kopf und einem schwelenden Zorn im Bauch. Meine Gedanken rasten zu Colin und sofort wieder zurück zu meinem Vater, wo sie hängen blieben und sich schmerzhaft verbissen. So lange hatte er mich über seine wahre Natur angelogen – und noch immer wusste ich nicht, ob ich all die Jahre in Gefahr gewesen war. Colin sagte Nein – aber was bedeutete das schon. Es war lediglich eine Vermutung gewesen.

Ich kam nicht umhin, mir auch die Frage zu stellen, warum mein Vater mich von Colin fernhalten wollte – war es, weil Colin Einzelheiten über ihn wusste, die ich nicht erfahren sollte? Oder aber weil Colin – gefährlich war? Tatsächlich gefährlich?

Doch die Sache mit meinem Vater war dringlicher. Schließlich lebte ich mit ihm unter einem Dach – jetzt, wo ich Hausarrest hatte, mehr denn je. Und die Vorstellung, dass er sich nachts zu mir geschlichen hatte, um meine Träume aufzusaugen, war alles andere als behaglich.

Meiner Mutter wagte ich nicht, in die Augen zu sehen. Sie behandelte mich sehr nachsichtig, aber ich hatte keine Ahnung, ob sie das tat, weil sie alles wusste oder weil Papa ihr seine Version erzählt hatte. Die von dem Schwerenöter, der kleine Mädels schwängerte und dann verließ. Beides hätte ihr leidgetan – zu Recht.

Zwischen Papa und mir herrschte eisiges Schweigen. Wir gingen uns aus dem Weg. Nach dem Abendessen, das wir wiederum schweigend eingenommen hatten, hielt ich die bedrückende Stimmung im Haus nicht mehr aus. Ich musste mit Papa reden, sonst würde ich heute Nacht kein Auge zutun. Mit klammen Händen klopfte ich an die Tür seines Arbeitszimmers.

»Komm rein, Elisabeth«, tönte seine klare, tiefe Stimme in den Flur. Die gleiche Hellsichtigkeit wie Colin. Ich schluckte krampfhaft. Meine Kehle schien plötzlich eng zu werden und ich hatte das aberwitzige Bedürfnis, mich mit irgendetwas zu bewaffnen. Vorsichtig trat ich ein.

Papa saß hinter seinem Schreibtisch, der fast vollkommen leer war. Offensichtlich hatte er Stunden damit zugebracht, nachzudenken und mit den Fingern durch seine welligen Haare zu fahren. Sie standen in alle Himmelsrichtungen ab, was den intensiven Ausdruck seiner tief liegenden Augen nur noch mehr betonte. Ich konnte ihn nicht mehr so unbefangen betrachten wie zuvor. Er war nicht mehr derselbe für mich. Überall suchte ich nach Spuren und Indizien. Stumm setzte ich mich auf das grüne Sofa und starrte auf meine bestrumpften Zehenspitzen. Ich hörte, wie Papa tief durchatmete.

»Gut. Du willst also die Wahrheit wissen, Elisa?« Erstaunt hob ich den Kopf und schaute Papa fragend an. Er erwiderte meinen Blick mit unerschütterlicher Ruhe.

»Oh ja, das will ich«, sagte ich. War es tatsächlich so einfach?

»In Ordnung. Eigentlich darf ich das nicht, aber du bist meine Tochter und es geht um deine Sicherheit. Deshalb werde ich die ärztliche Schweigepflicht ausnahmsweise brechen.«

Ärztliche Schweigepflicht? Was kam denn jetzt für eine Geschichte?

»Dieser junge Mann von gestern …«

»Colin«, unterbrach ich ihn.

»Ja, Colin. Er ist einer meiner Patienten«, fuhr Papa ungerührt

238

fort. »Ein schwieriger Fall. Sehr intelligent und in ausgezeichneter körperlicher Verfassung. Aber er leidet unter einer gefährlichen Verflechtung von wahnhafter Schizophrenie und Borderlinestörung. Das führt unter anderem dazu, dass er stalkt und versucht, andere Menschen mit abstrusen Geschichten an sich zu binden – vor allem junge Mädchen. Und zwar gerne, indem er deren Elternhaus in den Schmutz zieht.«

Ich schwieg fassungslos. Colin sollte geisteskrank sein? Ein Stalker? Ich suchte Papas Augen, doch er schaute nachdenklich auf sein Bücherregal.

»Dann hast du dich gestern ja nicht sehr professionell verhalten«, sagte ich mit brüchiger Stimme.

»Elisa, was erwartest du von mir – es ging schließlich um meine Tochter. Kein Vater sieht es gerne, wenn ein solcher Typ sich das eigene Mädchen krallt.«

»Er hat mich nicht gekrallt«, erwiderte ich scharf. Das konnte man nun wirklich nicht behaupten. »Er hat mich weggeschickt, und zwar immer wieder.«

»Aber nicht sofort, oder?«, fragte Papa. Es klang irgendwie triumphierend. »Er lässt dich an sich heran, führt Begegnungen herbei und schickt dich wieder weg. Paff. Ich sagte doch, ein Stalker. Zuckerbrot und Peitsche. Damit kriegen sie ihre Opfer butterweich.«

»Ich bin kein Opfer.« Ich habe ihn aufgesucht, aus freien Stücken, dachte ich zu Ende, was ich nicht wagte auszusprechen. Und trotzdem. Wenn Papa die Wahrheit sagte, war sie ernüchternd. Dann war Colin der schlimmste Männerfehlgriff, den ich je gemacht hatte. Und derer hatte es schon einige gegeben.

»Was hat er dir denn so erzählt?«, fragte Papa lauernd. Irgendetwas an seiner Körperhaltung machte mich misstrauisch. Vielleicht war es besser, nicht mit allem herauszurücken und mich dumm zu stellen.

»Eigentlich, dass du der Bekloppte bist. Und ich war versucht, es zu glauben«, antwortete ich zögerlich. »So eine Geschichte von gestohlenen Träumen und geklauten Gefühlen. Keine Ahnung. Ich hab's nicht kapiert.«

Papas Hand zuckte kurz. Dann gewann er seine Fassung wieder. Du lügst, dachte ich empört. Du lügst immer noch.

»Es tut mir leid, dass ich so aus der Haut gefahren bin, Elisa. Aber bitte halte dich fern von ihm. Sollte er dich noch einmal belästigen, dann gib mir sofort Bescheid.« Er lächelte mich gewinnend an. Und Papa hatte ein verflucht gewinnendes Lächeln.

»Wie gesagt, er hat mich nicht belästigt«, sagte ich kühl.

»Noch nicht«, korrigierte Papa mich.

»Aber wenn er denn so verrückt und so krank und so gefährlich ist, warum lasst ihr ihn dann frei herumlaufen?«

Papas Hand zuckte erneut.

»Das Gesetz, Elisa. Es ist hierzulande immer noch schwierig, Stalker dingfest zu machen. Und noch hat er niemandem ernsthaft körperlichen Schaden zugefügt. Aber wenn es nach mir ginge …«

»Natürlich«, pflichtete ich ihm zuckersüß bei. »Dann säße er längst hinter Gittern. Für immer.« Ausgerechnet Papa. Er war ein Gegner der Geschlossenen, das wusste ich genau. Sie kam für ihn nur bei Patienten infrage, die ihr eigenes Leben und das anderer bedrohten. Und auch dann pflegte er zu sagen, dass Gitter vor den Fenstern und Valium alles andere als gute Heilungsvoraussetzungen wären.

»Ich glaube, dieses Thema überschreitet deine Kompetenzen, Elisabeth«, wies er mich väterlich zurecht. »Ich werde morgen einen Kollegen bitten, die Behandlung zu übernehmen. Das ist das Beste für alle Beteiligten. Und der Hausarrest bleibt bestehen – zu deiner eigenen Sicherheit. Gute Nacht.«

Ich stand auf und verließ kommentarlos sein Büro. »Du hältst deine Tochter wohl für unterbelichtet«, knurrte ich, während ich die Treppe nach oben stapfte. Zu gerne hätte ich ihn gefragt, wie dieser ach so kranke Patient überhaupt hieß. Mit zweitem Namen und mit Nachnamen. Denn der war kein einziges Mal gefallen.

Und doch war es so verlockend, Papa Glauben zu schenken. Schließlich würde es bedeuten, dass mein Vater ein ganz normaler Mann war. Nichts mit angebissen und Raub und versuchter Bluttaufe. Nein, ein normaler Vater, wie alle anderen auch.

Und es bedeutete, dass Colin geistesgestört war.

Ich warf mich rücklings aufs Bett und drückte das Kissen auf mein erhitztes Gesicht. Colin geistesgestört? Ja, natürlich hatte sich das ziemlich wüst angehört mit den geraubten Träumen und der Halbblutgeschichte. Und es stimmte auch, dass Colin mich einmal nahekommen ließ und dann wieder fortschickte. Dazu diese Aufschneiderei mit seinen vielen Pferden, die er schon gehabt hatte, das Nebenbeistudium, das Haus, seine ach so tolle Menschenkenntnis. Das klang schon nach jemandem, der seine Realität nicht ganz im Griff hatte. Und dann noch Kampfsport. Puh, was für eine üble Kombination.

Mit wem nur konnte ich darüber reden und ein wenig Klarheit gewinnen? Es musste jemand sein, der Papa kannte. Gut kannte. Mit Mama zu sprechen, war indiskutabel. Mama würde zu Papa halten, ganz egal, was war.

»Paul«, flüsterte ich hoffnungsvoll. Ich würde Paul anrufen. Vielleicht wusste er mehr als ich. Vielleicht hörte er auch einfach nur zu.

Ich nahm mein Handy vom Nachttisch, ging ans Fenster und lehnte mich weit hinaus. Gut, ich hatte Empfang. Und hoffentlich hatte Paul nicht schon wieder seine Handynummer gewechselt. Das Freizeichen ertönte.

»Fürchtegott?« Mein Magen zog sich kurz zusammen. Seit gestern

Nacht hatte dieser Name einen doch recht blutrünstigen Beigeschmack.

»Paul? Hier ist Ellie. Deine Schwester, falls du dich erinnerst.«

»Ellie.« Es knackte in der Leitung und eine Männerstimme redete hektisch im Hintergrund. »Ellie, es ist gerade schlecht, ich bin am Arbeiten und unterwegs …«

»Sagt dir das Wort Halbblut etwas?«, fragte ich ohne Umschweife. Wenn er wieder keine Zeit hatte, musste ich eben sofort zur Sache kommen. »In Zusammenhang mit unserem Vater?«

Paul stöhnte entsetzt auf. »Oh nein … jetzt hat Papa dir den Mist etwa auch erzählt? Das darf doch nicht – Oh Ellie, glaub das bloß nicht, hörst du?«

Paul wusste etwas! Aber was meinte er mit dem »Mist«? Papa hatte mir nichts erzählt, zumindest nicht das, was ich hören wollte. Mich fuchste, dass Paul einen Wissensvorsprung hatte. Die Männerstimme im Hintergrund wurde lauter. Irgendjemand klopfte und hämmerte.

»Ja, ich – ich weiß nicht«, stotterte ich möglichst verwirrt und hilflos. »Was, glaubst du, ist davon wahr?«

»Nichts!«, rief Paul heftig. »Oder was hat er dir erzählt? Oh, das interessiert mich wirklich. Was hat er seinem Elisa-Liebchen erzählt? Bestimmt gab es für dich eine besonders rührende Spezialversion.«

»Ich bin nicht sein Liebchen – und …« Ich brach ab. Verdammt. Sollte ich tatsächlich mit alldem rausrücken, was Colin mir über Papa verraten hatte? Und wenn Paul etwas ganz anderes meinte und ich erst recht Chaos anrichtete?

»Ellie«, tönte Pauls Stimme mahnend in mein Ohr und ich zuckte kurz zusammen. »Was hat er dir erzählt? Was hat Papa dir gesagt? Was soll das mit dem Halbblut?«

»Sag es mir, Paul. Sag du es mir«, forderte ich.

»Woher hast du dieses Wort?« Oje. Ich hatte vergessen, dass Paul mindestens ebenso stur sein konnte wie ich. Ich hatte ihn noch nie zu etwas zwingen können, wenn er es partout nicht wollte. Moment – eine Methode müsste dennoch funktionieren. Sie war niederträchtig, aber extreme Situationen verlangten nun mal nach extremen Maßnahmen. Und Paul war es immer durch und durch gegangen, wenn seine kleine Schwester geweint hatte. Ich schob die Gedanken an all die Häme weg, die mich in der Schule wegen meiner Tränen verfolgt hatte, und schniefte erstickt. Es fiel mir nicht schwer. Seit dem Abschied von Colin und der Vorstellung, ihn nie wiederzusehen, hatte ich einen Kloß im Hals.

Paul seufzte auf. »Ellie, Kleine, nicht doch ...«

Ich schluchzte ein weiteres Mal. Es klang täuschend echt.

»Das mit dem Halbblut – hab es aufgeschnappt, in einem Gespräch«, nuschelte ich und tat so, als würde ich mir die Nase schnäuzen.

»Zwischen Mama und Papa?«, hakte Paul nach.

»Hmhm«, machte ich zustimmend.

»Okay, Ellie – oh Gott. Na dann.« Er räusperte sich. Eine Tür klappte und die hektische Stimme klang gedämpfter. »Dann hab ich dich falsch verstanden. Es ist alles in Ordnung. Vergiss es einfach. Machst du das? Ja? Versprich es mir. Hör auf zu weinen, bitte. Alles gut bei euch auf dem Land?«

»Paul, was soll das? Ich verstehe gar nichts mehr!«

Doch er hatte schon aufgelegt. Ich wählte seine Nummer ein zweites Mal. Aufs Heulen musste ich mich nicht mehr konzentrieren. Die Tränen liefen von ganz alleine.

»Paul ...«

»Ach, Ellie, bitte, nun hör doch auf zu weinen. Ich muss arbeiten. Du hast dich verhört.«

»Aber Paul«, wimmerte ich. »Ich – in letzter Zeit träume ich nachts kaum mehr, und wenn, dann sind es Albträume. Das alles ist so – seltsam«, log ich. Jetzt musste er einfach anbeißen.

»Ellie …«, sagte Paul beruhigend. »Klar schläft man anders, wenn man in einem neuen Umfeld ist. Das ist doch normal. Erinnerst du dich noch daran – wenn wir früher im Urlaub waren, hast du die ersten Nächte kein Auge zugetan, weil alles anders als zu Hause war.« Im Hintergrund polterte es. Ein Mann fluchte. Hörte sich so ein Medizinstudium an? »Okay, Ellie, ich muss Schluss machen.«

»Paul, ich –«

Schon wieder aufgelegt. »Du blöder Hund«, fluchte ich und drückte die Wahlwiederholungstaste. Sofort sprang Pauls Mailbox an. Gereizt schmiss ich das Handy auf mein Bett. Hier war etwas faul.

Paul hatte das mit meinen vermeintlich fehlenden Träumen jedenfalls nicht stutzig gemacht. Und mein Bruder hatte sich immer gesorgt, wenn mir etwas fehlte. Ich war so etwas wie seine Dauerprobepatientin für den Kinderarztkoffer gewesen.

Und jetzt? Er schob meine angeblichen Schlafstörungen auf den Umzug und er hatte überzeugt dabei geklungen. Gleichzeitig sagte er, ich solle das mit dem Halbblut vergessen. Und das ließ nur eine Schlussfolgerung zu: Paul wusste etwas, aber er glaubte es nicht. Ja, er hatte sich sogar angehört, als sei Papa ihm peinlich. War er am Ende der Meinung, Papa habe den Verstand verloren?

Die ganze Sache stank gewaltig. Irgendwer log. Und ich wurde den Verdacht nicht los, dass es mein eigener Vater war. Wer war nun der wahre Fall für die Psychiatrie – Papa oder Colin?

Obwohl ich vor Unruhe mit beiden Knien wippte und meine Finger schmerzhaft ineinander verhakte, legte ich mich rücklings aufs Bett und suchte nach Lösungen. Wie nur konnte ich eigenständig herausfinden, was es mit Papa auf sich hatte?

Wenn Colin sein Patient war, musste es Unterlagen über ihn geben – allerdings wohl kaum hier, sondern in der Klinik. Falls Colin nicht sein Patient war und das mit dem Halbblut stimmte, wurde es noch kniffliger.

Doch ehe ich weiterdenken konnte, näherte sich das dumpf vibrierende Motorengeräusch eines Lkws. Aufseufzend erhob ich mich, ging ans Fenster und wollte es schließen, um ungestört meine Überlegungen weiterverfolgen zu können. Doch der Transporter hielt direkt vor unserem Haus.

Schon traten zwei Gestalten auf die dunkle Straße – Mama und Papa. Geistesgegenwärtig löschte ich das Licht und kauerte mich auf die Fensterbank. Mama drehte sich um und schaute zu mir hoch. Ich hielt die Luft an. Doch wenn die Gesetze der Physik funktionierten, hatte sie mich nicht sehen können. Mama wandte sich wieder Papa zu. Ich atmete leise aus.

»Schläft sie?«, fragte sie gedämpft. Die Fahrer des Lkws öffneten die Ladeklappe und das Klappern der Scharniere übertönte Papas Antwort.

»Scheiße«, fluchte ich lautlos. Bitte redet weiter. Der Krach verstummte kurz.

»Meinst du, sie war bei ihm? Heute Nacht?«, hörte ich Mama. Ich lauschte so konzentriert, dass ich nicht einmal zu schlucken wagte.

»Wennschon«, drang Papas Stimme leise durch die frühe Nacht. »Er wird ihr ohnehin nicht die Wahrheit erzählt haben.«

Zwei Männer begannen Kisten ins Haus zu tragen. Es waren nicht viele, vielleicht zehn Stück. Papa verfolgte ihr Tun aufmerksam, blieb aber mit Mama draußen stehen. Doch ihr Gespräch ging im Getrampel der Packer und dem Knarzen der Ladefläche unter. Erst als die Männer ins Haus marschierten, schwebten erneut Wortfetzen zu mir hoch.

»Und er war wirklich einer – von ihnen?«, fragte Mama mit einem Schaudern in der Stimme. Ich lehnte meinen Kopf noch ein Stückchen weiter über die Fensterbank, aber die Packer hatten alle Kisten ins Haus getragen und baten Papa um eine Unterschrift. Sobald sie den Motor anwarfen und davontuckerten, war jedes weitere Lauschen ein Ding der Unmöglichkeit. Nur wenige Sekunden nachdem der Lkw um die Ecke gebogen war, verschwanden Mama und Papa zurück ins Haus.

Einer von ihnen. Angestrengt rieb ich mir über die Augen. Ich war so erschöpft, dass ich sie für einige Momente schließen musste. Einer von ihnen – das konnte alles bedeuten. Mama benutzte diese Redewendung gerne für Papas besonders kranke Patienten. Jene hoffnungslosen Fälle, zu denen er manchmal mitten in der Nacht eilen musste oder die ihn stundenlang ans Telefon fesselten, weil sie wieder mit aller Macht aus dem Leben scheiden wollten.

Aber was waren das für Kisten? Warum eine Lieferung zu Unzeiten? Der Wagen hatte ausgesehen wie ein Geldtransporter, mit extradicken Wänden und doppelt gesicherter Ladeklappe. Diese Kisten mussten wichtig sein. Waren es vielleicht Unterlagen aus dem Büro? Oder gar …?

Nun, wenn ich es herausfinden wollte, blieb mir nichts anderes übrig, als einen Überraschungsangriff zu wagen. Ich musste sie eiskalt erwischen und genau beobachten, wie sie reagierten. Was hatte Colin gesagt? Ich sei eine gute Schauspielerin. Dann musste ich das jetzt unter Beweis stellen.

Ohne mir Mühe zu geben, leise zu sein, stiefelte ich die Treppe hinunter und direkt dem unterdrückten Räumen und Kartonschieben entgegen. Mama und Papa hingen in dem Büro meines Vaters inmitten der Kartons auf den Knien, zwischen ihnen Teppichschneider, zusammengeknülltes Papier und Paketband. Erstaunt blickten sie zu mir hoch. Mama klappte den offenen Deckel der Kiste neben ihr unauffällig wieder herunter.

»Ah, gut«, sagte ich, kniete mich dazu und öffnete die nächstgelegene Kiste. Sie war voller Aktenordner. Ich spürte, dass Mama und Papa sich einen Blick zuwarfen.

»Elisabeth, was machst du da?«, fragte Papa argwöhnisch.

Leicht genervt sah ich ihn an, um gleich darauf den nächsten Karton zu mir zu ziehen. Wieder nur Aktenordner. Erneut hob ich meine Augen.

»Ich such die Halbblut-Kiste.«

»Was?«, riefen Mama und Papa gleichzeitig. Papa hatte sich als Erster wieder im Griff und brachte ein schnelles Lächeln irgendwo zwischen Drohung und Verbindlichkeit zustande. Währenddessen schob Mama hektisch zwei verschnürte Kartons unter Papas Schreibtisch.

»Na, Halbblut«, sagte ich noch einmal. Mamas Augen weiteten sich. Nervös wickelte sie sich ein Stück Kordel um die Finger – so fest, dass die Haut dazwischen rot hervorquoll. Papa räusperte sich.

»Ihr benehmt euch ein wenig seltsam, finde ich«, sagte ich und schaute sie zweifelnd an. »Ist irgendwas passiert?«

Mama schluckte.

»Nein, nein«, sagte sie atemlos. »Alles – okay.«

Papa sah sie an, schüttelte fast unmerklich, aber warnend den Kopf und lenkte seinen Blick wieder auf mich. Ich blinzelte beleidigt zurück.

»Also, wenn ich schon Hausarrest habe, dann werde ich ja wohl wenigstens noch eine DVD gucken dürfen«, motzte ich und schob die Unterlippe nach vorn.

»DVD?«, echote Mama irritiert. Papa pustete sich mit offenem Mund eine Locke aus der Stirn.

»Ja, DVD – *Halbblut*, mit Val Kilmer. Oh Mama, den haben wir doch erst vor Kurzem zusammen gesehen. Weißt du nicht mehr? Indianer, Cops, illegaler Uranabbau, Wounded Knee?«

»Ach Gott, ja, natürlich«, stieß Mama erleichtert hervor und brach in ein kurzes, zu hohes Lachen aus. Ich aber war schon wieder dabei, die Kiste zu durchforsten. Akten, nichts als Akten.

»Ich kann den Film bei mir nicht finden, irgendwo muss er doch sein«, murmelte ich und grapschte nach dem nächsten Karton.

»Ach, Ellie, ich hab da was Besseres«, sagte Papa, griff hinter sich ins Bücherregal und zog eine originalverpackte DVD-Box hervor. Er drückte sie mir in die Hand.

»*Frasier*. Die erste Staffel.«

Mein Grinsen war echt. Und das war gut. Ich liebte *Frasier* tatsächlich. Papa und ich hatten ganze Winterabende damit verbracht, uns über Frasier und vor allem über Niles zu amüsieren. Dieser Sitcom verzieh ich sogar das eingespielte amerikanische Konservengelächter.

»Wow«, seufzte ich. »Cool.«

»Ich würde ja am liebsten mitgucken, aber ...« Etwas zu künstlich wies Mama auf die Kartons. Sie lächelte mich selig an. Von ihr hatte ich mein Schauspieltalent jedenfalls nicht geerbt.

»Ich wollte sie dir eigentlich zum Geburtstag schenken. Na ja. Hast du sie eben jetzt schon.« Papa grinste versöhnlich.

»Okay, danke, ich geh dann mal rüber«, erwiderte ich gedankenversunken und begann schon auf dem Weg zum Wohnzimmer in dem Booklet zu blättern. Ich legte die erste DVD ein, stellte den Fernseher an und kicherte an den unpassendsten Stellen. Denn meine Ohren waren allein bei Mama und Papa. Noch immer machten sie sich an den Kartons zu schaffen.

Um Mitternacht gab ich vorerst auf und verzog mich nach oben. Ich würde warten müssen. Mein Bluff hatte funktioniert, nun konnten die Nachforschungen beginnen. Das Wort Halbblut hatte eine bombastische Wirkung erzielt. Ich sah ihre erschrockenen Gesichter noch immer lebhaft vor mir. Es war also etwas dran an der Halbblutsache. Colin war kein Verrückter. Doch ich musste Beweise fin-

248

den, um Papa zur Rede stellen zu können. Wie gut, dass ich das Wort Halbblut vor ihm noch nicht erwähnt hatte ... Nur deshalb hatten sie mir das mit der DVD geglaubt.

Mitternacht war lange vorüber, als endlich Ruhe einkehrte. Ich wartete noch eine halbe Stunde, dann schlich ich in Papas Büro und tastete mich, ohne Licht zu machen, zu den beiden verschnürten Kisten, die Mama unter den Schreibtisch geschoben hatte. Nun waren die Schnüre zerschnitten und ein Karton war leer. Doch in dem anderen befanden sich noch einige wenige Dinge. Ich lud ihn mir auf die Unterarme und tapste schwankend zurück nach oben. Dort wartete ich mit angehaltenem Atem, ob sich unten irgendetwas tat. Aber es blieb ruhig. Ich setzte mich auf den Boden und zog die Kiste zu mir heran. Sie enthielt zwei Fotoalben, eine lederne, zerlesene Kladde und einen Aktenordner mit Unterlagen. Ich nahm die Kladde in die Hand. Ein Foto flatterte heraus – nein, kein Foto. Ein Ultraschallbild. Ich betrachtete es genauer. Viel sehen konnte man nicht; jede Menge Grau und Schwarz und in der Mitte ein kleines Würmchen mit unverhältnismäßig großem Kopf. Datum: 17. März 1991. Das war ich! Ich als winziger Embryo.

Ich schlug die Kladde auf. Es war ein Kalender von 1991. Seitenweise kein einziger Eintrag – doch dann zwei Wörter in Papas schwungvoller, charakteristischer Schrift: *Start Karibikkreuzfahrt.*

»Karibik«, überlegte ich laut. Ja, ich erinnerte mich daran, dass Papa früher öfter als Schiffsarzt gearbeitet und dort Entspannungsseminare für gestresste Snobs veranstaltet hatte. Auf diesen Reisen hatte er auch die farbenfrohen kubanischen Gemälde gekauft, die bei uns im Hausflur hingen. Aber in der Karibik war es hell und warm. Wieso war mir das früher nie aufgefallen? Das passte nicht zu ihm. Papa liebte es kalt und finster und zugig.

Ich fing an zu blättern. An den ersten Tagen hatte Papa Belanglosigkeiten festgehalten – Wetter, Seegang, ein paar Notizen zu den

Krankheitsbildern der Passagiere. Dann, nach ein paar leeren Blättern, war Papas Schrift plötzlich krakelig und viel zu groß. Neugierig entzifferte ich seine unruhigen Zeilen.

»*2. April 1991. Was passiert da mit mir? Die Wunden eitern nicht. Aber ich habe 42 Grad Fieber, dabei weder Durst noch Hunger. Was war das nur für ein – Ding?*«

Ich hielt die Luft an und blätterte hastig weiter.

»*4. April 1991. Ich müsste längst tot sein. Ich habe seit drei Tagen nichts gegessen und nichts getrunken. Meine Haut ist kalt, aber das Thermometer zeigt nach wie vor 42 Grad. Ich werde mir jetzt eine Infusion legen. Ich muss mich ernähren. Sollten dies meine letzten Zeilen sein, dann möchte ich meiner Nachwelt sagen: Es war kein Mensch. Und auch kein Tier. Es krallte sich an mir fest und wollte mich zu seinesgleichen machen. Das ist die Wahrheit. Und sollte ich überleben, werde ich herausfinden, was es ist.*

Mia, ich liebe dich. Paul, ich liebe dich. Und dich, kleines ungeborenes Menschlein, dich liebe ich auch.«

Ich ließ die Kladde fallen. Keuchend holte ich Luft. Ich trat ans Fenster, riss es auf und blickte in die Nacht hinaus. Es war also wahr. Nicht Colin hatte gelogen. Mein Vater hatte gelogen. Er war angefallen worden. Von einem – einem Dämon? In der Karibik? Vor meiner Geburt?

Zitternd setzte ich mich zurück auf den Boden und nahm den Kalender wieder in die Hand. Bei dem nächsten Eintrag hatte sich Papas Handschrift beruhigt. Zwei schaurige Fotos klebten unter seinen kurzen, sachlichen Zeilen.

»*6. April 1991. Kann wieder essen und trinken. Fast nichts schmeckt mehr, aber ich kann mich damit ernähren. Fieber nur noch 39,5 Grad. Wunden verheilen langsam. Habe Kapitän gesagt, dass ich von einem Affen gebissen wurde und mich auskuriere. Nehmen Kurs über den Atlantik.*

PS 21 Uhr. Ich höre die Wellen gegen den Schiffsrumpf schlagen. Jede einzelne. Und ich höre die Delfine singen. Sie begleiten uns.«

Die Fotos zeigten unscharf Papas nackten Rücken. Offensichtlich hatte er sie mit Selbstauslöser geschossen. Von den Schultern bis hinunter zum Steiß zogen sich tiefe, rot verkrustete Wunden. Ich konnte jeweils fünf blutige Striemen erkennen. Ganz oben, wo das Vieh sich festgekrallt haben musste, waren sie am breitesten. Deshalb waren wir also nie zusammen baden gegangen. Von wegen Papa konnte nicht schwimmen. Ich hatte es ihm nie geglaubt. Und ich hatte recht gehabt. Ich blätterte weiter.

»10. April 1991. Hämmernde Kopfschmerzen. Werden nur besser, wenn ich das Bullauge verdunkle und unter Deck bleibe. Ich glaube, es ist Hunger. Aber auf was?

23 Uhr: Habe ein halb rohes Steak gegessen. Jetzt ist es besser. Ich konnte das warme Fell des Tieres riechen, als der Blutsaft meinen Gaumen hinunterrann. Das war wie Medizin. Morgen probiere ich Sushi.«

»Bah, Papa, das ist ja widerlich«, wisperte ich und las weiter.

»20. April 1991. Noch zwei Tage bis Hamburg. Schwere See. Eine ältere Dame war bei mir und bat um Medikamente gegen Übelkeit. Aber sie war nicht seekrank. Sie hatte nur Angst. Ich spürte es, bevor sie in meiner Praxiskabine war. Früher hätte ich ihr Pillen gegeben. Jetzt redete ich so lange mit ihr, bis sie vergaß, dass sie Angst hatte. Und die Übelkeit war vorbei. Danach versuchte sie, mich zu verführen.

PS Die Narben auf meinem Rücken sehen einfach scheußlich aus.«

Dann kam der vorerst letzte Eintrag.

»Kurz vor Hamburg. In wenigen Stunden sehe ich meine Frau und meinen Sohn wieder. Gott, Mia, wie soll ich dir nur erklären, was mit mir geschehen ist? Was soll ich dir sagen? Und wird es unserem Baby schaden?«

»Ja, das wüsste ich auch gerne«, raunte ich und blätterte den Rest

251

des Büchleins durch. Alles unbeschrieben – bis auf einen kleinen Eintrag Monate später.

»*22. September 1991. Elisabeth ist da. Endlich! Plötzlich hatte sie es sehr eilig. Und: Sie ist gesund. Dem Himmel sei Dank, sie ist gesund.*«

Obwohl ich immer noch wütend auf Papas Lügen war, sammelten sich Tränen in meinen Augen. Mit verschleiertem Blick griff ich nach dem oberen der beiden Fotoalben, die sich noch in der Kiste befanden. Auf beiden prangten drei Lettern: LLL. Und als ich das Album aufschlug, wurde mir plötzlich klar, was sie bedeuteten. Leos letztes Leben.

Das Fotoalbum war voller Aufnahmen aus den Jahren vor – ja, vor diesem »Zwischenfall«, wie ich es vorläufig nennen wollte. An die Begriffe, die Colin verwendet hatte, mochte ich nicht einmal denken. Ich musste immer wieder aufseufzen, als ich die Bilder betrachtete. Ich hatte Papa zeit meines Lebens so gekannt, wie er jetzt war. Groß, breitschultrig und auffallend muskulös, obwohl er nie Sport machte. Ja, er war ein wilder Kerl, wie er im Buche stand – wären da nicht seine Migräneanfälle, die ihn manchmal tagelang ans Bett fesselten. »Migräne«, schnaufte ich spöttisch und fuhr mit den Fingerspitzen über die schlanke Statur des Mannes, der mir aus den Alben entgegenschaute – groß war er gewesen, sicher, aber viel schmaler, mit dünnerem Haar und sanfteren Augen. Sie lagen tief in ihren Höhlen wie jetzt, doch sie blickten mir eher verträumt und nicht so intensiv und brennend entgegen. Er hatte sich wahrhaftig verändert. Gut, Menschen veränderten sich mit den Jahren – aber nicht so wie mein Vater. Das war ungewöhnlich. Vielleicht sogar unnatürlich. Trotzdem hatte ich mich nie vor ihm gefürchtet.

In den schweren Aktenordner warf ich nur ein paar flüchtige Blicke. Es waren Jobabsagen. »Sehr geehrter Herr Fürchtegott, wir bedauern, Ihnen mitteilen zu müssen, dass wir Sie trotz Ihrer hervorragenden Referenzen nicht in unser Praxisteam aufnehmen können.

Die Behandlung von psychisch kranken Menschen verlangt es, dass wir zu jeder Tageszeit einsatzfähig sind. Deshalb können wir auf Ihre Sonnenlichtallergie leider keine Rücksicht nehmen.« Aus sämtlichen Schreiben konnte ich herauslesen, dass Papa in seinen Bewerbungen darum gebeten hatte, seine Patientengespräche auf die Abend- und Nachtstunden verlegen zu dürfen. Es war nur eine Zusage dabei – für die Praxis in Kölns City. Seinem dortigen Partner war es willkommen, jemanden an der Seite zu haben, der viel beschäftigte Großstadtyuppies mit seelischen Schieflagen nach deren Arbeitszeit aufpäppeln würde. Gerne auch nachts. Deshalb also der Umzug nach Köln. Wir hatten es tun müssen.

Ich hatte genug gesehen.

»Netter Versuch, Papa, aber ziemlich erfolglos«, murmelte ich, nahm die Kladde in die Hand und rannte die Treppe hinunter. Bei jeder Stufe wurde ich ein bisschen zorniger. Ohne anzuklopfen, stürmte ich ins Schlafzimmer. Papa saß aufrecht, angezogen und hellwach im Bett, die Haare zerrupft, den Blick nach innen. Mama war nicht bei ihm.

»Und wann hattest du vor, mir *davon* zu erzählen?«, fauchte ich und schleuderte ihm die Kladde gegen die Brust. Papa zuckte nicht einmal. Sie prallte ab und rutschte in seinen Schoß. Bedächtig nahm er sie und legte sie neben sich aufs Leintuch.

Seine Mundwinkel kräuselten sich kurz. Ein nahender Wutanfall oder die Andeutung eines Lächelns? Ich kannte ihn nicht mehr. Wen hatte ich da vor mir? Einen Menschen oder ein Ungeheuer? Für eine Sekunde wollte ich aufstehen, aus dem Zimmer laufen und so tun, als sei die vergangene Nacht nur ein böser Traum gewesen. Ich wollte zurück in meine sichere, geborgene Kindheit – na, in die schönen Zeiten, die in unseren Urlauben und Ferien.

Ferien an unwirtlichen, düsteren Orten, wo fast nie die Sonne schien und die Polarnacht uns in ihrem frostigen Griff hielt. Winterferien in Alaska, Norwegen und Kanada, stets in der absoluten Einsamkeit, die nächsten Nachbarn kilometerweit entfernt. Ich hatte es abenteuerlich gefunden. Es war eine Flucht gewesen, eine Flucht vor dem Licht und den Menschen.

Nein. Es gab kein Zurück in meine Kindheit. Jetzt verstand ich so vieles, was mir vorher höchstens ein wenig sonderbar vorgekommen war. Papa blickte mich abwartend an.

»Das hätte ich mir ja irgendwie denken können«, sagte er schließlich resigniert. »Halbblut. Der Film. So, so.«

Ich schlug die Augen nieder, konnte aber nicht verhindern, dass sich ein flüchtiges Grinsen auf mein Gesicht stahl. Doch dann dachte ich wieder an das, was Colin mir erzählt hatte, und plötzlich sprudelten die Worte überstürzt und unzusammenhängend aus mir heraus.

»Ich weiß, dass du ein Halbblut bist; ein halber – na, jedenfalls, du bist angefallen worden und konntest dich wehren und du machst mehr als nur deine Arbeit in der Klinik … du hast besondere Fähigkeiten und … eigentlich weiß ich gar nichts«, erkannte ich und Papa lachte gelinde amüsiert auf. Stimmt. Die wirklich wichtigen Sachen wusste ich nicht. Warum zum Teufel hatte ich Colin nicht mehr Fragen gestellt? Warum hatte ich klein beigegeben? Ich hätte die ganze Nacht mit ihm reden sollen.

»Komm mit«, sagte er knapp und ging mir voraus ins Büro. Dort steckte er die Kladde in eine Schublade und schloss sie zweimal ab. Dann sah er mich fest an.

»Bevor ich dir etwas erzähle, Elisa, musst du mir einen Schwur leisten – und das meine ich ernst.«

»Einverstanden«, sagte ich. Meine Stimme brach vor Aufregung.

»Schwöre mir, dass du niemandem außerhalb unserer Familie – niemandem, Elisa! – von unserem Gespräch erzählst. Denn keiner wird dir glauben und jeder wird dich für verrückt erklären. Im

Ernstfall landest du bei mir in der Klinik. Und ich habe schon genügend schwierige Patientinnen.«

Das Lachen blieb mir im Hals stecken. Ein Schwur. Das klang gewichtig und lebenslänglich.

»Kannst du das, Elisabeth? Wenn du es nicht kannst, dann …«

»Ich kann es«, sagte ich schnell. »Ich kann es. Ich muss. Ich werde. Ich verspreche es dir.« Es fiel mir schwer, mich zu konzentrieren. Ich hatte nicht damit gerechnet, ihn fragen zu dürfen, und nun saßen wir hier und schrieben mein Leben um.

»Was genau ist da passiert? Was war es? Dieses – Ding?«

Durch meinen Magen ging ein unangenehmer Ruck. Was immer er mir nun erzählte – es würde mir auch etwas über mich erzählen und ich hatte Angst vor dem, was ich hören würde. Papa lehnte sich zurück und verschränkte die Arme hinter seinem Kopf. Unter dem dünnen Stoff seines Hemdes traten seine kräftigen Muskeln hervor. Sein tiefblauer Blick wanderte in eine fremde Ferne, die nur er sehen konnte.

»Wir steuerten St. Lucia an. St. Lucia ist eine der wilderen Inseln. Genau das reizte mich. Ich wollte auch abseits der Strandpromenaden etwas erleben.«

Also war das noch eine von Papas alten, menschlichen Charaktereigenschaften – seine Abenteuerlust.

»Wir hatten anderthalb Tage Zeit, die Insel zu besichtigen. Einen Nachmittag und einen ganzen Tag. Ich lieh mir ein Auto und nahm mir vor, am nächsten Morgen zu einer Tour über die Insel zu starten. Auf der Karte war eine Straße eingezeichnet, die nach einer Rundroute aussah. Ich schätzte, dass ich maximal vier Stunden dafür brauchte. Doch ich hatte mich getäuscht. Der Dschungel wurde immer stickiger und dichter und die Schlaglöcher waren irgendwann so tief, dass mir angst und bange um den Wagen wurde. Seine Federung ächzte und stöhnte. Dauernd rutschte mir das Lenkrad aus den Händen. Die Gegend gefiel mir nicht, doch umkehren wollte ich auch nicht. Hier oben gab es keinen Tourismus mehr. Nur verfallene Hütten, und wenn ich mit dem knatternden Wagen auftauchte, kamen die Bewohner aus ihren Behausungen und starrten mich mit finsteren Blicken an. Ich war ein Störenfried, verstehst du? Und das zeigten sie mir deutlich. Nie hätte ich gedacht, dass hier eine solche Armut herrschte. Aber was mir wirklich unheimlich wurde, waren das Wetter und die Tatsache, dass die Straße kein Ende nahm und immer schmaler und schlechter wurde. Inzwischen waren dunkle Wolken aufgezogen. Es war so schwül, dass ich kaum Luft holen konnte. Ich wurde entsetzlich müde. Ich musste einfach eine Pause machen, obwohl es bereits dämmerte und das Schiff um zehn Uhr ablegen wollte. In der Karibik wird es blitzschnell dunkel. Da gibt es keine langen Sonnenuntergänge wie hier. Die Sonne purzelt ins Meer.«

Papa machte eine Pause und blickte weiterhin ins Nichts. Sah er die rote Sonne zwischen den schwarzen Wolken von St. Lucia? Ich blieb mucksmäuschenstill, um ihn nicht in seinen Gedanken zu stören.

»Ich saß also in diesem offenen Wagen, erschöpft und durstig und todmüde, mitten im Nirgendwo. Meine Karte zeigte mir das gleiche, unmissverständliche Bild: Die Straße würde irgendwann wieder am Hafen enden. Doch ich hatte jegliches Gefühl für Zeitabstände und Entfernungen verloren. Ich konnte nur eines tun: mich ein wenig erholen und dann weiterfahren. Ich dachte an deine Mutter und das kleine Wesen in ihrem Bauch. An die Ultraschallaufnahmen beim Arzt, auf denen du als kleine Kaulquappe Purzelbäume geschlagen hast. Das beruhigte mich. Ich war gerade eingedöst, als die Vögel des Waldes schlagartig verstummten. Plötzlich war es totenstill. Das irritierte mich sogar im Schlaf. Ich war zu müde, um mich aufzurichten, lauschte aber mit geschlossenen Augen.

Ich war mir sicher gewesen, der einzige Mensch hier oben zu sein, als ich mich dazu entschieden hatte, Rast zu machen. Doch dieses sichere Gefühl war jetzt verschwunden.

Und dann spürte ich eine kalte, krallende Last auf meinem Rücken. Lautlos und mit einem schweren Schlag hatte sie sich aus dem Nichts auf mich fallen lassen. Sie war schwer, schwer wie ein Mensch, doch als ich versuchte, meinen Kopf zu wenden, konnte ich nichts erkennen außer einem dunklen Schatten und glühenden Augen. Es war, als ob pulsierendes Gift durch meinen Körper schießen würde, aber das Wesen auf meinem Rücken blieb geräuschlos, nicht einmal ein Atmen oder ein Keuchen konnte ich hören.«

Ich erschauerte auf meinem grünen Sofa und rieb mir die kalten Füße. Papa sprach ruhig und gefasst, doch er wirkte auf mich, als würde er das Grauen von damals noch heute auf seiner Haut spüren.

Auch ich spürte es und schüttelte mich unwillkürlich. Mein Nacken kribbelte, und obwohl ich wusste, dass hinter mir nur die glatte Wand war, drehte ich mich kurz um.

»Jetzt kam der Schmerz – ein Schmerz, wie ich ihn noch nie zuvor erlebt hatte. Grell, beißend und doch so schön und ziehend, dass ich glaubte, nachgeben zu müssen. Ich wusste, dass mein Blut floss und mir das Wertvollste in meinem Leben genommen werden sollte – meine Gedanken an euch, meine Gefühle für euch. Meine Traumbilder von euch. Jene Träume, in die ich gerade abtauchen wollte, um neue Energien zu sammeln. Aber ich war versucht, sie zu verschenken. Obwohl ich dieses Wesen hasste, das da so kalt und schwer auf meinem Rücken hing. Doch es verlangte noch mehr. Es wollte, dass wir eins wurden, wollte mich zu seinesgleichen machen. Es wollte meine Träume und meinen Körper. Ich sollte mich ihm vollends ergeben. Es war nicht nur ein Raub. Es sollte eine Verwandlung werden. Das weiß ich heute. Damals ahnte ich es nur.«

Verwandlung. Was für ein nettes Wort für das, wovon er sprach. Nämlich von der Bluttaufe und nichts anderem.

»Zum Glück war mein Verstand stärker – nun, vielleicht war es nicht mein Verstand. Ich weiß nicht, was es war. Ich sah deine Mutter vor mir, meine schöne Frau mit ihrem kleinen Bauch, der sich langsam zu runden begann und in dem du geschlummert hast. Ich sah Paul mit seinen blauen Knopfaugen und ich wollte niemals auf eure Liebe verzichten. Ich dachte an dich, Elisabeth. An das ungeborene, unschuldige Kind. Mein Kind.«

Ich musste schlucken. Es war kein Geheimnis, dass ich stets Papas Herzblatt gewesen war. Natürlich liebte er Paul und natürlich liebte Mama mich, ich hatte nie Zweifel daran gehabt. Aber Papa und mich verband mehr. Und wie ich nun erfuhr, war es offenbar von Anfang an so gewesen.

»Diese Gedanken haben mir Kraft gegeben, mich loszureißen. Ich schlug mit meinen Armen nach hinten und das Wesen stieß ein Kreischen aus, das mir das Blut in den Adern gefrieren ließ. Vor meinen Augen verschwamm alles in einem grünen Wirbel, ich nahm die Gestalt nur schemenhaft wahr. Doch ich weiß, dass es eine Menschengestalt in Lumpen war – eine Menschengestalt mit unwirklich glühenden Augen und merkwürdig fahler Haut, eher grau als schwarz. Mehr konnte ich in der Inbrunst meines Kampfes nicht ausmachen – schließlich trat und schlug ich das Wesen ununterbrochen. Du kannst dir nicht vorstellen, wie stark es war. Kennst du diese Träume, in denen du versuchst, dich gegen jemanden zu verteidigen, doch deine Arme sind tonnenschwer und du kannst keinerlei Kraft aufbringen? Es geht einfach nicht? So fühlte ich mich. Doch ich wollte nicht aufgeben. Bei jedem neuen Schlag dachte ich an euch. Die Vorstellung, dass du als Halbwaise aufwachsen würdest, wenn dieses Wesen seinen Willen bekam, war unerträglich. ›Du kriegst mich nicht!‹, hab ich die Gestalt angeschrien und mit einem letzten Tritt schob ich sie vom Wagen herunter. Blitzschnell drehte ich den Zündschlüssel, der Motor sprang an und ich trat fest auf das Gaspedal. Der Wagen schleuderte, als ich anfuhr – und beim Blick in den Rückspiegel sah ich, warum. Das Wesen hatte sich von hinten ans Heck gekrallt und ließ sich mitziehen. Sein gieriger Blick bohrte sich fest in meinen Rücken. Es hatte solchen Hunger. Nun steuerte ich gezielt die Schlaglöcher an, bis die Federung zu zerreißen drohte, und ließ den Wagen halsbrecherische Kurven fahren. Ich fuhr wie ein Besessener. Irgendwann merkte ich, dass der Wagen sich leichter handhaben ließ – und endlich traute ich mich, ein weiteres Mal in den Rückspiegel zu schauen. Es war weg.«

Papa machte eine Pause, drehte sich um und blickte durch das geschlossene Fenster nach draußen in die Dunkelheit. Ich legte die flache Hand auf meinen Nacken. Er kam mir auf einmal so bloß und empfindlich vor.

»Ich habe das Schiff in letzter Minute erreicht – man war schon dabei, die Leinen zu lösen. Ich ging sofort auf meine Kabine und verriegelte die Tür. Was dann passiert ist – nun, das hast du ja selbst herausbekommen.«

Papa rieb sich mit den Händen über sein Gesicht und atmete seufzend durch.

»Weißt du, Elisa, wenn man einen starken Willen hat, kann man einiges erreichen. Das funktioniert allerdings nicht, wenn es nichts im Leben gibt, wofür es sich zu kämpfen lohnt. Aber ich hatte etwas – meine Frau, meinen Sohn, meine ungeborene Tochter. Also hab ich mich gezwungen, Mensch zu bleiben. Und aus dem Schlechten etwas Gutes zu machen«, erklärte Papa leidenschaftlich. »Anderen Menschen zu helfen, die – aber das ist jetzt nicht interessant«, brach er ab, als habe er zu viel gesagt.

»Was ist mit Mama?«, fragte ich fordernd. »Hast du ihr sofort davon erzählt? Oder musste sie es auch erst durch Zufall erfahren?«

Papa blickte mich einen Moment lang verblüfft an und begann dann laut zu lachen. Es dauerte eine Weile, bis er sich beruhigt hatte.

»Elisa, meine Güte, was glaubst du denn? Ich komme von einer Reise zurück, habe den Rücken voller Narben, benehme mich seltsam, mag auf einmal kein direktes Sonnenlicht mehr – denkst du wirklich, ich könnte Mia siebzehn Jahre lang anlügen?«

»Mich konntest du ja auch anlügen«, erwiderte ich zornig.

»Dir ist nie etwas aufgefallen«, sagte Papa sanft, aber bestimmt. »Du kennst mich nicht anders. Und wir wollten dich schützen, so lange es geht.«

»Schützen? Mich schützen?«, fragte ich aggressiv und meine Stimme kiekste vor Erregung. »Du redest von Schutz? Ich lebe ahnungslos mit einem – einem Mann zusammen, der Hunger auf die Träume anderer Menschen hat und sie fast umbringt, wenn er seinen Hunger stillt, und du sagst, du wolltest mir nichts erzählen, um mich zu schützen? Ich bin in Gefahr und Mama ist es auch.« Ich war aufgestanden und versuchte krampfhaft, meine zitternden Hände ruhig zu stellen, indem ich sie in die Hosentaschen stopfte. Doch das half nicht viel.

»Du bist nicht in Gefahr. Nicht im Geringsten. Selbst wenn ich dir Träume rauben würde. Es würde dich höchstens lebensmüde und depressiv machen.« Na prima. Höchstens. Ich funkelte ihn wütend an, aber er lächelte nur. »Ich habe nicht die Macht wie andere – nicht wie dieser aus St. Lucia. Setz dich wieder, Elisa, und hör mir zu.« Ich gehorchte, obwohl ich mich nur mühsam zwingen konnte, meine Arme und Beine still zu halten.

»Ich weiß nicht, warum das so ist, aber es scheint da eine Art Immunität zu geben. Vielleicht, weil ich so sehr an dich dachte, als ich angefallen wurde. Vielleicht aber auch, weil du meine Tochter bist. Mein eigenes Fleisch und Blut. Jedenfalls – jedenfalls bist du für mich so interessant wie eine Scheibe Toastbrot. Rein traumhunger-technisch gesehen.«

»Oh, danke«, blaffte ich ihn an, konnte mich aber nicht gegen das Lächeln wehren, das meine Mundwinkel nach oben zog. Es war verführerisch, ihm zu glauben. Immunität. Aber wie konnte ich wissen, ob er die Wahrheit sagte?

»Und Mama? Was ist mit ihr? Bist du ihr gegenüber auch immun?«, bohrte ich weiter.

»Deine Mutter – ich habe ihr nie etwas genommen. Sie war auch nie in Gefahr. Überhaupt habe ich noch nie einen Menschen beraubt. Ich muss es nicht, um leben zu können. Es wäre nur leichter, wenn ich es tun würde. Die Versuchung ist groß. Das ist alles. Das glaubst du mir doch, oder?«

Ich wollte ihm glauben, so sehr. Doch was er über die Versuchung sagte, klang in meinen Ohren äußerst alarmierend. Was war, wenn Papas Stärke auf einmal brüchig wurde? Wenn Mama und er sich stritten? Oder wenn ich mich gegen ihn stellte?

»Ich schütze auch sie, wo es nur geht. Und wenn es mir zu heikel erscheint, dann – dann schicke ich sie weg.«

»Die Wellnessurlaube«, sprach ich halblaut meinen plötzlichen Gedanken aus.

Ich hatte das für einen Tick von Mama gehalten. Dass sie auf einmal verkündete, für ein paar Tage Wellness zu machen, sie sei so gestresst. Von was nur?, hatte ich mich immer gefragt. Mama arbeitete nicht. Sie hatte nie gearbeitet. Sie war von Beruf Modeschneiderin, aber sie war immer nur zu Hause gewesen, seitdem ich auf der Welt war. Oder eben im Wellnessurlaub. Während ich mit Papa allein zu Hause geblieben war. Ich, allein mit einem Monster.

»Genau. Die Wellnessurlaube«, sagte Papa leise. »Und Paul – Paul ist ein Junge. Die Träume von Männern könnten mich nicht sättigen. Außerdem ist er mein Sohn und ich liebe ihn.«

261

Paul. »Paul!«, rief ich und mir kam sein merkwürdiges Gestotter von vorhin wieder in den Sinn. »Sein überstürzter Auszug, das Internat – hat es etwas damit zu tun?« Was hatte Paul damals gesagt? Er müsse auf eigenen Füßen stehen. Er bräuchte seine Freiheit. Mit siebzehn! Und meine Eltern hatten das sogar unterstützt.

Papas Blick verdunkelte sich. »Ich hatte versucht, ihm alles zu erklären, als er sechzehn war und mir vorhielt, ich würde Mama immer wieder wegschicken, um meinem Vergnügen nachzugehen. Er dachte, ich hätte eine Affäre. Und dann – nun ja.« Papa brach ab und zögerte für einen Moment. »Seine erste Freundin, Lilly. Sie hatte sich in mich verliebt. Das passiert seitdem irgendwie – hm. Oft. Sehr oft, um genau zu sein.« Er räusperte sich verlegen. Ich dachte an die Notizen aus der Kladde. Die seekranke alte Frau auf dem Schiff. Oh mein Gott. Mein Vater, der Frauenschwarm. Wie grauenvoll.

»Spätestens da musste ich ihm erklären, was wirklich der Grund war. Er wollte es nicht glauben. Er hat es bis heute nicht akzeptiert. Er denkt, dass ich lüge, dass ich Lillys Gefühle angefacht habe. Und dass ich nicht mehr alle Tassen im Schrank habe. Ich kann ihm das nicht verübeln.«

»Ich auch nicht«, antwortete ich bitter. Meine unterschwellige Hoffnung, Paul würde irgendwann zurückkommen und wieder zusammen mit uns leben, war endgültig verflogen.

»Und du, was wirst du tun? Auch ausziehen?«, fragte Papa mich ernst.

»Ich glaube dir das mit dem Biss. Ich muss es gar nicht – ich weiß einfach, dass es stimmt. Das ist ja das Schlimme. Ich habe keine Chance, es dir nicht zu glauben.«

Wir schwiegen. Das war also die Wahrheit. Mein Vater war ein Halbblut. Colin hatte nicht gelogen. Doch noch verbannte ich die Gedanken an Colin. Zuerst musste ich einige andere Dinge klären.

»Was denkst du, was es genau war – dieses Wesen in St. Lucia? Gibt es mehrere von ihnen?«

Papa antwortete nicht sofort. Er öffnete das Fenster und schaute eine Weile hinaus auf die dunkle Straße. Das Zirpen der Grillen schwirrte lieblich und süß durch die milde Sommerluft, doch meine Hände waren eiskalt. Noch ein paar Minuten und ich würde vor innerer Spannung anfangen, mit den Zähnen zu klappern. Außerdem bekam ich Kopfschmerzen.

Papa drehte sich um und lehnte sich lässig an die Fensterbank. Seine entspannte Haltung täuschte. Ich sah, dass er nach den richtigen Worten suchte. Er fand sie nicht. Vielleicht wagte er auch nicht auszusprechen, was er dachte. Stattdessen ging er zu seinem Schrank, klappte die linke Tür auf und zog einen gerahmten Druck aus dem obersten Fach. Er reichte mir das Gemälde kommentarlos.

Ich kannte es aus der Schule. Wir hatten es vergangenes Jahr im Kunstunterricht besprochen. *Der Nachtmahr* von Füssli. Eine Frau, die in verdrehter Haltung rücklings auf dem Bett liegt, wie dahingerafft, und auf ihrer Brust hockt triumphierend ein pelziges Wesen mit spitzen Ohren und maskenhaftem Gesicht. Am unheimlichsten aber hatte ich das Pferd mit den toten, blinden Augen gefunden, das im Hintergrund in die nachtdunkle Szenerie bricht, die schwarzen Nüstern gebläht und die Mähne sturmzerzaust.

»Nachtmahre«, flüsterte ich. Ich schaute Papa prüfend an. Mit Verlaub, er war eindeutig hübscher als dieses affenartige Älbchen auf der Brust der träumenden Frau.

»Ja. Nenn sie, wie du willst. Nachtmahr, Aufhocker, Incubus, Dunkelelf, Schattenvolk, Traumjäger. Sie leben auf der ganzen Welt verteilt. Der Glaube an sie ist uralt und es gibt ihn in fast jeder Kultur. Es wundert mich nicht. Wir wissen ja bis heute nicht, wozu die Träume der Menschen gut sind. Was sie bewirken. Die Wissenschaftler tappen immer noch im Dunkeln.«

Deshalb ließ Papa also von seinen Patienten Traumtagebücher führen. Seine Sachlichkeit war auf den ersten Blick beruhigend, aber bei genauerer Betrachtung alarmierend. Papa war kein Idiot. Wenn er sagte, dass es diese Wesen gab, dann tat er das nicht einfach so. Dann hatte er jahrelang geforscht. Es gab sie wirklich.

»Was sie genau sind und wie sie dazu geworden sind – darüber habe ich unterschiedliche Theorien«, fuhr er gedankenverloren fort. »Ich weiß nur, dass es Menschen gibt, die angefallen wurden, manchmal über eine längere Zeit immer wieder, und seitdem verändert sind, antriebslos, schwach und depressiv. Die sogar für geisteskrank gehalten werden.«

»Merkt man es denn, wenn man von einem – Nachtmahr angefallen wird?«, fragte ich unbehaglich. Der Gedanke, dass es möglicherweise bereits auch bei mir geschehen war und ich es nicht einmal geahnt hatte, war kaum zu ertragen.

Papa schüttelte den Kopf. »Nein, meistens nicht. Ich hatte einige wenige sehr sensible Patienten, die etwas registriert haben, einen weghuschenden Schatten, ein Gewicht auf der Brust, die Gegenwart eines fremden Wesens. Andere haben glühende Augen gesehen. Wenn es ganz dumm läuft, entstehen aus solchen Begegnungen dann diese haarsträubenden Geschichten über Raumschiffentführungen aus dem All. Oder der Glaube an Spuk und an Geister.«

Na, so ganz weit weg von Geistern war die Sache ja nicht, dachte ich schaudernd. Ob Nachtmahr, Spuk oder Geist – was ich erfuhr, war beängstigend. So oder so. Papa wirkte jedoch nicht ansatzweise eingeschüchtert. War es für ihn etwa in erster Linie nichts anderes als ein faszinierender Forschungsgegenstand?

»Den Befallenen fehlen die Träume, Hoffnungen und schönen Gefühle. Nach einer gewissen Phase des Befalls können sie nicht mehr träumen und erholen sich nachts kaum mehr, weder seelisch noch körperlich. Der Mahr sucht sich dann ein neues Opfer, denn seine Nahrungsquelle ist erschöpft. Die Wissenschaft nennt die Befallenen »Non-dreamers«, also zu Deutsch Nichtträumer, und packt sie in die Schublade zu den Menschen, die aus anderen Gründen nicht träumen können. Einen Namen haben sie dafür, aber keine Heilung. Nur Tabletten. Ich versuche, ihnen zu helfen, ohne ihnen zu sagen, was mit ihnen geschehen ist. Es gibt nicht viele Nachtmahre, die mir dabei in die Quere kommen könnten, und hier, auf dem Land ...«

Papa brach ab, als habe er zu viel erzählt. Hier auf dem Land, hatte er gedacht, gäbe es gar keine? Oder hatte es etwas mit seiner dubiosen Arbeit neben seiner Tätigkeit als Psychiater zu tun, die Colin erwähnt hatte? Colin. Ich kam nicht drum herum. Ich fürchtete mich vor der Antwort wie ein Kind vor der Dunkelheit, doch ich musste wissen, was er für eine Rolle in diesem mysteriösen Kasperltheater spielte. Warum hatte er Papa erkannt? War er auch ein Halbblut? Jedenfalls war Colin kein Ding. Er war eindeutig ein Mensch. Kein Dämon in Lumpen, der in Bäumen lauerte und sich auf seine Opfer herabfallen ließ. Gerade wollte ich meinen Mut zusammennehmen und die alles entscheidende Frage stellen, als Papa mir das Bild aus den Händen zog, das Fenster schloss und mich unmissverständlich in Richtung Tür drehte.

»Das ist genug, Elisa. Vergiss nicht – du musst damit leben, ohne es jemals einem anderen Menschen erzählen zu dürfen. Selbst wenn du ihn liebst. Du wirst irgendwann heiraten und dieser Mann wird niemals davon erfahren dürfen. Das ist nicht leicht. Das ist eine Bürde. Und du hast heute mehr als genug erfahren.«

Zerknirscht gab ich mich geschlagen. Meine Fragen nach Colin konnte ich erst einmal ad acta legen. Papa hatte das Thema zielsicher umschifft. Er wollte nicht über ihn reden. Ihm wäre es am liebsten gewesen, Colin wäre sang- und klanglos aus unserem Dasein verschwunden.

Dabei spürte ich seine Gegenwart so deutlich, dass mir ständig kleine Stromstöße durch den Magen und das Herz fuhren. Er war nicht weit weg – vielleicht zwei oder drei Kilometer. Und ich fühlte, dass er dort war, in seinem Haus, mit seinen Katzen. Ob er auf der Bank unter dem Dachgiebel saß und in die Dunkelheit schaute?

»Gute Nacht, Elisabeth«, riss mich Papas Stimme aus meinen Träumereien. »Du musst keine Angst haben. Sie trauen sich nicht in meine Nähe.« Abermals erschauerte ich. Ha. Du hast gut reden, dachte ich verstimmt. Ich soll keine Angst haben. Einfach so. Ich glaubte ihm nicht. Er musste das schließlich sagen. Doch es würde bedeuten, dass Colin keines von diesen Dingern war, denn er hatte sich in Papas Nähe gewagt. Und die Tatsache, dass ich in den vergangenen Wochen lebhaft geträumt hatte, beruhigte mich etwas. Ich war definitiv kein Non-dreamer.

Ja, und möglicherweise hatte ich viel erfahren – doch das hieß noch lange nicht, dass es keine Rätsel mehr zu lösen gab und ich mich zufriedengeben würde. Das würde ich nicht.

Oben in meinem Zimmer stellte ich den Wecker eine Stunde früher, denn zum ersten Mal in meinem Leben hatte ich keine Energie mehr für meinen Lernstoff. Papa und ich hatten uns friedlich Gute Nacht gesagt. Ihn zu berühren, hatte ich dennoch nicht gewagt.

Nun packte mich die Einsamkeit mit ihrer vollen Macht.

Mein Vater konnte meiner Mutter gefährlich werden. Paul würde nie wieder nach Hause kommen. Irgendwo da draußen schwirrten Wesen herum, die Menschen anzapften, um ihnen ihre Träume und Gefühle zu rauben. Und Colin durfte ich nicht mehr begegnen. Warum nur?

Colin wusste zu viel über das Thema, um nichts mit alldem zu tun zu haben. War er vielleicht am Ende nicht nur eine Gefahr für mich, wie Papa behauptete, sondern eine Gefahr für unsere ganze Familie? Doch die Geschehnisse analysieren konnte ich plötzlich nicht mehr – auch nicht das, was am Abend zuvor in der Disco geschehen war. Meine Augenlider waren so schwer, dass mein logisches Denken außer Gefecht gesetzt wurde und ungestüme Erinnerungen meinen Kopf überfluteten. Colin, der tanzte; Colin, der mir meine Tränen von den Wangen pflückte; Colins schimmernder Blick im Schatten des Waldes. Sein Gesicht, so schön im Mondschein, dass es wehtat …

So mürbe und verwundet ich mich auch fühlte und so viel es auch zu denken gab – als der Vogel am Waldrand seine traurigen, tröstenden Rufe anstimmte, ließ ich mich von ihnen bereitwillig in die Welt des Schlafs locken.

Vielleicht würde ich ja aufwachen und alles wäre nur ein Traum. An diese Hoffnung klammerte ich mich.

Doch ich wusste genau: Mein bisheriges Leben war ein Traum gewesen.

Das jetzt war die Wirklichkeit.

Apfelpfannkuchen

Ich hatte Montage noch nie gemocht. Aber dieser Montag war der bedrückendste Montag aller Montage, die ich bisher erlebt hatte. Das Gespräch mit Papa hatte mir zwar gezeigt, dass Colin recht gehabt hatte, doch erst jetzt, nach einer Nacht unruhigen, überhitzten Schlafs, begriff ich, was das alles für meine Zukunft bedeutete. Und dass Papa an seinen Verboten nichts ändern würde, nur weil ich nun eingeweiht war.

Er bestand sogar darauf, mich zur Schule zu fahren. Mama schlief noch und mein Protest blieb unbeachtet. Papas Blick bohrte sich in meine Augen und ich ahnte, welche Macht er haben konnte. Aber ich war zu müde und betäubt, um mich tatsächlich zu weigern.

Das Wetter hatte sich verändert. Dichter Nebel hing wie Rauch über dem Flüsschen, der Himmel ein einziges undurchdringliches Grau, und die Luft war so kühl, dass ich mir fröstelnd einen Pullover überzog.

Papa schwieg die gesamte Fahrt über, doch ich wurde das Gefühl nicht los, dass er mir noch etwas sagen wollte. Und genau das hatte ich ebenfalls vor. Wir hatten nicht über Colin gesprochen. Aber er würde nicht erwarten können, dass ich seine Verbote einfach hinnahm, wenn er mir nicht auch noch erklärte, was es mit Colin auf sich hatte. Oder wusste er gar nichts Genaues über ihn? Hatte er lediglich eine Vermutung – und allein aus dieser Vermutung heraus beschloss er, mir den Umgang zu verbieten?

»Nein«, sagte Papa bestimmt, als ich gerade ansetzen wollte, ihn danach zu fragen. Ich schnaubte entnervt. Diese Gedankenleserei ging mir allmählich auf den Geist.

»Warum?« Ich verschränkte die Arme und blieb angeschnallt sitzen, obwohl es nur noch zehn Minuten bis zum Unterrichtsbeginn waren.

»Es ist zu gefährlich, Elisa.«

»Warum?«, wiederholte ich unbeeindruckt und wich seinem Blick aus. »Was ist mit Colin?«

Jetzt war es Papa, der erzürnt schnaubte und die Augen zur Autodecke richtete.

»Elisabeth. Wenn dir unsere Familie irgendetwas bedeutet, wenn Mama und ich dir etwas bedeuten, dann sprich diesen Namen nie wieder aus. Denke ihn gar nicht erst. Es ist zu gefährlich. Diese Unterhaltung hier ist gefährlich.« Er löste den Blick von der Autodecke und schaute mich düster an. »Es könnte uns alle umbringen.«

Auf meiner Stirn bildeten sich kalte Schweißtropfen. Papa klang beinahe so drohend und unheilvoll wie bei der Begegnung mit Colin in unserem Wintergarten. Meine Zunge wurde schwer. Colin einfach totschweigen? Wie sollte ich das anstellen? Ich unternahm einen letzten Versuch.

»Aber was ist mit Mama? Und mit mir? Bin ich nicht auch in Gefahr, wenn ich mit dir zusammenlebe? Du sagst Nein. Weil du uns liebst … Ich bin nicht in Gefahr, weil du mich liebst – und …«

Ehe ich begriff, was ich da eigentlich gerade sagen wollte, trafen seine Worte eiskalt in mein Herz.

»Er liebt dich nicht. Elisa, wo denkst du hin? Warum sollte er dich lieben? Er …«

Papa stockte, als ich ruckartig den Gurt löste. Blind vor Tränen öffnete ich die Autotür.

»Ja, warum sollte er mich lieben? Warum? Warum sollte mich irgendein Mann lieben? Undenkbar, was?«, schrie ich Papa an und spürte, wie sämtliche Farbe aus meinem Gesicht wich.

Ich schlüpfte aus dem Auto, knallte die Tür zu und hastete auf das Schulgebäude zu. Vor Scham konnte ich kaum atmen. Was hatte ich da eigentlich sagen wollen – dass ich bei Colin, was immer er auch war, in Sicherheit war, weil er mich mochte, vielleicht sogar liebte? Wie kam ich auf einen solchen Schwachsinn? Nur wegen ein paar blöder Träume?

Er hatte mich nicht einmal berührt – abgesehen von seinen beiden »Wir tragen das kleine Mädchen mal von den nächtlichen Gefahren weg«-Aktionen. Das hatte aber nichts mit Hollywoodromantik gemein. Er hatte mich getragen, weil es praktischer war. Und er schickte mich ständig fort. Das war alles gewesen. Eine ernüchternde Bilanz. Und das mit den Tränen … die Tränen? Nicht mehr als eine verrückte Eigenart?

Papas Worte schmerzten wie ein rostiges Messer, das tief und entzündlich in meiner Brust steckte. Ich hatte mich nicht nur lächerlich gemacht – er hatte überdies so hart reagiert wie noch nie zuvor. Hart und erbarmungslos. Zeigte er jetzt sein wahres Gesicht?

»Hey, alles okay mit dir?« Mein tränennasser Blick klärte sich und Maikes sommersprossiges Gesicht holte mich in die Gegenwart zurück. Es war zwei Minuten vor acht und ich stand weinend an der Schultreppe und klammerte mich am Geländer fest.

»Nein, gar nichts ist okay. Mein Vater hat mir verboten, dass … ach… ich kann nicht drüber reden. Ich kann nicht! Ehrlich.«

Maike drückte mir ein Taschentuch in die Hand und musterte mich neugierig.

»Du warst am Samstag plötzlich verschwunden. Hat es damit zu tun?« Sie wagte ein vorsichtiges Grinsen. »Bist du mit einem Typen abgehauen?«

»So ähnlich«, murmelte ich ins Taschentuch und schnäuzte mich.

Ein paar der vorbeilaufenden Schüler guckten mich neugierig an. Zornig blitzte ich zurück.

»Es ist einfach nichts mehr so, wie es war«, fügte ich hilflos hinzu.

»Und jetzt darfst du ihn nicht mehr sehen«, schlussfolgerte Maike siegessicher.

»Genau.« Exakter: Mein Vater war ein halber Nachtmahr, und da Colin ihn erkannt hatte – warum auch immer –, durfte ich ihn nicht mehr sehen. Nicht mehr über ihn reden. Nicht mehr an ihn denken. Weil ich sonst meine ganze Familie in Gefahr brachte. Und ich würde das alles niemals einem anderen Menschen erzählen dürfen. Ich gab mich außerdem keinen Illusionen darüber hin, dass Maike das Wort Nachtmahr je gehört oder gelesen hatte.

»Na, das macht wohl jeder mal mit. Und du musst dich ja nicht dran halten«, sagte sie pragmatisch und zog mich am Ärmel vom Geländer weg, das ich immer noch umklammert hielt. Die ganze Welt kam mir an diesem Morgen vor wie eine gigantische Stolperfalle, uneben und unsicher und ohne verlässliche Pfade.

Doch Maikes kräftige Finger an meinem Arm waren eine kleine, bodenständige Rettungsinsel. Ich registrierte verschwommen, dass sie sogar auf dem Handrücken Sommersprossen hatte.

Nicht dran halten. Sie kannte Papa nicht. Ihn zu hintergehen, war für mich ein Ding der Unmöglichkeit. Und es war unter Umständen viel riskanter, als ich jemals geahnt hatte. War Colin denn vielleicht so eine Art Nachtmahrjäger? Ein van Helsing der Traumräuber? Konnte er Papa für immer hinter Gitter bringen? Ich zuckte zusammen, als mir klar wurde, dass ich schon wieder an ihn dachte. Jedes Mal, wenn Colin in mein Bewusstsein stürmte und ich ihn zu verdrängen versuchte, hätte ich leise aufschreien können. Ich schluckte die Stiche, die mich zu zerreißen drohten, hinunter und wischte mir die verlaufene Mascara aus dem Gesicht – sie war ein schwacher morgendlicher Versuch gewesen, meine verweinten Augen durch eine gute Portion Kölner Schminkschule zu vertuschen.

»Magst du heute bei uns zu Mittag essen? Du könntest mir danach helfen, den Kaninchenstall sauber zu machen und neu einzurichten. Hast du Lust?«, fragte Maike freundlich und schob mich durch den übervollen Korridor.

Ach, Maike … Kaninchenstall. Trotz meiner Trauer musste ich lachen. Ein trockenes, fast schluchzendes Geräusch.

»Okay, gut«, sagte ich. Es war allemal besser, als nach Hause zu fahren. Ich würde Mama Bescheid geben müssen, aber Papa konnte mich schlecht kontrollieren, denn er hatte bis abends in der Klinik zu tun.

An diesem Montag gelang es mir zum ersten Mal in meinem Leben nicht, dem Unterricht zu folgen.

Nach Schulschluss rief ich Mama an, während Maike geduldig neben mir wartete. Ich nannte ihr Maikes Telefonnummer und die Namen ihrer Eltern, damit sie wusste, wo ich steckte. Ich kam mir vor wie maximal sieben. Mama zögerte kurz, bevor sie mir erlaubte, später zu kommen. Ihre Stimme klang besorgt. Ich hatte das Gefühl, etwas Tröstendes, Beruhigendes zu ihr sagen zu müssen, doch ich wusste nicht, was – schließlich hatte ich keine Ahnung, wie viel sie von Papas und meinem Gespräch wusste, geschweige denn, was Papa ihr über die Begegnung mit Colin erzählt hatte.

Sie seufzte leise in den Hörer. »Ich bin um vier zu Hause«, beschwichtigte ich sie, obwohl sie keine Zeit genannt oder gar eine frühe Heimkehr verlangt hatte. »Tschö, Mama.« Sie sagte nichts mehr und ich drückte die Verbindung weg.

»Bei mir haben sie dieses Theater wegen Benni gemacht«, schmunzelte Maike.

»Wegen Benni?«, fragte ich entgeistert. Im Vergleich zu Colin

272

musste Benni doch der Traum aller Schwiegermütter sein. Außerdem war mir völlig entgangen, dass Maike an Benni interessiert war oder umgekehrt – doch halt, Moment, am Samstag hatte sie geradezu an der Bar geklebt.

»Ja.« Sie zuckte mit den Schultern. »Wir haben mal auf einem Waldfest geknutscht und irgendjemand hat's gesehen und meinen Eltern erzählt. Sie meinten, Benni wäre zu umtriebig für mich. Aber in Wahrheit – ich glaube, sie wollen es generell nicht. Dass ich mit irgendjemand knutsche. Sie werden bei jedem einen Grund finden. Komm, lass uns fahren, ich hab Hunger.«

Ich setzte mich auf den Gepäckträger von Maikes Fahrrad. Schnaufend begann sie mit ihren strammen Waden in die Pedale zu treten. Der Himmel hatte aufgeklart und die Luft war spürbar wärmer geworden. Nur nicht an Colin denken, beschwor ich mich, als die grüne Landschaft an uns vorbeizog und die schwere Schultasche an meinen ohnehin schmerzenden Schultern zerrte. Jetzt bist du bei Maike, bei Maikes Familie, bei ganz normalen Menschen in einem ganz normalen Leben.

Es war tatsächlich so normal, dass ich am liebsten meinen Kopf auf die karierte Wachstuchtischdecke gelegt und zu weinen angefangen hätte. Maikes Papa war ein runder Kerl mit rundem Kopf und runden Augen, der schon um vier Uhr morgens zur Frühschicht aufbrach und nun Feierabend hatte. Er begrüßte mich mit einem warmen, festen Händedruck und einem strahlenden Lächeln. Sofort entspannten sich meine Schultern. »Setz dich doch«, sagte er und zeigte auf den Terrassentisch mit dem karierten Tischtuch. Ich rutschte auf die Holzbank, die mir einen schattigen Platz mit Rundblick in den idyllisch bewachsenen Garten bot. Weiter hinten ging der Garten in eine Wiese über. In der Ferne konnte ich Schafe grasen sehen und auf einem alten Holztisch, verwittert und von tiefen Furchen durchzogen, döste eine rote, dicke Katze.

Niemand stellte mir neugierige Fragen. Maikes Schwestern, drei Miniaturausgaben ihrer selbst, fanden es völlig normal, dass einer mehr am Tisch saß. Es war wahrscheinlich keine Seltenheit.

Maikes Mutter versorgte mich mit Limonade und stellte eine gigantische Platte voll dicker Pfannkuchen vor meine Nase.

»Greif zu!«, ermunterte sie mich. »Westerwälder Apfelpfannkuchen – gut für die Nerven.«

»Oh, das können wir gebrauchen«, stöhnte Maike theatralisch und belud ihren Teller.

»Warum denn?«, fragte ich lahm. Schon der erste Bissen erfüllte mich mit sonnigen Kindheitserinnerungen. Apfelpfannkuchen – die hatte ich das letzte Mal bei Oma im Odenwald gegessen.

»Ach, du. Für dich ist es ja ein Klacks. Kursarbeitswoche! Nächsten Montag, Donnerstag, Freitag. Wer hat das überhaupt erfunden – Kursarbeitswochen? Man muss sich doch nicht künstlich Stress machen.«

Ach ja. Das stimmte. Kursarbeitswoche. Auch das hatte ich vollkommen vergessen. Ich musste sehr unglücklich gucken, denn alle brachen in ein herzliches Lachen aus, Maikes Schwestern eingeschlossen.

»Sie schreibt nur Einsen«, sagte Maike. »Und trotzdem ziehst du so ein Gesicht.« Sie kicherte.

»Hmpf«, erwiderte ich nur und stopfte ein weiteres Stück tröstenden Apfelpfannkuchen in meinen Mund, während Maikes Vater mir anerkennend zuzwinkerte. Ich fühlte mich rundherum zuckrig und süß. Die nächsten beiden Stunden kroch ich auf Knien über die Wiese und rupfte Löwenzahn aus. Anfangs dachte ich noch an Zecken und all das, was ich darüber gelesen hatte, doch der Gedanke an eine Hirnhautentzündung konnte mich an diesem seltsamen Tag nicht mehr schrecken. Wennschon, dachte ich und zuckte seufzend mit den Schultern. Maikes eine kleine Schwester beobachtete

274

mich dabei, grinste belustigt und entblößte eine entzückende Reihe Zahnlücken.

Mit erstaunlicher Kraft rissen die dicken Kaninchen das Unkraut aus meinen Händen, die samtigen dunklen Augen verklärt und nach innen gerichtet. Maike hämmerte fachmännisch an dem wettergegerbten Käfig herum, schrubbte ihn, richtete ihn neu ein, während ich mir bei dem schwierigen Unterfangen, die Fluchtversuche der Kaninchen zu vereiteln, meine sauteure weiße Hose ruinierte. Aber auch das war mir irgendwie egal.

Maike und ich redeten nicht viel und wenn, dann belanglose Dinge: Schule, Klassenkameraden, Lernstoff. Erst als der Käfig wieder intakt war und die Kaninchen mümmelnd ihr renoviertes Zuhause bezogen hatten, stellte Maike doch noch eine Frage.

»Köln ist ziemlich klasse, oder? Also im Vergleich zu hier?«

Noch vor zwei Wochen hätte ich ihr ein spontanes Ja zur Antwort gegeben und zu schwärmen begonnen. Aber die Sonne, die nun mit aller Kraft auf unsere Rücken brannte, hatte mich mundfaul gemacht.

Wäre ich jetzt lieber in Köln, in meinem alten Leben? Sicher, es wäre einfacher. Alles. Ich hätte diesen verfluchten Colin – ein kleines Gewitter erschütterte mein Herz – nie kennengelernt, ich wüsste nicht, was es mit meinem Vater auf sich hatte, und wahrscheinlich hätte Tobias nicht sofort die Baggerfronten gewechselt und wir wären vielleicht sogar ein Paar geworden. Und Grischa …

Ich fixierte die gelbgrünen Grasflecken auf meinen Knien, atmete einmal aus, einmal ein und sagte dann träge: »Ach, weißt du, Köln ist eigentlich hässlich. Zu viele Straßen, zu viele Autos und die Luft stinkt. Es ist nichts Besonderes.«

Maike starrte mich einige Sekunden an und legte sich dann zurück ins Gras, wo das Lachen ihren ganzen Körper erschütterte. Ihre Schwestern lachten mit, obwohl sie weiter weg bei den Karnickeln saßen und gar nicht wussten, worum es in unserem Gespräch gegangen war. Ich versuchte, ein möglichst würdevolles Gesicht aufzusetzen.

»Oh Ellie – du bist so bekloppt …«, keuchte Maike und hielt sich ihre linke Seite.

»Warum denn das jetzt?«, fragte ich zickig und rieb nervös an den Grasflecken auf meiner Hose herum.

»Du kommst hierher, schaust auf alles herab, ziehst dich an wie ein Model, sagst kein Wort zu niemand – ich meine, jeder von uns dachte, dass du das alles hier verabscheust und Köln das Paradies schlechthin sein muss. Und jetzt sagst du, es ist hässlich.«

»Ich bin nicht so«, sagte ich leise. »Ich bin keine Modepuppe.«

Maike überlegte kurz und streichelte das graue Kaninchen auf ihrem Schoß hinter seinen bebenden Ohren.

»Das stimmt vielleicht«, erwiderte sie ebenso leise und das Lachen war aus ihrem Gesicht gewichen. Ungewohnt verschlossen schaute sie mich an. »Ich hab trotzdem keine Ahnung, was du bist.«

Ich auch nicht, dachte ich müde. Weniger denn je. Nur eins wusste ich – dass es schön gewesen war, hier auf dem Boden herumzukriechen und mir meine Hose zu ruinieren. Schön, aber nicht meine Welt. Ein ähnliches Gefühl war es immer gewesen, wenn ich mich bei Ikea in eine der fertig eingerichteten Einzimmerwohnungen gesetzt und mir kurz vorgestellt hatte, es wäre meine. Aber ich war zu chaotisch, um eine Wohnung jemals auch nur für drei Stunden in einem so mustergültigen, korrekten Zustand zu bewahren, und deshalb konnte ich es nicht genießen. Genauso wie ich jetzt plötzlich nur noch wegwollte und der Nachgeschmack der süßen Apfelpfannkuchen mir fast den Magen umdrehte.

Um mich auf andere Gedanken zu bringen, beobachtete ich, wie Maikes Mutter sich vor ihre kleinste Tochter kniete und ihr besorgt ins Gesicht blickte. »Du bist ja ganz blass, mein Schatz«, sagte sie und strich ihr zwei Grashalme von der Schulter. Ich stutz-te. Die Szene kam mir merkwürdig vertraut vor, als hätte ich sie schon einmal gesehen – nein, als hätte ich sie selbst erlebt. Natür-lich – meine Ohnmacht. Das Gras auf meinen Kleidern. Die tote Libelle in meinem Haar. Genau so hatte Mama mich angeschaut, als ich zu spät von der Kneippanlage gekommen war. Ihr Streit mit Papa im Büro – und dann ihre seltsamen Fragen, nachdem ich geschlafwandelt war …

Hastig stand ich auf. Von wegen Immunität. Mama schien etwas ganz anderes zu denken. Hatte Papa mich etwa doch angefallen? Verwundert blickte Maike zu mir auf.

»Ich fahr nach Hause. Du weißt schon, mein Vater.«

Der Geruch nach gebratenem Fett und Pfannkuchen jagte eine neue Übelkeitswelle durch meinen Bauch. Ich musste hier weg und mit Mama sprechen, ehe Papa nach Hause kam.

Maike begleitete mich noch zur Bushaltestelle. Als ich dort alleine wartete, während die plötzliche Nachmittagshitze auf dem Asphalt zu flirren begann, ertappte ich mich dabei, wie ich gebannt jedem der wenigen Wagen entgegenschaute, die an mir vorbeirauschten. Nein. Kein schwarzer Geländewagen. Kein Colin.

Gegenüber weideten Kühe, und wenn sich kein Auto näherte, las-tete eine meditative, schwüle Sommerstille auf dem Land. Doch in meinem Kopf herrschte Krieg. Ich schüttelte mich bei dem Gedan-ken, dass Papa womöglich meine Träume raubte. Wenn etwas mir alleine gehörte, nur mir, dann waren es meine Träume. Er konnte alles von mir haben, aber nicht das.

Endlich kam der Bus und brachte mich nach Kaulenfeld.

Den Weg von der Bushaltestelle bis zu unserem Haus rannte ich. Ich fand Mama ausnahmsweise nicht im Garten, sondern in ihrem Nähzimmer. Auf dem Boden lagen mehrere zerrissene Stoffstücke und ihre Stirn zierten kleine Schweißperlen.

»Na, Elisa«, sagte sie sanft. Elisa. So nannte mich sonst eigentlich nur Papa.

»Mama«, rief ich verstört. »Du hast gedacht, dass er mich anfällt, oder? Du dachtest, er fällt mich an! Warum hast du mir nichts gesagt, warum hast du mich nicht weggeschafft? Wie kannst du mit so jemandem zusammen sein? Wie kannst du nur!«

»Ich kann«, sagte sie bestimmt, schaltete die Nähmaschine aus und legte ihre Hände in den Schoß. Die Gartenerde hatte schwarze Ringe unter ihren kurzen Nägeln hinterlassen. Trotzdem fand ich ihre Hände schön. Praktische, geschickte Hände. Meine eigenen wirkten viel zu zart und zu blass im Vergleich zu ihren.

»Aber – du dachtest, er tut mir was! Das stimmt doch, oder?«

Mama atmete tief durch. »Nein, das stimmt so nicht. Ich hatte Angst, es könnte so sein. Aber gedacht habe ich es nicht. Das ist ein Unterschied. Ich habe überreagiert. Und ich hatte mich geirrt.«

Ich wusste nicht, was ich dazu sagen sollte. Redete sie sich am Ende alles schön oder war es tatsächlich die Wahrheit?

»Du träumst doch nachts noch, Ellie, oder?«, fragte sie mich ruhig. Ich nickte. »Und du bist nicht depressiv oder lebensmüde?«

»Na ja«, knurrte ich. »Wie man's nimmt. Die letzten beiden Tage waren nicht gerade ein Vergnügen. Aber grundsätzlich würde ich schon gerne noch ein bisschen leben.«

Ich setzte mich im Schneidersitz auf den Boden. Ich konnte nicht mehr stehen. Das war alles zu viel für mich. Mama ließ sich neben mir nieder und nahm meine Hand.

»Du darfst mir glauben, dass Leo mir niemals etwas getan hat. Wir haben Abmachungen. Manchmal fahre ich weg, das kennst du ja. Oder ich schlafe im Nähzimmer. Lange Zeit wollte ich dich nicht mit ihm alleine lassen, auch Paul nicht. Ich hab euch immer mitgenommen – weißt du das noch?«

Ja, natürlich erinnerte ich mich an die Kurzurlaubsfahrten zu

Oma oder in die Berge, Paul und ich auf der Rückbank von Mamas knatternder Ente, bei der manchmal mitten in der Fahrt das Dach aufriss und die beim Schalten einen höllischen Lärm veranstaltete. Ich hatte es toll gefunden. Paul meistens auch.

»Aber dann habe ich es selbst immer deutlicher gesehen – dass er dich und Paul anders anschaut als mich.«

Bei diesen Worten lief mir ein Schauer über den Rücken. Wie schaute Papa Mama denn an? Gierig? Wie erkannte sie, dass sie verschwinden musste?

»Und du hast uns mit ihm allein gelassen«, rief ich vorwurfsvoll. »Oh, verdammt, Mama«, brach es wütend aus mir heraus. »Er guckt dich anders an als uns? Was tust du da überhaupt?«

»Er guckt mich nicht an wie ein Ungeheuer. Elisabeth, er ist kein Monster. Wenn man es so will, ist er krank. Er hat Probleme mit dem Schlaf. Und ich liebe ihn. Ich kann einen Menschen nicht einfach alleinlassen, nur weil er sich verändert. Viele Menschen handhaben das so, sie gehen dann, aber ich wollte und konnte es nicht. Er schaut mich nicht furchterregend an, sondern eher – schmerzerfüllt. Verstehst du? Und dann mache ich es ihm leichter, indem ich hin und wieder verschwinde, wenn diese Situationen kommen.«

»Und lässt mich mit ihm allein. Aber Colin darf ich nicht sehen. Das ist unlogisch.«

»Ist es nicht«, widersprach Mama ruhig. »Ich kenne deinen Vater. Du bist bei ihm nicht in Gefahr. Vertrau mir.«

Vertrauen. Ich hatte langsam genug von diesen ständigen Vertrauensbeweisen, die ich erbringen sollte. In Wahrheit konnte ich doch niemandem trauen.

»Wir wissen nicht, was es mit diesem Colin auf sich hat«, sagte Mama nachdenklich. »Ob er böse oder gut ist. Welche Absichten er hegt. Wir wissen nur, dass er Papa ...« Sie rang nach Worten.

»Erkannt hat«, sagte ich kühl. Nun, Mama hatte eben ein wenig mehr gesagt als Papa. Immerhin. Befriedigend war es aber lange nicht. Sie wussten nicht, was Colin war. Mama atmete tief ein und es hörte sich an, als bereite der Atemzug ihr Schmerzen. Sie hielt für einen Moment die Luft an und ließ sie dann langsam ausströmen. Gab es da noch etwas, was sie mir sagen wollte? Doch nun fasste sie sich wieder.

»Es bleibt bei dem, was Leo gesagt hat, Ellie. Keine Diskussion. Du siehst ihn nicht wieder. Wir vergessen ihn einfach. Wir haben doch uns.«

Ich schluckte die aufsteigenden Tränen hinunter. Also auch Mama. Ich hatte keine Chance. Sie schloss mich behutsam in ihre Arme. Sie roch nach Erde und Blumen, ein neuer, aber beruhigender Duft. Trotzdem wand ich mich aus ihrer Umarmung, stand auf und ging zur Tür, ohne sie noch einmal anzusehen.

In meinem Zimmer tauchte ich in die Welt meiner Schulbücher ab und füllte mein Gehirn gierig mit Wissen, damit keine anderen Gedanken mehr Platz fanden. Ich war immer noch übersatt von den Pfannkuchen und sagte Mama nur kurz Bescheid, dass ich keinen Hunger hätte und oben bleiben würde. Erst als meine Augen brannten und meine Beine vom Sitzen nervös wurden, duschte ich, putzte die Zähne, ließ alle Rollläden herunter und verkroch mich ins Bett.

Mein Vorhaben, nüchtern und sachlich zu überlegen, was Colin denn nun sein könnte, scheiterte. Nein, es kam sogar noch viel schlimmer: Ich konnte mich an fast nichts mehr von dem erinnern, was ich mit ihm erlebt hatte. Ich wusste, dass da etwas gewesen war, aber die Gedanken stoben davon wie ein Schwarm aufgescheuchter Vögel, bis nichts mehr übrig war. Es war wie ausgelöscht.

Und doch war er da. Ganz nah. Ich spürte ihn.

Bitte nicht, nein, ich will nicht vergessen, flehte ich die verblassenden Bilder an, bei mir zu bleiben. Ich hatte Angst, einzuschlafen und am nächsten Morgen festzustellen, dass ich nicht einmal mehr Colins Gesicht heraufbeschwören konnte, und kämpfte um jede einzelne wache Sekunde.

Doch die Müdigkeit war stärker. Ich klammerte mich mit Tränen in den Augen an die letzten verschwommenen Erinnerungen und wurde gnadenlos in den tiefschwarzen Strudel des Schlafs gerissen.

Junimond

Die nächsten beiden Wochen durchlebte ich wie in Trance. Ich wusste nicht recht, was ich mit mir anfangen sollte, also tat ich, was getan werden musste. Ich sah gleichgültig dabei zu, wie ich morgens zur Schule fuhr, mich mechanisch mit Maike unterhielt, meine Klausuren absolvierte und mit meinen Eltern zu Abend aß. Es wurde heiß und während der Kursarbeiten trank ich ganze Wasserflaschen leer. Es gewitterte fast jeden Abend.

Einmal schlug der Blitz in einen Baum des angrenzenden Waldes ein. Er explodierte regelrecht; die Splitter lagen meterweit verstreut. Im ganzen Dorf gab es Schäden an verschiedenen Elektrogeräten. Papa hatte sich kurz vor dem Einschlag erhoben und ich konnte sehen, wie sein Blick umherschweifte und sich seine Haare leicht aufrichteten. Er war der Einzige, der nicht zusammenzuckte, als es passierte. Ich erschrak, doch es war mir egal. Mama hingegen war so nervös, dass sie uns eine Kanne ihres scheußlichen Baldriantees kochte.

Meistens aber gewitterte es in der Ferne.

Wenn es anschließend abgekühlt hatte, lief ich noch einmal hinunter zur Kneippanlage am Bach, setzte mich auf die Bank, hörte den Grillen zu und fragte mich, warum es mich immer wieder an diesen Ort zog. Worauf wartete ich? Gab es etwas, an das mich diese Stelle erinnern sollte? Was war hier passiert? Ein quälender Schmerz erschwerte mir das Atmen und manchmal schloss ich meine Hände fest um meine Oberarme, um mir zu beweisen, dass es mich noch gab. Meine Sehnsucht stürzte ins Leere.

Die Welt um uns herum verwandelte sich in einen grünen Dschungel, nur unterbrochen von den ersten gemähten Wiesen, in deren safrangelben Überresten die Zikaden um die Wette sangen.

Was blieb, war die zerrende Wehmut, die mich vor allem nachts überfiel, wenn alles ruhte und nur ich und der Vogel am Waldrand noch wach zu sein schienen, weil ich mich mit aller Macht gegen den Schlaf wehrte. Dann lag ich in der Schwüle meines Dachzimmers atemlos auf dem Bett und fragte mich, ob der Schmerz jemals wieder milder werden würde. Vielleicht sogar verschwinden.

»Es kann uns alle umbringen«, hatte Papa gesagt. Was war »es«? Was bedeutete dieser Satz? Warum hatte er ihn gesagt?

Mein Schlaf blieb unruhig. Mich quälten lange, aufreibende und völlig sinnfreie Träume, in denen ich etwas suchte und stattdessen andere Dinge fand, mit denen ich aber nichts anfangen konnte; Träume, in denen ich eine Klausur schreiben musste, auf die ich nicht vorbereitet war; Träume, in denen ich ständig versuchte, mich in neuen, völlig unpraktischen Wohnungen einzurichten. Wohnungen mit abbruchreifen Bädern, tropfenden Abflussrohren und viel zu schrägen, erdrückenden Decken.

Doch manchmal, in den fernen, weichen Schlummermomenten kurz vor dem Morgengrauen, sahen mich aus dem Schwarz meines Schlafes Augen an, dunkel und schimmernd, so nah und echt, dass ich mich amputiert fühlte, wenn ich aufwachte. Woher kannte ich diese Augen? Wem gehörten sie? Doch die Morgensonne löste sie auf, bevor ich eine Antwort finden konnte.

Es war Sommer geworden.

Ich fürchtete die freie Zeit, die ich nun zu füllen hatte.

Sommer

Eine haarige Angelegenheit

Die Kursarbeitswoche ging vorüber. Am Schlusstag, einem wolkenlosen Freitag, waren alle erleichtert, redeten aufgeregt durcheinander, schmiedeten erste Ferienpläne – außer mir.

Ich hatte mich geweigert, wieder in irgendein finsteres, kaltes Land zu fahren, in der Hoffnung, Mama und Papa würden allein losziehen, wie sie es früher einige Male getan hatten, wenn Paul und ich bei Oma Ferien machten.

In Gedanken versunken stolperte ich hinter meinen Kurskameraden die Treppe zum Ausgang hinunter und überlegte zum hundertsten Mal, wie ich nur die viele Zeit überbrücken sollte, die sich wie ein schwarzes Loch vor mir auftat.

»Autsch!«, ertönte es einen Meter unter mir und ich spürte etwas Warmes an meinen Knien. Ich geriet ins Schwanken. Mühsam angelte ich nach dem Treppengeländer, um nicht umzukippen und auf diesen Jungen zu stürzen, der vor mir auf den Stufen saß.

Ich ließ mich hart auf den Hosenboden plumpsen und die schnatternde Meute meiner Klassenkameraden an mir vorbeiziehen. Meine Stirn knallte gegen das gusseiserne Treppengeländer. Mit einer raschen, fast aggressiven Bewegung drehte sich der Junge zu mir um. Es war Tillmann. Seine dunklen Augen blickten mich forsch an. Die Sonne, die hinter uns durch das Panoramafenster strahlte, verwandelte seine Haare in ein züngelndes Gewirr aus tausend brennenden Rottönen.

»Sorry«, keuchte ich und versuchte, mir nicht anmerken zu lassen, dass mein Steiß mich fast umbrachte. Am liebsten wäre ich aufgesprungen und vor Schmerzen umhergehüpft. »Hab mir wehgetan.«

»Kein Problem«, sagte er lässig. Er drehte sich wieder um und vertiefte sich in das Buch, das aufgeschlagen auf seinen Knien lag. Vorsichtig bewegte ich meinen Hintern. Mein Steiß pochte, aber ansonsten schien alles heil zu sein. Ich rutschte neben ihn und nahm meinen Rucksack zwischen meine Beine.

»Was liest du da?«, fragte ich. Immerhin hatte ich ihm geholfen, da musste er mir antworten, redete ich mir ein. Stumm knetete er ein Eselsohr in die Seite, schlug das Buch zu und reichte es mir.

»Liselotte Welskopf-Henrich – mein Gott, was für ein Name«, murmelte ich. »*Nacht über der Prärie*. Ein Indianerbuch?« Das war ja niedlich.

»Keine kitschige Winnetouscheiße«, sagte er ernst. »Es geht um mehr. Um – um inneren Stolz und Ehre.«

Ich betrachtete das Cover des Buches. Ein Indianer blickte mir entgegen, mit hohen, markanten Wangenknochen, einem verbitterten Mund und schwarzen, schrägen Augen, die aussahen, als könnten sie die Seelen anderer Menschen verschlingen. Für einen winzigen Moment erkannte ich einen anderen Mann in diesem Antlitz und sein Name schoss mir wie ein flackerndes Irrlicht durch den Kopf.

Colin. Er hieß Colin. Wie hatte ich ihn nur vergessen können? Doch als ich sein Gesicht festhalten wollte, war wieder nur der Indianer da. Fremd und in sich gekehrt. Meine Erinnerung war ausgelöscht. Doch noch wusste ich, dass es Colin gegeben hatte. Colin, beschwor ich mein Gedächtnis. Colin Blackburn. Lern es auswendig. Der Reiter aus dem Sumpf. Der Kämpfer aus der Turnhalle. Der Mann, der mir gesagt hatte, dass mein Vater …

»Stimmt was nicht?«, fragte Tillmann und deutete auf meine Hände. Ich umklammerte das Buch so fest, dass meine Fingerknöchel weiß hervortraten. Ich ließ los und gab es ihm zurück.

»Wenn du das dringende Bedürfnis hast, einen Menschen zu sehen, den du nicht sehen darfst, weil andere es dir verbieten«, sagte ich hastig, bevor meine Gedanken mich wieder verließen, »würdest du dich an das Verbot halten? Oder würdest du diesen Menschen treffen?«

Oh weh, Elisabeth, mahnte ich mich. Du suchst therapeutische Beratung bei einem Mittelstufenschüler. Das kann nicht dein Ernst sein.

»Warum sollst du diesen Menschen nicht sehen? Was ist der Grund?«, fragte Tillmann sachlich. Doch genau diese Sachlichkeit ermutigte mich.

»Sie sagen, dass er gefährlich sein könnte. Sogar sehr gefährlich. Aber ich vertraue ihm.«

»Wer sind ›sie‹?«, hakte er nach.

»Meine Eltern«, seufzte ich. Tillmann überlegte nur kurz.

»Ich würde ihn treffen«, sagte er bestimmt. »Solche Entscheidungen lasse ich mir von anderen nicht abnehmen. Aber er ist kein Mörder oder so etwas?«

»Das weiß ich nicht genau«, antwortete ich zögernd. Mir wurde eiskalt. Aber es war die Wahrheit. Ich wusste es nicht genau.

Was hatte Papa gesagt? »Es könnte uns alle umbringen.« Diese Worte hatten mich jeden einzelnen Tag und jede Nacht verfolgt, obwohl ich überhaupt nicht mehr benennen konnte, in welchem Zusammenhang mein Vater sie mir eingebläut hatte. Jetzt wusste ich es wieder. Colin war der Zusammenhang gewesen. Colin, dessen Gesicht ich schon wieder vergessen hatte.

»Soll ich dich begleiten?«

»Was?« Verblüfft starrte ich Tillmann an. Da saß er selbstbewusst und wahrscheinlich Schule schwänzend auf den Treppenstufen, mit seinem drängenden dunklen Blick, und fragte mich, ob er mich zum Treffen mit einem eventuellen Mörder begleiten sollte. Das war irgendwie phänomenal. Aber auch das Falscheste vom Falschen.

»Um Himmels willen, nein, nein – ich gehe allein.«

Hatte ich das wirklich gesagt? Ich gehe allein? Bedeutete das, dass ich es tun würde – mich der Warnung meines Vaters widersetzen, um endlich zu erfahren, was es mit Colin auf sich hatte? Das war keine Bagatelle. Hier ging es nicht um eine schlechte Note oder Blaumachen oder zu spät nach Hause kommen. Andererseits wusste ich jetzt, in diesem hellen, klaren Moment, dass es Colin gegeben und uns wohl irgendetwas verbunden hatte. Doch wenn Mama und Papa mit ihren Befürchtungen richtig lagen, ging es vielleicht um mein Leben. Um unser aller Leben.

»Aber dann hätte er mich schon längst umbringen können«, murmelte ich abwesend.

»Wie? Wer hat was?« Ich schoss von den Treppenstufen hoch, traf Tillmann dabei wieder mit dem Knie, diesmal aber in die Seite, und schlug erschrocken die Hand vor den Mund.

»Was genau hast du verstanden?«, zischte ich ihn panisch an.

»Ähm – nix. Deshalb frage ich ja nach«, antwortete er und ein freches Grinsen spielte um seine Mundwinkel. »Ihr hattet Kursarbeitswoche, oder? Du wirkst ein wenig – verspannt.«

Erleichtert lehnte ich mich an das Treppengeländer und rieb mir mit schmerzverzerrtem Gesicht den Hintern.

»Ja, ja. Ich muss jetzt zum Bus. Und ich werde hingehen, denke ich. Allein. Es wird schon klappen. Hoffe ich. Falls ich nicht wieder hier auftauche, dann war es nett, dich kennengelernt zu haben«, versuchte ich meine desolate Geistesverfassung mit Humor zu kaschieren.

»Wir kennen uns zwar nicht und nett ist die kleine Schwester von scheiße, aber ansonsten stimme ich dir zu«, sagte Tillmann ungerührt. Okay. So unrecht hatte Maike mit ihrer Einschätzung also doch nicht gehabt. Ich nahm ihm sein Buch aus den Händen, knallte es ihm einmal kommentarlos auf seinen Dickschädel, ließ es in seinen Schoß fallen und ging dann wortlos aus dem Foyer.

Die Busfahrt nach Kaulenfeld nutzte ich zum Nachdenken. Ich brauchte einen Plan. An Colins Gesicht konnte ich mich nicht mehr erinnern, aber es hatte ihn gegeben. Wir hatten Zeit miteinander verbracht. Das hatten wir doch, oder? Ich war doch bei ihm gewesen?

Es war, als ob meine Gedanken seitlich wegstürzten und sich im Nichts auflösten. Es gelang mir lediglich – und auch das nur, während ich meine Fingernägel schmerzhaft in die Ballen meiner Handinnenflächen grub –, mich an meine Angst und an meine Schwächeanfälle zu erinnern. Die Beinahe-Ohnmacht an der Tränke. Die Bewusstlosigkeit am Bach. Die Panik während des Gewitters. Den Blitzeinschlag neben mir. Und dann spürte ich wieder das erdrückende Dickicht des Waldes um mich herum und sah die blutenden Keilerhälften vor mir im Luftzug baumeln – Bilder, die mich von ganz alleine vertrieben und meine Gedanken im Nu zerstreuten. Und schon zogen die Erinnerungen wieder davon wie Wolken im Sturm. Als hätte es all das nie gegeben.

Den Rest der Busfahrt beobachtete ich stumpfsinnig eine Fliege, die immer wieder gegen die verschmierte Scheibe prallte.

Ich fand das Haus leer vor. Papa war vermutlich in der Klinik und Mama hatte mir einen Zettel auf den Esstisch gelegt: »Bin bis abends unterwegs. Essen ist im Backofen. Sei brav!« Sei brav. Ich wusste nicht genau, was sie damit meinte. War es ihr nicht seltsam vorgekommen, diese zwei Wörter zu schreiben? Für so eine Aufforderung war ich nun wirklich zu alt.

Ohne dem Essen rechte Aufmerksamkeit zu schenken, stopfte ich es in mich hinein, bis ich satt war. Ich verstand nicht, was in meinem Gehirn auf einmal so verkehrt lief. Ich hatte mich doch immer auf meinen Kopf verlassen können. Die Kursarbeitswoche war der beste Beweis dafür. Ohne die geringste Anstrengung war mein Füller über das Papier geglitten, ja, es hatte mir sogar Spaß gemacht, die kniffligen Transferaufgaben zu lösen, über denen meine Klassenkameraden grübelnd schwitzten. Für mich waren sie eher eine Erfrischung gewesen. Und nach der letzten Klausur hatte ich beinahe Lust verspürt, eine weitere zu schreiben.

Wenn ich aber versuchte, auch nur einen sinnvollen Gedanken an Colin und das, was ich tun konnte, um sein Geheimnis zu lüften, zu formulieren, verkam mein Gehirn zu einer undefinierbaren grauen Suppe voller Wirrnisse.

Gut, dafür gibt es Werkzeuge, dachte ich bissig und lief hoch in mein Zimmer. Ich nahm einen Stapel Papier aus dem Drucker, bewaffnete mich mit einem Kugelschreiber und schrieb in ordentlichen Buchstaben »Colin« auf das erste Blatt. Colin. Das war immerhin ein Anfang. Was für ein schöner Name …

Hatte es da nicht auch einen zweiten Vornamen gegeben? Einen Nachnamen? Doch ich bekam sie nicht zu fassen.

»Was tun?«, setzte ich fahrig darunter. Das war schon schwieriger. Meine Hand zitterte. Entnervt schüttelte ich sie, um sie danach noch fester um den Stift zu schließen.

In meinem Kopf herrschte Leere. Was tun?

Ich lauschte versunken dem leisen Ticken meiner Armbanduhr. Gebannt folgte ich ihrem verschnörkelten Zeiger, wie er langsam über das silberne Zifferblatt wanderte. So langsam … Sekunde um Sekunde … Stunde um Stunde …

Meine Lider fielen zu und meine Stirn schlug hart auf die Tischkante.

»Nein!«, rief ich zornig und sprang auf. Mit verzerrtem Gesicht unterdrückte ich das Gähnen. Es wollte meinen ganzen Körper erschüttern. Ich biss meine Kiefer zusammen, bis sie knackten, obwohl das Bedürfnis, dem Nagen an meinem Gaumen nachzugeben, fast schon an Übelkeit grenzte.

Es musste doch möglich sein, wenigstens die Idee eines Plans zu entwickeln, sie wenigstens aufzuschreiben. Wütend rannte ich ins Bad, drehte den Hahn auf und ließ das Wasser so lange laufen, bis es eiskalt ins Becken rauschte. Dann hielt ich meine Arme darunter. Dann mein Gesicht. Schließlich meinen Kopf.

Doch meine Knie knickten ein, als ob meine Knochen sich in Glibber verwandelt hätten. Bevor ich fallen konnte, hielt ich mich am Waschbecken fest und griff nach meiner Haarbürste. Fauchend hieb ich sie mir auf die Unterarme. Die Metallborsten hinterließen kleine rote Punkte auf meiner Haut, doch der Schmerz war nicht stark genug, um die Schläfrigkeit vollends zu vertreiben.

»Diesmal nicht«, knurrte ich zornig und hangelte mich wieder nach oben. Noch einmal tauchte ich mein Gesicht ins Wasser. Dann rannte ich zurück in mein Zimmer und riss jedes einzelne Fenster auf. Der Wind schien von allen Seiten zu kommen. Ein kleiner Sturm entstand, mitten im Raum, und ließ mein Sommerkleid flattern. Widerborstig streckten sich meine feuchten Haare in den Luftzug.

Ich presste die Handflächen gegen meine nasse Stirn. Nur einen Gedanken. Einen einzigen klaren, vernünftigen Gedanken … Ein kaum wahrnehmbares Kratzen und Wispern ließ mich herumfahren.

Aus meiner Kehle löste sich ein panisches Wimmern. Es war nicht nur eine. Es waren mehrere. Mindestens ein Dutzend. In einer entsetzlich hässlichen, haarigen Armee krochen ihre fetten Leiber unaufhaltsam auf mich zu; zählen konnte ich sie nicht, weil der Ekel

293

mich lähmte. Spinnen. Große, langbeinige Spinnen, die sich aus dem zum Wald hin geöffneten Fenster in mein Zimmer ergossen und offenbar nur ein Ziel kannten: mich. Meine Haut.

Meine persönliche Horrorvision wurde wahr. Jetzt geschah es tatsächlich. Noch war ich bei Bewusstsein, aber nicht mehr in der Lage, mich zu rühren. Ich konnte mich einfach nicht bewegen und musste versteinert dabei zusehen, wie die letzte Spinne mit zitternden Beinen vom Fensterbrett fiel und zielstrebig auf mich zuhastete.

»Papa«, schluchzte ich trocken auf und wünschte mir wie ein kleines Kind meine Eltern herbei. Papa? Moment – es gab nur einen einzigen Menschen, dem ich jemals von dieser Horrorfantasie erzählt hatte. Meinen Vater. Und das hier war nicht nur die Umsetzung meines persönlichen Albtraums, nein, es war eine zigfache Multiplikation. Es war Manipulation. Und es sollte mich von Colin abhalten.

»Papa!«, rief ich noch einmal, aber nicht mehr schluchzend, sondern drohend, und löste mich aus meiner Starre. Während sich draußen der Himmel jäh verdunkelte, hatte die erste Spinne meine Zehen erreicht und strich tastend mit ihren haarigen Beinen über meine Nägel. Ich war ein schlotterndes, heulendes Bündel aus Panik und Ekel, doch vor allem war ich unglaublich wütend. Ich hatte die Nase voll von diesem Hokuspokus.

»Na, dann kommt doch! Kommt!«, schrie ich und fuchtelte wie von Sinnen mit den Armen. »Hier, bitte!« Ich riss mir das Kleid vom Körper, sodass ich nur noch in BH und Slip im Zimmer stand. »Da, nackte Haut. Klettert doch drauf, ihr doofen, hässlichen, verschissenen Spinnen!«

Ich schüttelte meine Haare und breitete sie mit den Händen auf meinem Rücken aus.

»Oder hier – Haare. Baut euch Nester. Pflanzt euch fort. Von mir aus!«

294

Wenn mich jetzt jemand fand, war mir eine Isolierzelle in der Geschlossenen sicher. Aber das war mir egal. Eine Spinne kroch hektisch mein rechtes Bein hinauf. Ich hielt meine Hände fest, um sie nicht hysterisch fortzuwischen.

»Ich hab keine Angst vor euch«, heulte ich. »Ihr könnt mir Colin nicht nehmen. Ich vergesse ihn nicht. Und ich schlafe auch nicht ein! Diesmal nicht!«

Mit lautem Klappern schlugen meine Zähne aufeinander, aber meine Wut hielt mich fest im Jetzt. Ich blieb wach und ich blieb bei Bewusstsein. Ungläubig beobachtete ich, wie einige Spinnen kehrtmachten und über das Fenstersims zurück auf das Dach huschten. Immer mehr folgten ihnen, nach draußen, wo der Himmel pechschwarz geworden war und der Donner drohend grollte.

Schluchzend brach ich auf dem Boden zusammen. Irritiert ließ die verbliebene Spinne sich von meinem Bein fallen und suchte Zuflucht unter einem der Flickenteppiche. Eine andere huschte im Zickzack über meinen nackten Arm und verschwand zwischen den Bodendielen.

Regen ergoss sich durch die offenen Fenster und der Wind wirbelte die unbeschriebenen Blätter auf meinem Schreibtisch in die Luft.

Der nächste Donnerschlag ließ urplötzlich ein mächtiges Bild in meinem Kopf erbeben, so klar und logisch, dass ich zum Schreibtisch hechtete und ihn nach dem Kugelschreiber durchwühlte. Krachend fielen Bücher und CDs herunter. Ich kniete mich auf den Boden, griff mir eins der umherwirbelnden Papiere und strich es glatt. Ich war nie besonders kreativ in Kunst gewesen, meistens war mir nichts Originelles eingefallen. Aber zeichnen konnte ich. Ich konnte gut wiedergeben, was ich einmal gesehen und mir eingeprägt hatte.

Ein Rund nach dem anderen wanderte auf das Papier. Vier, fünf,

295

sechs. Es waren Ringe. Silberringe. Der oberste war leicht zur Seite gekippt – und entblößte ein spitz zulaufendes Ohr.

Während sich draußen krachend Blitze entluden und der hereinströmende Regen meinen Rücken durchnässte, fügte sich unter meinen kalten Händen Colins Profil zusammen. Nase, Mund und Haare deutete ich nur an. Dann ließ ich den Stift fallen und stand auf. Triumphierend wedelte ich mit der Zeichnung.

»Ja. Das habe ich gesehen. Genau das!«, rief ich und lauschte, ob nun irgendetwas explodieren würde oder eine Windhose ins Zimmer rauschte, um mich zu strafen.

»Und verflucht noch mal, Menschen haben keine spitzen Ohren!«

Mein Gehirn – es arbeitete wieder. Schnell, mahnte ich mich. Nutz es aus, bevor es zu spät ist. Exakt wie eine Landkarte sah ich den Weg zu Colins Haus vor mir und kritzelte ihn rasch auf ein anderes der weißen Papiere, die den Boden bedeckten. Ich fügte »*Morgen Abend, während der Dämmerung*« hinzu – denn meine Eltern wollten Freunde besuchen –, faltete beide Blätter zusammen und stopfte sie in meinen BH. Dort würde sich Papa wohl kaum zu schaffen machen.

Jetzt erlaubte ich mir zu schlafen. Ich torkelte noch einmal zu den Fenstern, um wenigstens drei von ihnen zu schließen. Die verbliebenen Spinnen in meinem Zimmer waren mir gleichgültig. Sollten sie sich doch häuslich einrichten. Erschauernd schlang ich die Decke um meinen Körper.

Ich würde Colin wiedersehen. Koste es, was es wolle.

»Du stures kleines Ding«, flüsterte es in meinem Kopf. Aber ich war schon eingeschlafen.

Reitvorschriften

Am Samstag weckte mich das schrille Klingeln meines Handys. Ich begriff nicht sofort, was da gerade passierte und was ich zu tun hatte, um diesem nervenaufreibenden Lärm ein Ende zu bereiten. So lange hatte mich niemand mehr auf dem Handy angerufen. Es lag wie immer auf der Fensterbank neben der Tür, in der einzigen Zimmerecke, wo es schwachen Empfang hatte.

»Ja?«, meldete ich mich verschlafen. Es knackte und rauschte in der Leitung. Noch immer standen drei Fenster offen. Frostig streifte der Wind meine nackten Beine.

»Ellie? Bist du das? Ellie, du musst mir helfen.« Eine typische Mädchenstimme, hell und heiter. Eindeutig Maike. »Hörst du mich?«

»Ja. Jaaa. Maike, es ist gerade … halb sieben«, gähnte ich mit einem trüben Blick auf die Uhr.

»Ellie. Du musst mir helfen. Meine Schwestern haben die Windpocken, meine Mama springt hier im Dreieck und ich muss doch die Kuchen zum Turnier in Herhausen bringen. Ellie? Hörst du zu?«

Ich rieb mir mit der linken Hand den Schlaf aus den Augen und versuchte, ihren Wortschwall zu ordnen. Windpocken. Turnier. Kuchen.

»Kuchen?«, echote ich heiser und räusperte mich hüstelnd.

»Ja.« Maike schnaufte durch. »Ich helfe da später beim Schreiben für die Dressur und soll auch Kuchen für die Cafeteria mitbringen und meine Mutter kann mich jetzt nicht fahren und deshalb wollte ich dich fragen, ob du mitkommst und mir tragen hilfst, denn alleine schaffe ich das einfach nicht.« Das waren mindestens fünf Unds zu viel für mich.

»Turnier? Du meinst – mit Pferden?«, fragte ich argwöhnisch.

Maike lachte. »Ja, natürlich, mit was denn sonst?«

»Maike, ich weiß nicht, ich – ich bin gerade erst wach geworden und …« Irgendwie konnte ich mich immer noch nicht überwinden, Maike zu gestehen, dass ich mich vor Pferden fürchtete. Im Hintergrund hörte ich eine von Maikes Schwestern weinen. Ein jämmerliches, fiebriges Kinderweinen.

Aber – wollte ich heute nicht zu Colin? Dieser Gedanke kam mir in der grellen Morgensonne und angesichts solch bodenständiger Probleme wie innerfamiliärer Windpockenepidemien plötzlich absurd vor. Nein, nicht nur absurd, sondern auch gefährlich. Denn ich wusste lediglich, dass Colin kein Mensch sein konnte. Aber was war er dann? Irgendein anderes Dunkelwesen? Gab es überhaupt andere Spezies außer den Menschen und den Mahren? War er ein Feind der Mahre oder vielleicht doch einer von ihnen? Ich konnte jedenfalls keine Gemeinsamkeit zwischen ihm und diesem Dämon aus Papas Erzählung erkennen, an die ich mich nun wieder genau erinnerte.

Vor allem aber musste ich mich erst vergewissern, ob Papa durchschaut hatte, dass ich seinen magischen Spielereien widerstanden hatte.

»Es sind eine Himbeertorte und ein Marmorkuchen«, raspelte Maikes Stimme aus dem Hörer. Jetzt klang sie gestresst. »Nadine und Lotte sind in Koblenz shoppen, die können mir nicht helfen. Und Benni ist mit dem Schützenverein unterwegs. Bitte, Ellie.«

Ich seufzte. Wenn mich jemand um Hilfe bat, konnte ich nicht Nein sagen. Das war so ein uraltes, blödes Ellie-Gesetz.

»Wann soll ich dich abholen?«

Maike jauchzte auf. »So schnell wie möglich. Wirst sehen, das ist lustig dort. Wir können uns auch noch die S-Dressur anschauen. Bis gleich!« Himbeertorte und S-Dressur. Na denn.

Anderthalb Stunden später lehnte ich frierend an dem blumenbehangenen Holzzaun eines ordentlich präparierten Dressurplatzes und schielte unauffällig nach der wolligen Pferdedecke, die jemand auf dem Boden liegen gelassen hatte. Was wäre es für eine Wohltat, sie um meine Hüften zu wickeln. Mein enges Shirt war zu kurz und meine Jeans saß eindeutig zu tief. Mein Bauch war eine arktische Zone.

Ich drehte mich suchend um. Maike hatte mich allein gelassen, um den Kuchen anzuschneiden und irgendwelche Startnummernbögen zu holen und Zeitpläne zu checken und weiß der Geier alles.

»Kannst dir ja den Stall anschauen«, hatte sie mir im Gehen zugerufen, doch das kam für mich einem Selbstmordkommando gleich. Ich war umringt von nervösen Pferden und noch nervöseren Reitern, wobei mir Ersteres definitiv mehr Angst einjagte. Schon der Gang über den Parkplatz war ein Spießrutenlauf gewesen. Ein Pferdeanhänger samt Ungetüm neben dem anderen. Ich hatte meine Augen zu Boden gerichtet und hin und wieder »Ja« und »Klasse« und »Hmhm« gemurmelt, um Maike in alldem beizupflichten, was sie so vor sich hin schnatterte. Natürlich war diese Art der Freizeitgestaltung – eine Schulkameradin zu einem Reitturnier zu begleiten – sachlich betrachtet wesentlich weniger gefährlich, als Colin aufzusuchen. Aber es erschien mir wie eine Prüfung. Nur hier, am Zaun des Dressurplatzes, fühlte ich mich einigermaßen sicher. Hinter mir standen Biertische und Bänke, da passte kein Pferd dazwischen. Und der Platz vor mir war noch gähnend leer.

Doch auf dem schattigen Viereck hinter dem Dressurplatz mach-

299

ten die ersten Reiter bereits ihre Pferde warm, überall wuselten kleine Hunde herum und an den Banden fanden sich immer mehr Zuschauer ein. Wo zum Teufel blieb Maike? Ich sah ihren Blondschopf kurz bei dem Verpflegungszelt auftauchen und wieder verschwinden. Sie sollte sich gefälligst beeilen.

Die Lautsprecher über mir knackten.

»Guten Morgen. Wir starten jetzt mit dem zweiten Durchgang der S-Dressur, der Kür«, verkündete eine gelangweilte Männerstimme.

Ich griff Halt suchend an die raue Zaunlatte. Mein Magen hob sich ein Stück und ich versuchte vergeblich zu schlucken.

»Wir rufen die erste Teilnehmerin auf: Sandra Meier auf Ottilie.« Ein kräftiges kleines Fräulein auf einer gedrungenen Fuchsstute näherte sich dem Dressurplatz.

»Hier!« Etwas Weiches berührte meinen Arm. Maike! Gott sei Dank.

»Da bist du ja«, begrüßte ich sie aufatmend.

»Klar. Es geht doch jetzt los. Ach, die Sandra«, sagte Maike und musterte Ottilie prüfend. »Hier«, wiederholte sie. Ich schaute nach unten. Sie drückte mir einen Pappteller mit einem dicken Stück Himbeertorte gegen den Unterarm. Puh. Angst vertrug sich nicht mit Essen, schon gar nicht mit Torte. Trotzdem bedankte ich mich und schob ein paar Krümel in meinen ausgetrockneten Mund. Das Schlucken fiel mir schwer.

Ottilie näherte sich mit geblähten Nüstern und stierem Blick. Ein eisiger Windstoß rüttelte an den Büschen neben der behäbig trabenden Stute und kreischend lösten sich zwei Krähen aus den Zweigen. Ottilie scheute und sprang zur Seite.

»Och nee«, rief Maike enttäuscht. Ein kollektives Stöhnen ging durch die Reihen der Zuschauer. Ottilie wollte nicht mehr. Sie riss den Kopf zur Seite, tänzelte, brach aus. Mir war alles recht, solange

300

sie nur nicht zu uns in die Ecke kam, obwohl sie genau das eigentlich sollte. Sandra Meier tippte sich resigniert an den Hut.

»Die Reiterin gibt auf. Wir rufen die nächste Starterin. Larissa Sommerfeld auf Sturmhöhe.«

In diesem Moment brach hinter dem Dressurviereck ein Tumult los und Larissa Sommerfeld – weißblond und mit hektischen Flecken im Gesicht – hatte allergrößte Mühe, ihren langbeinigen Schimmel Sturmhöhe im Zaum zu halten. Neugierig hob ich den Blick. Der Kuchen rutschte mir aus den Händen und fiel klatschend auf meine Sandalen. Doch ich schaute nicht nach unten. Louis war aufgetaucht, ein lichtgesprenkelter, wuchtiger Schatten unter den rauschenden Bäumen.

»Colin«, sagte Maike verächtlich. »Der schon wieder.« Dann äugte sie missbilligend auf meine Füße, wo die Himbeeren blutrot zwischen meine Zehen sickerten. »Oh Mann, Ellie.« Sie kramte ein Taschentuch aus ihrer Hose und begann auf meinen Sandalen herumzuwischen. Säuerlicher Schweißgeruch stieg zu mir hoch.

»He, das ist nicht schlimm, lass doch«, bat ich sie. »Ich hatte eh keinen Hunger.« Maike richtete sich wieder auf und zerknüllte das feuchte Taschentuch in ihrer Faust. Mit schmalen Augen blickte sie auf den Turnierplatz. Larissas Gesicht war puterrot angelaufen, doch sie brachte ihre Aufgabe prustend zu Ende. Ihre Würde war allerdings auf halber Strecke flöten gegangen. Colin blieb mit Louis unter den Bäumen, die anderen Reiter drängten sich ratlos auf der anderen Seite zusammen. Schon begannen die ersten Zuschauer ihre Köpfe zu senken und miteinander zu flüstern; ein missgünstiges, giftgetränktes Raunen, das ihre Gesichter in hässliche Fratzen verwandelte und sich wie das Summen aggressiver Hornissen in meinen Ohren einnistete.

»Wir bitten den nächsten Teilnehmer auf den Dressurplatz. Colin Blackburn auf Louis d'Argent.«

Die Anspannung verschärfte sich und es wurde totenstill. Selbst das boshafte Raunen verstummte. Maike glotzte mit offenem Mund auf den Platz. Unter ihren Armen bildeten sich dunkle Schweißflecken.

Lautlos schwebte Louis auf das Viereck und kam in einer tänzerischen Bewegung direkt vor uns zum Stehen. Colin tippte sich lässig an die Hutspitze und hob den Blick. Doch er sah mich nicht. Er schaute gleichgültig durch mich hindurch und es versetzte mir einen glühend heißen Stich.

Ein Wispern ging durch die Reihen, sobald die Musik ertönte – keine platte orchestrale Version irgendwelcher Popschnulzen, sondern die sagenhafte Maxiversion jenes Songs, den ich mit vierzehn zufällig in der Plattensammlung meines Vaters entdeckt hatte und wochenlang in meinem Zimmer rauf und runter spielte. *The Day Before You Came* von Blancmange. Der Tag, bevor du in mein Leben getreten bist. Und alles anders wurde. Ich verstand den Titel schon beim ersten Hören, ohne die Zeilen zu übersetzen.

Dann hatte ich es doch getan, aus purer Neugier, und konnte mich erst recht nicht mehr davon lösen. Denn auch ich wartete auf den Tag, an dem endlich alles anders werden sollte. Aber er kam nicht. Jeden Abend löschte ich das Licht und nichts hatte sich verändert. Irgendwann hatte ich mich damit abgefunden. Seitdem hatte ich diesen Song nie wieder gehört.

Aber jetzt traf er mich wie ein Donnerschlag. Meine Musik. Mein Lebenssong. Warum? War es Zufall? Oder wollte Colin mich quälen? Quatsch, Ellie, das kann er gar nicht wissen, versuchte ich meinen Groll zu dämpfen.

»Bah, was ist denn das für eine bescheuerte Musik«, nahm ich von ferne Maikes Stimme wahr. Ich schüttelte sie ab wie eine lästige Mücke. Meine Augen hatten sich hoffnungslos und auf ewig verfangen. Was Colin und Louis vor den glasigen Blicken der Zuschauer vollführten, war keine Prüfung, sondern ein Tanz. Nicht ein einziges Mal konnte ich Unruhe oder Gewalt in Colins Händen entdecken. Seine Schenkel ruhten weich am Pferdebauch, seine Lider blieben gesenkt, er war ganz bei sich und seinem Hengst. Die gaffenden, lästernden Zuschauer, deren Raunen von der Musik übertönt wurde, nahm er nicht wahr. Doch die Vögel waren verstummt und die Hunde hatten sich knurrend unter die Bänke der Zuschauer zurückgezogen.

Ohne ein Zucken oder einen einzigen Schlenker kam Colin mit Louis zum Stehen. Wieder senkte er den Kopf und grüßte.

»Na toll, jetzt brauchen die anderen eigentlich gar nicht mehr anzutreten«, giftete Maike. »Das hat er ja wieder super hingekriegt. Alle Pferde verrückt machen und dann den Pokal holen. Der Typ ist so ätzend.«

Eine dunkle Wolke schob sich vor die Sonne. Die Temperatur sank spürbar. Nein. Colin mochte ätzend sein, von mir aus, aber er konnte verflucht noch mal reiten.

»Er war doch wirklich ...«

»Warte mal, du hast da was«, unterbrach Maike mich und griff mir ins Gesicht. Ich wich zurück. Ihre Finger rochen nach nassem Toilettenpapier.

»Jetzt halt doch mal still!«, herrschte Maike mich an und fuhr mit dem Fingernagel unsanft über meinen Mundwinkel. Doch ich sah an ihr vorbei, nach hinten zum Warmreiteplatz, wo Colin wie ein Denkmal auf Louis thronte, den Kopf starr zu uns gewandt. Er fixierte Maike, mit finsterem, drohendem Blick. Warum Maike und nicht mich? Und warum bemerkte sie es gar nicht?

»Warte, so geht das nicht«, schimpfte sie und spuckte auf ihr zerknülltes Taschentuch. Ein Speichelfaden blieb an ihrem Kinn hängen. Ehe ich mich wehren konnte, wischte sie mir mit dem feuchten Kleenex über die Lippen. Ich wollte ihre Hand zur Seite schlagen, doch meine Muskeln reagierten nicht. Mein Arm blieb schlaff hängen.

»Ha, jetzt ist es weg«, sagte Maike zufrieden und drückte das Taschentuch zurück in ihre Hosentasche. Sie lächelte mich an. Zwischen ihren Vorderzähnen steckte ein Stückchen Schnittlauch. Ihre klebrigen Finger schlossen sich unsanft um mein Handgelenk, doch ich reagierte nicht auf ihr Ziehen.

»Nun komm schon, wir holen dir ein neues Stück Kuchen«, forderte sie mich auf.

»Nein«, sagte ich schwach. Colin hatte mich nicht gesehen. Er war direkt an mir vorbeigeritten und hatte mich nicht gesehen. Zwei Wochen nur waren vergangen, auch wenn sie sich angefühlt hatten wie ein ganzer Monat, und Colin kannte mich nicht mehr. Stattdessen sah er Maike an. Hatte ich mich getäuscht? Hatte es nie eine Verbindung zwischen uns gegeben? Aber warum wollte ich dann zu ihm? Ich wollte mit ihm reden und mit ihm Zeit verbringen und nicht Maikes Lästereien zuhören und mir von ihr Kuchenreste aus dem Gesicht bürsten lassen.

Ich drehte mich zu ihr um. »Maike, das – das mit uns, diese Unternehmungen, das passt nicht. Ich fühle mich hier nicht wohl.«

»Hä?« Maike grinste mich verständnislos an. »Was redest du da? Entspann dich doch mal. Benni kommt später auch noch. Und vielleicht Nadine und Lotte, wenn sie zurück sind.«

»Genau«, erwiderte ich. »Das ist das, was nicht passt.«

Maike schüttelte den Kopf und rückte abwesend ihren BH zurecht.

»Ich versteh nicht, was du meinst, Ellie.«

»Ach, Maike, es ist wirklich nett, dass du immer wieder versuchst, etwas mit mir zu unternehmen, aber – ich glaube nicht, dass wir beste Freundinnen werden oder so. Ich mag dich, aber …« Du redest mies über Colin.

Maike lachte schallend und drehte sich kurz von mir weg. Irgendwie sah sie verärgert und belustigt zugleich aus. Was war plötzlich los mit ihr?

»Beste Freundinnen«, äffte sie mich nach. »Weißt du was, Ellie? Ich tu das alles nicht nur aus Spaß an der Freude. Benni hat mich gebeten, mich um dich zu kümmern. Und ich mag ihn. Deshalb.« Sie rückte etwas näher an mich heran. Ihre Augen wurden klein. »Er gehört mir, verstanden?«

»So. Ich dachte, er gehört Lotte«, entgegnete ich kühl.

Maike lachte hart auf. »Heute Morgen hab ich echt gedacht, man kann sich auf dich verlassen. Und vielleicht Spaß haben. Aber dann stehst du hier rum, steif wie ein Ölgötze, und lachst nicht ein einziges Mal. Du machst es einem wirklich schwer.«

»Tut mir leid, Maike. Das ist einfach nicht meine Welt. Viel Glück mit Benni«, sagte ich betont freundlich und drehte mich um. Ich wollte nur noch nach Hause und mich in mein Bett verkriechen. Mit einem schnellen Blick vergewisserte ich mich, dass Colin nicht mehr da war. Nein. Weit und breit kein schwarzer Schatten zu sehen. Als ich zur Haltestelle lief, kochte der Ärger heiß hinter meiner Stirn und konnte doch das Frösteln auf meinem Rücken nicht mindern. Im Bus blies mir die Klimaanlage modrige, aber unangenehm kalte Luft in den Nacken.

Schon beim Essen begann mein Hals zu kratzen. Der kurze, oberflächliche Mittagsschlaf machte es nicht besser, nur schlimmer. Inzwischen hatte sich die schleichende Kälte auf meiner gesamten Wirbelsäule ausgebreitet und meine Muskeln schmerzten dumpf. Ich kannte diese Symptome genau. Sie kamen mir fast recht. Die Kursarbeitswoche lag hinter mir; in den kommenden Schultagen standen nur Projekte und die Schulfestvorbereitung an. Ich konnte, ja, ich durfte sogar krank sein.

Nein. Kein Besuch bei Colin. Ausgeträumt. Colin sah mich nicht mehr. Und für Maike war ich nur ein Spielball gewesen, damit sie bei Benni punkten konnte. Ich kochte mir eine Kanne von Mamas grässlichem Tee und zog mir in meinem Bett zitternd die Decke über die klammen Schultern.

Nachts suchte mich das Fieber heim, unerbittlich wie immer, wenn ich krank war – stärker als bei jedem anderen Menschen, den ich kannte. Es schüttelte mich gerade mit unbarmherziger Härte, als Papa zu mir ins Dachzimmer trat und kalte Wadenwickel auf meine Beine legte. Meine Kehle brannte und meine Augen schienen sich in meinen dröhnenden Schädel hineinfressen zu wollen.

Innerhalb weniger Minuten hatte das Fieber die Wickel erwärmt, ohne dass sie mir Linderung verschaffen konnten. Ich schluckte bittere Tabletten und sank erschöpft in einen schweißnassen, hitzigen Schlaf.

Das Hämmern in meinen Schläfen verwandelte sich in die elastischen Tritte von Louis' Hufen und aus dem Nebel des Fiebers trabte er noch einmal auf mich zu, langsam und schwebend wie in Zeitlupe. Doch nun blickte Colin nicht ins Nirgendwo. Er blickte mich an, mich, nur mich, und seine Augen waren blaugrünes Eis, das meine Stirn und meinen heißen Nacken zu kühlen begann.

»Ruh dich aus. Ich bin bei dir.«

Colin? War das Colins Stimme gewesen? Ich hatte sie so lange nicht mehr gehört. Oder war es doch Papa, der bei mir wachte und mich zu trösten versuchte? Mühsam schlug ich die Augen auf und sah mich um. Ich war allein. Draußen graute der Morgen, doch noch sangen die Vögel nicht. Das Fieber war zurückgegangen. Ich drehte das Kopfkissen auf die andere Seite und bettete mein glühendes Gesicht in die duftigen, kalten Federn.

Colin war bei mir. Und ich würde bald bei ihm sein. Bald.

Heilung

Es war keine Erkältung. Es waren die Windpocken. Schon am ersten Tag begann meine Haut fürchterlich zu jucken, nicht nur im Gesicht, sondern am gesamten Körper.

Ich gab es auf, mich auch nur in irgendeiner Form ansehnlich zu gestalten. Es kostete einfach zu viel Energie. Sogar der Gedanke an Kamm oder Make-up war zu anstrengend. Meine Haare erkannten ihre einmalige Chance und vermittelten mir deutlich, dass sie sich nie wieder dem Diktat einer Frisur beugen würden. Mein Wirbel auf der Stirn war zurückgekehrt und freute sich über die Gesellschaft von naturdichten Augenbrauen und braunroten, schorfigen Pocken, die nur vor meinem Mund haltmachten.

Papa versorgte mich mit viel zu großen Penizillintabletten; Mama rührte aus ihren Gartenkräutern stark riechende giftgrüne Pasten zusammen, die sie mir zweimal am Tag auf die wunden Hautstellen strich und die den Juckreiz wenigstens kurze Zeit linderten. Allerdings versauten sie mir das komplette Bettzeug. Zwei Tage lag ich in meinem abgedunkelten Zimmer und starrte vor mich hin. Ich fühlte mich sterbenselend.

Am Tag drei – ich hatte gerade den Gipfelpunkt der Entstellung erreicht – stürmte ein wütender Tillmann ins Zimmer, jagte von einer Ecke in die andere und schimpfte wie ein Rohrspatz. Ich hielt mir meinen glühenden, juckenden Kopf und nahm nur Satzfetzen wahr: »… dachte, du warst bei diesem … wenn du nicht da bist, dass dann was passiert ist … sollte ich wissen, dass du krank … Sorgen gemacht … rücksichtslos … dachte, du bist tot oder so was …«

»Tillmann!«, rief ich schließlich heiser. »Halt endlich die Klappe!«

Er verstummte und blieb stehen, ein bebendes Bündel Energie.

»Meine Eltern sollten nicht unbedingt erfahren, dass ich *da* hingehen wollte. Zu diesem Menschen. Aber wenn du weiter so rumschreist …«

Der Hals tat mir zu sehr weh, um meinen Satz zu vollenden. Tillmann wirkte wie ein eingefrorener Wirbelwind, der jeden Moment losbrechen konnte, doch mein verunstaltetes Antlitz lenkte ihn von seinem Zorn ab. Er musterte mich nachdenklich.

»Mann, siehst du scheiße aus«, sagte er nach einigen stillen Momenten grinsend.

»Ich weiß«, krächzte ich. »Windpocken. Und ich war nicht bei ihm. Ich bin vorher krank geworden. Kein Grund zur Panik. Außerdem kennen wir uns ja nicht, oder? Musst dich also nicht so aufregen.«

Meine Spitze nahm er mir nicht übel, setzte jedoch erneut zu einem erzürnten Vortrag an, den er rasch abbrach, als er sah, dass ich mir gequält das Kissen auf die Ohren drückte.

»Woher weißt du überhaupt, wo ich wohne?«, fragte ich matt.

»Also echt. Wir leben hier auf dem Land. Das war nun wirklich nicht schwierig.«

Er kam vorsichtig näher und beäugte neugierig meine Pusteln. Ich kam mir entblößt vor und zog meine Decke höher. Gleichzeitig nahm ich durch meine verstopfte Nase etwas Störendes wahr – Rauch. Zigarettenrauch, wenn mich nicht alles täuschte.

»Du bist zu jung zum Rauchen«, knurrte ich.

»Und du zu alt für Windpocken. Außerdem sind es keine Zigaretten.«

308

»Joints?«, hakte ich pflichtbewusst nach und dachte an Maikes Worte über diesen nervigen kleinen Bastard. Ich hätte auf sie hören sollen.

»Nee. Das kommt wahrscheinlich auch noch irgendwann. Ich rauche Pfeife.«

Es war das erste Mal, dass ich seit dem Ausbruch meiner Seuche lachen musste, und meine Bronchien quittierten es mit einem erstickten Hustenanfall. Tillmann lachte nicht mit. Er schaute mich nur ernst und ein wenig abschätzig an und zog dann einen langen, schmalen Gegenstand aus seinem Rucksack.

»Das da. Keine normale Pfeife.«

Ich nahm das fremdartige, mit Federn verzierte Ding in die Hände. Es kam mir vage vertraut vor – natürlich, eine indianische Friedenspfeife. Das war in der Tat ein höchst skurriler Film, in den ich da hineingeraten war.

»Hau«, sagte ich und kicherte unwillkürlich, ein Geräusch wie eine sterbende Krähe. Tillmann entblößte seine Zähne – mehr ein Blecken als ein Grinsen.

»Okay, sorry, ich wollte mich nicht darüber lustig machen. Es ist nur irgendwie merkwürdig. Findest du nicht?«

»Nein«, antwortete er leidenschaftlich. »Das ist es nicht. Für dich vielleicht. Aber ich sitze nicht gerne in Häusern. Ich bin lieber in der Natur. Und eine Friedenspfeife ist mehr als nur eine Pfeife. Man benutzt sie nicht einfach. Sie ist etwas – Heiliges.«

Ich konnte mir Tillmann nur schwer vorstellen, wie er mit seinen Cargo-Jeans und den ewigen Hip-Hop-Kapuzenpullovern alleine in der Pampa saß und Friedenspfeife rauchte, aber bis vor ein paar Wochen hätte ich auch jeden für geisteskrank erklärt, der an die Existenz von Mahren glaubte.

»Übrigens hockt vor eurer Tür ein schwarzer Kater. Ich geh dann mal. Tschau.«

Weg war er. Tillmann hatte nicht beleidigt gewirkt, aber ich rief ihm dennoch schnell hinterher: »Ich finde es doch nicht merkwürdig! Ehrlich nicht!«

Ich wusste nicht, ob er es gehört hatte. Trotzdem hätte er mir ruhig Gute Besserung wünschen können.

Ein schwarzer Kater vor der Haustür – dann saß also Mister X auf dem Zuweg und hielt Krankenwache. Das letzte Mal hatte mich sein Anblick verstört, jetzt tröstete mich der Gedanke an seine pelzige Gegenwart.

Meine Krankheit hatte meine drängenden Fragen und meinen Kummer bislang nicht ersticken können und sie würde es auch nicht. Das Fieber hielt mich wach. Mein Schlaf blieb oberflächlich, und wenn er mein Bewusstsein zwischendurch vollkommen auslöschte, dann nur so kurz, dass ich es anschließend wieder, wenn auch mühsam, zusammenfügen konnte. Meistens endete das in einem neuerlichen Fieberanfall, doch den nahm ich gerne in Kauf, solange meine Erinnerungen bei mir blieben.

Ja, ich erinnerte mich wieder an Colin, an all das, was er und Papa mir über Halbblute, Mahre und Bluttaufen erzählt hatten, und an das, was zwischen uns gewesen war. Vor allem wusste ich wieder, was sie nicht erzählt hatten. Ich würde warten müssen, bis das Fieber abgeklungen und meine Male verheilt waren – das gab mir Zeit, nachzudenken und mich zu sammeln.

Während ich gegen die Krankheit kämpfte, kämpfte mein Stolz gegen meine Sehnsucht – und gegen meine Neugierde. Ja, Colin hatte mich schon wieder ignoriert. Und dafür hatte er Schläge verdient. Mindestens. Trotzdem konnte ich nicht so tun, als wäre ich ihm nie begegnet. Das ging nicht mehr. Ich musste wenigstens herausfinden, was er war. Und wenn ich das wusste, würde ich vielleicht auch wieder zu einem normalen Leben zurückkehren können. Irgendwie verstand ich jetzt, was Papa damit meinte, wenn er sagte, man müsse ab und zu krank werden, um sich zu erholen. Die Zeit war auf meiner Seite. Die Windpocken lenkten meine Eltern ab, vor allem meinen Vater, während ich neu geboren wurde.

Ich musste nur warten, bis der richtige Zeitpunkt gekommen war.

Rebellion

Zwei Wochen später war er gekommen – der richtige Zeitpunkt. Ich spürte es bereits, als ich morgens aufwachte, zum ersten Mal seit Langem nicht mit ausgedörrtem Mund oder schmerzendem Kopf. Ohne Vorankündigung war mein Kranksein über Nacht in einen durchaus erträglichen Gesamtzustand übergegangen.

Ich stand sofort auf, riss alle Vorhänge zur Seite und blickte in einen reinen silberblauen Morgenhimmel, an dem hoch oben die Schwalben kreisten und ihr schrilles Lied sangen. Ich zog mir eine Jeans und ein Shirt über und lief nach unten. Die Jeans schlackerte am Hintern; ich hatte abgenommen, doch das war mir gleichgültig. Das Gras war noch taufrisch und benetzte kühl meine nackten Füße. Wie Mama stapfte ich durch den Garten und inspizierte die Beete, Blumen, Kräuter und all die bunten Sträucher, die sie gesetzt hatte. Ein Zitronenfalter flatterte vor mir her, drehte winzige Pirouetten und torkelte wie betrunken durch die Luft.

»Hallo, Elisabeth«, begrüßte Mama mich mit morgenmatter Stimme, als ich zurück ins Haus flüchtete, da mich das Sonnenlicht zu sehr geblendet hatte und ich keine neuen Kopfschmerzen riskieren wollte.

Verschlafen wie immer saß sie in Pyjama und Bademantel am Frühstückstisch und schlürfte eine große Tasse Milchkaffee. Ob sie überhaupt noch tief und fest schlafen konnte, seit Papa angefallen worden war? Fand sie erst Ruhe, wenn der Morgen graute? Ich brannte darauf, mehr zu erfahren, aber derartige Fragen würden sie heute garantiert auf eine unwillkommene Fährte locken.

»Guten Morgen«, erwiderte ich deshalb schlicht und schob ein paar Tiefkühlbrötchen in den Ofen. »Wo ist Papa?«

»Kongress«, murmelte Mama. »Zugspitze. Heute früh schon losgefahren.«

»Ein Kongress auf der Zugspitze?« Das klang nach Licht und Sonne. Ich wunderte mich. Von einem Kongress hatte ich nichts gewusst.

»Hmhm«, machte Mama zwischen zwei Schlucken und blinzelte wie eine Eule. »Sie brauchen ihn wohl dort. Vortrag. Musste spontan fahren. Ist Montag wieder da.«

Nun witterte ich tatsächlich Morgenluft. Papa hatte das Land verlassen. Sehr gut. Ihm konnte nichts geschehen, falls seine Warnung denn wahr werden sollte. Ich verschanzte mich hinter der Zeitung, bis Mama munterer wurde. Sie schlurfte in die Küche, holte scheppernd Marmeladen aus dem Schrank, stellte Teller und Gläser auf den Tisch und begann allmählich, wie ein lebendiger Mensch zu agieren.

Ich biss mir auf die Zunge, um sie nicht darauf hinzuweisen, dass heute ihre beste Freundin aus Heidelberg fünfundvierzig wurde. Es stand unübersehbar in dem Kalender, der neben mir an der Wand prangte. Ich durfte keinen Verdacht wecken. Die Brötchen waren fertig. Vorsichtig fischte ich sie aus dem heißen Ofen. Sag was, Mama, bitte, sag das Richtige …

»Geht's dir eigentlich wieder gut? Hast du's überstanden?« Ihre Augen wirkten etwas klarer als eben noch.

»Na ja – ein bisschen wackelig in den Knien. Vielleicht setze ich mich heute Nachmittag mal in den Garten. Ich weiß es noch nicht«, sagte ich. »Aber es wird besser.« Gelogen war das nicht. Vielleicht setzte ich mich wirklich in den Garten. Und manchmal war ich noch wackelig in den Knien – wenn auch wegen Colin und meines Plans und nicht wegen der vermaledeiten Windpocken.

»Hm.« Mama überlegte. Sie überlegte lange und zwischendurch huschten Schatten über ihr vor Müdigkeit blasses Gesicht.

»Regina hat heute Geburtstag«, sagte sie schließlich wie nebenbei, blickte mich aber prüfend an. Ich blickte möglichst unschuldig zurück.

»Ihren fünfundvierzigsten«, fügte Mama bedeutungsvoll hinzu.

»Und?«, fragte ich unbeteiligt, ohne von der Zeitung aufzusehen. »Hat sie dich eingeladen?«

»Sag, Ellie, kann ich dich alleine lassen? Kommst du klar? Ich habe sie Jahre nicht gesehen, wir haben uns immer nur geschrieben und ich könnte bei ihr übernachten. Ich wäre morgen wieder da, und wenn was ist, kannst du mich jederzeit anrufen, jederzeit!« Hektisch schmierte sie Butter auf ihr Brötchen und strich sich eine Locke aus der Stirn. Schlagartig bekam ich ein schlechtes Gewissen. Sie machte sich Sorgen um mich – und zwar nicht wegen Colin, sondern wegen der Windpocken. Und wegen meines Fiebers, das immer wieder so unerwartet hoch gestiegen war. Sie vertraute mir, dass ich Colin nicht besuchen würde. Meinen betroffenen Gesichtsausdruck interpretierte sie prompt falsch.

»Ein Wort von dir und ich bleibe hier – keine Frage. Ich mache es nur, wenn du dich gesund genug fühlst.«

»Natürlich kannst du fahren!«, unterbrach ich sie eilig. »So krank bin ich ja nun nicht mehr. Im Gegenteil. Ich fühle mich besser. Ich bin nur noch müde. Das ist alles. Es wird schon nichts passieren.«

Ich schob mir die Zeitung wieder vors Gesicht, damit sie mir die Scham nicht von den Augen ablesen konnte. Letzteres war eine kühne Versprechung gewesen. Es wird schon nichts passieren. Pah. Und doch: Bisher war nichts passiert. Warum sollte jetzt etwas passieren?

Colin hätte tausend Gelegenheiten gehabt, mir Schaden zuzufügen – in welcher Form auch immer. Wir hatten zusammen alleine im Auto gesessen. Ich war bei ihm zu Hause gewesen, mitten im Nirgendwo, weit und breit kein anderes menschliches Wesen. Er hätte mich im Keller lautlos packen können, als ich die Wildschweine entdeckte. Niemand hätte es je erraten. Niemand hatte gewusst, wo ich war. Und doch: Garantieren konnte ich für nichts. Wenn es ganz dumm lief, sah ich Mama nun zum letzten Mal.

Aber wenigstens waren sie und Papa in Sicherheit. Jetzt konnte »es« nur noch mich umbringen. Das war zumindest Schadensbegrenzung.

Von meinem Vater hatte ich mich nicht mehr verabschieden können. Doch selbst wenn ich von dem Kongress gewusst hätte – *er* hätte mir mein Vorhaben sofort vom Gesicht abgelesen. Nach wie vor war ich mir sicher, dass er mein Gedächtnis gelöscht, mir die Müdigkeit und die Spinnen geschickt hatte, damit ich Colin nicht aufsuchte. Damit ich mich gar nicht erst an Colin erinnerte. Ich hatte keine Ahnung, wie er das angestellt hatte – aber ich traute Papa inzwischen alles zu. Er hatte es geschafft, mich siebzehn Jahre lang anzulügen. Und wer sagte denn, dass er mir die Wahrheit erzählt hatte und nicht eine beschönigte Version für spätpubertäre Töchter?

Nur gut, dass er unterwegs war. So konnte ich mich später in sein Büro schleichen und schauen, ob ich etwas fand, was mir weiterhalf. Vielleicht so etwas wie die geheime Nachtmahrakte.

Eine Stunde später war Mama reisefertig und stand sehr viel wacher und rosiger vor mir. Sie schaute mich lange an, bevor sie mich in ihre braun gebrannten Arme schloss.

Ahnte sie vielleicht doch etwas? Ich spürte einen dicken Kloß im Hals und war kurz versucht, darum zu betteln, dass sie blieb. Denn

315

dann konnte ich es nicht tun und wir würden uns ganz sicher nicht verlieren. Ich drückte meine Stirn an ihre Schulter und atmete tief ein, diesen neuen eigentümlichen Geruchsmischmasch aus Parfum, Seife, Kräutern, Erde, Gras und Rosenblättern.

»Du bist wirklich sicher?«, fragte sie zum hundertsten Mal.

»Ja«, sagte ich bestimmt und fühlte mich wie ein Schwerverbrecher.

Sie stieg in ihre uralte Ente und warf den schnatternden Motor an. »Fahr vorsichtig!«, rief ich und sie hob zum Abschied die Hand. »Ich hab dich lieb«, setzte ich leise hinterher. Doch das hörte sie nicht mehr. Das rote Gefährt verschwand wild röhrend hinter der Kuppe des Feldwegs. Ich war allein.

Elend schleppte ich mich in den Wintergarten, setzte mich an den Esstisch und heulte. Aber es gab kein Zurück mehr. Ich musste tun, was ich beschlossen hatte. Ich konnte, nein, ich durfte nicht länger warten.

Trotz meiner Nervosität war ich auf einmal erschöpft. Es war Anfang Juli. Bis die Schatten länger wurden und das Licht weicher, vergingen noch viele Stunden. Die Sommerferien hatten begonnen. Es gab für mich nichts zu tun in diesem Haus. Nichts zu lernen, nichts aufzuräumen.

Und ich wollte bis zur Dämmerung warten, um mich auf den Weg zu Colin zu machen – denn seltsamerweise hatte ich mich bei ihm immer dann am sichersten gefühlt, wenn es dunkel war. Nur ungern erinnerte ich mich an unsere Begegnung bei gleißendem Morgenlicht unten am Bach und an diese allumfassende Schwäche, die mich angesichts Colins eisblauer Augen ergriffen hatte. Nein, ich wollte erst aufbrechen, wenn die Hitze milder wurde und die Sonne sanfter.

Deshalb tat ich, wovor ich mich gerne gedrückt hätte – ich nahm mir Papas Arbeitszimmer vor. Vorsichtig und so leise wie möglich drückte ich die kühle Türklinke hinunter, als könnte ich irgendjemanden oder irgendetwas da drinnen aufschrecken und verärgern. Aber das Büro war unverändert. Auf dem Schreibtisch stapelten sich Akten, der schwere Chefsessel stand schräg zum Flatscreen ausgerichtet und die Sonne verzierte die Buchrücken in den Regalen mit goldenen Streifen. Wenn Papa nicht hier war, sorgte Mama dafür, dass die Orchideen genug Licht bekamen.

Als Erstes durchsuchte ich den Schrank, in dem das Gemälde gelegen hatte. Es ruhte noch immer im obersten Fach – und nichts sonst. Keine Bücher, Briefe, Ausdrucke oder Unterlagen. Es blieb mir also nur, mich systematisch durch alle Regale, Schränke und Schubladen vorzuarbeiten, ohne Spuren zu hinterlassen. Aber darin hatte ich Übung.

Zwei Stunden später gab ich entkräftet auf. Ich hatte nichts gefunden außer den bekannten Wälzern und Enzyklopädien. Und Krankenakten. Papa hatte Fotos der Patienten angefertigt und eingeklebt. Dumpfe, leblose Augen starrten mich an, umschattet und von Furchen gezeichnet. Auch um den Mund herum hatten sich bei den meisten scharfe Falten eingegraben. Viele der Patienten hatten zerzaustes Haar und eine ungesunde gelbliche Gesichtsfarbe. Sie waren nicht einmal mehr in der Lage, nach dem zu suchen, was ihnen fehlte. Bei einigen hatten sich der Wahn und der Irrsinn bereits tief in ihr Antlitz gefressen. Gerne hätte ich mehr über ihre Geschichte erfahren, über die Diagnosen, die Papa gestellt hatte. Aber so fremd er mir momentan auch war – diese Menschen konnten nichts für unsere Querelen. Ich sollte sie in Frieden lassen. Ich konnte ohnehin nicht verstehen, wie man freiwillig seine Zeit mit durch und durch verstörten Persönlichkeiten zubringen konnte und daran noch Freude fand. Aber ich besann mich wieder auf mein eigentliches Vorhaben. Nachtmahre.

Vielleicht half mir das Internet? Ich fuhr den Computer hoch. Wir hatten immer noch kein DSL, aber Papa hatte zur Überbrückung sein altes Modem eingestöpselt. Quälend piepste es, während sich die Verbindung aufbaute. Eine äußerst zähe Angelegenheit. Unruhig drehte ich mich auf dem Sessel im Kreis, bis ich endlich die Suchmaschine aufrufen konnte. »Nachtmahr«, tippte ich. Kurz erzitterte das Bild und tauchte dann in schwarze Leere ab. Verbindung unterbrochen.

»Das ist nicht witzig«, knurrte ich. Ein erneuter Versuch schlug ebenfalls fehl – zwar fing der Prozessor flüsternd an zu suchen, doch bevor die Ergebnisse eintrudelten, kapitulierte das Modem. Ich unternahm noch einen letzten und sehr traditionellen Anlauf: Papas große Enzyklopädie. Und tatsächlich. Es gab einen Eintrag unter Nachtmahr – ein paar unschlüssige, knappe Zeilen:

»Auch Nachtalb, oberdeutsch *Drud*, im Volksglauben Schreckgeist, der dem Schlafenden auf der Brust lastet und ihm Angst, Atemnot und schlechte Träume (Albdruck) einflößt. Glaube an Nachtmahre ist international. Wesen dringen durch Astlöcher in Häuser ein und überbringen auch Krankheiten.«

Bei der Vorstellung, mein mächtiger Vater quetsche sich durch ein Astloch, musste ich lachen. Doch dann stutzte ich und las die mageren Informationen ein weiteres Mal. »Überbringen auch Krankheiten.« Moment. Die Windpocken.

»Du Schuft!«, stieß ich fassungslos hervor. Das konnte er doch nicht getan haben – mein eigener Vater ließ mich krank werden? So krank, dass ich jede Nacht gegen mehrere Fieberanfälle kämpfte und zwei Wochen lang von der Schule wegbleiben musste? Nur damit ich Colin nicht wiedersah? Na gut. Und damit wir am Leben blieben.

Trotzdem. Ich hatte das dringende Bedürfnis, ihn auf der Stelle anzurufen und ihm bitterste Vorwürfe an den Kopf zu werfen. Von wegen, ich war hier sicher. Ich war hier überhaupt nicht sicher. Wütend verließ ich das Büro und ging nach oben auf mein Zimmer. Ich war nicht einen Funken schlauer – sah man mal von den neuerlichen Verdachtsmomenten gegen meinen eigenen Vater ab. Aber ich hatte nichts Entscheidendes gewonnen, was mir bei meinem Plan weiterhelfen oder mich gar schützen konnte.

Das Sonnenlicht wurde milder. Es war später Nachmittag geworden. Sollte ich doch hierbleiben und klein beigeben? Nichts tun, damit alles so blieb wie bisher? Und trotzdem: Was konnte mir im schlimmsten Falle passieren? Wie gesagt – Colin hätte mir ja längst etwas antun können. Uns allen.

Ich fand keine Antworten. Nur ein forderndes, unüberhörbares Bauchgefühl, das mich ausschließlich in eine Richtung trieb: hinaus in den Wald, fort von schützenden Mauern und Türen, fort von dem, was bisher meine sichere Bastion gewesen war. Meiner Familie.

Ich schloss den Wintergarten und den Keller ab, damit niemand eindringen konnte, während ich oben in meinem Zimmer lag und in mich hineinhorchte – denn genau das würde ich jetzt tun. Merkwürdigerweise schlief ich sofort ein. Als ich aufwachte, war es noch nicht Nacht – Gott sei Dank, dachte ich erleichtert – und ich fühlte mich gesund und erfrischt. Die Sonne stand tief. Es war so weit.

Wie automatisiert erhob ich mich, spritzte mir im Bad kaltes Wasser ins Gesicht und fuhr mir mit den feuchten Händen durch meine unbezähmbaren Haare. Sie waren schon immer störrisch gewesen und hatten mich viel Zeit gekostet, aber das, was sie jetzt taten, war pure Rebellion. Wenn ich eine Haarspange hineinzwang, löste sie sich und fiel leise klirrend zu Boden; die Haargummis platzten; Bänder rutschten heraus, ohne dass ich es merkte. Sie wehrten sich gegen alles. Ich konnte sie nur noch offen lassen.

Meine Windpockennarben dagegen würden mit der Zeit verschwinden. Noch zeichneten sie sich als helle Flecken auf meiner blassen Haut ab. Ich brauchte dringend etwas Licht und Sonne. Ein Spaziergang würde mir guttun.

Bevor ich die Haustür hinter mir zuzog, legte ich einen Zettel auf die Kommode. »Colin. *Ich konnte nicht anders. Verzeiht mir. Ich liebe Euch. Elisabeth.*«

Dieser Zettel konnte alles bedeuten.

Ich bin bei Colin. Colin hat mich getötet. Colin hat mich verschleppt.

Colin hat mich angefallen?

Ich warf einen letzten Blick auf das Haus. Es war noch sehr warm, sodass ich mir meine Strickjacke nur locker um die Hüften band. Die ersten Schritte kosteten mich Unmengen von Kraft. Mehrere Male musste ich anhalten, um dem Drang zu widerstehen, zurück ins Haus zu rennen, den Zettel zu verbrennen und mich in meinem Zimmer einzuschließen.

Aber ich ging weiter. Sobald die Kühle des Waldes mich umschloss, wurde es leichter und ich wurde ruhiger. Er hatte sich verändert. Die Felswände an den Seiten des Weges waren von dichten hellgrünen Farnen bewachsen und überall zwischen den Bäumen blühten langstielige weiße Blumen. Ich folgte den Hufabdrücken, die sich wie ein vertrautes Muster an den Wegrändern entlangzogen. Dann kam ich an eine Abzweigung und zweifelte plötzlich an meiner eigenen Erinnerung. Links oder rechts? Ich kniete mich nieder und suchte nach breiten Reifenspuren, die mir möglicherweise einen Hinweis geben konnten, als ich forsche Schritte und ein Hundehecheln hörte. Beides kam direkt auf mich zu.

Hastig richtete ich mich auf und wischte mir die Hände am Hosenboden ab. Oh nein. Es war Benni, mit einem viereckigen schwarzen Hund an der Leine, der sich beim Hecheln immer wieder am eigenen Sabber verschluckte und irgendeine Fährte aufgenommen hatte. Quasi die verjüngte Version des Pensionärs mit Dackel. Benni hatte Schwierigkeiten, seinen vierbeinigen Begleiter zu halten, strahlte mir aber schon von Weitem entgegen. Verdammt. Das konnte dauern.

»Hey, Ellie«, rief er fröhlich und riss an der Leine, um seinen Hund zur Vernunft zu bringen. »Wie geht's dir? Bist du wieder gesund? Was machst du hier?«

»Ja, ich bin wieder auf den Beinen«, sagte ich unverbindlich, aber freundlich.

»Schade, dass du beim Schulfest nicht da warst. Es war super. Die Schulband hat gespielt und wir haben unsere Projekte vorgestellt. Und, was machst du hier?«, wiederholte er beharrlich.

»Spazieren«, antwortete ich knapp. »Genesungsspaziergang sozusagen«, fügte ich mit einem gekünstelten Lächeln hinzu. Verschwinde, Benni. Bitte.

Er drehte sich suchend um die eigene Achse.

»Ganz allein? Und ohne Hund?« Sein eigener gab inzwischen Erstickungsgeräusche von sich, weil er so fest an der ledernen Leine zog, dass sich das Halsband tief in seine Kehle drückte.

»Wir haben keinen Hund. Und ja, allein. Du bist doch auch alleine.«

»He, ich bin ein Kerl«, scherzte er, wurde aber sofort wieder ernst. »Du solltest dich hier nicht ohne Begleitung herumtreiben. Ehrlich nicht. Ich war bei Papa auf dem Hochsitz, aber Sam dreht durch. Irgendwas hat er. Ich bring ihn jetzt zurück. Das ist keine gute Gegend für einsame Spaziergänge, wirklich nicht.«

Sam grub winselnd seine Nase in das Laub am Wegesrand. Warum konnte Benni nicht einfach verschwinden?

»Wieso denn nicht? Ist doch nur ein Wald mit Wanderwegen.« Oh Ellie – keine Gegenfragen. Sonst dauert das alles noch länger.

»Ach, das weißt du sicher nicht. Hier wohnt so ein komischer Kerl«, erklärte Benni mit väterlicher Miene. »Der hat sich das alte

Forsthaus gekauft, vor einigen Jahren. Er arbeitet wohl auch für das Forstamt. Mein Vater sagt, dass der nicht ganz sauber ist. Er wollte am Anfang nicht mal Strom haben. Und der wohnt da ganz alleine.«

Nun fiel ihm etwas ein. »Vielleicht kennst du ihn ja doch – der war auf der 80er-Jahre-Party! Erinnerst du dich? So ein langer dunkler Typ ...«

Ich stellte mich dumm. »Keine Ahnung, wen du meinst. Aber ich komme schon zurecht. Ich geh ja nur ein paar Schritte und dann kehre ich um.«

Das war glatt gelogen. Aber es blieb mir nichts anderes übrig. Sam fing an zu kläffen und zu japsen.

»Ich begleite dich«, beschloss Benni und bot mir seinen Arm an.

»Nein! Nein. Ich gehe lieber alleine. Ehrlich. Meine Eltern haben mich so umsorgt, als ich krank war, ich brauch einfach ein bisschen Ruhe und ich bleibe nicht lang ...«

Benni schaute mich zweifelnd an.

»Ich würde dir ja Sam ausleihen, aber ...« Er musste nichts sagen. Sam lag platt gedrückt auf dem Boden, den Schwanz eingeklemmt, und ließ lange Sabberfäden aus seinem Maul laufen. Knurrend presste er sich seinem Herrchen zwischen die Füße. Er wirkte auf mich, als würde er in den nächsten Minuten einen epileptischen Anfall erleiden.

»Ich glaube, du solltest ihn zum Arzt bringen. Er sieht nicht gut aus«, sagte ich Unheil verkündend.

Benni strich seinem Hund sorgenvoll über das zitternde Fell. Sam robbte wie ein gestrandeter Fisch in Richtung Weggabelung. Weiter hinten im Gebüsch entdeckte ich einen vertrauten, hochbeinigen Schatten. Auch das noch – Mister X.

»Vielleicht hast du recht. Die Tierklinik hat samstags offen. Da krieg ich noch einen Termin, wenn ich Glück habe.«

322

»Mach das. Ich komme zurecht, ich geh nicht mehr weit. Vielleicht hole ich dich noch ein.« Ich versuchte mich an einem Zwinkern. Hinter Benni hatte sich Mister X frech mitten auf den Weg gesetzt und leckte sich hingebungsvoll seinen Intimbereich. Sams Speichel verwandelte sich in Schaum.

»Okay, ich verschwinde. Pass auf dich auf, Ellie. Ruf mich auf dem Handy an, wenn was ist!«

Das Handy. Es lag zu Hause auf der Fensterbank. Ich hatte es tatsächlich vergessen. »Klar, mach ich«, log ich.

Sobald sich Benni in Bewegung setzte, machte Sam einen fahrigen Sprung nach vorne und zwang sein Herrchen zum Stechschritt. Ich sandte ein kurzes Stoßgebet in die Baumspitzen und folgte erleichtert dem frisch geputzten Hintern von Mister X.

Trotzdem hatte ich nicht das Gefühl, allein und unbeobachtet zu sein. Immer wieder glaubte ich, Schritte oder ein Rascheln hinter mir zu hören. Doch wenn ich anhielt und mich umdrehte, waren da nur der Wald und ein menschenleerer Pfad. Die untergehende Sonne schien mir auf den Rücken und schickte mir meinen bizarr langen Schatten voraus. Er sah zerbrechlich aus, so als könne er sich jeden Moment in nichts auflösen. Keine Spur mehr von mir.

Ab und zu traf mich ein Hauch abendlicher Kühle auf Wangen und Armen. Ich bekam eine feine Gänsehaut, wollte meine Jacke aber nicht überziehen. Ich brauchte die Kühle, um meinen Herzschlag zu beruhigen, der überall zu hören und zu fühlen war, in meinem Kopf, meiner Kehle, meinem Bauch.

Vielleicht war es der einzige menschliche Herzschlag in diesem Wald.

Von Weitem schon sah ich das glänzende schwarze Metall von Colins Wagen. Mister X trabte voraus und sprang geduckt auf die Motorhaube, um dort steif wie eine Galionsfigur hocken zu bleiben. Das Tor stand offen, doch das gesamte Haus wirkte unbelebt und viel zu still. Instinktiv zog ich meine Sandalen aus, damit meine Schritte auf dem Kies nicht knirschten. Ich wollte kein Geräusch von mir geben.

Auf leisen Sohlen schlich ich zum Haus. Die Tür war nur angelehnt. Eine Falle? In Zeitlupe bewegte ich meine Hand nach vorne und schob sie Zentimeter für Zentimeter auf. Ihr Scharnier war gut geölt, sie quietschte nicht. Ein letzter Streifen rote Sonne fiel vor mir auf den Steinboden. Küche und Wohnzimmer waren leer. Niemand da. Auf Zehenspitzen trat ich ein und schaute um die Ecke. Das Fenster neben dem Sofa war weit geöffnet, sodass die würzige Abendluft durch den Raum wehte. Auf dem Sessel schliefen dicht aneinandergedrängt zwei Katzen. Sie stellten die Ohren in meine Richtung, regten sich aber nicht.

Ratlos blieb ich stehen. Was sollte ich nun tun? In die anderen Räume gehen? Gab es überhaupt andere Räume? Aber ich hörte kein Geräusch, keinen einzigen Hinweis auf die Anwesenheit eines Menschen. Oder von etwas Menschenähnlichem.

Die Stille flößte mir Ehrfurcht ein und lähmte mich. Ich konnte nur rückwärts gehen – und das tat ich auch. Schritt für Schritt bewegte ich mich zurück nach draußen und lehnte die Tür wieder an.

Und jetzt? Verschwinden? Oder warten?

Da fiel mir der Holzstapel hinter dem Haus ein. Vielleicht war Colin ja dort – ein viel zu optimistischer Gedanke, denn nicht nur ich hätte ihn bereits gehört, er mich erst recht. Mein Mut sank, als ich um das Haus schritt und die Brennholzstapel samt Axt und Holzbock unberührt vorfand. Ich setzte mich auf einen Baumstumpf und holte tief Luft. Meine Lungen schmerzten. Ich hatte offenbar die ganze Zeit vergessen, regelmäßig zu atmen. Meine nackten Füße waren vom Staub des Kieses weiß überpudert – Füße wie die einer Marmorstatue. Da saß ich nun hinter Colins Haus und

324

lebte und war irgendwie sehr unzufrieden mit dem Ausgang meiner Expedition.

Gerade wollte ich mich der bittersüßen Mischung aus Enttäuschung und Erleichterung hingeben, als mich ein sonores Schnauben auffahren ließ. Wie ein schwarzer Todesbote brach Louis durch das Dickicht und nahm mir Licht. Die Sonnenstrahlen legten sich kranzförmig um seine schimmernde Silhouette. Seine Mähne musste kurz vorher noch geflochten gewesen sein. Lockig fiel sie über seinen muskulösen Hals, von dem Strahlenkranz der Sonne an ihren Spitzen mit feinsten Reflexen übersät. Trotz des Gegenlichts sah ich seine großen Augen schimmern.

»Louis«, flüsterte ich leise und meine ganze Sehnsucht nach Colin brach durch. Ich hatte ihn so vermisst. Selbst meine Furcht vor Louis hatte ich vermisst, während ich fiebrig im Bett gelegen hatte und die Stunden nur zäh dahinkrochen.

Langsam wandte er den Kopf zu mir, machte den Hals lang und schnoberte. Erkannte er mich? Berühren durfte ich ihn nicht, das war mir klar, und das hätte ich auch nie und nimmer freiwillig getan, aber erkannte er meine Stimme?

»Ich bin es, Louis. Ich tu dir nichts.« Wie lächerlich. Wenn jemand hier einem anderen etwas antun konnte, dann Louis mir. Ich roch die Wärme auf seinem Fell – ein wunderbarer, beruhigender Duft. Wie Colin es mir beigebracht hatte, schaute ich ihm nicht in die Augen, sondern ließ meinen Blick weich schweifen.

Er schnaubte wieder, diesmal leiser und gelassener. Wenn Louis hier war, musste Colin auch da sein. Niemals würde er ihn frei stehen lassen, ohne dass er in der Nähe war. Dazu war dieses Pferd einfach zu wertvoll.

Vielleicht war er doch im Haus. Unendlich langsam stemmte ich meine Beine in den Boden und richtete mich auf. Louis blieb ruhig stehen, doch ich spürte, dass mir seine schwarzen Blicke folgten. Mit möglichst fließenden Bewegungen ging ich zurück zur Haustür. Jetzt zitterten meine Knie und einen Moment lang glaubte ich, mich hinsetzen zu müssen. Doch die Schwäche verflog so schnell, wie sie gekommen war.

Wieder trat ich ins Haus und wieder überfiel mich dieses unerklärliche Bedürfnis, mich leise zu verhalten. Ich ging ins Wohnzimmer, stellte mich mitten in den Raum und lauschte. Nein, ich hörte nichts außer dem entfernten Kreischen der Schwalben und ersten vorsichtigen Zirpversuchen der Grillen. Aber da war etwas. Ich konnte es weder hören noch riechen noch sehen – ich fühlte es in meinem Nacken. Es kam von oben.

Ich blickte an die Zimmerdecke und taumelte keuchend rückwärts, bis der kühle Lederbezug des Sofas mich stoppte. Szenen aus Papas Erzählungen schossen mir durch den Kopf – gepackt, von hinten … der Biss – der Kampf …

Colin hing rücklings an der Decke, flach wie ein Fallschirmspringer. Die Ärmel seines weißen, dünnen Hemdes schwangen im Luftzug des Abendwindes, aber seine Haare hatten sich um sein Gesicht herum in schwarzen Schlangen an den rauen Verputz der Decke geschmiegt; ein dunkler, glänzender Heiligenschein.

Seine Augen waren geschlossen und ich erkannte deutlich die Schatten seiner gebogenen Wimpern auf seinen Wangen. Sein Mund war weich und träumerisch – er hatte das Gesicht eines Engels. Rein und unschuldig. Träumte ich? War das eine meiner Fiebervisionen, die mich gequält hatten? Es musste so sein, denn so etwas gab es nicht … Das konnte einfach nicht sein …

Ich kniff die Augen zu, so fest, dass ich Blitze vor meinen geschlossenen Lidern sah.

»Hey!«

Ich riss sie wieder auf. Colin stand direkt neben mir und grinste mich an.

»Da bist du ja.«

Seine Haut war von winzigen bronzenen Sprenkeln übersät. Manche verschwanden innerhalb von Sekunden, als er aus der roten Sonne in den Schatten trat. Seine Augen hatten ein dunkles, weiches Grün, durchsetzt mit letzten eisblauen Sprenkeln. Die Haare bewegten sich leicht, wie Seegras in der Dünung des Meeres, und sie taten es auch dann, wenn der Wind nicht durch das Fenster strömte.

Ich konnte nicht einmal Hallo sagen. Gar nichts. Ich schaute ihn minutenlang nur an und er schaute mich an.

»Wow«, brummte er schließlich anerkennend und zog an einer meiner rebellierenden Haarsträhnen. »Deine Zorneslocke ist zurück.«

Ich fasste mir verwirrt an meinen Wirbel über der Stirn.

»Ich hab sie von meinem Vater bekommen«, sagte ich seufzend.

»Das ist doch gut«, entgegnete Colin. »Ich habe von meinem nur blaue Flecken und ein gebrochenes Jochbein bekommen.«

Ich zuckte zusammen und blickte ihn fragend an. Doch Colin war immer noch mit meinem Gesicht beschäftigt.

»Und endlich hast du Augenbrauen. Ja, das bist du«, stellte er zufrieden fest.

»Was …« Ich musste mich räuspern, um weitersprechen zu können. »Was war das eben – das da oben an der Decke?«

Wenn ich träumte – und so fühlte es sich an –, war es sowieso egal, was ich fragte. Wenn nicht …

»Entspannung«, antwortete Colin mit undurchdringlicher Miene. »Ich hatte dir doch gesagt: in Zukunft öfter mal nach oben schauen.«

»Hast du mich erwartet? Zum Abendessen?«, fragte ich vorsichtig und bewusst doppeldeutig weiter.

»Zum Abendessen oder als Abendessen?«, entgegnete er mit einem diabolischen Lächeln und mich ergriff eine Panik, wie ich sie vorher nicht gekannt hatte. Mir trat der kalte Schweiß auf die Stirn.

»Ellie – es ist alles gut«, sagte er beruhigend und sofort löste sich der eisige Griff der Todesangst. »Ich habe mit dir gerechnet – jeden Tag oder nie. Aber ich hatte dabei keine Erwartungen. Höchstens Befürchtungen.«

Ich fand meine Sprache wieder. »Mein Vater … er wollte mich davon abhalten. Und er hat gesagt …«

»Später«, unterbrach Colin mich. »Du hast Hunger und du warst krank. Du musst etwas essen.«

Stimmt. Mein Magen war so leer, dass er bereits bohrend gegen meine Rippen drückte. Ich nickte nur.

»Ich hab ein frisches Reh im Keller. Genau richtig. Ich habe es vorgestern …« Er suchte nach dem passenden Wort. Für einen irren Moment hatte ich eine Vision von einem mickrigen, äffchenartigen schwarzen Alb, der sich des Nachts im Nacken von Bambi festbeißt.

»Erlegt?«, fragte ich forsch.

»Das kann man nicht gerade behaupten«, erwiderte Colin gelassen. »Es wurde angefahren und ich hatte die undankbare Aufgabe, das arme Tier zu erlösen.«

Ich schluckte hart und schaute ihn bang an.

»Mit dem Gewehr, mein Herz.« Die beißende Ironie in seiner Stimme war nicht zu überhören.

»Pah«, sagte ich matt und kam mir recht dämlich vor. Er lachte, ein offenes, ehrliches und vor allem verteufelt schönes Lachen.

Er war Jäger und schoss ein Reh, das war alles. Und nun wollte er mir ein Teil aus dem Rücken braten. Sah man mal von seinen denkwürdigen Entspannungsmethoden ab, so waren diese Umstände derart normal und menschlich, dass ich Papa innerlich kurz verfluchte, während Colin am Herd stand und pfeifend Zwiebeln hackte. Er sah nicht sonderlich dämonisch dabei aus.

328

Ich kroch auf einen seiner Barhocker, denn nun trugen mich meine Beine endgültig nicht mehr. Neugierig schaute ich ihm zu. Der Geruch des angebratenen Fleisches raubte mir fast den Verstand. Als er mir den Teller hinstellte, fiel ich gierig darüber her und schob das Bild des armen angefahrenen Rehs weit von mir weg.

Colin lehnte gegenüber an der Spüle und säbelte ohne rechte Lust auf einem kleinen Stück Fleisch herum, ohne davon zu kosten.

»Hast du keinen Appetit?«, fragte ich mit halb vollem Mund. Statt einer Erwiderung schob er mir nur das restliche Stück Rehrücken zu. Erst als ich den letzten Bissen hinuntergeschluckt hatte, antwortete er.

»Nicht auf so etwas.«

»Nicht auf so etwas«, echote ich. »Hast du, ähm, eher Appetit … auf mich?«

»Wie meinst du das denn, Ellie? Solch verbalerotische Eskapaden hatte ich dir gar nicht zugetraut«, gab er grinsend zurück. Ich wurde feuerrot.

»Verschon mich bitte mit dem Vampirkrempel«, ließ er durchblicken, dass er mich sehr wohl verstanden hatte. »Außerdem hast du Flecken im Gesicht. Ich esse keine Mädchen mit Flecken im Gesicht.«

Doch dann wurde Colins Blick ernst und er schaute mir so tief in die Augen, dass ich mich am Barhocker festklammern musste, um nicht zu fallen. Trotzdem griff ich nach einigen Sekunden schwankend nach vorne und schnippte den obersten Ring an seinem linken Ohr zur Seite. Nein. Das war keine Verletzung. Kein Geschwür oder Ähnliches. Das sollte so sein. Ein spitz zulaufendes Ohr, das reflexartig zuckte, als ich es sacht berührte. Es war eiskalt.

»Colin …«, flehte ich hilflos. »Was in Gottes Namen bist du?«

Er dachte nach, bevor er antwortete, und schlug die Augen nieder. Ich hielt den Atem an. Dann zog er mich wieder in den Bann seiner

329

sich nach und nach dunkel verfärbenden Iris und alles in mir wurde weich.

»Ein fühlendes Wesen. Und das ist keine Selbstverständlichkeit.« Ich spürte die Tränen nahen und schluckte krampfhaft.

»Wie alt bist du?«, flüsterte ich.

»Zwanzig«, sagte er ruhig.

»Wie alt bist du?«, wiederholte ich, obwohl meine Stimme mich verlassen hatte und ich nur noch wispern konnte.

»158.« Es klang ernst und bitter, als er das sagte. Es gab keinen Zweifel, dass es die Wahrheit war.

158. Die letzte Hoffnung in mir brach zusammen. Vor mir stand ein Greis in einem Jungenkörper. Er war kein Mensch. Papas Verdacht war richtig gewesen. Er war etwas anderes. Etwas Furchterregendes. Papa konnte sterben. Colin ganz offensichtlich nicht. Ich rutschte kraftlos vom Barhocker und sank auf dem kühlen Boden in mich zusammen.

»Oh nein.« Meine eigene Stimme kam mir fremd vor, weil ich sie noch nie so nackt und verzweifelt gehört hatte. »Nein.«

»Ellie … bitte – so schlimm ist es nicht.« Colin trat um den Tresen herum und zog mich ohne die geringste Anstrengung nach oben. Aber meine Beine und Füße kamen mir vor wie Fremdkörper, ich konnte nicht mehr auf ihnen stehen.

»So schlimm ist es nicht?«, rief ich schrill und drückte meine zitternden Fäuste gegen seine kühle Brust. Noch immer hielt er mich fest. »Du findest es also nicht schlimm, dass ich hier heute Abend sterben oder zu so einem – Dingens gemacht werde, dass ich meine Eltern verliere, dass sie mich suchen und vermissen werden, ihr Leben lang? Das findest du nicht schlimm?«

Die blinde Panik überwältigte mich. Ich wimmerte auf und wollte fliehen, nur weg von hier, ganz schnell, doch der Drang, mich an ihn zu lehnen, um endlich Halt zu finden, ließ meine Beine erstarren. Ich drückte meine Wange an Colins Hemd und griff Hilfe suchend nach seinem Arm. Meine Gedanken spielten hoffnungslos verrückt. Ich werde sterben. Jetzt und hier. Warum nur fliehe ich nicht?

»Ach, du dummes Huhn, du wirst doch heute nicht sterben«, lachte Colin leise und führte mich wie eine kranke alte Frau zu seinem Sofa. »Wer sagt denn, dass du sterben wirst – oder verwandelt. Was auch immer in deiner debilen Fantasie so vor sich geht.«

Er schob mich auf den großen Sessel, nachdem er die Katzen mit einem kurzen »Scht« vertrieben hatte, nahm die getigerte mit einer Hand hoch und legte sie mir auf den Schoß. Im Nu fing sie an zu treteln und laut wie ein Traktor zu schnurren. Wie von selbst begannen meine Hände, ihr zartes, weiches Fell zu streicheln.

Colin machte sich am Kamin zu schaffen, stapelte ordentlich Brennscheite aufeinander und entzündete in aller Seelenruhe ein behagliches Feuer. Der Holzrauch kitzelte in meiner Nase.

»Frierst du?«, fragte ich scheu und merkte, dass ich immer noch keine Gewalt über meine Stimme hatte.

»Nein, aber du. Die Nächte werden kühl nach so klaren Tagen wie heute, erst recht hier im Wald.« Meine Füße hatten sich tatsächlich in Frostbeulen verwandelt. Ich schob sie mir umständlich unter den Po. Die Katze hielt sich mit ihren scharfen Krallen an meinen Oberschenkeln fest, um bei diesem kleinen Erdbeben nicht herunterzufallen. Dabei schnurrte sie ununterbrochen weiter.

Neben uns streckte Louis seinen riesigen Kopf durchs Fenster und quiekte fordernd, als er Colin sah. Blind fasste Colin nach hinten und ließ sich von Louis die flache Hand abschlecken.

»Ein bisschen wie Pippi Langstrumpf für Erwachsene«, sprach ich meine Gedanken halblaut aus. Colin reagierte nicht, aber ich meinte, die Spur eines Lächelns in seinen Augen zu sehen.

Er klopfte sich die Hände an der Hose ab und nahm mir gegen-

331

über Platz. Abwartend blickte er mich an, sagte jedoch nichts. Ich sollte also anfangen – womit? Es schien mir noch tausendmal schwieriger zu sein als in der Unterredung mit Papa. Ich fühlte mich benommen. Das Kaminfeuer knisterte und jagte grellrote Funken durch die Luft. Erste Wärmewellen trafen auf meine Haut. Ich erschauerte und schob die Füße etwas bequemer unter meinen Hintern.

»Kochst du öfter für andere?« Diese Frage war harmlos, fand ich, aber sie hatte mit allem zu tun. Die tägliche Ernährung war bei Nichtmenschen schließlich keine ganz einfache Angelegenheit. Vampire tranken Blut, Mahre raubten Träume, Elfen – ja, was aßen Elfen eigentlich? Oh nein, Colin, bitte sei kein Elf. Alles, nur kein Elf. Ich hatte Elfen noch nie gemocht. Hysterische Vegetarier, die in viel zu kleinen Baumhäusern wohnten und immer nur hauchend sprachen.

»Hin und wieder. Wenn Kollegen zu Gast sind oder ein Stück Wild bringen. Aber sie bleiben nie lange. Sie fühlen sich unwohl in meiner Gegenwart, ohne es zu begreifen.«

»Isst du dann mit?«

»Den meisten Männern hier musst du nur genug Bier hinstellen und ihnen zeitig nachschenken, dann fällt ihnen Merkwürdiges kaum auf. Auch dass ihr Gastgeber nicht besonders gerne isst und trinkt – falls du das meinst. Nun frag schon, Ellie.«

»Ich muss erst aufs Klo.« Das war nicht geschwindelt. Meine Blase drohte zu platzen und ich hätte gerne gewusst, wie ich aussah nach all dem Schrecken und der Angst. »Hast du so etwas denn? Ich meine …«

»Ich werde dich jetzt nicht in die Details meiner Verdauung einweihen, aber ja, ich habe ein Bad. Die Treppe hoch, dann die erste Tür links.«

»Also hast du eine Verdauung?«

»Ellie«, sagte Colin streng. »Wolltest du nicht …?« Er deutete nach oben.

»Okay«, murmelte ich beschämt, setzte die Katze auf den Boden und trat auf wackeligen Beinen in den kleinen Flur hinter dem Wohnbereich.

Auf der linken Seite führte eine alte Holzstiege in die oberen Räume. Das Bad war ein Designpalast – Teakholzboden, viereckiges Waschbecken, schillernde Armaturen und Schränke aus Edelholz. An der Tür hing Colins zerschlissener Karatekimono. Andächtig strich ich über den seidigen Stoff. Am liebsten hätte ich ihn mir übergezogen. Ich schaute mich weiter um.

Tatsächlich, es gab eine Toilette, eine Dusche, eine Badewanne und eine elektrische Zahnbürste. Was fehlte, waren Kamm, Bürste und Föhn, aber das konnte ich inzwischen nachfühlen. Es waren Utensilien, die ich auch bald in den Müll geben konnte. Auf der marmornen Ablage standen mehrere Herrendüfte in rauchigen Flakons, von denen einige sehr alt, einige sehr teuer und einige sehr neu zu sein schienen. Direkt daneben fand ich ein eindrucksvolles Arsenal an Manikürewerkzeug: Nagelschere, Feile, Knipser in verschiedenen Größen und Ausführungen – ich war doch nicht etwa an einen schwulen Nachtmahr geraten?

Ich beeilte mich und stellte fest, dass ich nicht so schrecklich aussah, wie ich befürchtet hatte. Meine dichten Augenbrauen, die ich in den vergangenen Jahren unter Nicoles ehrgeiziger Assistenz regelmäßig zu einem vornehm gebogenen Strich ausgedünnt hatte, irritierten mich immer noch. Aber in meine Augen war ein klarer, lebendiger Glanz zurückgekehrt. Mit etwas festerem Schritt nahm ich die Stiege hinunter. Colin saß unverändert lässig auf seinem Sofa.

»Schönes Bad«, sagte ich spitz. »Du hast mehr Manikürekram als ich. Und mehr Parfum.« Jetzt war ich diejenige, die ihn musterte.

»Sammelt sich an mit den Jahrzehnten, das Parfum. Und wenn

ich nicht jeden Tag meine Nägel schneide und feile – nun, sie werden sofort lang und spitz. Hart wie Diamanten. Pferde mögen das nicht so gerne. Frauen im Allgemeinen auch nicht.«

Meine Kehle wurde eng. Der Mistkerl provozierte mich. Und er hatte offensichtlich einen Heidenspaß dabei. Mir hingegen war gar nicht zum Spaßen zumute.

»Okay, Colin. Papa sagt, du bist gefährlich und ich darf dich deshalb nicht sehen. Warum? Wie gefährlich bist du? Was bist du? Halbblut, Vollblut, Mischblut? Ich weiß ja nicht, welche Kategorien ihr da zur Verfügung habt. Oder bist du etwas ganz anderes?« Ich klang feindselig, doch das Zittern, das meinen gesamten Körper ergriffen hatte, verriet mich. »Du bist nicht zufällig ein besonders altes Halbblut, oder?«, fügte ich mit hoffnungsvoller und sehr viel zahmerer Stimme hinzu.

Colins Blick verdüsterte sich. »Nein. Nein, das bin ich nicht. Ich bin ein Cambion.«

»Ein Cambion«, seufzte ich. Dieses Wort hatte ich noch nie gehört. »Na super. Bin ich jetzt in einer Fortgeschrittenenversion von *Herr der Ringe* gelandet, oder was?«

Colin grinste.

»Ich finde das nicht komisch!«, protestierte ich. »Du bist also kein Mahr?«

»Doch«, sagte Colin. »Ich bin sogar einer der reinblütigsten. Gezeugt von einem Mahr, geboren von einer Menschenfrau. Das nennt unsereins Cambion. Mehr Mahr geht kaum.« Der Humor war aus seinen Augen gewichen und ich glaubte, eine Spur Scham herauszuhören.

»Gezeugt von einem Mahr?«

»Einem weiblichen Mahr. Tessa.« Seine Stimme troff vor Hass und Abscheu. Das abgrundtiefe Grauen war für einen Atemzug zum Greifen nah. »Tessa ist eine der ältesten. Je älter sie sind, desto mehr

Macht haben sie. Erst recht, wenn sie sich junge Opfer suchen. Die alten sind auch die einsamsten. Eigentlich sind Nachtmahre Einzelgänger. Sie leben alleine und jagen alleine. Und sie können sich nicht fortpflanzen. Doch nicht alle kommen damit zurecht. Ganz besonders die Alten nicht. Sie wollen Gefährten haben, die ihnen die moderne Welt erklären. Oder sie wollen Gott spielen und neue Mahre erschaffen. Wie Tessa.«

Die Bitterkeit in Colins Stimme schnürte mir die Kehle zu. Er wirkte kühl und distanziert – wie jemand, der auf keinen Fall Trost oder Mitgefühl wollte. Louis, der immer noch am Fenster stand und zu uns hereinäugte, schnaubte leise. Er durfte trösten. Ich nicht.

Colin sah mich prüfend an. »Was hat dein Vater gesagt, was ich bin?«

»Nichts. Nur dass du gefährlich bist. Und …« Ich zögerte.

»Was und?«

»›Es könnte uns alle umbringen.‹ Das waren seine Worte.« Meine Hände begannen zu schwitzen. »Das sagte er zu mir, als ich dich wiedersehen wollte. Ich sollte nicht einmal daran denken.«

Colin nickte nachdenklich. Ich erstarrte.

»Heißt das etwa –?«

»Nein«, sagte er schnell. »Bleib sitzen, Ellie. Aber es hätte so sein können. Nicht alle Mahre sind ihm wohlgesinnt. Um genau zu sein: nur sehr wenige. Die Mahre haben naturgemäß kein Interesse daran, dass die Menschen von ihrer Existenz erfahren. Jeder Mensch, der etwas weiß, ist in ihren Augen einer zu viel.«

Ich atmete auf. »Und du bist Papa wohlgesinnt?« Die Szene in unserem Wintergarten hatte beileibe nicht danach ausgesehen.

Colin hob die Achseln. »Er ist mir gleichgültig. Er soll tun, was er für richtig hält. Wenn er mich in Ruhe lässt, lasse ich ihn in Ruhe.«

»Du hast also kein Interesse, uns umzubringen – oder sonst etwas mit uns zu tun?«, vergewisserte ich mich.

»Im Moment gibt es keinen Grund dazu«, antwortete Colin reserviert. »Aber es sollte niemand außer dir erfahren, wer ich bin und was es mit deinem Vater auf sich hat. Darin hat er recht. Wecke niemals den Zorn von Mahren, Ellie. Das meine ich ernst.« Ich fand diese Antwort nur wenig beruhigend. Louis schüttelte prustend seine dichte Mähne. Seine Gegenwart brachte mich auf einen Gedanken.

»Deine Stute von früher. Du hast erzählt, dass du sie verloren hast. Hat es etwas damit zu tun? Das waren doch keine neuen Fotos, das waren alte«, sprudelte es aus mir heraus.

Colins Augen waren nun, da die Sonne untergegangen war und sich die Dämmerung aus den Zimmerecken hervorwagte, wieder tiefschwarz, aber das Glitzern in ihnen erlosch. Seine geschwungenen Mundwinkel verhärteten sich.

»Natürlich hat es das. Sie erkannte mich nicht wieder. Sie hatte damals ein Fohlen und ich wollte mit den beiden fliehen, als ich begriff, was mit mir passiert war. Ich veränderte mich bereits. Trotzdem wollte ich weg. Ich hasste Tessa, obwohl ich ihr verfallen gewesen war.«

Colin stand auf und zündete schweigend die Kerzen eines großen Kandelabers an. Ich blieb stumm, in der Hoffnung, er würde weitererzählen.

»Ich war Stallmeister – und Tag und Nacht mit ihr zusammen gewesen. Alisha. Dein Name erinnert mich an sie …« Er lächelte kurz, doch es war ein trauriges Lächeln. »Ich hatte nie ein Pferd besser gekannt als sie. Aber als es passierte – sie war wie von Sinnen. Die anderen Pferde misstrauten mir auch, doch bei ihr war es am schlimmsten, weil sie ein Fohlen hatte. Sie musste es beschützen.«

Colin zog sein Hemd aus der Hose, sodass ich seinen Bauch sehen konnte. Ich blickte so unbefangen wie möglich auf die Stelle, die er mir zeigte. Deutlich erkannte ich die runde Narbe eines Hufabdrucks, die sich wie ein Halbmond um den Nabel wand.

»Ich bin zu Fuß geflohen und habe Alisha zurückgelassen. Bis Tessa es merkte und vor allem auch glaubte, war ich bereits auf einem Schiff untergekrochen und weit weg auf dem offenen Meer. Sie ist unglaublich arrogant. Und etwas dumm. Das war mein Vorteil.«

Also gab es ihn immer noch, diesen uralten weiblichen Mahr.

»Aber du reitest wieder – und wie!«, warf ich ein.

»Ja.« Colins Züge lösten sich ein wenig. »Ich habe nicht aufgegeben. Das mit Alisha – das konnte ich niemals vergessen. Irgendwann, Jahre nach Tessa, sah ich ein Pferd, das eine Katze auf seinem Rücken trug – freiwillig. Und Katzen sind Raubtiere, seit jeher die größten Feinde der Pferde. Aber die beiden kannten sich eben. Also hab ich es noch einmal versucht. Ich brauche lange dazu, bis Pferde mich an sich heranlassen. Aber dann spüren sie rasch, dass ich weiß, was ich tue, und dass ich ihnen nichts Böses will. Das ist das Wunderbare an diesen Tieren. Sie sind bereit, entgegen ihren Instinkten zu vertrauen. Schau dir Louis an – er könnte jederzeit fliehen. Aber er will nicht. Ich muss ihn nicht einmal anbinden.«

Colins Augen waren nun weich und voller Leben, und während er sprach, bewegten sich seine dunklen Haarspitzen träge hin und her.

»Er ist an meine kühle Haut gewöhnt und deine warme erschreckt ihn. Aber auch damit kann er sich abfinden – dass meine kühl ist und deine warm. Es braucht nur Zeit und Geduld und Verständnis. Selbst du bist für Pferde eigentlich ein Raubtier, egal, wie groß deine Angst ist – das weißt du, oder?«

Tja. Mir war es eher umgekehrt vorgekommen.

»Ich fühle mich überhaupt nicht wie ein Raubtier«, gestand ich.

»Du hast spitze, hübsche Eckzähnchen – noch nie bemerkt? Das Fleisch hast du vorhin in bester Raubtiermanier verschlungen und dabei fast deine gute Erziehung vergessen. Und deine Haare – sie sehen aus wie die einer wütenden Waldhexe.« Er grinste entspannt und ich erwiderte sein Feixen unwillkürlich. Vorsichtig befühlte ich mit meiner Zungenspitze meine Eckzähne. Auch meine Backenzähne waren scharf – manchmal, wenn ich schlecht träumte, biss ich mir damit die Wange auf.

»Aber ich bin vor Papas Befall gezeugt worden. Ich muss ein Mensch sein. Oder hat er mich irgendwie – angesteckt?«

»Nein. Um Himmels willen, nein. Aber du hast eine dünne Haut, sie ist wie fruchtbare Erde. Du spürst Dinge, die an anderen vorüberziehen. Meine Forst- und Jagdkollegen finden mich allenfalls befremdlich und eigen und sagen, ich sei ein komischer Kauz. Das ist alles. Sie sehen nichts. Wahrscheinlich wollen sie nichts sehen. Es ist ja auch einfacher. Du aber – du siehst mehr.«

»Und ich hasse es«, sagte ich leidenschaftlich.

»Tust du nicht«, widersprach Colin. »Ich beneide dich um dein Menschsein. Deine Sterblichkeit.«

Wir schwiegen. Mein Kopf glühte. Ich schloss genüsslich die Augen, als ein Hauch kühler Luft die Kerzenflammen zum Zittern brachte und meine Stirn streifte.

»Hast du nie – warst du nie in Gefahr, den Pferden etwas zu tun?«

»Nein. Niemals. Pferde sind Fluchttiere, sie schlafen und träumen kaum. Und wenn, sind es kurze, panische Träume, die nicht sättigen können.« Colin schaute zu Louis hinüber. Sein Blick wurde zärtlich, bevor sich seine Augen wieder verschleierten. »Außer den Pferden ist mir von früher nichts geblieben. Die Jahrzehnte ziehen an dir vorüber und irgendwann stehst du heimlich am Grab der Kinder deiner Geschwister. Ich habe meine Eltern nie wiedergesehen. Sie waren dankbar, dass ich endlich fort war. Also gab es nichts mehr, nur die Pferde. Und wenn ich auf Louis reite, wird mein Körper nach einigen Minuten warm, ohne dass ich einen Raub begehen muss – fast wie früher. Er schenkt mir seine Wärme. Und sie hält an, ein, zwei Stunden.«

Ich konnte nicht verhindern, dass mir eine Träne über die Wange lief. Colin witterte sie, beugte sich langsam vor, streifte sie mit dem Finger ab und aß sie. Ich erbebte leicht.

»Was ist die Metamorphose – die Bluttaufe?«

»Du lässt all deine Gefühle und Träume aufsaugen. Das ist die Bluttaufe. Eigentlich ist es pure Hingabe. Ich hatte nichts, was mich im Diesseits halten konnte. Keinen Anker. Meine Familie war nie eine Familie gewesen, ich hatte keine Frau, keine Kinder. Nur die Pferde. Und an sie dachte ich in dem Moment nicht. Sie waren zu selbstverständlich für mich, fürchte ich. Das war mein Fehler. Aber als die Verwandlung einsetzte, wehrte ich mich. Es ist nicht unangenehm, das nicht. Du siehst besser, hörst besser, alles ist schwerelos, weil du eine unglaubliche Kraft und Energie bekommst. Aber Alisha …«

Colins Stimme brach. Er hatte sie nie vergessen. Dieses Pferd war längst tot und er fühlte sich immer noch schuldig.

»Wie funktioniert das eigentlich genau, wenn ein Cambion gezeugt wird?«, wechselte ich das Thema.

»Ich kam ganz normal zur Welt – wie alle Kinder. Wahrscheinlich war meine Mutter zuerst auch ganz normal schwanger. Von meinem Vater.« Er redete von seinen Eltern wie von Fremden, als habe er sie nie gekannt. Mir fiel ein, was er vorhin von seinem Vater erzählt hatte. Blaue Flecken und ein gebrochenes Jochbein. Er musste Colin verprügelt haben. Und wahrscheinlich nicht nur einmal.

»Tessa hat meine Mutter in ihrer empfindsamsten Phase angefallen, in den ersten Wochen ihrer Schwangerschaft. Es ist der niederträchtigste Weg, einen Nachtmahr zu erschaffen, aber auch der sicherste. Du siehst ja – bei deinem Vater hat es nicht geklappt.«

»Tessa?«, fragte ich irritiert nach. »Hast du nicht gesagt, sie kam zu dir, als du schon Stallmeister warst?«

»Sie kam zurück, um es zu vollenden. Das können sie erst, wenn

339

das Opfer geschlechtsreif ist – und möglichst einsam dazu. Es verschafft ihnen Lust, darauf zu warten.«

Ich errötete. »Dann warst du also vor Tessas Wiederkehr ein Mensch?«

»Nur scheinbar. Das Dämonische schlummerte schon in mir und das spürten meine Eltern und Geschwister. Alle spürten es. Nur die Tiere begegneten mir ohne Argwohn. Vielleicht auch, weil sie merkten, wie einsam ich war. Aber mein Blut war noch warm und ich aß und trank wie ein Mensch.«

Ich wollte fragen, was genau das Dämonische in ihm gewesen sei, doch sein gequälter Blick hielt mich zurück.

»Lass mich einfach erzählen, Ellie«, sagte er eindringlich. »Es ist schwer genug, sich zu erinnern.«

Ertappt senkte ich den Kopf. Vielleicht hatte er noch nie von all dem gesprochen. War ich die Erste, der er sich anvertraute? Doch ich fühlte mich alleine, wenn ich nicht in seine Augen sah, also suchte ich sie wieder. Ein schmerzlicher Ausdruck verdunkelte sein Gesicht.

»Meine Mutter war eine ängstliche, abergläubische Frau und sehr haltlos. Sie gehorchte immer nur anderen, hatte keine eigene Meinung. Von meinem Vater ließ sie sich prügeln, ohne sich auch nur ein einziges Mal zu beklagen. Sie war empfänglich, weil sie schwach war. Tessas Gift ging auf sie über – und damit auf mich. Ich weiß nicht genau, wie Tessa das getan hat. Aber ich weiß, dass sie es getan hat. Sie hat gerne damit geprahlt – wie stark sie war und wie schwach meine Mutter.«

Jetzt nahm sich Colin auch eine der Katzen auf den Schoß und fuhr ihr gedankenverloren durch das samtige Fell. Ich wagte nicht weiterzufragen. Ich hoffte einfach nur, er würde fortfahren.

»Ich kam normal zur Welt, aber ich war kein normales Kind. Ich kann mich an alles erinnern. An alles. Von meinem ersten Tag an.«

Ich rückte näher an das Feuer, doch seine Hitze konnte die Schauer, die in Kaskaden über meinen Rücken liefen, nicht vertreiben. Wie musste es wohl sein, sich von seinem ersten Atemzug an zu erinnern? Ich wollte es mir nicht ausmalen. Colin erzählte weiter.

»Ich lehnte ihre Milch ab. Nicht, weil ich sie nicht trinken wollte – sondern weil ich spürte, dass sie mich nicht an ihrer Brust ertragen konnte. Meine Mutter fürchtete mich. Sie fürchtete mich, weil ich nicht schrie und nicht weinte, weil ich nur still dalag und aus dem Fenster schaute und auf etwas wartete. Ich wusste nicht, auf was, aber ich wartete. Vielleicht wartete ich auf meine echte Mutter ...«

Jetzt war mir plötzlich alles klar. Meine Träume – das Baby! »Und dann haben sie dir Stutenmilch gegeben. Damit du nicht stirbst«, sagte ich atemlos. Das Baby war Colin gewesen. Ich hatte Colin gesehen. Er schaute mich aufmerksam, aber nicht im Geringsten verwundert an.

»Ja. Meine Schwester tat es«, sagte er leise. »Auch ihr war ich unheimlich. Aber sie ließ mich wenigstens nicht verhungern. Außerdem brachte sie mir die menschliche Sprache bei. Meine Mutter dachte, ich sei ein Wechselbalg. Ein missratenes Elfenbaby, das die Feen brachten, um im Gegenzug ein gesundes Menschenkind unbemerkt stehlen zu können. Ich sag ja – Aberglaube.«

In mir wuchs eine ungeheuerliche Wut, die sich erbittert mit der kaum bezähmbaren Trauer über Colins Geschichte stritt. Papa schickte mir Müdigkeit und Spinnen. Colin schickte mir Träume. Ich fühlte mich überrumpelt und benutzt.

»Dann warst du es, der mich von dem Baby hat träumen lassen – damit ich dich verstehe, damit ich Mitleid habe, damit ich nicht merke, was für ein – für ein – Scheusal du bist!«, rief ich und meine Worte taten mir selbst weh. Erbost erhob ich mich aus meinem Sessel. Das Kätzchen stob beleidigt davon und suchte Schutz auf Colins linker Schulter.

»Nein, Ellie, so ist es nicht«, entgegnete er ruhig und sehr traurig.

»Oh doch! So ist es – genau so und nicht anders«, schrie ich und stampfte mit meinem nackten Fuß auf. Ich war es überdrüssig, ein Spielball für irgendwelche geisteskranken Nachtmahre zu sein.

»Dann können mein Vater und du euch die Hand reichen. Tut euch doch zusammen! Ihr seid prima im Manipulieren, oder?«

Colin schüttelte stumm den Kopf und fuhr sich gereizt durch seine züngelnden Haare.

»Elisabeth.«

»Nix Elisabeth. Schluss damit. Ihr könnt mich mal! Mein Vater hat mich ständig einschlafen lassen, damit ich nicht zu dir gehen oder mir überhaupt Gedanken darüber machen kann, wie ich es anstellen könnte, dich wiederzusehen dann schickt er mir eine ganze Spinnenarmee in mein Zimmer, er löscht meine Erinnerungen an dich, er macht mich krank – und du, du hast nichts Besseres zu tun, als meine Träume zu beeinflussen – und die waren das Schönste, was ich in den ganzen letzten Wochen überhaupt hatte!«

Ich musste meine Schimpfkanonade unterbrechen, weil mir die Luft ausblieb. Gerne hätte ich Colin mit der flachen Hand ins Gesicht geschlagen – ein Gesicht, das ich inzwischen liebte. Dieses Gefühl ließ sich nicht einmal von meinem Zorn einschüchtern.

»Wie konnte ich nur so blöd sein«, flüsterte ich und drehte mich von ihm weg, damit er nicht sah, wie meine Lippen zitterten.

»Du kannst mich gerne hassen. Die meisten Menschen tun das. Ich bin es gewöhnt. Aber hasse nicht deinen Vater. Er war es nicht.«

»Klar, ihr haltet zusammen.«

»Nein. Dein Vater mag ein eindrucksvoller Kerl sein, aber das kann er nicht. Ich war es, Ellie. Ich habe versucht, dich aufzuhalten. Ich habe dich müde gemacht, dir Spinnen geschickt, dich krank werden lassen – und dann ging mir deine Sturheit langsam gehörig auf die Nerven.«

Noch immer drehte ich ihm den Rücken zu. Hatte ich Colin richtig verstanden? Wie konnte er von meiner Horrorfantasie wissen? Natürlich, die Szene in der Turnhalle – er musste meine Angst gewittert haben. Er wusste um sie. Das war ja ein starkes Stück. Und er gab es auch noch offen zu. Aber warum hatte er das alles getan, wenn er doch angeblich keine schlechten Absichten hegte und mein Vater ihm egal war? Ich dachte an das, was mein Vater im Auto zu mir gesagt hatte, an diesem grässlichen Montag nach dem Discowochenende. Dass Colin mich niemals lieben oder mögen würde. Und so war es wohl auch. Er versuchte mit aller Macht, mich endlich loszuwerden. Ich war für ihn nicht mehr als eine Schmeißfliege.

»Oh Gott«, stöhnte ich. »Ich wollte doch nie aufdringlich sein … Das hatte ich mir so fest vorgenommen. Ich hasse aufdringliche Weiber.«

Colin lachte. Es klang nicht glücklich und doch war es Musik in meinen Ohren.

»Du hast einen entzückenden Rücken, aber bitte, Ellie, dreh dich wieder um.«

Ich gehorchte widerwillig und holte tief Luft, bevor er etwas sagen konnte.

»Gut, das Kind ist in den Brunnen gefallen – ich bin hier. Also erklär mir einfach, warum du mich nicht dahaben willst. Dann merke ich mir das, gehe heim und wir sehen uns nie wieder«, sagte ich und bemühte mich um einen gelassenen Tonfall. Colin lachte noch einmal. Und Louis prustete, weil er dieses Geräusch offenbar ebenso schön fand wie ich.

»Es ist nicht so, dass ich dich nicht dahaben will. Du denkst, ich könne dir gefährlich werden. Ja, das ist möglich. Aber du bist auch eine Gefahr für mich, Ellie. Eine große sogar. Ich wollte uns beide schützen.«

Erstaunt schaute ich auf. Es war sein Ernst.

»Warum? Wie kann ich denn …?« Ich begriff es nicht. Er war doch so viel kräftiger und mächtiger als ich.

»Das kann ich dir jetzt nicht sagen.« Er versuchte zu lächeln. War das jetzt eine möglichst dramatische Ausrede? Oder waren Mahre generell beziehungsunfähig?

»Bist du eigentlich – böse?«, fragte ich absichtlich naiv, obwohl es fast kindlich klang.

»Denkst du das?«

Ich sah die Katzen, die sich schnurrend an ihn drängten – vorneweg Mister X, der majestätisch neben Colin Platz genommen hatte und mich mit seinen gelben Augen durchleuchtete. Ich sah Louis, der mit halb geschlossenen Lidern und hängender Unterlippe im offenen Fenster döste, die Ohren aufmerksam in Colins Richtung gestellt. Ich sah seine nackten, starken Arme, die mich zwar festgehalten, mir jedoch nicht wehgetan hatten. Nie.

»Nein. Aber gefährlich bist du wohl. Und du bist in meine Träume eingedrungen«, sagte ich vorwurfsvoll.

»Nicht so, wie andere Mahre es tun. Ich stehle keine schönen Träume und schönen Gefühle – jedenfalls nicht von Menschen. Nein. Bei dir – ist etwas passiert, mit dem ich nicht gerechnet habe. Ich ahnte, dass es passiert ist, aber ich weiß es erst jetzt mit Sicherheit.«

»Was meinst du damit? Was ist da passiert?«

Forschend taxierte Colin mich, als sei ich ein kleines wissenschaftliches Wunder.

»Es scheint, als würden unsere Erinnerungen manchmal ineinander übergehen. Und trotzdem – ich gestehe offen …« Er grinste frech. »Nun, ich gestehe, dass ich mir deine Träume zwischendurch mal angesehen und sie beschnuppert habe, ohne davon zu kosten. Wie das Stück Torte hinter der Glasscheibe. Aber das war alles. Ehrlich.« Er grinste noch breiter. »Kompliment. Du bist sehr traumbegabt.«

Ich wollte mich schon bedanken, als ich begriff, was er da gesagt hatte. Colin hatte seinen Geist meinem genähert. Ich plusterte mich auf und wollte zu einem tadelnden Vortrag ansetzen, als mich sein Blick stoppte. Es war höllisch schwierig, in seine Augen zu schauen und gleichzeitig zu schimpfen.

»Dann hast du mich also wirklich gesehen? In deinen Träumen? Ist das wahr?«, fragte er nachdrücklich.

»Als Baby, ja«, antwortete ich. »Drei Mal. Wie du auf dem Dachboden gelegen hast. Und wie deine Schwester dich mit der Stutenmilch getränkt hat. Es war Winter, eine einsame Landschaft. In einer anderen Zeit.«

»Schottland«, sagte er sehnsüchtig. »Du warst tatsächlich da.«

Wir schwiegen. Mir kam mein anderer Traum wieder in den Sinn – diese Begegnung auf unserem Rasen, nachts, und seine Hände, die sich schmerzhaft in meinen Rücken gegraben hatten. Vor allem aber seine Umarmung, in der ich mich gleichzeitig verloren und gefunden hatte. Sollte ich ihn danach fragen? Oder würde er mich auslachen? Vielleicht war es ja wirklich nur ein dummer, verliebter Mädchentraum gewesen, garniert mit etwas Horror. Nein, ich würde ihn nicht fragen. Ich wollte nicht alles wissen. Jedenfalls nicht jetzt. Dass ich, ohne es zu bemerken, seine Erinnerungen streifte, war nach meinem Geschmack schon genug des Kontrollverlusts.

Plötzlich lächelte Colin und das Schimmern kehrte in seine Augen zurück. Ich konnte mich kaum daran sattsehen.

»Und – fandest du mich als Baby auch so abscheulich, wie meine Eltern es taten? Und Furcht einflößend?« Er fragte es betont humorvoll, doch in seiner Stimme schlummerte tiefer Ernst.

»Nicht abscheulicher als sonst auch«, sagte ich locker. »Nein, so ein Quatsch. Du warst ein Baby. Ein Baby! Wie haben sie dich nur da oben liegen lassen können?«

Colin fuhr sich mit dem Finger nachdenklich über seinen Nasenrücken.

»Weißt du, ich sehe dieses Bild noch oft vor mir. Es taucht einfach auf, bei den unterschiedlichsten Gelegenheiten, und ich kann nichts dagegen tun. Plötzlich sehe ich mich. Ich in diesem verrotteten, kalten Futtertrog. Wie ich aus dem Fenster starre. Wie meine Mutter mich von sich schiebt. Wie sie mich ablehnt und fürchtet. Vielleicht eine Wirkung von Tessas Gift, mit dem sie mich daran erinnern will, wer ich bin. Aber dass du mich auch gesehen hast und dir Gedanken machtest, keine Angst vor mir hattest – das ändert es irgendwie. Das lässt es mich leichter ertragen«, sagte er wie zu sich selbst. Ich hatte einen Kloß im Hals.

»Aber in den vergangenen zwei Wochen ist es nicht mehr geschehen. Ich habe nichts mehr von dir gesehen oder wahrgenommen«, sagte ich.

»Nein. Ich habe versucht, deine Gedanken von mir fernzuhalten. Und meine eigenen von dir sowieso. Aber wie gesagt – du bist zäher, als ich ahnte. Chapeau!«

Colin machte eine kleine Verbeugung und grinste mich dabei so unverfroren an, dass ich lachen musste. Es tat gut. Doch als sich meine Wut und Furcht endgültig legten, verschwand auch meine Kraft. Ich fühlte mich butterweich, durchgekocht, erhitzt, ermattet. Colin stand auf, lief zur Spüle, durchfeuchtete eines seiner weißen Handtücher und legte es mir behutsam um den Nacken. Seine kühle Hand berührte meine Stirn.

»Bekommst du wieder Fieber?«

»Ich weiß es nicht. Willst du das denn?«, fragte ich bissig. Ich drückte mir einen Zipfel des Handtuchs gegen die Schläfe.

»Du überschätzt mich. Ich habe lediglich deine Abwehr geschwächt und deine Freundin Maike – na ja. Beeinflusst. Wir wittern ansteckende Keime.« Igitt. Maikes Taschentuch an meinem

Mund. Natürlich. Deshalb auch Colins finsterer Blick in Maikes Richtung – er hatte sie dazu gebracht, das zu tun.

»Den Rest hast du selbst erledigt«, sagte Colin achselzuckend und deutete auf meinen Bauch. »Ich hätte dir gerne gesagt, dass du dir gefälligst die Pferdedecke umhängen sollst. Aber das wäre kontraproduktiv gewesen, in jeder Hinsicht. Warum müssen Frauen heute eigentlich allen Menschen ihren nackten Bauch zeigen und ihre Augenbrauen verleugnen? Kannst du mir das erklären?«

»Ähm – nein.« Klammheimlich sah ich an mir herunter. Gut, keine Hüfthose, kein freier Nabel. »Es ist eben so.«

»Und du magst es eigentlich gar nicht.«

»Hmpf.« Volltreffer. Es hatte Monate gedauert, bis ich mich mit dem ständigen Luftzug um meinen Bauchnabel herum abgefunden hatte, und selbst dann beschlich mich immer wieder das ungute Gefühl, meine Hose beim Laufen zu verlieren. Andererseits waren das angesichts der Tatsache, einem Nachtmahr gegenüberzusitzen, der Spinnen Befehle erteilen konnte, verdammt banale Angelegenheiten.

Auf einmal wurde mir alles zu viel.

»Oh Gott, Colin, ich kann nicht mehr. Ich will noch so viel fragen, aber es geht einfach nicht mehr … Es ist alles so – so durcheinander in meinem Kopf«, stöhnte ich und rieb mir meine brennenden Augen. »Mein Vater hat mir erzählt, wie er befallen wurde und was ein Halbblut ist, aber – es ist so verworren.«

»Über deinen Vater reden wir ein anderes Mal. Er wird dir nicht alles gesagt haben. Aber ich bin mir sicher, dass er dir und euch nichts tun wird. Im Moment ist er ja sowieso nicht da.«

»Woher weißt du das?«, fragte ich verblüfft.

»Auch das erkläre ich dir irgendwann noch.« Ich ahnte, dass es schwer sein würde, sich in diesem Punkt gegen einen 158-jährigen Traumräuber durchzusetzen, der zwei Weltkriege erlebt und wahr-

347

scheinlich die halbe Welt bereist hatte. Vermutlich würde ich auch bei guter Gesundheit nicht lange genug leben, um jemals alles zu erfahren.

»Bedeutet das, ich muss jetzt gehen?«

Colin atmete lachend aus, aber ich sah, dass ich nicht verkehrt lag.

»Es wäre besser.«

»Colin, nein, bitte, ich will hierbleiben heute Nacht. Ich kann nicht wieder weg und das Gefühl haben, dich danach nie wiederzusehen ...«

Himmel. Ich bettelte einen Greis an, bei ihm übernachten zu dürfen. Ich erinnerte mich an die bisher einzige Nacht, die ich mit einem männlichen Wesen in einem Bett verbracht hatte – auf einer Party. Mit Andi. Es war eine erschöpfende, nervenaufreibende Nacht gewesen, weil ich nie wusste, wie ich mich hinlegen sollte, mir sein ummantelnder Arm fast den Nacken brach, er mir ins Ohr schnarchte und eine Wärme ausstrahlte wie ein außer Takt geratener Heißluftofen. Schön war das nicht gewesen. Und jetzt – jetzt wollte ich unbedingt bleiben, weil es mir absurderweise sicherer erschien. Ich würde meinetwegen hier unten bei den Katzen auf dem Sofa bleiben, von mir aus auch auf dem Küchenfußboden.

»Nein, Ellie. Das geht nicht. Ich habe noch nicht gegessen. Und es ist gut möglich, dass du heute Nacht schöne Träume hast, die du dringend brauchst.« Er sah hungrig aus, als er das sagte.

»Ah«, krächzte ich. Meine Kehle wurde eng. Colin wirkte immer noch ausgeruht, doch es begannen sich dunkle Schatten unter seinen Augen zu bilden und seine Wangen leuchteten weiß aus dem warmen Halbdämmer des Zimmers heraus.

»Ich dachte, du wusstest, dass ich kommen würde«, sagte ich vorwurfsvoll.

»Ich wusste es auch. Aber nie hätte ich gedacht, dass du bleibst.«

»Ich vertraue dir, Colin«, sagte ich ernst und schaute ihm direkt in seine nachtschwarzen Augen. Seine Züge erhellten sich und ein Ausdruck huschte über sein Gesicht, den ich noch nie zuvor gesehen hatte. Ich glaube, es war so etwas wie Glück. Doch schon war es wieder verschwunden und sein Mund verhärtete sich.

»Du musst mir etwas versprechen, Ellie.«

Oh. Schon wieder ein Versprechen.

»Sag deinem Vater die Wahrheit. Sag, dass du hier warst.«

»Das kann ich nicht!«

»Doch. Du kannst. Du musst es tun. Dein Vater ist nicht ganz unwichtig in diesem Spiel. Sag es ihm. Und lass dir Zeit, bevor du wiederkommst. Denke in Ruhe über alles nach. Und jetzt geh nach Hause.« Colin erhob sich.

Der hypnotische Klang in seiner reinen, samtenen Stimme machte mich mürbe. Ohne daran zu glauben, dass es klappen würde, fügte ich mich – ja, ich würde es Papa sagen. Ich versprach es.

»Eines noch, Colin«, bat ich ihn und stand auf.

»Madame wünschen?«, fragte er so süffisant, dass ich ihn mit meinen nackten Zehen ans Schienbein zu treten versuchte. Er wich geschickt aus und hielt locker mein Bein fest, sodass ich eine geschlagene Minute lang mit ausgebreiteten Armen im Kreis herumhüpfte, um nicht hinzufallen. »Guter Gleichgewichtssinn«, sagte er trocken, als er mich wieder losgelassen hatte. Er versuchte abzulenken. Das kannte ich ja schon.

»Fünf Jahre Ballett«, erklärte ich huldvoll. »Und ich möchte wissen, wie das mit Tessa war. Ich – ich will es sehen.« Verstand er, was ich meinte? Er schaute mich lange an, als wolle er meine Seele durchleuchten. Aber ich hielt stand und schob die Eifersucht weg, die mich jedes Mal packte, wenn ich den Namen Tessa hörte oder aussprach.

»Komm her«, sagte er. Ich trat auf ihn zu. Er nahm meinen Kopf

349

und drückte seine Stirn sanft gegen meine. Seine kühle, glatte Haut verströmte einen verstörenden Duft. Nach Katzenfell, Kiefernnadeln, Heu, Kaminrauch, Pferd, Leder – und da war noch etwas, was ich noch nie in meinem Leben gerochen hatte. Es roch so gut, dass ich mindestens bis zum Jüngsten Gericht so stehen bleiben wollte. Seine langen Wimpern kitzelten meine Augenbrauen. Dann gab es eine kleine, heftige Erschütterung in meinem Kopf – und ich fand mich draußen wieder, auf dem Kiesweg vor dem Haus, Colin dicht hinter mir, Mister X vor mir, und ich hätte so gerne noch irgendetwas Kluges, Bedeutungsvolles gesagt oder getan. Meine Fragen aber waren wie weggewischt.

»Lauf«, flüsterte Colin. Bläuliche Nebelschwaden glitten gespenstisch über den weichen Waldboden und verschluckten meine Füße, sodass ich das Gefühl hatte zu schweben. Kurz vor meiner Haustür machte Mister X schnurrend kehrt. Müde schloss ich auf, zerknüllte den Zettel für meine Eltern und zündete ihn mit Papas Feuerzeug an, bis nur noch Asche übrig war.

Auf den letzten Treppenstufen kam mir das Gewicht meines Körpers kaum mehr tragbar vor. Ich schlüpfte aus meinen nach Kaminrauch duftenden Klamotten und legte mich nackt ins Bett. Augenblicklich war ich eingeschlafen.

Doch irgendwann in dieser sternklaren Nacht, irgendwann zwischen der Dunkelheit und dem Morgengrauen, vernahm ich einen Atemhauch an meiner Wange, kühl und köstlich. Eine Hand strich über meine Stirn.

»Gute Nacht, Waldhexe.« Jetzt schlief ich wirklich.

ÜBERVATER

Noch bevor ich fähig war, meine Augen zu öffnen, spürte ich, dass etwas auf meiner Brust lastete. Siedend heiße Wellen des blanken Horrors schossen durch meinen Bauch. Jetzt war es also geschehen. Ich wurde angefallen. Das war das Ende meines bisherigen Lebens und weiß Gott, viel Grandioses war darin nicht passiert. Vielleicht war es sogar mein Tod.

Dann begann mein Gehirn zu arbeiten. Nein, es tat nichts weh. Keine Klauen im Nacken. Auch war ich von keinem Sehnen erfüllt, alles zu geben. Ich hatte lediglich entsetzlichen Hunger. Überdies wäre es ein erbärmlich leichtgewichtiger Mahr gewesen, der da auf meiner Brust saß und versuchte, Träume aufzusaugen. Und ich war mir ziemlich sicher, dass Mahre weder schnurrten noch nach Fisch stanken.

Ich überredete mich dazu, meine schlaftrunkenen Lider zu heben, und blickte direkt in Mister X' halb geschlossene, verzückte Augen.

»Mrau«, machte er selbstgefällig.

»Also, das geht nun wirklich nicht«, sagte ich mit unglaubwürdiger Strenge in meiner heiseren Morgenstimme. Ich versuchte, ihn wegzuschieben – eine Aktion, die dieser aufdringliche Kater nur mit einem weiteren »Mrau« kommentierte und dazu nutzte, sich noch fester auf mir einzurollen.

Das Brummen und Klingeln meines Handys setzte dem unfreiwilligen Schmusekurs ein vorzeitiges Ende. Mister X und ich erschraken gleichzeitig und stoben synchron aus dem Bett, er zur linken Seite und sehr elegant, ich zur rechten und eher unbeholfen.

Ich hatte nicht die leiseste Ahnung, wie spät es war, und musste einen Moment lang überlegen, um mich erinnern zu können, welchen Wochentag wir hatten und in welcher Welt ich mich befand.

Das Handy vibrierte und schrillte penetrant weiter. Ich schlurfte zum Fenster, um es mir vom Sims zu angeln und mich auf meinen Schreibtischstuhl fallen zu lassen. Mister X besaß die Frechheit, sich in der Zwischenzeit unter meiner Bettdecke zu einer Fellkugel zusammenzurollen.

Das gleißende Sonnenlicht strahlte mich schonungslos an und machte es mir unmöglich, auch nur irgendetwas auf meinem Display zu erkennen. Etwa ein Kontrollanruf meiner Eltern?

Colin, schoss es mir freudig durch den Bauch, als ich an meine Eltern dachte. Ich war bei Colin gewesen. Ich hatte es wirklich getan. Und er hatte mich nicht weggeschickt. Gut, nicht sofort. Aber meine Aufenthaltsdauer von gestern Abend war der bisherige Rekord, auch wenn ich nicht wusste, wie man das bezeichnen sollte, was zwischen uns entstand.

»Hallo?«, meldete ich mich blinzelnd.

»Ibiza!«, schallte es mir entgegen – nicht minder freudig als meine Morgengedanken an den ersten und einzigen Vollblutmahr in meinem schnöden Dasein.

»Hä?«, gab ich tumb zurück.

»Ich bin's!«

»Wer ist denn ›ich‹?«, fragte ich vorsichtig. Maike war es jedenfalls nicht. Und Benni erst recht nicht.

»Jenny! Sag mal, was ist denn mit dir los?«

Jenny. Die hatte ich ja total vergessen.

»Oh, hallo, Jenny«, sagte ich und es gelang mir nur wenig zufriedenstellend, etwas spontane Begeisterung zu vermitteln. Ich klang fürchterlich verpennt. Und so fühlte ich mich auch. Aber es ging mir gut dabei.

»Jaa, wie gesagt«, rief Jenny viel zu laut und ich hielt das Handy ein Stück von meinem Ohr weg. »Ibiza, es klappt!«

Verdammt, ich hatte wieder viel zu wenig gefragt heute Nacht. Viel zu wenig! Ich zog ein Blatt Papier aus meinem Drucker und suchte nach einem funktionierenden Kugelschreiber.

»*Warum hast du Papa nicht früher bemerkt?*«, notierte ich.

»Lassie? Bist du noch da? Hallo?«

»Ja, ich bin noch da«, erwiderte ich geduldig.

»*Warum hast du mich aus dem Gewitter gerettet?*«, schrieb ich weiter.

»Dann sag doch mal was! Du sagst ja gar nichts dazu!«

»Zu was denn?«, fragte ich zerstreut.

»Oh Mann! Wir wollten doch nach Ibiza fahren in den Sommerferien, weißt du nicht mehr? Und nun haben wir ein billiges Hotel und einen billigen Flug gefunden, du musst nur zusagen, und dann – Party!«, jubelte Jenny.

Das stimmte. Ich erinnerte mich verschwommen. Wir wollten zusammen ans Meer fahren. Ich hatte an einsame Buchten und lauschige Restaurants gedacht; Nicole und Jenny an heiße Partys und lange Clubnächte. Und aus irgendeiner geistigen Umnachtung heraus hatte ich zugestimmt, weil ich endlich mal in einem warmen, sonnigen Land Urlaub machen wollte.

»*Warum habe ich dich im Traum von oben gesehen?*« Ah, Moment. »*Warum hab ich nicht von Tessa und dir geträumt? Ich wollte doch wissen, was genau passiert ist!*«

»Ich glaube, das wird nichts«, sagte ich matt zu Jenny, die aufgeregt in den Hörer schnaufte. Ich konnte doch jetzt nicht verreisen. Auf gar keinen Fall. Und wenn ich ehrlich war, dann wollte ich es auch nicht mehr.

»Ich hab Hausarrest«, fügte ich erklärend hinzu. Das stimmte immerhin, selbst wenn es der wohl inkonsequenteste Hausarrest aller Zeiten gewesen war.

»Du – du hast Hausarrest?« Jenny lachte in den Hörer. Im Hintergrund hörte ich Nicole etwas fragen, unterbrochen von dem nervigen Geräusch eines anfahrenden Autos und aggressivem Hupen.

Jetzt übernahm Nicole die Regie.

»Komm, erzähl keinen Mist, das ist doch gar nicht wahr. Unsere Eltern haben schon miteinander gesprochen und dein Paps hat wie immer nichts dagegen. Stell dich nicht so an. Das wird super!«

Unsere Eltern hatten miteinander geredet? Wie schön, dass ich als Letzte davon erfuhr. Das war ja wie im Kindergarten.

»Hallo?«, rief ich in den Hörer und raschelte laut mit dem bekritzelten Papier. »Nicole? Jenny? Ich glaube, ich habe eine Störung …«

Ich trat vom Fenster weg in die Zimmermitte und die erlogene Störung ging nahtlos in ein echtes Funkloch über. Zufrieden legte ich auf und schaltete das Handy aus. Die plötzliche Ruhe war überwältigend.

Mit Zettel und Kuli bewaffnet zog ich mich wieder in mein Bett zurück und kuschelte meine nackten Zehen an Mister X' weiches Knisterfell. Ich spürte, wie er sich unter der Decke mit einem tiefen, kätzischen Seufzer langmachte.

Es war unmöglich, mit Mister X im Bett zu liegen und nicht an Colin zu denken. Ich hatte lange und fest geschlafen – viel länger als die gesamten Wochen seit unserer Ankunft – und ich hatte mich seit Tagen nicht mehr so klar im Kopf gefühlt. Trotzdem musste ich mir meine Fragen aufschreiben. Es waren so viele. Und ich wollte sie alle noch stellen, nach und nach.

Ich solle mir Zeit lassen mit einem Wiedersehen, hatte Colin zum Abschied gesagt. Und – meine Stimmung verdüsterte sich jäh – ich solle mit meinem Vater reden. Ihm die Wahrheit sagen. Genauso

354

gut könnte ich die apokalyptischen Reiter zu einem geselligen Stelldichein mit Kaffee und Kuchen bitten, dachte ich entmutigt.

Wenn Papa schon bei der Begegnung mit Colin so drohend und gefährlich wütend geworden war, wie würde es dann erst sein, wenn er erfuhr, dass ich mich seinen Verboten widersetzt hatte? Ob er dazu fähig war, mir etwas anzutun? Nun, wenn ich Colin glauben konnte – und das tat ich –, dann hatte ich Papa zu Unrecht verdächtigt, mir die Spinnen, den Schlaf und die Windpocken geschickt zu haben. Trotzdem. Papa konnte ja nicht ahnen, dass Colin keiner von jenen Mahren war, die das Wissen der Menschen um ihre Existenz mit diversen Vernichtungsaktionen belohnten. Es bestand also keine direkte Gefahr, weder für mich noch für Mama oder Papa noch für – für Paul? Was, wenn Paul inzwischen jemandem von Papas Geschichte erzählt hatte? Ich hatte keine Ahnung, wie viele Mahre es auf dieser Welt gab, doch in einer Großstadt wie Hamburg waren es bestimmt mehr als hier auf dem Land. Paul war immer sehr offen gewesen und hatte sich nie gescheut, von sich und seiner Familie zu sprechen. Sicher hatte Papa auch ihm den Schwur abgenommen. Aber Paul war nach wie vor der festen Meinung, der ganze Mahrkram sei eine Ausgeburt von Papas beginnendem Realitätsverlust. Warum sollte er sich dann an einen solchen Schwur halten?

Ich trat zurück ans Fenster und wählte schweren Herzens Pauls Nummer. Als er endlich abnahm, hörte er sich übernächtigt an und seine Stimme war belegt.

»Ellie. Ich habe dir doch gesagt, dass das alles …«

»Nein, Paul. Er hat es mir jetzt doch erzählt. Diesen ganzen Mist von wegen Mahr und Halbblut und gebissen werden. Was ist nur mit ihm los?« Klang meine Stimme normal? Das musste sie, denn sonst würde mein Vorhaben nicht funktionieren.

»Oje«, seufzte Paul. Er schwieg kurz. »Und wie geht es dir damit?«

»Na ja«, seufzte ich zurück. »Das Schlimme ist ja, dass Mama ihm glaubt. Und ich will mich da nicht einmischen. Ich mache hier nur mein Abi und dann …«

»Dann geh am besten auch weg von ihnen. Das hält man ja nicht aus.« Warum hörte sich Pauls Stimme so traurig an, wenn er doch in Hamburg ohne uns so zufrieden und glücklich war?

»Du, Paul – ich weiß, das ist alles ziemlich beknackt, aber Papa hat hier eine wichtige Position und die sollte er nicht verlieren, schon Mama zuliebe. Es wäre besser, wenn niemand etwas von seinen Hirngespinsten erfährt.« Sorry, Papa, dachte ich schuldbewusst. »Also, ich erzähle keinem davon. Ist mir auch echt peinlich.«

Paul lachte leise. »Was glaubst du, wie unangenehm mir das ist? Mein Vater, der erfolgreiche Psychiater, und dann dreht er selbst am Rad. Nein, ich hab das niemandem gesagt. Und Lilly hätte mir sowieso nicht geglaubt. Sie war ja völlig verrückt nach ihm.« In Pauls Stimme war eine Härte gekrochen, die mir selbst wehtat.

»Okay, Paul, dann …« Dann? Er musste jetzt denken, dass wir in einem Boot saßen. Vielleicht wäre er sogar bereit, öfter mit mir zu reden – über unseren bekloppten Vater und unsere arme, hintergangene Mutter. Aber nun musste ich mich von ihm zurückziehen. »Mach's gut – und bitte erzähl es niemandem«, bat ich ihn und legte auf, bevor meine zitternde Stimme mich verraten konnte.

»Er ist nicht verrückt«, flüsterte ich unter Tränen und starrte mein Handy an. Ich kam mir scheußlich vor. Aber Paul hätte mir nicht geglaubt. Ich hatte lügen müssen, um ihn zu schützen. Er war mein Bruder, auch wenn ich nicht mehr wusste, wie er überhaupt aussah. Er hatte seit Jahren kein Foto mehr geschickt. Vielleicht wollte er Papa damit strafen. Ich bettete mein Gesicht in meine Hände und wartete, bis ich wieder ruhiger atmen konnte. Ich hatte den Tag für mich alleine – und es waren Sommerferien. Noch sechs Wochen lang. Auf einmal bereitete mir der Gedanke an so unfassbar viel

356

freie Zeit keine Sorgen mehr, denn es gab viel zu tun. Und viel zu forschen.

In Papas Büro war ich gestern nicht weitergekommen. Aber es musste hier im Haus irgendwelche Unterlagen zu diesem ganzen Traumjägerkram geben. Ganz bestimmt würde Papa so geheimes Material nicht in der Klinik liegen lassen. Aber eventuelle Akten oder Unterlagen im Büro frei zugänglich zu lagern, war wohl auch zu einfach – zumal Papa sicher geahnt hatte, dass ich danach suchen würde.

Mister X robbte unter der Decke hervor, gähnte mir herzhaft seinen Fischatem ins Gesicht und stahl sich durch das geöffnete Fenster davon. Leichtfüßig balancierte er über den Dachfirst, um dann mit einem graziösen Sprung auf die Garage überzusetzen.

Ich drückte meine Nase noch einmal in Colins weiche Kapuzenjacke. Dann zog ich mich an und machte mir ein schnelles Frühstück. Der Kaffee war fast leer. Ich musste kurz überlegen und klappte ratlos die Küchenschränke auf und zu, bis mir einfiel, dass Mama die Vorräte neuerdings im Keller lagerte. Und ich hasste Keller. Diesen hier erst recht – er war dunkel und modrig und ich war überzeugt davon, dass sich dort unten seit Generationen dicke, fette Spinnen munter fortpflanzten. Schon direkt nach unserem Einzug hatte ich mich geweigert hinunterzugehen, wann immer meine Eltern irgendeinen kellertechnischen Auftrag für mich hatten. Und derer gab es viele, wenn man gerade umgezogen war.

Natürlich – der Keller, fiel es mir wie Schuppen von den Augen. Warum war ich nicht früher darauf gekommen? Falls es in diesem Haus irgendein Versteck für Papas geheime Unterlagen gab (Unterlagen von einem geheimen Job, der so geheim war, dass nicht einmal Colin mir davon erzählen wollte), dann dort. Dort musste der restliche Inhalt jener Kisten lagern, die der Lkw mitten in der Nacht geliefert hatte. Denn auf dem Dachboden wohnte schließlich ich.

Mein morgendliches Wohlgefühl bekam seinen zweiten Dämpfer. Die Aussicht, mich länger als drei Minuten da unten aufhalten zu müssen, war ernüchternd. Ja, ich hatte diese Spinnenarmee in meinem Zimmer angebrüllt und war drauf und dran gewesen, mich von ihnen zu einem menschengroßen Kokon einspinnen zu lassen. Aber das bedeutete noch lange nicht, dass mein Ekel verschwunden war. Kurz überlegte ich, ob ich Nicole und Jenny nicht doch hätte zusagen sollen. Es war so verlockend einfach. Eine Woche Ibiza, baden im Meer, blauer Himmel, weit weg von den Eltern und der Schule und all den Landeiern. Aber auch krachend laute Diskotheken, der ständige Druck, fröhlich und ausgelassen zu sein, dazu vielleicht irgendwelche aufdringliche Typen, die uns für willige Opfer hielten.

Nein. Im Vergleich zu Colin wirkten alle anderen Jungs, denen ich bislang begegnet war, wie Hampelmänner.

Die Versuchung war groß, sofort aufzuspringen und Colin zu besuchen, um all meine Fragen zu stellen, doch ich hatte ihm mein Wort gegeben. Es war vielleicht klüger, es zu halten, auch wenn mir immer noch nicht einleuchten wollte, warum ihm so viel daran lag.

Also musste ich sehen, dass ich auf eigene Faust weiterkam und die Abwesenheit meiner Eltern so gut wie möglich nutzte. Mit eingezogenem Kopf kletterte ich die schmale Stiege hinunter. Ich blickte mich rätselnd um. Wo sollte ich beginnen? Mein Unterfangen erschien mir aussichtslos. Die Zustände in unserem Keller lehrten selbst einen Hausbesetzer das Fürchten. Dabei war Papa beinahe ein Pedant und Mama schuf höchstens organisiertes Dekochaos mit System. Aber das hier? Es passte nicht zu ihnen. Als sollte es mich verjagen, bevor ich auch nur einen Schritt gehen konnte.

In der Ecke stapelten sich Koffer und Taschen zu einem grau-blau-grünen Haufen, daneben sorgte die Weihnachtsdeko für rot-goldene Akzente. Der Kellerschrank war zum Bersten voll mit alten

Klamotten, Schallplatten, Fotokisten und Videokassetten. An der Wand wuchsen die leeren Umzugskartons bis zur Decke. Teppichrollen lagen kreuz und quer im Raum. Dann war da noch Omas riesige alte Bauerntruhe. Ich wusste genau, was darin gelagert wurde – palettenweise Einmachgläser, das Fondueset, Glaskaraffen und ihr Silberbesteck, das wir nie benutzten, weil man es ständig putzen musste. Die Truhe hatte früher bei ihr im Flur gestanden. Und wenn sie sich aus ihr bediente und Marmelade kochte, hatte ich oft zugeschaut und ihr anschließend geholfen, die Gläser zu verschrauben. Als ich mir den Weg durch das Chaos bahnte und nicht umhinkam, Kisten und Kartons notdürftig zur Seite zu schieben, stimmte ein Plüschelch im Zentrum des Weihnachtsplunders fröhlich *Jingle Bells* an. Trotz meiner Spinnenfurcht musste ich kichern.

In einem Anflug von Nostalgie legte ich neben Omas Truhe einen kurzen Stopp ein und wollte den Deckel nach oben ziehen, doch er bewegte sich keinen Millimeter. Ich versuchte es ein weiteres Mal. »Blödes Schissding«, fluchte ich, als mein Finger abrutschte und ich mir den Nagel aufriss. Irgendetwas blockierte das Scharnier.

Ich suchte nach einer Taschenlampe und fand sie neben meinen alten Schulbüchern – bedeckt von Staub und Spinnweben. An ihrem Ende klebte dürr und blutleer eine mumifizierte Spinnenleiche.

Schaudernd wischte ich sie weg und leuchtete die Truhe an. Ich hatte schon immer ein gutes Gedächtnis besessen und an einer Sache hegte ich keinerlei Zweifel: Niemals hatte sich an dieser Truhe ein Zahlenschloss befunden. Wozu auch?

Aber jetzt gab es eines. »Sehr unauffällig, Papa«, murmelte ich. Ob er sich bei der Zahlenkombination ebenso große Mühe gegeben hatte? Ich probierte das Hochzeitsdatum meiner Eltern. Fehlanzeige. Das Schloss löste sich nicht. Hm. Mamas Geburtstag? Nein. Der war es auch nicht. Erfüllt von einem unerklärlichen Respekt gab ich mein eigenes Geburtsdatum ein. Das Schloss schnappte auf. »Oh Mann. Wie einfallsreich«, sagte ich beschämt. Ganz korrekt war das ja nicht, was ich hier trieb. Andererseits, redete ich mir trotzig ein, hatte ich auch ein Recht zu wissen, was Papa in seiner Freizeit so machte.

Ich stemmte den wuchtigen Deckel nach oben. Der Blick in das Innere der Truhe mündete in einer herben Enttäuschung. Ich fand nichts außer einem schweren Safe – und mit Zahlenkombinationen kam ich hier nicht weiter. Ich brauchte den Schlüssel. Wo konnte der nur sein? Höchstwahrscheinlich in Papas Hosentasche. Trotzdem rüttelte ich probehalber an der Safetür. Möglicherweise hatte er in der Hektik seines Aufbruchs vergessen, sie korrekt zu schließen.

»Elisabeth? Was tust du da?« Blitzschnell zog ich meine Hand zurück. Der Deckel der Truhe sauste nach unten. Im letzten Moment brachte ich meine Finger in Sicherheit. Es gab einen lauten Schlag und das Schloss fiel rasselnd zu Boden.

Mein Vater stand nur wenige Schritte hinter mir – wie lange schon, wusste ich nicht. Finster ragte seine wuchtige Gestalt vor mir auf. Ich konnte sein Gesicht im Gegenlicht der Glühbirne, die hinter ihm an der Decke schwankte und seinen riesigen Schatten über die Wände jagte, nicht erkennen.

Doch das brauchte ich nicht, um zu wissen, dass er vor Zorn bebte.

Ich versuchte gar nicht erst zu lügen.

»Ich habe ihn wiedergesehen, Papa. Colin. Ich war bei ihm. Und wie du siehst, lebe ich noch.« Ich machte einen kleinen, mustergültigen Knicks.

Er regte sich nicht. Ich hörte nicht einmal seinen Atem. Bange Sekunden verstrichen. Was würde er tun? Mama war noch nicht zurück und eigentlich hätte auch Papa noch nicht wieder da sein sollen. Würde er mich verprügeln? Mein Vater hatte nie Hand an mich gelegt, aber ich hatte ihm bisher auch keinen Grund dazu gegeben.

Doch jetzt? Ich kämpfte die aufsteigende Angst hinunter, hob die Taschenlampe und leuchtete ihm mitten ins Gesicht. Seine Augen waren blutrot geädert. Das konnte ich noch erkennen, bevor er den Arm abwehrend vor sein Gesicht schob.

»Lass das, Elisabeth. Ich bin schneeblind. Diese verdammte Sonne«, fluchte er. Schneeblind? Wie hatte er dann so lautlos hier heruntergefunden, ohne zu fallen oder zu stolpern?

Ich bewegte die Lampe nur wenige Zentimeter weit nach unten.

Papa lief auf mich zu und riss sie mir aus der Hand. Erschrocken keuchte ich auf. Er packte mich fest am Arm.

»Komm mit«, sagte er kalt und zerrte mich von der Truhe weg. Es hatte keinen Zweck, mich zu wehren. Mein Vater war mir um ein Vielfaches überlegen. Seine akute Blindheit konnte daran nicht viel ändern.

Oben stieß er mich in sein Büro.

»Hier bleibst du, bis Mia zurück ist.« Oh nein. Mama. Das schlechte Gewissen trieb mir die Tränen in die Augen. Sie musste denken, dass ich ihre Gutgläubigkeit ausgenutzt hatte. Papa verschwand wortlos und schloss die Tür zweimal ab.

Anderthalb Stunden später war es so weit.

Die ganze Zeit hatte ich bewegungslos auf dem Sofa gekauert, unfähig, auch nur irgendetwas zu tun. Ich fand es würdelos, hier eingesperrt zu werden wie ein unartiges Kind. Jetzt hätte ich ungestört in Papas Büchern lesen können, doch mir fehlte jeglicher Antrieb dafür. Ich würde ja doch nichts finden, was mir weiterhalf – und schon gar nicht aus dieser verfahrenen Situation.

Nun saß ich ihnen im Wintergarten gegenüber. Papa trug eine Sonnenbrille und so blieb mir nur, Mama in die Augen zu sehen, die mich moosgrün und fragend anblickten. Sie wusste also noch nichts.

»Sie war bei ihm«, sagte Papa schlicht. Mama schüttelte ungläubig den Kopf.

»Aber ...«, begann sie zweifelnd.

»Doch, er hat schon recht. Ich war bei ihm. Und jetzt? Wollt ihr mich einsperren? Mich Tag und Nacht kontrollieren? Mich irgendwo anketten?«, fragte ich angriffslustig.

Mama schwieg. Ich konnte ihr nicht länger in die Augen schauen. Das war das Einzige, was mir leidtat – dass ich sie hintergangen hatte. Alles andere bereute ich nicht.

»Ach, übrigens«, durchbrach meine Stimme die Stille. »Er ist ein Cambion. Und Halbblüter sind ihm herzlich egal.«

Papa ließ seine flache Hand auf den Tisch krachen. Er brachte es noch fertig und schlug das Ding in zwei Hälften.

»Verdammt, Elisabeth, was ist plötzlich los mit dir? Willst du uns in den Wahnsinn treiben?«

»Ein Cambion«, wiederholte Mama entgeistert. »Ich spring gleich aus dem Fenster.«

»Tu dir keinen Zwang an«, erwiderte ich großzügig. Wir befanden uns schließlich im Erdgeschoss. »Du wirst es ebenso überleben wie ich meinen Besuch bei Colin.«

»Es reicht!«, tobte Papa. »Wie kannst du so naiv sein und dir etwas darauf einbilden, dass er dich einmal davonkommen ließ?«

»Einmal? Jedes Mal!«, schrie ich zurück.

»Herrgott, Elisa, wach endlich auf! Er macht dir etwas vor. Er spielt mit dir. Das gehört zum Wesen des Mahrs. Er vermittelt dir das Gefühl von Sicherheit, damit du dich in ihn verliebst und deine Träume süßer werden, und wenn du so weit bist, schlägt er zu!«

»Es mag sein, dass neunundneunzig Prozent aller Mahre so gestrickt sind, aber er nicht. Ich weiß es. Ich weiß es einfach.«

362

Mama schaute kopfschüttelnd abwechselnd zu Papa und zu mir. »Ich verliere hier noch den Verstand«, murmelte sie ratlos. »Das ist ein Irrenhaus. Ich lebe in einem Irrenhaus.«

»Elisabeth Sofia Sturm«, grollte Papa, beugte sich vor und packte mich grob an den Schultern. »Du täuschst dich. Es ist Teil seines Planes, dass du das alles glaubst.«

»Gut, Papa – wenn Mahre von Grund auf so unehrlich sind, wie du behauptest, wer sagt mir dann, dass du mir die Wahrheit erzählst? Immerhin bist du zur Hälfte ein Mahr und hast mich siebzehn Jahre lang angelogen.«

Papa stöhnte auf und raufte sich die Haare. Die Sonnenbrille rutschte von seinem Gesicht und gab kurz seine Augen frei. Sie waren blutunterlaufen.

»Du hast mir immer eingebläut, dass ich mich auf meine Intuition verlassen soll. Und das befolge ich. Nichts sonst«, sprach ich weiter.

Papa stöhnte erneut. »Elisa, muss das denn sein? Du hast doch hier alles, was du brauchst.«

»Alles, was ich brauche?«, rief ich hart. »Mir fehlt eine ganze Menge!«

»Ein raffgieriger Mahr vielleicht, der dir den letzten Funken Lebenswillen aus dem Leib saugt?«, höhnte Papa. »Als ob wir dir nicht alles geboten hätten! Welches Kind darf sich denn so glücklich schätzen, mit 200 Euro Taschengeld pro Monat um sich werfen zu dürfen, jedes Wochenende auszugehen, stets die teuersten Klamotten zu tragen –«

»Papa, ich bitte dich!«, brüllte ich aufgebracht und stellte erstaunt fest, dass auch ich ganz schön laut sein konnte. »Du müsstest am ehesten wissen, dass mir das alles nichts bedeutet. Glaubst du denn im Ernst, ich hab ein so tolles Leben geführt?«, rief ich und sprang auf. Ich konnte nicht länger wie eine Angeklagte vor Gericht auf

363

meinem Stuhl sitzen bleiben. »Ich habe meinen Bruder seit fünf Jahren nicht mehr gesehen. Seit fünf Jahren! Du hast ihn vertrieben und es kümmert dich nicht einmal.« Ich wusste, dass das nicht stimmte, aber das war mir gleichgültig. Ich war noch nicht fertig.

»Weil ihr anders seid, bin ich auch anders. Es ist kein Vergnügen, immer herauszustechen und mehr zu fühlen, zu sehen und zu hören als der Rest der Welt. Das macht keinen Spaß. Es macht auch keinen Spaß, dass jeder Junge, den man mit nach Hause bringt, sich in die Hosen pinkelt vor Angst, wenn er dich sieht. Oder dass meine besten Freundinnen für dich schwärmen. Das ist ekelhaft!«

Wütend stieß ich meinen Stuhl weg. Und es machte mich noch wütender, dass Mamas Mundwinkel kurz zuckten. Wehe, sie amüsierte sich über mich. Mir war es ernst.

»Wir haben versucht, dir ein normales Leben zu bieten«, sagte Papa gemessen.

»Ein normales Leben!«, spottete ich. »Mein gesamtes Leben bestand nur aus Angst, weil ich wahrscheinlich irgendwie immer gespürt habe, dass etwas mit uns nicht stimmt. Und es macht mich nicht gerade mutiger zu wissen, dass Mama in deiner Nähe in Gefahr ist und ich es möglicherweise auch bin. Ich kann nicht mehr so tun, als wäre alles in Ordnung. Es ist nichts in Ordnung! Nichts!«

Weil ich meinem Ärger Luft machen musste, fegte ich die ungelesene Morgenzeitung vom Tisch und trat sie mit dem Fuß in die Ecke. Mama sah mir interessiert dabei zu. Papa schwieg nur, sein Gesicht eine starre Maske, auf der keinerlei Gefühle abzulesen waren.

»Du bist anders, Papa, und ich bin es auch. Colin ist ebenfalls anders. Du kannst nicht erwarten, dass ich mich von ihm fernhalte. Er ist der erste Mensch, bei dem ich mich verstanden fühle. Und alles andere geht euch nichts an.«

Es entstand ein eisiges Schweigen.

»Er ist kein Mensch, Elisabeth«, sagte Papa schließlich drohend.

»Du auch nicht.« Wir standen dicht voreinander, die Arme verschränkt, die Köpfe erhoben, und blickten doch am anderen vorbei.

»So, mir reicht das jetzt!«, beschloss Mama und schob uns resolut auseinander. Sie sah mich ungewohnt mütterlich an. »Wir wollen dich nicht auch noch verlieren, Lieschen.« Lieschen. So hatte sie mich früher genannt, wenn ich nicht schlafen konnte oder unter Bauchweh litt oder mir das Knie aufgeschlagen hatte. Papa schnaubte verächtlich.

»Dann lasst mich tun, was ich für richtig halte«, entgegnete ich mit fester Stimme. »Es gibt keinen Weg zurück.«

Ich erschauerte. Ja, es war vorbei. Kein Lieschen mehr. Einen kurzen, schwankenden Moment lang wollte ich anfangen zu weinen und beide um Verzeihung bitten. Ich musste wie eine Fremde auf sie wirken.

»Gott, Papa, warum musstest du auf diese Insel fahren? Warum?«, stieß ich hervor und Tränen füllten meine Augen. »Konntest du nicht wie alle anderen Passagiere am Strand bleiben und Cocktails trinken?«

Papa sagte lange nichts. Es brach mir das Herz, ihn so anzuklagen. Meine Worte schossen wie frisch geschärfte Messer durch den Raum.

»Ach, Elisa«, sagte er ruhig. »Was glaubst du, wie oft ich mich das gefragt habe? Aber es ist geschehen. Ich habe keine Wahl mehr. Du hast sie noch. Du hast eine Wahl.«

»Nein!«, rief ich verzweifelt. »Versteht ihr das denn nicht? Ich habe keine. Hier geht es nicht um Abenteuerlust. Es geht um –«

Ich wagte es nicht, das Wort auszusprechen. Es war zu groß. Zu bedeutsam. Stattdessen legte ich die Hand auf mein Herz.

»Es geht um mich«, sagte ich tonlos. Dann drehte ich mich um und lief auf mein Zimmer. Oben angekommen warf ich mich erschöpft auf mein Bett. Ein protestierendes Quieken zeigte mir, dass ich nicht alleine war. Verknittert schob sich Mister X' pelziges Gesicht unter der Decke hervor.

»Du schon wieder«, murrte ich. Gewichtig setzte er sich auf meine Brust und blickte mich durchdringend an.

»Was ist?«, fragte ich gereizt, doch dann fiel mir sein Halsband auf. Ein rubinrotes Lederband mit einer kleinen Metallhülse. Ich öffnete sie und zog ein dünnes, gerolltes Papierchen heraus.

»*Versöhne Dich mit Deinen Eltern. Ich bin einige Tage mit Louis unterwegs. Mister X mag am liebsten Fisch.*«

»Ach, wirklich?«, brummte ich spöttisch. Auch das noch. Colin war weg. Meine Eltern erkannten mich nicht wieder. Und ich hatte einen aufdringlichen Kater zu versorgen.

Ein Urlaub auf Ibiza war tatsächlich wesentlich einfacher.

Ich schob Mister X zum Fußende, drückte mein glühendes Gesicht in Colins Kapuzenjacke und wartete darauf, dass meine Eltern heraufstürzten und mir bitterste Vorwürfe machten.

Aber sie kamen nicht. Ich flüchtete in einen schalen, einsamen Schlaf.

Metamorphose

Ich konnte mich nicht erinnern, jemals einen so unangenehmen Auftakt meiner Sommerferien erlebt zu haben. Wenn ich nicht umhinkam, mit meinen Eltern zusammen am Tisch zu sitzen, schwiegen wir uns an – Papa kalt und eisern, Mama mit Leichenbittermiene, ich mit gesenkten Augen. Zwischen den Mahlzeiten beobachteten sie mich auf Schritt und Tritt. Es kam beinahe einem Erlebnisurlaub gleich, als ich Mama gegen Ende der Woche in den Supermarkt begleiten durfte und andere Menschen zu Gesicht bekam.

Den Rest der Zeit verbrachte ich damit, über meinen Colin-Notizen zu brüten, mir zu überlegen, was in seiner Welt – die angesichts seiner beachtlichen Lebensdauer sicherlich andere Kategorien pflegte als ich – wohl »einige Tage« bedeuteten. Eine Woche? Oder eher ein bis zwei Jahre? Meine Geduld war bereits nach zwei Nächten erschöpft, denn ich hatte vergeblich darauf gewartet, ihn und Tessa in meinen Träumen zu Gesicht zu bekommen.

Doch je mehr ich über die Ereignisse der vergangenen Wochen nachdachte, desto sicherer wurde ich mir, dass es keine Zufälle gab in diesem düsteren Spiel. Colin hatte mich vom ersten Tag an bemerkt. Und heimgesucht. Wie er schon gesagt hatte: die Torte hinter der Glasscheibe. Wie doppeldeutig, dachte ich. Ich wusste nicht, ob diese Erkenntnis mir unheimlich war oder ob sie mich in meinem Vorhaben, Colin möglichst bald wiederzusehen, bestärkte.

Er hatte behauptet, alles versucht zu haben, damit ich das Interesse an ihm verlor. Und das stimmte ja auch. Trotzdem waren wir uns immer wieder über den Weg gelaufen. Ich konnte mir schlecht vorstellen, dass das alles Puzzleteile eines perfiden Plans sein sollten, der zum Ziel hatte, mich meiner Gefühle und Träume zu berauben, wie Papa mir einreden wollte. Nicht jeder Mahr konnte einen solchen Aufwand betreiben, um sich zu ernähren. Sie wären alle längst verhungert. Aber sicher war ich mir nicht. Und immer wieder gab es Augenblicke, in denen mich die nackte Angst anfiel und ich mich panisch fragte, wie ich jemals heil aus dieser Geschichte herausfinden sollte.

Gleichzeitig fürchtete ich, dass sein Argument, ich bringe ihn in Gefahr und nur deshalb habe er mich von sich ferngehalten, lediglich eine blasse Entschuldigung war. Vielleicht war er mehr Einzelgänger, als er zugeben wollte, und bekam schnell genug von Menschen – vor allem von Menschen wie mir. Ein frustrierender Gedanke. Oder brauchte er einfach Zeit, sich an Gesellschaft zu gewöhnen?

Mister X zog es derweil vor, blasiert auf meiner Stereoanlage zu thronen und sich in den unmöglichsten Momenten Höhlen unter meinen Flickenteppichen zu graben, in denen er flach auf den Boden gepresst auf Lauerstellung ging und meine Knöchel attackierte, sobald ich mich näherte. Denn damit vertrieb ich mir die Zeit: Ich lief in meinem zu großen Zimmer auf und ab, von einem zum anderen Fenster, kreuz und quer, blickte auf das Dorf, das in der Sommerwärme vor sich hin schlummerte, und hoffte, dass ich irgendein Zeichen erhalten würde, das mir sagte: Colin ist wieder da. Gehörte das etwa auch zur vermeintlichen Trickkiste der Mahre – Sehnsucht schüren?

Doch jeden Morgen, kurz vor Sonnenaufgang, stolzierte Mister X durch mein offenes Fenster, sprang sonor schnurrend auf das Fußende meines Bettes und zeigte mir alleine durch seine Anwesenheit, dass sein Herrchen noch unterwegs war. Denn ich war mit Sicherheit die zweite Wahl seiner kätzischen Übernachtungsgelegenheiten. Leider konnte er mir nicht verraten, was Herrchen überhaupt tat.

Mein Vater beendete das familiäre Dauerschweigen, indem er mich am Freitagabend hinunter ins Wohnzimmer rief. Ich hatte gerade am Fenster gestanden und den aufgehenden Mond betrachtet – eine schmale, fast zerbrechlich wirkende Sichel. Die nächsten Nächte würden stockfinster sein.

»Ellie, kommst du mal bitte?«

Ich überlegte einen Augenblick. Immerhin war es ein Satz ohne eine Befehlsform. Und mit einem »Bitte«. Vor allem aber klang seine Stimme geradezu verdächtig versöhnlich.

Ich zierte mich ein paar Minuten, doch dann ließ ich mich von meiner Neugierde besiegen. Dass er einlenken und mir den Umgang mit Colin nicht länger untersagen würde, wagte ich aber gar nicht erst zu hoffen.

Mama saß mit glänzenden Augen auf dem Sofa, ihren Schoß bedeckt mit Stoffbahnen und Nadelkissen. Trotz ihres Dauerschlafmangels sah sie so gut aus wie lange nicht mehr. Eine bronzene, gesunde Bräune überzog ihr Gesicht und ihre Augen schimmerten in tausend Grün- und Ockertönen. Papa wirkte entschlossen und bestürzend ausgeglichen. Es war schwer, sich von dieser allgemeinen guten Laune nicht anstecken zu lassen. Doch ich bewahrte tapfer einen diplomatisch neutralen Gesichtsausdruck.

»Was gibt es?«, fragte ich kühl.

»Morgen ist unten am Bach ein Dorffest. Und wir werden hingehen. Zusammen«, verkündete Papa, als habe er soeben das achte Weltwunder entdeckt. Stolz und ein klein wenig selbstgefällig. Ich musste meine Augen von seinen fernhalten, um nicht alleine seinem hypnotischen Blick zuliebe einen kleinen Freudentanz aufzuführen. Ich war dem Alter entwachsen, in dem ich meine Eltern zu Festivitäten begleitete und das auch noch toll fand.

»Und weiter?«

»Lass dich einfach überraschen, Elisa«, sagte er zwinkernd.

»Es muss wirklich sehr schön sein bei diesem Fest«, ergänzte Mama, wich meinem Blick aber schmunzelnd aus. Ich wurde den Verdacht nicht los, dass die beiden ein Geheimnis hegten. Das, was ich hier zu hören bekam, war doch nur die halbe Wahrheit.

Oder meinten sie wirklich, mich damit von meinen Gedanken an Colin ablenken zu können? Vielleicht sogar mit irgendwelchen Jungs aus dem Dorf zu verkuppeln? Ich ließ mir meinen Argwohn nicht anmerken, brach aber auch nicht in Jubel aus.

»Okay, gut«, sagte ich nur und verzog mich wieder auf mein Zimmer.

Mama kam bis nach Mitternacht nicht zur Ruhe. Ich hörte, wie sie immer wieder in den Keller ging, Wäsche wusch, Schranktüren auf- und zuklappte, in der Küche hantierte. Papa blockierte das Telefon für fast drei Stunden.

So merkwürdig Colin auch sein mochte – das hier war noch viel merkwürdiger. Gegen ein Uhr in der Nacht wurde das Haus endlich still. Ich atmete auf. Schon an den vergangenen Abenden hatte ich es mir zur Gewohnheit gemacht, noch einmal nach draußen zu gehen, wenn Mama und Papa sich schlafen gelegt hatten. Denn die Nächte waren hochsommerlich mild geworden. Ich setzte mich dann unter das vorspringende Dach der Garage und wartete, bis meine Augen sich an die Dunkelheit gewöhnt hatten.

Jeden weiteren Abend brauchte ich weniger Zeit dazu. Nach und nach bekam alles Konturen, Silhouetten und spitze Schatten und die Welt um mich herum begann zu leben. Fledermäuse schwirrten durch das Grau, ohne sich jemals bei ihren scheinbar ziellosen Schnörkelflügen zu berühren. Ich hörte die kleinen Krallenfüße der Igel über das Gras schlurfen und Mäuse in den Blumenbeeten wispern.

Am liebsten aber sah ich den Gewitterwolken zu, die sich beinahe jeden Abend im Westen aufbauten, ein paar matte Blitze durch das Dunkel schickten und dann, mit zunehmender Kühle, abflachten, um schließlich ganz zu verschwinden.

Doch heute war es anders. Ich wartete vergeblich auf den kühlen Lufthauch. In der feuchten, drückenden Nachtluft hielten sich die Gewitterwolken. Pilzförmig wuchsen sie in die Höhe, vereinten sich, trennten sich und bildeten neue, noch massivere Türme, ohne je näher zu kommen.

Irgendwann spürte ich, dass ich beobachtet wurde. Ich wandte meinen Kopf zum Haus. Papa stand als wuchtiger Schatten im Schlafzimmer und starrte auf mich herunter. Ich starrte zurück. Was dachte er wohl? Er konnte mir nicht verbieten, in unserem Garten zu sitzen. Nach einigen Minuten, die sich dahinzogen wie eine Ewigkeit, tauchte Mama hinter ihm auf, ließ den Vorhang zurückgleiten und fuhr das Rollo nach unten.

Doch zu wissen, dass ich nicht mehr beobachtet wurde, brachte keine Erleichterung. Bald mischte sich meine Unruhe mit einer Müdigkeit, die ich sonst nur verspürte, wenn ich krank wurde. Und dann ergriff mich urplötzlich eine rasende nachtschwarze Angst. Von einer Sekunde auf die andere fürchtete ich, nicht mehr atmen zu können. Sofort begannen meine Finger zu kribbeln und mein Magen sackte nach unten. Eben noch hatte ich an meinem Eis geleckt, das ich mir aus der Kühltruhe geholt hatte, nun war es mir zuwider. Die fruchtige Süße schmeckte auf einmal bitter. Angeekelt warf ich es in die Mülltonne.

Obwohl mein Körper danach schrie, sich zu bewegen, am besten fortzurennen, wollte ich nur noch in mein Bett kriechen und die Augen schließen. Meine Hände waren schweißnass. Ich sehnte mich nach dem Schlaf wie ein Verdurstender nach Wasser. Ich glaubte, sterben zu müssen, nie wieder Luft holen zu können, wenn ich nur

zehn Minuten länger hier draußen sitzen und ins Dunkle starren
würde.

Doch im Bett lastete meine leichte Sommerdecke wie ein Sarg-
deckel auf meinem Körper. Mich damit zu trösten, dass meine Eltern in diesem Haus waren, zwei schlafende Seelen nicht weit weg
von mir, funktionierte nicht. Ich war der einzige Mensch auf diesem
Planeten, völlig verloren und vergessen.

Immer wenn mein Bewusstsein endlich verschwommen und
weich wurde, holte mein wild pochender Herzschlag mich wieder
in die schier endlose Nacht zurück. Dann setzte ich mich auf und
presste die Hand auf meine Brust, um mich zu vergewissern, dass
ich noch atmen konnte. Mit vernichtender Regelmäßigkeit wechselten sich Halbschlaf und Aufschrecken ab, bis ich unverhofft in eine
vollkommene Schwärze hinabsank und die Zeit zu existieren auf-
hörte.

Als ich aus dem Nichts auftauchte und meine Augen wieder sahen,
hatte ich keinen Körper mehr. Es gab nur noch meinen Geist. Aufmerksam schaute ich mich um. Hier war ich noch nie gewesen – es
war ein Stall, das erkannte ich gleich. Um alles besser überblicken zu
können, schwebte ich in die Höhe und bewegte mich langsam an der
spinnwebverhangenen Holzdecke entlang. An etlichen Stellen brach
das Mondlicht durch die Ritzen zwischen den Schindeln und überzog die Rücken der Pferde mit silbernen Sprenkeln. Ich warf einen
Blick aus dem offenen Fenster – ja, es war Vollmond. Hier war Vollmond.

Obwohl die Decke des Stalls von Löchern und Fugen gezeichnet
war, machten die Boxen einen gepflegten Eindruck. Auch die Pferde
sahen edel aus – schlanke, hochbeinige Tiere mit schön geschwungenen Köpfen und großen dunklen Augen.

Ich vernahm ein zärtliches Raunen. Sofort folgte ich ihm. Vor einer Box, die mit duftigem Stroh ausgelegt war, stand ein junger

Mann und hatte seine Stirn gegen den Hals einer schneeweißen Stute gelegt, an deren Zitzen ein kaffeebraunes Füllen saugte. Liebevoll berührte die Stute mit ihren Nüstern die Wange des Mannes und schnaubte leise.

Jetzt waren beide still, standen nur da, als würden sie den Zauber dieses Augenblicks mit keiner körperlichen Regung gefährden wollen. Nach einer Weile löste sich der Mann. Er strich dem Pferd behutsam über den schlanken Hals, überzeugte sich mit einem prüfenden Blick, dass es dem Fohlen gut ging, und legte sich dann in einer Box am Ende der Stallgasse ins Heu.

Die Arme unter dem Kopf verschränkt, schaute er auf die Silberfäden, die das Mondlicht durch die Dachfugen schickte. Es war Colin. Ja, es waren seine Augen, wenn auch runder und weniger schräg. Seine Haut leuchtete zwar hell aus dem Dämmer heraus, aber nicht weiß, und die Ohren waren frei von Ringen. Er trug ein weißes Leinenhemd, das mir vertraut vorkam, eine dunkle, abgewetzte Hose und Stiefel. Colins Händen war die harte Arbeit im Stall anzusehen und die Muskeln seiner Unterarme zeichneten sich deutlich unter der Haut ab. Als er sich streckte, knackten seine Gelenke. Er war müde. Seine Augenlider wurden schwer.

Ein animalischer, gurrender Seufzer neben mir ließ mich herumfahren. Mein Blick verfing sich in einer Flut blutroter Haare, die sich wie ein Vorhang über den Dachbalken legten. Schon begannen die Strähnen sich um das verwitterte Holz zu schlingen. Breitbeinig und geduckt hockte das Wesen auf dem First, wie ein Tier vor dem Sprung, die Hände flach zwischen den nackten Füßen aufgesetzt, den Rücken durchgebogen.

Die kräftigen, kleinen Finger endeten in langen, spitz zulaufenden Nägeln; auf den Handrücken spross braunroter Flaum. Ein eigentümlicher Duft umgab dieses kauernde Wesen – schweres, süßes Parfum vermischt mit dem Modergeruch uralter Möbel und schwülem Moschus. Die Goldketten um Hals und Arme klirrten, als es sich noch etwas tiefer duckte. Seine Rockschöße bewegten sich leicht hin und her.

Ich drehte mich, um in sein Gesicht blicken zu können. Doch mein Freiflug wurde von einer unsichtbaren Macht gehemmt. Egal, wie ich mich wendete und welchen Winkel ich wählte – immer verhinderte die Haarflut, dass ich dem Wesen ins Gesicht schauen konnte.

Aber ich war mir sicher, dass es eine Frau war. Keine menschliche Frau, sondern ein räuberischer Dämon, der eine Menschengestalt gewählt hatte, um jagen zu können. Tessa. Sie war klein und zierlich, ein Mädchenkörper in mottenzerfressenen, samtenen Gewändern mit vergilbter Spitze, doch ihre behaarten Hände krallten sich unerbittlich in die schweren Balken.

Noch einmal drang das kehlige Seufzen durch die sich unaufhörlich windenden Haare – ein Seufzen voller Gier, Genugtuung und Vorfreude. Bang blickte ich zu Colin. Seine Züge begannen sich zu entspannen. Tessa wippte fast unmerklich vor und zurück. In ihrem Rachen wuchs ein kaum hörbares Grollen zu einem hypnotischen Summen heran. Nun hielt sie sich nur noch mit ihren weißen Füßen an den Balken fest und breitete ihre Arme weit aus. Farblose zappelnde Spinnen fielen aus ihren Gewändern, um sofort mit weit gespreizten Beinen Halt im morschen Holz des Dachstuhls zu finden. Angeekelt wich ich zurück.

Colin, dachte ich warnend. Verschwinde. Schnell! Die Pferde schnaubten unruhig. Doch Colin schlief. Ja, er schien sogar zu träumen. Seine linke Hand zuckte und ein zartes Lächeln huschte über sein Gesicht. Lautlos ließ Tessa sich fallen, direkt auf seine Brust. Ihre Finger krümmten sich zu Klauen und zerrissen Colins Hemd, als sie tief in sein Fleisch eindrangen. Er schlug die Augen auf, doch sein Schreck wurde rasch von einem überraschten, aber verklärten und sehnsüchtigen Ausdruck verdrängt, der die Eifersucht wild in mir brodeln ließ – Eifersucht und Furcht vor dem, was nun passieren würde.

Tessas Grollen wurde stärker und stärker. Wie von einer unsichtbaren Macht gezwungen ließ Colin die Arme schlaff zur Seite fallen. Blut durchtränkte den Stoff seines Hemdes. Mit einer rasend schnellen Bewegung riss Tessa es ihm vom Leib. Colin stöhnte auf. Dünne schwarze Rinnsale bahnten sich den Weg über seine Muskeln und versickerten im Heu.

Tessa duckte sich noch tiefer über ihn. Er ließ seinen Kopf in den Nacken sinken, schloss die Augen und gab sich ihr willenlos hin.

Wach auf!, wollte ich rufen. Doch ich konnte nichts tun. Nur zusehen, wie Tessa von ihm Besitz ergriff, ihn sich zu eigen machte, ihn glauben ließ, dass er sie liebte, sie haben wollte. Mit einem zufriedenen Grunzen hob sie ihre Röcke.

Nein, schrie meine Seele lautlos. Ich will hier raus. Ich möchte das nicht mehr sehen. Bitte nicht. Nein –

Keuchend erwachte ich. Mein Kopfkissen war durchnässt von Schweiß. Ich wollte meine Decke zurückschleudern, aber ich konnte mich nicht rühren. Ich war gelähmt. Ich versuchte zu rufen, doch auch meine Stimme versagte.

Das habe ich nicht sehen wollen, Colin, flehte ich in Gedanken. Das halte ich nicht aus. Ich halte es nicht aus, nichts daran ändern zu können, weil es bereits geschehen ist.

Kalte Panik erfüllte mich – Panik, wieder einzuschlafen, wieder zu träumen und mit ansehen zu müssen, was Tessa mit ihm machte, wie sie sich alles nahm, was ihm noch geblieben war. Und er ließ es zu. Ohne Kampf. Ohne ein Wort. Sie musste das schönste Gesicht haben, das die Natur je erschaffen hatte.

Doch ehe ich es mir ausmalen konnte, hatte mich der Schlaf wieder mit roher Gewalt gepackt. Nur ganz kurz sah ich Colin im Heu

375

liegen, mit bereits verheilenden Wunden auf dem ganzen Oberkörper, dicht neben ihm ein rundes Bündel mit weißen Klauen und angewinkelten Beinen, dessen bloße Füße sich gegen sein Bein stemmten. Die roten Haare bedeckten Colins linken Arm und wanden sich auf seine Brust zu.

Dann bemächtigte sich ein Sog meines Bewusstseins, dem ich nicht entrinnen konnte. Ich hatte nicht einmal Zeit, mich dagegen zu wehren. Er zog mich direkt nach unten zu den zwei schlafenden Gestalten im Heu, die eine geliebt, die andere verhasst. Einen Lidschlag lang schaute ich auf Colins glückseliges Gesicht, bevor sich mein Blick verschleierte. Meine Augen waren geschlossen.

Ich war satt – satt auf eine süße, angenehme und wollüstige Weise wie noch nie zuvor in meinem Leben. Es war ein Zustand, für den es sich zu sterben lohnte. Ich wollte immer so liegen bleiben, das flüsternde, duftende Heu unter mir, die Arme von mir gestreckt, das Mondlicht auf meinem Körper.

»Wer bist du?«, fragte ich mit schleppender Stimme.

»Wer ich bin?«, raunte sie und presste ihren dünnen und doch so schweren Leib enger an mich. »Ich bin dein Leben. Alles. Ich bin alles, was du je hattest und je haben wirst.« Auch sie sprach schleppend. Sie klang müde, aber zugleich unerträglich stolz und selbstzufrieden. »Ich bin Tessa, deine Mutter. Ich habe dich erschaffen. Du bist mein Gefährte – für immer und ewig.«

Ich wollte etwas erwidern, fragen, ja, ich wollte sie anklagen und protestieren, sagen, dass ich eine Mutter hätte. Doch Tessas Geist besetzte immer noch meinen Kopf. Sie wusste, was ich dachte.

»Nein, sie war nie deine Mutter. Sie hat dich nur geboren. Unter Schmerzen und Qualen. Ihr Menschen seid so – schwach. Schwach und unvollkommen.« Sie lachte höhnisch. Ihre Haare krochen über meine Brust und bewegten sich auf meinen Hals zu, um dort eine rote Schlinge zu bilden.

Dann gähnte sie genüsslich und legte ihr nacktes Bein um meines. Sie fühlte sich kalt an, doch ich spürte, wie auch meine Blutwärme langsam und unaufhörlich den Körper verließ und Platz machte für eine fließende, energetische Kühle.

»Du wirst mit mir jagen. Du wirst bei mir sein, Tag und Nacht, Stunde um Stunde, Jahr um Jahr ...«

Ich drehte meinen Kopf, um sie anzublicken. Doch ihr Gesicht war wie ausradiert. Ich konnte sie nicht sehen.

Ihr Duft betäubte mich. Ich konnte kaum etwas anderes wahrnehmen als ihre tiefen, säuselnden Atemzüge, die immer langsamer wurden. Sie war erschöpft. Es musste sie Kraft gekostet haben. Fest wanden sich ihre Haare um meine Kehle. Dann erschlaffte ihr Körper, ohne dass die schwelende Energie, die sie umtoste, versiegte. Auch ihre Haare trieben weiter ihr irrwitziges Spiel.

Ich blieb wach und ergötzte mich an meinen geschärften Sinnen. Die kühle Energie in mir verstärkte sich mit jedem Atemzug. Doch ich musste nicht atmen, wenn ich es nicht wollte. Ich konnte minutenlang starr daliegen, ohne Luft zu holen. Es machte mir nichts aus. Allmählich ebbte das Brausen um Tessa herum ab. Ich vernahm wieder andere Geräusche. Menschliche Geräusche. Ich hörte ein Baby in dem Gutsanwesen wimmern – jenem Anwesen, das gut fünfhundert Meter vom Stall entfernt lag. Es träumte schlecht. Es hatte Angst vor der Dunkelheit. Es fror. Es wurde von den Geistern der Kälte und des Hungers heimgesucht.

Ich ließ meine Sinne weiterschweifen und witterte die süßen, unschuldigen Träume der Gutsherrentochter. Sie hatte sich verliebt. Ja, sie liebte, wie man nur lieben konnte, wenn es das erste Mal geschah – jetzt wusste ich, wie es sich anfühlte, und ich wollte davon kosten. Ich musste zu ihr. Ich musste in ihre Träume eintauchen und sie ihrer Gefühle berauben. Ich brauchte sie für mich. Ich hatte Hunger. Entsetzlichen, bohrenden Hunger.

Schon erhob ich mich. Tessa kicherte im Schlaf, als ich ihre Haare von meinem Hals löste. Sie wehrten sich. »Trink, mein Liebling«, schnurrte sie. »Trink ...«

Das Stehen kostete mich keinerlei Mühe mehr. Die Schwielen auf meinen Händen waren fast verschwunden, zusammen mit dem reißenden Ziehen der Muskeln in meinen Schultern, das mich jeden Abend gequält hatte. Ich war federleicht und doch so massiv, dass nicht der stärkste Sturm mir etwas anhaben konnte. Ich wurde endlich das, wozu ich geboren worden war. Das, was die Menschen in mir gefürchtet hatten, was ihnen unheimlich war. Ich hungerte nach Träumen.

Meine Haare hoben sich an, wippten auf meiner Kopfhaut hin und her und kitzelten mich dabei sacht. Es machte mich wach.

Lautlos verließ ich die Box. Ich hatte nur noch ein Ziel: das Zimmer der Gutsherrentochter, ihre federleicht wirbelnden Träume. Pures, sättigendes Glück, vermischt mit süßer Sehnsucht. Es würde nicht mehr lange dauern und ich würde dazu bereit sein, sie mir zu nehmen.

Ein panisches Wiehern ließ mich in der Bewegung erstarren. Alisha! Wieder schrie sie ängstlich und auch die anderen Pferde begannen, nervös zu schnauben und gegen die Boxenwände zu treten.

Gott, was tat ich da eigentlich? Was hatte ich vor? Nun mischte sich das hilflose, aufgelöste Quieken von Alishas Fohlen in das erregte Schnauben und Wiehern der Pferde. Es schnitt mir ins Herz. Tessa stöhnte gereizt und wälzte sich herum, sodass die Haare von ihrem Gesicht glitten und es freigaben. Wieder konnte ich es nicht erkennen, es war eine weiße, schwammige Fläche, mehr nicht. Und doch löste es einen unbändigen Hass in mir aus. Hass, Abscheu und abgrundtiefen Ekel.

Was hatte sie nur mit mir gemacht? Was war das für ein – Biest? Wie hatte ich auch nur eine Berührung von ihr zulassen können?

Noch ruhte sie. Ich hatte keine Ahnung, was sie tun würde, wenn sie aufwachte. Aber eines wusste ich: Sie würde mich nicht gehen lassen. Sie war meine Mutter.

Mit fliegenden, katzenhaften Schritten eilte ich zur Sattelkammer und griff nach Alishas Zaumzeug und dem Führstrick für das Fohlen. Meinen beißenden, alles aufwühlenden Hunger ignorierte ich. Auch das Ziehen um meine Augen herum. Irgendetwas passierte mit ihnen; es war, als würden sie durch pulsierende Bänder an meine Seele gekoppelt.

Ich stürzte zu Alishas Box. Sie war außer sich. Ihr Fohlen drückte sich zitternd an die Wand und wimmerte erbärmlich. Alisha baute sich drohend vor ihm auf.

»Alisha – ich bin es … scht …« Doch meine Stimme hatte sich verändert. Sie klang tiefer, reiner, erwachsener. Alisha bleckte die Zähne. Ich öffnete die Boxentür und trat auf sie zu. Sie würde mich erkennen, wenn ich sie berührte. Sie musste mich erkennen!

Doch sie tat es nicht. Ich hörte, wie Tessa sich in ihrem Nest aus Heu grollend drehte. Bald würde sie erwachen, mit neu gewonnener Kraft in ihrem Körper. Vielleicht würde sie den Pferden sogar etwas antun. Wenigstens Alisha und ihr Fohlen musste ich retten. Und mich selbst dazu. Noch einmal versuchte ich, Alisha zur Vernunft zu bringen, ihr das Zaumzeug anzulegen. Heftig riss sie ihren Kopf zur Seite und trat nach mir. Geschickt und wundersam schnell wich ich ihr aus.

In mir wallte ein Schmerz auf, der mich zu zerreißen drohte und sich mit greller Wut mischte. Nein. Tessa hatte unrecht. Sie war nicht das einzige Wesen, das mich jemals geliebt hat. Ja, die Menschen hatten mich gemieden, gefürchtet und verabscheut. Aber die Pferde hatten mich geliebt. Dieses Pferd hatte mich geliebt, dieses wunderbare Tier, das jetzt nach mir schlug und trat, um sein Fohlen zu beschützen vor mir, dem Dämon – jenes Fohlen, das ich in einer heißen Sommernacht mit blutverschmierten Händen aus Alishas Leib gezogen hatte, weil sie von den stundenlangen Wehen entkräftet gewesen war. Warum nur hatte ich vorhin nicht daran gedacht? Ich hasste mich schon jetzt dafür.

»Alisha«, versuchte ich es ein letztes Mal. »Hilf mir. Wir müssen fliehen. Jetzt!« Ich holte Schwung und zog mich auf ihren Rücken. Zur Not konnte ich mich an ihrer Mähne festhalten und ihr Fohlen würde ihr ohnehin folgen.

Doch Alisha stieg. Wild wirbelten ihre Hufe durch die Luft. Ich rutschte von ihr herunter und prallte rücklings auf den harten Boden. Mein Kopf schlug gegen die Tränke. Es schmerzte kaum. Nicht mehr als der Zorn, der in meinem Herzen loderte.

Ich schaute sie an, ein letztes Mal. Wenigstens das musste sie mir gewähren. Aber ich war ihr ein Fremder, der Böses wollte. Erneut stieg sie und trat um sich und ihr Huf traf hart und brutal meinen nackten Bauch –

Ich schrie, doch es kam kein Laut. Vor Schmerzen winselnd kroch ich zur Tür, zog mich an der Klinke hoch und drückte mit letzter Kraft den Lichtschalter.

»Oh Gott …«, wimmerte ich und hielt mir stöhnend den Bauch. Die Traurigkeit und Verzweiflung brachten mich fast um. Einen Moment lang spielte ich mit dem verlockenden Gedanken, mich aus dem offenen Fenster zu stürzen und dieser Qual ein Ende zu setzen. Ich hatte alles verloren, alles.

Schluchzend lag ich auf dem Boden und krallte meine Hände in die weichen Flickenteppiche. Dann lösten die Trauer und die Verzweiflung sich langsam auf, als wehe der milde Nachtwind sie davon. Was blieb, war der pochende Schmerz auf meinem Bauch und die Erinnerung an die verschwindenden Seelenqualen. Schon jetzt hatte ich Angst, dass sie mich immer wieder heimsuchen würde.

Ich wälzte mich herum und zog mich an den Beinen des Schreib-

tisches in eine einigermaßen erträgliche Sitzposition. Mein Nachthemd war zerrissen. Unterhalb meines Nabels zeichnete sich deutlich der Hufabdruck eines Pferdes ab.

Als ich ihn berührte, raubte der Schmerz mir fast die Besinnung.
Mir wurde übel. An der verletzten Stelle pulsierte die Haut heiß und
begann sich bereits blaurot zu verfärben. Jedes Luftholen wurde zur
Tortur. Ich hatte das Gefühl, dass die Klauen eines Tieres meinen
Bauch durchpflügten. Was war, wenn ich innere Verletzungen hatte?
Blutungen, die mich das Leben kosten könnten? Wie sollte ich über-
haupt erklären, was geschehen war? Das hier war das Werk eines
Pferdes, dessen Gebeine schon lange verrottet waren ...

Mühsam richtete ich mich weiter auf, bis ich leicht gekrümmt
stehen konnte, ohne mich dabei festzuhalten. Wenn ich dem Tode
nah wäre, würde das sicher nicht funktionieren, redete ich mir ein.
Nichtsdestotrotz hatte ich Angst, Angst vor dem, was mir eben widerfahren war. Prüfend tastete ich mich ab. Gut, es war noch alles
dran und es war alles unzweifelhaft weiblich. Ich war wieder ich.
Mit einem Huftritt unter dem Nabel.

Schwankend kämpfte ich mich aus meinem zerrissenen Nachthemd und zog mir Jeans und T-Shirt an. Aufrecht laufen konnte ich
nicht. Ich musste mich immer noch zusammenkrümmen und hinkte dadurch wie eine alte Jungfer. Schon bei meinen tapsigen Schritten die Treppe hinunter schwoll die Verletzung an. Keine Panik, beschwor ich mich. Panik macht alles nur noch schlimmer.

Sobald ich das Haus hinter mir gelassen hatte, rückten die Schmerzen in den Hintergrund. Ich war vollauf damit beschäftigt, in der
stockfinsteren Nacht den richtigen Weg zu finden. Hatte ich ihn in
dieser einen öden Woche schon wieder vergessen? Die Hand fest auf
meinen verletzten Bauch gepresst, stand ich schwer atmend an der
Weggabelung und überlegte. Ja, ich hatte mich immer nach links
orientiert, doch eine unerklärliche Macht überzeugte meinen Ver-

stand davon, dass ich diesmal die rechte Abzweigung wählen musste. Rechts. Es war der einzige richtige Pfad.

Also lief ich gekrümmt und leidgeplagt ins Ungewisse, bis ich re-
gelmäßige Hammerschläge hörte, die beruhigend nüchtern durch
den Wald schallten. Hammerschläge. Träumte ich doch noch?

»Ich bin hier, Ellie«, erklang Colins Stimme, rein und klar wie
immer.

»Du …«, knurrte ich, holte erbebend Luft und hinkte den Ham-
merschlägen entgegen. Nach einer weiteren Wegbiegung und diversen garantiert nicht jugendfreien Flüchen fand ich ihn.

Er kniete an einer Art Gatter und war gerade dabei, eine weitere
Holzlatte daran zu befestigen. In seinem Mund steckten vier lange
Nägel und um seine Hüften hing ein breiter Werkzeuggürtel. Ansonsten alles wie gehabt: ein Hemd, das definitiv zu weit offen stand,
eine schmale Hose, seine verwesenden Stiefel.

Vergeblich versuchte ich, mich stolz aufzurichten, und schoss
dann krumm auf ihn zu. Er schaute nicht einmal auf.

»So –« Nein, das klang nicht vorwurfsvoll genug. Ich musste noch
einmal Luft holen, und, wenn möglich, ohne dabei zu wimmern.
Zweiter Anlauf. »So hab ich mir das nicht vorgestellt! So nicht!«

Ich lupfte mein Shirt und streckte ihm meinen Bauch entgegen.
Konnte er die Verletzung aus der Entfernung erkennen?

»Es tut mir leid, Ellie«, sagte er ruhig, ohne den Kopf zu mir zu
drehen. Er wusste es also schon. »Ich konnte dich nicht rechtzeitig –
herauslösen. Du bist zu neugierig.« Schmunzelte er etwa?

»Zu neugierig! Verdammt, ich könnte sterben. Ich bin nämlich
zufällig ein ganz normaler Mensch und ich habe innere Organe, die
ordentlich arbeiten müssen, damit ich weiterleben kann, und –«

»Wer so schimpfen kann, stirbt nicht«, unterbrach er mich. »Ehrlich, Ellie. Es tut mir leid.«

Ich verstummte. Die Verletzung tat immer noch scheußlich weh und mein Bauch war so angeschwollen, dass ich meinen Gürtel zwei Löcher weiter stellen musste. Ich konnte nicht einmal mehr die Berührung des T-Shirts auf meiner Haut ertragen.

Colin richtete sich auf und löste seelenruhig den Werkzeuggurt von seinen schmalen Hüften.

Dann trat er rücklings an einen Baum und lehnte sich dagegen.

»Komm zu mir«, sagte er leise. Wieder wunderte ich mich, wie gut ich ihn verstehen konnte, obwohl er seine Stimme kaum erhob.

Er knöpfte sein Hemd auf und zog es aus der Hose. Ein leichter Windstoß wehte es zur Seite. Trotz der Finsternis um uns herum konnte ich seine opalene Haut schimmern sehen – und den Hufabdruck unter seinem kleinen, runden Nabel, ein mattes Spiegelbild meiner blau unterlaufenen Verletzung.

Zögerlich trat ich auf ihn zu. Er streckte seine linke Hand aus und schob mein T-Shirt so weit nach oben, dass meine Wunde freilag. Die rechte Hand ließ er auf der knorrigen Rinde des Baumes ruhen.

Ich wusste, was ich zu tun hatte. Ich fand nur nicht sofort den Mut. Denn die Wunde hatte mich nicht nur verstört. Sie hatte uns auch miteinander verbunden. Wir hatten das Gleiche gefühlt.

Dann tat ich es. Vorsichtig stellte ich mich auf die Zehenspitzen, sodass unsere Verletzungen, seine alte vernarbte und meine frische, sich berührten. Ich erschauerte, als meine heiße, pulsierende Haut auf den kühlen Samt seines nackten Bauches traf. Der Schmerz verschwand mit einem einzigen Atemzug. Ohne hinzusehen, wusste ich, dass auch das Mal verschwunden war. Eine Träne löste sich aus meinen Augenwinkeln und wollte schon auf meine Schultern tropfen, als Colin sie mit der Zungenspitze auffing.

»Jetzt bist du geheilt«, sagte er und schob mich sanft von sich weg. »Hübscher Bauch übrigens«, fügte er trocken hinzu und griff nach seinem Werkzeuggürtel. Verlegen stopfte ich mir mein Shirt in die

383

Hose. Es war ausgestanden. Kein Bluterguss mehr, keine inneren Verletzungen.

Trotzdem fühlte ich mich immer noch schwach auf den Beinen. Colin war schon wieder damit beschäftigt, weiter an diesem seltsamen Gatter zu basteln, und drehte mir charmant den Rücken zu. Ich setzte mich auf den Waldboden und lehnte mich gegen den Baum. Bequem war das nicht und warm auch nicht. Aber immer noch besser, als zu stehen. Ich musste mich ausruhen.

Als ich die Augen schloss, überwältigten mich die Erinnerungen an Colins Seelenqualen, die im Traum auf mich übergegangen waren. Aber was war mit ihm? War sein Schmerz immer noch so stark, wie ich ihn gefühlt hatte? Oder heilten auch diese Wunden mit den Jahrzehnten?

Womöglich hatte er nie vorgehabt, mich so lange in seine Erinnerungen eintauchen zu lassen. Und immerhin hatte ich es zwischendurch geschafft, mich freizukämpfen – für ein paar kurze, gelähmte Augenblicke, in denen ich wie gefesselt auf meinem Bett gelegen hatte. Aber danach war alles noch viel schlimmer geworden.

Ich wollte nicht, dass Colin mir Tessas Gesicht schilderte. Meine Fantasie war grausam genug und versorgte mich seit dem Aufwachen unaufhörlich mit Visionen filmreifer Schönheiten, mit denen ich mich niemals würde messen können. Frauen mit vollen Lippen, jadegrünen Mandelaugen und Schlafzimmerblick. Nein, Colin sollte gar nicht erst in Versuchung geraten, Tessa zu beschreiben. Trotzdem musste ich ihn etwas fragen.

»Colin?«

»Hm?«, machte er nur und hievte sich ein paar lange Holzlatten auf die Schulter, als handele es sich um Streichhölzer.

»Warum konnte ich Tessas Gesicht nicht sehen?«

Er lud das Holz am Gatter ab und sortierte es, bevor er sich mir zuwandte. Seine Miene hatte sich verdüstert.

»Du hast es nicht gesehen? Gut«, sagte er kurz angebunden.

»Warum ›gut‹?«, fragte ich bissig. »Warum soll ich sie nicht sehen?«

Colin hieb seelenruhig ein paar Nägel in eine Holzlatte. Es machte mich wahnsinnig. Ich hätte ihm gerne sein Werkzeug aus der Hand gerissen, damit er sich auf mich konzentrierte. Auf mich und meine Fragen.

»Was treibst du da eigentlich?«, zischte ich gereizt. »Ergotherapie für unterbeschäftigte Nachtmahre?«

Entnervt schleuderte er den Hammer in die Mitte des Geheges. Eine sehr menschliche Geste, wie ich fand, aber ich konnte ein erschrockenes »Huch« nicht unterdrücken.

»Ich arbeite«, gab er scharf zurück. »Das ist mein Job. Damit verdiene ich Louis' Futter und bezahle teure Tierarztrechnungen. Und in dieser Schonung wachsen junge Bäume, ohne dass das Wild sie anknabbert.«

»Okay«, sagte ich kleinlaut.

»Ergotherapie«, schnaubte er, um dann in einer mir völlig fremden Sprache vor sich hin zu brummeln. Es hörte sich alles andere als nett an.

Ich ließ ihn die letzte Lücke seines Baumkindergartens schließen und fragte vorsichtshalber nichts mehr. Nach Hause gehen wollte ich aber auch nicht, obwohl sich die Schwärze des Himmels im Osten milderte und in ein kaltes Anthrazit eintauchte. Bald würde die Sonne aufgehen.

Als das Gatter stand, suchte Colin sein Werkzeug zusammen, packte es in den Gürtel und schenkte mir endlich seine Aufmerksamkeit. Ich fror mittlerweile so sehr, dass ich meine Zehen nicht mehr spürte und mir ständig mit den Händen über meine Oberschenkel und Waden rieb, um sie warm zu halten. Vermutlich wirkte ich dabei reichlich verhaltensgestört.

385

Im Schneidersitz nahm Colin mir gegenüber Platz. Ich hatte nicht gewusst, dass das so elegant möglich war.

»Gut, du hast schlecht geträumt. Ich sagte schon, dass es mir leidtut. Aber falls du denkst, es ist für mich ein Spaziergang gewesen, irrst du dich. An solche Dinge erinnert man sich nicht gerne. Auch wenn sie 140 Jahre zurückliegen.«

»Ja, natürlich«, wisperte ich.

»Und du hast Tessas Gesicht nicht gesehen, weil ich mich nicht mehr daran erinnern möchte. Nie mehr.«

Jetzt bemerkte ich, dass dunkle Schatten unter seinen Augen lagen. Ja, es hatte auch ihn erschöpft. Die Kälte konnte ihm dennoch nichts anhaben. Das Hemd stand immer noch offen und nun zog er aufseufzend seine Stiefel aus und drückte seine nackten Zehen wohlig in das feuchte Gras.

»Darf ich dich darauf hinweisen, dass ich es nicht gewöhnt bin, nachts stundenlang auf dem Waldboden zu sitzen? Verdammt, Colin, mir ist so kalt«, jammerte ich.

»Ich kann dich leider nicht wärmen«, entgegnete er mit einem kaum wahrnehmbaren Schmunzeln in den Mundwinkeln. »Nicht jetzt.«

»So hab ich das nicht gemeint«, stotterte ich. »Ich dachte, du hast vielleicht irgendetwas dabei – eine Jacke oder eine Kuscheldecke ...«

»Eine Kuscheldecke.« Erheitert, aber auch ein wenig perplex blickte er mich an. »Mein Gott, Ellie.« Er schüttelte den Kopf und seine Haare schwangen tänzelnd mit. »Warum gehst du nicht einfach nach Hause und legst dich in dein warmes Bett?«

»Weil ...« Mir fiel keine gute Antwort ein. Weil ich hier bei dir bleiben möchte. Weil ich mir lieber den Hintern abfriere, als dich jetzt allein zu lassen. Weil ich gerne meine Hand auf deine Brust legen würde, um zu spüren, wie kalt deine Haut wirklich ist. »Weil ich noch hellwach bin«, log ich. Tatsächlich war ich so gerädert, dass ich

386

ununterbrochen damit beschäftigt war, mein Gähnen zu unterdrücken.

»Natürlich, und ich bin Lady Godiva«, spottete Colin.

Ich kicherte nur, zu kaputt, um mich für meine Schwindelei zu entschuldigen. Colin musterte mich amüsiert.

»Von mir aus – dann warten wir noch ein bisschen. Er kommt meistens gegen Morgen hierher. Bleib einfach ganz still.«

»Wer ist ›er‹?«

»Still, habe ich gesagt«, ermahnte Colin mich.

»Hmpf«, brummte ich und legte das Kinn auf meine verschränkten Arme. Nun fühlte ich auch meinen Hintern nicht mehr. Noch eine Stunde und man würde mich mit einem akuten Nierenleiden ins Krankenhaus einliefern müssen. Colin setzte sich stumm neben mich, die Augen halb geschlossen. Er lauschte.

Ich tat es ihm gleich. Es war völlig windstill und wir konnten dabei zusehen, wie die Sterne verblassten. Tau legte sich glitzernd auf meine nackten Unterarme.

»Er kommt«, flüsterte Colin. Ich konnte weder etwas hören noch etwas sehen. Doch Colins Ohrspitzen bewegten sich leicht nach vorne und seine Nasenflügel bebten. Er witterte etwas. Fasziniert beobachtete ich die feinen Regungen in seinem Gesicht.

»Da vorne spielt die Musik«, raunte er und ich beeilte mich, meinen Kopf zu drehen. Ein grauer, zottiger Schatten schob sich aus dem Dickicht – ein Schatten mit gelben, gefährlichen Augen, gesträubtem Nackenfell und dürren, sehnigen Beinen. Nur wenige Meter vor uns blieb er stehen, duckte den Kopf und starrte uns wachsam an.

Ich war eigentlich der Meinung, für diese eine Nacht schon genug Strapazen durchstanden zu haben. Das hier war endgültig zu viel für meine Nerven. Unwillkürlich rückte ich näher an Colin heran. Wenn, dann sollte er uns beide zerfleischen. Und zwar auf einmal, damit es schnell ging. Ich hielt es für unklug, jetzt zu sprechen. Stattdessen versuchte ich es mit Gedankenübertragung.

Ist das tatsächlich ein Wolf?, formulierte ich im Geiste, so intensiv ich konnte.

»Ja, und nun halt endlich mal die Klappe«, antwortete Colin mir sehr real. Den Wolf schien seine Stimme nicht zu stören. Im Gegenteil – er kam sogar noch ein Stückchen näher auf uns zu. Und wenn mich nicht alles täuschte, nahm er dabei keine Angriffsposition ein.

»Jetzt«, murmelte Colin und griff nach meiner Hand, um sie auf seine Brust zu legen. Und dann passierte etwas mit mir. Es ging schnell und es waren nur kurze, fliegende Bilder, die durch meinen Kopf jagten – Schnee unter meinen Läufen, ein blutiges Stück Wild zwischen meinen messerscharfen Zähnen, der volle Mond, viel näher und größer als sonst, und ich heulte ihn an ...

Dann war es vorüber. Der Wolf wandte sich ab und trabte in die morgengraue Dämmerung. Augenblicklich erwärmte sich die Haut unter meiner Hand. Ein Energiestoß schoss durch Colins Körper. Er zog mich an sich, sodass ich an seiner Brust lehnte wie bei unserem kurzen Höllenritt durch das Gewitter, und wohlige Wärmeschauer brachten das Leben zurück in meinen durchgefrorenen Körper. Binnen Sekunden erstarb das innere Zittern. Meine Muskeln fühlten sich dehnbar und geschmeidig an.

Ich drehte mich zu Colin um. Die Schatten unter seinen Augen waren verschwunden. Ein weiches Lächeln umspielte seine gelösten Lippen.

Ich räusperte mich und brachte mich umständlich in eine emanzipierte Sitzposition zurück, bevor er mich von sich wegschieben konnte. So konnte ich mir zumindest einbilden, dass ich länger hätte bleiben dürfen, wenn ich es nur gewollt hätte.

»Hast du von ihm gegessen? Von seinen Träumen?«

Colin lachte. »Es war nur ein Snack. Wie wenn du ein Stück Scho-

kolade isst. Nichts Richtiges, aber sehr lecker. Außerdem habe ich es
getan, um dich ein bisschen aufzutauen. Jetzt besser?«

»Jaaa«, seufzte ich zufrieden. An Colins Brust war es zwar noch
schöner gewesen, aber man sollte auch kleine Gaben zu schätzen
wissen.

Dann fiel mir etwas ein.

»Als du mich aus dem Gewitter gerettet hast, war ich klitschnass.
Aber nach dem Ritt waren meine Kleider wieder fast trocken.«

Ich spürte, wie Colin sich kurz anspannte.

»Ich hatte gerade gegessen«, sagte er knapp. »Und ich – ich habe
die Restwärme an dich abgegeben.« Obwohl das ein sehr ritterlicher
Akt gewesen war, schien ihm das Thema unangenehm zu sein. Also
zurück zu dem kleinen wilden Snack von eben.

»Ich hatte keine Ahnung, dass im Westerwald Wölfe leben«, wunderte ich mich.

»Das tun sie eigentlich auch nicht«, erwiderte Colin. »Er ist der
einzige und er ist noch nicht lange hier. Es weiß niemand außer mir
und ich werde den Teufel tun, es meinen Kollegen zu erzählen. Er
findet genug Nahrung, ohne das Gleichgewicht des Waldes zu stören.«

»Apropos Nahrung.« Ich war Feuer und Flamme. Es war wunderbar, über solche Dinge mit Colin zu sprechen. Ökologie und Dämo-
nentum. Ich war in meinem Element. »Schadet es ihm nicht, wenn
du seine Träume raubst?«

Colins Blick wurde wehmütig, ja, fast ein wenig traurig.

»Ach, Ellie … Er ist so stark. Ich könnte jede Nacht in seinen Geist
eindringen und er würde es anschließend abschütteln wie eine lästige Fliege. Er hat so starke, tapfere und kühne Träume. Es ist, als
würde ich dem Meer ein Glas Wasser entnehmen.«

»Wenn du es kannst, warum ernähren sich dann die anderen
Mahre nicht auch von Tierträumen?«

389

Colin lachte humorlos auf. »Es gilt als Blutschande. Als schwach und verachtenswert. So falsch liegen die Mahre da nicht. Menschenträume sättigen besser und länger. Aber du glaubst gar nicht, wie stark sich die Träume von Tieren anfühlen können. Sie sind zwar einfacher und instinktiver, doch sie sind auch reiner. Ich bin ein Outlaw unter den Mahren, seitdem ich mich von Tierträumen ernähre.« Er zuckte gleichmütig mit den Schultern. »Aber das ist ja nichts Neues für mich.«

Nun wurde es im Osten hell und die Waldvögel begannen zu singen. Meine Müdigkeit kehrte zurück. Auch die Wärme, die eben noch meinen Körper durchströmt hatte, wurde von der Morgenkälte aufgesogen. In schweigendem Einverständnis standen wir auf und liefen zur Weggabelung. Ich war so zerschlagen, dass ich meine Schritte nur unsicher setzte und einige Male stolperte. Colin bog nicht in Richtung seines Hauses ab. Wir näherten uns zusammen dem offenen Feld. Niemand außer uns war unterwegs. Als der Feldweg anstieg, die letzte Kuppe vor der Senke, in der unser Haus lag, verließ mich meine Kraft.

»Ich brauche eine Pause«, seufzte ich und wollte mich auf den kalten Boden setzen. Es ging einfach gar nichts mehr.

Doch Colin hob mich hoch, bevor ich den Grund berührte, und sobald ich meine Stirn an seine Schulter legte, fielen mir die Augen zu. Mein Körper schlief, aber meine Seele war noch wach.

Wie ein Geist drang er in unser Haus ein, trug mich die Treppen hoch und ließ mich auf mein Bett gleiten. Benebelt blickte ich mich um.

Mister X hatte schon auf Colin gewartet. Hellwach erhob er sich vom Fußende meines Bettes. Der Kater sprang als Erster auf das Fenstersims und stahl sich über das Dach davon. Dann folgte Colin. Keine Geste, kein Wort des Abschieds.

Nicht einen Atemzug später stand mein Vater im Raum. Ich konnte sein argwöhnisches Wittern auf meinem Nacken spüren. Ich stellte mich schlafend. Es fiel mir nicht schwer. Er war kaum zu mir ans Bett getreten, da hatte ich mich dem Schlaf bereits ausgeliefert. Einem Schlaf, der mich von Träumen verschonte und mir für zwei, drei stille Stunden einfach nur Frieden schenkte.

Ringelpiez mit Anfassen

Schon um sieben Uhr – ich vergewisserte mich mit einem Blick auf die Uhr, denn ich konnte es nicht glauben – hörte ich Mama durchs Haus schlurfen. Treppe rauf, Treppe runter. Die Wintergartentür klapperte fast im Minutentakt. Dann wässerte sie mit Hingabe ihre Blumen und ließ den Sprenger laufen, bis das taunasse Gras triefte. Ratlos stand ich an meinem Fenster und sah ihr dabei zu, wie sie von Pflanze zu Pflanze ging und jeder eine ausführliche Privataudienz abstattete. Gut, es hatte einige Tage nicht geregnet. Und es war heiß geworden. Aber das war noch lange kein Grund, einen solchen Aufstand zu veranstalten.

Ich hätte gerne noch ein bisschen geschlafen. Die Strapazen der Nacht steckten mir in den Knochen. Von dem Hufabdruck war selbst bei Tageslicht nichts mehr zu sehen oder zu spüren. Trotzdem suchten mich immer wieder kurze Erinnerungen an das Traumgeschehen heim, ließen mich bis ins Mark erschauern und warfen neue Fragen auf. Doch ich war zu müde, um sie mir zu notieren.

Nach einem wortkargen Frühstück in Gesellschaft meiner hyperaktiven Eltern (nahmen sie neuerdings Drogen?) verabschiedete ich mich wieder nach oben auf mein Zimmer. Sogar mein Vater schien nicht mehr daran zu zweifeln, dass ich die ganze Nacht brav im Haus verbracht hatte.

Trotz der sommerlichen Wärme kuschelte ich mich tief in mein Bett und versuchte, schlummernd meine Nachtruhe nachzuholen.

Leider wurde ich immer genau dann gestört, wenn ich gerade dabei war, in eine überaus angenehme Erinnerung hinabzugleiten. Colins Bauch auf meinem zum Beispiel. Doch just in diesem Moment stiefelte Mama ins Zimmer und sortierte frisch gebügelte Wäsche in meinen Schrank.

»Mama …«, seufzte ich vorwurfsvoll. »Ich versuche zu schlafen.« Sie ließ sich nicht beirren, obwohl sie eigentlich am ehesten Verständnis für ausgedehnte Tagesnickerchen haben sollte.

Eine halbe Stunde später – ich war mit meinen Gedanken und Gefühlen bei den gelben Augen des Wolfes und dem warmen Nest aus Colins Armen und Beinen, in das ich mich hatte schmiegen dürfen – klingelte unten fünf Mal hintereinander das Telefon. Zweimal ging Papa dran, dreimal Mama. Die Gespräche waren kurz, aber garniert mit enervierend fröhlichem Gelächter und beschwingtem Auf- und Abgehen. Ich verfluchte einmal mehr mein gutes Gehör und zog mir die Decke über die Ohren.

Dritter Versuch. Colins Wolfstraumsnack. Ich versuchte gerade, mich zu erinnern, wie sich seine nackte Brust unter meiner Hand angefühlt hatte, als Mama mit dem laufenden Staubsauger ins Zimmer stürzte. Ohne anzuklopfen. Jetzt platzte mir der Kragen.

»Mama! Es reicht!« Ich sprang aus dem Bett und riss ihr das röhrende Ungetüm aus der Hand. Hektisch schüttelte ich das Stromkabel, bis es sich im Flur mit einem ergebenen Plopp aus der Steckdose löste. Ich hasste Staubsauger seit eh und je. Aber noch mehr hasste ich es, wenn jemand damit ungefragt in meine Intimsphäre eindrang. Mamas seliges Lächeln erstarb nur kurz, um dann umgehend einem etwas künstlicheren zu weichen.

»Ach, Ellie, es ist so ein schöner Tag.«

»Genau«, versetzte ich ihrer Ode ans Leben einen schlecht gelaunten Dämpfer. »Es ist ein schöner Tag, ich hab Ferien, ich bin müde, ich möchte schlafen. Ist das zu viel verlangt?«

Skeptisch sah sie mich an.

»Willst du denn nicht wenigstens mal duschen?«

»Warum, stinke ich?« Himmel, konnte die einem auf den Keks gehen.

»Nein, aber …« Sie deutete mit hochgezogenen Brauen auf meine Beine. Oh. Ich trug immer noch die Jeans von heute Nacht. Sie war übersät von Grasflecken in allen erdenklichen Grünvarianten. An den Säumen klebte Lehm und ich hatte die Füße eines Erdmännchens.

Fauchend drückte ich Mama ihren Staubsauger in die Hand und verschwand ins Bad. Hier hatte sie auch schon geputzt und mir einen neuen Vorrat Kosmetikpröbchen auf den Handtuchschrank gestellt. Miniduschgel, Minihautcreme, Minishampoo, Minizahnpasta. Die Stadt ließ grüßen. Früher hatten Nicole, Jenny und ich ganze Nachmittage damit zugebracht, die Pröbchenkörbe in den Drogeriemärkten zu durchforsten und unser Taschengeld in Krimskrams zu investieren, den kein Mensch brauchte.

Als ich meine Haare einschäumte – mittlerweile musste ich die doppelte Portion Shampoo nehmen, um sie überhaupt alle zu erwischen –, fiel mir das Sommerfest am Waldrand wieder ein. Ich hatte es komplett vergessen. Wie sollte das nur zusammenpassen? Eine Nacht voller Panik und Schmerzen und verbotener Nähe inklusive Wildtierbegegnung im Morgengrauen und nur wenige Stunden später Grillwürstchen und Lampions mit Mama und Papa?

Ich ließ meine Mutter in meinem Zimmer weiterwüten – meine Colin-Notizen hatte ich vorsorglich im Nachttisch eingeschlossen – und zog mich auf die schauderhaft geblümte Hollywoodschaukel zurück, die Papa aus Omas Fundus gerettet und in einer schattigen Gartenecke aufgestellt hatte. Ich musste mich sehr zusammenreißen, um nicht laut loszubrüllen oder Schlimmeres zu tun, als Papa mit dicker Sonnenbrille im Gesicht und Piratentuch um den Kopf anfing, den Rasen zu mähen – der Startschuss für sämtliche anderen Dorfbewohner. Das Brummen der Motoren brach bis zum frühen Abend nicht ab. Um Mamas und Papas gute Laune war es nicht anders bestellt, ja, sie steigerte sich sogar noch. Mama war sich tatsächlich nicht zu schade, Papa bei einem weiteren mutwilligen Versuch, ihre Blumen zu ertränken, mit dem Gartenschlauch durchs Grün zu jagen, bis beide ausgelassen lachten und zusammen ins Gras fielen.

Alles Weitere wollte ich mir nicht ansehen. Ich stapfte in einem großen Bogen um sie herum und floh in mein Zimmer, um mich umzuziehen.

Untypisch entscheidungsschnell schlüpfte ich in ein Kapuzenshirt und meine Lieblingsjeans und glättete notdürftig meine Haare, indem ich mit feuchten Händen über meine eigensinnigen braunroten Wellen strich. Da ich jeden eventuellen Kuppelversuch im Keim ersticken wollte, verzichtete ich sogar auf den Kajalstift.

»Bist du fertig?«, fragte Papa irritiert, als ich mich zu ihm und Mama in den Wintergarten gesellte und mir die Chucks zuband.

»Stimmt etwas nicht?«, erwiderte ich spitz.

»Nein«, sagte er schnell. »Nein. Du siehst – hübsch aus. Wirklich hübsch.«

Ich spürte, dass sie sich einen Blick zuwarfen.

»Können wir gehen? Ich möchte es hinter mich bringen«, sagte ich kühl.

»Du wirst dich noch wundern, Elisa«, brummte Papa vergnügt und stimmte *What Shall We Do with the Drunken Sailor* an. Hoffentlich war er damit fertig, wenn wir auf dem Fest ankamen. Papa konnte vieles, aber Singen gehörte nicht dazu. Ich hatte als Baby immer angefangen zu schreien, wenn er mir ein Gutenachtlied vorsang. Auch jetzt hatte ich große Lust dazu.

Im Gänsemarsch liefen wir hinunter zum Bach. Zwischendurch klingelte Papas Handy und er raunte ein paar kurze Sätze in den

Hörer, die überaus wichtig klangen. Nachdem er aufgelegt hatte, summte er noch lauter und beflügelte seine Schritte. Mama und ich kamen kaum hinterher. Unten am Wirtshaus blieb er stehen.

»Was ist?«, fragte ich mürrisch. Ich wäre beinahe gegen Papas Rücken geprallt, weil ich nur auf den Boden geschaut hatte. Statt einer Antwort drehte er sich um und band mir ein Tuch vor die Augen.

»Papa …«, stöhnte ich. »Was soll das Ganze? Und hör endlich auf zu singen!«

Er wechselte nahtlos zum Pfeifen über. »Hooray and up she rises, hooray and up she rises …« Zusammen mit Mama schob er mich über die Straße.

»Überraschung«, riefen mehrere Stimmen im Chor und das Tuch wurde von meinen Augen gerissen. Vor mir standen Nicole und Jenny, bepackt mit zwei dicken Rucksäcken und in den Händen je einen Trolley. Nicole in Pink, Jenny in Lila. Ihr Lächeln entgleiste, als sie mich genauer betrachteten. So hatten sie mich nicht mehr gesehen, seitdem ich meiner Außenseiterposition entronnen war. Und wahrscheinlich war es schlimmer, wenn eine 17-Jährige sich gehen ließ, als wenn es eine 13-Jährige tat. Sie rangen beide um Fassung. Doch es dauerte nicht lange, da strahlten sie wieder beseelt vor sich hin.

»Was macht ihr denn hier?«, fragte ich matt.

»Wir übernachten bei dir«, rief Nicole, die wieder einmal perfekt gekleidet und geschminkt war. Alles passte zusammen, selbst der Nagellack zum Kofferbändchen.

»Und dann fliegen wir zusammen nach Ibiza. Morgen früh!«, ergänzte Jenny.

»Es ist alles arrangiert«, sagte Mama stolz. »Das Taxi zum Flughafen holt euch um sieben ab, du musst nur noch deine Koffer packen. Ich habe dir schon deine Sommersachen gerichtet.«

Deshalb also die ständige Telefoniererei und die Kosmetikpröb-

396

chen. Aber warum der Putzfimmel und diese grausam gute Laune? Waren meine Eltern so froh, mich endlich mal aus den Augen zu haben?

»Ähm – und warum bringt ihr uns nicht zum Flughafen?«, fragte ich Mama und bemühte mich um ein Lächeln.

»Weil wir in die andere Richtung fahren. Nach Italien. Ebenfalls für eine Woche«, verkündete Papa. Okay. Jetzt war mir alles klar. Da hatte er ja sieben Fliegen mit zwei Klappen geschlagen. Die Tochter wird auf die Balearen verschickt, damit sie wieder zur Vernunft kommt, und währenddessen machen die Eltern einen Liebesurlaub. Und danach ist alles wieder in Butter.

»Super!«, log ich und grinste schwach. »Ich bin total platt.« Das stimmte immerhin.

»Kommt, wir bringen euer Gepäck hoch!«, sagte Papa und nahm Nicole und Jenny die Trolleys und Rucksäcke aus den Händen. Nicole lächelte ihn mit großen Augen an.

»Und ihr drei geht runter zur Festwiese«, strahlte Mama und schob mich nach vorne. Ich trödelte meinen ununterbrochen quasselnden Freundinnen über die kleine Brücke und durch das kurze Waldstück hinterher und sagte ab und zu mechanisch »Ja« und »Toll« und »Prima«.

Das »Fest« bestand aus einer Frittenbude, einem kleinen Holzhäuschen, in dem ein dicker Mann Musik auflegte, einem Bierwagen und kreuz und quer aufgestellten Bänken. Auf einem Schwenkgrill verkohlten Steaks und Würstchen. Zwischen den Bäumen hingen Lampions und Lichterketten und auf dem Sportplatz balgte sich eine Horde Kinder um einen Fußball. Es war deprimierend, aber irgendwie genoss ich die Situation. Unter anderen Umständen hätte ich mich über Nicoles und Jennys Starren sogar prächtig amüsieren können.

Noch ehe sie begriffen hatten, dass das tatsächlich alles war, tru-

397

delten meine Eltern auch schon wieder ein. Händchen haltend. Ich ließ mich dazu überreden, auf einer der Bierbänke Platz zu nehmen. Angestrengt versuchte ich, den Geschichten aus der Schule, nächtlicher Unternehmungen und von unseren gemeinsamen Kölner Freunden zu folgen, die Nicole und Jenny erzählten, und gleichzeitig Ordnung in meine jagenden Gedanken zu bringen.

Ich wollte nicht nach Ibiza. Ich hatte es schon nicht gewollt, als die beiden mich angerufen hatten. Nun waren sie hier, in bester Reisefieberstimmung, und ich wollte immer noch nicht nach Ibiza. Ja, es war nur eine Woche, aber eine Woche konnte sehr, sehr lang sein.

Andererseits waren da das Mittelmeer, das ich schon immer mal sehen wollte, und die Sonne des Südens, von der alle immer schwärmten und die ich noch nie erlebt hatte.

Mit halbem Ohr bekam ich mit, wie Papa erwähnte, dass er und Mama schon um drei Uhr in der Frühe starten wollten. Natürlich würde er losfahren, wenn es noch dunkel war, damit er nicht ins gleißende Mittagslicht kam. Ich wusste, dass die beiden in der Schweiz übernachten wollten. Und dann, dachte ich von plötzlichem Neid gepackt, waren sie endlich im warmen Süden, schliefen tagsüber und lebten nachts auf, stromerten durch enge Gassen, aßen Pasta und tranken Wein. Dafür kannte ich Norwegens düstere Fjorde wie meine Westentasche. Eiskalte, verregnete, einsame Fjorde, in denen es auch tagsüber dunkel war.

Ein kameradschaftlicher Schlag auf meine Schulter befreite mich von meinen frostigen Ferienerinnerungen. Ich hustete kurz.

»He, Ellie, aufwachen!« Es war Benni. Natürlich.

»Na?«, fragte er mich lachend. Nicole und Jenny begutachteten ihn neugierig. Er zwinkerte aufgeräumt zurück.

»Na«, sagte ich lahm, weil mir nichts anderes einfiel.

»Kommt doch nachher mal rüber, ich arbeite am Bierstand!« Schon war er wieder weg.

»Der ist ja süß«, sagte Jenny grinsend und stieß mich auffordernd in die Seite.

»Kannst ihn haben«, erwiderte ich trocken. »Ist bei allen beliebt, Vertrauensschüler, gut in Sport und der Sohn des Bürgermeisters von Rieddorf.«

Ich stocherte gelangweilt in meinen Fritten. Meine Eltern hatten mir eine Freude machen wollen. Jenny und Nicole hatten mir eine Freude machen wollen. Benni wollte uns eine Freude machen. Colin aber hatte mir Schmerzen und seelische Qualen verursacht. Und ich saß hier und sehnte mich nach ihm, anstatt mich des Lebens zu freuen und das Fest zu genießen. Denn wenn man sich mal an seine karge Ausstattung gewöhnt hatte, war es gar nicht übel. Das Wetter spielte mit und der dicke DJ bewies einen soliden Musikgeschmack. Ich entspannte mich ein wenig. Es hätte alles weitaus schlimmer kommen können, redete ich mir ein. Ich war nicht allein, es war warm und ich war satt. Laut Herrn Schütz, meinem Biolehrer, waren damit die menschlichen Grundbedürfnisse gestillt.

In dem Moment, als ich mich mit diesen banalen Argumenten trösten wollte, fegte aus dem Nichts ein pfeifender Windstoß über die Festwiese. Die Büsche neben uns bogen sich rauschend zur Seite. Das Papierschiffchen mit den restlichen Fritten segelte vom Tisch, ehe wir es zu fassen bekamen.

Neben uns begann ein kleiner Dackel hysterisch zu bellen. Er war am Tischbein festgebunden, doch er wollte weg. Den Schwanz eingeklemmt und die speicheltriefenden Lefzen hochgezogen, zerrte er so fest an seiner Leine, dass die gesamte Konstruktion ins Wanken geriet. Bier kippte schäumend ins Gras und spritzte auf Jennys lackierte Zehennägel.

»Huch, was ist denn jetzt?«, fragte sie nervös und klemmte ihren flatternden Rock unter die Schenkel. Über ihr zerplatzte eine der bunten Glühbirnen. Winzige Scherben rieselten in ihr Haar.

»Ganz normales Westerwälder Sommerwetter«, sagte ich knapp.

Nun hatte der Dackel es geschafft. Der Tisch kippte scheppernd zur Seite und die Leine kam frei. Im Schweinsgalopp hetzte der Hund auf den Wald zu. Fluchend eilte sein Besitzer ihm hinterher.

»Gut so. Ich kann die Viecher nämlich nicht leiden«, erklang eine vertraute Stimme hinter mir. Ich drehte mich um. Es war Tillmann.

»Hallo, Ellie«, sagte er lässig und schlenderte zur Bar.

Nicole und Jenny hatten ihn nicht einmal bemerkt. Sie waren vollauf damit beschäftigt, ihre zerstörten Frisuren in Ordnung zu bringen. Meine Blicke aber wurden hinüber zu dem alten steinernen Eisenbahntunnel am Rand der Festwiese gezogen.

Bist du es?, fragte ich im Geiste, während mir eine neue eisige Böe die Haare ins Gesicht wehte. Zärtlich strichen sie über meine Wange. Ich brauchte die Antwort nicht abzuwarten. Bevor das rhythmische Klappern der Hufe Nicoles und Jennys Aufmerksamkeit wecken konnte, stürmte Louis' schwarzer Schatten aus dem Tunnel, Colin geduckt auf seinem Rücken, damit sein Kopf nicht die steinerne Decke berührte. In Papas Kehle grollte es leise. Colin verlangsamte Louis' Tempo, brachte ihn einen halben Meter vor der Frittenbude filmreif zum Stehen und glitt geschmeidig aus dem Sattel.

Jenny kicherte schrill. Für einen kurzen Augenblick sagte niemand ein Wort. Sogar die Musik stockte. Schwitzend machte sich der dicke DJ an der Anlage zu schaffen. Dann begannen die Menschen wie auf ein stilles Kommando wieder miteinander zu sprechen, gedämpfter als zuvor, doch das Raunen der Stimmen war von Furcht und Argwohn genährt. Warum lachten die Menschen dann trotzdem, als wäre nichts geschehen?

Colin band Louis locker an einem Baum fest und ging ohne einen einzigen Blick in unsere Richtung auf die Bar zu. Die Kinder auf dem Bolzplatz stritten sich nun lautstark um den Ball und rissen

400

sich dabei aggressiv an den Kleidern. Zwei Frauen liefen auf sie zu und versuchten, sie zu beruhigen. Doch ein kleiner, dünner Junge geriet völlig außer sich und warf sich schreiend auf den Boden. Erbittert klammerte er sich an dem Ball fest.

»Wer ist *das* denn?«, fragte Nicole fassungslos und glotzte Colin ungeniert an. »Der sieht ja seltsam aus. Guck dir mal die Klamotten an. Und dann das Gesicht.« Du hast ihn noch nicht im Mondschein gesehen, dachte ich. Du würdest vor Neid im Erdreich versinken, wenn du wüsstest, wie unfassbar schön er dann ist.

Wenn sie nun aber wie Maike behauptete, er sei hässlich, würde ich ihre überschminkte Schnute in die Reste meiner Currywurst drücken.

»Kennst du den, Lassie?«

»Ellie«, entgegnete ich scharf. »Ich heiße Ellie. Kein Lassie mehr.«

»Okay«, sagte Nicole verwundert, die Augen immer noch auf Colin gerichtet, der alleine an der Theke lehnte. Krümel ihrer Wimperntusche klebten wie Fliegendreck auf ihrer bepuderten Wange und ihr Parfum nahm mir den Atem. Papa hatte sich in der Gewalt, doch ich sah, wie schwer es ihm fiel, mich nicht zu packen und von hier wegzuzerren. Auch ich musste mich beherrschen. Der Wunsch, aufzustehen und zu Colin hinüberzugehen, wühlte mich so auf, dass mir fast schwindlig wurde.

Und dann tat ich es einfach. Was sollte Papa auch dagegen machen? Mir hinterherlaufen und mich fortschleifen? Niemand würde ihn verstehen. Und er konnte ja schlecht sagen: »Liebe Leute, das ist ein Nachtmahr und mit dem soll meine Tochter keinen Umgang pflegen.« Außerdem würden sich morgen unsere Wege für eine Woche trennen, er würde seinen Urlaub haben und ich meinen. Kein Grund, jetzt noch einmal das Kriegsbeil auszugraben.

Trotzdem spürte ich, dass er innerlich zugrunde ging, als ich auf Colin zusteuerte. Doch bevor ich die Bierbar erreichte, wandte Colin sich ab, bewegte sich ein paar Schritte weiter und mir blieb nichts anderes übrig, als mich neben Tillmann zu stellen. Meine Wangen brannten vor Wut. Er hatte mich auflaufen lassen.

»Was sind das denn für zwei Tusen?«, fragte Tillmann. Er sagte Tusen, nicht Tussen. Das klang noch schlimmer und abschätziger, sodass ich trotz meines Ärgers grinsen musste.

»Meine besten Freundinnen aus Köln. Also, es waren meine besten Freundinnen.«

»Ich steh ja auf lange Beine. Aber das – nee, das geht gar nicht.« Zu meiner Genugtuung meinte er Nicole, die sich in eine hautenge Röhrenjeans und hochhackige Stiefeletten gequetscht hatte. Tillmann hatte recht. Sie war nicht schlank genug dafür. Ihr Bauch wabbelte.

»Hier«, sagte Tillmann und schob mir ein halb gefülltes Schnapsglas zu. Ich fand Schnaps noch unappetitlicher als Bier. Und er hatte aller Wahrscheinlichkeit nach auch weitaus gravierendere Auswirkungen. Aber die neugierigen Blicke von Nicole, Jenny und meinen Eltern ermutigten mich dazu, das Glas anzuheben und einen großen Schluck meine Kehle hinunterzukippen. Er brannte wie Feuer und ich kämpfte prustend gegen den Hustenreiz an. Bereits nach wenigen Sekunden bekam meine Welt weichere Konturen.

»Du bist knallrot im Gesicht«, stellte Tillmann nüchtern fest.

»Ich hasse das Zeug«, knurrte ich.

»Na dann«, meinte er cool. »Noch einen?«

»Danke, nein«, lehnte ich höflich ab. Tillmann zuckte nur mit den Schultern. Colin drehte mir nach wie vor den Rücken zu.

Tillmann und ich verbrachten mindestens eine geschlagene Stunde schweigend an der Bar, während ich Nicole und Jenny dabei zusah, wie sie meinen Papa beflirteten und über mich redeten. Hätte ich mir ein wenig mehr Mühe gegeben, hätte ich die Worte sogar von ihren Lippen ablesen können. Gegen elf Uhr brachen meine

Eltern auf. Nicole und Jenny blieben auf der Bank sitzen und be-
äugten abwechselnd Colin, Benni und mich.

»Ich geh dann mal. Tschau, Ellie«, sagte Tillmann und verschwand.

»Danke fürs Gespräch«, murmelte ich. Ich gab mir einen Ruck
und löste mich von der Theke, um meinen Eltern Auf Wiedersehen
zu sagen. Sie waren so anständig, nicht zu fragen, wer der kleine rothaarige Kerl neben mir gewesen war. Stattdessen nahm Mama mich
fest in den Arm und fuhr mir über meine störrischen Haare, die
sich schon wieder in alle Himmelsrichtungen sträubten.

»Viel Spaß, Ellie. Ibiza ist eine wunderschöne Insel mit interes-
santen Menschen«, sagte sie mit sehnsüchtigem Blick. Bevor sie
Papa kennenlernte, hatte sie mehrere Jahre dort gelebt, wie mir jetzt
wieder einfiel. Und seit seinem Befall war sie nie wieder da gewesen.
Ihre Umarmung zu erwidern, kostete mich keinerlei Überwindung.
»Danke für die Überraschung«, murmelte ich artig. Ich konnte mich
immer noch nicht richtig darüber freuen.

Bei Papa fiel mir die Verabschiedung schon wesentlich schwerer.
Steif standen wir uns gegenüber und ich wagte nicht, ihm in die
Augen zu sehen. Schließlich packte er mich an den Schultern und
drückte mich kurz an sich.

»Habt ihr Ärger?«, fragte Jenny mich, als die beiden im Dunkel
des Waldes verschwunden waren und Nicole meinem Vater verträumt hinterherschaute.

»Eher eine Meinungsverschiedenheit«, gab ich mich weiterhin bedeckt. Die Überlegung, mit Nicole oder Jenny oder gar beiden zusammen über Colin zu sprechen, war absolut lachhaft. Besagter
stand immer noch mit dem Rücken zu mir an der Bar und wechselte nur ab und zu ein paar Worte mit den Thekendiensten. Die Plätze
neben ihm blieben frei. Sollte Sir Blackburn doch Wurzeln schlagen.
Ich wollte nach Hause.

403

»Kommt, lasst uns gehen«, schlug ich nach zehn Minuten belanglosem Geplapper vor. Reden konnten wir auch bei mir im Zimmer und da musste ich wenigstens nicht ständig Colins Kehrseite anschauen. Das war wie ein Zwang. Und es frustrierte mich. Außerdem zeigte der Schnaps von Tillmann immer noch Wirkung. Ich war in der Stimmung, einen Streit vom Zaun zu brechen, wenn mir jemand in die Quere kam. Und es gab inzwischen genügend angetrunkene Jungs, die uns mit gierigen Augen verschlangen. Benni putzte beflissen die Theke, doch auch er hatte schon den einen oder anderen tiefen Blick zu Nicole und Jenny gesendet.

»Okay«, gab Nicole klein bei. »Musst ja auch noch deinen Koffer packen, oder?« Oh Gott. Ja, das musste ich. Und ich hatte doch überhaupt keine Ahnung, was man für einen Urlaub im Süden brauchte. Also machten wir uns auf den kurzen Weg nach Hause, obwohl ich Colin noch gerne irgendeine Gemeinheit an den Kopf geworfen hätte.

Sobald wir die matt beleuchtete Festwiese hinter uns gelassen hatten, umfing uns tiefschwarze Dunkelheit. Doch ich konnte mich in dem kurzen Waldstück, das zum Bach und der Brücke führte, inzwischen fast blind orientieren. Meine Augen waren trainiert. Dennoch musste ich mir eingestehen, dass es wirklich eine verdammt finstere Nacht war. Auf den ersten Metern konnte auch ich den Wald kaum vom Himmel unterscheiden. Nicole und Jenny blieben sofort stehen und suchten kreischend nach meinen Händen. Die ruhten sehr bequem in meinen Hosentaschen.

»Oh Gott, Ellie, das ist ja total gruselig! Gibt es hier keine Laternen?«, rief Jenny, während Nicole in eine Art Schockstarre verfallen war. Sie hatte wohl Angst, sich auf ihren hochhackigen Stiefeln den Fuß zu verstauchen.

»Na ja, wir sind im Wald«, sagte ich gelassen. »Da sind Laternen eher Mangelware. Nun kommt schon, es sind ja nur ein paar Me-

404

ter.« Forsch schritt ich voraus und ergötzte mich an dem panischen Verharren meiner Freundinnen hinter mir.

»Mensch, Lassie, warte doch!«, motzte Nicole, doch ich stellte mich taub. Du hast mir Toby weggenommen, dachte ich bissig. Dann sieh auch zu, wie du allein durch den Wald findest. Ich bin nicht dein Kindermädchen.

»Was ist mit der bloß los? Das kann ja lustig werden auf Ibiza«, zischelte Jenny, die offenbar vergessen hatte, welch gute Ohren ich besaß. Jetzt erst recht, sagte ich mir und beschloss, meiner Eingebung zu folgen, die mir wie ein irrlichternder Komet durch den Kopf schoss. Hier, direkt vor mir neben dem Weg, gab es einen Hochsitz. Und es würde die ganze Angelegenheit doch wesentlich reizvoller gestalten, wenn ich ein paar Minuten lang wie vom Erdboden verschluckt wäre. Ich griff nach den Leitersprossen und krabbelte flink himmelwärts. Oben angekommen drehte ich mich sofort um und schaute nach unten.

»Na, dir sitzt ja heute der Schalk im Nacken.«

Bevor ich vor Schreck den Halt verlor und nach unten stürzte, hatte seine Hand mich am T-Shirt-Kragen gepackt und neben sich gezogen.

»Du ... du verfluchter Idiot!«

»Guten Abend, Ellie«, grinste Colin so unverschämt, dass ich versucht war, den Hochstuhl auf der Stelle wieder zu verlassen. Am besten mit einem todesmutigen Sprung kopfüber ins Nichts. Andererseits war das, was Nicole und Jenny unten auf dem Weg veranstalteten, beinahe bühnenreif. Während Nicole allen Ernstes glaubte, mit ihrem Handydisplay Licht in die Dunkelheit bringen zu können, vollführte Jenny mit fuchtelnden Händen eine Art Schattentanz, der an Unbeholfenheit kaum zu übertreffen war.

»So ähnlich wie Klein Ellie im Gewitter«, analysierte Colin trocken.

405

»Verarschen kann ich mich alleine«, raunzte ich ihn an.

»Was sind das denn für Primadonnen? Deine Freundinnen, nicht wahr? Na, ihr habt ja auch so viel gemeinsam«, kommentierte Colin zynisch. Die Szenerie bereitete ihm sichtlich Vergnügen. Jenny hatte sich auf die Knie fallen lassen und durchwühlte ihre Handtasche nach einem Feuerzeug, wie sie Nicole mit zittriger Stimme verkündete. Zwischendurch riefen sie immer wieder meinen Namen – in allen vier Varianten. Ellie, Lassie, Elisabeth, Elisa.

»Warum hast du mich ignoriert?«, fragte ich Colin und warf ihm einen flüchtigen Blick zu. Das hätte ich nicht tun sollen, denn es war einfach unmöglich, ihn anzuschauen und nicht zu lächeln. Ich musste lächeln, weil ich mich so sehr freute, mit ihm hier oben zu sitzen und nicht unten in Nicoles und Jennys Parfumwolke durch den Wald zu geistern.

»Was wäre denn dein Vorschlag gewesen – dass ich mich öffentlich mit deinem Vater prügle? Was meinst du wohl, wer gewinnen würde? Das wollte ich euch beiden ersparen«, erwiderte er spöttisch.

»Habt ihr euch denn versöhnt?«

»Zwei Fragen«, ignorierte ich sein Anliegen, über unsere Familiensituation unterrichtet zu werden. Ich konnte nicht mehr lange hier oben bleiben. Nicole war den Tränen nahe und Jenny machte ihr mit verräterischem Tremolo den Vorschlag, einfach weiterzugehen, irgendwo müsse ich ja sein. »Elisabeth«, bellte sie wütend. Ihre Stimme überschlug sich.

»Bitte schön«, sagte Colin höflich. Er vibrierte vor unterdrücktem Lachen.

»Warum konnte ich dich und Tessa verstehen? Ich meine – du bist doch Schotte.«

»Hast du jemals in einem deiner Träume etwas nicht verstanden, was man dir gesagt hat?«

Ich überlegte kurz. Mir fiel ein, dass ich in einem sehr konfusen

Traum sogar mal nach China gereist war und mich auf Chinesisch unterhalten musste und es tatsächlich konnte. Es war eine andere Sprache gewesen, doch ich hatte sie verstanden und ich konnte sie im Traum auch nachahmen. Statt einer Antwort schüttelte ich nur den Kopf, denn unten gab es Neuigkeiten. Benni war aufgetaucht und gab sich als edler Retter in der Not.

»Endlich ist jemand da«, kiekste Nicole und Jenny fiel Benni vor lauter Erleichterung um den Hals. »Hier sieht man ja gar nichts und Lassie ist einfach verschwunden.«

»So, Lassie«, bemerkte Colin und grinste anzüglich.

»Vergiss es am besten gleich wieder. Ich hasse es.«

»Das solltest du nicht«, erwiderte er leise und seine Augen streiften weich, ja, beinahe zärtlich mein Gesicht. Was sollte das nun werden – ein neues Ablenkungsmanöver? Nein, dazu war die Zeit zu kostbar. Wer wusste schon, wann ich ihn wiedersehen würde?

»Zweite Frage: Warum habe ich dich einmal von oben gesehen und war dann ... in dir drin?«, bohrte ich unbeirrt weiter.

»Das ist etwas kompliziert«, sagte Colin ausweichend.

Benni erzählte inzwischen großspurig von seinen nächtlichen Jagderlebnissen im Wald und versorgte Nicole und Jenny mit zwei Minipartylikören in Form eines Spermiums, die er wie Trophäen aus seiner Tasche zog, was den beiden weiteres Gegiggel entlockte.

Mit erhobenen Augenbrauen sah ich Colin an. »Ich steh auf komplizierte Sachverhalte. Ich bin eine Einserschülerin.«

»Das war mir klar.« Colin schmunzelte. »Gut, ich mache es kurz: Ich habe seit jeher die Fähigkeit, mich, wenn ich will, von oben zu betrachten – aus jeder Perspektive, die mir gerade recht ist. Auch das ist etwas, was Menschen im Traum können. Der Unterschied ist nur: Ich kann es immer. Deshalb beherrsche ich meinen Körper besser als andere – Wesen. Das ist auch der Grund, warum ich manchmal etwas entrückt wirke.«

»Bist du jetzt da? Also hier? Neben mir?«, fragte ich vorsichtshalber nach.

»Mehr geht nicht.« Mehr wäre auch zu viel für mich gewesen. Immer wieder berührten sich unsere Arme, weil der Hochsitz sehr klein war und Colin sehr präsent. So präsent, dass ich mir erneut ins Gedächtnis rufen musste, bald wieder zu Nicole und Jenny zurückzukehren, bevor sie mit Benni auf dumme Ideen kamen.

»Reagieren die Menschen deshalb so seltsam auf dich?«

»Das war jetzt schon die vierte Frage, Ellie. Ich muss zu Louis. Und du solltest deine – Freundinnen vielleicht langsam von Robin Hood erlösen.«

Nicole und Jenny hatten ihren Spermalikör ausgetrunken und nun riefen sie zu dritt im Chor nach mir. Es fiel mir schwer, aber ich riss mich mit einem knappen »Tschau« – mehr hatte Colin heute nicht verdient – von diesem eigentümlichen Zufallsrendezvous in den Baumwipfeln los und kletterte die Leiter hinunter. Dann stellte ich mich wie die Unschuld vom Lande mitten auf den Weg und rief: »Wo bleibt ihr denn? Ich warte schon die ganze Zeit oben beim Wirtshaus auf euch!«

»Kleine Lügnerin«, hörte ich Colins Flüstern in meinem Kopf. Eine wärmende Welle schoss durch meinen Körper. Ich wollte immer noch nicht nach Ibiza.

Wie zwei verlorene Seelen flatterten Jenny und Nicole auf mich zu, nach Bennis Unterhaltungsprogramm jedoch wesentlich aufgekratzter als in ihren ersten Schreckminuten. Ich konnte sie nur mühsam zu einem gedämpften Tonfall überreden, als wir zu Hause angekommen waren. Noch eine Verabschiedung von Papa würde ich nicht durchstehen. Ich wollte ihn keinesfalls wecken.

Die nächste Stunde agierte ich wie ein ferngesteuerter Roboter, der nicht imstande war, sich gegen die Fremdprogrammierung zu wehren. Ich ließ Nicole und Jenny meine Urlaubskollektion zusammenstellen und bezog währenddessen die Matratzen für sie. Nicoles Matratze legte ich vorsorglich auf jenen Flickenteppich, unter den die verbliebenen dicken Spinnen geflüchtet waren.

Gegen ein Uhr herrschte endlich Ruhe. Ich wäre so gerne allein gewesen. Ich fühlte mich schon jetzt überreizt und nervös und die Vorstellung, mich in einen engen Billigflieger quetschen zu müssen, behagte mir gar nicht. Alles in mir schrie danach hierzubleiben. Einfach nur Tag für Tag in meinem Zimmer zu sitzen und in erlösender Stille nachzudenken, bis der Abend gekommen war.

Aber wenn ich morgen übermüdet war, würde das alles nur noch aufreibender machen. Ich lag lange wach, bis ich endlich in einen chaotischen, unruhigen Schlaf fiel, in dem ich tausend Länder bereiste und tausend verschiedene Sprachen sprechen musste.

Nur Schottland war nicht dabei.

Letzter Aufruf: Ibiza

»Anhalten«, sagte ich leise. Irritiert drehte sich Jenny zu mir um. »Bitte halten Sie an«, wiederholte ich, ohne sie anzusehen.

»Oh Gott, Lassie, was ist los, ist dir schlecht?«, rief Nicole panisch. Aufgeregt packte sie den Taxifahrer an der Schulter. »Haben Sie nicht gehört? Stopp, halten Sie an, sofort!« Ohne die Miene zu verziehen, bremste er. Wir waren gerade erst auf der Kuppe des Feldweges, schlappe hundert Meter von unserem Haus entfernt. Wie paralysiert blieb ich sitzen und starrte auf meine Hände.

Nicole stieß die Tür auf, hechtete ums Auto herum, riss die andere Tür auf und zog mich mit schwitzigen Händen nach draußen. Benommen stolperte ich ins Sonnenlicht. Mit vor Entsetzen geweiteten Augen schaute Nicole mich an. Seitdem Jenny sie einmal in der Achterbahn des Phantasialands vollgekotzt hatte, war sie von der Angst zerfressen, ihr könne so etwas wieder passieren.

»Mir ist nicht schlecht«, versuchte ich sie zu beruhigen. Nun stieg auch Jenny aus dem Wagen. Der Fahrer drehte sich zu uns um und warf einen skeptischen Blick auf seine entflohenen Fahrgäste. »Das Taxameter läuft weiter«, bemerkte er schließlich und vertiefte sich in seine Sonntagszeitung.

»Aber was ist denn dann? Wir sind eh schon spät dran, wir müssen weiter. Hast du etwas zu Hause vergessen?«, fragte Nicole und blickte hektisch auf die Uhr.

»Nein. Nein, ich – ich fahre nicht mit. Ich bleibe hier.« Hatte ich das wirklich gesagt? Ja, hatte ich. Denn Jenny und Nicole fiel die Kinnlade hinunter. Mit offenem Mund starrten sie mich an. Jennys Kiefer schnappte als Erstes wieder zu.

»Du – bleibst – hier?«, stieß sie im Stakkato zwischen zusammengebissenen Zähnen hervor. Sie sah aus wie ein Raubtier, das die Fütterung verpasst hatte. Sehr unleidlich und zu allem bereit. Nicole seufzte nur dramatisch und drehte nervös an ihren Ponyfransen.

»Ja«, sagte ich, nun mit etwas festerer, lauterer Stimme. »Ich möchte hierbleiben.«

»Hier?«, keifte Jenny und drehte sich mit wedelnden Armen einmal um sich selbst. »Hier?«, wiederholte sie. »Hier ist – nichts!«

Na ja, so ganz stimmte das nicht. Ganz oben am Himmel kreisten zwei Raubvögel und sendeten ab und zu einen gellenden Schrei durch die Morgenstille. Mitten auf der verlassenen Weide neben uns lauerte eine gefleckte Katze vor einem Mauseloch. Und wenn man an ihr vorbeilief und dem ausgetretenen Weg noch knappe zweihundert Meter folgte, umfing einen der schattige, kühle Wald. Mein Wald.

»Dann bleibe ich eben im Nichts«, antwortete ich beharrlich. »Ich kann nicht mit. Seid mir nicht böse.« Mit verschränkten Armen stand ich vor ihnen und konnte nicht glauben, was ich da tat. Nicole und Jenny konnten es auch nicht glauben.

»Oh Mann, ich fass es nicht …«, stöhnte Nicole und drückte ihre Stirn gegen die Autotür. »Ich versteh dich nicht, Lassie. Ich versteh dich echt nicht.« Jetzt wurde sie sauer. »Weißt du was? Dann bleib doch hier und langweile dich zu Tode. Mann, das ist – das ist total beknackt!«

»Ich bin wirklich enttäuscht«, versuchte Jenny es auf die erwachsene Tour. »Wir haben uns Mühe gegeben, einen tollen Urlaub zu organisieren, und du benimmst dich seit gestern, als tickst du nicht ganz richtig. Was ist los mit dir?«

Ich schwieg. Sie würden es ja doch nicht verstehen. Ich öffnete den Kofferraum und holte mein Gepäck heraus.

»Komm, Jenny, der ist nicht zu helfen. Und von dem Gezicke lass ich mir meinen Urlaub nicht vermiesen«, giftete Nicole und schob Jenny zurück in den Wagen. Ich kramte den Hunderteuroschein, den Mama und Papa mir als Taschengeld mitgegeben hatten, aus meiner Jeanstasche und drückte ihn Nicole durchs offene Fenster in die Hand. »Hier, fürs Taxi. Amüsiert euch gut.« Nicole schüttelte nur ungläubig den Kopf.

»Haben die Damen sich endlich geeinigt?«, fragte der Fahrer.

»Ja, haben sie«, rief ich ihm zu und drehte mich um, ehe ich meine Entscheidung bereuen konnte. Aber ich wollte nur noch raus aus dem Benzinqualm und zurück in mein Zimmer, wo ich die Matratzen wegräumen und kräftig durchlüften konnte.

Die Nacht war eine Geduldsprüfung gewesen. Nachdem Mister X im Morgengrauen mit einer halbtoten Maus im Maul kehlig grunzend auf Nicoles Hintern gesprungen war, hatte ich mich dabei verausgabt, zwei kreischende Weiber zur Vernunft zu bringen, Mister X die Maus abzunehmen, sie zur Rekonvaleszenz in einem von Mamas Hochbeeten auszusetzen und Jennys Matratze abzusaugen, um sie vor einem Allergieschock zu bewahren.

Mister X dazu zu überreden, mein Zimmer zu verlassen, war schon schwieriger gewesen. Ich musste alle Fenster geschlossen lassen und hatte den Rest dieser kurzen Nacht immer wieder Erstickungsgefühle. Mir fehlte die frische Luft, und dass Mister X eine halbe Stunde wie ein Standbild am Fenster klebte und mich vorwurfsvoll anstarrte, hob meine Laune auch nicht gerade.

Doch weitaus beklemmender waren die Duftschwaden gewesen, die von Nicoles und Jennys Lagerstätten aufstiegen. Parfum. Deodorant. Frischer Nagellack. Haarspray. Bodylotion. Puder. Mir war fast übel davon geworden.

Jetzt konnte ich endlich wieder atmen. Wie berauscht von meiner plötzlichen Freiheit blieb ich mitten auf dem Feldweg stehen und schloss die Augen, weil die helle Sonne mich taumelig machte. Es würde ein heißer Tag werden. Und niemand war da, der mich zu irgendetwas überreden oder nötigen wollte. Ich konnte den ganzen Morgen auf dem Bett herumlungern und an Colin denken, wenn ich Lust dazu hatte. Ich konnte essen, wann ich wollte, oder es auch bleiben lassen. Ich war keinem Rechenschaft schuldig. Es war ein herrliches Gefühl.

Ich war allein.

ALLEIN, ALLEIN

Das herrliche Gefühl nahm ein jähes Ende, als mir meine Eltern einfielen. Dass ich ihre sicher nicht ganz billige Überraschung einfach torpedierte und mich den Fängen des hiesigen Nachtmahrs auslieferte, durften sie niemals erfahren. Das bedeutete wiederum, dass ich Nicole und Jenny nicht mehr begegnen konnte – denn die würden sich garantiert verplappern – und kräftig lügen musste. Doch ich hatte eine Woche Zeit, um mir in Ruhe zu überlegen, wie ich dieses Problem lösen konnte. Und immerhin hatte mich niemand gefragt, ob ich überhaupt nach Ibiza wollte.

Auf einmal hatte ich einen Bärenhunger. Mit knurrendem Magen lief ich zum Haus, schloss die Tür auf und ließ die Jalousien des Wintergartens herunter.

Okay, Frühstück. Frühstück? Oh nein. Wie sollte ich mich die kommenden Tage überhaupt ernähren? Der Bäckereiwagen kam erst wieder am Mittwoch ins Dorf und der nächste Supermarkt war sieben Kilometer entfernt. Wie ich Papa kannte, hatte er vor der Abreise alle verderblichen Vorräte entweder verbraucht oder an die Nachbarn verschenkt. Er hasste es, wenn er aus dem Urlaub zurückkehrte und sich die Vorratskammer in ein Biotop verwandelt hatte.

Entmutigt öffnete ich den Kühlschrank. Ich rechnete mit gähnender Leere, doch bei dem Anblick, der sich mir bot, blieb mir die Luft weg. Ich fühlte mich wie Alice im Wunderland. Ordentlich stapelten sich Plastikvorratsdosen übereinander. In der Tür standen Säfte und Mineralwasser, das Gemüsefach war prall gefüllt mit Salat, Tomaten, Gurken und Paprika. Ebenfalls im Angebot: Schokolade, Toastbrot, zwei Fertiggerichte, eine Palette Joghurts, Milchdrinks, Schinken und Käse. Der Italienurlaub meiner Eltern musste ja eine sehr spontane Sache gewesen sein.

Ich vergaß den Gedanken an Brot und Brötchen, als ich hinter den beiden Fertiggerichten eine Vorratsdose mit selbst gemachtem Zimt-Zucker-Milchreis erspähte. Ich zog sie heraus und öffnete vorsichtig den Deckel. Knisternd segelte ein zusammengelegtes Papierchen auf die Arbeitsfläche, das nachlässig mit einem Klebestreifen an der Deckelinnenfläche befestigt worden war. Mit einer unguten Vorahnung im Bauch faltete ich den Zettel auseinander.

»*Bitte, bitte pass auf Dich auf. Deine Mama. PS Vielleicht kannst Du ab und zu einen Blick auf die Blumen werfen.*«

Also doch kein Zufall. Ich würgte eine wahre Sturzflut an Tränen herunter. Jetzt bloß nicht wankelmütig werden, ermahnte ich mich. Es gibt keinen Weg zurück. Die beiden Mädels sind schon fast in Frankfurt und Mama und Papa in der Schweiz. Zu spät für Gewissensbisse.

Oh Mama. Sie hatte es gewusst. Oder zumindest für möglich gehalten. Deshalb ihr Aktionismus bis spät in die Nacht. Sie hatte hinter Papas Rücken für mich vorgekocht und Vorräte gehortet und Wäsche gerichtet – für den Fall, dass ich zum ersten Mal in meinem Leben nicht das machen würde, was man von mir erwartete.

Wirklich freuen konnte ich mich darüber nicht. Mama war sicher nicht davon ausgegangen, dass ich mich dem Urlaub einfach verweigern würde. Aber sie wollte auf alles vorbereitet sein. Damit ich wenigstens genug zu essen hatte, während der böse Mahr mich anfiel. Oder dachte Mama am Ende gar nicht wie Papa, dass Colin gefährlich war? Traute sie mir zu, dass ich schon das Richtige tat?

Einige ratlose Minuten lang wusste ich selbst nicht mehr, was richtig und was falsch war. Ich wusste nur, dass ich nicht nach Ibiza hätte fliegen können und so tun, als wäre alles super. Vor einem Monat hätte das noch funktioniert. Jetzt war es zu spät.

Der Milchreis wollte mir nicht recht schmecken. Nach einigen lustlosen Löffeln stellte ich ihn wieder in den Kühlschrank. Ich hätte gern ein bisschen geweint, aber ich fürchtete, dass ich dann feststellen würde, einen Fehler gemacht zu haben.

Der Briefkastendeckel klapperte. Die Post zu sortieren, kam mir beruhigend bodenständig vor. Ich klaubte den Schlüssel von der Kommode, schnappte mir die Briefe und huschte in den Wintergarten zurück. Ich würde sie nachher wieder zurücklegen müssen, denn ich befand mich ja offiziell auf Ibiza. Flüchtig blätterte ich das Bündel durch. Zwei Rechnungen für Papa, ein Brief von der Klinik, eine Postkarte von Mamas Freundin aus Heidelberg – und ein Brief für mich. Ein Brief für mich? Ein kleiner Stromstoß schien durch meine Finger zu sausen, als ich mit der Hand über den schweren Büttenumschlag fuhr. Die Schrift mutete altmodisch an und kam mir vertraut vor: geschwungene, elegante Lettern. Es stand kein Absender drauf. Die dunkelblaue Tinte mit dem leichten Braunstich, die einen herben Geruch verströmte, das hochwertige, aber vergilbte Papier … Ein Brief von Colin?

Vorsichtig schlitzte ich mit einem scharfen Messer das Kuvert auf. Es musste Jahre zurückliegen, dass ich meinen letzten richtigen Brief bekommen hatte. Und er war garantiert nicht von einem Mann gewesen, sondern von alternden Verwandten. Was hatte er mir wohl zu sagen? Etwas Schlimmes? Oder wählte er den schriftlichen Weg, um mir endgültig klarzumachen, dass er mich nicht mehr sehen wollte?

Ich ließ den Brief fallen und drehte mich schwungvoll vom Tisch weg. Es gab doch noch so viel anderes zu tun. Briefe lesen konnte ich später. Ich trat in den sonnendurchfluteten Garten und griff nach der Gießkanne. Hm. War das klug? Verdorrte Pflanzen wären ein schöner Beleg dafür, dass ich nicht zu Hause, sondern brav auf Ibiza gewesen war. Also ging ich unverrichteter Dinge zurück ins Haus und streifte durch die Räume. Eigentlich durfte ich nicht einmal eine Rolle Klopapier verbrauchen. Alles, was ich tat oder nicht tat, hinterließ Spuren.

Nach zehn rastlosen Minuten saß ich wieder im Wintergarten und starrte auf den Brief. Gut. Ich würde ihn lesen, danach im Internet ein Ticket nach Ibiza ordern und Jenny und Nicole nachfliegen. Es sei denn …

Hastig zog ich den Briefbogen heraus und faltete ihn auf. Mein Herz schlug so ungeduldig, dass ich die ersten Sätze nur entzifferte, aber nicht verstand. Ich zwang mich, noch einmal von vorne zu beginnen.

»Guten Morgen, Du Nervensäge.

Da Du ja doch nicht aufhören würdest, mir Löcher in den Bauch zu fragen, und die Nacht noch so schön finster ist, nutze ich die Zeit, um Dir ein paar weitere komplizierte Sachverhalte zu liefern. Bitte erwarte nicht, dass ich Dir maile oder simse (zwei grausame Wörter übrigens). Ich weiß durchaus mit einem Computer umzugehen, leider aber der Computer nicht mit mir. Alles, was mit Funk, Netzwerken und modernen Telefonverbindungen zu tun hat, kollabiert in meiner Gegenwart früher oder später. Das ist auch der Grund, weshalb Louis und mir Springturniere verwehrt bleiben – wir haben es versucht, aber jedes Mal gab es Probleme mit der Zeitmessung. Sie setzte aus. Sehr schade, denn Louis ist eine grandiose Hüpfdohle.«

Ich musste lachen. Waren deshalb in der Disco und auf dem Fest die Musik und die Lichter ausgefallen? Und mein Handy – diese dauernden Funklöcher. Lag es am Ende an Colin? War er in der Nähe gewesen? Mein Lachen erstarb. Ja, ich wünschte mir seine Gegenwart herbei. Aber die Vorstellung, dass er schon in der ersten Nacht hier irgendwo gelauert hatte, gefiel mir trotzdem nicht.

»Ich passe also ganz gut in den Wald. Denn hier wimmelt es von Funklöchern. Die Telefongesellschaften haben noch genügend zu tun, bis sie feststellen, dass sie ein Funkloch nicht in den Griff bekommen. Bis dahin bin ich wahrscheinlich gar nicht mehr hier.

Aber Du hast nach den Menschen gefragt – nach ihren Reaktionen. Sieh das nächste Mal genau hin. Nicht alle reagieren ›seltsam‹ auf mich. Da sind die Menschen, die ihre festen Schubladen haben. Man könnte auch sagen, sie sind einfach gestrickt. Ich passe nicht in ihr Schema vom Leben. Ich störe ihre Ordnung. Sie haben Angst, wenn ich in ihre Nähe komme, aber sie sind zu gefangen in ihren Gewohnheiten, um diese Angst wirklich zu erkennen. Deshalb brechen niedere Instinkte durch. Neid, Argwohn, Eifersucht, meistens auch Hass. Es hilft ihnen, mit mir umzugehen. Und dann gibt es Menschen – es sind wenige, aber es gibt sie –, die offen und neugierig sind, die noch nach etwas suchen, die selbst die Rolle des schwarzen Schafes einnehmen. Unter den Erwachsenen sind sie rar. Meistens sind es Jugendliche. Sie schauen mich anders an. Neugierig, aufmerksam und gespannt. Ich muss aufpassen, damit sie mir nicht zu nahe kommen. Vielleicht spüren sie meine Zerrissenheit. Oder sie sehen mich als Idol. Im Karate passiert das hin und wieder. Sie trainieren dann bis zur Selbstkasteiung, um es mir gleichzutun. Es sind meine besten Schüler, aber sobald sie erwachsen werden und ihre Zerrissenheit mit Vernunft und festen Gewohnheiten übertünchen, wenden sie sich gegen mich.

Apropos Karate. Die Sache mit der Körperbeherrschung. Dadurch, dass ich mich von oben betrachten kann, habe ich die Möglichkeit, meine Bewegungen immer und immer wieder zu überprüfen und Fehler auszumerzen. Das macht das Training nicht leichter, eher härter.

Vor allem intensiver. Es hilft auch ungemein bei den Dressurübungen. Allerdings hasst Louis es, wenn mein Geist sich über meinen Körper erhebt. Er möchte mich ganz bei sich haben. Das ist auch ein Grund, weshalb ich ihn um nichts in der Welt wieder hergeben würde.

Die Sonne geht bald auf, ich muss schließen, wenn ich diese Zeilen noch in der Dämmerung bei Dir einwerfen möchte. Es ist nicht so, dass ich die Sonne nicht mag. Ich erinnere mich gut daran, wie schön es sein kann, wenn sie einem nach einem harten Arbeitstag die schmerzenden Schultern wärmt.

Aber sie bekommt mir nicht sonderlich gut seit circa 140 Jahren. Ich wurde für die Nacht geschaffen. Deshalb werde ich mich anschließend ins Haus zurückziehen und hoffen, dass meine kätzische Brut mir noch ein Plätzchen auf dem Bett übrig gelassen hat.

Glaube ja nicht, dass ich schlafe. Das liegt mir nicht.

Du aber hast Ruhe dringend nötig. Wirf Dich auf Dein Lager und sieh zu, dass Du zu Kräften kommst. Du wirst sie brauchen in all den Jahren, die da draußen auf Dich warten.

Gehab Dich wohl. Ach ja, noch etwas: Ich werde verfolgt. Ich weiß noch nicht genau, von wem und warum, aber es scheint mir harmlos zu sein, denn es handelt sich um einen Menschen.

Achte dennoch darauf und komme ihm nicht zu nahe.

Colin

PS Und keine Bange – ich bin satt.«

Ich holte mir den Milchreis wieder aus dem Kühlschrank und las den Brief löffelnd ein zweites Mal, ein drittes Mal, ein viertes Mal – bis ich ihn fast auswendig konnte. Es war der schönste Brief, den ich jemals in meinem Leben bekommen hatte, aber auch der undurchsichtigste. Es gab so einige Passagen, die mir gar nicht gefielen. Zum Beispiel die Sache mit den Jahren, die angeblich auf mich warteten – das hörte sich so an, als würde ich sie ohne Colin verbringen müssen. Das passte wiederum zu der Stelle, an der er erwähnte, dass er irgendwann sowieso nicht mehr hier sein würde. Ich hoffte einfach nur, dass er andere zeitliche Dimensionen pflegte als ich – größere.

Auch kam ich nicht umhin, mich zu fragen, warum er überhaupt zu Stift und Papier gegriffen hatte, um mir meine Fragen zu beantworten. Schließlich hätten wir das auch mündlich erledigen können. Doch so hatte er mir ein wenig das Maul gestopft. Wenn er aber dachte, dass damit meine Neugierde gesättigt war, hatte er sich geschnitten. Ich hatte noch tausend andere Fragen. Und das war eigentlich ein wunderbares Gefühl – wäre da nicht der unangenehme Verdacht gewesen, dass der Brief mich auf Abstand halten sollte.

Ein Rascheln und Scharren aus dem Flur lenkte mich ab. Es hörte sich an, als würde jemand mit einem überdimensionalen Füllfederhalter über ein raues Blatt Papier kritzeln. Versuchte da etwa jemand, in unser Haus einzudringen? Auf Zehenspitzen schlich ich in die Diele und äugte um die Ecke. Der Einbrecher ging mir bis zur Wade, drehte mir seinen emporgereckten Hintern zu und kratzte mit den Vorderpfoten hingerissen am unteren Spalt der Eingangstür. Bitte keine weitere Maus – oder noch schlimmer: ein Vogel. Einen halbtoten Vogel würde ich Mister X nicht verzeihen.

»Nein, mein Freund, so nicht«, rief ich streng und sauste auf den Kater zu, um ihm sein Opfer zu entwinden. Doch Mister X schob sich platt vor den Türspalt und verteidigte seinen Fang mit einem dunklen Grollen.

»Ja, was hast du denn da Feines, mein Hase?«, säuselte ich und streckte meine Hand aus. Mister X schaute mich an, als hätte ich mein Hirn bei der Pfandleihe abgegeben, und rückte noch ein wenig enger an die Tür. Was immer er da auch zwischen seinen Krallen hatte – er war nicht bereit, es mir kampflos zu überlassen. Also musste ich tricksen. Ich durchwühlte den Vorratsschrank, bis ich eine Dose Thunfisch fand. Mein Plan ging schneller auf, als ich erhofft hatte. Schon beim Öffnen der Dose kam Mister X wie ein geölter Blitz aus dem Flur geschossen und rieb sich maunzend an meinem Bein. Schnell stellte ich ihm die Dose auf die Fliesen und eilte zur Haustür.

Nein, es war kein Vogel. Es steckte unter der Haustür fest – jemand musste versucht haben, es durchzuschieben. Behutsam zog ich es heraus. Es war eine große, glatte, rechteckige Karte. Sie hatte die Maße eines Taschenbuches und wies, abgesehen von Mister X' Kratzern, nur wenige Gebrauchsspuren auf. Das Gemälde auf der Karte fesselte mich sofort. Und trotzdem hätte ich sie am liebsten weggeworfen. Sie war mir unheimlich.

Das Bild war symmetrisch aufgebaut – rechts und links standen sich zwei ägyptische Figuren mit langen Nasen und schrägen Augen gegenüber, an deren starre Füße sich zwei schwarze Tiere schmiegten. Das eine sah aus wie ein Hund, das andere wie eine Katze. Zwischen den Gesichtern der Figuren prangte ein milchiger Kreis, geziert von einer goldgelben, nach unten gekehrten Mondsichel. Im abgeteilten unteren Drittel der Karte war der Mond rund und trug in sich eine gelbe Kugel – eine Kugel, die von den Vorderbeinen einer schwarzen, dünnen Spinne umfasst wurde.

Ich schüttelte mich unwillkürlich. Rätselnd drehte und wendete ich die Karte. Eines war klar: Es handelte sich um keine normale Spielkarte. Ich vermutete etwas anderes dahinter – ich tippte auf Wahrsagerei. Vielleicht war es eine Karte, mit der man die Zukunft deutete.

Mister X hatte den Thunfisch inzwischen vernichtet und leckte wie von Sinnen an der leeren Dose herum, wobei er sie mit einem entnervenden Scheppergeräusch über den Boden des Wintergartens schob.

»Geh jagen«, befahl ich ihm und öffnete die Tür zum Garten. Er zierte sich ein wenig, doch dann stolzierte er lasziv von dannen.

Kartenlegen … Hatte Mama sich nicht während ihrer Ibizazeit damit beschäftigt? Ich erinnerte mich dunkel, dass sie mir von einer miesen Beziehung mit einem noch mieseren Kerl erzählt hatte, der ihr das Kartenlegen beibrachte. Und als sie sich selbst das erste Mal die Karten legte, hatte sie gewusst, dass sie sich von ihm trennen musste. Danach hatte sie die Karten nie wieder angerührt und verschenkt, obwohl sie sich vorher wochenlang damit auseinandergesetzt hatte.

Ich stellte den Milchreis zurück in den Kühlschrank – er schmeckte mir sowieso nicht mehr; mit dem Essen hatte ich heute kein Glück – und suchte Mamas Nähzimmer auf. Mama pflegte eine ausgewachsene Büchermarotte. Unser ganzes Haus bestand quasi aus Büchern. Selbst im Gästeklo war ein kleines Regalbrett angebracht, auf dem sich vorwiegend heitere Lektüre stapelte. Ihre private Sammlung aber hatte sie seit jeher bei sich im Zimmer aufbewahrt.

Ich wurde allmählich müde. Trotzdem ließ ich meine Augen so aufmerksam wie möglich über das deckenhohe Regal gleiten. *Das große Homöopathie-Buch. Teemischungen selbst gemacht. Traditionelle Chinesische Medizin. Traumdeutung.* Aha, Mama also auch. *Der Crowley-Tarot.* Tarot … Ich zog das Büchlein heraus und sah sofort, dass ich einen Volltreffer gelandet hatte. Es passte alles – der Malstil, die Größe der Karten, ihre fantastischen Bilder. Die Karte aus dem Türschlitz musste eine Karte aus dem Crowley-Tarot sein.

Doch das Durchblättern des Büchleins endete in einer Enttäuschung. Mama war nicht gerade pfleglich damit umgegangen. Etliche Seiten fehlten und an Erklärungen und Hinweisen mangelte es. Alles, was ich nach meiner Recherche wusste, war, dass diese ominöse Karte die Mondkarte war. Sie stand für das Unbewusste – für den Abstieg in die Unterwelt, für Ängste, Lügen und Irritationen. Für bodenlose Tiefe.

Das gefiel mir gar nicht. Sie kam mir wie eine Warnung vor. Es konnte ein Dummejungenstreich sein, vielleicht hatte Mister X die Karte auch irgendwo anders gefunden und bei seinen Spielereien selbst unter den Türschlitz geklemmt. Ich traute ihm alles zu. Vielleicht meinte aber auch jemand mich damit. Mich und meine Verbindung zu Colin. Oder jemand wollte mir Angst einjagen. Aber Papa war weit weg in Italien und wähnte mich auf den Balearen. Er konnte es nicht gewesen sein. Womöglich stammte sie sogar von Colin selbst. Und wenn das so war, dann war sie ein weiterer Versuch, mich von ihm fernzuhalten, mich einzuschüchtern. Warum tat er das nur? Er musste doch inzwischen wissen, dass ich so schnell nicht aufgab.

Ich schob das Buch wieder zurück ins Regal, ging nach unten und setzte mich missmutig in den Wintergarten. Ich schmachtete Colins Brief immer noch an, aber meine Hochstimmung war verflogen. Ich fühlte mich überfordert. Trübe schaute ich nach draußen in den sonnendurchfluteten Garten. Mister X hatte offenbar gerade in Mamas Rosenbeet gekackt. Er schaufelte mit den Hinterbeinen hingebungsvoll Erde in die Luft und raste dann wie von der Tarantel gestochen im Zickzack über die Wiese, um schließlich mit schräg eingeknicktem Schwanz meinem Sichtfeld zu entfliehen. Das grelle Grün des Rasens schmerzte in meinen Augen.

Ich schloss alle Türen ab und legte mich in meinem Zimmer auf das Bett. Schon jetzt drückte die Sommerhitze durch das Dach und machte mir das Atmen schwer. Ich sehnte den Abend herbei, wenn es endlich kühler werden würde. Jetzt konnte ich zu Colin gehen, wann immer ich wollte. Niemand würde mich aufhalten. Doch obwohl ich den Brief unter mein Kopfkissen geschoben hatte und ihn immer wieder hervorzog, um ihn an meine Nase zu pressen – er roch schwach nach Holz, Kaminrauch und Pferd –, ängstigte mich diese plötzliche Freiheit. Hatte ich doch fürchterlichen Mist gebaut mit meiner spontanen Urlaubsverweigerung? War ich tatsächlich in Gefahr?

Wenn ja, dann hatte ich mich ausgeliefert. Dann konnte ich sowieso nichts mehr dagegen tun. Aber ich musste das Unglück auch nicht herbeibeschwören. Ich ließ alle Rollläden herunter und zog mich bis auf die Unterwäsche aus. Dann legte ich mich wieder aufs Bett und wartete, bis ich so müde wurde, dass selbst die unterschwellige Furcht, die seit dem Fund der Karte in meinem Magen nagte, kapitulierte.

Noch während des Einschlafens nahm ich mir vor, abends einen großen Teller Nudeln zu essen und mich ganz normal vor den Fernseher zu setzen. Ohne elterliches Schweigen, ohne Ermahnungen, ohne riskante Zwischenwelten. Es schien mir das Paradies zu sein.

Dann kam der Schlaf und ich ahnte, dass das Paradies längst verloren war.

APOKALYPSE

Ich kannte diesen Traum. So oft schon hatte ich mich darin verloren. Und doch war ich mir nicht sicher, ob es ein Traum war oder diesmal Wirklichkeit. Vielleicht gehörte er zu einem jener Albträume, die irgendwann tatsächlich wahr wurden?

Ich lief durch die Stadt, an einem warmen, sonnigen Tag, und plötzlich hielt die Welt den Atem an. Sie waren da – überall. Düsenjäger kreuzten viel zu tief den Himmel, verloren ihren Kurs und trudelten unaufhaltsam auf uns herab. Ihre Motoren dröhnten so laut, dass ich die Schreie der Menschen um mich herum nur sehen, nicht aber hören konnte. Sie rannten um ihr Leben. Doch es machte keinen Sinn zu fliehen. Es ging zu schnell. Ein Flieger nach dem anderen stürzte auf die Dächer und ging in Flammen auf.

Das war erst der Auftakt. Wer jetzt überlebte, wurde mit dem qualvollsten aller Tode dafür belohnt. Ich wusste, dass ich sterben würde, also konnte ich auch dabei zusehen, wie sich der todbringende Pilz am Horizont erhob, apokalyptisch schön, ja beinahe würdevoll. Ein langer, eleganter Schlauch und darüber baute sich geisterhaft langsam die rot lodernde Wolke mit ihren Abertausend Rundungen und Schattierungen auf, deren giftiger Staub die Sonne zu ersticken begann. Das war das Ende der Welt. Ich würde meine Eltern nie wiedersehen. Ich konnte ihnen nicht mehr sagen, dass ich sie liebte. Und obwohl es das Ende war, wachte ich nicht auf. Diesmal war es kein Traum. Denn es ging weiter.

Ich hielt meine weit geöffneten Augen in das gleißende Licht und lief ziellos an den wimmernden Menschen vorbei. Trümmerberge versperrten mir den Weg, aber ich wollte nicht stehen bleiben. Solange ich lief, lebte ich. Ich kletterte über glühende Steine, bahnte mir meinen Weg durch zerborstenen Beton und zog mich an brennenden Planken empor, bis ich mich in eine schmale Gasse zurückziehen konnte. Sie endete vor einem Haus, das den Flammen bislang widerstehen konnte. An der efeubewachsenen Wand lehnte ein junger Mann. Er sah mir entgegen, als habe er auf mich gewartet. Ich erkannte ihn sofort und saugte seinen Anblick sehnsüchtig in mich auf; seine weichen dunklen Augen, die Grübchen in den Wangen, das verschmitzte Lächeln, das ihn selbst jetzt nicht verlassen hatte.

Er griff nach meinen Armen und zog mich sanft an sich heran, bis ich meinen Kopf an seine Brust lehnen konnte. Endlich, dachte ich. Ich hatte mich nicht geirrt. Er hatte mich doch wahrgenommen, all die Jahre. Er hatte mich gemeint.

»Grischa«, flüsterte ich. Es war so schön, seinen Namen aussprechen zu dürfen, ohne dabei alleine zu sein. Wir würden nicht überleben. Aber ich war bei ihm. Es war so, wie es sein sollte.

Die Motoren der Flieger und das Kreischen der Menschen um uns herum verebbten. Es wurde ruhig und die Hitze des Feuers milderte sich ab, bis uns Kühle umfing. Doch noch immer lehnte meine Stirn an Grischas Brust. Seine Hände legten sich behutsam auf meine Schultern und strichen meinen Rücken entlang. Aber warum waren sie so kalt? Waren wir etwa tot? War das hier der Tod?

Minutenlang verharrte ich, wie ich war, den Kopf an Grischas Herz gelehnt, und hörte blind zu, wie die Welt um uns herum stiller und kälter wurde. Sein Herz schlug nicht. Meine Hände aber waren warm und mein Atem floss ruhig und gleichmäßig durch meinen Körper.

Ich lebte immer noch. Das war kein Traum. Ich schlug die Augen auf.

»Ich bin es nicht«, sagte Colin leise und fuhr mir beruhigend mit seinen kalten Händen über den Rücken, bevor er mich von sich wegschob, damit ich ihn ansehen konnte. Ja. Es war Colin. Colin, nicht Grischa. Seine schrägen Augen glitzerten und seine helle Haut schimmerte wie frisch gefallener Schnee, obwohl es stockfinster war. Zitternd holte ich Luft. Er roch nach trockenen Steinen, wilden Kräutern und nach dem Wald, der sich schwarz und undurchdringlich um uns herum ausbreitete. Keine Flugzeugwracks. Kein Atompilz am Horizont. Keine brennenden Häuser. Es war ein Traum gewesen.

»Oh nein«, stieß ich hervor. »Nein ...« Ich sah an mir herunter. Ich trug nur mein dünnes Nachthemd und kniete dicht vor Colin, der abwartend an der steinernen Wand lehnte, seinen linken Arm lässig auf sein Knie gestützt. Er hatte nichts an außer seinem Karateanzug, dessen dunkler Stoff seine weiße Haut umso mehr leuchten ließ. Seine widerspenstigen Haare hielt er durch ein schwarzes, langes Stirnband im Zaum. Dennoch wanden sich einige Strähnen tänzelnd bis auf seine Nase. Schwankend erhob ich mich, drehte mich um und wollte davonlaufen. Mein Fuß prallte hart gegen einen Stein. Ich taumelte vornüber und sah den gähnenden Abgrund auf mich zurasen.

»Stopp, Ellie. So geht das nicht.« Colin griff nach meiner Taille und zog mich neben sich. Er setzte sich wieder und schmiegte sich entspannt an das verwitterte Gestein. Ich blieb stehen und schaute mich verwirrt um. Zwei finstere Türme ragten über uns auf, das Gemäuer voller Lücken, die Zinnen grob zerfressen von Wind, Eis und Regen.

»Ich weiß nicht, ob ich wach bin oder träume!«, rief ich verzweifelt.

»Du bist wach«, erwiderte Colin ruhig. »Jetzt bist du wach.«

»Wo zum Teufel sind wir?« Hatte er mich und Grischa gesehen? Ich bin es nicht, hatte Colin gesagt. Ich musste weg von hier, und zwar ganz schnell.

»Burgruine Reichenfels«, antwortete Colin trocken. »Sollte man eigentlich kennen, wenn man hier lebt.«

»Aber –?«

»Du bist geschlafwandelt.« Colin seufzte kurz und streckte sich. »Ein ziemlich mieser Traum, den du da hattest. Mit so etwas kann unsereins sich gehörig die nicht vorhandene Seele verderben.«

Ich schüttelte entgeistert den Kopf.

»Die Schlusssequenz hingegen …« Colins Grinsen zog sich in seine geschwungenen Mundwinkel zurück. »Bittersüß.«

Er hatte uns wirklich gesehen. Und wie immer, wenn ich von Grischa geträumt hatte, fühlte ich mich so elend und verwundet, dass ich am liebsten sofort wieder in den Traum zurückgekehrt wäre.

»Oh Gott, das darf nicht wahr sein«, murmelte ich erstickt. Aufgebracht wandte ich mich wieder Colin zu. »Was soll das Ganze eigentlich? Hockst du nachts auf dieser elenden Ruine und spionierst meine Träume aus? Was bin ich für dich – so etwas wie ein Spezialitätenbüfett? Und heute hat es dem Herrn nicht gemundet?«

Colin lachte auf. Ich war zornig und gleichzeitig so beschämt, dass ich große Lust hatte, ihm an die Kehle zu gehen.

»Komm her zu mir.« Er deutete neben sich.

»Warum sollte ich das tun?« Ich rieb meine kalten Oberarme.

»Gut, dann hole ich dich eben.« Geschmeidig stand er auf, packte mich und platzierte mich wieder neben sich. Ich drehte mein Gesicht von ihm weg. Die Tränen waren zu nah und ich wollte Colin keinen weiteren Imbiss gönnen. Nicht jetzt.

»Pass auf, Ellie – ich saß hier oben, weil ich an diesem Ort gerne meditiere, wenn ich trainiert habe. Das habe ich auch schon getan, als Madame noch nicht nach Kaulenfeld gezogen war. Und ja, es ist ein guter Platz, um Träume zu – wittern. Ich spürte, dass du schlecht träumst. Also habe ich versucht, dich da rauszuholen. Alles andere lag nicht in meiner Macht.« Spielte er auf Grischa an? Ach, es war sowieso egal. Wieso sollte ich Grischa auch leugnen? Colin hatte ihn gesehen.

»Stimmt«, sagte ich bitter. »Ich träume immer wieder von ihm. Immer und immer wieder. Ob ich will oder nicht.«

Colin schwieg eine Weile.

»Und es quält dich«, führte er meine Gedanken schließlich behutsam zu Ende.

»Ja!«, rief ich heftig. »Es quält mich und es macht mich hilflos. Ich habe nicht ein Mal mit ihm geredet. Ich hab ihn nur angesehen. Und er hat etwas in mir bewegt – was, weiß ich nicht … Es ist nicht so, dass ich mit ihm ins Bett will oder eine Beziehung führen. Aber er ist einfach hier drin und ich kriege ihn nicht mehr raus, verdammt!« Ich schlug meine Faust gegen mein Herz. Colin nahm sie und umschloss sie mit seinen kühlen Fingern.

»Möchtest du, dass ich dir diese Träume stehle? Ich müsste es nur ein-, zweimal tun und sie würden nie wiederkommen.«

Mein Atem stockte. Grischa vergessen können? Und damit auch diesen entsetzlich melancholischen Nachwehen der Träume entkommen, ein für alle Mal? Obwohl er schon vor zwei Jahren Abitur gemacht und die Schule verlassen hatte, suchten sie mich immer noch heim.

»Das würde funktionieren?«, fragte ich hoffnungsvoll. Ich versuchte mir vorzustellen, wie es wäre. Keine schmerzenden Träume mehr. Es fühlte sich leer an, aber auch sehr sicher.

»Ja, es würde funktionieren. Trotzdem möchte ich dir davon abraten.«

»Warum?«, fragte ich erstaunt.

429

Colin löste meine Faust und strich zart über meine verkrampften Finger.

»Nun ja – du bist nicht die Einzige, die von derartigen Träumen heimgesucht wird. Viele Künstler haben solche Träume – Musiker, Schriftsteller, Maler … Sie wecken Kreativität. Und das ist eine Gabe, die man nicht ersticken sollte, denn sie kann heilende Kräfte entfalten.«

»Ich bin aber doch überhaupt nicht kreativ«, warf ich ein. Ich spielte kein Instrument, ich malte nicht und meine Aufsätze waren immer hölzern gewesen. Gut formuliert, aber ihnen fehlte die Spannung.

»Das würde ich so nicht sagen«, erwiderte Colin.

»Nein?« Was bedeutete denn das nun schon wieder?

Er schaute mich nachdenklich an, als würde er abwägen, ob er weiterreden sollte oder nicht. Dann zuckte er kurz mit den Schultern.

»Stichwort Moby«, sagte er leise. »Kopfkino. So nennst du es, oder?«

Ich riss meine Hand aus seiner und stand auf. »Das geht dich einen feuchten Dreck an!« Jetzt konnte ich meine Tränen kaum mehr unterdrücken. Ich trat von Colin weg, so weit es dieses schmale Felsplateau, auf dem wir uns befanden, erlaubte, und schaute mit verschwommenem Blick auf den Wald hinab. Ich hatte sie mir doch eigentlich verboten. Keine Tagträumereien mehr. Kein Kopfkino. Gut, von Grischa wusste Colin nun und es schien ihn nicht großartig zu stören. Aber es war nicht nur Grischa in diesen Träumereien vorgekommen, sondern auch Colin selbst … Und die meiste Zeit war er nur unzureichend bekleidet gewesen.

Ich wartete, bis ich meine Tränen hinuntergewürgt hatte, und drehte mich wieder zu ihm um. Ich musste ihm einen Riegel vorschieben.

»Bei aller Liebe —«, setzte ich an.

»Oh«, brummte Colin und grinste.

»Schnauze! Das ist eine Redewendung. Jedenfalls: Mir ist das zu intim. Ich will das nicht. Tu das nicht wieder. Verstanden?«

Er tippte sich an die Stirn und senkte den Kopf, als würde er salutieren.

»Sehr wohl, Madame. Aber Intimität liegt nun mal in der Natur der Sache, wenn man sich mit einem Nachtmahr einlässt.«

Ich schnaufte gereizt. Colin erhob sich und schlenderte lautlos zu mir herüber. Er griff nach meinem Arm und zwang mich, ein paar Schritte rückwärts zu gehen.

»Ich sehe dich nicht gern am Abgrund stehen.«

Ich machte mich so steif wie möglich und blickte demonstrativ an ihm vorbei, als er mir eine Haarsträhne aus dem Gesicht pustete.

»Nur eines verstehe ich nicht«, fuhr er versonnen fort. »Warum blond und dann diese hellblauen Augen ohne Brauen? Elisabeth, bitte, ich dachte, du hast Geschmack. Zumindest zeigst du ihn langsam.« Mit einem frechen Zwinkern in den Augen berührte er meinen Bauch, eine dezente Anspielung auf mein einstiges Piercing.

»Oh Herr im Himmel«, stöhnte ich und wandte mich ab. »Auch das noch.« Ja, irgendwann mit elf oder zwölf hatte ich diese Idee gehabt, dass es mir wohl besser ergehen würde, wenn ich langes, glattes Engelshaar und vergissmeinnichtblaue Augen hätte. Eine zarte Stimme und keine dichten dunklen Augenbrauen. Und immer wenn ich mir meine Kopfkinofilme ausmalte, war ich darin blond und blauäugig. Es fühlte sich einfach besser an.

»Ich hasse dich, Colin«, fauchte ich und wischte meine Tränen weg, damit er sie nicht stehlen konnte. »Ich hasse dich so sehr.«

»Ich dich auch, mein Herz«, entgegnete er und gab sich keinerlei Mühe, sein Grinsen zu unterdrücken. Ich hob meinen Blick und sah ihn fest an.

Da flackerte irgendetwas in seinen Augen, das nicht zu seinem Grinsen passte. Und doch war es Zunder für meinen schwelenden Unmut.

»Okay, nun hör mir mal zu. Ich bin kein dummes Kind, das sich rumschubsen lässt. Mein Vater wollte mir anfangs einreden, du seist ein psychopathischer Stalker – und manchmal denke ich, dass er gar nicht so falschlag. Du lässt mich herankommen und schickst mich wieder weg, wie es dir gerade passt.«

»Nein, Ellie, so mag das vielleicht –«

»Ich war noch nicht fertig!«, schnitt ich ihm das Wort ab. »Egal, wie du das begründen magst, es fühlt sich beschissen an. Bei uns Menschen ist das so, dass man Zeit miteinander verbringen möchte, wenn man sich kennenlernt. Aber du schickst mich fort, sobald ich anfange, Vertrauen zu fassen. Sollte das irgendeine Methode sein, um mich zu einem unterwürfigen Hündchen mutieren zu lassen – vergiss es!«

Zum ersten Mal erlebte ich es, dass Colin meinem Blick auswich.

»Ich mag keine Hündchen«, sagte er. »Schoßhündchen schon gar nicht.« Doch der tiefe Ernst in seiner Stimme ließ den Humor in seinen Worten verblassen. Seine Leichtigkeit war verloren.

»Und ich mag keine Spiele«, erwiderte ich hart.

Jetzt sah Colin mich wieder an. Das Schillern in seinen schwarzen Augen machte mich mürbe.

»Ich auch nicht, Ellie. Ganz und gar nicht. Genau deshalb …« Er brach ab. »Was immer du auch von mir denkst – ich wollte dir deine Tagträume weder stehlen noch sie in den Schmutz ziehen.«

»Aber wie kannst du mich jetzt überhaupt noch ernst nehmen?«

»Wie könnte ich dich nicht ernst nehmen nach all diesen schönen Bildern? Gut, manchmal ein bisschen kitschig. Aber ansonsten – großes Kino.« Mein Zorn schoss immer noch heiß und kalt durch mein Blut, doch etwas anderes begann ihn zu zähmen. Es war in

Colins Blick. Ich konnte es nicht deuten. War es Schmerz? Aber was schmerzte ihn denn so sehr?

»Außerdem habe ich sie mir nur ein Mal angesehen. Und selbst das hatte ich nicht geplant. Bei dir lässt sich nur sehr wenig planen.«

Und deshalb war er mir anschließend im Traum begegnet? Doch ich war seelisch schon zu entblößt, um ihn danach zu fragen. Mehr würde ich heute nicht verkraften. Und rein körperlich fühlte ich mich auch nicht unbedingt ordnungsgemäß bekleidet. Ich war mir meiner nackten Haut unter dem kurzen Trägerhemd überdeutlich bewusst. Es reichte nicht einmal bis über die Knie.

»Aber wenn du immer nur schaust und nicht isst – wirst du dann nicht furchtbar hungrig?«, fragte ich mit leiser Provokation.

Colin griff blitzschnell in die Luft, schloss die Hand und nahm sie langsam wieder herunter. In Zeitlupe öffnete er seine langen weißen Finger. Eine Fledermaus schmiegte sich in seine Handfläche und bewegte zuckend ihre Schwingen. Doch sie floh nicht.

»Na, du kleines Biest«, raunte Colin. Neugierig beugte ich mich nach vorne. Das Tierchen stellte seine runden, pelzigen Ohren aufmerksam in alle Richtungen. Dichter dunkelgrauer Flaum bedeckte seinen Rücken und seinen Bauch. Nun breitete es zögernd seine hauchdünnen Schwingen aus, hob aber nicht ab.

»Berühre sie«, forderte Colin mich auf. Ein feines Surren durchströmte meine Hand, als ich über die Flügel des winzigen Geschöpfes strich. Sie fühlten sich eigentümlich an – warm und kühl zugleich und fast ein wenig klebrig. Die Fledermaus ließ alles mit sich geschehen, ohne ihre stecknadelkopfgroßen Augen auch nur eine Sekunde von Colins Gesicht abzuwenden.

»Ja, ich habe Hunger«, sagte Colin mit rauer Stimme und schickte die Fledermaus zurück in die Schwärze der Nacht. »Aber ich will noch ein wenig warten. Du musst nach Hause.«

»Wie ich schon erwähnt habe –«

»Ja, ich weiß«, unterbrach mich Colin grinsend. »Du hasst mich. Siehst du den Pfad da unten? Der führt dich direkt zum Feld oberhalb eures Hauses. Ich begleite dich noch bis zum Fuß der Burg.«

Schweigend kletterten wir durch das Geröll hinab und hin und wieder jaulte ich auf, weil sich scharfkantige Steine in meine nackten Sohlen bohrten. Dann waren wir unten und standen vor einem hohen Bauzaun.

»Hä?«, machte ich und sah mich rätselnd um. »Und da bin ich rübergeklettert? Im Traum?«

»Wie war das noch mal mit fünf Jahren Ballett?«

Ich wollte mir nicht ausmalen, wie ich den Zaun genommen hatte in meinem viel zu kurzen Hemd. Aber anscheinend war es mir gut gelungen. Ich hatte keinerlei Verletzungen davongetragen. Doch jetzt, in wachem Zustand, erschien mir das Stahlgeflecht schier unüberwindbar.

»Ja, du kannst es, aber wir haben keine Zeit mehr«, sagte Colin undurchsichtig. Fragend schaute ich ihn an. Ohne ein weiteres Wort nahm er mich hoch, legte mich über seine Schultern und federte mit einem raubtierhaften Sprung über die Absperrung.

»Ich wünsche schöne Träume«, hauchte er mir spöttisch ins Ohr und ließ mich wieder herunter.

»Ja, schon klar«, knurrte ich. Pikiert strich ich mein Nachthemd glatt. »Sofern ich lebend zu Hause ankomme.«

»Ich bin in der Nähe.« Er trat ein paar Schritte zurück. »Ellie?«

»Ja?«

Colin war kaum mehr zu erkennen. Seine Gestalt verschmolz mit der hoch aufragenden Burgruine hinter ihm.

»Es wird die Träume nicht vertreiben können, aber – gibt es jemanden in deinem Leben, den du sehr vermisst? Vielleicht ist dieser Grischa gar nicht Grischa. Gute Nacht.«

434

Ich konnte ihn nicht mehr sehen. Er war verschwunden. Einsam und verlassen streckte sich die Ruine in den samtenen Nachthimmel.

»Ja«, antwortete ich tonlos. »Paul. Meinen Bruder.« Und wenn es so kam, wie ich fürchtete, würde ich ihn womöglich niemals wiedersehen.

Das Dorf lag wie ausgestorben vor mir, als ich mit wehendem Nachthemd den Feldweg hinuntereilte, durch die offen stehende Wintergartentür ins Haus huschte und mich in mein warmes, weiches Bett vergrub.

»Bleib bloß fern von mir«, wisperte ich drohend. »Hast du gehört, Colin? Und geh nie wieder weg.«

Mit klopfendem Herzen lag ich wach, bis die Sonne aufging.

Jagdfieber

Es war anders, als ich gegen Abend aufwachte. Ja, es tat anders weh. Zum ersten Mal nach einem solchen Traum hatte ich nicht das Gefühl, ich müsse Grischa sofort googeln, nach einem Foto suchen, nach Hinweisen, nach irgendetwas – nach einem Beweis, dass ich mich in ihm nicht geirrt hatte. Doch Grischa gehörte zu den wenigen Menschen, die keine Spuren im Netz hinterließen. Als würde es ihn gar nicht geben. Vermutlich war sein Leben so prall und glücklich, dass er weder Zeit in Foren noch in Blogs verbrachte.

Jetzt aber hatte ich anderen Kummer. Colin-Kummer. Ein Kummer, der zu achtzig Prozent aus Wut und zu zwanzig Prozent aus Sehnsucht bestand. Oder doch eher umgekehrt? Er hatte nicht einmal gefragt, wer Grischa überhaupt war. Woher sollte er wissen, dass er möglicherweise nur ein Symbol für meinen verschollenen Bruder war? Waren ihm meine Gefühle denn völlig gleichgültig? Andi hätte getobt, wenn er mich bei einem solchen Traum beobachtet hätte. Und Colin? Der tat es mit einem Schulterzucken ab. Also waren wir wohl nur so etwas wie Freunde.

»Freundschaft«, murrte ich missgelaunt, als ich spätabends mit einem großen Teller Nudeln, der mich nicht im Geringsten trösten konnte, auf meinem Bett saß. Freundschaft war zwar besser als nichts. Aber es war auch das, was fast immer für Mädchen wie mich übrig blieb. Ein miserables Trostpflaster.

Andererseits war da diese andere Sache, dass er in meine Tagträumereien eindrang … Alles Berechnung, wie Papa behauptete? Waren Mahre gar nicht zu echten, aufrichtigen Gefühlen fähig? Zielte alles, was Colin tat, darauf ab, mich emotional aufzuputschen, um dann hinterrücks zuzuschlagen?

»Schluss jetzt«, verbat ich mir laut jedweden weiteren Gedanken über Sir Blackburn. Dafür war es ohnehin zu spät. Erneut wanderte mein Blick zu der Tarotkarte. Kurz nach dem Aufwachen war sie mir wieder eingefallen und ging mir nicht mehr aus dem Sinn. Ich konnte sie nicht wegwerfen, aber ich wollte sie auch nicht mehr berühren. Wenn ich es doch tat, fühlten sich meine Finger so beschmutzt an, dass ich nicht widerstehen konnte, sie gründlich zu waschen. Schließlich hatte ich die Karte angeekelt auf meinen Nachttisch gelegt und nun konnte ich meine Augen nicht mehr davon lösen.

Ich stellte die Nudeln auf den Fußboden und streckte mich lang aus. Ich hatte mir vorgenommen, heute Nacht zu schlafen. Ganz normal. Doch meine Arme und Beine blieben unruhig und mein Puls stolperte nervös vor sich hin. Wenn ich es schaffen würde, eine Nacht zu schlafen, zumindest eine halbe, würde sich vielleicht auch die schmerzende Klammer um mein Herz wieder lösen.

Sie löste sich nicht, aber meine Lider schlossen sich und meine Gedanken gingen auf Reise. Sie kehrten zurück zur verfallenen Burg und Colins rätselhaft wehmütigem Lächeln – und zu Mister X, der neben uns saß, uns mit seinem dicken schwarzen Schädel auseinanderschob und laut schnurrte. So laut, dass es in meinen Ohren vibrierte.

Das ist kein Schnurren, meldete sich mein Bewusstsein sachlich zu Wort und schob die Traumbilder weg. Es war mein Handy. Brummend und leuchtend rutschte es auf der Fensterbank Richtung Abgrund. Geistesgegenwärtig hechtete ich aus dem Bett und fing es auf, bevor es zu Boden fallen konnte. Das Brummen verstummte. Also nur eine SMS. Eine hintersinnige Fangfrage meiner Mutter vielleicht?

Nein, das war keine Fangfrage. Das war ein Befehl.

»KOMM RUNTER«, stand in Großbuchstaben auf dem Display. Die angezeigte Nummer kannte ich nicht. Komm runter? Colin konnte das nicht sein. Er hatte mir unmissverständlich klargemacht, niemals eine SMS zu schicken. Ich blieb stocksteif stehen und hörte dem aufgeregten Pochen meines Herzens zu, das sich anfühlte, als habe es sich aus seiner festen Verankerung von Muskeln und Venen gelöst, um mit den nächsten Atemzügen aus meiner Brust zu springen.

Einfach ignorieren, beschloss ich. Vielleicht ist es ein Irrtum. Eine Ziffer falsch eingegeben. Bestimmt ist es so.

Als das Handy erneut vibrierte, warf ich es panisch von mir. Es landete weich auf einem Flickenteppich und brummte unbeeindruckt weiter. Ich ließ mich auf den Boden sinken und drehte es mit zittrigen Fingern um. »Nun komm endlich runter.« Okay. Mama und Papa waren in Italien. Nicole und Jenny auf Ibiza. Colin schrieb keine SMS. Vermutlich besaß er nicht einmal ein Handy. Es konnte sich nur um einen Irrtum handeln. Und das würde ich mir jetzt selbst beweisen, damit ich endlich schlafen konnte. Ich zog mir meinen Bademantel über und tapste barfuß die Treppe hinunter. Zuerst wollte ich einen Blick in den Garten werfen. Dann auf die Straße. Doch das brauchte ich nicht mehr. Vor der Garage tigerte eine kleine, aufrechte Gestalt mit einem wilden Haarschopf auf und ab. Und ich hätte meine Hand dafür ins Feuer gelegt, dass dieser Haarschopf rot war. Ich drehte fahrig den Schlüssel und riss die Wintergartentür auf.

»Sag mal, bist du von allen guten Geistern verlassen?«, schimpfte ich gedämpft, um die Nachbarn nicht auf uns aufmerksam zu machen. Es hörte sich an wie das Zischen einer Schlange.

»Na endlich«, entgegnete Tillmann unbeeindruckt. »Hallo, Ellie.«
Er löste sich von der Garagenwand und blieb am Fuß der Treppe
vor mir stehen. An seiner Hand baumelte eine große Taschenlampe.
Ich wickelte mir meinen Bademantel enger um die Taille und knotete den Gürtel fest zu. Immerhin war ich darunter fast nackt.

»Was machst du hier?«, fragte ich ihn barsch. »Und woher hast du
überhaupt meine Nummer?«

»Ich hab Benni gesagt, dass ich mich bei dir bedanken will. Für
die Sicherung der Mülltonnen.«

»Und das willst du unbedingt mitten in der Nacht tun?« Es war
eine schöne Nacht. Ein warmer, schmeichelnder Wind wehte und
im Garten roch es betäubend süß nach reifen Himbeeren und Ro-
senblüten. Der Mond hing als hauchdünne silberhelle Sichel knapp
über dem Bergkamm. Als ich ihn betrachtete, musste ich an die Tarotkarte denken, und schon fand ich die Nacht nicht mehr ganz so
schön. Außerdem wurden meine Füße langsam kalt.

»Nein«, antwortete Tillmann bemüht geduldig. »Ich wollte mich
nicht bedanken. Das war ein Vorwand, um –«

»Hättest es aber ruhig tun können«, unterbrach ich ihn schnip-
pisch.

»Das tut jetzt nichts zur Sache. Zieh dich mal gescheit an, ich will
dir was zeigen.«

Mir was zeigen. Der hatte Nerven. Langsam begann ich es zu bereuen, dass ich ihn vor Oliver verteidigt hatte.

»Bist du betrunken?«, fragte ich etwas milder.

»Nein.« Jetzt war es mit seiner Geduld vorbei. Er stiefelte die
Treppe hoch und hauchte mich ohne Vorwarnung an. Eine Spur
Kaugummiaroma und Pfeife, sonst nichts. »Mach schon. Ich denke,
es ist die richtige Zeit.«

Eine Weile schauten wir uns an, er aufmerksam und sehr von seinem Anliegen überzeugt, ich zweifelnd und nach Spuren von Dro-

genmissbrauch und aufkeimendem Wahnsinn suchend. Aber ich fand keine. Tillmann wirkte sehr selbstsicher und wie immer kühl und feurig zugleich. Eine heikle Mischung.

Ich gab mich geschlagen. Wehe, die Sache war es nicht wert, sich zu Unzeiten wieder anzuziehen und von einem Hobbyindianer entführen zu lassen. Vorsichtshalber wählte ich robuste Klamotten: Jeans, Kapuzenpulli und meine Chucks, denen man das harte Leben im Wald langsam ansah. Auf dem Weg zurück zu Tillmann angelte ich mir eine Packung Kekse aus dem Küchenschrank und klemmte mir eine Flasche Wasser unter den Arm.

»Fertig?«, fragte Tillmann, der sich auf die Stufen der Außentreppe gesetzt hatte und mit dem Lichtkegel der Taschenlampe spielte.

»Hmpf«, brummte ich. Nun blieb mir nichts anderes übrig, als ihm zu folgen und darauf zu vertrauen, dass sich die Anstrengung auch lohnte. Denn für so einen kleinen Kerl legte Tillmann einen Affenzahn vor. Und er schien genau zu wissen, wohin er gehen musste.

»Was willst du mir denn zeigen?«, japste ich, als er eine Weggabelung nahm, die ich noch nie weiterverfolgt hatte – hier ging der eine Bach kurz in einen anderen, schmaleren über, bis sich beide wieder trennten. Der Weg war angenehm breit und von hellem Sand bedeckt, auf dem der Lichtkegel der Taschenlampe feinste Steinchen glitzern ließ, doch um uns herum herrschte abgrundtiefe Finsternis.

»Musst du selbst sehen«, drang Tillmanns Stimme durch die Dunkelheit. »Aber es wäre besser, wenn du nicht so viel redest.«

»Ich lass mir von dir nicht den Mund verbieten, ja?«, herrschte ich ihn an. Abrupt blieb er stehen und drehte sich um. Mit der Taschenlampe leuchtete er mir mitten ins Gesicht. Ich musste blinzeln.

»Ich will dir nicht den Mund verbieten, Elisabeth. Ich denke nur, dass es besser so ist. Okay?«

»Das ist alles total irre«, sagte ich das, was ich gerade dachte. Ich hätte ihn heimschicken sollen. Was tat ich da nur wieder? Ja, möglicherweise war Tillmann harmlos. Aber seine Konzentration auf das, was er mit mir vorhatte, dieses undurchsichtige Drängen in seinen Augen, war mir nicht geheuer. Ich versuchte, den Weg im Geiste zurückzurechnen. Würde ich hier allein wieder herausfinden?

Tillmann sah mir schweigend dabei zu. Und was mich dabei nicht nur ängstigte, sondern auch gehörig ärgerte, war, dass er mich anschaute, als hätte *ich* den Verstand verloren und nicht er.

»Du kannst auch wieder nach Hause gehen und dir die Nägel lackieren, aber glaub mir, das hier ist cooler.«

Ich trat genervt gegen einen Felsbrocken am Wegesrand und nahm einen tiefen Schluck aus der Wasserflasche. Es schmeckte fad und war viel zu warm. Ohne rechten Genuss knabberte ich an einem Keks herum. Ich wusste wirklich nicht, was ich tun sollte. Das kam mir alles ein bisschen vor wie *Blair Witch Project* für Anfänger.

»Was wird das jetzt – ein Picknick?«

Schnaubend warf ich die Wasserflasche in Tillmanns Richtung, aber er trat einen kleinen Schritt zur Seite, sodass sie gluckernd in die Böschung am Wegesrand rollte. Als ich nichts sagte und nur wartete, angelte er die Flasche mit dem Fuß aus dem Dickicht und kickte sie zu mir herüber, wo ich sie einen Hauch friedfertiger entgegennahm.

»Bitte«, sagte ich knapp und wies auf den Weg. Stumm liefen wir weiter, Kilometer um Kilometer, bis meine Fußsohlen schmerzten und ich die Wasserflasche fast leer getrunken hatte. Die Sterne leuchteten hoch über uns, doch auf den Feldern bildeten sich langsam flach wabernde, bläulichweiße Schwaden aus aufsteigendem Dunst. Mit schlafwandlerischer Sicherheit, die Taschenlampe fest in der Hand, bahnte sich Tillmann seinen Weg durch den Wald. Mittlerweile hatten wir so viele Abzweigungen genommen, links, rechts, wieder links, dann über ein Brückchen, über ein Feld, durch den Wald, dass ich auf Gedeih und Verderb auf ihn angewiesen war. Allein würde ich ganz sicher nicht mehr zurückfinden. Mit einem unguten Gefühl im Bauch ergab ich mich meinem Schicksal.

Ich wollte gerade um eine Verschnaufpause bitten, als Tillmann seine Schritte verlangsamte. Der Wald lichtete sich. Tillmann schaltete die Taschenlampe aus. Schweigend standen wir nebeneinander und warteten, bis wir wieder etwas sehen konnten. Und was ich sah, gefiel mir nicht. Es war idyllisch. Links neben uns schlängelte sich der Bach durch eine Wiese, die nur von wenigen schlanken Bäumen bewachsen war. Auf der anderen Seite der Wiese stieg das Dickicht steil an. Doch es fehlten die Sonne und der blaue Himmel und das Zwitschern der Vögel. Die Szenerie erinnerte mich an diese Horrorfilme, in denen alles in süßer Ordnung zu sein scheint, man aber genau weiß, dass in wenigen Sekunden ein bestialischer Mord geschieht. Prüfend blickte Tillmann sich um und zog den Reißverschluss seines Seemannspullovers nach oben. Ja, es war kühl geworden. Aber ich begrüßte die fallenden Temperaturen. Sie verschafften mir ein wenig Klarheit. Die ganze Zeit zuvor hatte ich geglaubt, jeden Moment umzukippen.

»Da drüben sind sie«, raunte er und forderte mich mit einer minimalen Kopfbewegung auf, mich an seine Fersen zu heften. Nach ein paar weiteren stillen Minuten zog er mich unversehens hinter ein paar Büsche und ließ sich auf alle viere nieder.

»Nein«, weigerte ich mich.

»Doch«, sagte er fest. Seufzend tat ich es ihm nach. Wir krabbelten durch das Dickicht, bis Tillmann eine Lücke zwischen zwei dornigen Sträuchern fand, durch die wir direkt auf die Wiese blicken konnten. Zufrieden grinste er. Seine scharfen Eckzähne blitzten in der Schwärze der Nacht auf.

Nun sah ich sie auch. Es waren Rinder – dunkle, monströse Schatten mit spitzen Hörnern und mächtigen Köpfen. Kein schwarz-weiß geflecktes Milchvieh, wie ich es von den anderen Weiden kannte. Diese Tiere waren größer und uriger. Weiter hinten auf der Wiese drängten sich ein paar Jungtiere Schutz suchend an ihre Mütter. Doch die drei allein stehenden Rinder vor uns mit ihren markanten, muskulösen Nacken – das mussten Bullen sein. Und uns trennte kein Zaun von ihnen.

»Was sind das für Kühe?«, flüsterte ich so leise wie möglich. Ich hatte keine Lust, von einem dieser Ungetüme aufgespießt zu werden.

»Heckrinder«, wisperte Tillmann. »Sie wurden den ausgestorbenen Auerochsen nachgezüchtet und sollen helfen, das Tal zu renaturieren. Sie können ganze Büsche wegfressen. Vor ein paar Jahren stand rund um den Grenzbach noch dichter Wald. Aber der gehört eigentlich nicht hierher.« Wow. Das war ja für Tillmanns Verhältnisse ein ganzer Roman gewesen.

»Interessierst du dich für Ökologie?«, fragte ich ihn neugierig.

»Ich interessiere mich für die Natur. Das ist alles«, entgegnete er mit unüberhörbarem Besserwisserunterton.

»Und das war es, was du mir zeigen wolltest? Deshalb sind wir den weiten Weg gegangen?«, fragte ich ungläubig. Gut, die Tiere waren Ehrfurcht einflößend und einen Blick wert, aber deshalb noch lange kein Grund, sich nachts stundenlang durch den Wald zu graben.

»Natürlich nicht«, sagte er nachdrücklich. »Bitte sei jetzt still. Es kann sein, dass es jeden Moment geschieht.«

Er kniete sich auf den Boden und ließ seine Augen über die Lichtung schweifen. Was war »es«? Nächtliche Paarungsspiele der Heckrinder? Wenn er mich deshalb hierhergeschleppt hatte, dann war das nicht nur peinlich, sondern auch … Eine Bewegung jenseits der Weide stoppte meine Gedanken jäh. Tillmann hob den Kopf. Be-

443

dächtig wandte er sich mir zu und legte den Finger auf die Lippen. Ich hatte verstanden. Und nicht nur das – ich spürte mit all meinen Sinnen, dass ich jetzt nichts mehr sagen durfte. Irgendwo über unseren Köpfen, hoch oben in den Baumwipfeln, schrie ein Käuzchen. Weit, weit weg antwortete ein anderes.

Die Rinder blieben starr stehen, als hätte ein Bann sie versteinert. Nur der Bulle vor uns, das größte Tier von allen, wendete plötzlich mit einer behäbigen, aber vor Kraft strotzenden Drehung seinen Kopf – fort von uns und hin zu dem schmalen, hohen Schatten, der sich aus der Dunkelheit am anderen Ende der Wiese löste. Ein Schatten, dessen geschmeidige Bewegungen sich schon lange in meinen Geist und mein Herz eingebrannt hatten. Ich hielt den Atem an und konnte nicht verhindern, dass ich am ganzen Körper erzitterte. Es war Colin. Verflucht noch mal. Das war Colin – und ich saß hier mit Tillmann im Gebüsch und beobachtete ihn. War er etwa das, was Tillmann mir zeigen wollte? Aber warum?

Ich schaute Tillmann an, doch der nahm mich nicht mehr wahr. Seine gesamte Aufmerksamkeit galt Colin, der mit federnden Schritten die Weide überquerte, in undurchsichtigen, fast tänzerischen Kreisen, sodass seine Gestalt immer wieder mit den Silhouetten der Rinder verschmolz. Seine Haare wellten sich im Nacken nach oben und züngelten beständig. Weiß leuchtete sein Gesicht aus dem Dunkel der Nacht heraus. Seine Arme hielt er ausgebreitet, als würde er mit seinen Fingerspitzen Botschaften empfangen – Botschaften aus den Seelen der Tiere, die weder vor ihm scheuten noch auf Angriffsposition gingen. Nur die Kälber blökten leise und drängten sich noch enger an ihre Mütter.

Dann kam Colin direkt vor dem zottigen Bullen zum Stehen, nur wenige Schritte von uns entfernt, Aug in Aug mit dem Urvieh. Er senkte den Kopf, packte das Tier an seinen gebogenen Hörnern und drückte seine Stirn gegen die des Bullen. Wie von einer geheimnisvollen Macht gezwungen, senkte das Rind sein Haupt. Ich hörte ein leises Grollen und mit einem Schaudern erkannte ich, dass es aus Colins Kehle kam und nicht aus der des Bullen.

Mit einem einzigen, schwungvollen Ruck hob Colin sich rittlings auf den breiten Rücken seines Opfers und grub seine ausgebreiteten Finger in das dichte Fell. Der Bulle schrie dumpf auf, ein kurzes, fast lustvolles Brüllen, bevor er mit den Vorderläufen einknickte und zu Boden ging. Als wolle er sich bei ihm bedanken und ihm Trost verschaffen, strich Colin sanft über den Nacken des Tieres, während Blut glitzernd in das taunasse Gras sickerte.

Nun befiel es auch mich, urplötzlich und gnadenlos, und ich konnte nichts dagegen tun. Ich versuchte, die Bilder wegzudrücken, auszusperren, doch sie streiften übermächtig mein Gehirn – blökende Kälber dicht vor mir, der warme Atem einer Kuh, die ich von hinten mit meinen Vorderläufen umklammert hielt, süßes Gras zwischen meinen mahlenden Kiefern.

Colin hob den Kopf und zog witternd die Luft ein. Gespenstisch langsam drehte er sich zu uns um. Seine Augen glühten lodernd auf. Er sah mich. Ich packte Tillmann hart an der Schulter.

»Wir müssen hier abhauen, schnell! Schnell!«

Ich klang so verängstigt, dass er sofort gehorchte. Bitte, Colin, bitte tu uns nichts, bettelte ich stumm. Ich robbte flach auf den Boden gepresst vorwärts, bis wir das Unterholz hinter uns gelassen hatten und uns aufrichten konnten. Dann rannte ich blindlings in den Wald hinein, ganz egal, wohin, nur fort von Colin und dem Bullen, dessen verblassende Traumbilder noch immer durch meinen Kopf rasten. Mehrere Male fiel ich auf alle viere und vergewisserte mich beim Aufrappeln mit einem schnellen Blick nach hinten, dass Tillmann mir folgte.

»Ellie«, keuchte er und deutete auf seine Brust.

»Nicht stehen bleiben! Komm!«, herrschte ich ihn an und stürmte weiter. Meine Füße traten ins Leere. Zweige zerkratzten mein Gesicht, als ich nach vorne geschleudert wurde und mich in hohem Bogen überschlug. Schützend hob ich die Arme vor die Augen und machte mich rund. Noch einmal wirbelte ich um meine eigene Achse, wieder – und wieder. Dann bohrte sich ein spitzer Zweig zwischen meine Rippen. Ich heulte vor Schmerz auf. Mit einem dumpfen Krachen schlug ich auf dem Grund auf und schlagartig war mein Oberkörper klitschnass. Panisch berührte ich mein T-Shirt. Das Blut sprudelte fast fröhlich plätschernd über meine Haut. Der Ast musste eine Arterie getroffen haben. Ich verblutete. Oh Gott, ich verblutete …

Tillmann prallte schwer gegen meinen Rücken, gefolgt von Steinen und Erdklumpen, die in staubigen Kaskaden über uns hinwegrauschten. Doch es tat nicht weh. Und atmen konnte ich auch. Ich kämpfte mich stöhnend hoch. Unter mir gluckerte es leise und ich war wieder in der Lage, zwischen heiß und kalt zu unterscheiden. Blut war warm. Das hier aber hatte allerhöchstens fünf Grad.

»Gott sei Dank«, seufzte ich. Wir waren am Ufer eines schmalen Bachs gelandet. Ich tastete mich rasch ab. »Tillmann? Alles okay mit dir?«

Er sah mich mit panisch aufgerissenen Augen an und sagte nichts. Sein Atem begann zu rasseln. Wieder deutete er auf seine Brust. Dann hustete er – ein Husten, als würde jemand mit aller Gewalt seine Lunge zusammenpressen, bis kein winziges Atom Sauerstoff mehr übrig blieb.

»Scheiße, verdammte Scheiße«, fluchte ich und suchte mit den Fingern nach seinem Puls, während ich mein Ohr an seine Brust drückte. Sein Herz raste. Und sein Atem klang schlichtweg grauenhaft.

»Ellie«, brachte er schwitzend hervor und blickte mich wild an. »Geh – von – mir – runter!«

»Wo ist dein Spray? Wo hast du dein Spray?« Ich fuhr mit den Händen in seine Hosentaschen, dann in die Taschen seines Pullovers. Sie waren leer. Erneut schüttelte ihn ein Hustenanfall, doch es gelang ihm nicht, frische Luft einzuatmen. Rücksichtslos rollte ich seinen Körper zur Seite und suchte den Boden darunter ab. Wieder nichts. Ich tauchte meine Arme in das eisige Wasser des Bachs und schob Schlamm und Steine beiseite. Das Spray musste hier irgendwo sein. Wenn er es aber schon beim Sturz den Abhang hinunter verloren hatte, dann ... Da – ich fühlte eine kleine metallene Hülse, die unter einem Ast festklemmte. Schimpfend zerrte ich an dem Ast, bis der Metallbehälter freikam. Bevor er davonschwimmen konnte, warf ich mich bäuchlings in den Bach, fischte ihn heraus und drehte Tillmann auf den Rücken.

»Hier, und wag es ja nicht zu sterben!«, schrie ich ihn an und hielt ihm das Spray an den Mund. »Jetzt«, befahl ich und drückte ab. Ein Zittern durchlief seine Brust. Ich drückte noch einmal. Zischend atmete er aus. Und ein. Und aus.

Ich ließ mich fallen und starrte nach oben in die Tannenspitzen. Colin, wenn du nur ein Fünkchen Ehre in dir hast, dann nutze das jetzt nicht aus. Im Liegen wrang ich das eisige Wasser aus meinem Shirt. Dann stand ich auf und ging ein paar Schritte zur Seite, um Tillmann ungestört zu sich kommen zu lassen.

»Was ist denn plötzlich los mit dir?«, fragte er, als er wieder sprechen konnte, ohne vor Anstrengung zu husten.

Tja. Was sollte ich ihm jetzt sagen? Dass ich gerade versucht hatte, unser Leben zu retten? Wir hatten Colin aufgelauert, Colin bei der Jagd. Ich konnte mir nicht vorstellen, dass ihm das behagte. Und ich wollte mir nicht ausmalen, wie Nachtmahre reagierten, wenn ihnen etwas nicht behagte. Noch immer befielen mich die Visionen des Bullen und ich hatte das widernatürliche Bedürfnis, mit den Zähnen ein Büschel des saftigen Grases auszureißen, das unter uns auf dem Waldboden wuchs. Colin war mir auf einmal so fremd vorgekommen. So – bedrohlich. Es war kaum mehr Menschliches an ihm gewesen. Und doch hatten unsere Gedanken sich genähert, sich gestreift, waren ineinandergeflossen. Ich hatte gesehen und gefühlt, was er geraubt hatte. Vielleicht hatte ich sogar davon genommen, ohne es zu wollen – ja, als hätte ich einem hungrigen Raubtier das Fleisch aus den Klauen gerissen.

»Das war gefährlich«, sagte ich hitzig.

Tillmann hatte sich wieder in der Gewalt. »Vielleicht für ihn, ja«, erwiderte er. »Mann, war das nicht ein geiles Rodeo? So was gibt es sonst nur in den USA ...«

»Tillmann, verdammt, das war kein Rodeo!«

Er hielt inne. Seine schmalen Mandelaugen versenkten sich in meine.

»Was war es dann? Du kennst ihn, oder? Du kennst ihn.« Es war keine Frage mehr.

»Nein«, sagte ich schwach. Das war nicht einmal gelogen. Um Colin kennenzulernen, brauchte man wahrscheinlich gleich mehrere Leben. »Aber es – es sah nicht aus wie ein Rodeo. Finde ich.«

Tillmann blickte mich an, als wolle er mich röntgen. Bevor er in mich dringen konnte und die Wahrheit erpresste, redete ich hastig weiter.

»Ich weiß, wie er heißt und dass er Karate macht und reitet. Ist ein seltsamer Mensch. Aber das ist jetzt auch egal. Ich will nach Hause. Bringst du mich bitte nach Hause?«

Amüsiert feixte Tillmann mich an.

»Das hättest du dir vorher überlegen sollen, Ellie. Ich hab keine Ahnung, wo wir sind.«

»Jetzt nimm mich bitte nicht auf den Arm, es reicht für heute Nacht ...«

»Ehrlich, Ellie. Du bist wie eine Bekloppte mitten durch den Wald gerannt. Ich weiß nicht, wo wir sind. Wir müssen warten, bis es hell ist.«

»Oh nein«, jammerte ich und vergrub mein Gesicht in meinen schmutzigen Händen. Ich hatte meine Wasserflasche und die Kekse in dem Versteck an der Wiese liegen lassen, mir war kalt, ich hatte weder Handy noch Uhr dabei – nur einen viel zu neugierigen Teenager, der dachte, Colin sei ein besonders mutiger Rodeoreiter. Rodeo … Wenn es doch nur Rodeo wäre, dachte ich verzweifelt. Tillmann klemmte die Taschenlampe in die Astgabelung eines Baumes und begann, Zweige und Reisig aufzusammeln.

»Was tust du da?«, fragte ich. Ich klang erbärmlich – genau so, wie ich mich fühlte. Ich hatte noch nie einen hysterischen Anfall erlitten, aber so ähnlich war einem wohl zumute, wenn man kurz davor stand.

»Ich mache ein Feuer«, antwortete er seelenruhig.

»Ein Feuer«, echote ich. »Ein Feuer – Tillmann, es hat tagelang nicht geregnet und du willst mitten im Wald ein Feuer machen? Zünde doch gleich den nächsten Baum an!«

»Entspann dich, Ellie. Ich weiß, wie man Feuer macht, ohne den Wald in Brand zu setzen. Und es geht schneller, wenn du mir hilfst. Ich hab keinen Bock, mir hier den Arsch abzufrieren.«

Ich gab auf. Er machte ja doch, was er wollte. Also folgte ich seinen knappen Anweisungen und sammelte Steine, die er als Brandschutz um die sorgfältig aufeinandergeschichteten Äste justierte. Dann zündete er das Holz mit seinem Feuerzeug an. Zehn Minuten später saßen wir um ein kleines wärmendes Lagerfeuer und blickten mit tränenden Augen in die Glut.

Mit dem Feuer hatte Tillmann ein wunderbares Signal gesetzt – es war Colin nun ein Leichtes, uns zu finden und dafür zu sorgen, dass wir niemandem erzählen konnten, was wir gesehen hatten. Bei jedem Knacken im Unterholz, jedem Windstoß, jedem Rascheln im

449

Gebüsch fuhr ich zusammen. Und immer wieder musste ich meine grauenvollen Gedankenketten stoppen, die mir fast das Herz entzweirissen. Wenn Colin uns hier packte und sich rächte, an uns seinen rasenden Hunger stillte, den ich mit meiner Teilhabe an seinem Raub möglicherweise erst noch angefacht hatte, würde niemand je erfahren, was uns zugestoßen war. Wir wären spurlos verschollen. Tillmann blickte mich nur skeptisch an, wenn ich den ein oder anderen Stoßseufzer nicht unterdrücken konnte.

»So schlimm ist es auch wieder nicht, die Nacht hier zu verbringen«, brach er schließlich das Schweigen. »Wir frieren nicht und verhungern werden wir auch nicht.«

Du hast ja keine Ahnung, dachte ich im Stillen. Doch es bestand die winzige Chance, dass Colin sich nicht an uns rächte. Nur dieser Chance zuliebe schluckte ich all das hinunter, was ich in diesen frühen Morgenstunden zu gerne jemandem anvertraut hätte.

»Warum wolltest du dieses – Rodeo eigentlich ausgerechnet mir zeigen?«, fragte ich Tillmann, um mich von meinen Ermordungsfantasien abzulenken. Ich rückte ein wenig näher an ihn heran. Er roch beruhigend nach Tabak und feuchtem Gras. Irritiert schaute er mich von der Seite an.

»Nicht weil ich auf dich stehe oder so«, sagte er ruhig. »Bist nicht mein Typ. Ich steh auf Ladys.«

»Hä?«, machte ich perplex. Was ging denn in dem wirren Kopf vor?

»Na ja – du kommst immer näher und fragst mich, warum ich dich mitgenommen habe. Da kann man ja mal Missverständnissen vorbeugen.« Das Feuer war fast heruntergebrannt. Die Glut leuchtete Tillmann rot an. Seine Augen schimmerten wie Rubine.

»So war das nicht gemeint«, erwiderte ich patzig. Noch vor sechs Wochen war ich gut und gerne als Lady durchgegangen. Ich trauerte den Ladyanstrengungen zwar nicht mehr hinterher – es hatte sich

450

auslackiert –, aber meine Eitelkeit war angekratzt. Wenn ich heute Nacht schon hier draußen sterben musste, wollte ich wenigstens begehrt sterben. Dennoch verkniff ich mir eine ganze Palette an giftigen Kommentaren. Es war nicht besonders klug, mit dem einzigen Menschen zu streiten, der mich wieder nach Hause lotsen konnte.

»Keine Bange, ich will nichts von dir. Aber warum dann?«

»Na, da gibt es doch einige Gründe. Vor allem kann man sich mit dir ganz gut unterhalten«, sagte er ernsthaft. Oh ja, und das tat er ja auch stets in aller Ausführlichkeit. Ich schüttelte grinsend den Kopf und bereute es im gleichen Augenblick. Mein Nacken war steif wie ein Brett.

Weil Tillmann und ich uns so toll unterhalten konnten, warteten wir schweigend, bis es langsam hell wurde und die Waldvögel ihr morgendliches Konzert anstimmten.

Tillmann erhob sich und streckte sich ausführlich, bis seine Gelenke knackten. Dann suchte er sich einen schmalen Baum aus und kletterte ein paar Meter nach oben. Ich versuchte gar nicht erst, ihn davon abzuhalten. Sollte er sich doch den Hals brechen. Nach wenigen Sekunden ließ er sich fallen und landete sicher auf beiden Füßen. »Okay, ich glaube, ich weiß, wo wir sind. Komm mit«, sagte er, nachdem er das Feuer gründlich ausgetreten und mit Steinen bedeckt hatte.

Forsch lief er voraus. Nach wenigen Metern ging es steil bergauf. Hier waren wir also abgestürzt. Wir hätten uns umbringen können. Hinter der letzten Steigung stießen wir auf einen schmalen Wanderweg. Unter uns lag der Wald, rechts von uns ein frisch gemähtes Feld. Ein Hase saß in einer der Furchen und blickte uns einen Moment lang regungslos an, bevor er mit fliegenden Hinterläufen das Weite suchte. Blutig rot kämpfte sich die Sonne über den Horizont.

Eine Weile blieben wir stehen und atmeten durch. Die Luft war rein und duftete köstlich. Ich konnte kaum genug davon bekommen. Ich überprüfte rasch mein Aussehen, doch da war nicht viel zu machen. Ich war von oben bis unten von Kratzern übersät und meine Jeans klebte steif an meinen Beinen. Während wir am Feuer gesessen hatten, war der Morgentau gefallen und hatte den feinen Staub an unseren Kleidern in festen Lehm verwandelt, auf dem Zweige und Blätter hafteten. Wir sahen aus wie zwei Waldgeister.

Ich blickte mich um. Nun wusste auch ich, wo wir waren – nur wenige Hundert Meter von der Kneippanlage am Bach entfernt. Ich musste einen gigantischen Bogen geschlagen haben bei meiner Flucht.

»Okay, Ellie«, sagte Tillmann. »Ich muss nach Hause, bevor meine Mum aufwacht. Sonst gibt es Stress.« Er streckte mir seine Hand hin. »Tschau. Hat mich gefreut.« Automatisch gab ich ihm meine, obwohl ich diese Verabschiedung etwas zu förmlich fand. Andere Menschen wären sich jetzt um den Hals gefallen und hätten sich ewige Freundschaft geschworen. Aber wir waren wohl beide nicht wie andere Menschen.

»Mich auch«, antwortete ich belämmert. Freude war eigentlich ein sehr unpassender Ausdruck für das, was mir in dieser Nacht widerfahren war. Aber ich wusste, was er meinte.

»Und danke für das Spray. Übrigens fluchst du ziemlich viel für ein Mädchen.«

Er drehte sich grinsend um und lief mit eiligen Schritten in Richtung Landstraße. Ich wusste nicht einmal, wo er wohnte.

Zu Hause fand ich alles unverändert vor. Es war geradezu gespenstisch still. Nur die Uhr im Wohnzimmer tickte leise vor sich hin. Nach dem fünften Marmeladentoast und zwei Tassen Kaffee wanderten meine Gedanken von ganz alleine wieder zu Colin. Er hatte uns also laufen lassen. Vielleicht war er auch einfach zu satt gewesen – satt wie Tessa, nachdem sie ihn befallen hatte und er ihre Trägheit zur Flucht nutzte. Aber Colin hatte uns bemerkt. Und das war nicht gut.

Ich dachte an seinen Brief, an diesen beunruhigenden Satz am Schluss. »Ich werde verfolgt.« Wenn es Tillmann war, den er meinte – und das war gut möglich, denn offenbar hatte der sich Colin nicht zum ersten Mal an die Fersen geheftet –, dann hatte ich mich in seinen Augen nun mit dem Verfolger zusammengetan, anstatt mich wie geraten von ihm fernzuhalten. Nicht gerade eine vertrauensbildende Maßnahme.

Der Gedanke, dass Colin mir nun nicht mehr traute, mich vielleicht sogar als Feind sah, war deprimierend. Und immer wieder holten mich Angstschauer von heute Nacht ein. War er denn tatsächlich satt geworden? Oder hatte unsere Gedankenverschmelzung, mein Ahnen seiner Traumbeute, ihn nur noch hungriger gemacht und er wartete nun genüsslich auf den richtigen Augenblick, ihn zu stillen? An mir? Und falls er doch genug hatte trinken können – wie lange würde ein solches Monstrum von einem Bullen ihn satt halten? Seine Träume waren wild und stark gewesen, das hatte ich gespürt.

Ich ging nach oben, setzte mich auf den Badewannenrand und ließ Wasser einlaufen. Mein Pulli und meine Jeans landeten auf dem Boden – die konnte ich kein zweites Mal anziehen. Der Staub war sogar bis hoch zu meinen Oberschenkeln und Oberarmen gekrochen.

Verträumt sah ich dabei zu, wie sich die Schlammklümpchen auf meinem Körper im Seifenschaum lösten und in kleinen grauen Schwaden davonschwammen.

»Colin, es tut mir leid«, flüsterte ich. Zwei, drei heiße Tränen rannen an meiner schmutzigen Wange hinab und tropften in das dampfende Wasser. Ich war so müde, dass ich glaubte, mich nie wieder erheben zu können. Doch nachdem ich die Nacht gerade so überlebt hatte, wollte ich nicht am nächsten Morgen jämmerlich in der Badewanne ertrinken. Als meine Hände und Füße schon schrumpelig wurden, kämpfte ich mich ächzend wieder heraus – der Muskelkater war zurückgekehrt –, wickelte mich in ein Handtuch und legte mich ins Bett.

Vergeblich wartete ich auf ein Flüstern oder ein anderes Zeichen, dass Colin mir verzieh. Auch Mister X blieb fern.

Alleine schlief ich ein, während die Hitze vor den geschlossenen Jalousien flirrte und die Angst verborgen und unschuldig darauf wartete, dass es endlich dunkel war.

Nachtschicht

Feucht streiften die flatternden Stoffbahnen des Paravents mein vom Schlaf erhitztes Gesicht. Alarmiert sprang ich aus dem Bett und begann die Fenster zuzuschlagen. Der Himmel war pechschwarz und es schüttete wie aus Kübeln. Mit einem schweren, wütenden Trommeln peitschte der Regen gegen die Scheiben.

Wie lange hatte ich geschlafen? Ein heftiger Donnerschlag ließ die Erde unter dem Haus erzittern. Ich hatte die Fenster noch nicht geschlossen, da kam mir schon wieder Colin in den Sinn. Colin und sein Traumraub draußen im Wald. Die Stunden, die seitdem verstrichen waren, hatten die Erinnerungen nicht gemildert, im Gegenteil. Der Augenblick, in dem Colin sich umgedreht und uns angestarrt hatte, wiederholte sich in meinem Kopf wie eine Furcht einflößende Endlosschleife. Wie konnte Tillmann nur denken, es sei ein Rodeokunststück gewesen? Oder dachte er das am Ende gar nicht und wollte etwas aus mir herauslocken?

Schaudernd zog ich mir Jeans und T-Shirt über, doch die Gänsehaut auf meinem Rücken verschwand nicht. Schon wieder zuckte ein Blitz. Der Donner entlud sich nur wenige Sekunden später. Ich hätte plötzlich alles dafür gegeben, Mama oder Papa bei mir zu haben, meinetwegen auch Nicole und Jenny. Ich kam mir beinahe wie ein Eindringling im eigenen Zuhause vor.

Seit Stunden war ich nicht mehr unten gewesen und nun überfielen mich grellbunte Horrorfantasien, wild zusammengebastelt aus den wenigen Splatterstreifen, die ich mir bisher widerwillig unter Jennys und Nicoles Diktat angesehen hatte. Tillmann abgeschlachtet auf dem Wohnzimmerteppich, mit einem blutbeschmatterten Beil im Rücken. Papa, der sich an den Deckenstreben des Wintergartens erhängt hatte und im Luftzug hin und her baumelte. Vielleicht auch der greise Nachbar von nebenan, aufgespießt auf seinem eigenen Gartenwerkzeug, als mahnendes und bereits verwesendes Beispiel für mich. Alles ein Werk Colins bleicher, starker Hände.

Ich weiß, was du letzte Nacht getan hast.

Doch ich hatte Hunger. Großen Hunger. Ich konnte schlecht den Rest der Urlaubswoche hier oben verbringen. Im Prinzip war ich mir ziemlich sicher, dass meine Fantasien absoluter Bockmist waren. Aber warum kam mir dann alles so fremd vor?

Geduckt bewegte ich mich die Treppe hinunter und wagte kaum, die Füße aufzusetzen. Als es draußen erneut krachte, stolperte ich vor Schreck über eine Stufe und stieß mir dabei meinen nackten Zeh. Fluchend humpelte ich in die Küche und drückte den Lichtschalter. Doch es blieb dunkel. Der Strom war ausgefallen. Also auch kein Radio, kein Fernseher, kein Computer. Nichts, was mich hätte beruhigen können.

Ich kramte die Streichhölzer aus der Küchenschublade und tastete nach dem gusseisernen Leuchter auf dem Wohnzimmersideboard. Nein, keine jugendliche Leiche auf dem Teppich. Doch die Kerzen spendeten nur flackernde Helligkeit und die ständig zuckenden Blitze offenbarten nichts, im Gegenteil, sie erschwerten es mir zusätzlich, etwas zu erkennen. Ich sehnte mich nach grellem, künstlichem Scheinwerferlicht, das jede Ecke ausleuchten und mir beweisen würde, dass alles in Ordnung war.

Ich schnappte mir das Wollplaid aus Mamas Lesesessel und hockte mich mit angezogenen Beinen aufs Sofa. Die Decke legte ich mir um die Schultern, denn ich fröstelte immer noch. Alle paar Minuten fasste ich hinter mich und betätigte den Lichtschalter. Doch die Leitungen waren tot. Konnten Nachtmahre auch das Wetter beeinflussen? War das Gewitter sozusagen die Vorhut? Oder war das noch ein ganz normaler Westerwälder Sommer, wie ich vor Nicole und Jenny großspurig behauptet hatte? Möglicherweise war Colin schon auf dem Weg hierher und wollte sich endlich rächen …

Das Schrillen des Telefons stoppte meine unseligen Gedanken. Telefon. Wieso funktionierte das Telefon? Ohne mich von der Stelle zu rühren, griff ich ein weiteres Mal hinter mich und drückte den Schalter. Doch die Dunkelheit blieb. Wie versteinert kauerte ich in der Sofaecke. Das Telefon klingelte weiter und mischte sich ab und zu mit dem Donner, der sich anhörte wie ein schwer verwundetes Tier, das nicht sterben wollte und brüllte, um dem Tod zu entrinnen. Es klingelte zehnmal. Fünfzehnmal. Zwanzigmal. Dann brach es ab. Wer immer das auch war – er hatte Ausdauer.

Ein Kontrollanruf meiner Eltern? Wenn ja, dann durfte ich nicht drangehen. Aber wenn es nicht meine Eltern waren, wem war es dann so wichtig, jemanden zu erreichen, dass er es derart lange läuten ließ?

Da. Es ging wieder los. Ich begann das Geräusch zu hassen. Es schmerzte in meinen Ohren. Ich schmiegte mich tiefer in die Sofaecke und spürte, wie mein Hunger sich schleichend in Übelkeit verwandelte. Diesmal dauerte es noch länger, bis der Anrufer aufgab. Ich hörte beim dreißigsten Klingeln auf zu zählen. Sollte ich das Telefon einfach vom Netz nehmen? Aber das war unvernünftig. Vielleicht brauchte ich es, um Hilfe zu rufen, falls …

»Oh nein«, wisperte ich. Es klingelte schon wieder. Fast wünschte ich mir, es seien Mama und Papa. Es wäre so tröstend gewesen, einfach nur ihre Stimmen zu hören. Vielleicht würden sie mir verzeihen und einen Flug organisieren, sodass ich nur noch mein Ibizaköfferchen in die Hand nehmen und auf den Taxidienst warten müsste. Und dann würden wir zu dritt italienisches Eis schlecken und ich könnte endlich im Mittelmeer baden. Ich presste meine Hände auf die Ohren. Es nützte nichts. Das Klingeln erschien mir inzwischen fast lauter als die Gewitterschläge, die wie ein Trommelfeuer über das Dorf rasten.

Dann hielt ich die Ungewissheit nicht mehr aus. Als der nächste Blitz den Raum erhellte, lief ich zum Sideboard und nahm ab.

»Hallo?«, fragte ich. Meine Stimme klang wie die eines kleinen Mädchens. Winzig, schwach und mutterseelenallein.

Kaltes Schweigen brandete mir entgegen. Dann vernahm ich einen tiefen röchelnden Atemzug. Stocksteif blieb ich stehen und hielt den Hörer so fest an mein Ohr, dass es wehtat.

»Hallo – wer ist da?«, fragte ich zitternd. Das Schweigen am anderen Ende der Leitung breitete sich aus und wurde nur ab und zu von einem weiteren röchelnden Atemzug unterbrochen. Ein Atemzug, der sich uralt anhörte.

»Wer spricht?«, fragte mich der Anrufer schließlich. Seine Stimme ging mir durch Mark und Bein. Ich konnte nicht sagen, ob sie einem Mann oder einer Frau gehörte. Sie war tief – kaum mehr als ein heiseres Flüstern, jedoch so mächtig, dass ich mich noch wehrloser fühlte, als ich es ohnehin schon tat.

»Elisabeth …« Ich brach ab. War es klug zu sagen, wer ich war? Doch vielleicht musste ich es tun, damit sich alles als ein Irrtum herausstellte. Verwählt. Und nichts weiter.

»Elisabeth Sturm.«

Wieder Schweigen und röchelndes Atmen, minutenlang. Wie konnte sich ein Röcheln nur so stark und furchterregend anhören? Es war kein krankes Röcheln. Und doch wurde ich den Eindruck nicht los, dass der Anrufer sich in Not befand. In seelischer Not. Sonst hätte ich längst aufgelegt. Trotzdem schwanden meine Kräfte.

Ich ließ mich auf den Boden sinken. Mir war schwindlig. Vergeblich schluckte ich gegen den immer dicker werdenden Kloß in meiner Kehle an.

»Ich möchte Leopold Fürchtegott sprechen.«

Zwei Donnerschläge lang blieb ich bewegungslos sitzen, den Hörer fest an mein Ohr gepresst. Das Röcheln erstarb.

Fürchtegott. Leopold Fürchtegott. Papas alter Name.

Ich ließ das Telefon fallen und wollte schon das Kabel aus der Wand ziehen, als ich wie ferngesteuert innehielt und meiner Hand zusah, wie sie erneut nach dem Hörer griff.

»Sind Sie noch da, Fräulein Sturm?« Die Stimme klang nicht einmal drohend. Und der Anrufer war höflich. Trotzdem schien sie eins mit dem Blut zu werden, das brutal durch meinen Körper hämmerte.

Krampfhaft dachte ich nach. Wenn ich sagte, Papa sei in Italien, dann würde der Anrufer ahnen, dass ich allein zu Hause war. Wollte er mir etwas anhaben, so wäre das die passende Gelegenheit. Sagte ich aber, Papa sei hier, dann würde er vielleicht erst recht herkommen, denn es schien ja dringlich zu sein. Und ich wollte dieses – dieses Wesen nicht im Haus haben, sosehr mich die Not, die ich aus seiner Stimme heraushörte, auch traf.

Ich musste mir auf die Lippen beißen, um ihn nicht zu fragen, ob ich ihm irgendwie helfen könne.

»Er ist nicht hier«, sagte ich schließlich. Ich war überrascht, wie fest meine Stimme klang. »Er ist in Italien.«

Wieder Schweigen. Dieser Mensch hatte verblüffend viel Zeit angesichts der Tatsache, dass sich sein Anliegen so eilig anhörte. Unendlich viel Zeit. Ich wartete mit angehaltenem Atem, während es in der Leitung ab und zu knisterte. Das Donnern entfernte sich, doch der Himmel blieb finster. Ich warf einen kurzen Blick nach draußen. Die Wolken hatten sich so tief gesenkt, dass ich die Hügel um unser

Haus herum nicht mehr sehen konnte. Selbst der Feldweg verschwand im Dunst. Es regnete immer noch in Strömen.

»In Italien …«, durchbrach sein Raunen nachdenklich das Knistern.

Ich nickte. Ich musste nichts sagen. Es war, als wäre er in meinem Kopf und würde während seines langen Schweigens meine Gedanken durchwühlen. Hätte er Papas alten Namen nicht genannt, wäre ich mir sicher gewesen, dass es einer seiner durchgeknallten Patienten war. Doch seitdem Papa die Klinik leitete, waren die Anrufe von Patienten selten geworden. Vor allem aber praktizierte er seit meiner Geburt unter dem Namen Sturm. Oder war es ein Patient von früher? Hatte er wieder einen Schub? Nein, das konnte nicht sein. Papa hatte damals noch nicht als Psychiater gearbeitet.

»Gut«, hörte ich ihn sagen. Dann knackte es laut, die Verbindung brach ab und pünktlich zum erlösenden Freizeichen gingen die Lichter wieder an. Ich kniff die Augen zusammen und legte das Telefon auf das Sideboard. Ich brauchte Sauerstoff. Schnell. Ich stürzte zum Fenster und öffnete das obere kleine Viereck. Es ganz zu öffnen, erschien mir zu riskant. Aber ich hatte das Gefühl zu ersticken. Kühle Gewitterluft strömte herein. Ich inhalierte sie tief.

»Gott sei Dank«, seufzte ich und schaute mich rasch um. Ich konnte nirgends abgehackte Körperteile, Riesenspinnen oder erhängte Familienmitglieder entdecken. Und nie hatte ich mich mehr über den Anblick von Mamas Nähkiste gefreut als jetzt. Sie sah so harmlos und friedlich aus. Versonnen fuhr ich mit den Fingern über das bemalte Holz. Schon Oma hatte diese Kiste benutzt.

Oma, dachte ich. Omas Truhe. Der Anrufer – hatte er etwas mit Papas Nebenjob im Dienste der Nachtmahre zu tun? Diesem Job, über den mir Colin eigentlich längst mehr erzählen wollte? Ich musste noch einmal runter in den Keller. Die Chance, dass ich den Safe öffnen konnte, war zwar denkbar gering, aber ich wollte es nicht unversucht lassen. Jetzt hatte ich schließlich alle Zeit der Welt dafür.

Bevor ich die Treppe hinuntertapste, suchte ich kurz die Decke und die Wände ab. Die Myriaden an Spinnweben waren alarmierend, aber ihre Bewohner konnte ich nicht entdecken. Wahrscheinlich hatten sie sich in die Mauerfugen verkrochen. Hauptsache, sie fielen mir nicht in den Nacken. Ich tapste hinunter und hatte gerade die schwankende Glühbirne angeknipst, als es so hell wurde, dass ich mir die Hand vor die Augen schlug. Der Donner krachte zeitgleich. Mit einem schrillen Pling zerbarst die Glühbirne und Scherbensplitter trafen mich am Kopf und an meinem nackten Unterarm. Es roch verbrannt, aber ich konnte in der Dunkelheit weder Flammen noch ein Glimmen erkennen.

Ich tastete mich zurück in den Flur, doch auch hier: tiefschwarze Finsternis. Schwer atmend wartete ich, bis ich die Umrisse des Raums erkennen konnte. Was, bitte, war denn das?, dachte ich, inzwischen eher zornig als ängstlich. Ein verirrtes Mikrogewitter? Denn nun blitzte es zwar wieder, doch der Donner ließ sich Zeit. Von ferne ertönte die Sirene der Feuerwehr – weit weg, aber ein angenehm zivilisiertes Geräusch. Vermutlich ein vollgelaufener Keller oder ein Blitzeinschlag. Hier jedenfalls brannte nichts und trocken war es auch.

Ohne nach der Taschenlampe zu suchen, ging ich zurück in den Kellerraum und lief auf die Truhe zu. Blind fasste ich nach vorne, um das Zahlenschloss zu angeln. Doch zu meiner Überraschung stand die Truhe weit offen. Sie war leer. Der Safe war nicht mehr da.

Jetzt suchte ich doch nach der Taschenlampe. Der Safe war weg? Hatte Papa ihn fortgeschafft? Oder hatte er ihn am Ende in den Urlaub mitgenommen? Warum denn das – er war sich doch offensichtlich sehr, sehr sicher gewesen, dass ich mit Jenny und Nicole

461

nach Ibiza fahren würde. Wunschdenken, Papa, dachte ich bitter. Endlich fand ich die Taschenlampe und suchte den Raum gründlich ab. Nein, kein Safe. Auch in der Waschküche nicht. Heizungskeller: ebenfalls Fehlanzeige.

Ich rechnete nicht damit, oben irgendetwas zu finden. Nichtsdestotrotz leuchtete ich auch noch einmal in Mamas und Papas Schlafzimmer. Sie hatten es mustergültig hinterlassen. Die Tagesdecke über dem Bett hatte nicht eine Falte, die Schubladen waren alle zugeschoben, die Schränke geschlossen. Der Boden glänzte blitzsauber.

Ich kam mir wie ein Störenfried vor, als ich mich auf das Bett setzte und das Foto von Mamas Nachttisch in die Hand nahm. Das Hochzeitsbild meiner Eltern. Papa vor seinem Befall … Schon damals strahlten seine Augen und das Haar trug er länger, als es die meisten Männer taten. Er war bereits zu diesem Zeitpunkt alles andere als durchschnittlich gewesen, fand ich. Mama aber auch. Ihre haselnussbraunen Locken kringelten sich bis zum Rücken und sie hatte auf Make-up verzichtet – nichts als natürliche Bräune in ihrem runden Gesicht. Es stand ihr hervorragend. Das Hochzeitskleid war ihr wie auf den Leib geschneidert. Mit Sicherheit hatte sie es selbst genäht. Ich bekam ein schlechtes Gewissen bei dem Gedanken daran, dass ich ihr irgendwann untersagt hatte, mir weiterhin Klamotten zu nähen. Ich hatte mich dafür geschämt, dass nie irgendwelche Markenschildchen an meinen Shirts und Hosen geprangt hatten. Und nicht selten war ich deshalb aufgezogen worden. Dabei hatte es diese Kleider ganz bestimmt kein zweites Mal gegeben, während die anderen hordenweise in den gleichen Levi's herumrannten.

Ehrfürchtig stellte ich das Foto zurück. Die Nacht senkte sich über das Dorf. Nicht einmal die Straßenlampen funktionierten. Kein Mond am Himmel, kein einziger Stern. Ich blickte mühsam atmend in die immer dunkler werdende Welt vor dem Fenster. Wenn wenigstens Mister X hier gewesen wäre. Sein warmer, pelziger Körper auf meinem Schoß – und schon hätte ich mich besser gefühlt.

Aus dem Wohnzimmer ertönte ein dumpfer Aufprall, als wäre etwas Schweres auf den Boden geplumpst. War das etwa Mister X? Schaffte es dieses Mistvieh tatsächlich, sich durch ein Sprossenfenster zu zwängen? Ich hastete durch den Flur. Doch es war kein schwarzer Kater. Es war ein Stein, der fast anklagend in der Mitte des Teppichs lag. Ein flacher Ziegel, um den jemand eine Karte gebunden hatte. »Nein«, flüsterte ich. Leise schluchzend löste ich den Bindfaden, obwohl ich schon ahnte, was mich erwartete. Trotzdem brannten meine Wangen heiß, als ich die Karte umdrehte.

Sie war mir noch viel unheimlicher als die andere. Das Bild bestand nur aus schiefen, schwindelerregend hohen und aufeinander zustürzenden Türmen, eingefärbt in einem organischen Mischmasch aus Rot- und Orangetönen, als hätte der Maler seine Pinsel in Blut getaucht. Jetzt ging mir mein eigenes hysterisches Geschluchze auf den Keks. Ich stellte mich auf die Fensterbank und starrte in die Schwärze der Nacht.

»Ich finde das nicht mehr lustig!«, rief ich laut. Hallten da nicht Schritte? Doch als ich die Haustür öffnete – wie ein Schlossherr mit dem schweren Kerzenleuchter in der Hand –, lag die vom Regen überspülte Straße leer vor mir und ich hörte nur das gurgelnde Rauschen der übervollen Abwasserkanäle.

Ich schloss die Tür zweimal ab und schob den Riegel vor. Mehr konnte ich nicht tun und ich musste dringend etwas essen, um zu Kräften zu kommen. Doch es dauerte, bis ich die Nerven besaß, den Kühlschrank zu öffnen und mir eine schlaffe Scheibe Toast mit etwas Käse und Salami zu belegen. Vergangene Nacht wollte ich wenigstens begehrt sterben. Und diese Nacht wenigstens satt. Appetitlos mümmelnd hockte ich auf dem Sofa, und je länger ich saß und

463

mich nicht bewegte, desto größer wurde die Angst vor den anderen Räumen des Hauses. Vor dem, was draußen war, in dieser stockdunklen Nacht ohne Mond und Sterne. Ich dachte, wenn ich mich nur ein Stückchen bewege oder aufstehe, passiert wieder irgendetwas Schlimmes. Wenn ich nichts tue, überlebe ich.

Meine Muskeln begannen sich zu verkrampfen, aber ich blieb sitzen, bis es endlich dämmerte. Gegen fünf Uhr sprang im Flur das Licht an und der Kühlschrank fing geschäftig an zu summen. Eine wunderbare Melodie. Noch schöner war es, als ich draußen unseren Nachbarn von schräg gegenüber sah, wie er die Zeitungen austrug. Es war doch absolut herrlich, etwas ganz Normales in den Briefkasten geworfen zu bekommen und keine grässlichen Schicksalskarten. Dann verfärbten sich die verschwindenden Wolken im Osten tiefrosa und ich wickelte mir die Decke um Beine, Bauch und Schultern, ließ meinen übermüdeten Kopf auf das Kissen sinken und gab mich endlich dem Schlaf hin, der schon seit Stunden an mir gerüttelt hatte.

Ich lebte immer noch.

Handgreiflichkeiten

Vorsichtig zog ich die Haustür hinter mir zu. Es war später Nachmittag, ich lebte, ich war satt und vor meinen Augen breitete sich eine geradezu kitschige Sommeridylle aus. Den ganzen Tag schon wehte ein beständiger Wind, mal kühl, mal liebkosend warm, und hielt alles in Bewegung. Die Blätter der Eiche rauschten und pastellfarbene Blüten stoben in duftenden Wolken durch die Luft. An solchen Sommertagen hatten wir früher im Odenwald die Picknicktasche gepackt und waren an den Baggersee gefahren, wo wir stundenlang im seichten Wasser planschten und uns danach den Bauch mit Capri-Sonne und Omas Kuchen vollschlugen.

Doch ich war auf dem Weg zu Colin und ich wusste nicht, was mich erwartete. Bisher hatte er sich nicht gezeigt und er hatte sich immerhin ganze anderthalb Tage lang nicht gerächt. Deshalb pflegte ich die berechtigte Hoffnung, dass mir eventuell gar nichts passieren würde. Aber es war eben nur eine Hoffnung, mehr nicht. Und so hatte ich gerade eine halbe Stunde lang mit Tränen in den Augen und einem leeren Blatt Papier vor mir am Tisch gesessen und mir das Hirn zermartert, was ich meinen Eltern als Nachricht hinterlassen könnte. Doch egal, wie ich formulierte und argumentierte und begründete – die passenden Worte fand ich nicht. Die gab es wohl für diese Situation nicht.

Irgendwann beschloss ich, dass ich einfach überleben musste. Schützen konnte ich mich nicht. Colin war das personifizierte Funkloch, mein Handy brauchte ich gar nicht erst mitzunehmen. Eine Waffe besaß ich nicht – ganz zu schweigen davon, dass Colin mir haushoch überlegen war, was immer ich auch tat. Vermutlich konnte man ihn mit Schüssen durchsieben und er würde einem immer noch lässig grinsend und sehr untot gegenüberstehen.

Deshalb gab es nur eine Möglichkeit – nämlich an das Überleben zu glauben. Daran, dass ich mich nicht getäuscht hatte, als ich Vertrauen zu ihm fasste. Daran, dass ich mit ihm reden konnte. Dass er mir zuhören würde. Ich klammerte mich an diese Gedanken.

Und weil es nur diese Gedanken waren, die mich schützten, hatte ich nichts dabei außer meinem Labello und den verfluchten Tarotkarten. Bei der passenden Gelegenheit wollte ich Colin mit ihnen konfrontieren.

Das Dorf döste still in der Sommerwärme, als ich mich auf den Weg machte. Ich war ausgeruht. Ich hatte lange geschlafen und danach vergeblich auf Mister X gewartet. Dass er nicht mehr aufgetaucht war, wurmte mich, denn ich hielt Mister X inzwischen für eine Art kätzischen Seelenbotschafter von Colin. Und wenn Mister X nicht kam, dann lag zwischen Colin und mir etwas im Argen. Es konnte gar nicht anders sein. Also durfte ich keine Zeit vertrödeln. Ich beschleunigte meine Schritte, sobald ich den Wald erreicht hatte.

Die Sonne brach durch die wogenden Baumwipfel und betupfte den weichen, lehmigen Boden mit gleißenden Lichtreflexen. Überall um mich herum flüsterte der Wind. Die Luft strömte fast wie Wasser über meine Haut.

Je näher ich Colins Anwesen kam, desto stärker wurde die Unruhe in meinem Herzen. Wenn ich an ihn dachte, gab es einen Ruck im Magen und ich konnte kurz nicht richtig atmen. Als ich den kiesbestreuten Zuweg aus dem Dunkelgrün des Waldes aufblitzen sah, begann auch noch mein Gesicht zu kribbeln und mir wurde vor

Übelkeit so schwindlig, dass ich mich hinsetzen musste. Noch ein letztes Mal legte ich mir im Geiste meine Entschuldigung zurecht. Colin, es tut mir leid, dass wir dich beobachtet haben. Ich wusste nicht, dass er mir das zeigen wollte. Ich hatte keine Ahnung. Ich hab ihn einfach nur begleitet.

Oje. Das klang so lahm. Zu lahm für einen klammheimlich beobachteten Traumraub. Aber es war so gewesen. Ich stand auf und ballte meine Fäuste. Jetzt, sagte ich mir. Finde die Wahrheit heraus. Wieder schlüpfte ich aus meinen Schuhen, um barfuß über den Hof zu laufen. Ich verzichtete darauf, ein »Hallo« oder Ähnliches zu rufen, als ich vor dem Haus stand. Wenn Colin da war, hatte er mich längst bemerkt. Die Haustür war nur angelehnt. Ich schob sie ein Stückchen weiter auf und streckte meinen Kopf durch den Spalt. Küche und Wohnzimmer lagen still vor mir. Ich warf einen Kontrollblick an die Decke und war beinahe enttäuscht, als ich feststellte, dass Colin auch nicht rücklings meditierte. Es war eine ganz normale weiß verputzte Zimmerdecke, unterbrochen nur von dunklen Holzbalken.

Nein. Hier war niemand. Auf leisen Sohlen betrat ich das Haus und steuerte die Treppe an. Die Badezimmertür stand ebenfalls offen und beglückte mich bereits auf halber Treppe mit einem Einblick in Colins perfekt ausgestatteten Hygienetempel. Wenn mich meine Nase nicht täuschte, hatte sich hier vor nicht allzu langer Zeit warmes Wasser mit Seife vermischt. Ich nahm die letzten Stufen ins Obergeschoss und schaute mich um. Zwei Türen gab es außer dem Badezimmer, eine rechts, eine links. Sie waren beide verschlossen. Selbst wenn ich rufen wollte – ich hätte keine Stimme gehabt. Ich war so aufgewühlt, dass ich sogar das Atmen vergaß und immer wieder instinktiv die Luft anhielt, bis kleine schwarze Pünktchen vor meinen Augen wirbelten.

Ich wählte die linke Tür. Die Klinke schmiegte sich beruhigend kühl unter meine heiße, verschwitzte Hand. Ich ließ noch einmal los und wischte mir die Handflächen gründlich an meiner Jeans ab, bis sie trocken waren. Dann drückte ich die Klinke zögerlich hinunter. Zu meiner Erleichterung quietschte sie nicht. Die Tür glitt lautlos auf.

Vor mir lag ein großer Raum mit schweren, urigen Holzdielen und einem bodentiefen Fenster. Es war geöffnet. Ein warmer, harziger Luftzug streichelte mein Gesicht. Neben dem Fenster stand ein breites Bett, bedeckt von einem dunkelroten samtigen Überwurf, dessen Fransen den Boden berührten. Vier Katzen – ich zählte nach, ja, es waren vier – hatten sich adrett um Colins Körper drapiert. Mister X hing träge an seinem Bauch und quetschte seinen dicken Kopf in Colins Achselhöhle. An seiner rechten Schulter rollte sich das grau-weiße Kätzchen zu einer Kugel zusammen. Am Fußende schliefen eine rot getigerte und eine grau getigerte Katze. Die rote hatte sich auf den Rücken gedreht und sah reichlich besoffen aus.

Es war ein Bild hingerissener Entspannung und schläfriger Glückseligkeit. Meine Angst fiel wie tonnenschwerer Ballast von mir ab. Denn auch Colin tat so etwas Ähnliches wie schlafen. Hätte er mir nicht geschrieben, dass Schlaf nichts für ihn sei, wäre ich davon ausgegangen, dass er sich ihm willenlos hingegeben hatte. Nicht einmal ein Baby schlummerte friedlicher.

Er lag auf dem Rücken, die Arme lässig ausgebreitet, das rechte Bein gestreckt, das linke leicht angewinkelt. Dunkel zeichneten sich seine rebellischen Haare von dem hellgrauen Kopfkissen ab, das er sich unter den Nacken geschoben hatte. Ich musste zweimal hinsehen, bis ich mir sicher war, mich nicht geirrt zu haben – doch es war keine Sinnestäuschung: Selbst jetzt bewegten sich seine Haarspitzen ganz langsam, fast wie in Zeitlupe, hin und her. Ansonsten war Colin die pure Regungslosigkeit.

Auf Zehenspitzen trat ich näher. Himmel, sah dieser Mann schön

468

aus. Da dicht belaubte Bäume vor dem Fenster standen, drang kein direktes Sonnenlicht ins Zimmer. Doch die Helligkeit genügte, um kupferne Strähnen in Colins Haare zu zeichnen und rostrote Punkte auf seinem Gesicht tanzen zu lassen. Ich konnte dabei zusehen, wie sie blasser wurden, zeitgleich mit dem trägen Sinken der Abendsonne. Seine langen, gebogenen Wimpern waren bereits dunkel.

Minutenlang stand ich neben dem Bett und schaute versonnen auf dieses Stillleben. Obwohl sich meine Augen kaum daran satt trinken konnten, beunruhigte mich die Situation. War Colin tatsächlich hier? Bis auf seine Haare hatte sich sein Körper nicht einen Millimeter bewegt.

Ohne ein Geräusch zu verursachen, legte ich die Tarotkarten auf dem Boden ab und setzte mich behutsam auf den Bettrand. Mister X öffnete ein Auge und blinzelte kurz. Dann seufzte er tief und bohrte seinen Kopf noch tiefer in Colins Achselhöhle. Colin hingegen regte sich nicht.

Besorgt starrte ich auf seinen Oberkörper. Sein Hemd stand wieder offen. Ich sah, dass zwei Knöpfe fehlten. Und darunter trug er genau gar nichts. Nein, seine Brust hob und senkte sich nicht. Ich vergaß meine Zurückhaltung und beugte den Kopf, um mein Ohr auf seine Brust zu legen. Sofort vernahm ich ein pulsierendes, energetisches Rauschen. Kein Herzklopfen, sondern ein rhythmisches Rauschen. Wo war das Herz? Er musste doch ein Herz haben.

Dennoch – dieser Körper hier lebte. Colin selbst aber war offensichtlich abwesend. Denn spätestens jetzt hätte er reagieren müssen. Wahrscheinlich hatte er sich von seinem Körper entfernt und nutzte die Schwerelosigkeit, um – ja, um was? Unsichtbar durch den Wald zu jagen und Träume zu trinken?

Ich blickte auf den Hufabdruck unterhalb seines Bauchnabels, in den mein Schmerz übergegangen war. Colin hatte kein Gramm Fett auf den Rippen. Das war also ein Sixpack, stellte ich nachdenklich

469

fest. Ein kleines, dezentes Sixpack. Keine Muskelberge. Nein, das hatte er sich nicht künstlich antrainiert. Das hatte sich mit den Jahren, diesen vielen, vielen Jahren, von allein entwickelt. Weiß und samtig spannte sich die Haut über die zarten Wölbungen.

Ich pustete sacht gegen seinen Hemdkragen, sodass der ausgewaschene, dünne Stoff zur Seite rutschte und Colins Brust freigab. Elegant bogen sich seine Schlüsselbeine und den sehnigen Schultern war die harte Arbeit anzusehen, die Colin hin und wieder verrichtete.

Aber er hatte kein einziges Haar auf der Brust. Mit meinen Lippen berührte ich seine Haut. Sie war kühl und ich mochte es. Wie konnte das sein – so dichtes, bewegtes Haar auf dem Kopf und ein völlig haarloser Männerkörper? Rasierte er sich etwa, wie es einige meiner Klassenkameraden in Köln getan hatten?

Ich rutschte ans Fußende und lupfte Colins Hosensaum an. Ei der Daus. Auch hier keine Haare. Wie ich war er barfuß. Kritisch hielt ich inne. Ich war mit Nicole und Jenny fast jede Woche in der Sauna gewesen. Spätestens nach dem dritten Besuch hatte ich mich keinen Illusionen mehr über die körperliche Beschaffenheit des deutschen Durchschnittsmannes hingegeben und dessen größte Schwachstelle war unzweifelhaft die Fußpflege. Deshalb überlegte ich mir gut, ob ich wirklich einen genaueren Blick auf Colins Füße werfen wollte. Tessa nämlich hatte nicht nur Haare, sondern einen ganzen Pelz auf den Fußrücken gehabt. Doch meine Neugierde siegte.

Es waren die Füße eines jungen Gottes. Gerade, lange Zehen, saubere Samthaut und eine Fußsohle, die zum Laufen geschaffen worden war. Ich rutschte wieder hoch zu seinem Oberkörper und überprüfte kurz sein Gesicht. Er lag immer noch exakt so da wie vorhin. Sein Mund … so gelöst und friedvoll. Schüchtern fuhr ich mit den Fingerspitzen über seine Wange. Ich fühlte keine Bartstoppeln. Auch auf der Brust – nichts als seidige Haut. Doch an einer Stelle wuchs jedem Kerl ein kleines Fell – zumindest konnte man die Spuren dieses Felles erahnen. Und vor mir lag nur Colins Körper, reglos und unbewohnt. Sein Geist war weit, weit weg. Mir konnte nichts geschehen. Mit der Fingerspitze hob ich den Hosenbund an und lugte darunter.

»Keine Bange, an mir ist alles dran, was drangehört.«

Ich fuhr zurück und blieb mit dem Ärmel an Colins schwerer Gürtelschnalle hängen. Hysterisch zerrte ich daran herum, bis ich mich endlich befreien konnte. Ich kippte hintenüber und rutschte unsanft auf den Holzboden. Auf den Knien wollte ich zur Tür kriechen, doch Colins Hand erwischte mich am Bund meiner Jeans, bevor ich fliehen konnte. Mit einem sanften Ruck zog er mich zurück aufs Bett. Seine Mundwinkel waren gekräuselt und seine grünbraun schillernden Augen sprühten vor Erheiterung.

»Ich – äh …« Mein Gesicht musste in Flammen stehen. Mir war so warm, dass meine Gedanken zu schmelzen begannen. Mein Herz hatte sich in glühende Lava verwandelt. Wie hatte ich ihn nur so – so befingern können? Erst heimlich beobachten, dann heimlich begrapschen. Ich sprang auf, doch er zog mich erneut zu sich herunter, bevor ich zum Stehen kam. Ein weiteres Mal plumpste ich neben ihm aufs Bett. Hastig begann ich zu sprechen.

»Das im Wald – Colin, das wollte ich nicht, ehrlich, ich wusste nicht, was er vorhatte, es tut mir leid. Und das hier – äh. Das hast du falsch verstanden.«

Amüsiert zog er die Augenbrauen hoch und schob einen Arm unter seinen Kopf. Mit dem anderen hielt er immer noch meine Gürtelschlaufe fest. Ich war gefangen.

»Hab ich nicht«, sagte er ruhig und die Lava in meinem Herzen entschloss sich zu einem spontanen Vulkanausbruch.

»Ich bin nicht so eine«, rief ich verzweifelt. »Ich wollte nur gucken, ob … also …« Ja, was wollte ich eigentlich gucken? Ob er

471

Haare unter dem Bauchnabel hat? Und zwar ziemlich weit südlich des Bauchnabels?

»Ich wüsste gerne, was für ein Enthaarungsmittel du benutzt, denn das möchte ich auch haben«, brachte ich schließlich trotzig hervor. Das war immerhin nicht vollständig gelogen.

Colin warf lachend den Kopf in den Nacken. Eine seiner Haarsträhnen schlang sich fröhlich um den Zipfel des Kopfkissens. Missgelaunt starrte Mister X Colin an. Doch es dauerte eine Weile, bis der sich beruhigte. Währenddessen saß ich unverändert rot glühend neben ihm und griff schließlich resolut nach seinen Hemdschößen, um dieser frappierenden Nacktheit ein Ende zu bereiten.

»So«, sagte ich und knöpfte zu, was zuzuknöpfen ging. Es war nicht viel. »Kleiderordnung wiederhergestellt.«

Erneut fing Colin an zu lachen, schaute mir dabei aber unverhohlen in die Augen. Schön, dass er sich so prächtig amüsierte. Ich musste jedenfalls zusehen, dass ich langsam wieder anfing zu atmen. Sonst würde er mich an Ort und Stelle wiederbeleben müssen.

Doch nun ebbte sein Lachen ab. Sein Gesicht verdüsterte sich.

»Keine Enthaarungscreme. Das ist naturgegeben. Wer ist dieser rothaarige Knabe?«, fragte er unvermittelt und richtete sich auf.

»Bist du – verärgert?« Bevor ich ihm mehr über Tillmann erzählte, wollte ich sichergehen, dass mir keine Gefahr drohte.

»Nein. Aber ich habe mich gewundert. Das schon.«

Verwunderung – das war in Ordnung. Wegen Verwunderung brachte man niemanden um.

Ich seufzte erleichtert auf. »Aber warum kam Mister X dann nicht mehr zu mir? Nachdem er auf einmal wegblieb, war ich mir sicher, du bist stinksauer auf mich …«

Als habe Mister X seinen Namen erkannt, setzte er sich auf und zog einen Katzenbuckel. Er sah lädiert aus. Colin schaute ihn mitfühlend an.

»Ich musste den armen Kerl kastrieren lassen. Er fing an, gegen meinen Bauernschrank zu markieren. Es tat mir in der Seele weh, aber ich hänge an diesem Schrank.«

Mister X erhob sich schwerfällig und stakste wie ein betrunkener Seemann über das Bett. Beleidigt verzog er sich hinter die Kommode.

»Er kämpft noch mit der Narkose. Deshalb haben wir uns ein bisschen ausgeruht.«

»Ausgeruht …«, wiederholte ich. »Warst du eben – warst du die ganze Zeit hier?«

»Wo soll ich denn bitte sonst gewesen sein?«, fragte Colin grinsend.

»Na, du hast gesagt, dass du dich aus dir selbst entfernen kannst«, verteidigte ich mich.

»Aber doch nicht, wenn mir eine solch unverhoffte Ganzkörperuntersuchung widerfährt.« Sein Grinsen wurde noch breiter.

»Zurück zum Wesentlichen«, wechselte ich flugs zum Kernthema. »Tillmann.« Colin lachte leise auf, doch ich ließ mich nicht ablenken. »Der kleine Kerl ist Tillmann. Er geht auf meine Schule. Ich hab ihm mal geholfen und seitdem reden wir ab und zu miteinander. Er ist nicht wie die anderen. Er ist okay. Glaube ich. Nur sehr – ich weiß nicht. Er liebt wohl die Gefahr.«

Colin musterte mich nachdenklich.

»Er verfolgt mich«, sagte er. »Schon seit einiger Zeit. Ich fürchte, er findet mich spannend.«

In der Tat. So spannend, dass er nachts von zu Hause abhaute und stundenlang durch den Wald stapfte.

»Ja, den Eindruck habe ich auch«, murmelte ich. »Aber – wieso hast du uns nicht sofort bemerkt? Du bemerkst doch sonst alles«, stichelte ich.

Colin warf mir einen strengen Blick zu. »Ich jage erst, wenn ich es vor Hunger kaum mehr aushalte. Und dann fokussiere ich mich auf meine Beute. Tiere. Ich habe zwar gespürt, dass da jemand ist. Aber hätte ich meine Konzentration auf euch gerichtet, hätte die Sache böse ausgehen können. Für euch, nicht für mich.«

Mein Herzschlag beschleunigte sich. Colins asketische Lebensweise und seine Beschränkung auf tierische Träume in allen Ehren – die Nebenwirkungen konnten fatal sein.

»Du musst ihn stoppen, Ellie. Lass dir etwas einfallen. Er darf sich mir nicht nähern. Das ist zu gefährlich.«

»Für dich oder für ihn?«, fragte ich hart und wollte von ihm wegrücken. Doch sein Finger hing immer noch in meinem Hosenbund. Ich konnte mir durchaus vorstellen, dass Tillmann furiose Träume hatte. Sein Kopf schien mir manchmal zum Bersten voll davon zu sein.

»Für uns alle«, antwortete Colin ernst. »Auch für mich.« Das Grün war aus seinen Augen verschwunden. Sie kehrten in ihre glitzernde Schwärze zurück. »Bitte halte ihn auf.«

»Okay«, fügte ich mich, ohne wirklich zu verstehen, warum Tillmann eine Gefahr für uns sein sollte. Colin schien meine Gedanken zu erahnen.

»Je weniger menschliche Gesellschaft, desto sicherer sind wir. Dich kann ich anscheinend nicht aufhalten. Aber er ist noch aufzuhalten.«

»Da wäre ich mir nicht so sicher«, entgegnete ich. Ich konnte Colin seine Bitte schlecht abschlagen. Aber Tillmann war auch so etwas wie ein Freund für mich geworden. Der Gedanke, ihm wie eine Mutter einen Riegel vorzuschieben, behagte mir gar nicht.

»Gut, ich versuche es«, versprach ich Colin widerwillig.

»Danke«, sagte er und sah mich mit lächelnden Augen an. Lächelnd und ein wenig traurig. Er nahm seinen Finger aus meiner Gürtelschlaufe und fuhr mir damit über die Stirn.

»Musstest du dich so sehr fürchten?«, fragte er. »Dachtest du wirklich, ich tu dir etwas an?«

Ich schlug die Augen nieder. Ja, ich hatte es gedacht. Es wäre logisch gewesen. Aber jetzt, wo ich bei ihm saß, hatte sich die Angst verborgen. Vielleicht sogar aufgelöst. Trotzdem. Da war noch etwas, was mich beschäftigte. Es hing mit meinem Traum von Colin zusammen, den ich eigentlich nie vor ihm hatte erwähnen wollen. Und ich würde es auch jetzt nicht tun. Ich nestelte verlegen an meiner Hosennaht herum. Das Thema war irgendwie – privat. Zumindest empfand ich es so.

»Als du von dem Bullen getrunken hast – da ist Blut geflossen. Oder? Und als Tessa dich verwandeln wollte, ebenfalls. Mein Vater hat den Rücken voller Narben. Und …« Ich wartete.

»Und?«, fragte er mit einem amüsierten Funkeln in den Augen.

»Wozu? Du sagtest, es gäbe Wichtigeres als Blut. Außerdem – wenn die Mahre sich beim Trinken festkrallen, müssen die befallenen Menschen doch aufwachen. Und Papa sagte, das tun sie nicht.«

»Also gut«, antwortete Colin nach einer kleinen Denkpause widerstrebend. »Wie gesagt – ich hatte großen Hunger, als ich den Bullen anfiel. Sehr großen Hunger. Ich habe mir etwas mehr geholt als üblich. Von seiner Seele. Aber eigentlich fließt das Blut nur, wenn die Metamorphose vollzogen werden soll. Deshalb heißt es übrigens auch Bluttaufe. Sinnvollerweise«, schloss er ironisch.

»Entschuldige bitte. Ich habe nicht sonderlich viel Erfahrung mit Nachtmahren«, murrte ich. »Aber was bewirkt das Blut?«

»Oh Ellie«, stöhnte Colin und blies sich ein paar züngelnde Haarsträhnen aus der Stirn. »Schreib 'ne Doktorarbeit darüber. Es geht weniger um das Blut – vielmehr um den Schmerz. Schmerz öffnet die Seele. Außerdem macht ein gewisser Blutverlust schwach. Das kann helfen. Der Rest ist Magie. Es ist einfach so. Ich habe es nicht erfunden.«

»Hmpf«, machte ich grimmig und schüttelte mich kurz. »Mir reicht es auch fürs Erste. Und dann noch diese unheimlichen Tarotkarten …«

»Tarotkarten?« Colin runzelte die Stirn. Es sah glaubwürdig aus. Ich klaubte sie vom Holzboden und gab sie ihm. Unsere Fingerspitzen berührten sich kurz. Er betrachtete die Karten nachdenklich.

»Der Mond und die Türme. Woher hast du sie?«

»Die eine wurde unter der Tür durchgeschoben. Die andere flog durchs Fenster.«

Colin überlegte eine Weile.

»Ich denke, dass dich jemand warnen möchte. Und es müsste noch eine Karte kommen. Beim Tarot werden meistens drei entscheidende Karten gezogen. Eine für die Vergangenheit, eine für die Gegenwart, eine für die Zukunft. Und die fehlt wohl bislang. Leg dich auf die Lauer.«

Fantastisch. Noch eine Aufgabe. Das war ja eine erholsame erste Ferienwoche. Während Jenny und Nicole sich auf Ibiza von der Sonne des Südens bräunen ließen, musste ich gefahrenliebende Teenager aufhalten und mich in den eigenen vier Wänden auf die Lauer legen. »Sie sind nicht von dir, oder?«, vergewisserte ich mich.

»Ich habe andere Methoden, wenn ich jemandem etwas mitteilen will«, entgegnete Colin mehrdeutig. Oh ja, die hatte er. »Wie sieht es mit diesem Benni aus? Hast du ihn in den letzten Tagen noch einmal gesehen?«

»Benni?«, fragte ich verwirrt. »Benni tut doch keiner Fliege was zuleide.«

»Zumindest nicht absichtlich«, sagte Colin sardonisch. »Benni steckt seine Nase überall hinein und ganz besonders gerne in Dinge, die ihn nichts angehen. Er will jeden kennen und über jeden alles wissen. Er meint es gut, aber er ist dadurch gefährlicher, als du denkst. Gib ihm niemals zu viele Informationen über dich. Verheimliche, dass du mich kennst. Wenn er uns auf die Schliche gekommen ist, haben wir ein Problem.«

Ich seufzte noch einmal – nicht aus Erleichterung, sondern weil die Rätsel und Aufgaben mich jetzt schon zu belasten begannen. Und Colin hatte nicht ganz unrecht. Er war Benni aufgefallen. Benni hatte mich sogar vor ihm schützen wollen.

»Da war noch was. Ein Anrufer. Er klang seltsam«, berichtete ich weiter. »Er wollte meinen Vater sprechen – und nannte seinen alten Namen. Leopold Fürchtegott.«

Allmählich wurde es unbequem auf der Bettkante. Ich versuchte, unauffällig meinen einschlafenden Hintern auszubalancieren, ohne dabei krumm und bucklig zu werden.

»Komm«, sagte Colin und breitete seinen linken Arm aus. Zögernd schaute ich ihn an. Er machte eine leichte Bewegung mit dem Kinn. Interpretierte ich das richtig?

»Es gibt keine zweite Einladung.« Na gut. Ich rückte zum Kopfende und lehnte mich an seine kühle Schulter. Das war wunderbar, aber es erschwerte das Denken. Locker ruhte sein Arm an meiner Taille. Jetzt registrierte ich wieder das pulsierende Rauschen in seinem Körper. Meine Gedanken verhedderten sich, als meine Wange an seine Brust rutschte.

»Lass uns später darüber reden«, schlug Colin vor. »Es ist ein so schöner Abend.«

»Hmhm«, sagte ich träge. »Aber dann auch wirklich«, setzte ich ohne rechten Nachdruck hinterher. Ich wollte am liebsten den Rest meiner kurzen Allein-zu-Hause-Ferienwoche hier verbringen. Hier an Colins ungemütlicher Brust und nirgendwo sonst.

»Möchtest du mich mal spüren, wenn meine Haut warm ist?«

Huch. Was war denn das für eine Frage? Ich spannte mich unwillkürlich an.

»Sie ist mir kühl eigentlich ganz recht«, nuschelte ich.

Colins Bauch erbebte. Der Mistkerl lachte über mich.

»Das meinte ich nicht«, sagte er. Er schmunzelte. Wieder gab es in meinem Herzen einen kleinen Vulkanausbruch. Colin drehte sich, um mich anschauen zu können. Und er tat es so ausführlich, als lese er meine Gedanken. Zuerst wollte ich ausweichen, doch dann erwiderte ich seinen Blick. Ich fühlte mich wie eine Ertrinkende. Wo nur konnte ich mich festhalten, um nicht unterzugehen? Nein, dieses delikate Thema, über das ich nicht einmal mit Jenny und Nicole gerne geredet hatte, würde ich anschneiden und nicht er. Ich musste Land gewinnen.

»Ich habe durchaus meine Erfahrungen«, begann ich reserviert.

»Daran hege ich keinerlei Zweifel«, sagte Colin und bemühte sich um einen angemessenen Gesichtsausdruck. Seine Mundwinkel zuckten verräterisch. Ich stieß ihm die Faust in die Seite.

»Und es war nicht derart berauschend, dass ich unbedingt Wert darauf lege, es sofort zu wiederholen.« Ja, so konnte man es stehen lassen. Es war nicht gelogen. An die Folgen dieses sexuellen Exkurses wollte ich jetzt nicht denken. Auch nicht an die übrigen Fummelspielchen, die ich sowohl angezettelt als auch über mich hatte ergehen lassen, um mitreden zu können und gewisse Dinge hinter mich zu bringen. Emotionstechnisch gesehen betrachtete ich mich aber als Jungfrau, obwohl ich es rein medizinisch nicht mehr war.

»Und du?«, fragte ich direkt, bevor Colin meine Worte vernichtend kommentieren konnte.

»Ellie, ich bin 158. Du glaubst doch nicht, dass ich 158 Jahre lang jungfräulich durch die Weltgeschichte marschiere. Ich bin kein Heiliger.« Ich musste an Tessa denken. Für einen Moment durchbohrte mich die Eifersucht so heftig, dass ich wütend wurde. Falls Colin es registrierte, so ließ er sich nichts anmerken, sondern sprach ungerührt weiter.

478

»Eins kann ich dir sagen – mit den Jahrzehnten verliert die Sache ein wenig von ihrem Reiz. Wenn ich mit einer normalen Menschenfrau schlafe, ist es uninteressant. Tue ich es mit einem Wesen, das ...« Er brach gedankenversunken ab. »Es kann jedenfalls gefährlich werden«, schloss er.

»Gibt es irgendetwas bei dir, was nicht gefährlich wird?«, fragte ich bissig. Das Thema Liebe, Sex und Zärtlichkeit war ja nun vorerst abgehakt. Colin tat es, aber es reizte ihn nicht mehr. Mit Menschenfrauen war es uninteressant. Grandiose Voraussetzungen für mich, um als emotionale Jungfrau zu sterben. Ich konnte mir schon jetzt nicht mehr vorstellen, jemals einen anderen Mann so anziehend zu finden wie ihn. Andere Männer hatten Haare am Körper. Wer wollte das schon?

»Und da wären wir wieder beim Thema warme Haut«, sagte Colin zufrieden. »Ja, es gibt ungefährliche Dinge. Komm mit. Wir reiten aus.«

Schon war er aufgestanden und zwängte sich barfuß in seine verwesenden Stiefel.

»Wir – was?« Ich sprang ebenfalls auf. »Oh nein, das tun wir nicht. Du weißt genau, dass ich Angst vor Louis habe, und ...«

»Gibt es irgendetwas bei dir, vor dem du nicht Angst hast?«, äffte er mich grinsend nach. Unbekümmert schob er mich vor sich die Treppe hinunter. Zusammen ausreiten. Genügte es nicht, sich nachts auf die Lauer legen zu müssen, Todesängste auszustehen und kuriose Röchelanrufe entgegenzunehmen?

»Ich habe Louis heute noch nicht bewegt. Der muss was tun.«

Colin nahm die Trense vom Haken und trat ins Freie. Die Sonne war noch nicht völlig untergegangen, und sobald ihre schwindenden Strahlen ihn trafen, verfärbten sich einzelne Haarsträhnen rötlich. Auch die Punkte kehrten auf sein Gesicht zurück.

»Kann ich nicht nebenherlaufen?«, fragte ich kläglich.

»Mit Sicherheit nicht. Und wenn, solltest du dich dringend für die nächsten Olympischen Spiele melden. Stell dich nicht so an.« Er nahm mich an der Hand und zog mich hinter das Haus, wo Louis ihm prustend entgegentrabte. Ich versuchte, mich aus Colins Griff zu winden. Es war zwecklos. Und barfuß, wie ich war, brauchte ich auch gar nicht erst in Erwägung zu ziehen, ihn zu treten. Colin wandte sich zu mir um und blickte mir tief in die Augen.

»Meine liebe Ellie, Angst vor Nähe zu haben, ist die eine Sache. Aber das hier ist ein Pferd. Ein Fluchttier. Er hat kein Interesse daran, dir etwas anzutun, solange du ihm nichts tust. Ganz einfach.«

»Haha«, knurrte ich verstimmt. Von wegen ganz einfach. »Außerdem bin ich nicht deine liebe Ellie.«

Colin musste mich loslassen, um Louis die Trense anzulegen. Ein Sattel war für ihn anscheinend überflüssiger Schnickschnack. Ich nutzte die kurze Freiheit und spurtete über den Hof zum Waldweg, der mich nach Hause leiten würde. Auf Schusters Rappen und auf nichts anderem, sosehr ich mich auch nach Colins haarloser Haut sehnte. Ich hörte ihn hinter mir einige Worte in diesem fremden Singsang vor sich hin raunen, den er schon mal benutzt hatte, als er sich über mich ärgerte. Aber nun klangen sie nicht ärgerlich, sondern ungeduldig und zärtlich zugleich. Sprach er mit Louis oder galten sie mir?

Ich hatte noch nicht einmal das schmiedeeiserne Tor erreicht, da spürte ich Louis' heißen Atem in meinem verspannten Nacken. Colin pflückte mich mühelos vom Weg, um mich vor sich auf das Pferd zu setzen. Nachlässig griff er nach meinem rechten Bein und hob es auf die andere Seite der wippenden Mähne. Louis warf nervös den Kopf hin und her. Colin brachte ihn zum Stehen und atmete seufzend durch.

»Vertrau mir doch mal, Ellie. Und mach dich nicht so steif. Das gefällt keinem Pferd. Du tust Louis damit im Rücken weh.«

So. Ich tat Louis weh. Das war ja wohl ein schlechter Witz. Ich, die vor Angst fast verging. Doch Colin trieb Louis wieder in den Schritt und ich versuchte die Angst zu vergessen. Colins linker Arm hielt mich, mit der Rechten griff er die Zügel. So wie damals, während des Gewitters, vor tausend Jahren.

Dann schloss sich der grüne Wald um uns. Louis beruhigte sich und jetzt konnte ich tatsächlich spüren, wie Colins Oberkörper sich nach und nach erwärmte. Doch ich mochte seine Haut auch, wenn sie kalt war. Sogar sehr. Denn meine war meistens zu heiß.

Ich drehte meinen Kopf, sodass unsere Wangen sich berührten. Noch war seine kühl.

»Ich kann mich nur weicher machen, wenn ich mich ganz an dich lehne, sonst geht das nicht«, gestand ich ihm. Ich konnte mich aus eigener Kraft nicht mehr gerade halten. Die Bewegungen des Pferdes waren zu ungewohnt für mich.

»Ich warte darauf, seit wir aufgebrochen sind«, erwiderte Colin und ich war mir sicher, dass ein spöttisches Lächeln seine Lippen umspielte. Wortlos gab ich nach. Verwundert sah ich aus den Augenwinkeln dabei zu, wie meine Haare sich leicht erhoben und um Colins tanzende Strähnen zwirbelten, als er den Wald verließ und aufs offene Feld zusteuerte. Honigbraun auf Schwarz. Und dazwischen kupferne Strähnen. Es sah schön aus. Und es bedeutete, dass ich skalpiert würde, wenn ich vom Pferd stürzte. Colin schlang den Arm fester um meine Hüfte.

»Den Trab wirst du noch nicht aussitzen können. Ich wechsle sofort in den Galopp«, informierte er mich sachlich über meinen bevorstehenden Tod. Ein gewaltiger Ruck durchlief Louis' mächtigen Körper. Mein hilfloses »Nein« ging im Gegenwind unter. Als Colin mich aus dem Gewitter gefischt hatte, war alles rasend schnell gegangen. Aber jetzt lag das offene Feld vor uns. Eine lange, lange Galoppstrecke. Louis musste keine hinderlichen Wassermassen zur

Seite pflügen. Seine Hufe konnten frei und ungehindert über den Boden fliegen. Und sie taten es.

»Nein«, wimmerte ich noch einmal, als Colin auf die meterhohen Heuballen zuhielt, die hier in der Sonne trockneten. Doch dann drückte Colin seine Wange fest an meine und zusammen schwebten wir in den roten Abendhimmel und schauten hinunter auf Louis, wie er uns beide auf seinem Rücken trug. Staunend blickte ich mich an, als hätte ich mich noch nie zuvor gesehen. Ich saß gar nicht so ungeschickt auf dem Pferd, wie ich glaubte. Nein. Und meine Augenbrauen waren nicht zu breit und zu dicht. Sie waren genau richtig. Wie hatte ich sie nur immer so misshandeln können? Plötzlich mochte ich auch mein störrisches Haar, das sich immer fester um Colins Strähnen wand – oder wanden sich seine um meine?

Wir sanken ein Stück tiefer. Jetzt sah ich das Rot in Louis' Nüstern und beobachtete gebannt, wie die Erdklumpen unter seinen Hufen aufspritzten. Das Schönste aber war, Colins Arm zu betrachten, der sich fest und sicher um meine Taille legte. Ich hätte mir dieses Bild stundenlang anschauen, es in mich aufsaugen können.

Wenn das der Tod war, wollte ich immerzu sterben.

Doch dann brach der Zauber und wir schossen ruckartig in unsere Körper zurück. Louis nahm den letzten Heuballen, elegant und leichtfüßig, doch ich verspürte keine Angst mehr. Die Bilder von mir und Colin durchfluteten immer noch mein gesamtes Denken und Fühlen.

Am Ende des Feldes wechselte Colin in den Schritt und ich wurde schlagartig müde. Ich konnte meine Augen nicht mehr offen halten. Mein Puls verlangsamte sich dramatisch. Dumpf hallte er in meinen Schläfen nach und ich hörte mein Blut schleppend und träge in meinen Ohren rauschen. Starb ich vielleicht doch?

Ich sackte schwer an Colins Brust und war augenblicklich eingeschlafen.

MACHENSCHAFTEN

»Alles in Ordnung?« Colin tauchte den Waschlappen in das moosbewachsene Brunnenbecken und fuhr mir damit über das Gesicht.

»Ja«, flüsterte ich. Ich räusperte mich. Noch immer fühlte ich mich benommen, aber auch sehr zufrieden. »Ich war nur furchtbar müde.«

Vorsichtig bewegte ich meine Zehen, dann die Finger. Sie gehorchten mir sofort. Mir kamen die Bilder von uns in den Sinn – Colin und ich auf Louis.

»Oh Colin«, rief ich leise. »Das war so schön …«

Ich konnte nichts gegen die Tränen tun, die mir über die Wangen liefen, sosehr ich es auch versuchte. Colin schüttelte reumütig den Kopf.

»Ich wusste nicht, dass es dir so viel Kraft rauben würde.«

Bitte mach es wieder. Lass es wieder geschehen, bat ich in Gedanken. Aber ich ahnte schon, dass er es kein zweites Mal zulassen würde. Verbissen kämpfte ich gegen eine neue Tränenflut an. Colin hing an meinem Gesicht. Er hatte Hunger.

»Davon hab ich wahrhaftig genug«, sagte ich achselzuckend. »Kannst sie alle haben.« Doch er verharrte bewegungslos, ohne mich aus den Augen zu lassen. Verschlafen sah ich mich um. Ich lehnte an dem verwitterten Brunnentrog im Hof, dort, wo Colin mich abgesetzt hatte, nachdem ich aus dem totenähnlichen Schlaf hochgeschreckt und in die Bewusstlosigkeit geglitten war. Colin kauerte vor mir und beobachtete mich sorgenvoll und hungrig zugleich.

Ich hob meine Hand und streifte ein paar Tränen von meinem Kinn.

»Hier«, lächelte ich und legte ihm meine Finger an seinen Mund. Es kitzelte, als er davon aß, und ich musste lachen. Endlich verschwand der finstere Ausdruck von seinem Gesicht. Seine Mundwinkel entspannten sich.

»Warum schmecken sie dir so gut?«

»Na ja«, brummte er. »Sie sind wohl ehrlich.«

Ja, das waren sie. Auch wenn man mir jahrelang das Gegenteil vorgeworfen hatte. »Heult sich ihre guten Noten zusammen«, stand einmal in der Schülerzeitung. Das hatte ich nie vergessen können.

»Kannst du auch weinen?«, fragte ich ihn.

»Nein«, sagte Colin. »Seit meiner Metamorphose nicht mehr. Ich kann traurig sein. Aber Tränen habe ich nur, wenn ich mit Louis gegen den kalten Wind galoppiere. Das erinnert mich daran, wie es war.«

Die letzten, schon versiegenden Tränen holte er sich selbst. Dann ließ er den Kopf nach vorne sinken, sodass seine Stirn meine berührte.

Jetzt küss mich schon, dachte ich forsch. Doch er stand auf und schüttelte sich kurz, als sei er selbst in Gefahr einzuschlafen.

»Nun musst du etwas essen. Warte hier – oder setz dich auf die Bank, wenn du kannst.« Ich konnte. Meine Knie gaben kurz nach, als ich mich erhob, und ich lief ähnlich torkelnd wie Mister X, aber die Kraft floss nach und nach in meinen ausgelaugten Körper zurück.

Ein paar Minuten später kam Colin mit einem großen Holzbrett, einem Glas und einer Flasche Rotwein aus dem Haus zurück. Auf dem Brett hatte er einen Laib Käse, Trauben und mehrere dicke

Scheiben Brot angerichtet. Das Brot duftete betörend. Gierig brach ich ein Stück ab und stopfte es mir in den Mund. Es war noch besser als das Reh, das Colin für mich gebraten hatte.

Ich schüttelte mampfend den Kopf, als Colin mir Wein anbieten wollte. Doch er bestand darauf. Zu meinem Erstaunen schmeckte er mild und sonnig und erwärmte augenblicklich meinen Bauch.

»Was ist das für eine Sprache, die du manchmal sprichst?«, fragte ich, nachdem ich mich satt gegessen hatte. In meinem Mund vermischte sich die köstliche Süße der Trauben mit dem weichen, nussigen Nachgeschmack des Brotes. Ich schloss genüsslich die Augen.

»Gälisch«, sagte Colin wehmütig. »Meine erste und liebste Sprache. Die Sprache der Highlands.«

»Wie viele Sprachen sprichst du denn?«

»Ich glaube, zehn.« Colin wirkte ein wenig zerstreut, ja, fast ungeduldig. So viel Zeit hatten wir noch nie miteinander verbracht. Wurde er meiner wieder überdrüssig? Hatte er das, was er wollte, bekommen – meine Tränen? Ich hatte ihm doch klargemacht, dass ich keine Spiele mochte.

»Was ist los?«, fragte ich ihn ohne Umschweife.

»Wenn du noch über deinen Vater reden möchtest, dann sollten wir es jetzt tun. Ich kann nicht mehr lange hier sitzen bleiben.«

Mein Vater. Den hatte ich völlig vergessen. Natürlich wollte ich über ihn sprechen. Aber ich hätte es lieber ohne Zeitdruck getan. Mit gebanntem Blick taxierte Colin den Waldrand. Seine Augen waren umschattet. Irgendwo im Gebüsch raschelte es leise. Das Rauschen in seinem Körper schwoll an und seine Ohrspitzen zuckten, sodass der oberste, breite Ring wieder zur Seite kippte.

»Gut«, sagte ich gefasst. »Was tut er genau? Welche Rolle spielt er in eurer Welt?«

Colin wandte sich mir zu. Sein Blick flackerte. Es kostete ihn Mühe, sich auf meine Frage zu konzentrieren.

»Geht es? Alles okay?«, flüsterte ich, bereit, jeden Moment die Flucht zu ergreifen.

»Ja. Keine Sorge.« Er versuchte zu lächeln, doch es wirkte gequält. »Es ist nicht das erste Mal, dass ich hungere. Nimm es mir nicht übel, wenn ich mich kurzfasse. Ich habe seit der Sache mit den Heckrindern nichts mehr gegessen.«

Meine Tränen zählten offenbar nicht als Hauptspeise. Vermutlich waren sie nur ein kalorienarmes Häppchen zur Appetitanregung. So ähnlich wie die Bruschetta beim Italiener. Colin strich sich mit der flachen Hand über sein Gesicht.

»Dein Vater ist ein Optimist. Ein unverbesserlicher Optimist. Was er da vorhat, ist eigentlich der reine Wahnsinn.«

»Der Wahnsinn ist sein Spezialgebiet.«

Colin grinste kurz und fuhr fort, den Blick nach wie vor tiefschwarz auf den finsteren Waldsaum gerichtet.

»Er betrachtet sich als Mittler zwischen den Welten – zwischen den Nachtmahren und den Menschen. Denn er trägt von beiden etwas in sich. Er will, dass wir voneinander profitieren.«

»Profitieren?«, hakte ich verblüfft nach. Colin nickte.

»Einige von uns sind uralt. Tessa ist nicht die Einzige. Ich weiß von Nachtmahren, die im frühen Mittelalter geschaffen wurden. Es kursiert sogar das Gerücht, dass es ein oder zwei Mahre aus der Antike gibt. Tatsache ist aber, dass die alten Mahre über ein immenses Wissen verfügen und die Menschen seit Jahrhunderten aus einem völlig anderen Blickwinkel betrachten. Sie können in deren Seelen schauen und das ist etwas, woran die Psychologen oftmals scheitern. Dein Vater hofft, dass die Mahre mit ihrem Erfahrungsschatz bei etlichen Angelegenheiten helfen und aufklären können – möglicherweise nicht nur in psychologischen Dingen. Sie sind schließlich Zeitzeugen.«

Ja, das war typisch Papa. Aus dem Schlechten etwas Gutes machen. Jetzt wusste ich, wie er das gemeint hatte. Er wollte die Welt verbessern.

»Hat er damit denn eine Chance?«, fragte ich skeptisch. Sicher, der Gedanke an all das, was die uralten Mahre gesehen und erlebt hatten, und erst recht der an ihre Fähigkeiten, die Seelen der Menschen zu durchleuchten, faszinierte mich sofort. Aber wie wollte er das umsetzen?

Colin seufzte. »Das ist alles nicht so einfach. Ich habe nur wenige von den Alten kennengelernt. Tessa reichte mir eigentlich. Doch irgendwann willst du wissen, woher du kommst. Es gibt wohl kaum kompliziertere Verhandlungspartner als sie. Die meisten bleiben in ihrer Entwicklung stehen. Viele schon nach hundert, spätestens hundertfünfzig Jahren. Es ist anstrengend, ständig mit der Zeit zu gehen. Man muss so viel lernen und sich immer wieder neue Fähigkeiten aneignen. Heute mehr denn je. Elektrizität, Telefon, Auto, Fernseher, Computer – das überfordert sie. Manche von ihnen warten noch auf die Postkutsche, wenn sie einen Brief aufgeben wollen. Alles, was sie tun, ist, ausgehungert umherzugeistern, unzufrieden und gierig, und Träume zu saugen. Aber auch das ist schwieriger geworden. Die Menschen besitzen heute zu viel, sind überreizt und übersättigt, zum Bersten voll mit Bildern, Informationen und Eindrücken. Sie bewegen sich kaum mehr, vernachlässigen ihre Körper. Sie träumen nicht mehr viel. Eure Traumwelten stehen vor dem Kollaps.«

»Meine nicht«, widersprach ich leise.

»Nein, deine nicht«, sagte Colin mit einem schwermütigen Lächeln. »Nicht mehr. Deshalb sitzen wir hier.« Glühend sah er mich an. Es raubte mir den Verstand.

»Moment …«, murmelte er, erhob sich, und ehe ich reagieren konnte, stand er neben dem Brunnen und streifte sich das Hemd über den Kopf. Oh bitte, nicht wieder. Verzückt starrte ich auf sei-

487

nen nackten Oberkörper. Colin beugte sich vor und klatschte sich das eiskalte Wasser ins Gesicht und auf seinen Nacken. Dann tauchte er den Kopf ganz unter. Ich blinzelte. Der Brunnen lag verlassen vor mir. Verwirrt schaute ich neben mich. Colin saß wieder auf der Bank. Seine Haare trockneten bereits. Seine Haut verströmte einen zarten, aber dennoch markanten Geruch, der mich magisch anzog. Mein Kopf wurde schwer.

»Zieh gefälligst das Hemd an«, bat ich ihn mit belegter Stimme. »Bitte. Irgendwas passiert hier gerade.«

»Es ist mein Hunger«, sagte er frustriert. »Für die Menschen riecht er gut. Das erleichtert das Jagen. Entschuldige.«

Er ging ins Haus und kam mit einem weichen Fleecepullover zurück. Einem grauen Fleecepullover. Dem aus meinem Traum. Es gab ihn wirklich. Doch er roch beruhigend nach ganz normalem Waschmittel. Für eine Weile würde das helfen. Colin fuhr sich mit beiden Händen durch sein knisterndes Haar und band es im Nacken zusammen. Auch das sah schön aus. Schön und verwegen.

»Okay, wo waren wir?«, fragte er zerstreut. Unwillig löste ich meine Augen von seinem blanken Nacken und versuchte mich zu sammeln.

»Die alten Mahre. Papa als Vermittler. Traumkollaps der Moderne«, half ich ihm nach einigen stillen Atemzügen auf die Sprünge.

»Richtig. Du kannst dir vorstellen, dass den meisten Nachtmahren nicht gefällt, was dein Vater vorhat. Sie fühlen sich ausspioniert und sie haben Angst, eingesperrt zu werden. Verständlicherweise – wir brauchen absolute Freiheit. Das ist das Wichtigste für uns. Allerdings soll es auch einige geben, die zur Kooperation bereit sind. Sie wollen wissen, warum sie sind, was sie sind. Sie bauen darauf, dass dein Vater es herausfindet und sie heilt. Damit sie endlich sterben können. Wie ihr Menschen.«

Wir Menschen. Mir gefiel nicht, wie Colin auf einmal so deutlich

488

unterschied. Ob er auch sterben wollte? Sein Mund bekam einen bitteren Zug.

»Wenn ich irgendetwas gut finde an seinen Plänen, dann ist es das. Etwas zu finden, was uns sterben lässt.«

Ich fühlte mich elend. Vorbei war der Rausch, den ich in Gedanken an unsere kurze Körperlosigkeit draußen auf dem Feld empfunden hatte. Colin wollte sterben. Seine Worte lagen wie Bleigewichte in meinem Magen. Mit seinem Tod sollte er sich gefälligst Zeit lassen. Auf ein paar Jahrzehnte mehr oder weniger kam es jetzt auch nicht mehr an.

»Und alles andere findest du nicht gut?«, fragte ich. Irgendwie hatte ich das Bedürfnis, meinen Vater zu verteidigen.

»Die Gedanken dahinter – ja, vielleicht«, erwiderte Colin. »Aber er hat einen Krieg angezettelt. Die Mahre bekämpfen sich gegenseitig. Die Alten wollen weiterhin unter sich bleiben und ungestört rauben. Und dann sind da die wenigen, aber mächtigen Revoluzzer, die einen Rest Menschsein bewahrt haben und deinem Vater vertrauen. Es gibt durchaus faszinierende, geschliffene und hochintelligente Persönlichkeiten unter den Mahren. Daher sind sie umso gefährlicher für die Menschen. Dein Vater ...« Colin brach grübelnd ab.

»Was?«, fragte ich drängend. »Was ist mit ihm?« Colin schaute mich ernst an. Viel zu ernst für meinen Geschmack.

»Ich habe dir mal gesagt, dass er sehr alt werden kann. Älter als andere Menschen. Ja, das stimmt. Die Möglichkeit besteht. Ich glaube aber nicht, dass sie eintrifft. Er befindet sich zwischen den Fronten. Und Vertrauen zu Mahren zu fassen, wie er es teilweise tut – nun, das ist, als wolle man mit entsicherten Atomsprengköpfen Domino spielen.«

Mir wich das Blut aus dem Gesicht. Sofort musste ich an den Anrufer denken. War es einer der Alten gewesen? Wenn ja, musste er zu den Revoluzzern gehören. Denn er hatte sich mit der Moderne arrangiert und zu einem Telefon gegriffen. Oder hatte er sich verstellt und war hinter meinem Vater her?

»Ob er seinen Mitstreitern vertrauen kann oder nicht – er hat potenzielle Feinde auf allen Seiten. Auch auf der Seite der Menschen. Denn was würde passieren, wenn er den entscheidenden Schritt geht und die Menschen wissen lässt, dass es uns gibt …«

»Sie würden ihn für verrückt erklären«, vollendete ich Colins Gedanken.

»Nicht nur das. Ihr geht davon aus, dass ihr allein seid. Ihr fantasiert zwar gerne herum, Vampire, Elfen, Trolle, Zauberer, Hexen – eine beachtliche Palette. Nette Spielereien, um zumindest gedanklich den Tod umgehen zu können. Aber wenn herauskommen würde, dass es tatsächlich noch andere menschenähnliche Wesen mit ungeahnten Kräften gibt, Wesen, die nicht sterben können, wird das euer komplettes Weltbild ins Wanken bringen. Und es liegt in der Natur des Menschen, darauf mit Abwehr und Aggression zu reagieren. Denk nur an die Inquisition. Heute hat man dafür Verwahranstalten.«

Langsam drang zu mir durch, welch ungeheuerliche Auswirkungen Papas Plan haben konnte. Ich wusste nicht, was schlimmer war. Ein Feind der Mahre oder der Menschen zu werden – ein Vater, der im Kampf starb oder in eine Zwangsjacke gesteckt wurde.

Colin wurde zusehends unruhiger. Seine Haut hatte jegliche Farbe verloren. Ein fiebriges Glänzen lag in seinen Augen. Doch noch war er in Gedanken bei mir.

»Wenn deinem Vater aber gelingt, was er vorhat, ohne dabei als wahnsinnig abgestempelt zu werden, könntet ihr die Kraft eurer Träume nutzen. Und wir könnten endlich sterben oder uns anders ernähren. So hat er zum Beispiel den Plan, Mahre zu finden, die bereit sind, schwer traumatisierten Menschen ihre schlechten Erinnerungen, ihre Flashbacks und Albträume aufzusaugen. Doch wenn es nicht gelingt ...«

Ich wollte es mir nicht ausmalen. Konnte Papa sich nicht ein ganz normales Hobby zulegen? Angeln vielleicht? Oder Briefmarken sammeln? Doch ich musste plötzlich an seine Tagebucheinträge denken und an all die Absageschreiben, die er trotz seines hervorragenden Abschlusses erhalten hatte. Der Befall hatte seine Karriere beeinflusst. Wahrscheinlich steckte hinter seinen Plänen nicht nur sein leidenschaftlicher Forschergeist, sondern auch der Wunsch, den Spieß wieder umzudrehen. Und das konnte ich verstehen.

»Diese Konferenz meines Vaters auf der Zugspitze, von der du wusstest – was hatte es denn damit auf sich?«, fragte ich.

»Es war wohl keine Konferenz. Eher eine Begegnung. Ich habe vor Jahren gehört, dass da oben einer lebt. Einer von den Alten.«

»Auf der Zugspitze?«, vergewisserte ich mich ungläubig.

»Nachtmahre leben gerne an extremen Orten mit gutem Tourismuspotenzial. Frische Beute wird da von ganz alleine herangekarrt – und meistens schmecken Urlauberträume besser als die der arbeitenden Bevölkerung. Gleichzeitig gibt es gute Rückzugsmöglichkeiten in der Natur. Eine oberflächliche Welt eben, bei der keiner genau auf den anderen achtet«, erklärte Colin mit kaum zu überhörendem Abscheu in der Stimme.

»Und woher wusstest du von der Begegnung?«, hakte ich nach.

»Ich wusste es nicht«, gestand er grinsend. Seine Augen loderten. »Du hast es mir eben verraten. Ich habe nur gespürt, dass dein Vater weg ist, nachdem ich mich auf seine Energiefelder eingependelt hatte. Das ist alles.« Wieder einmal wurde mir bei dem Gedanken an Colins Fähigkeiten etwas unbehaglich zumute. Energiefelder auspendeln. Puh.

»Energiefelder. Genau. Warum hast du meinen Vater eigentlich erst so spät bemerkt? Du hättest ihn doch wittern müssen.«

Colin schnaubte, halb bewundernd, halb abschätzig. »Er schirmt sich ab. Euer Haus liegt in einer Senke und ist zugewuchert mit Wein und Nachtschattenpflanzen. Und er besitzt Orchideen, oder?«

»Ja«, rief ich erstaunt. »Aber was hat das damit zu tun?«

»In einigen der Nachtschattengewächse befinden sich Substanzen, die die Träume der Menschen beeinflussen können. Sie werden unrein und künstlich und deshalb fallen Menschen mit zu vielen dieser Gewächse um sich herum aus unserem Radar. Ich glaubte manchmal, etwas zu wittern, und war mir nicht sicher, aber nie wäre ich auf die Idee gekommen, dass *er* hier ist. Außerdem war er nie da, wenn ich dich heimgebracht habe, oder?«

Ich nickte nachdenklich.

»Na ja, und die Orchideen – es sind keine normalen Orchideen. Es sind Duftorchideen, nicht wahr? Er macht anscheinend keine halben Sachen. Aber selbst sanfte, für euch kaum wahrnehmbare Gerüche stören eure Träume und lassen euren Schlaf flach und unruhig werden. Wir hassen Orchideen.«

Ich seufzte. »Ich mag sie auch nicht. Ich fand das außerdem immer irgendwie – schwul. Papa und seine Orchideen im Büro. Und sogar im Schlafzimmer. Aber wieso hast du ihn denn nicht in Rieddorf bemerkt?«

»Die Klinik – zu viele kranke, traumlose Seelen. Sie stören unsere Instinkte. Er ist dort wirklich sehr sicher und kann unbehelligt forschen.«

»Und wie hast du dann mich – geortet? Das hast du doch, oder?«

Colins Blick wurde für einen Moment weich. »Du hast es mir leicht gemacht. Ein Dachzimmer weit über dem Garten, keine Blumen, kaum Wein. Deine Seele fand ich sofort. Du warst kaum angekommen, da erahnte ich sie schon. Aber deine Eltern – wenig Schlaf, wenig Träume, abgeschirmt. Sie blieben diffus. Und uninteressant.«

492

Einen beklemmenden Augenblick lang dachte ich an Mama. Wenig Schlaf, wenig Träume. Wahrscheinlich schlief sie wirklich nur noch tief und fest, wenn Papa auf einer seiner Konferenzen war.

»Der Anrufer bei uns«, sagte ich schnell, denn Colin wurde immer bleicher. Die Schatten unter seinen Augen zogen sich bereits bis zu den Schläfen. »Wer kann das gewesen sein? Was wollte er wohl?«

»Ich kann mir vorstellen, dass dein Vater sich nach mir erkundigt hat. Möglicherweise ein Informant. Nachrichten sind bei uns oft Wochen unterwegs. Aber irgendwann erreichen sie den anderen.«

»Um noch einmal auf die Sache mit dem Tod zurückzukommen.« Es ließ mir ja doch keine Ruhe. »Könnt ihr denn gar nicht sterben?«

Colin presste die Lippen zusammen. Vielleicht dachte er das Gleiche wie ich. Wenn Mahre nicht sterben konnten, lebte Tessa noch.

»Doch«, sagte er kalt. »Eine Möglichkeit gibt es. Aber sie kommt für mich nicht infrage.« Und für Tessa? Kam sie auch für Tessa nicht infrage?

»Wie sieht sie aus?«, bohrte ich weiter.

Abrupt stand er auf. Das Rauschen in seinem Körper wurde mächtiger. Nicht mehr lange und die Situation würde außer Kontrolle geraten. Wieder raschelte es im Unterholz.

»Ellie …«, sagte er verträumt. »Da draußen sind Hirsche. Ich muss etwas essen. Du solltest …«

»Ja, ich sollte gehen, ich weiß. Wie immer.« Ich erhob mich. Meine Nacht war noch nicht zu Ende. Ich musste mich auf die Lauer legen. »Ich finde allein nach Hause.«

Weiter mit Colin zu reden, hatte nicht viel Sinn. Seine Gedanken waren nicht mehr hier. Ohne ein weiteres Wort machte ich mich auf den Weg. Doch als ich das Tor hinter mir gelassen hatte, stand er plötzlich dicht vor mir. Seine Augen funkelten. Er trat in das schwache Licht, das tausend Sterne über uns durch die Waldwipfel schickten, und das betörende Aroma seiner Haut entfachte sich zu einem Duft, in den ich kopfüber eintauchen und in dem ich mein Leben lang baden wollte. Nur mühsam hielt ich mein Gleichgewicht.

»Noch eines wollte ich dir sagen, Ellie.« Er sprach wieder Gälisch und doch verstand ich jedes Wort. Nun war sein Gesicht ganz nah. Wie ein zärtlicher Windhauch streifte sein Flüstern mein Ohr.

»Du bist für mich keine normale Menschenfrau.«

Ich wollte meine Arme um seinen Hals schlingen, doch ich griff ins Leere. Fern hörte ich einen kehligen, tiefen Schrei – den Schrei eines Tieres. Zweige zerbrachen und etwas Schweres krachte dumpf zu Boden.

Colin trank.

Mit fliegenden Schritten, schnell und geschmeidig, rannte ich nach Hause.

Niemand würde sterben. Ich nicht, Colin nicht, Tillmann nicht – und Papa auch nicht.

Die Liebenden

Lustlos goss ich mir meine vierte Tasse schwarzen Kaffee ein. Mein Magen rumorte von dem vielen Koffein und meine Finger wurden zittrig, doch ich musste noch einige Stunden wach bleiben.

Der Ritt auf Louis schmerzte in meinen Muskeln, als ich erneut auf meinen Schreibtisch kletterte. Von hier aus hatte ich den besten Blick nach unten und Papas Opernglas half mir beim Spähen. Es kostete mich Überwindung, meine Gedanken auf mein Vorhaben zu fokussieren und meine vor Müdigkeit juckenden Augen scharf zu stellen. Zu sehr ging mir das nach, was Colin mir über meinen Vater erzählt hatte. Papa als Diplomat zwischen Menschen und Traumräubern – das war auf der einen Seite sehr aufregend und auch ein bisschen romantisch. Auf der anderen Seite ging er damit das unübersehbare Risiko ein, in seine eigene Klinik eingeliefert oder gar getötet zu werden.

Ich schaute auf die Uhr. Zwanzig nach vier. Nicht mehr lang und es würde hell werden. Ich hoffte inständig, dass der geheimnisvolle Tarotkartenbote sich bald blicken ließ. Ich fühlte mich so zerschlagen, dass ich nicht einmal das Verlangen hatte, etwas zu essen, obwohl der Hunger mit spitzen Klauen in meinem Magen wütete. Aber das Kauen und Schlucken erschien mir zu anstrengend und an einen Gang in die Küche wollte ich gar nicht erst denken.

Doch plötzlich waren alle Schmerzen auf einen Schlag vergessen. Hastig griff ich nach dem Opernglas und stellte es scharf. Es steuerte tatsächlich jemand auf unser Haus zu. Einsam und allein und nicht größer als ein Meter sechzig.

»Dachte ich es mir doch!«, zischte ich triumphierend. Ohne Licht zu machen, sprang ich vom Schreibtisch und sprintete durch das Treppenhaus. Ich tastete mich zur Wintergartentür und schlich rasch über den Hof zur Straßenseite. Er kam von oberhalb des Grundstücks, ich pirschte mich von unten heran.

Nun hatte er den Vorgarten erreicht, blieb stehen und schaute sich um – ganz offensichtlich auf der Suche nach einer kreativen Möglichkeit, die dritte und letzte Karte einzuwerfen.

Ich drückte mich eng an die Wand, schob mich um die Ecke und hechtete mit einer einzigen gleitenden Bewegung in die schmale Höhle zwischen dem dichten Rhododendronbusch und der Hausfront. Ich hätte mir selbst auf die Schulter klopfen können vor Genugtuung, als ich sah, dass mein Kartenbote den Windfang ansteuerte. Karte vor die Tür legen, klingeln und abhauen fehlte nämlich noch in seinem Horrorrepertoire.

Auf allen vieren kroch ich über die weiche Erde und begab mich wie ein Hundertmeterläufer auf Startposition.

Sobald sein Schatten neben mir auftauchte, stieß ich mich ab und schoss nach vorne. Ha!, wollte ich rufen. Doch mein Siegesschrei erstarb. Bevor ich ihm die Karte entreißen konnte, hatte er mich an der Kehle gepackt und brutal gegen das eiserne Geländer neben den Eingangsstufen geschleudert. Zielsicher traf seine Faust mein Auge. Ich bekam keine Luft mehr und Lichtblitze zuckten vor meinem Sichtfeld. Trotzdem holte ich mit dem Knie aus und hieb es mit Schwung zwischen seine Beine. Ruckartig wich er aus, was ihn dazu zwang, seinen Griff um meine Kehle zu lockern. Ich drehte meinen Hals aus seinen kräftigen Händen und begann zu schreien.

»Hör endlich auf, du blöder Idiot, ich bin's!« Ich musste würgen. Noch immer hatte ich den Eindruck, seine Finger würden sich um meine Gurgel schließen. Mein Mund war voller Speichel. Undamenhaft spuckte ich aus und rang nach Luft. Meine Augen tränten und mein Jochbein fühlte sich an, als sei es gebrochen. Tillmann hielt inne.

»Ellie?«, tönte seine erwachsene Stimme fragend aus dem Halbdunkel vor mir. Ohne etwas zu erwidern, torkelte ich durch den Hof in den Wintergarten. Wenige Atemzüge später riss ich von innen die Haustür auf. Tillmann stand mit hängenden Armen vor mir im Windfang. Zögerlich bückte er sich und hob den Briefumschlag auf, der bei unserer Rangelei zu Boden gegangen war. Ich schnappte ihn mir.

»Darf ich raten?«, zischte ich wütend. »Die Liebenden? Der Tod? Der Gehängte?« Während ich oben auf der Lauer gelegen hatte, war ich noch einmal Mamas Tarotbuch durchgegangen und hatte mir jene Karten eingeprägt, die ich als unheilvoll empfand. Und es musste ja wohl etwas Unheilvolles sein. Tillmann blickte mich erstaunt an.

»Die Liebenden. Es sind die Liebenden«, sagte er ruhig. Nichts in seiner Miene verriet, dass er eben noch wie ein außer Rand und Band geratener Derwisch auf mich losgegangen war. Die Blitze vor meinem Sichtfeld wurden blasser, doch nun schwoll mein Auge zu.

»Das wird mir langsam ein bisschen unheimlich«, murmelte Tillmann und schaute mich fragend an. »Was hast du dir nur dabei gedacht?«

Empört schüttelte ich den Kopf. »Was *ich* mir dabei gedacht habe?«, herrschte ich ihn an. »*Dir* wird es unheimlich? Wer wirft mir denn Steine mit gruseligen Karten ins Haus, nachts, während draußen die Welt untergeht?«

»Es war nur ein Stein«, korrigierte Tillmann mich penibel.

»Halt die Klappe und lass mich gefälligst ausreden«, unterbrach ich ihn unwirsch. Im Nachbarhaus ging Licht an. Ich packte Tillmann am Arm und zog ihn in den Flur. Ich hatte keine Lust, dass unser frühmorgendlicher Disput zu einer öffentlichen Angelegenheit wurde. Es reichte, dass ich die nächsten Tage mit einem blauen Auge herumlaufen musste. Sobald wir im Wohnzimmer waren, brüllte ich weiter. Tillmann hörte mir regungslos zu.

»Wenn hier jemand fragen muss, was das Ganze soll, dann bin das ja wohl ich!«, schrie ich ihn an. »Sag es mir doch ins Gesicht, wenn du mir etwas mitteilen willst. Aber veranstalte hier nicht so einen – Mummenschanz!« Aufgepeitscht lief ich auf und ab, während Tillmann sich wie selbstverständlich auf unser Sofa setzte.

»Mummenschanz. Das ist aber ein schönes Wort«, bemerkte er altklug. »Und es gibt keinen Grund, sich so aufzuregen.«

»Nein?«, fuhr ich ihn an und deutete anklagend auf mein zugeschwollenes Auge.

»Ich meinte die Karten. Das andere war pure Selbstverteidigung. Ich wusste ja nicht, dass du im Rhododendron übernachtest.«

Stöhnend ließ ich mich auf Mamas Lesesessel fallen. Er gab ächzend nach und mit einem Klacken entriegelte sich die Fußstütze. Meine Beine wurden unsanft nach oben katapultiert. Ich lugte zu Tillmann hinüber. Natürlich grinste er. Doch ich war nicht mehr fähig, mich zu erheben und ihn zu ohrfeigen, wie ich es gerne getan hätte. Ich begnügte mich mit einem Stinkefinger.

»Tarot funktioniert so nicht«, sagte er mit schulmeisterlichem Unterton. »Es hat keinen Sinn, wenn ich dir die Karten deute. Das musst du schon selbst tun. Ich hab sie nur gezogen. Die Liebenden sind übrigens keine schöne Karte.«

»Ach«, erwiderte ich trocken. Wer hätte das gedacht. »Und warum legst du überhaupt Karten für mich?«

»Weil ich glaube, dass du in Gefahr bist. Ich hatte einen seltsamen Traum. Fast schon eine Vision. Und ich dachte, ich informiere dich besser.« Er hustete kurz. »Du solltest Eis auf dein Auge tun.«

Na, da hatte er seine Vision ja vortrefflich in die Tat umgesetzt. Colin hatte mich bisher jedenfalls noch nicht verprügelt. Ich schloss ermattet die Augen und dachte nach. Gut, Tillmann hatte keine bösen Absichten. Höchstens Ahnungen. Und ich schätzte ihn auch so ein, dass er sich zwar von allem Übersinnlichen faszinieren ließ, aber zu nüchtern dachte, um sich vollends darin zu verlieren. Er experimentierte lediglich. Er war auf der Suche. Und wenn mich nicht alles täuschte, steckte hinter alldem eine große Einsamkeit. Umso schwerer fiel es mir, nun Klartext zu reden. Aber es musste sein.

»Hör auf, mich zu verfolgen«, sagte ich streng. »Und hör vor allem auf, Colin zu verfolgen. Das ist nicht gut.«

»Du hast mir nichts zu befehlen, Ellie.«

»Tillmann, das hier ist kein Teekränzchen mehr. Ich sage das nicht, weil ich dich loswerden will. Sondern weil es sein muss!«, rief ich und stand von Mamas Sessel auf. Kurz flimmerte alles vor meinen Augen. Oder war es die Sonne, die eben aufgegangen war und den Wintergarten in helles rötliches Licht tauchte?

»Nein«, entgegnete er abweisend. »Warum sollte ich auf dich hören?«

»Das kann ich dir nicht sagen.«

»Nein«, wiederholte er beharrlich. »Weißt du – das ist nicht fair. Ich hab dir vertraut und dich mit in den Wald genommen. Ich hab auf meinen Traum gehört und die Karten gelegt. Und jetzt kommst du hier an und verbietest mir etwas, ohne es zu begründen. Das find ich scheiße.«

Er erhob sich, nahm die Tarotkarte vom Wohnzimmertisch und riss sie entzwei.

»Da!«, fauchte er und warf sie vor meine Füße, bevor er mit schnellen Schritten den Raum verließ. Drei Sekunden später knallte die Haustür. Das Windspiel im Wintergarten klirrte leise.

499

»Oh Mann«, jammerte ich und setzte mich auf den Boden. »Ich hab langsam genug von dem ganzen Theater.«

Die Liebenden … Ich nahm die beiden Kartenhälften und fügte sie wieder aneinander. Er hatte mich warnen wollen. Und ich vertrieb ihn aus meinem Leben, während Colin dem Rotwild Brunftträume aus dem Schädel saugte. Ich holte Papas Migränekühlkissen aus dem Eisschrank und schleppte mich nach oben. Angezogen legte ich mich auf mein Bett und das Kühlkissen auf mein Auge. Ich brauchte dringend eine Pause. Ich musste etwas essen, meine Wunden versorgen, mich waschen. Aber vor allem musste ich schlafen.

Mit einer Hand zog ich die dünne Sommerdecke über meine schmerzenden Schultern.

Der Vogel am Waldrand – schrie er eigentlich noch? Ehe ich auf seine Rufe lauschen konnte, war ich tief und fest eingeschlafen.

Nackte Tatsachen

»Ich hab ihn gemocht.« Ich klang vorwurfsvoll. Doch es stimmte. Ich hatte Tillmann gemocht und nun war ich gezwungen gewesen, unsere beginnende Freundschaft im Keim zu ersticken. Ich hatte ihm einen Brief schreiben wollen, musste aber zu meiner Schande feststellen, dass ich nicht einmal seinen Nachnamen kannte. Doch selbst wenn – ich konnte ihm ja doch nicht erklären, warum ich das tun musste.

Und weil Colin der einzige Mensch – zumindest so etwas Ähnliches – war, mit dem ich noch reden konnte, war ich gegen Abend einfach zu ihm spaziert. Ich sah übel aus. Mit Blutergüssen am Hals, Prellungen im Rücken und an den Rippen und einem violett zugeschwollenen Auge.

Doch Colin drehte mir weiterhin seine Kehrseite zu und sortierte auf dem Boden kniend stapelweise Papiere und Unterlagen. Er hatte mich bislang kein einziges Mal angesehen.

»Es ist verdammt schwer für mich, Freunde zu finden«, redete ich weiter. »Und er ist jedenfalls kein Freund mehr.«

»Das ist leider der Lauf der Dinge«, sagte Colin nur und sortierte weiter.

»So, ist es das«, erwiderte ich giftig.

Colin feuerte einen Stapel Papier in die Ecke, sodass die Blätter wild durcheinanderflatterten, und atmete schwer durch. Meine Güte, hatte der eine Laune. Ähnlich mies wie meine. Heute Morgen

hatten sie im Radio irgendetwas vom heißesten Tag des Jahres geredet und bereits damit gedroht, dass anschließend die Hitze ein Ende
habe. Der Herbst käme früh in diesem Jahr. Draußen hatte es schon
über 30 Grad und die redeten vom Herbst. Ich hasste es. Und nun
stand ich hier, in Colins Haus, und er setzte meiner Stimmung die
Krone auf, indem er Papiere durch die Gegend pfefferte und mich
ignorierte.

»Ellie«, seufzte er griesgrämig. Seine Ruhe klang erzwungen. »Ich
habe dich nicht darum gebeten, dich mit mir einzulassen. Freunde
zu verlieren, gehört dazu. Aber du musstest ja immer wiederkommen.«

Er versuchte, einen der vielen Papierstapel zu lochen, doch die
Mechanik klemmte. Gereizt knallte er den Locher gegen den Kamin.
Er öffnete sich und weißes Konfetti wirbelte wie verirrter Schnee
durch die schwüle Luft.

»Hat's nicht gut geschmeckt heute Nacht?«, fragte ich spitz. Vielleicht spielte ich mit dem Feuer. Aber das war immer noch besser,
als das zu tun, wonach mir eigentlich war: mich heulend auf den
Boden zu werfen.

Endlich drehte Colin sich um und sein missmutiger Blick wandel-
te sich in pures Erstaunen, als er mein Gesicht sah. Na endlich. Sofort stand er auf und kam mit gerunzelten Brauen auf mich zu. Instinktiv zuckte ich zurück, als er die Hand hob.

»Hey, ich tu dir nichts«, raunte er und zog mich zur Treppe.

»Das dachte ich von Tillmann auch«, greinte ich.

»Komm mit hoch. Ich muss mir das genau anschauen.«

Im Badezimmer nahm ich auf dem umgeklappten Toilettendeckel
Platz, während Colin mit kühlen, tröstenden Fingerspitzen mein
Auge untersuchte. Es tat weh, doch ich atmete flach weiter, ohne zu
jammern.

»Und was ist das? Ein Knutschfleck?«, fragte er spöttisch und berührte meinen Hals. Ich zog es vor, nichts zu erwidern. Nach Scherzen war mir nicht zumute.

»Das wird alles wieder verheilen. Es braucht nur ein wenig Zeit.« Er musterte mich ausführlich. In seinen Augen verblassten letzte eisblaue Sprenkel. Ich versuchte ihm auszuweichen, doch er nahm mein Kinn in seine Hände, sodass ich ihn anschauen musste.

»Warum ziehst du überhaupt Hemden an, wenn du sie nicht zuknöpfst?«, fragte ich kläglich. »Und was sind das für Papiere da unten?«

»Unikram. Ich schreibe demnächst Klausuren«, sagte er und machte eine abwertende Handbewegung. Auf die Sache mit dem Hemd ging er gar nicht erst ein. Trotzdem zupfte ich an dem weichen, dünnen Stoff, der erneut mehr freigab, als er verhüllte.

»Es ist alt, oder?« Nun klang meine Stimme schon wesentlich friedlicher.

Colin nickte. »Etwas mehr als hundert Jahre. Ich weiß nicht, wie oft ich es schon geflickt und ausgebessert habe. Versuch das mal mit euren billigen Made-in-China-Klamotten. Die überleben nicht mal zwei Sommer.«

»Und deine Stiefel?«, hakte ich nach. Er war zwar wieder barfuß, aber die verwesenden Stiefel und Colin, das gehörte in meinem Kopf einfach zusammen. »Lebt der Schuster noch?«

»Ich könnte mit ihnen auf seinem Grab tanzen«, flachste er mit einem schiefen Grinsen. »Das ist ein typischer Nachtmahrtick. Alte Sachen aufheben. Ich bin nicht der Einzige, der das tut.«

Wir schwiegen eine Weile. Ich wunderte mich kaum, dass er nicht fragte, wie ich mir meine Verletzungen zugezogen hatte. Entweder wusste er es oder er konnte es sich denken. Unser kurzes Gespräch hatte mich besänftigt. Hier im Bad war es angenehm frisch. Trotzdem lupfte ich meine dichten Haare, damit Luft an meinen verschwitzten Nacken gelangen konnte.

503

»Ich weiß, er ist jünger – aber irgendwie haben wir uns verstanden«, kam ich noch mal auf Tillmann zurück und verschwieg wohlweislich, dass er sich geweigert hatte, seine Verfolgungen aufzugeben. Für heute hatte ich mir genug Schelte eingebrockt. Vielleicht war es ja auch pure Sturheit gewesen und er besann sich eines Besseren.

»Du machst dir Gedanken über den Altersunterschied?« Colin lachte. »Zwischen uns beiden liegen gut 140 Jahre. Das scheint dich ja auch nicht zu beunruhigen.«

Er ließ sich im Schneidersitz auf dem flauschigen Badezimmerteppich nieder und blinzelte mich amüsiert von unten an. Ein merkwürdiges Rendezvous war das. Aber es störte mich nicht. Es war so schön privat.

»Na ja – es kommt darauf an, welches gefühlte Alter du hast. Ansonsten hast du dich ja ganz gut gehalten.«

Ganz gut. Was für eine Untertreibung. Die Schatten unter seinen Augen waren verschwunden, als hätte es sie nie gegeben. Seine Haut schimmerte makellos wie immer. Und dann die Haare – ich musste sie einfach berühren. Zaghaft streckte ich meine Hand aus und nahm eine Strähne zwischen meine Finger. Sie bewegte sich sofort, sanft und geschmeidig, doch sie hinterließ ein Prickeln auf meiner Hand, als hätte ich einen kleinen Stromschlag verpasst bekommen. Colin wartete mit halb geschlossenen Lidern, bis ich mit meiner Untersuchung fertig war. »Mein Lebensgefühl ist wohl das eines Zwanzigjährigen«, sagte er schließlich nachdenklich. »Natürlich ziehen so viele Jahre nicht spurlos an einem vorüber. Die Seele verändert sich. Trotzdem – das Alter ist nur eine Zahl. Du bist ja auch nicht siebzehn.«

»Nein?«, fragte ich, halb verwundert, halb geschmeichelt.

»Nein«, antwortete er grinsend. »Du hast die Sturheit einer Fünfjährigen, den Körper einer Fünfzehnjährigen und den Geist einer mindestens Dreißigjährigen. Und deine Augen sind alterslos. Sie haben etwas Ewiges an sich.«

Waren das nun Komplimente oder nicht? Die Sache mit den Augen hatte schön geklungen und ich merkte, dass mir noch ein wenig wärmer wurde. Den Geist einer Dreißigjährigen. Das hingegen klang nicht gerade sexy, erklärte aber wohl, warum ich mit Jenny und Nicole über wichtige Dinge nie hatte reden mögen.

Colin stand auf und schlenderte kommentarlos in sein Schlafzimmer. Schüchtern tappte ich ihm hinterher.

»Und jetzt?« Ich lehnte mich fragend an den Türrahmen.

»Du hast kaum geschlafen«, sagte Colin und verscheuchte zwei Katzen vom Bett. »Ruh dich aus.«

Die Einladung hörte sich verlockend an. Im Zimmer war es dämmrig und milde Luft wirbelte durch das weit geöffnete Fenster.

»Und dann?«, fragte ich schläfrig.

»Dann gehen wir mit Louis spazieren«, antwortete Colin seelenruhig und führte mich zum Bett. Ich konnte kaum mehr gerade stehen.

»Nein, das tun wir nicht«, protestierte ich matt und sperrte mich gegen seine Arme, die mich sanft nach vorne schoben. Kurzerhand packte er mich und warf mich aufs Bett. Quietschend gab es unter mir nach.

»Autsch«, jaulte ich. Ich war auf meine Prellungen gefallen. Stöhnend hielt ich mir die Seite. Vielleicht war es doch ganz gut, dass Tillmann nicht mehr mein Freund war.

Kopfschüttelnd setzte sich Colin zu mir aufs Bett und zog mein T-Shirt aus der Hose, ehe ich etwas dagegen unternehmen konnte. Mit sicherem Griff schob er es hoch.

»Sag mal, was habt ihr beide denn getrieben?«, fragte er ratlos und legte seine kühle Hand auf die pochenden Schwellungen.

»Ich glaube, Tillmann ist nachtblind. Er hat mich nicht erkannt, als ich ohne Vorwarnung aus dem Gebüsch auf ihn zusprang und ihm die Karte aus der Hand reißen wollte. Und dann hat er sich eben verteidigt.«

Colin tastete die zweite Prellung ab. Ich musste mich beherrschen, um nicht zu lachen. Seine kalten Fingerspitzen jagten kleine Schauer über meine Haut. Ob Tillmann sogar gewollt hatte, dass ich ihn erwischte? Colin schien ihm irgendwie wichtig zu sein. Doch der war mit seinen Gedanken bei meinen Blessuren.

»Ich habe dir ja gesagt – beizeiten können ein paar Kampftechniken nicht schaden«, erinnerte er mich an den Abend nach meiner unfreiwilligen Turnhallengefangenschaft.

»Warum machst du eigentlich Karate?«, fragte ich ihn. »Ich meine, als Nachtmahr hast du so etwas doch gar nicht nötig, oder?«

Colin blickte zu dem seidigen schwarzen Kimono, der schlaff über der Stuhllehne hing.

»Ich mache es nicht, um mich zu verteidigen, obwohl das natürlich ein nützlicher Nebeneffekt ist. Nein. Es hat andere Gründe. Weißt du, was mein Gürtelgrad bedeutet?«

Ich schüttelte den Kopf. »Maike sagte, du hättest ihn dir irgendwie erlogen oder erkauft …«

»Ja, natürlich«, schmunzelte Colin und schüttelte entgeistert den Kopf. »Das funktioniert auch unglaublich gut, wenn man die Prüfungen in einem chinesischen Kloster auf 2000 Meter Höhe ablegt. Mönche kann man ja so prima bescheißen. Glaub mir, die Kurse dort waren sogar für mich hart. Die meisten Teilnehmer haben schon nach dem ersten Tag aufgegeben.«

Er griff nach dem Kimonooberteil, bettete es auf seine Knie und strich fast ehrfurchtsvoll über den roten Drachen, der sich mit ausgebreiteten Schwingen über den Rücken wand.

»Meister der Stille. Das ist die Bedeutung der hohen Dan-Grade. Und das habe ich noch lange nicht erreicht.«

Meister der Stille. Das klang schön. Es klang nach *Tiger and Dragon*.

»Ich mache Kampfsport, weil es mir hilft zu träumen. Tagträumen. Das nächtliche Träumen habe ich seit Tessa verlernt. Kampfkunst basiert auf Meditation und Konzentration. Manchmal gelingt es mir durch langes Meditieren, wieder von alleine in Tagtraumwelten zu versinken oder an anderen Seelen zu schnuppern, ohne ihnen etwas anzutun.«

Er lächelte mich vorsichtig an. So wie bei mir also, dachte ich und sah in seinen Augen, dass es stimmte. Geschadet hatte es mir nicht. Aber mein besseres Gehör, mein geschärftes Sehvermögen, meine verrücktspielenden Haare – hatte das alles mit Colins heimlichen Seelenbesuchen zu tun?

»Reiten und Kampfkunst sind bei den Samurai übrigens untrennbar miteinander verbunden. Und wenn man beides tut, weiß man, warum«, sagte Colin versonnen. »Man muss sich immer wieder überwinden und lernt nie aus.« Er warf den Kimono zurück auf den Stuhl und legte erneut seine Handfläche kühlend auf meine Blutergüsse.

»Ich weiß, was dir helfen wird. Medikamente und Salben habe ich nicht hier, weil sie bei mir überflüssig sind wie ein Kropf. Aber ich kenne eine gute Alternative. Wenn du ein paar Stunden geschlafen hast.«

Ich sah im Geiste meinen Vater vor mir, wie er panisch mit den Armen wedelte und mit dem Mund ein riesiges NEIN formte. Doch ich vertrieb den Gedanken. Colin wirkte sehr satt und ich war sehr müde.

Colin ließ seine Finger auf meiner Prellung ruhen, während ich mich ächzend auf die unverletzte Seite drehte und meinen Kopf ins Kissen drückte. Ich spürte, wie er sich neben mir ausstreckte.

»Löffelchenstellung«, raunte er spöttisch. Ich lief rot an. »Gefähr-

507

liche Schlüsselreize«, fügte er schmunzelnd hinzu und klatschte mir mit der flachen Hand auf den Hintern. Vielleicht würde ich ja doch nicht als emotionale Jungfrau sterben. Trotzdem rührte ich mich nicht mehr, sondern genoss es einfach zu wissen, dass er direkt neben mir lag. Sein Atem kühlte meinen Nacken, bis er immer langsamer wurde und schließlich versiegte und ich nur noch dem energetischen Rauschen in seinem Körper lauschte. Unter Schmerzen drehte ich mich um. Colins Augen waren geschlossen. Doch ich wusste, dass er hier war. Bei mir. Schlummernd und wach gleichzeitig. Vielleicht träumend.

Wie Mister X am Tag zuvor kuschelte ich mich in seine Achselhöhle, an den weichen, uralten Stoff seines offen stehenden Hemdes, und ließ alle Ängste fallen. Augenblicklich war ich eingeschlafen.

Eine fruchtige Süße kitzelte erst meine Nase, dann meinen restlichen Körper wach. Ich öffnete die Augen und blickte auf ein Tablett mit einer Karaffe klarem stillem Wasser, einer Schale Himbeeren, kaltem Braten und einigen Scheiben dieses köstlichen, nussigen Brots. Colin war nicht mehr da. Verschlafen stopfte ich mir ein paar Himbeeren in den Mund und verdrängte die Gedanken an das qualvolle Absterben meiner Leber, hervorgerufen durch die Eier des Fuchsbandwurms, die laut Herrn Schütz zu Tausenden an jedem Waldhimbeerstrauch hafteten. Mit geschlossenen Augen ließ ich die süßen Früchte auf der Zunge zergehen. Wie es aussah, hatte Colin sich eine gewisse Wertschätzung des menschlichen Essens bewahrt. Und er wusste immer ganz genau, wann ich es dringend nötig hatte. Ich überlegte kurz, ob ich während meines Nachmittagsnickerchens auf Colins Bett etwas geträumt hatte. Nein, ich konnte mich keiner Träume entsinnen, doch ich fühlte mich auch weder zermürbt noch depressiv noch mutlos oder leer. Sondern genau so, wie man sich fühlen sollte, wenn man das erste Mal neben einem Mann geschlafen hatte, in dessen Armen man aus tiefstem Herzen das Bewusstsein verlieren wollte: geradezu unsterblich.

Ein dumpfes Rumpeln und Krachen von draußen bereitete meiner trägen Glückseligkeit ein jähes Ende. Ich nahm mir ein Stück Brot und etwas Braten, stand auf und ging an das offene Fenster. Zu meiner Überraschung sah ich, dass Colin Louis' Koppel hinter dem Haus vergrößert hatte – Bäume und Büsche waren gefällt und gerodet worden, um einen kleinen, umzäunten Reitplatz aus dem Boden zu stampfen. Doch Louis fand daran gar keinen Gefallen.

Kauend blickte ich von oben auf die beiden hinunter – Colin, der wie festgewachsen auf dem Pferd saß und die Zügel unerbittlich in der Hand hielt, und Louis, der zunehmend seine Grenzen austestete. Bei jeder Ecke brach er seitlich aus, als würden Monster auf dem Zaun sitzen, und warf den Kopf, sodass ich das Weiße in seinen Augen sehen konnte. Er stieg und buckelte in furchterregendem Wechsel, versuchte rückwärtszugehen, Hüpfer zu machen, auf der Stelle zu galoppieren. Colin schwitzte nicht. Louis' Fell aber triefte und er schnaufte, als wolle Colin ihn zum Schlachter führen.

Ich schluckte, nahm mir noch eine Scheibe Brot für unterwegs mit und lief die Treppe hinunter nach draußen, um notfalls rechtzeitig einen Krankenwagen für Reiter oder Pferd organisieren zu können.

Sobald ich neben dem Zaun stand, rastete Louis vollends aus. Mit rasendem Herzen wich ich zurück und drückte mich schutzsuchend gegen eine schmale Birke, als Louis direkt vor mir seinen schweren Körper gegen die Umzäunung krachen ließ und dabei Schaumflöckchen versprühte.

»Soll ich gehen?«, fragte ich mit piepsiger Stimme. Ich wollte keinesfalls die Schuld daran tragen, wenn Louis Colin umbrachte.

»Bloß nicht!«, rief Colin bissig und setzte sich noch fester in den

509

Sattel, um dann auf Gälisch mit Louis zu schimpfen. Immer wieder trieb er den Hengst im langsamen, kontrollierten Galopp um das Viereck oder im Rund. Und immer wieder versuchte Louis, ihn loszuwerden. Doch Colin blieb eisern oben. Erst als es dunkel geworden war und die Grillen im Gras zu zirpen begannen, lockerte Colin die Zügel. Louis machte den Hals lang und prustete echauffiert.

»So«, sagte Colin zufrieden und stieg ab. »Geht doch.« Ich hatte den Rest Brot in meiner Hand zu einer schwitzigen Kugel verknetet, die an meinen Fingern klebte. Nervös schüttelte ich sie ab.

»Was war denn das?«, fragte ich heiser.

»Das Übliche«, antwortete Colin lakonisch und gab Louis einen freundlichen Klaps auf den Hintern. »Machtspielchen.«

Ich verkniff mir einen sarkastischen Kommentar. Colin wirkte, als sei er gerade einem Jungbrunnen entstiegen. Erfrischt und mit sich selbst im Reinen. Er nahm Louis Sattel und Zügel ab, legte ihm ein Halfter um und machte eine aufmunternde Bewegung in meine Richtung. Oh nein. Er wollte doch nicht wirklich mit Godzilla und mir spazieren gehen.

»Dann eben nicht. Morgen ist dein Auge grün und deine Rippen beißen dich bei jedem Atemzug«, sagte er achselzuckend, während Louis brav wie ein Lämmchen neben ihm hertrottete.

Erst als ich beide in der zunehmenden Dunkelheit kaum mehr vom Wald unterscheiden konnte, überwand ich meine Furcht und rannte ihnen hinterher. »Da bin ich«, meldete ich mich schnaufend zu Wort.

»Gut«, sagte Colin kurz. Ich wischte mir den Schweiß von der Stirn und bemühte mich um einen sicheren Platz an Colins linker Seite – weit weg von Louis, der alle paar Meter stehen blieb, um Gras am Wegesrand zu rupfen.

Jetzt verließ Colin den Pfad und bahnte sich schlafwandlerisch seinen Weg durch den dichten Wald. Hin und wieder mussten wir innehalten und auf Louis warten, der uns malmend am langen Führstrick folgte. Ich wusste nicht, ob ich jemals eine so schöne Sommernacht erlebt hatte. Nein, wahrscheinlich nicht, denn seitdem ich denken konnte, hatten wir im Juli oder August die Flucht in die Kälte ergriffen und waren an die unwirtlichsten Orte der Welt gefahren.

Um uns herum wisperte, raschelte und zirpte es in einem fort und die schwüle Luft duftete nach Harz, sonnenwarmen Kiefernnadeln, Laub und Blüten. Der Mond war eine hauchdünne Sichel, die jedoch genügend silberblaue Helligkeit spendete, um Colins Haut zum Blühen zu bringen. Wann immer ich ihn anschaute, sah ich Lichtreflexe in seinen Augen funkeln. Ein beständiger Wind spielte mit meinen Haaren und trocknete den Schweiß auf meiner Stirn. Immer wieder lösten sich ganze Schwärme an Glühwürmchen aus den Büschen und ließen sich auf Colins kühler Haut nieder. Ich ängstigte mich nicht einmal vor den warnenden Rufen der Käuzchen, die wie sanftes Wehklagen aus dem Totenreich durch die finsteren Baumwipfel schallten. Nun gesellte sich das versunkene Plätschern träge dahinfließenden Wassers hinzu. Wir hatten den Bach erreicht.

Stumm begann Colin sich auszuziehen. Ich blickte höflich weg und schaute dann doch wieder hin.

»Was tust du da?«, fragte ich überflüssigerweise, als er seine Gürtelschnalle löste.

»Wonach sieht es denn aus?«, entgegnete er mit einem Zwinkern in den Augen. Zu seinem Hemd, das er achtlos auf den mit Gras bewachsenen Grund flattern ließ, gesellten sich seine Stiefel. Und dann die Hose. Und dann? Scheu sah ich auf. Oh. Colin verzichtete offenbar generell auf jegliche Unterwäsche. Er trug nur noch das breite Lederarmband um sein rechtes Handgelenk. Verlegen richtete ich meine Augen wieder zu Boden.

511

Ich hatte genau drei Möglichkeiten: flüchten, ihm bei seinem nackten Vergnügen zusehen oder es ihm gleichtun.

»Ach, scheiß doch der Hund drauf«, brummelte ich zu mir selbst und schlüpfte aus meiner Jeans. Wenn ich mich beeilte, würde ich es mir kaum anders überlegen können. Dazu hatte ich zu wenig an. Rasch entledigte ich mich meines Shirts und Slips und legte das Klamottenbündel auf einen Baumstumpf.

Colin stand bereits bis zu den Hüften im Bach, mit dem Rücken zu mir, und breitete die Arme aus.

So geräuschlos wie möglich kletterte ich die Uferböschung hinunter. Er sollte mich dabei bloß nicht beobachten. Schilfhalme kitzelten mich in der Kniekehle und ich hörte, wie ein Frosch hüpfend die Flucht ergriff.

Colin hörte es auch. Langsam drehte er sich um und betrachtete mich ausgiebig. Ich ließ mir nicht anmerken, dass ich seine Blicke registriert hatte, und tauchte vorsichtig den rechten Fuß unter.

»Na komm schon, Medusa«, sagte er leise.

Das Wasser war eiskalt. Wie kann es bei einer solchen Hitze so eisig sein, dachte ich noch – und verlor beim nächsten Schritt den Halt. Der Untergrund brach ins Nichts ab. Prustend versank ich im dunkelgrünen Dämmer des Baches, spürte Schlingpflanzen unter meinen Zehen wabern und den glatten, sich windenden Leib eines Fisches an meinen Waden.

Warm und lockend umfing mich die Sommernacht, als ich nach einigen langen, atemlosen Schwimmzügen wieder auftauchte. Ich hatte ganz vergessen, wie wohl ich mich im Wasser fühlte. Meine Prellungen und mein blaues Auge schmerzten nicht mehr. Nun hatte ich Colin fast erreicht. Ich konnte wieder stehen. Meine Zehen versanken weich im schlüpfrigen Bachbett.

Glühwürmchen setzten sich auf Colins feuchte Haare, die sich wie nasse, schwarz glänzende Schlangen in das bläuliche Mondlicht wanden. Die Strömung umstrudelte uns und ich geriet kurz ins Schwanken. Ganz selbstverständlich, als wäre es nie anders gewesen, griff ich nach Colins Arm und schwebte schwerelos zu ihm hinüber. Die Wasserperlen verdampften sekundenschnell auf seiner Haut. Ich hingegen war tropfnass. Mein vollgesogenes Haar schlang sich schwer um meinen Nacken.

Colin schaute zum Ufer und legte die Hände wie einen Trichter um seinen Mund.

»Nun stell dich nicht so an, du blödes Pferd«, rief er. Louis' Schatten verharrte fast statuenhaft an der Böschung.

»Er hat Angst vor Wasser«, drehte sich Colin erklärend zu mir um. Ich musste lachen und kreiste verspielt meine Arme, um nicht von der Strömung mitgerissen zu werden.

Colin ließ mich los und watete nach vorne, hin zu einer seichteren Stelle inmitten des Baches. Wie ein Geist erhob sich seine schmale, muskulöse Gestalt aus dem glitzernden Schwarz der Strömung. Mit beiden Armen schaufelte er Wasser in Louis' Richtung.

»Trau dich!«, lachte er. Wasserperlen besprenkelten seinen Körper und funkelten wie Diamanten. Louis wollte zu ihm, aber er konnte sich nicht überwinden. Aufgeregt trabte er am Ufer auf und ab.

Jetzt die Zeit anhalten, dachte ich. Für immer. Diesen Moment mein Leben lang. Hier, im eiskalten Wasser, bei Colin und seinem bescheuerten Pferd.

Ich schien eins zu werden mit dem Bach, dem Himmel und dem Wald, als ich auf Colin blickte, wie er bis zu den Oberschenkeln im Wasser stand und selbstvergessen sein störrisches Tier zu sich zu locken versuchte. Sein kleiner knackiger Hintern leuchtete bleich im Mondschein auf und seine gereckten Schulterblätter zeichneten sich in dunklen Kurven auf seinem Rücken ab.

Mit zwei kraftvollen Schwimmstößen hatte ich ihn erreicht und schlang von hinten meine Arme um seinen Hals.

513

»Pech gehabt!«, strafte er den eifersüchtig schnaubenden Louis ab, der sich immerhin bis ins seichte Uferwasser vorgewagt hatte, und griff nach meinen Schenkeln. Augenblick, dachte ich, obwohl es mir schwerfiel, überhaupt einen vernünftigen Gedanken zu fassen. Colin war doch mit Louis durch das Bachbett galoppiert, um mich zu retten. Und Louis hatte Angst vor Wasser?

»Jetzt weißt du, dass auch ich sehr stur sein kann«, flüsterte Colin in mein Ohr und marschierte mit mir huckepack Louis entgegen.

Resolut packte er ihn am in der Strömung baumelnden Führstrick und zog ihn zu uns herunter. »Hab keine Angst«, beruhigte er mich und löste meine Arme behutsam von seinem Nacken. »Schau nur!« Als habe Louis auf einmal begriffen, dass Wasser etwas sehr Schönes sein konnte, ließ er sich in die Strömung gleiten und schwamm mit rudernden Beinen auf Colin zu. Sein lautes Prusten schreckte ein paar Vögel auf, die im Dickicht neben dem Ufer geschlafen hatten.

Colin hielt mich fest bei sich, als Louis wie ein unbeholfenes Seeungetüm kurz vor uns kehrtmachte und das Weite suchte. Lachend sah Colin ihm nach.

Dann wandte er sich mir zu. »Und jetzt du«, sagte er leise, nahm mein Gesicht in seine Hände und sah mich lange an. Zuerst berührten sich unsere Stirnen, dann legte er seine Lippen kühl auf meine. Die Welt gab kurz nach. Ich schmeckte das süße, erdige Wasser des Baches, das meinen ganzen Körper kalt umspülte, und sah Colins Träume, für einen Wimpernschlag sah ich sie – mein lachendes Gesicht, meine nackte Haut, meine ausgebreiteten Haare auf dem laubbedeckten Waldboden. Und meine Tränen, die in allen Grauschattierungen schillernd und duftend von meinen Wangen perlten.

»Colin«, murmelte ich, als unsere Lippen sich voneinander lösten. Sah ich etwa Furcht in seinen Augen? Er stockte, als habe er einen Fehler gemacht. Aber das hier war kein Fehler. Es war das einzig

514

Richtige, was ich jemals getan hatte. Vor allem aber hatte er mich nicht mehr weggeschickt. Heute hatte er mich zum ersten Mal bleiben lassen. Ich hatte mitgezählt. Acht Stunden. Ich hatte in seinem Arm geschlafen, war aufgewacht und lebte noch. Und deshalb durfte er mich auch haben. Samt meiner Gefühle, Erinnerungen und Träume. Es war ohnehin schon geschehen – ganz ohne sein Zutun.

»Acht Stunden.« Ich lächelte. »Acht Stunden – und ich liebe dich.«

Ich hatte meine Worte kaum ausgesprochen, da schlug er mir brutal mit der flachen Hand auf den Mund und stieß mich von sich weg.

»Ellie – nein!«, brüllte er roh und sein Gesicht, eben noch so gelöst, verkam zur verzerrten Grimasse. »Um Gottes willen, nicht!«

Er wandte sich ab und stapfte mit schnellen Schritten zum Ufer. Wie versteinert blieb ich stehen. Die Scham pulsierte heiß in meinem Gesicht. Urplötzlich fror ich und begann am ganzen Körper zu schlottern. Ich brauchte mehrere Anläufe, bis ich mich wieder bewegen und ebenfalls auf das Ufer zusteuern konnte.

Meine Lippen, die doch so zart von seinen berührt worden waren, schmerzten von dem heftigen Schlag seiner Hand. Colin hatte sich bereits angezogen. Splitternackt stand ich vor ihm, frierend und zitternd. Und weinend.

»Hör auf zu heulen«, fuhr er mich an. Louis wieherte unruhig. Ich schluchzte hilflos. Es war nicht nur Traurigkeit. Es war Scham, Zorn, Enttäuschung und Sehnsucht zugleich. Noch vor wenigen Atemzügen war ich so glücklich gewesen.

»Zieh dich an«, befahl Colin mir barsch und drückte mir meine Kleider in die Hand, ohne mich anzusehen. Blind vor Tränen zerrte ich mir die Jeans über meine nassen Beine. Ich verhedderte mich und geriet ins Straucheln.

»Herrgott, Ellie«, fluchte Colin. Er nahm mein T-Shirt und stülpte

515

es mir lieblos über den Kopf. Für einen winzigen Moment blickte er mir in die Augen. Hart packte er mich und trank meine Tränen weg. Dann wandte er sich ab, als habe er gesündigt.

»Geh!«, rief er und schwang sich auf Louis' nassen Rücken. »Geh weg und komm nie wieder. Versprich es mir. Nie wieder! Ellie, bitte.«

»Leck mich am Arsch, Colin Jeremiah Blackburn«, sagte ich ruhig, drehte mich um und lief barfuß in den schwarzen Wald hinein.

Jetzt war das eingetroffen, was mein Vater prophezeit hatte. Nein, Colin hatte nicht meine Träume aufgesaugt.

Er hatte meine Seele geraubt.

Stolpernd suchte ich mir meinen Weg, immer am Bach entlang, bis schließlich die Brücke und das Dorf vor mir auftauchten.

Ich wusste nicht, wie es mir gelang, die Haustür aufzuschließen, mir die klammen Klamotten vom Körper zu schälen und mich ins Bett zu legen. Von ferne ertönten die ersten Donnerschläge.

Der Herbst kam. Und der Vogel am Waldrand schrie nicht mehr.

NACHRICHTENSPERRE

Als ich am nächsten Morgen mit dröhnendem Schädel und verweinten Augen den Wintergarten betrat, saß Mama am Tisch. Sie hatte die Stirn erschöpft auf ihre Handballen gestützt und die noch gepackte Tasche lehnte wie ein lebloser Schoßhund an ihren braun gebrannten Füßen.

»Hallo, Ellie, mein Schatz«, sagte sie tonlos, ohne aufzusehen. Es schien keine Überraschung für sie zu sein, dass ich da war.

»Warum bist du schon zurück? Und wieso …?«

Sie hob den Kopf und lächelte mich müde an. Sie sah gut und miserabel zugleich aus. Ihre hellbraunen Ringellocken hatten blonde Strähnen bekommen, ein verspielter Gruß der südlichen Sonne, und ihre Haut schimmerte in einem warmen Bronzeton. Aber um ihre Augen lagen dunkle Schatten. Ihr Gesicht war gezeichnet von Sorge und Kummer. Da waren wir ja schon zu zweit.

»Ich bin bereits seit drei Uhr in der Frühe hier. Ich habe gleich nach dir geschaut, aber du hast so fest geschlafen, dass ich dich nicht wecken wollte.«

Seit drei Uhr saß sie hier alleine im Wintergarten. Und ich hatte sie nicht bemerkt. Aber es stimmte – ich hatte die Nacht in einem fast bewusstlosen Schlaf verbracht, ohne Träume, ohne zwischendurch aufzuwachen oder mich umzudrehen. Als die Sonne mir so erbarmungslos auf die geschlossenen Lider schien, dass der Schlaf keine Chance mehr hatte, sah ich kurz Colins lächelndes Gesicht vor mir, das Funkeln in seinen Augen und die Glühwürmchen in seinen züngelnden Haaren, bis mir schlagartig einfiel, was geschehen war. Und dann hatte ich es in meinem Bett nicht mehr ausgehalten. Jetzt stockte Mama und schaute mich genauer an.

»Mein Gott, Ellie, wie siehst du denn aus?«

»Das ist nicht so schlimm«, sagte ich ausweichend. Wahrscheinlich mein Auge. Nun spürte ich auch die Prellungen wieder. Noch eine schmerzhafte Erinnerung an das, was passiert war. Selbst ein Optimist hätte zugeben müssen, dass die Bilanz meiner ersten Sommerferien allein zu Hause ernüchternd war. Ich war verprügelt worden, hatte meine Eltern belogen, meine alten Freundinnen vergrault und innerhalb von zwei Tagen zwei neue Freunde verloren. Einen davon liebte ich.

»War er das?«, fragte Mama vorsichtig. Ich lachte verbittert auf. Gut, indirekt war er es gewesen. Indirekt hatte er mir alles ruiniert. Wirklich alles.

»Nein«, antwortete ich dennoch kurz. Ich wollte nicht über mich und schon gar nicht über Colin reden. »Das ist alles viel zu kompliziert, Mama«, sagte ich und konnte nicht verhindern, dass meine Stimme brach. Ich wollte und konnte mit niemandem darüber reden. Nicht jetzt. Vielleicht, wenn ein wenig Zeit vergangen war.

»Wo ist Papa? Und warum seid ihr jetzt schon wieder da?«

Ich goss mir ein Glas Wasser ein. Meine Kehle war wie ausgedörrt.

»Papa ... Papa ist noch in Italien.«

Ich ließ das Glas sinken, bevor ich es an meine Lippen geführt hatte. Papa war noch in Italien. Das klang nicht gut. Mir kam all das in den Sinn, was Colin mir über Papas mysteriösen Nebenjob erzählt hatte. Ich plumpste atemlos auf den Stuhl. Für einen Moment wurde mir so schwindelig, dass ich die Augen schließen musste, um nicht vornüberzukippen.

»Hat es etwas – etwas damit zu tun?«, fragte ich angstvoll, nachdem ich mich einigermaßen gefangen hatte.

Mama nickte nur. Dann versuchte sie, tapfer zu lächeln.

»Er hat mich zurückgeschickt, nachdem er erfahren hatte, dass du nicht auf Ibiza bist, sondern hier. Er war außer sich vor Sorge.«

Ich stöhnte und rieb mir meine brennenden Lider. Mein verletztes Auge war immer noch geschwollen. Oder wieder, vom vielen Weinen?

Ich hatte nicht die Energie, dieses zermürbende Frage-Antwort-Spiel weiterzuführen. Ich konnte eins und eins zusammenzählen. Der Anrufer – er musste mit Papa Kontakt aufgenommen haben, in Italien. Und Papa erfuhr dadurch, dass ich zu Hause war. Und nicht im Urlaub auf Ibiza. Ich hatte zwar keine Ahnung, wie der Anrufer Papa nach meiner vagen »In Italien«-Auskunft hatte finden können, aber es war eben ein Mahr gewesen. Die waren mit menschlichen Kategorien nicht zu begreifen. Umso mehr verstörte es mich, wie erniedrigend menschlich Colins Abfuhr gestern gewesen war. Eine Frau sagt einem Mann, dass sie ihn liebt, und er ergreift die Flucht. Schickt einen weg. Bindungsangst. Das war furchtbar banal. Eigentlich zu banal für Colin. Aber es war geschehen. Und im Grunde nur die logische Fortführung dessen, was sich zuvor bereits angebahnt hatte. Was waren schon acht Stunden … Wie ein Triumph hatten sie sich angefühlt. Welch ein Irrtum.

»Er hat mir nur eine Nachricht hinterlassen«, sprach Mama gedankenverloren weiter. »Er müsse dringend etwas erledigen. Es sei wichtig. Und er könne nicht abschätzen, wie lange er dafür brauche. Ich solle nach Hause zurückkehren und mich um dich kümmern. Die Klinik wisse Bescheid. Das war alles. Ich weiß nicht, wann er wiederkommt, und auf dem Handy kann ich ihn nicht erreichen. Das alte Lied eben.«

»Das alte Lied?«, fragte ich misstrauisch.

»Ich mache das nicht zum ersten Mal mit, Ellie«, sagte Mama resigniert und unterdrückte ein Gähnen. »Es geschieht häufiger seit einigen Jahren. Und ich komme immer weniger gut damit klar. Aber bisher kehrte er stets zurück, gesund und munter. Also lass uns hoffen, dass es auch dieses Mal so sein wird.«

Sie glättete das Tischtuch und fegte mit den Händen ein paar Krümel zusammen.

»Und jetzt?«, fragte ich und mich überfiel die beißende Erinnerung, dass ich genau diese Worte Colin gefragt hatte, bevor ich mich an seiner Seite ins Bett kuscheln durfte. Es lag nicht einmal einen Tag zurück. Ich biss mir auf die Unterlippe, um nicht zu weinen.

»Jetzt warten wir«, seufzte Mama, nahm ihren Koffer und ging mit schleppenden Schritten in ihr Schlafzimmer.

Wie im Nebel zogen die Ferien an mir vorüber. Von Papa gab es keine Nachricht. Von Colin gab es keine Nachricht. Und auch von Tillmann gab es keine Nachricht.

Ich kämpfte mich grübelnd durch den Tag und schaute mit leeren Augen dabei zu, wie der Sommer gegen den Herbst verlor. Jeden Morgen berichteten sie im Radio, dass es ein schöner, angenehmer Tag werden würde, doch spätestens am frühen Nachmittag zogen dunkle Wolken heran und die ersten Schauer gingen nieder. Überall im Land schien Sommer zu herrschen – nur nicht bei uns. Die Nächte wurden empfindlich kühl und einige Male schaltete Mama sogar die Heizung an. Es war der unberechenbarste August, den ich je erlebt hatte, ein ständiger Wechsel aus erdrückender Schwüle und frostigen Güssen. Selbst in den Fjorden war es angenehmer gewesen. Trotzdem lief ich jeden Nachmittag wie getrieben durch den Wald, ließ mich vom Regen bis auf die Haut durchnässen und hoffte manchmal, der Bach würde wieder zur reißenden Flut anschwellen und mich verschlingen.

Doch Abend für Abend kehrte ich heil nach Hause zurück, um zusammen mit Mama schweigend und hoffend zu essen. Ich aß, weil ich essen musste, aber nichts schmeckte mehr.

Diesmal war ich zu stolz, um Colin erneut aufzusuchen und ihn zur Rede zu stellen. Er hatte mich erniedrigt. Immer wenn ich daran dachte, wie ich weinend und nackt vor ihm im Gras gestanden hatte, überkam mich ein so elendiger Zorn und eine so vernichtende Scham, dass ich den Tag verfluchte, an dem ich ihm das erste Mal begegnet war.

Und gleichzeitig sehnte ich ihn mir herbei und hätte alles dafür gegeben, diesen Sommer noch einmal zu erleben. Bis zu dem Punkt, an dem ich meine Klappe nicht hatte halten können und Colin meine Gefühle gestand. Nie wieder würde ich das tun. Nie.

Nicht bei ihm und auch bei keinem anderen Mann.

Altweibersommer

WITWENTERROR

Als die Schule wieder anfing, war Papa immer noch nicht zurück. Auf dem Handy konnten wir ihn nicht erreichen. Nicht einmal die Mailbox sprang an. Es war stets der gleiche Satz zu hören: »Der gewünschte Teilnehmer ist im Moment nicht erreichbar. Bitte versuchen Sie es ein anderes Mal.«

Ich wusste ja inzwischen um die Eigenheiten der Traumräuber, Handynetze außer Kraft zu setzen, und ahnte, was es bedeutete, dass wir Papa nicht an die Strippe bekamen. Er war von Mahren umgeben. Er hatte Kontakt mit ihnen.

Mama verdrängte ihre Sorgen, indem sie versuchte, im Garten zu retten, was zu retten war. Seitdem sie wieder ihren grünen Daumen walten ließ, sprossen ihre Blumen, Gräser und Sträucher, als ginge es um ihr Leben. Gleichzeitig brachte der ständige Regen Krankheiten und Verfall. Jeden Morgen drückten neue wabbelige Pilze ihre dicken Köpfe durch den Rasen und die Rosenblätter waren von braungelben Sprenkeln überzogen. Die Himbeerstämme verfaulten. Die ersten Äpfel fielen mit einem dumpfen Geräusch ins nasse Gras, klein und unreif, aber bereits zerstört von Würmern und Milben.

Wenn die Sonne sich für einige Stunden durchsetzen konnte, sprangen im ganzen Dorf synchron die Rasenmäher an und jeder versuchte, dem wuchernden Unkraut Herr zu werden. Selbst Mama kämpfte sich schwitzend durch die dunkelgrüne Wiese. Bei jedem Schritt gab das Gras nach wie ein vollgesogener Schwamm.

Am Abend vor dem ersten Schultag saß ich am Fenster und hoffte, Mister X würde auftauchen. Doch er blieb fern. Ich musste alleine in den Schlaf finden. Einige Male war er da gewesen, meistens nachmittags, ohne Halsband, ohne Nachricht, aber mit einem deutlich gesteigerten Liebesbedürfnis. Ich bildete mir nichts darauf ein. Das war schließlich normal bei frisch kastrierten Katern. Eine Form der Kompensation vermutlich.

Trotzdem tröstete es ungemein, ihn bei mir zu haben. Ich legte mich dann längs aufs Bett und er baute sich schnurrend und tretelnd ein gemütliches Nest zwischen meinen Waden, rollte sich zusammen und schlief den Schlaf der Gerechten. Das waren die Minuten, in denen die Welt einigermaßen erträglich war.

Ganz und gar unerträglich waren meine Träume geworden. Konfus, wirr und absolut surreal. Kein Nachtmahr dieser Welt würde solch wahnsinnige Träume freiwillig rauben wollen. In der letzten Nacht hatte ich geheiratet; wen, wusste ich nicht, aber das war auch herzlich egal gewesen. Die Familie war versammelt und feierte bereits vergnügt, während ich barfuß durchs Haus irrte und meine Hochzeitsschuhe suchte. Und nicht fand. Dafür fand ich Hunderte von Sandalen und Ballerinas und Stiefel, die ich mir irgendwann einmal gekauft und nur ein einziges Mal getragen hatte – selbst niedliche Schühchen aus meiner Kindheit fielen mir plötzlich in die Hände. Doch die Brautschuhe fehlten.

Aus diesem Traum wechselte ich nahtlos in eine Schwimmhalle, wo der iranische Staatsminister einer Gruppe von Mädchen Unterricht gab. Natürlich gehörte auch ich zu diesen Mädchen. Wir mussten kraulen und rückenschwimmen bis zur Erschöpfung, und weil ihm das nicht genügte, musste ich anschließend nackt verschiedene Sprünge vom Einmeterbrett absolvieren. Wenn ich das nicht zu seiner Zufriedenheit schaffte, würde er, so drohte er unentwegt, den Rest der Welt mit Atombomben bewerfen.

526

Und dann gab es immer wieder Träume, in denen ich durch fremde Häuser und Wohnungen irrte und stundenlang ein Eckchen suchte, in dem ich mich endlich schlafen legen konnte. Ungestört und unbeobachtet. Doch dieses Eckchen gab es nicht.

In einen solchen Traum rutschte ich auch in den Morgenstunden vor dem ersten Schultag, den ich fast noch mehr fürchtete, als ich es nach unserem Umzug getan hatte. Denn jetzt hatte ich sämtliche Hoffnungen begraben, dass ich mich jemals eingliedern würde. Das Schlimme aber war, dass ich es nun tun musste. Denn die andere Welt, Colins Welt, hatte sich für mich verschlossen.

Ich spazierte also wieder durch eine verwinkelte, chaotische Wohnung, ein Zimmer unordentlicher als das andere. Überall stapelte sich Gerümpel und altes Geschirr. Manche Räume waren riesig; es standen gleich mehrere Sofas nebeneinander, doch die Decken hingen so niedrig, dass ich Angst hatte, mich darunter niederzulassen.

Endlich fand ich ein Zimmer mit einem freien Bett. Sogar eine Wolldecke gab es, die ich über meinen frierenden Körper ziehen konnte. Auch dieser Raum war mir nicht geheuer, aber ich war so müde, ich musste einfach schlafen. Ich legte mich hin, auf dieses altmodische weiche Bett, das zwischen ein übervolles Bücherregal und eine endlose Reihe rostiger Waschbecken mit tropfenden Hähnen gequetscht worden war, ließ meinen Kopf ins Kissen sinken und sah von oben eine Spinne auf mich herunterfallen –

und sah eine Spinne auf mich herunterfallen, mit weit gespreizten pechschwarzen Beinen, den Leib aufgestellt, die Fangarme bereit. Ich hechtete aus dem Bett und begann schon auf dem Weg zum Lichtschalter über meine eigene Dämlichkeit zu fluchen. »Das müsstest du doch langsam kennen«, knurrte ich mich selbst an. Trotzdem drückte ich den Schalter. Ich musste sowieso auf die Toilette.

Ohne einen Blick auf mein Bett zu werfen, ging ich aufs Klo und schlurfte schlaftrunken, wenn auch mit hämmerndem Herzen, in mein Zimmer zurück. Ich knipste das Licht aus und wollte mich gerade ins Bett fallen lassen, da hielt mich eine minimale Bewegung auf dem Leintuch in letzter Sekunde zurück. Schwankend griff ich nach dem Nachttisch, um nicht das Gleichgewicht zu verlieren. Zu spät. Ich stürzte nach hinten und schlug mit dem Hinterkopf gegen eine Querstrebe des Paravents. Doch ich ignorierte den Schmerz. Hastig suchte ich nach dem Kabel meiner Nachttischlampe.

Das war kein Traum gewesen. Da hatte sich etwas bewegt. Auf meinem Laken.

»Scheiße«, keuchte ich, als ich den Schalter endlich gefunden hatte und die Lampe mein Bettzeug erhellte. Ich rannte ins Bad, riss meinen Zahnputzbecher aus der Verankerung, rannte zurück ins Zimmer und stülpte ihn mit einer einzigen sicheren Bewegung auf die Spinne. Sie passte gerade so darunter und sprang aggressiv gegen das dünne Glas. Ihre Fangarme vibrierten. Zitternd hielt ich den Becher fest.

Das war keine haarige Kellerspinne. Das war auch keine Kreuzspinne. Kreuzspinnen krabbelten nicht über Zimmerdecken und ließen sich dann fallen. Sie blieben in ihrem Netz und warteten geduldig auf Beute. Das wusste ich, denn ich duldete inzwischen fast in jedem meiner Fenster eine Kreuzspinne samt Netz und Beute.

Diese Spinne sah anders aus. Ich hatte eine solche Spinne noch nie zuvor gesehen und trotzdem kam sie mir vage bekannt vor. Sie hatte einen kräftigen länglichen Leib, den sie nun drohend auf und ab bewegte, und eine rote Zeichnung auf dem Rücken. Ihre ausgeprägten gebogenen Fangarme standen charakteristisch nach vorne. Am meisten aber alarmierte mich ihre Farbe – ein schwärzliches Dunkelbraun, das giftig glänzte.

Ich angelte nach dem Reclamheftchen auf meinem Nachttisch (*Huis clos* von Sartre – wie passend) und schob es vorsichtig unter den Rand des Glases. Der Wunsch, beides loszulassen und zu fliehen, war fast übermächtig. Denn die Spinne wehrte sich. Beharrlich versuchte sie, ihren Leib unter dem Rand des Glases durchzuquetschen. Doch ich war schneller. Sie musste sich geschlagen geben.

Ich atmete tief durch. Hier konnte sie nicht bleiben. Mit Sicherheit würde sie versuchen, das Glas wegzudrücken. Ich legte einen Schuhkarton über die gefangene Spinne und hastete nach unten in den Keller, um eins von Omas Einmachgläsern aus dem alten Küchenschrank zu nehmen, wo sie nun gelagert wurden. Die Truhe war immer noch leer. Papa war samt Safe in Italien. Bei den Mahren. Von einer lähmenden Schwäche gepackt musste ich mich kurz an die Wand lehnen. Oh Papa, bitte komm du wenigstens zurück, dachte ich. Bitte.

Dann riss ich mich zusammen und lief wieder nach oben. Mit spitzen Fingern hob ich den Schuhkarton hoch. Ich schob meine flache Hand unter das Buch, presste es fest auf den Zahnputzbecher und drehte beides mit Schwung um. Gut. Nun kam der gefährlichste Teil. Blitzschnell zog ich das Buch weg, und bevor die Spinne in die Freiheit springen konnte, setzte ich das offene Einmachglas auf den Rand des Bechers. Mit einem weiteren kräftigen Schwung kippte ich die zappelnde Spinne in das Glas und schraubte mit bebenden Händen den Deckel darauf, bis er knackte.

»Igitt«, rief ich angeekelt und schüttelte mich. Meine ganze Haut kribbelte und ich hätte am liebsten laut geschrien. Aber ich wollte Mama nicht wecken. Immerhin konnte sie jetzt ungestört schlafen, solange Papa nicht da war – zog man die Stunden ab, in denen sie wach vor Sorge im Wintergarten auf und ab tigerte. Doch wir hielten uns beide mit dem Gedanken aufrecht, dass keine Nachrichten gute Nachrichten waren. Jetzt hatte ich allerdings keine Zeit, mich um meinen Vater zu grämen.

»Was mach ich nur mit dir?«, fragte ich halblaut. Die Spinne war schön und schrecklich zugleich. Haarige Kellerspinnen waren definitiv hässlicher. Dieses Exemplar sah fast aristokratisch aus. Nun wusste ich wieder, wo ich sie schon einmal gesehen hatte. Mir rasten mehrere kalte Schauer über den Nacken, als ich die Nachttischschublade aufzog und die Tarotkarten herausholte. Die Mondkarte. Die Mondkarte mit der langbeinigen Spinne im unteren Drittel. Sie sahen einander tatsächlich verblüffend ähnlich.

Und ich war mir fast sicher, dass die Spinne, die sich in ihrem gläsernen Gefängnis tot stellte, giftig war. Deshalb hatte ich sie gefangen und nicht erschlagen. Ein Tötungsversuch hätte böse für mich ausgehen können. Viele Gifttiere setzten ihre Beißwerkzeuge genau dann ein, wenn sie sich bedroht fühlten.

Und ich hatte sie auch deshalb nicht getötet, weil mir meine Intuition sagte, dass ich sie beobachten musste. Ich wunderte mich über mich selbst. Doch solche Phasen hatte ich schon einmal gehabt. Nachdem ich aufs Gymnasium gekommen war und die Einsamkeit sich immer mehr verschärfte, hatte ich mir in meiner Verzweiflung von meinen Eltern ein Mikroskop zu Weihnachten gewünscht und in meinen freien Stunden Pantoffeltierchen und andere Mikroben gezüchtet, um sie unter hauchdünnes Glas zu legen und in hundertfacher Vergrößerung zu betrachten. Jahre später ging ich mit Nicole und Jenny shoppen, anstatt in bauchigen Gläsern Wasser und Laub vor sich hin gammeln zu lassen, doch die Passion war geblieben. Daher auch der Biologie-Leistungskurs. Moment. Mein Biologielehrer – Herr Schütz war nett. Und er mochte mich. Das hatte ich schon bei der Exkursion im Frühsommer gemerkt. Ihn musste ich fragen. Vielleicht konnte er mir sagen, was da von meiner Zimmerdecke gefallen war.

Sosehr ich ihn auch in Gedanken kreuzigte und versteinerte und entmannte und vieles andere mehr, war ich mir doch relativ sicher, dass diese Spinne nicht von Colin stammte. Weshalb sollte er so etwas auch tun? Er hatte ja Erfolg gehabt. Ich ließ ihn in Ruhe. Das, was er sich offenbar so sehnlichst gewünscht hatte. Weiß der Henker, warum.

Ich stellte das Glas auf meinen Schreibtisch und stach mehrere Luftlöcher in den Deckel. Eine lebendige Spinne ließ sich besser beobachten als eine tote. Sauerstoff sollte sie bekommen.

Wach lag ich auf meinem Bett und wartete, bis der Morgen graute.

Den ersten Schultag überstand ich nur, weil ich mich zweiteilte. Ein Teil von mir machte halbseidene Witze mit Benni, gab ihm die Handynummern von Nicole und Jenny und lauschte Maikes uninteressanten Geschichten vom Campingurlaub in Holland. Anscheinend hatte sie vergessen, dass wir uns entzweit hatten. Der andere Teil von mir litt still vor sich hin oder fürchtete sich vor der Spinne im Einmachglas, das ab und zu mahnend im Rucksack klapperte.

Mein Stundenplan für das neue Schuljahr war eine Zumutung. Gleich heute, an diesem langatmigen Montag, hatte ich zehn Stunden zu bewältigen – davon die letzten beiden Biologie. Das wiederum kam mir gelegen. So konnte ich nach Schulschluss ungestört meinen Lehrer um Rat fragen. Bis dahin würden die Spinne und ich durchhalten müssen.

In der Mittagspause rief ich Mama an und sagte, dass es später werden würde. Sie selbst hatte sich für einen Kurs im nahe gelegenen Yogazentrum angemeldet. Deshalb bat sie mich, in Rieddorf etwas zu Abend zu essen. Auch das war mir recht. Denn die wortkargen, traurigen Mahlzeiten mit Mama zehrten an mir. Irgendwie wollten und konnten wir nicht miteinander reden. Und doch saßen wir im gleichen Boot. Wir kamen mit unseren missratenen Männern nicht klar.

Ich konnte es kaum erwarten, bis endlich die Klingel ertönte und

531

auch die zehnte Stunde verstrichen war. Während meine Kurs-kameraden erleichtert nach draußen eilten, wo wieder ein neuer Regenguss vom grauen Himmel peitschte, drückte ich mich scheu um das Pult herum. Hinten im Labor hörte ich meinen Lehrer mit den Reagenzgläsern und Petrischalen hantieren, die wir im Unter-richt präpariert hatten.

»Herr Schütz?«, rief ich schüchtern.

»Komm ruhig rein, Elisabeth«, antwortete er freundlich. Ja, auch deshalb mochte ich ihn. Weil er auf das alberne »Sie« verzichtete, mit denen mich viele andere Lehrer ansprachen.

Ich musste ein Skelett zur Seite schieben und einen ausgestopften Bären umrunden, bis ich ihn fand. Mit der Lesebrille auf der Nase beschriftete er ein paar Etiketten.

»Was gibt's?«, fragte er, ohne aufzusehen.

Wortlos holte ich das Einmachglas aus dem Rucksack und stellte es auf seinen winzigen Tisch. Er stutzte und schob sofort die Petri-schalen und Etiketten zur Seite. Dann stieß er einen Pfiff aus – Ver-wunderung und Begeisterung zugleich.

»Wo hast du die denn her? Sie hat dich doch nicht etwa gebissen?« Besorgt musterte er mich, um dann gleich wieder die Spinne ins Visier zu nehmen.

»Nein. Sie hat sich von meiner Zimmerdecke fallen lassen. Kön-nen Sie mir sagen, um was für eine Spinne es sich handelt?«

Er drehte das Glas schweigend hin und her. Die Spinne spreizte gereizt die Beine und stemmte sich gegen den Deckel. Mit gerun-zelten Brauen blickte Herr Schütz mich an.

»Von der Zimmerdecke, sagst du?«

Ich nickte. So war es schließlich gewesen. Er schüttelte ungläubig den Kopf. Dann sah er mich wieder an, mit passioniertem Forscher-geist in seinen blassgrauen Augen. Ich hatte ihm offenbar den Abend gerettet.

»Es ist eine Witwe. Ein Weibchen. Möglicherweise sogar die Schwarze Witwe. Wahrscheinlich aber eine Falsche Witwe. Denn sie ist nicht rabenschwarz. Das ändert aber nichts an ihrer Giftigkeit. Ihr Gift ist durchaus potent.«

Eine Schwarze Witwe. Eine der giftigsten Spinnen überhaupt. Ich lehnte mich an den Laborschrank, ungeachtet der Scheußlichkeiten, die darin ruhten. Schneeweiße, blutleere Frösche in Alkohol, ein Affenembryo und Innereien in den verschiedensten Ausführungen.

»Wo leben Witwen? Doch nicht hier bei uns, oder?«, fragte ich.

»Die echte gibt es nur auf dem amerikanischen Kontinent. Die falsche in Süditalien und Istrien. Habt ihr vielleicht Südfrüchte eingekauft? Irgendetwas Importiertes?«

Ich überlegte. Ja, Mama kaufte immer wieder exotisches Obst und Orangen, sogar im Sommer. Ihr Vitamin-C-Tick. Trotzdem konnte ich es nicht mit Sicherheit sagen. Ich nickte dennoch.

»Wir sollten das melden. Und sie an ein Tropeninstitut verschicken«, murmelte Herr Schütz nachdenklich.

»Nein! Nein, bitte nicht«, rief ich schnell. Erstaunt schaute er mich an.

»Ich, ähm, ich möchte sie behalten. Und beobachten«, stotterte ich und konnte nicht glauben, was ich da sagte. »Vielleicht kann ich ja ein Referat über sie schreiben.«

Na, das fing ja gut an. Der erste Schultag war gerade erst vorüber und ich meldete mich schon für ein Referat. Vielleicht war aber genau das die Lösung. Eine Freiwilligkeit nach der anderen. Dann würde ich gar nicht erst dazu kommen, an Colin zu denken. Herr Schütz lächelte anerkennend.

»Ja, das ist keine schlechte Idee. Aber in diesem Glas kann sie nicht bleiben. Wir müssen ihr schon ein besseres Zuhause geben.«

Es widerstrebte mir zutiefst, für die Spinne zu sorgen. Doch irgendetwas in mir zwang mich dazu. Mit vereinten Kräften und ru-

533

higer Hand setzten wir sie in ein kleines Terrarium um. Sie bekam eine knorrige Wurzel und feinen Sand. Zum Schluss reichte Herr Schütz ihr eine Grille, die zwischen den Metallspitzen seiner Pinzette um ihr Leben zappelte. Gierig stürzte sich die Spinne auf das Insekt und begann es einzuweben. Ich konnte kaum hinsehen.

Eine halbe Stunde später – es war dunkel geworden – saß ich mit einem schweren Karton, gefüllt mit einer hochgiftigen Spinne und einer Handvoll (noch) lebender Zikaden, und meinem Schulrucksack im Pizzaimbiss und stocherte lustlos in meinen Rigatoni herum. Es aß sich nicht besonders gut, wenn ätzender Liebeskummer die Kehle zuschnürte und die einzige Gesellschaft in einer mediterranen Giftspinne bestand, die Mama dank ihrer Vorliebe für exotische Obstsalate ins Haus geschleppt hatte. Und mir verging spätestens in dem Moment gründlich der Appetit, als ich Colins Wagen auf der Straßenseite gegenüber erkannte. Schon das ganze einsame Essen lang hatte ich dumpf auf das Auto gestarrt, ohne zu begreifen, was ich da eigentlich sah.

Aber natürlich – Schulanfang. Colins Wagen. Die Turnhalle. Gab er wieder Spezialtrainingseinheiten – nur für Jungs? Das passte ja. Ein weiteres Indiz für seine ausgewachsene Frauenphobie.

Nun zögerte ich das Ende meiner Mahlzeit künstlich hinaus, obwohl ich der einzige Gast war und keine einzige Nudel mehr hinunterzwängen konnte. Aber ich wollte abwarten, ob irgendwelche Karateka die Halle verließen. Und dann Colin folgte. Doch die Straße blieb menschenleer.

Okay, warum nicht, dachte ich, stand auf und zahlte. Er ist da drüben, ich bin hier. Ein dummer Zufall. Und ich wäre noch dümmer, wenn ich ihn nicht nutzen würde. Ganz gewiss nicht würde ich betteln oder weinen. Aber ich hatte ein Recht darauf zu wissen, warum er sich so aufgeführt hatte. Das war er mir schuldig.

Mit dem Rucksack in der einen und dem Spinnenbehälter in der

534

anderen Hand – die Zikaden zirpten nichts ahnend vor sich hin – drückte ich die Hallentür auf. Es war still. Kein Stimmengewirr aus den Umkleidekabinen. Keine rauschenden Duschen. Nur die Neonleuchte flimmerte klickend vor sich hin.

Ich machte mir nicht die Mühe, durch das Galeriefenster zu blicken. Ich stellte den Rucksack und die Spinne oben ab – zugegeben in der leisen Hoffnung, jemand würde die Witwe stehlen – und nahm die Stufen nach unten. Ich musste mich mit dem ganzen Körper gegen die Tür werfen, damit sie nachgab. Als ich es geschafft hatte, hielt ich sie mit dem rechten Fuß auf und zelebrierte eine übertriebene Verbeugung. Colin drehte mir den Rücken zu. Ich hatte nichts anderes erwartet. Trotzdem wallte das Blut in mir auf, als ich ihn sah. Ich hatte ihn vermisst. Vor lauter Aufregung begann meine Stirn zu schmerzen.

Colin war damit beschäftigt, einen Punchingball windelweich zu schlagen. Mit den Handkanten, den Fäusten, dann mit den Füßen. Immer höher hängte er ihn, bis er springen musste, um ihn zu treffen. Man konnte Angst bekommen, wenn man ihm dabei zusah, wie er lautlos durch die Luft wirbelte und die Galeriefenster klirren ließ, sobald er zum Tritt ausholte. Ich aber war immer noch zu zornig, um Angst zu spüren. Fast wünschte ich mir, er würde etwas mit mir anstellen, das meine Wut endgültig in Hass umschlagen ließ.

»Na? Macht's Spaß?«, durchbrach ich die Stille, als er den Punchingball erneut ein Stück nach oben versetzte.

Er war so schnell bei mir, dass ich keine Chance hatte zu reagieren. Schon hatte er mich ohne ein Wort aus der Tür geschoben. Sein Griff war unmissverständlich. Er wollte mich hier nicht haben.

Ich tat so, als würde ich mich fügen. Er ließ los, und so schnell ich konnte, duckte ich mich und schoss an ihm vorbei zurück in die Halle. Es wäre ihm ein Leichtes gewesen, mich zu packen und davon abzuhalten. Warum tat er es dann nicht?

535

Jetzt bekam ich doch Angst. Ich hatte mich selbst in die Falle manövriert. Die Tür war ins Schloss gerumst und Colin stand mit abgrundtief finsterem Blick davor. Seine Augen funkelten so drohend, dass ich mich kurz abwenden musste. Doch dann hielt ich stand.

»Warum?«, herrschte ich ihn an. »Angst vor Frauen? Ödipuskomplex?« Ich genoss die Anspielung auf Tessa. Sie war gemein, doch sie bereitete mir eine flüchtige Genugtuung.

»Du weißt nicht, wovon du sprichst.« Seine Stimme klang eiskalt. Noch immer lehnte er an der Tür und verschränkte die Arme. Er war barfuß und trug nur diesen lächerlich alten Kampfkimono; sogar der Gürtel hatte sich gelöst. Und dennoch strahlte er eine unbeugsame Kraft aus. Es war höllisch schwer, sich davon nicht einschüchtern zu lassen.

»Verdammt, dann sag es mir!«, forderte ich ihn wutentbrannt auf und ging ein paar Schritte auf ihn zu. Er rührte sich nicht, sondern schaute mich nur an. Als wolle er nicht wahrhaben, dass ich da war. Als hoffe er, dass ich mich innerhalb der nächsten Sekunden in Luft auflöste. Aber das tat ich nicht.

»Colin, das darf doch alles nicht wahr sein! Warum hast du das gemacht? Wir waren doch gerade glücklich!«

»Ja, genau – glücklich«, fuhr er mich an. »Genau das. Abmarsch.« Er trat zur Seite und deutete auf die Tür. War das jetzt eine besonders abstruse Form von Zynismus? Ich verstand ihn nicht. Und ich glaubte, wahnsinnig zu werden, wenn sich die Situation nicht sofort zum Guten wendete. Mit erhobenen Händen ging ich auf ihn los, außer mir vor Schmerz und Zorn. Ich trat ihn und schlug ihn, trommelte mit den Fäusten gegen seine kühle Brust. Er blieb regungslos stehen und wartete einfach ab, bis ich mich beruhigte. Keiner meiner Schläge oder Tritte schien auch nur den Hauch eines Schmerzes auszulösen. Colin wankte nicht einmal.

Es hatte keinen Sinn. »Warum?«, fragte ich noch einmal, mehr für mich selbst als an ihn gerichtet, und wollte gerade meine Fäuste sinken lassen, da griff er plötzlich nach meinen Unterarmen und zog mich an sich, hielt mich für Sekunden fest, meinen Kopf an seinen Hals geschmiegt, sodass ich das Rauschen in seinem Körper spüren konnte. Dann ging ein Ruck durch seine Brust, fast wie ein schmerzvolles Stöhnen, und er drückte mich von sich weg. Seine unerwartete Umarmung hatte mich so überwältigt, dass ich nicht mehr aus eigener Kraft stehen konnte. Doch noch hielt er mich.

»Ellie«, sagte er leise und nun sah ich, dass seine Augen nicht nur finster blickten. Sondern auch so zermürbt und müde, dass es mir die Seele aus dem Leib riss. »Das ist es. Genau das ist der Punkt. Wir waren glücklich. Vor allem waren wir es zu lange. Und das ist – das ist nicht für mich bestimmt.«

Ich wusste nicht, was er getan hatte, aber als ich wieder bei mir war und klare Gedanken fassen konnte, beobachtete ich mich dabei, wie ich in den letzten Bus nach Hause stieg, Rucksack und Spinne bei mir, dem Fahrer artig mein Kärtchen vorzeigte und mich auf den letzten Platz setzte. Die Minuten davor – totaler Filmriss. Ich konnte mich an nichts erinnern. Irgendetwas hatte er mit mir ge-macht. Freiwillig hätte ich die Halle jedenfalls nicht verlassen.

Die ganze lange Heimfahrt über dachte ich mich immer und im-mer wieder in Colins Umarmung zurück. Er hatte mich umarmt. Er hatte mich gemeint. Ich hatte ihn nicht dazu genötigt. Und dann redete er so einen Mist. Zu lange! Acht kurze Stunden. Das war nicht lange. Das war ein Witz. Es machte mir Angst.

Entweder hatte er wirklich ein massives seelisches Problem, ein Problem, an das ich kaum mehr glaubte. Oder es walteten Mächte, von denen ich bisher nichts geahnt hatte.

Und trotzdem. Er durfte nicht erwarten, dass ich mich damit zu-friedengab. Nicht mit Andeutungen und Befehlen. »Tut mir leid, Colin. So nicht«, flüsterte ich vor mich hin und der rotwangige

Junge vor mir, der eben noch damit beschäftigt gewesen war, seinen Kaugummi unter den Sitz zu schmieren, drehte sich um und schaute mich rätselnd an.

Im Hausflur stolperte ich gegen einen wuchtigen Lederkoffer, der mitten im Weg stand. Beinahe glitt mir die Kiste mit dem Terrarium aus den Händen. Im letzten Moment bekam ich sie zu greifen und stellte die Spinne samt Behausung sicher auf der Treppenstufe ab, bevor ich in den Wintergarten stürzte.

»Papa!«

»Wie geht es dir, Elisa?«, fragte er. Ohne ein »Hallo«, ohne ein »Wie schön, dich zu sehen«. Seine Haare wellten sich ungestüm und seine tiefblauen Augen blickten mich an, als hätte er Wochen nicht geschlafen und ununterbrochen nachgedacht. Sie leuchteten intensiv wie immer, jedoch nicht strahlend, sondern matt und schwelend.

»Danke, mir ging es selten beschissener«, antwortete ich wahrheitsgemäß. Bevor er zu einer Rüge ansetzte, sollte er wissen, dass ich nicht ununterbrochen Jux und Tollerei betrieben hatte, während ich eigentlich auf Ibiza sein sollte.

»Was macht diese Katze hier?«, fragte er weiter. Erst jetzt fiel mir Mister X auf, der sich kaum von Papas schwarzem Pullover abhob. Er hatte sich mit dem Hintern auf Papas Schoß gesetzt und den Leib fest an seine Brust gepresst. Mit den Vorderpfoten umschlang er Papas Hals. Anscheinend roch mein Vater für ihn ganz wunderbar.

»Zugelaufen«, sagte ich knapp. Ich pflückte ihn wortlos von Papas Brust. Ich konnte meinem Vater nicht zeigen, wie froh ich war, ihn hier zu sehen. Da war eine Barriere, die ich einfach nicht überwinden konnte. Also nahm ich den Kater und die Spinne und meine Schulsachen und ging nach oben. Früher wäre ich Papa um den Hals gefallen. Und jetzt? Jetzt testeten wir uns aus. Wie zwei Fremde.

Mit kribbelnden Händen holte ich das Terrarium aus der Kiste und stellte es auf meinen Nachttisch. Die Spinne hatte das Heimchen restlos aufgefressen. Nicht einmal der Chitinpanzer war übrig. Träge hockte sie in der Ecke des Terrariums und rührte sich nicht. Ich deponierte die Zikaden im Badezimmer. Ich konnte ihr Zirpen nicht ertragen. Es erinnerte mich an die Nächte mit Colin.

Ich begriff nicht, wie ich zu so etwas überhaupt fähig sein konnte, aber ich ließ das Terrarium direkt neben mir auf dem Nachttisch stehen und beobachtete die Spinne, bis mir die Augen zufielen.

Nachts träumte ich, ich läge krank auf meinem Bett, um mich herum der Geruch von Moder und Verwesung. Hinter mir baumelte etwas, ein schwerer, schlaffer Körper, der knochenlos über dem Bettpfosten hing. Es war meine eigene Leiche und ich musste sie wegschaffen. Das war meine Aufgabe. Ich musste sie wegschaffen.

Doch immer wenn ich nach den kalten, weichen Armen griff, die mich im Nacken schleimig berührten, rutschten sie mir aus den Händen.

Warnhinweise

Drei Nächte später mischte sich ein helles, aber machtvolles Klirren in meine düsteren Träume. Ich schlug die Augen auf und schaute neben mich. Die Spinne war wach. Aggressiv sprang sie gegen das Glas des Terrariums, ließ sich auf den zerwühlten Sand fallen und sprang erneut. Ich richtete mich auf. Warum tat sie das? Ich hatte ihr noch vor dem Schlafengehen die letzte Zikade gegeben, wie jedes Mal mit einem Stich im Herzen. Doch die Spinne war eine geschickte Jägerin. Die Zikaden starben schnell und ich hoffte inständig, dass sie dabei keine Schmerzen erlitten. Eigentlich müsste die Spinne satt sein. Doch nun sprang sie wieder und das Glas klirrte leise. Sie wollte raus.

Ich musste ihr etwas zu fressen beschaffen. Irgendetwas. Eine Fliege oder einen Nachtfalter. Ich hatte Angst, dass es ihr gelingen könnte, das Terrarium zu sprengen, obwohl das eigentlich unmöglich war.

Ich hatte mittlerweile hinlänglich Erfahrung darin, mich durchs Haus zu schleichen. Ich wusste genau, welche Treppenstufen knarzten und über welche Dielen ich besser nicht gehen sollte, wenn ich keine Aufmerksamkeit erregen wollte. Und nur weil ich mich wie ein Indianer auf der Pirsch bewegen konnte, bemerkte ich, dass ich nicht die Einzige war. Hier war noch jemand wach. Gedämpfte Stimmen drangen aus Papas Büro – männliche Stimmen. Ich vergaß die Gefräßigkeit meiner Mitbewohnerin und ging auf leisen

Sohlen in den Flur. Schwaches flackerndes Licht schimmerte unter der Tür des Arbeitszimmers hindurch. Ich beugte mich langsam nach vorne und drückte mein Ohr an das Schlüsselloch.

»Und was haben Sie mir zu sagen?«

Ich erstickte mein Aufkeuchen, bevor es jemand anders hören konnte. Mir selbst war es allerdings schon viel zu laut gewesen. Reglos verharrte ich, bis ich mir sicher war, dass mich niemand bemerkt hatte. Aber ich hatte ihn bemerkt. Es war Colins Stimme gewesen. Colin war hier! Diese tiefe, männliche Färbung und dazu der leise Singsang, Überbleibsel des Gälischen – ja, es war Colin gewesen, der gesprochen hatte. Was zum Teufel hatte mein Vater ihm zu sagen? Kam jetzt wieder die »Halten Sie sich von meiner Tochter fern«-Leier?

Doch Papa schwieg. Eine Minute, zwei Minuten. Hatten die beiden sich da drinnen etwa in aller Stille erdrosselt? Warum musste Papa so lange überlegen? Anscheinend hatte er Colin ja hergebeten.

Doch dann sprach er plötzlich – und es war nicht zu überhören, dass es ihn Überwindung kostete.

»Sie sollten fliehen.« Fliehen? Hatte er völlig den Verstand verloren? Vor ihm selbst, oder was? Colin war meinem Vater überlegen. Vor ihm musste er beileibe nicht fliehen. Ich konnte mir lebhaft vorstellen, wie Colin meinem Vater gegenüberstand – mit dem gleichen finsteren Ausdruck in den Augen wie am Montag in der Turnhalle. Einem vernichtenden Blick.

»Warum?«, fragte Colin schließlich mit leicht gereiztem Unterton, als würde er die Antwort sowieso schon kennen.

»Sie hat sich auf den Weg gemacht«, antwortete mein Vater leise, aber bestimmt.

Ich nahm eine Bewegung wahr, ein kaum hörbares Verschieben der Luftmassen, doch ich wusste, dass das Gespräch beendet war und Colin auf die Tür zuging. Blitzschnell flüchtete ich rückwärts aus dem Flur, öffnete mit geübtem Griff die Wintergartentür und versteckte mich zwischen Mamas wuchernden Büschen. Ich wartete, bis oben am Feldweg das unverkennbare sonore Rattern des amerikanischen Motors ansprang und das Licht im Schlafzimmer kurz an- und dann wieder ausging. Papa hatte sich schlafen gelegt.

Ich hastete hoch auf mein Zimmer, zog mich an und warf einen kurzen Blick auf die Spinne. Sie hatte sich ihrem Schicksal ergeben und hockte mit bebenden Fangarmen unter der Wurzel. Verhungern würde sie nicht, und wenn, würde ich ihr keine einzige Träne hinterherweinen. Sicherheitshalber legte ich ein schweres Buch auf den Deckel des Terrariums.

Ich musste nicht mehr nachdenken, um zu Colins Haus zu gelangen. Diesen Pfad würde ich mein Leben lang nicht mehr vergessen. Ich konnte ihn im Traum gehen. Immer wieder sackte ich im Schlamm ein und aus den Bäumen fielen schwere Tropfen, wenn der Wind ihre Äste schüttelte. Frierend erreichte ich Colins Anwesen. Ohne mich um irgendwelche Höflichkeitsfloskeln oder Vorsichtsmaßnahmen zu bemühen, stieß ich die Haustür auf.

Und stand im Fegefeuer. Inmitten dieses Fegefeuers wütete Colin, mit schwarzer Höllenglut in den Augen und wild zerzausten Haaren. Jähzornig riss er ganze Stapel von Schallplatten aus den Regalen, schleuderte sie auf den Fußboden und trat sie gegen den Kamin. Bilder fielen herunter und zerbrachen, sogar das von ihm und Alisha. Ich zog es vorsichtig zu mir herüber und rettete die uralte Fotografie aus dem zersplitterten Glas. Dann sah ich Colin weiter zu, wie er mit aller Gewalt versuchte, ein Erinnerungsstück nach dem anderen zu vernichten. Auch ein zerschlissener Kilt mit einem breiten blau-braunen Karomuster war dabei. Er warf ihn in den Kamin, doch es gelang mir, ihn aus den Flammen zu ziehen, bevor er darin aufging. Hektisch schüttelte ich den schweren Stoff, bis er nicht mehr kokelte.

»Bist du jetzt fertig?«, fragte ich, als auf dem Boden kaum mehr genug Platz war, um auf zwei Füßen zu stehen. Colin schlug brutal seine Hand gegen die Steinwand. Die Haut am Ballen platzte auf. Bläuliches Blut sickerte über seinen Arm und versiegte binnen Sekunden. Es blieb nicht einmal ein Kratzer zurück.

»Vielleicht willst du mich auch noch verbrennen«, schlug ich ihm vor. So langsam, fand ich, könnte er sich ein wenig zügeln und mir erklären, was das Ganze für einen Sinn hatte.

»Ja, das wäre in der Tat eine Lösung«, erwiderte er und ich fröstelte, als ich begriff, dass es kein Scherz gewesen war.

Weiterfragen, Ellie, schalt ich mich. Nur keine Angst einjagen lassen. Bisher hast du immer überlebt.

»Wer ist sie? Wer hat sich auf den Weg gemacht?«

Colin ließ die Arme fallen, lehnte sich an die Wand und blickte hoch zu den schweren Dachbalken. Kein Atemzug bewegte seine Brust. Sie war völlig starr. Noch nie hatte ich ihn so wenig menschlich erlebt. Ich fand es spannend, aber auch sehr Furcht einflößend.

Am meisten jedoch fürchtete ich mich vor dem, was er jetzt sagen würde, obwohl ich es längst ahnte.

»Meine Mutter. Tessa.«

Ich konnte mich nicht mehr halten. Langsam glitt ich zu Boden und presste den nach Rauch riechenden Kilt an meine heißen Wangen. Nein. Bitte nicht. Nicht Tessa.

»Sie ist nicht deine Mutter«, wies ich ihn mühsam beherrscht zurecht.

»Oh doch. Das ist sie. Mehr als das. Und sie wird kommen. Ich denke nicht, dass dein Vater lügt. Oder lügt er, um uns zu trennen?«

Erstaunt hob ich den Kopf. Der Hoffnungsschimmer in Colins Augen tat mir weh. Denn so eifersüchtig Papa sich auch benommen hatte – mit solch ernsten Angelegenheiten trieb er keine Scherze.

543

Nein. Colin las mir die Antwort von den Augen ab und schüttelte den Kopf. Doch er brachte mich auf einen anderen Gedanken. Ein ungeheuerlicher Verdacht schoss durch meinen Kopf.

»Hat er dich verraten? Hat er ihr etwa gesagt, wo du bist? Hat mein Vater sie herbeigelockt? Wenn ja, dann schwöre ich bei Gott, dass ich morgen meine Koffer packe und ihn nie wiedersehe …«

»Nein. Ellie.« Colins Tonfall ließ mich zusammenzucken. Seine Worte klangen so endgültig, so schwer. »Du warst es. Sie kommt deinetwegen.«

»Was – ich? Aber ich – ich habe doch gar nichts getan.«

Colin lächelte bitter. »Du hast etwas mit mir getan. Verstehst du, Ellie – ich war glücklich. Ich …« Er rang nach den passenden Worten. Dann sah er mich fest an, ohne jegliche Hoffnung, aber es war etwas Weiches, Sehnsüchtiges in seinem Blick.

»Sie wittert es. Sie wittert, wenn ich glücklich bin. Wenn ich Freundschaften schließe und mich verliebe. Dann kann sie mich orten. Ich darf keine Zeit mit Menschen verbringen, die ich mag. Denn das lockt sie an.«

Er schritt langsam auf mich zu und zog mich vom kalten Boden zu sich hoch. Eindringlich sah er mich an.

»Ich habe einen Fehler gemacht. Ich hatte sie vergessen. Ich habe sie für einige Momente vergessen, an diesem Abend, diesem verdammt heißen Tag – Gott, Ellie, du hast mich verrückt gemacht. Du hast meinen Kopf besetzt. Ich fühlte dich unter meiner Haut.« Er strich mir mit dem Handrücken über die Wange. Schauer rieselten über meinen Rücken. »Als ich es gemerkt habe, dachte ich, wenn ich dich rechtzeitig vertreibe und dich dazu bringe, mich zu hassen, verirrt sie sich vielleicht. Ellie, meine heftige Reaktion galt den acht Stunden. Nicht dir. Wir dürfen keine Zeit miteinander verbringen. Du darfst nicht mehr herkommen, mich nicht wiedersehen. Es gibt keine andere Wahl.«

Wie betäubt hing ich in seinem Arm, innerlich zerschunden vor Eifersucht und schlechtem Gewissen. Colin musste mich festhalten. Ich konnte immer noch nicht stehen.

»Hast du mich deshalb immer wieder fortgeschickt?«

»Nicht nur das ...« Sein Mund war so dicht an meinem Ohr, dass sein Atem meinen Pulsschlag kühlte, und ich sog jedes Wort in mich auf. »Zuerst die Müdigkeit, die Ohnmacht am Kneippbecken, die Spinnen, die Krankheit, damit du gar nicht erst erfährst, wer ich bin, und mich am besten für verrückt hältst. Als das mit deinem Vater dazwischenkam und du nicht aufgegeben hast, dachte ich, ich gestehe dir ganz offen, was ich bin, damit du Angst bekommst und gehst. Aber du sagtest nur, dass du mir vertraust. Also habe ich dich gebeten, es deinem Vater zu erzählen, damit er dich zur Vernunft bringt. Mein Gott, ich habe sogar Louis vom Stall weggeholt, weil ich dachte, dass du mein Haus nicht mehr freiwillig aufsuchen würdest nach deiner Begegnung mit den Keilern.« Ich atmete schluchzend durch, doch Colin hielt mich eng bei sich.

»Ich habe dich bei mir gelassen, wenn es dir schlecht ging, habe dir meinen Hunger gezeigt, damit du dich fürchtest, habe dich provoziert, damit du beleidigt bist. Weil all das kein Glück ist. Und ich habe dich fortgeschickt, wenn es begann, schön zu werden – aber irgendwann war es zu spät und ich wollte, dass du kommst und bleibst. Als du gesagt hast, dass du mich liebst ...«

Er legte meine Arme fest um mich, bis ich jede Einzelheit seines Körpers auf meinem spüren konnte.

»Ich wusste, dass du keine Schläge akzeptieren würdest. Ich musste es blitzschnell entscheiden, um uns zu retten. Es war mein letzter Versuch und er hat etwas in mir vernichtet ... Ellie, ich fürchte, dass sie sich rächen wird. Du bist ihre Rivalin und du hast längst gesiegt.«

Colins Griff lockerte sich, sodass ich ihn anschauen konnte.

»Wann wird sie kommen? Heute?«, fragte ich tonlos.

Colin fegte ein paar Schallplatten vom Sofa, setzte sich und zog mich auf seinen Schoß. Zitternd lehnte ich mich an ihn. Endlich sprachen wir wieder miteinander. Endlich kein Krieg mehr.

»Das glaube ich kaum«, sagte er abfällig. »Tessa ist eine von den Alten. Sie wird sich nicht in einen Flieger setzen. Ich glaube nicht einmal, dass sie den Zug nimmt. Wahrscheinlich geht sie sogar zu Fuß. Und von Neapel bis hierher – na, da ist auch eine Mahrin drei, vier Wochen unterwegs. Je nachdem, wie gut sie sich unterwegs ernähren kann.«

Zu Fuß! Zu Fuß über die Alpen. Ich konnte es nicht fassen.

»Was hat sie vor?« Ich schob sein Hemd zur Seite, sodass ich mein fiebriges Gesicht auf seine kühle Haut betten konnte. Sie beruhigte mich etwas. Doch das Grauen waberte um uns herum und es schien unausweichlich zu sein.

»Jemand wie Tessa akzeptiert keine Fluchten. Sie hat Zeit. Unendlich viel Zeit. Sie will mich zum Gefährten haben. Deshalb hat sie mich erschaffen. Sohn und Geliebter zugleich. Sie braucht mich auch, weil sie sich kaum mehr zurechtfindet, und sie liebt es, ihre Macht auszukosten. Wenn sie mich findet, wird sie die Metamorphose vollenden und mir den letzten Rest Mensch aus dem Körper saugen. Sie will meine Seele.« Er lachte kalt auf. »Der Gedanke daran kam mir immer unerträglich vor. Aber jetzt ... Wenn ich dich schützen könnte, würde ich ihr entgegengehen.«

Er sah mich lange an. »Ellie, es ist zu spät. Es trifft uns beide. Entweder sie vollendet, was ich unterbrochen habe, und ich werde eine immense Gefahr für dich und deine Familie, oder sie vernichtet dich selbst. Aber wahrscheinlich will sie uns beide. Ich kann niemanden lieben, ohne ihn und mich in Gefahr zu bringen.«

Mein Zittern wurde stärker. Colin griff nach dem Kilt und wickelte ihn mir um Rücken und Schultern. Dann zog er mich noch etwas näher an sich heran. Unsere Haare begannen, zarte Kletten zu bilden. Ich spürte es als sanftes Prickeln auf meiner Kopfhaut.

»Und was wirst du jetzt tun?«, fragte ich bang.

»Ich weiß es nicht«, gestand er. »Ich habe eben erst erfahren, dass sie unterwegs ist. Ich habe noch keinen Plan.«

»Es ist nicht das erste Mal, oder?«

Colin schüttelte den Kopf. An mir vorbei bückte er sich, hob einen Stapel Platten vom Boden auf und nahm sie so in die Hand, dass ich sie betrachten konnte. Mir schoss jene eigenartige Vision in den Kopf, die ich auf der 80er-Jahre-Party hatte. Schnelle, kurze Bildfolgen aus einer anderen Zeit. Auch jetzt erschienen mir die Plattencover wie eine Art Déjà-vu – sie waren mir vertraut, obwohl ich genau wusste, dass ich sie noch nie gesehen hatte. Ich kannte fast alle Bands und Musiker.

»Ja, auch da ist es passiert«, sagte Colin leise. »Du bist in meine Erinnerungen abgetaucht. Ich hatte an diese Zeit gedacht, die Zeit vor Tessas letzter Heimsuchung. Es war meine Musik, die lief. New Wave. Wie machst du das?«, fragte er mich rätselnd.

»Ich hab nicht die geringste Ahnung«, gestand ich. »Es ist einfach geschehen.« Ich wusste es wirklich nicht. Bisher hatte ich die blitzlichtartigen Szenen für eine Verirrung meiner Fantasie gehalten. Denn das war schließlich auch nichts Neues.

Colin betrachtete eine Platte von Anne Clark. Sie blickte uns äußerst schlecht gelaunt entgegen. Doch Colin lächelte.

»Ich hab sie live gesehen«, erklärte er. »London, frühe Achtzigerjahre. Es war eine tolle Zeit. Nur merkte ich zu spät, dass es das war. Ich lebte als Straßenkind mit ein paar Jungs und Mädchen in den U-Bahn-Schächten. Ich bin nicht großartig aufgefallen. Alle waren blass und verrückte Haare gehörten zum guten Ton. Irgendwann entwickelten sich aus den gemeinsamen Partys und dem Herumlungern Freundschaften. Ich habe sogar in einer Band gespielt.

Schlagzeug.« Er grinste wehmütig. »Hüte dich vor Schlagzeugern. Das sind die Schlimmsten. Doch, es war das einzige und erste Mal in meinem Leben, dass ich Freunde hatte.«

Ich versuchte vergeblich, die Erinnerung an das lachende Mädchengesicht mit den weichen, vollen Lippen wegzuschieben, das ich in der Disco für den Bruchteil einer Sekunde erblickt hatte. Nicht ich hatte es küssen wollen. Colin hatte es küssen wollen. Ja, er war wohl wirklich glücklich gewesen.

»Hat Tessa dich gefunden? Was ist passiert?«, fragte ich.

»Fast. Ich habe es geschafft, sie abzuhängen, und bin wieder über das Wasser geflohen. Wochenlang war ich auf See, bis ich es gewagt habe, an Land zu gehen. Asien, Südsee, Karibik, immer nur Inseln. Ich war inzwischen wieder so allein, dass sie mich kaum mehr orten konnte. Und so lange wie hier, im Wald, habe ich sie noch nie auf Abstand halten können. Aber ich habe auch noch nie so einsam gelebt. Bis du gekommen bist.«

Auch der wärmende Kilt konnte die Kälte nicht vertreiben, die sich in meinen Knochen festgesetzt hatte. Ich nahm mein Zittern kaum mehr wahr. Colin trug mich nach oben in sein Badezimmer, ließ dampfend heißes Wasser ein und zog mich behutsam aus. Ich wehrte mich nicht. Still betrachtete ich ihn, wie er sich das Hemd über den Kopf streifte und aus seiner Hose schlüpfte. Nur das breite Lederarmband blieb an seinem Handgelenk. Der Hufabdruck unter seinem Bauchnabel schimmerte rötlich im Halbdämmer des Badezimmers. Ich wusste, dass dies kein Auftakt für eine lange, zufriedene Beziehung war. Colin würde hart bleiben. Ich hatte in seinem Dasein nichts verloren. Aber auf diese eine Nacht kam es nicht mehr an. Tessa war unterwegs, ob wir nun zusammenblieben oder nicht. In diesen Stunden konnte sie uns nichts tun.

Ich lehnte mit meinem Rücken an seiner Brust, Kühle und Hitze zugleich, und sah den Seifenblasen zu, die aus dem Wasser aufstiegen, wenn wir uns bewegten. Mister X saß auf dem Badewannen-rand und beäugte uns missgünstig.

Ich wollte nichts mehr denken. Weder an die Schule noch an die blöde Spinne in meinem Zimmer noch an meinen Vater. Vor allem nicht an Tessa.

Wir redeten nicht mehr. Irgendwann verließen wir unser warmes, nasses Nest und legten uns zusammen auf Colins Bett. Ich hätte gerne geweint, doch die Tränen machten mir nur das Atmen schwer, ohne sich aus meinen Augen zu lösen. Träume hatte ich keine mehr. Ineinander verschlungen, sodass ich nicht mehr sagen konnte, wo mein Körper endete und seiner begann, schlummerten wir einem kalten, nebligen Tag entgegen.

Heimsuchung

Ich empfand es als unwirklich, geradezu absurd, dass Colin am nächsten, schweigsamen Morgen darauf bestand, mich zur Schule zu fahren. Ja, es gab noch eine Schule. Hausaufgaben und Referate. Und Klausuren. Einen Moment lang war ich versucht, alles hinzuschmeißen. Mich einfach zu verweigern. Aber dann hatten wir bereits den Feldweg erreicht und ich musste mich meinen Eltern stellen, die heute früh ein leeres Zimmer vorgefunden hatten. Für mich war es inzwischen fast schon Normalität, mich nachts aus dem Haus zu stehlen und erst morgens heimzukehren, doch für meine Eltern war es neu. Und mit Sicherheit kein Vergnügen.

Kleinlaut begrüßte ich Mama, die alleine und mit verquollenen Augen im Wintergarten saß, vor sich eine volle Tasse Kaffee, an der sie offenbar nicht einmal genippt hatte.

»Womit hab ich das eigentlich verdient?«, fuhr sie auf und blickte mich so vorwurfsvoll an, dass ich kurz meinen Kummer um Colin vergaß. »Bin ich auf die Welt gekommen, um mir mein Leben lang Sorgen zu machen? Sorgen um meinen Mann, Sorgen um Paul und nun auch Sorgen um dich. Ich kann das nicht mehr. Und ich will nicht mehr!«

»Ich hol nur schnell meine Schulsachen«, sagte ich entschuldigend und rannte nach oben. Ich war nicht in der Stimmung für Grundsatzdiskussionen. Wenn Colin bei seiner Entscheidung blieb, würde ich in Zukunft noch unendlich viel Zeit haben, um mit meinen Eltern zu streiten. Aber jetzt wollte ich keine Sekunde mit ihm versäumen.

In meinem Zimmer schaute ich noch rasch nach der Spinne. Sie saß wie gestern in der Ecke unter der Wurzel und bewegte nur ab und zu tastend ihre Fangarme. Sie wartete. Und sie musste noch ein wenig durchhalten, bis ich von meinem Biologielehrer mit neuen Opfern versorgt worden war.

Das Flüsschen lag unter einer schweren Nebeldecke verborgen, als wir an ihm vorbei nach Rieddorf fuhren. Wir schwiegen, doch Colin legte seine rechte Hand auf mein Bein und ließ sie dort ruhen, während er einarmig und gewohnt lässig den Wagen lenkte. Wenn doch nur ein Unfall passieren würde. Nichts Schlimmes – aber so schlimm, dass wir anhalten müssten und die Schule nicht erreichten. Aber wir mussten nicht einmal an einer Kreuzung stoppen. Ich nahm Colins Hand und drückte sie an meine Wange, bettete mein Gesicht hinein. Doch nicht einmal die Kühle seiner Haut konnte meine rasenden Gedanken zur Ruhe bringen.

Wir waren da. Er stellte den Motor ab und sah an mir vorbei. Ich wollte nicht aussteigen. Es klingelte bereits und die meisten Schüler waren schon im Gebäude. Die Zeit drängte. Das konnte doch jetzt nicht unser Abschied für immer sein. In einem Auto. Vor meiner Schule. Es war irgendwie erbärmlich.

Colin griff über mich hinüber zur Tür und stieß sie auf. Das musste er wohl tun, denn ich hätte sie niemals geöffnet. Kalte, feuchte Morgenluft wehte herein. Am Horizont brauten sich schon die nächsten Regenwolken zusammen.

Colin wandte sich von mir ab. Ich blieb sitzen.

»Es gab vorher ein Leben ohne mich und es wird auch danach eins ohne mich geben. Ein paar Wochen und es ist alles so, als hätten wir uns nie getroffen«, sagte er.

»Red keinen Bullshit, Colin. Ich hasse das. Okay?«, entgegnete ich scharf. »Ich bin nicht bescheuert. Ich weiß, dass ich dich niemals vergessen werde. Du bist mein Mann. Basta.«

Aber was hätte ich schon tun können? Tessa war unterwegs. Und ich hatte keine Ahnung, was Colin plante. Ich glaubte ihm kaum mehr, dass er es selbst nicht wusste. Ich spürte, dass seine Gedanken noch schneller rasten als meine. Doch er würde sie mir nicht mitteilen, weil sie mich in Gefahr bringen konnten.

Das hatte er mir heute Morgen eindringlich klargemacht. Tessa war gefährlich. Und wenn sie schaffte, was sie vorhatte, dann war auch Colin gefährlich. Noch viel gefährlicher als jetzt.

»Ellie, muss ich dich in dein Klassenzimmer tragen?«

Mit tränenblinden Augen schaute ich ihn an, doch er hatte den Blick fest nach draußen gerichtet. Ein letztes Mal studierte ich sein außergewöhnliches, stolzes Profil. Seine ausgeprägten Wangenknochen, die scharf geschnittene Nase. Diese fast mädchenhaft langen, gebogenen Wimpern. Ich beugte mich vor und küsste seine bebenden Ohrspitzen.

Ich wusste nicht, was ich sagen sollte. Jede Abschiedsfloskel war Hohn. Colin würde mich überleben. Selbst wenn ich ihn in zwanzig Jahren auf irgendeiner Insel zufällig wiedertreffen würde – er wäre nach wie vor jung und schlank und gefühlte zwanzig und ich hätte Orangenhaut und Hängebrüste.

Er drehte sich nicht zu mir um. Er wirkte kalt und unberührt, doch das Rauschen in seinem Körper pulsierte hitzig. Mit letzter Kraft schob ich mich aus der geöffneten Autotür und stolperte die Schultreppe hoch.

In der ersten Pause schloss ich mich in der Toilette ein, um in Ruhe zu weinen und nachzudenken. Beides gleichzeitig funktionierte nicht gut. Deshalb zwang ich meine Tränen hinunter und bemühte mich, klare Gedanken zu fassen.

Was würde Colin tun? Fliehen? Um dann wieder in der Weltgeschichte herumzuirren, bis er so einsam und unglücklich war, dass Tessa seine Fährte verlor? Gab es denn überhaupt eine Alternative?

Ja, es gab sie. Ich wusste nicht, wie Tessa aussah. Doch sie musste überirdisch schön sein. Das, was ich von ihr gesehen hatte, war nicht nur hässlich, sondern auch abstoßend gewesen. Deshalb musste ihr Gesicht ein Kunstwerk der Natur sein. Mit ihm hatte sie Colin schwach gemacht. Nachtmahre alterten nicht. Es würde ihr wieder gelingen. Und vielleicht, vielleicht gab es einen Teil in Colin, der sich ihr immer noch liebend gerne hingeben würde. Sein Hass war glaubwürdig gewesen – aber hielt er auch stand, wenn Colin Tessa leibhaftig vor sich sah?

Ich musste damit rechnen, dass sie ihn ein weiteres Mal überwältigte. Möglicherweise sehnte er sich sogar danach. Wenn das so war, dann konnte ich nichts dagegen ausrichten.

Und ausgerechnet ich selbst war schuld an alldem. Weil ich Colin nicht in Ruhe gelassen, ihn immer wieder aufgespürt hatte. Und nicht begreifen wollte, dass genau das ihn in Gefahr brachte.

Es war ausweglos. Nicht einmal bis zum bitteren Ende durfte ich bei ihm bleiben. Erstens würde es Tessa noch schneller zu ihm führen. Und zweitens – zweitens war die Rache der Nachtmahre keine Sache, die man auf die leichte Schulter nehmen durfte. Das hatte Colin mir unmissverständlich eingetrichtert.

Allerdings hätte ich im Moment nichts dagegen gehabt, ein wenig zu sterben. Zumindest für eine Weile. Einfach nicht mehr sein, um nicht fühlen zu müssen. Und erst dann aufzuwachen, wenn ich die Wirklichkeit wieder aushalten konnte.

Nach der Schule ließ ich mir von Herrn Schütz ein paar weitere zum Tode verurteilte Heimchen geben und fuhr nach Hause. Mama hatte sich beruhigt. Sie stellte keine Fragen. Papa strafte mich mit Nichtachtung. Ansonsten taten beide so, als wäre alles wie immer und als hätte es meinen verweigerten Ibizaurlaub und Colin niemals gegeben. Ich spielte mit. Ich wollte einfach nur meine Ruhe haben.

Papa war kaum noch bei uns. Er verbrachte fast Tag und Nacht in der Klinik, um die liegen gebliebene Arbeit aufzuholen. Mama wütete im Garten und verlor den Wettlauf mit dem Herbst. Alles, was vor ihrem Urlaub noch so schön und kräftig geblüht hatte, verfaulte ihr unter den Händen. Die Erde in den Hochbeeten roch nach Verfall. Überall zogen sich schleimige Schneckenspuren über das fleckige Grün. Die Rosen welkten.

Meine wirren Träume steigerten sich zu Albträumen, aus denen ich schweißgebadet und mit schmerzender Brust erwachte. Nun suchte ich nicht mehr in fremden, unordentlichen Häusern nach einem Bett, in dem ich mich endlich schlafen legen konnte. Nein, es waren kurze, erbarmungslose Horrorszenarien. Meistens gingen sie nahtlos in lähmende Wachträume über, die ich nur mit dem grellen Licht meiner Nachttischlampe vertreiben konnte. Einmal stand der Tod neben meinem Bett, in einem langen schwarzen Gewand und mit einer Sense auf dem Rücken. Und immer wieder musste ich meine verwesenden Gliedmaßen oder meinen toten Kopf, an dem blutiges Haar klebte, wegschaffen. Wohin, wusste ich nicht. Aber ich musste es tun.

Eine Woche nach Colins und meinem Abschied veränderte sich das Verhalten der Spinne. Mein Referat hatte sich zur Sisyphosarbeit gemausert. In all den Spinnenbüchern, die Herr Schütz mir ausgeliehen hatte, stand nichts, was ich für meine Spinne gebrauchen konnte. Schon dass sie sich von der Decke hatte fallen lassen, war untypisch für eine Witwe. Nur an einer Sache hegte ich keine Zweifel: Es war ein Weibchen. Die Männchen waren unscheinbar und kleiner. Herr Schütz stellte die vage Theorie auf, dass die Spinne durch ihre unfreiwillige Reise in einer Südfruchtkiste in ihrem natürlichen Verhalten gestört worden war, doch er glaubte selbst nicht recht daran.

Jetzt aber saß ich mit Gänsehaut im Nacken vor dem Terrarium und wusste nicht mehr weiter. Die Spinne war wieder mehrere Male gegen das Glas gesprungen. Schon in den Morgenstunden hatte sie mich damit geweckt. Hunger als Grund schied aus. Sie hatte am Tag vorher drei ausgewachsene Grillen eingesponnen und verzehrt. Das Merkwürdige war nur, dass sie kaum wuchs. Es war mir zwar recht, denn sie war mir wahrhaftig groß genug. Doch eigentlich hätte sie zunehmen müssen.

Irgendwann hatte sie mit dem Springen aufgehört. Ein paar Minuten lang hockte sie wie erstarrt am Deckel des Terrariums, als würde sie über eine neue Methode nachdenken, ihr Gefängnis zu sprengen.

Dann fing sie urplötzlich an, am ganzen Körper zu beben. In meinen Ohren surrte es, als ich ihr schaudernd dabei zusah. Das Surren wurde nicht lauter, aber intensiver. Selbst wenn ich in die entlegenste Zimmerecke ging, konnte ich es noch wahrnehmen, als wäre es in meinem Kopf. Unentwegt zitterte die Spinne vor sich hin und meine Abscheu wuchs ins Unermessliche.

Nein. Es war genug. Dieses Tier wollte ich hier nicht mehr haben. Biologie stand heute nicht auf dem Stundenplan, aber ich würde sie mit in die Schule nehmen und Herrn Schütz in die Hand drücken. Sollte er sich mit ihr auseinandersetzen. Ich ertrug sie nicht mehr.

Das Surren hielt an. Niemand schien es zu hören außer mir. Doch ich bekam Kopfschmerzen davon, ein helles, stechendes Pochen in der Schläfe, das sich unaufhörlich ausbreitete und den Nacken hinunter in meine rechte Schulter wanderte. Wenn ich an die Tafel schaute, vibrierten die Buchstaben und Formeln vor meinen Augen. Das Sonnenlicht kam mir so hell vor, dass ich mir einen kräftigen

Regenguss herbeiwünschte und froh war, wenn der Himmel sich zwischendurch verdunkelte.

Nach der achten Stunde lief ich sofort ins Biologielabor. Herr Schütz saß wieder hinter dem Bären an seinem kleinen, klapprigen Tischchen und spießte einen blaugrauen Falter auf, um ihn dann hinter Glas zu verfrachten.

Ich stellte ihm den Tornister mit dem Terrarium hin, als enthalte er hochansteckende Krankheitskeime.

»Sie benimmt sich seltsam«, sagte ich und konnte nicht verhindern, dass ich ängstlich klang. »Ich weiß nicht, was sie hat.«

Herr Schütz legte den aufgespießten Falter in eine Schublade und schaute mich prüfend an.

»Ist alles in Ordnung, Elisabeth? Du siehst blass aus. Du warst schon gestern so still im Unterricht.«

»Nein«, antwortete ich leise. »Nichts ist in Ordnung.« Ich wollte und konnte ihn nicht anlügen. Ebenso wenig konnte ich ihm sagen, was mich bedrückte. »Aber es – es geht schon.«

»Kann ich dir irgendwie helfen?« Er nahm seine Lesebrille ab. Auch er sah müde aus. Wie alt mochte er sein? Er gehörte jedenfalls nicht mehr zu den Jungspunden unter den Lehrern. Die fünfzig hatte er sicherlich schon überschritten.

Ich schüttelte den Kopf und versuchte mich an einem Lächeln. »Danke, aber – nein, das können Sie wohl nicht. Sagen Sie mir einfach, was mit der Spinne los ist.«

»Na, dann schauen wir uns das Schätzchen mal an«, brummte er geschäftig und öffnete den Deckel. Die Spinne zitterte immer noch. Sie sah nicht krank oder schwächlich aus, sondern gewaltbereit. Das Surren in meinem Kopf wurde so stark, dass ich kurz beide Hände auf die Ohren presste. Herr Schütz bemerkte es nicht. Seine Augen waren staunend auf die Spinne gerichtet.

»Das ist ungewöhnlich«, raunte er. »Paarungsverhalten. Sie möch-

556

te sich paaren. Obwohl sie in Gefangenschaft lebt und kein Männchen in der Nähe ist. Das ist ja ein Ding.«

Ich hatte das Gefühl, dass sich etwas in meinem Kopf bewegte und eine andere Sphäre freigab. Dann sah ich die Tarotkarte mit den Liebenden vor mir. Wenn ich wieder von einem der Albträume erwacht war und bei angeknipstem Licht wartete, bis sich mein Herzschlag mäßigte, hatte ich oft die Karten betrachtet. Das, was mir von Tillmann und unserer kurzen Freundschaft geblieben war. Die Mondkarte war mir immer noch ein Rätsel. Die Türme – keine Frage, mein Leben war zwischendurch das pure Chaos gewesen. Ein Chaos, das immer bedrohlicher geworden war. Aber die Liebenden? Sie drängten nach einer Entscheidung, stand in dem Büchlein meiner Mutter. Einer schweren Entscheidung, die nicht immer mit dem Kopf gefällt werden konnte.

Herr Schütz nahm einen kleinen Zweig in seine dünnen Finger und schob vorsichtig den Deckel des Terrariums zur Seite. Wie durch einen Nebel sah ich ihm dabei zu, noch immer die Tarotkarte vor meinen Augen, die sich nun wie ein transparentes Klebebild über das Terrarium und die zitternde Spinne lagerte.

»Hoppla!«, rief Herr Schütz auf, als die Spinne sich mit einem aggressiven Sprung auf das Ästchen stürzte und es ihm aus den Fingern riss. Schnell schloss er den Deckel und trat einen Schritt zurück. Die Spinne schien zu begreifen, dass der Zweig kein Männchen war, sondern ein billiger Trick. Wütend sauste sie gegen das Glas und zitterte noch stärker.

»Sie singt. Sie will das Männchen herbeisingen. Sie produziert Töne, die nur Spinnen hören.«

Nein, dachte ich, ich höre sie auch. Doch ich konnte nicht mehr sprechen. Ich sah die Liebenden im Würgegriff der Spinne. Ihre langen, bebenden Beine hielten sie umfasst; bereit, sie zu vernichten. Drohend berührten ihre Fangarme die Augen des Mannes.

557

Ohne ein weiteres Wort stürzte ich an Herrn Schütz und dem müffelnden Bären vorbei aus dem Labor und rannte die Treppe hinunter. Nur langsam verblasste das Bild vor meinen Augen.

Tessa war da. Ich spürte es am ganzen Körper.

Und ich würde nicht tatenlos zusehen, wie sie mir Colin nahm. Lieber wollte ich umkommen. Während ich keuchend durch den schlammigen Wald rannte, überschlugen sich meine Gedanken. Was sollte ich nur tun? War Colin denn überhaupt noch zu Hause? Doch wenn ich Tessa gespürt hatte – dann spürte er sie wahrscheinlich erst recht. Das Summen in meinem Kopf hielt an. Ich sang laut, um es zu übertönen, damit es mir nicht den Verstand raubte. Denn den brauchte ich.

Das Problem war, dass ich nicht wusste, wie Tessa sich verhielt. Betrieb sie Mimikry wie Colin? Oder zeigte sie sich Menschen generell nicht, sondern lauerte ihnen nur nachts auf, um ihre Träume zu rauben? Konnte man überhaupt mit ihr reden? Verstand sie meine Sprache?

Als ich durch Colins Hof lief, hatte ich nur eine wenig überzeugende Idee gewonnen. Ich musste mich als die Besitzerin des Hauses ausgeben. Ich musste so tun, als wohnte ich hier. Und wenn sie nach ihm fragte, musste ich sie auf eine falsche Fährte schicken – weit weg. Es war ein alberner Plan, doch besser als gar nichts.

Mit brennenden Lungen und völlig außer Atem stürzte ich in Colins Haus und suchte jedes Zimmer und sogar den Keller nach ihm ab – vergeblich. Er war nicht mehr hier. Die Unordnung im Wohnzimmer war beseitigt worden. Die Platten standen wieder im Regal, selbst die Bilder hatte Colin in ihre Rahmen gefügt und den Kilt an die Wand gehängt. Doch das Haus wirkte tot und leblos ohne ihn. Selbst die Katzen waren verschwunden. Nur Mister X hockte verbiestert auf dem Kaminsims und knurrte drohend, als ich mich ihm nähern wollte.

»Ich bin's, Hasenzahn«, sagte ich leise und er ließ sich mit geneigtem Kopf hinter dem Ohr kraulen, ohne mit dem kehligen Knurren aufzuhören. Sein Fell knisterte unter meinen kalten Fingern.

Als ich ums Haus ging und Louis entdeckte, der mit aufgestellten Ohren und peitschendem Schweif an der Futterkrippe stand, ließ ich mich entmutigt auf den Holzstumpf neben dem Brennholzstapel sinken. War Colin schon auf der Flucht, unterwegs zu irgendeinem Hafen, wo er auf einem Schiff anheuern würde, um jahrelang keinen Kontinent mehr zu betreten? Der Schmerz in meiner Schläfe pulsierte so stark, dass mir beinahe übel wurde. Ich nahm den Kopf zwischen die Knie und wartete, bis mein Kreislauf sich einigermaßen stabilisiert hatte.

Die Nachmittagssonne brach durch die tief hängenden Wolken. Ich kniff die Augen zusammen und erinnerte mich sehnsüchtig an Colins dämmriges Schlafzimmer, an das große Bett mit dem samtroten Überwurf, unter dem wir die Nacht verbracht hatten, als Tessa noch in weiter Ferne war. Vielleicht roch es nach ihm. Ich hatte nie genau sagen können, was Colins Geruch eigentlich ausmachte. Es war ein völlig diffuser, süchtig machender Geruch. Manchmal dachte ich, dass schöne Erinnerungen so duften müssten. Ein Parfum aus alldem, was ich bisher an guten Dingen erleben durfte.

Ich kehrte ins Haus zurück und lief mit tauben Beinen nach oben. Wenn nur das Surren endlich aufhören würde. Im Schlafzimmer stürzte ich auf das Bett, als sei es eine rettende Planke im tosenden Meer. Schwer drückte ich mein Gesicht auf das graue Kissen. Ein leises Knistern mischte sich in das penetrante Summen – das Knistern von Papier. Angestrengt hob ich den Kopf und griff unter das Kissen. Es war ein Briefumschlag, ohne Absender, ohne Adresse. Ich öffnete ihn und zog den schweren, gefalteten Büttenbogen heraus. Tränen traten mir in die Augen, als ich Colins Schrift erkannte.

»*Meine liebe, störrische Ellie,*

wenn meine Ahnung eintrifft und diese Worte lebendig werden, weil Du sie liest, dann hast Du wieder nicht auf mich gehört. Du bist das sturste Frauenzimmer, das mir jemals begegnet ist. Und ich bitte Dich nun ein allerletztes Mal: Verschwinde. Nein, ich befehle es Dir. Steck den Brief in Deine Hosentasche und lauf, so schnell Du kannst.

Bleib bei Deinen Eltern, am besten nah bei Deinem Vater, und wage Dich für ein, zwei Wochen nicht aus dem Haus.

Ich kann sie spüren. Sie nähert sich. Lass Dir etwas einfallen, warum Du in der Schule fehlst. Du bist klug, Du holst das locker wieder auf.

Aber bitte, bitte rette Dein Leben.

Okay. Du bist also noch hier. Du hörst immer noch nicht auf mich.«

»Ach, Colin«, flüsterte ich und eine Träne fiel auf den Briefbogen. Sofort bildete die Tinte einen kleinen blauen See und die ersten Zeilen wurden unleserlich. Hastig wischte ich mir über das Gesicht, schluckte und las weiter.

»*Dann komme ich nicht umhin, Dir mitzuteilen, was nun passieren wird oder kann. Danach wirst Du endlich einsehen, dass Du hier nichts mehr verloren hast.*

Ich möchte nicht mehr fliehen. Ich habe es satt, vor Tessa zu fliehen, mich ihrer Gier zu unterwerfen oder sie gar zu fürchten. Ich werde mich ihr stellen.

Du hast einmal gefragt, ob wir denn gar nicht sterben können. Doch, das können wir – ich habe jedenfalls davon gehört. Es gibt zwei Möglichkeiten, von denen man sich erzählt. Die eine scheidet in meinem Fall aus; insofern möchte ich keine Zeit damit verschwenden. Die andere besteht im Kampf Mahr gegen Mahr. Menschen können uns nicht töten. Aber es heißt, dass wir uns im Kampf gegenseitig töten können.

Ein ungleicher Kampf, wenn wie bei Tessa und mir ein Altersunterschied von gut 500 Jahren besteht. Je älter, desto stärker. Das ist nun mal so. Was die Magie betrifft, ist sie mir überlegen. Was die menschlichen Fertigkeiten betrifft, bin ich ihr überlegen.

Ich bin in guter Verfassung. Der Wolf hat mich etliche Male trinken lassen. Ich habe so viel Kraft gesammelt, wie ich konnte. Und ich habe mich tief in den Wald zurückgezogen. Ich bin nicht weit weg von Dir, Ellie. Und doch würdest Du mich nicht finden, weil ich mich oben aufhalte, in den Baumwipfeln.

Tessa ist einfältig. Sie wird als Erstes der stärksten Spur folgen – dorthin, wo ich Glück empfunden habe. An den Bach, wo wir gebadet haben. (Du hast einen überaus niedlichen Hintern, Lassie – nein, hasse es nicht, Lassie ist schottisch und bedeutet ›Mädchen‹. Und Du bist mein Mädchen.) Dann wird Tessa das Haus erreichen. Dort riecht es überall nach mir. Und nach den schönen Tagträumereien, in denen ich mich verlor, wenn ich mich in Deine Seele verbissen hatte.

Aber ich werde nicht da sein. Sie wird weitersuchen – und mich schließlich finden. Daran habe ich keinen Zweifel. Sie findet mich.

Ich glaube nicht, dass es passiert – aber vielleicht habe ich eine winzige Chance, dass ich ihr wenigstens einige Tage widerstehen kann, wenn ich ihr von oben auflauere. Dass sie mich nicht sofort bekommt. Ich kenne den Wald wie meine Westentasche und ich weiß, wo ich zwischendurch trinken kann, um Kraft zu tanken.

Aber wahrscheinlich – sehr wahrscheinlich – werde ich verlieren. Spätestens nach drei, vier Tagen. Sie wird mich entweder töten, vor lauter Wut und Zorn, weil ich sie angreife. Oder sie wird sofort die Metamorphose vollenden, ohne sich überhaupt auf einen Kampf einzulassen. Und dann ist nichts Menschliches mehr an mir. Wenn Du zu diesem Zeitpunkt noch hier sein solltest – falls Du Dich vor Tessa überhaupt verbergen kannst und ihr entkommst –, dann wirst Du die Erste sein, die wir anfallen. Tessa liebt gemeinsame Festmahle.

Deshalb: Flieh jetzt. Solange es noch hell ist. Ist es denn noch hell? Oh Ellie, ich kann den Gedanken nicht ertragen, dass sie Dir etwas antut. Ich weiß nicht, wie Tessa sich Menschenfrauen gegenüber verhält. Ich habe es nie erlebt. Doch ich kann mir kaum vorstellen, dass sie Dich gehen lässt. Sie ist nicht interessiert an Deinen Träumen. Das nicht. Sie frisst nur in der Not weibliche Träume. Aber Du bist ihre Rivalin. Und so dumm sie auch ist – das wird ihr nicht entgehen. Tessa ist skrupellos. Sie zögert nicht lange, wenn ihr jemand im Weg steht.

Vielleicht hast Du Louis gesehen. Ich habe ihn absichtlich hiergelassen. Um im Kampf stark zu sein, darf ich nicht zu menschlich fühlen. Schöne Gefühle schwächen mich, wenn sie aus mir selbst kommen. Jedes ehrliche, schöne Gefühl kostet mich Energie. Deshalb musste ich oft ruhen, bevor oder nachdem Du mich aufgesucht hast, und bekam schneller wieder Hunger, als wenn ich allein war.

Louis hat genügend Futter in seiner Krippe und ich habe das Gatter so geschlossen, dass er fliehen kann, wenn ich nicht mehr zurückkehre. Louis kann sich eine Weile durchschlagen. Er findet im Wald Nahrung und Wasser. Aber falls Du in der nächsten Zeit von einem entlaufenen Pferd hörst oder liest, dann sorge bitte dafür, dass er einen guten Platz bekommt und nicht beim Schlachter landet, so garstig er sich auch benimmt. Besuch ihn ab und zu und erzähle ihm von mir.«

Ich musste den Brief kurz weglegen, weil weitere Tränen ihn zu zerstören drohten. Es musste ihm das Herz zerrissen haben. Er hatte Louis zurückgelassen. Seinen Louis.

»Es hat Dir nicht gefallen, als ich sagte, dass ich sterben will. Aber dieser Wunsch hat mir meine Entscheidung erleichtert. Ich hoffe nur, dass Tessa mich tötet und nicht verwandelt. Dass ich sie so zornig machen kann, dass sie ihre eigentlichen Absichten vergisst.

Ich habe so viele Leben geführt, so viele Namen getragen. Und im-

mer wieder musste ich alles stehen und liegen lassen, um zu fliehen. *Als ich hierherkam, in den Wald, habe ich meinen alten Namen wieder angenommen. Colin Jeremiah Blackburn. Ein schottischer Allerweltsname, doch ich hänge an ihm. Vielleicht, weil ich nie ein Allerweltsmann war. Er sollte mein erster und mein letzter Name sein. Louis sollte mein letztes Pferd sein.*

Und Du bist nicht meine erste Liebe, aber Du wirst die letzte sein. Und diejenige, bei der ich immer das Gefühl hatte, nichts, was ich sagen oder tun könnte, würde Dich vertreiben. Du hast nicht den Menschen in mir gesucht. Ich glaube sogar, Du hast den Mahr in mir geliebt. Und es ist wenig Mensch an und in mir, Ellie, sosehr ich mich auch bemühe. Vor allem aber bist Du die Erste, der es gelang, mich Tessa vergessen zu lassen. Dafür liebe ich Dich und dafür verfluche ich Dich. Aber es war heilsam, sie zu vergessen, es fühlte sich fast an wie Glück – und lieber sterbe ich nach einem Leben, in dem Tessa für ein paar wenige Augenblicke keine Macht über mich hatte, als ein sicheres und ewiges Dasein in ihrem Schatten zu fristen.

Außerdem: Was für eine Zukunft hätten wir gehabt? Ich bleibe zwanzig, ob ich will oder nicht. Und ich kann keine Kinder zeugen. Irgendwann wirst Du ein Baby haben wollen und ein normales Leben führen. Ich weiß zwar nicht, wie das bei Dir funktionieren soll, aber es wird kommen. Dann kannst Du jemanden wie mich nicht gebrauchen.

Ich sollte noch ein wenig ruhen, bevor sie so nahe ist, dass ich mich auf den Weg machen muss.

Auch wenn es unser Verhängnis werden sollte: Es war schön mit Dir. Ich bereue nichts. Ich bin gespannt, wie es sein wird zu sterben.

Colin.«

»Oh Colin. Du Riesenarsch mit Ohren«, schluchzte ich und zerknüllte den Brief, um ihn sofort wieder flachzustreichen und ein weiteres Mal zu lesen. Gut. Der Herr wollte also sterben.

563

Aber ich hatte es nicht so mit der Melodramatik. Ich war noch keine achtzehn und wollte leben. Und wenn möglich zusammen mit dem Riesenarsch. Wenigstens ab und zu.

Er liebte mich und ich liebte ihn. Es musste doch möglich sein, daraus etwas zu machen. Normales Leben. Pffft. Was war schon jemals normal gewesen bei mir?

Und wenn er starb, konnte auch ich sterben. Ich wollte ohnehin keinen anderen Mann mehr. Es würde mir immer so vorkommen, als würde ich Colin betrügen. Und ich würde vergebens nach spitzen Ohren suchen oder darauf warten, dass unsere Haare miteinander Friseur spielten.

Also blieb mir nichts anderes übrig, als hier, in Colins Haus, auf Tessas Ankunft zu warten und zu hoffen, dass mein irrwitziger Plan uns zumindest Zeit verschaffen konnte. Wenn Tessa erst einmal abgelenkt war, konnte ich vielleicht nach Colin suchen und zusammen mit ihm in den Tod stürzen.

Colin hatte mehrfach betont, dass Tessa dumm war. Ich war es jedenfalls nicht. Ein schwacher Trost, wo ich es doch mit übermenschlichen Kräften zu tun hatte. Aber ich musste mich irgendwie aufrecht halten, denn mir war vor Angst so übel, dass ich das Gefühl hatte, mein Herz würde im nächsten Moment aus meiner Kehle springen. Noch schwieriger aber war es, das grelle Surren in meinem Kopf zu ertragen, ohne den Verstand zu verlieren. Immer wieder musste ich mich selbst davon abhalten, meinen Schädel gegen die Wand zu schlagen.

Die Dämmerung kam schnell. Noch einmal bäumte sich der Sommer mit aller Macht auf, obwohl er längst verloren hatte. Flimmernde Wolken von Abertausend Glühwürmchen schwärmten um die im sachten Wind flüsternden Büsche und die Bäume dufteten intensiv nach feuchten Blättern und wilden Blüten. Der Gesang der Zikaden klagte und litt. Er brachte mir den Sommer zurück. Ich

564

fühlte den warmen Abendhauch in meinen Haaren und Colins kühle Haut an meinem Bauch. Doch am Boden breitete sich der blaugraue Nebel aus, wie ein Tier, das unaufhörlich wuchs und sich aufblähte, um alles um sich herum in grauenvoller Langsamkeit zu verschlingen. Zwischen den wogenden Tannenspitzen stieg der blutrote Vollmond empor und ließ die schwarz gezackten Regenwolken erhaben an sich vorüberjagen. Dort oben musste ein Sturm toben.

Noch immer war ich in Colins Schlafzimmer und sang vor mich hin, um das Surren auszusperren und mich zu beruhigen. Langsam fielen mir keine Lieder mehr ein. Doch, eines gab es da noch. Ich musste lächeln, als ich daran dachte, wie Mama es mir früher immer vorgesungen hatte. *Die Blümelein, sie schlafen.* Ich ging ans Fenster und blickte auf die Nebelschwaden, die um die Bäume waberten und all die Spinnennetze zwischen den Farnen und Gräsern mit unzähligen glitzernden Tropfen überzogen. Die Glühwürmchen waren verschwunden. Keine Zikade sang mehr. Es war totenstill geworden. Da war nur das immer stärker werdende, vibrierende Surren in meinen Ohren.

»Die Blümelein, sie schlafen schon längst im Mondenschein«, sang ich mit brüchiger Stimme dagegen an. »Sie nicken mit den Köpfen auf ihren Stängelein …«

Eine Gestalt trat aus dem Nebel, klein gewachsen und zierlich. Schnurgerade trippelte sie auf das Haus zu, als würde eine unsichtbare Leine sie führen. Ihr langes rotes Haar wallte bis auf die Hüften. Sacht bauschten sich ihre Gewänder, obwohl kein Wind mehr ging. Die Blätter an den Bäumen um sie herum verfärbten sich und fielen langsam auf den Boden. Es war, als wäre die Natur plötzlich und für immer gestorben. Nichts regte sich mehr. Doch dies war keiner meiner apokalyptischen Albträume, aus denen ich irgendwann erwachte. Ich schlief nicht. Es geschah wirklich. »Es rüttelt sich der

Blütenbaum, er säuselt wie im Traum«, sang ich wispernd weiter und trat rückwärts vom Fenster weg.

Ich musste nach unten gehen. Sie empfangen.

Schon hörte ich, wie ihre Fingernägel über den schweren Eisenring an der Haustür kratzten.

»Schlafe, schlafe, schlaf ein, mein Kindelein.«

Ich öffnete die Tür.

Träum süss

Noch als ich die Klinke hinunterdrückte, nahm ich mir fest vor, nicht in ihr Gesicht zu sehen. Eifersucht und Neid konnte ich jetzt nicht gebrauchen. Ich musste bei klarem Verstand bleiben.

Ich blickte nur auf ihre Füße; aberwitzig kleine Füße, die in weiches Leder geschnürt worden waren und deren Spitzen aus den zerfledderten Säumen ihrer Röcke und Umhänge hervorlugten. Eine erstickende Mischung aus Moder, Schimmel und Moschus streifte meine Nase. Ich musste schlucken, um mein Würgen zu unterdrücken. Vor allem aber musste ich ein möglichst freundliches, unverbindliches Gesicht aufsetzen. Ich zwang meine Mundwinkel nach oben und hoffte, dass sie mich verstehen würde.

»Guten Abend. Kann ich Ihnen helfen?«

Sie antwortete nicht. Ich wartete, einen Atemzug lang, zwei Atemzüge, bis ich registrierte, dass ich die Einzige war, die atmete. Dieses Wesen vor mir lebte, ich konnte es riechen und fühlen. Doch es atmete nicht. Es war hungrig.

Wieder bewegten sich ihre Rockschöße und zeichneten Schlieren in den weichen Sand vor Colins Eingang.

»Verstehen Sie mich?«, fragte ich etwas lauter.

Meine Gesichtsmuskeln verkrampften sich. Das Surren in meinem Kopf zerrte erbarmungslos an meiner Schläfe und ließ meine Stirnader heiß pulsieren. Die Schmerzen drohten mich in die Knie sacken zu lassen. Mit der linken, vor Tessa verborgenen Hand klammerte ich mich am Türrahmen fest, um nicht ohnmächtig zu werden.

Noch immer zeigte sie keinerlei Reaktion. Und ich war im Nachteil, wenn ich weiterhin nach unten schaute, auf diese mädchenhaften Füße in ihren verschnürten Puppenschuhen. Langsam ließ ich meinen Blick nach oben wandern, über den zerschlissenen, mottenzerfressenen Samt ihres schweren Umhangs, die vergilbten Spitzen an ihren Ärmeln, aus denen ihre kleinen, in Lederhandschuhe verpackten Hände herausschauten – sie hielt sie vor dem Bauch gefaltet, als würde sie beten –, ihr fast schon obszönes Meer an roten Schlangenhaaren bis hoch zu ihrem mit Ketten behängten Hals und ihrem Gesicht. Spinnen, Kellerschaben und Zecken wimmelten zu Hunderten in ihren Haaren.

Sie sah durch mich hindurch. Irritiert hob ich die Hand, um auf mich aufmerksam zu machen, und suchte ihren Blick. Doch sie stand wie eine Blinde vor mir, ihre Augen auf etwas gerichtet, was hinter mir war – oder irgendwo in ihrem Geist. Verblüfft und angewidert musterte ich ihr Gesicht. Ein rundes Gesicht mit spitzem Kinn und einer hohen Prinzessinnenstirn, gekrönt von einem pfeilförmigen Haaransatz. Ihre Haut war teigig und totenbleich. Die schmalen Lippen hatte sie mit dunkelrotem Lippenstift eingeschmiert. Nein, es sah eher aus wie eine erdige, selbst zusammengemischte Paste, die krümelig in den Mundwinkeln klebte. Ihre Stupsnase endete in zwei absurd großen Nasenlöchern, die sich witternd weiteten und in denen feine rote Härchen wogten.

Waren es etwa ihre Augen gewesen, die Colin willenlos gemacht hatten? Große, schlüpfrig wassergrüne Augen mit nur stecknadelkopfgroßen Pupillen und rostroten Wimpern, über denen sich gebogene Augenbrauen erhoben, die dämonisch und unschuldig zugleich wirkten. Alles in allem eine fatale Mischung aus Mädchen und Bestie. Aber bestimmt keine Filmschönheit.

Doch Tessa nahm mich immer noch nicht wahr. Nun spitzte sie ihre verschmierten Lippen und ein verzückter Ausdruck trat in ihr Puppengesicht. Mit einem leisen Gurren ruckte sie ihren Kopf zur Seite. Erschrocken wich ich zurück, als sie sich jäh auf mich zubewegte.

Ich konnte nicht verhindern, dass ihr Umhang mich streifte. Schnell griff ich nach dem Kragen meiner Strickjacke und presste ihn gegen meine Nase, um Tessas Geruch nicht einatmen zu müssen.

An mir vorbei trippelte sie in Colins Küche und dann hinüber ins Wohnzimmer. Erneut gurrte sie und hob schnüffelnd den Kopf. Dann löste sie ihre gefalteten Hände, streifte blitzschnell die Handschuhe ab und ließ sie auf den Boden fallen. Der samtige Pelz auf ihren Handrücken richtete sich augenblicklich auf. Mit einem kehligen, lustvollen Stöhnen breitete sie die Arme aus und drehte sich wie eine Balletttänzerin einmal um sich selbst.

Ich wollte sie ein weiteres Mal ansprechen, um endlich ihre Aufmerksamkeit zu erregen, doch ein schwarzer Schatten neben mir lenkte mich ab. Mister X war vom Kaminsims gesprungen und bewegte sich seitwärts auf Tessa zu, den Schwanz zu einer gigantischen Flaschenbürste geplustert und den Nacken gesträubt. In Zeitlupe näherte er sich ihr und knurrte dumpf – ein Knurren, das rasch in ein angriffslustiges Fauchen überging. Doch Tessa ignorierte ihn. Mister X hielt verstört inne und verkroch sich jaulend unter der Küchenanrichte.

»Suchen Sie etwas Bestimmtes?«, fragte ich laut und stellte fest, dass meine Wortmeldungen immer dämlicher wurden. Zudem war meine Frage überflüssig. Ich wusste, was sie suchte.

Mit gespreizten Fingern fuhr Tessa über die Fotos auf dem Kaminsims. In ihren Mundwinkeln mischten sich die Lippenstiftkrümel mit wässrigem Speichel, der als rötlicher Brei zu Boden tropfte.

Jetzt entdeckte sie den Kilt. Ein kehliger Schrei löste sich aus ihrer bleichen Kehle. Sie warf sich zitternd gegen die Wand und rieb ihren Unterleib lüstern an dem Karostoff. Besitzergreifend grub sie ihre Finger in das Gewebe. Ihre spitzen Nägel hinterließen lang gezogene Risse. In jenem Kilt, mit dem Colin mich gewärmt hatte. Ich auf seinem Schoß. Mein Kopf an seiner Brust.

Als habe sie meine Gedanken gespürt, fiel sie dumpf zu Boden, sprang in Sekundenschnelle auf alle viere und drehte sich zuckend um. Wieder schnoberten ihre Nüstern. Ich jedenfalls war mit meinen Nerven und meiner Geduld am Ende.

»Hallo!«, rief ich gereizt und machte ausladende Winkbewegungen mit beiden Armen. »Können Sie mich sehen? Hören? Jemand zu Hause?«

Tessa steuerte hungrig den Bauernschrank neben dem Fenster an, riss die Türen auf und begann mit fliegenden Händen in Colins Kleidern zu wühlen. Immer wieder rieb sie seine Hemden und Hosen an ihrem Unterleib, drückte sie an ihre weichen Brüste oder leckte schmatzend an ihnen.

Langsam begriff ich, was hier los war. Tessa sah und hörte mich tatsächlich nicht. Vermutlich konnte ich nackt um den Kamin hüpfen oder mich vor ihren Augen am Kronleuchter erhängen – sie würde mich keines Blickes würdigen. Ich war nicht interessant für sie. Ich war ein schwaches, kleines Menschlein, das sie mit einer Handbewegung vernichten konnte, wenn sie wollte. Ich konnte nichts gegen sie ausrichten. Gar nichts. Sie holte sich lediglich Appetit an Colins privatesten Sachen, an alldem, was ich liebte, seinen verwaschenen Hemden, die immer zu weit offen standen, seinem Kilt, der mich gewärmt hatte, seinen schmalen Hosen, die ihm so verboten gut standen, den Fotos aus jener Zeit, zu denen er noch mehr Mensch als Mahr gewesen war. Und Alisha noch am Leben.

Ich war für Tessa weniger als Luft. Ich musste zusehen, wie sie

570

hier, vor meinen Augen, ihr abartiges Vorspiel praktizierte und sich dann auf die Suche nach Colin machte.

Schon war sie auf dem Weg zum oberen Stockwerk. Nein. Nein, nicht ins Schlafzimmer, nicht auf Colins Bett. Alles, aber nicht das. Ich stürzte ihr hinterher und wollte an den muffigen Säumen ihrer Gewänder ziehen, damit sie stolperte, als sie schlagartig innehielt und langsam den Kopf drehte. Fest sah ich zu ihr hoch. Wennschon, dann wollte ich Angesicht in Angesicht mit ihr sterben. Doch sie schaute mich immer noch nicht an. In ihren Augen stand die pure Gier. Ihr kehliges Gurren ging in ein Grollen über, das jegliche Kraft aus mir zog. Wieder musste ich mich am Geländer der Treppe festkrallen, um nicht zu stürzen.

Flink wie ein Wiesel sauste sie auf ihren winzigen Füßen die Stufen hinunter und flog auf die Tür zu. Der wabernde Geruch aus ihren wehenden Gewändern raubte mir den Atem und drehte meinen Magen um. Ich schmeckte Galle auf meiner Zunge. Aber ich hatte jetzt keine Zeit, mich zu übergeben.

Sie hatte irgendeine Fährte aufgenommen. Oh Gott. Hatte sie Colin geortet? Ging es so schnell? Oder war er etwa zurückgekehrt, weil er fürchtete, dass ich immer noch da war? Verschwinde, Colin, bettelte ich in Gedanken und verbot mir im gleichen Moment, seinen Namen ein weiteres Mal in mein Gedächtnis zu rufen. Möglicherweise würde das Tessas Jagd nur beschleunigen.

Ich rannte ihr hinterher und schaffte es gerade noch, mich nach ihr durch die zufallende Tür zu zwängen. Mit wiegenden Schritten, die Arme immer noch ausgebreitet und den Kopf weit in den Nacken gelegt, sodass ihre züngelnden Haare beinahe den Boden berührten, bewegte Tessa sich in Kreisen über den matt schimmernden Kies. Es war fast dunkel geworden. Nur im Westen erinnerte ein blutrotes Glühen an den Tag.

In den Büschen hinter der Einfahrt flammte ein Feuer auf. Zweige wurden zur Seite gebogen und Laub fiel sterbend zu Boden. Herbstlaub im September. Tessa stimmte einen schrillen, aber leisen Singsang an, der sich mit dem Surren in meinem Kopf zu einer wahnhaften Sinfonie steigerte. Ihre Finger bewegten sich lockend und ihr kleiner Adamsapfel hüpfte auf und ab.

Nun bog er die letzten Äste zur Seite und zeigte sich ihr, aufrecht und erwartungsvoll. Die auflodernde Glut strahlte ihn von hinten an. Während er leichtfüßig und geschmeidig wie ein Raubtier auf Tessa zuschritt, riss er mit den Händen sein T-Shirt auf. Seine Haare richteten sich auf, um wie Flammen in den Himmel zu züngeln. Nun breitete auch er seine Arme aus und seine jungenhafte Brust streckte sich Tessa entgegen.

Es war nicht Colin. Es war Tillmann. Tessa lockte Tillmann.

»Oh nein …«, flüsterte ich. »Du dummer, dummer Idiot. Du solltest mir doch nicht mehr folgen.« Was war er für sie – ein Häppchen zwischendurch – oder das, was ich befürchtete: ein neuer Gefährte?

Es lagen nur noch wenige Meter zwischen der grotesk tanzenden und singenden Tessa und Tillmann, dessen schmale Augen ihr sehnsüchtig entgegenblickten. Funken schienen in ihnen zu spielen, ja, es war, als würde sein ganzer Leib brennen. Nun zerriss er den Rest seines T-Shirts, sodass sein Oberkörper völlig nackt war.

Wie hatte ich nur glauben können, dass er auf mich hörte? Ich hörte schließlich auch nicht auf Colin. Nur deshalb war ich hier. Wenn ich Tillmann alles erzählt und den Schwur an meinen Vater gebrochen hätte, dann wüsste er, mit wem er es zu tun hatte. So aber – so aber würde er ihr verfallen. Warum hatte ich nicht gesehen, wie einsam er war? Gab es denn gar nichts, was ihn im Diesseits hielt?

Doch. Es gab mich.

»Tillmann, nein!«, schrie ich und stellte mich zwischen ihn und

572

Tessa. Ihren Geruch musste ich jetzt ertragen. Kotzen konnte ich nachher noch. Falls es ein Nachher gab.

Tillmann nahm keine Notiz von mir. Das ist ein Albtraum, dachte ich verzweifelt. Tessa sieht mich nicht und Tillmann sieht mich auch nicht. Ich packte ihn an seinen schmalen Schultern und blickte ihm direkt in die Augen. Sie brannten für Tessa. Unwillig versuchte er, sich loszureißen.

»Tillmann, nein! Sie ist böse. Sie will deine Seele, deine Träume, deine Sehnsüchte – alles. Geh nicht zu ihr. Bleib hier bei mir.«

Ich schüttelte ihn, so heftig ich konnte. »Sieh mich an!«, brüllte ich und schlug ihm rechts und links ins Gesicht. Mit einem kurzen Blick zurück versicherte ich mich, dass Tessa mich immer noch nicht wahrnahm.

Ein kaum spürbares Beben ging durch Tillmanns Körper.

»Nein, Ellie. Siehst du nicht, wie schön sie ist? Dass sie mich liebt?«, sagte er mit weicher Stimme. Er lächelte sanft. Ich hatte ihn nie so lächeln sehen. Wo war sein rotzfreches Grinsen? Ich hasste dieses Lächeln. Es war nicht seines. Es war Tessas Werk.

»Oh nein, das sehe ich nicht«, antwortete ich wütend. »Weil es nicht so ist.« Ich lehnte mich gegen ihn, damit er nicht weitergehen konnte. Gereizt schob er mich zur Seite. Jetzt brach auch Tessas Gesang kurz ab. Sie grunzte, ein Grunzen wie ein Schwein, das eine lästige Fliege abschütteln möchte. Erstarrt hielt ich inne. Doch schon erhob sie wieder ihre Stimme. Ich holte weit aus und ließ meine Faust auf sein Brustbein krachen. Mit einem schmerzvollen Keuchen sackte Tillmann in sich zusammen.

»So, und nun hörst du mir zu«, zischte ich und packte ihn an der Kehle. »Sie ist böse. Wir müssen weg von hier. Tillmann, ich erzähle dir alles, wenn wir geflohen sind. Vertrau mir. Bitte.«

Sein Blick wurde wacher. Aber auch sehr zornig.

»Misch dich nicht in mein Leben ein, Ellie. Sie ist alles, was ich jemals wollte. Hier hält mich nichts. Es ist meine Entscheidung. Was willst du schon mit mir? Du hast mir verboten, dich zu sehen oder …«

»Pscht«, machte ich und hielt ihm den Mund zu. Er durfte keinesfalls Colins Namen aussprechen. Wieder knurrte Tessa und unterbrach ihren Balzgesang und diesmal zog sich ihre Pause über quälend lange Sekunden dahin. Sie begann mich wahrzunehmen. Ich hörte ihre Gewänder rascheln. Sie näherte sich.

»Tillmann«, versuchte ich es ein letztes Mal, während ich ihn an den Haaren zog, ihn ins Gesicht schlug, ihm die Oberarme quetschte, um ihn wach zu halten. Es tat mir selbst weh, doch es musste sein. »Ich mag dich. Du bist mein einziger Freund hier und du bist wichtig für mich. Deine Karten waren wichtig für mich. Ich bin dir dankbar dafür. Bitte bleib hier. Bleib bei mir. Ich brauche dich. Verdammt, bleib hier. Ich brauche dich wirklich.« Ich log nicht. Ich spürte, dass es stimmte. Vielleicht brauchte ich ihn nicht jetzt, aber irgendwann würde ich ihn brauchen. Ein Schatten fiel über Tillmanns Gesicht und die Funken in seinen Augen erloschen. Tessa stand hinter uns. Ihre spitzen Finger zupften rätselnd an meinen Haaren. Ihr Gesang war erstorben.

»Lenk sie ab – und warte hier auf mich«, flüsterte ich Tillmann eindringlich zu. Ich musste darauf vertrauen, dass der Bann gebrochen war und er ihr widerstand. Bevor Tessa begriff, dass sie mit Tillmann nicht allein war – Colin hatte recht, sie war reichlich schwer von Begriff –, hatte ich mich an ihr vorbeigedrückt und rannte ums Haus herum.

Louis galoppierte panisch an seinem Gatter auf und ab und warf seinen Körper gegen den Zaun. Als er mich sah, hielt er für einen Moment inne. »Louis, ich bin es«, raunte ich und zum ersten Mal hatte ich das Gefühl, dass er meine Stimme erkannte. Das Halfter mit dem langen Führstrick lag neben dem Holzstoß auf Colins

574

Putzkiste. Trense und Sattel wären besser gewesen, aber ich konnte ohnehin nicht reiten, also war es egal, mit welchem Equipment ich mir den Hals brach.

Das Gatter durfte ich nicht öffnen. Louis würde sofort fliehen. Ungeschickt kletterte ich über den Zaun. Weicher Blick, mahnte ich mich, wie ich es bei Colin gelernt hatte. Nur nicht in die Augen schauen. Ich sah nach unten auf Louis' tänzelnde Hufe, bis ich direkt vor ihm stand. Das Halfter war schon geöffnet, ich brauchte es ihm nur überzustreifen. Ich musste mich auf die Zehenspitzen stellen, doch es ging einfacher, als ich dachte. Schnell schob ich den Dorn des Verschlusses durch die Öse.

»Louis«, wisperte ich, so beruhigend es mir in dieser Situation möglich war. »Komm jetzt bitte mit.« Ich stieß das Gatter auf. Louis schoss an mir vorbei. Beinahe wäre mir der Strick aus den Händen geglitten. Wie ein Cowboy stemmte ich meine Absätze in den Boden und warf mich dagegen. Louis stoppte schwer atmend. Ich hielt das Seil immer noch in meinen blutenden Händen. Forsch schritt ich um das Haus herum, das riesige, vor Angst prustende Pferd im Schlepptau.

Ich hätte zwar vor Erleichterung den Boden küssen können, als ich sah, dass Tillmann ihr widerstanden hatte. Doch er hatte Tessa damit bis aufs Blut gereizt. Immer wieder musste er sich auf den Kies werfen und seitlich wegrollen, damit sie ihn nicht zwischen ihre Klauen bekam. Er schwitzte und seine Wangen glühten. Seine Bewegungen wurden schwerfälliger. Ich wunderte mich, dass er noch keinen Asthmaanfall erlitten hatte, und beschleunigte meine Schritte. Tillmann strauchelte, als er Tessa ein weiteres Mal ausweichen wollte. Blitzschnell ergriff sie die Gelegenheit und stürzte sich auf ihn. Schon schob sie ihre Hüften auf seinen Bauch und stieß ein kaltes, kehliges Gelächter aus.

Tillmann ließ die Arme zur Seite sinken. Es war zu spät. Sie würde ihn sich nehmen. Doch plötzlich riss er ruckartig den Kopf nach oben und sah sie hart an.

»Colin«, sagte er nur und schon durchlief ein animalisches Zittern Tessas zierlichen Mädchenkörper. »Er ist da draußen.« Tillmann zeigte auf den Wald. Nein, stöhnte ich in Gedanken. Warum verrätst du ihn? Warum tust du das? Tessa ließ Tillmann los und drehte sich witternd um.

»Na, such, Hündchen, such«, forderte Tillmann sie spöttisch auf.

Ich trat zwischen ihn und Tessa, den Strick fest in meiner rechten Hand. »Du wirst Colin nicht kriegen. Niemals«, sagte ich kalt und blickte Tessa direkt an. Nun nahm sie mich endlich wahr und sah mir in die Augen. Ein wenig erstaunt, ein wenig belustigt – und abgrundtief böse.

Noch einmal lachte sie schrill, erhob ihre Krallen und schritt wiegend auf mich zu.

Okay. Genug der Redseligkeiten. Louis begann hinter mir zu steigen und ich konnte den Strick kaum mehr halten. Ich wich zurück, drückte mich mit Schwung vom Boden ab und zog mich auf Louis' Rücken. Fast wäre ich wieder heruntergerutscht, doch ich bekam seine lange Mähne zu greifen und hielt mich daran fest, bis ich mich ins Gleichgewicht gebracht hatte.

»Und jetzt du!«, rief ich Tillmann zu. Wie ein kleiner Teufel schoss er auf uns zu und sprang mit einem Satz nach oben.

Tessa wirkte von Louis' Rücken aus noch winziger. Doch das minderte ihre Bösartigkeit keineswegs. »Mach sie fertig«, raunte ich Louis zu. Doch Louis war nicht nach Kämpfen zumute. Sobald ich mir den Strick um die Hand gewickelt hatte, fiel er in einen wilden, ungleichmäßigen Galopp. Er raste dicht an Tessa vorbei und ich hörte, dass einer seiner Hufe sie traf. Doch sie grunzte nur.

So ist das also, wenn ein Pferd mit einem durchgeht, dachte ich nach einer Weile und hielt mich verbissen an Louis' Mähne fest.

Den Strick hatte ich schon lange verloren. Zweige peitschten mir ins Gesicht, als Louis durch das Dickicht brach, und ab und zu geriet er ins Rutschen oder Stolpern, doch er konnte sich immer wieder ausbalancieren. Es blieb uns nichts anderes übrig, als ihn laufen zu lassen. Hauptsache, weg von Tessa. Tessa, die sich nun auf Colins Fährte machte. Ich hatte nur Tillmann retten können. Nicht Colin.

»Wenn du mal die Beine etwas locker lässt, hält er vielleicht auch an«, schrie Tillmann mir nach einem schier endlosen Ritt durch Wald und Feld ins Ohr. Ich hatte gar nicht registriert, wie fest ich Louis meine Fersen in die Flanken drückte – vor lauter Angst und Anspannung. Ich löste sie und augenblicklich fiel er vom Galopp in einen ungemütlichen Trab und dann in den Schritt.

Ich nahm eine Hand aus seiner Mähne. Sie blutete, meine Finger spürte ich nicht mehr. Trotzdem griff ich nach vorne und angelte mir den Führstrick. Nach einem vorsichtigen Ziehen kam Louis zum Stehen. Mit tränenden Augen blickte ich mich um. Im Tal konnte ich unser Dorf erkennen. Es war nicht mehr weit bis nach Hause.

Wir ließen uns von Louis' verschwitztem Rücken fallen und lagen minutenlang nach Luft schnappend im Gras. Über uns schob sich der Mond zwischen zwei Wolken durch. Ich konnte ein schmales pechschwarzes Stück Himmel und blinkende Sterne erkennen. Ich schlüpfte aus meiner Strickjacke und gab sie Tillmann, damit er sich etwas überziehen konnte.

»Warum hast du Colin verraten?«, fragte ich schließlich. »Ich meine – wie konntest du wissen, dass sie ihn sucht?«

Tillmann stützte den Kopf auf seinen Ellenbogen und sah mich an. Ich erschrak. Irgendetwas war zurückgeblieben. Er sah verändert aus. Es war in seinen Augen. Ein wenig hatte ihr Gift gewirkt.

»Du wirst mich jetzt wahrscheinlich für völlig bescheuert erklären«, sagte er zögernd. »Aber da war eine Stimme. Ich hab eine

Stimme gehört. Und die hat mir befohlen, dass ich seinen Namen nennen soll und ihr sagen soll, dass er draußen im Wald ist. Also hab ich es getan.«

»Willkommen im Klub«, stöhnte ich und leckte mir das salzige Blut von der Hand.

»Du musst mir wirklich alles erzählen, Ellie«, bat Tillmann mich. In seinen Augen glomm die nackte Angst. »Ich hab das Gefühl, ich dreh durch.« Ja, dieses Gefühl kannte ich.

»Nachher«, sagte ich abgekämpft und verdrängte den Gedanken daran, dass Tessa Colin möglicherweise schon erreicht hatte. Dass es jetzt losging. In dieser feuchten, wolkenverhangenen Nacht.

Tillmann stand auf und holte ein paar kleinere Gegenstände aus seiner Hosentasche.

»Was ist das?«, fragte ich müde, als er sich wieder neben mich setzte und sie ins Gras legte.

»Die sind aus ihren Kleidern gefallen, als sie – als sie versucht hat …« Er brach hilflos ab.

Ich schaute sie mir an. Ein silberner Ring – ein Ohrring von Colin? –, ein Amulett mit keltischen Symbolen, ein paar angelaufene alte Münzen und sein Autoschlüssel. Es waren Gegenstände von Colin. Dieses raffgierige Biest.

»Sie sind von ihm, oder?«, fragte Tillmann leise. Ich nickte nur. Die Tränen erstickten mich fast. Tessa musste sie gestohlen haben, als sie Colins Haus durchwühlte.

»Ich weiß auch nicht, warum ich Zeit damit verschwendet habe, sie aufzulesen«, sagte Tillmann nachdenklich. »Sie hat mich fast gekriegt deshalb. Vielleicht war das auch ein Trick von ihr. Ich weiß es nicht. Jedenfalls konnte ich sie einstecken, bevor du mit Louis kamst. Möchtest du sie haben?«

Er nahm sie und drückte sie mir in meine blutenden Hände.

Zusammen trotteten wir hinunter ins Dorf und zu unserem Haus, wo ich Louis an einem Zaunpfosten im Garten festband und ihm einen Eimer mit Wasser füllte. Er trank in langen, tiefen Zügen.

Ich setzte mich auf die Bank unter dem Garagendach und heulte. Tillmann hockte sich stumm neben mich und wartete, bis ich fertig war. Dann holte ich Luft, trocknete meine Tränen und erzählte ihm alles. Was Colin war, wie er es wurde und welche Rolle mein Vater in diesem Spiel einnahm. Er wurde blass um die Nase. »Mir ist grad richtig schlecht«, sagte er schließlich. Seine Hände zitterten.

»Aber sie war so schön«, murmelte er vor sich hin. »Und ich war größer als sie. Für sie war ich ein Riese.«

»Männer!«, rief ich entnervt. »Herr im Himmel. Was ist bloß mit euch los? Sie ist das abscheulichste Weib, das ich jemals gesehen habe. Sie kann sich nicht einmal ordentlich schminken! Und sie stinkt wie die Pest.«

Tillmann schüttelte ungläubig den Kopf. »Ich hatte das Gefühl, dass sie mir alles geben kann, wovon ich träume. Und noch mehr. Dass sie mich glücklich macht. Ich war mir so sicher. Außerdem – ich konnte atmen. Da war keine Last mehr auf meiner Brust. Dieses Asthmagefühl – es war weg! Vollkommen verschwunden. Sie hat mich geheilt.«

»Geheilt«, schnaubte ich. »Er kämpft jetzt gerade gegen sie. Und wahrscheinlich wird er verlieren«, erstickte ich seine unseligen verliebten Gedanken.

»Und wenn er verliert?«, fragte Tillmann.

»Dann gnade uns Gott.« Das klang pathetisch. Aber ich fühlte diese Worte. Wenn Colin sich mit Tessa zusammentat und uns heimsuchte, waren wir verloren. Andernfalls starb er. Schweigend hörten wir Louis dabei zu, wie er Gras rupfte und hin und wieder prustete, als wolle er sich selbst beruhigen, bis Papa aus dem Wintergarten trat und zu uns herunterkam. Ich hatte ihn schon lauern gesehen, als wir Louis festmachten.

»Eine zugelaufene Katze ist ja in Ordnung, Ellie. Aber ein zu-gelaufenes Pferd ...«

»Nur für eine Nacht«, sagte ich abweisend. »Morgen suche ich ihm eine Unterkunft.« Ich hob meinen Blick und sah Papa an. Er wusste doch genau, dass dieses Pferd Colin gehörte. Und mit Si-cherheit hatte er geahnt oder sogar gehört, was ich Tillmann eben erzählt hatte. Umso besser, dass ich das, was vor Colins Haus ge-schehen war, und erst recht Colins Brief mit keinem Wort erwähnt hatte.

Ich presste mein Knie an Tillmanns Bein, um ihn zu warnen.

»Colin ist geflohen«, sagte ich, ohne meine Augen von Papa ab-zuwenden. Eine kurze Welle durchlief Tillmanns Körper, doch er blieb still.

»Gut«, antwortete Papa ruhig, ohne sich zu rühren. »Sehr gut.«

Er blieb stehen und blickte mich bohrend an. Ich hielt ihm stand. Seine Miene war verschlossen. Ich wusste nicht, was er plante, und überlegte, welche schweren Gedanken er hin und her wälzte. Aber es dauerte, bis er sich endlich umdrehte und zurück ins Haus ging.

Blutbad

Der Schock kam spät in der Nacht. Plötzlich schlug mein Herz so schnell und unregelmäßig, dass ich für einen Augenblick dachte, ich müsste auf der Stelle den Notarzt rufen. Der Schweiß brach mir aus allen Poren und mir wurde schwindelig. Ich fegte meine Decke zur Seite, wälzte mich aus dem Bett und riss ein Fenster auf, dann das nächste und wieder das nächste, bis alle sechs Fenster weit geöffnet waren und die würzige Nachtluft mein erhitztes Gesicht kühlte.

Schon jetzt glaubte ich, die Ungewissheit darüber, was mit Colin im Wald geschehen war, nicht mehr eine einzige Sekunde aushalten zu können. Angestrengt lauschte ich nach draußen, ob die Nacht mir irgendetwas über den Verlauf des Kampfes erzählen konnte.

Doch alles wirkte friedlich. In der Ferne fuhr ein Auto vorüber und dann schallte das gedämpfte Brummen eines Flugzeugs durch die Stille. Louis stand dösend unten im Garten, den linken Hinterhuf eingeknickt. Doch seine Ohren hatte er nach vorne gerichtet, bereit, sofort ins Dunkel zu fliehen, sobald er Colins Ruf wahrnahm.

Tillmann und ich hatten gestern nicht mehr lange unter dem Garagendach gesessen. Es war spät geworden und er musste nach Hause. Kurz war ich versucht gewesen, ihn auszufragen, was er denn überhaupt für ein Zuhause hatte. Ob seine Mutter sich denn nicht sorge, wenn er so lange alleine durch den Wald streunte. Was sein Vater mache, wenn es denn einen Vater gab. Aber wir hatten schon so viel geredet und ich konnte ihm ansehen, dass er noch mit Tessa beschäftigt war. Sie wirkte nach.

Anschließend versuchte ich mich mit dem Gedanken zu beruhigen, dass der Kampf womöglich gerade erst begonnen hatte. Sollte Colin keine Chance haben, war es rasch vorbei. Sollte er doch, dann würde es zumindest bis morgen andauern. Und ob ich wollte oder nicht – ich musste schlafen. Ich konnte vor Erschöpfung kaum mehr einen Fuß vor den anderen setzen und ich war sogar zu müde, um etwas zu trinken. Doch der Schlaf währte nur kurz.

Nun stand ich krank und elend am Fenster, bis mein Herz sich wieder einigermaßen beruhigt hatte und nur noch ab und zu sein Tempo beschleunigte, als sei der Teufel persönlich hinter mir her. Und so ähnlich war es schließlich auch gewesen. Tessa war eine Teufelin. Wie hatten Colin und Tillmann ihr nur verfallen können? Sie war nicht nur ungepflegt und ordinär. Sie war in meinen Augen auch eine gierige, widerwärtige Schlampe.

Ich wollte mir nicht ausmalen, was genau sie mit Colin angestellt hatte – damals, während seiner Bluttaufe. Ob es damit zu vergleichen war, was Menschenmänner und Menschenfrauen miteinander taten? Mir wurde schlecht bei diesem Gedanken. Oder gab es gar keine körperliche Vereinigung?

Obwohl es empfindlich kühl in meinem Zimmer wurde, ließ ich alle Fenster geöffnet, wickelte mir die Decke um den Körper und setzte mich ans Kopfende meines Bettes. Dort wartete ich lauschend und dachte mit pochenden Schläfen nach, bis mein Wecker mich daran erinnerte, dass ich in die Schule musste. Irgendwie passte die Schule nicht mehr in mein Leben. Sie stahl mir Zeit und lenkte mich von dem ab, was wirklich wichtig geworden war.

Heute war wichtig, eine Unterkunft für Louis zu organisieren. Auf unserem Rasen konnte er nicht bleiben. Er brauchte Auslauf und ordentliches Futter. Ihn zurück zu Colins Haus zu bringen, war erst recht undenkbar. Blieb also nur der Stall von Maikes Großvater – dort, wo Colin ab und zu trainiert hatte. Aber wer würde sich um Louis kümmern? Wer würde nach ihm sehen?

Schon vor dem Frühstück stand Tillmann vor der Tür.

»Louis?«, sagte er nur fragend.

»Ich weiß, wo wir ihn hinbringen. Kannst du ihn bitte führen?« Er nickte, ging in den Garten und machte Louis mit ruhiger Hand vom Zaun los. Mama und Papa schwiegen mich an, als ich ihnen sagte, was wir vorhatten. Mama musterte Tillmann prüfend. Papas Augen hingegen hatten sich in eine Welt zurückgezogen, die für mich nicht mehr erreichbar war.

Als wir im Stall ankamen, hatte die erste Schulstunde längst begonnen und wir waren beide müde und entkräftet. Tillmann sah sehr blass aus. Immer wieder fasste er sich an den Bauch, als sei ihm übel. Meine Finger zeichneten sich als Striemen auf seiner Wange ab und sein rechter Mundwinkel war blutverkrustet. Um mich war es kaum besser bestellt. Das Surren in meinem Kopf war in der Nacht zwar schwächer geworden und ich begann schon, mich daran zu gewöhnen, aber die pochenden Schmerzen in Schläfe, Nacken und Schulter hielten an. Was wir brauchten, war ein heißes Bad, ein paar Aspirin und ein ausgiebiges Frühstück. Was ich wollte, war etwas gänzlich anderes.

Die Ponys grasten friedlich auf der Weide, doch es war kein Mensch außer uns hier. Louis prustete, als Tillmann ihn wie selbstverständlich in seine Box am Ende der Stallgasse führte. Ich klemmte ein paar Geldscheine hinter das Messingschild und hoffte, dass Maikes blinder Großvater sie entdecken würde. Tillmann klopfte Louis zum Abschied den Hals, als habe er nie etwas anderes getan. Ich musste mich überwinden, die Box zu betreten. Dann tat ich es doch und traute mich sogar, Louis eine Möhre zu geben, die er mir sanft aus der Hand klaubte und mit Getöse zerbiss.

583

»Kannst du ab und zu nach ihm sehen?«, fragte ich Tillmann. »So lange, bis …« Ja, bis was? Bis ich irgendwie erfuhr, dass Colin es nicht geschafft hatte? Und dann?

»Klar«, sagte Tillmann gleichmütig.

»Und jetzt müssen wir wohl zur Schule«, seufzte ich, obwohl mir das völlig unpassend erschien. Ich konnte doch nicht zur Schule gehen, während Colin da draußen gegen Tessa kämpfte. Tillmann sah mich zweifelnd an. Sein blasses Gesicht verzog sich zu einem frechen Grinsen. Gott sei Dank, Tessa hatte es ihm nicht nehmen können.

»Ähm – es ist Samstag. Keine Schule.« So weit war es also schon gekommen. Ich wusste nicht einmal mehr, welchen Wochentag wir hatten.

»Gut«, sagte ich, schlurfte aus dem Stall und lehnte mich an den steinernen Torbogen. Tillmann folgte mir gähnend. Wehmütig berührte ich den dunkelgrün emporwuchernden Efeu und versuchte verzweifelt, Ordnung in meine Gedanken zu bringen. Es fiel mir schwer, denn die Erinnerungen lähmten mich. Hier, genau an dieser Stelle, hatte ich das erste Mal in Colins Gesicht geblickt, nachdem er den Nachtfalter vor den Fängen der Spinne gerettet hatte. Schlagartig vergaß ich meine pochenden Schläfen und schob die Erinnerungen fort. Die Spinne – natürlich, ich musste sehen, was die Spinne machte. Ich brauchte sie. Die Witwe hatte mir gezeigt, dass Tessa angekommen war, und Tessas Haare und Gewänder hatten vor widerlichem Krabbelgetier gewimmelt. Irgendwie stand sie mit ihnen in Verbindung. Wie, wusste ich nicht, aber vielleicht verriet die Witwe mir auch, wie es um den Kampf bestellt war. Ob Tessa noch lebte. Oder ob … Ich drehte mich zu Tillmann um, der mit abwesendem Blick auf die Weide starrte.

»Ich muss noch was erledigen. Mir wäre es lieb, wenn du nicht allein hier rumlungerst. Geh nach Hause und schlaf dich aus.«

584

Tillmann verzog genervt den Mund. Stimmt, er mochte Befehle ebenso wenig wie ich. »Sorry«, setzte ich hinterher und versuchte mich an einem Lächeln. Es misslang gründlich.

»Du hast etwas vor, oder? Du planst etwas …«

»Tillmann – ich – ich hab keine Ahnung. Ja, vielleicht habe ich was vor. Vielleicht auch nicht. Ich muss nachdenken. Aber egal, was dabei rauskommt – wir müssen uns vorher ausruhen. Und zwar gründlich.«

Das Wörtchen »wir« wirkte Wunder. Wortlos und in einem Affentempo lief er mir voraus in Richtung Rieddorf. Ich eilte ihm hinterher, denn diesen Weg hatte ich ohnehin einschlagen wollen. Als wir die Ortsmitte erreicht hatten, beschloss er mit einem ergebenen Seufzen, mich wieder wahrzunehmen. Er drehte sich zu mir um und sah mich reserviert an.

»Na gut«, murrte er. »Ich muss wirklich dringend schlafen. Ich hab die ganze Nacht über diesen – Scheiß nachgedacht.«

Schon hatte er sich ohne einen Gruß umgedreht und die Straßenseite gewechselt. Eine merkwürdige Freundschaft war das.

»Dir auch einen schönen Tag«, knurrte ich. Dann lief ich zur Poststelle und wühlte mich hastig durchs Telefonbuch. In der Schule würde ich meinen Biologielehrer kaum finden. Ich probierte es zuerst in Rieddorf. Schütz. Es gab nur drei Einträge. In Köln wären es unzählige gewesen. Manfred. Das war er. Wenigstens etwas, das problemlos funktionierte. Ich notierte die Adresse und ließ mir den Weg dorthin in der Tankstelle gegenüber erklären.

Zehn Minuten später stand ich vor einem grau verputzten Häuschen, das dringend eine Renovierung nötig gehabt hätte. Das Klingelschild war vergilbt und neben dem Eingang verrotteten wild wachsende Buschrosen. Ich musste dreimal läuten, bis die Tür sich endlich öffnete. Herr Schütz empfing mich in einem blau-schwarz gestreiften Morgenmantel und mit wirrem Haar, das in alle Himmelsrichtungen abstand. Dazwischen schimmerte seine kleine, runde Glatze.

Verschlafen blinzelte er mich an und konnte ein Gähnen nicht unterdrücken.

»Elisabeth – was machst du hier? Ist etwas passiert?«

Er bewegte sich müde zur Seite, sodass ich eintreten konnte. Es roch nach Tabak, Rasierschaum und gebratenen Spiegeleiern, ein sehr menschlicher und einlullender Geruch. Die Einrichtung wirkte zweckmäßig und vernachlässigt. Keine Teppiche auf dem abgenutzten Parkett, keine Dekoration, keine Pflanzen. Herr Schütz schlurfte mir voraus in eine altmodische Küche mit summendem Boiler an der Wand. Gähnend nahm er einen Stapel Zeitungen von der Eckbank, damit ich mich setzen konnte.

»Kaffee?«, fragte er.

»Oh ja«, seufzte ich. Als die Kaffeemaschine zu gluckern begann, fielen mir vor Erschöpfung die Augen zu. Für einen Moment ließ ich den Kopf an die Wand sacken und genoss die Normalität um mich herum – auch wenn sie einsam und wenig einladend wirkte. Inzwischen war ich mir fast sicher, dass Herr Schütz allein lebte. Ich konnte keinerlei Spuren eines weiblichen Wesens erkennen. Nichts, was die Wohnung wie ein Heim wirken ließ.

Ich kniff mir in die Wangen, damit wieder Leben in mein Gesicht zurückkehrte. Schließlich war ich nicht hergekommen, um Kaffee zu trinken. Kämpfe zwischen Nachtmahren mochten sich über Tage hinziehen, selbst zwischen zwei ungleichen Gegnern wie Colin und Tessa. Dennoch wollte ich keine Zeit verlieren. Ich musste meinen Plan weiterstricken, der auf dem Weg vom Stall hierher langsam Gestalt angenommen hatte. Einen Plan brauchte ich, sonst würde Tessa mich in der Luft zerfetzen. Und ich brauchte einen besseren, durchdachteren als den von gestern Abend.

»Also, die Spinne«, begann ich schleppend. »Es tut mir leid, dass ich gestern einfach abgehauen bin. Aber ich – ich hatte etwas sehr Dringendes zu erledigen. Etwas Eiliges. Es konnte nicht warten.«

Herr Schütz hörte mir schweigend zu und schlürfte seinen Kaffee. Er schien langsam wacher zu werden. Seine Haare waren immer noch morgenstörrisch und ließen sich auch nicht glätten, als er sich nachdenklich über den Kopf fuhr.

»Wie dem auch sei«, fuhr ich fort. »Ich würde gerne wissen, was mit ihr ist. Wie sie sich jetzt verhält. Zittert sie noch?« Ich bemühte mich, sachlich und interessiert zu klingen, aber meine Stimme hatte einen gequälten Unterton. Herr Schütz stand auf, ging in das Nebenzimmer und kam mit dem Terrarium in den Händen zurück.

Die Spinne zitterte nicht mehr. Sie sah sogar aus, als sei kein Fünkchen Leben mehr in ihrem Körper. Die Farbe ihres Panzers hatte ihr giftiges Schimmern verloren und die Beine waren seltsam verkrümmt.

»Ist sie tot?«, brach es erwartungsvoll aus mir heraus. Herr Schütz blickte mich erstaunt an. Selbst ein Idiot konnte spüren, dass ich mir den Tod der Spinne herbeiwünschte. Und das war kein sehr wissenschaftliches Verhalten, da ein totes Beobachtungsobjekt das unumkehrbare Ende einer jeden Versuchsreihe bedeutete. Doch wenn die Spinne tot war, dann war vielleicht ….

»Nein«, erstickte Herr Schütz' müde Stimme meine aufkeimende Hoffnung. »Nein, sie lebt. Als es das erste Mal passierte, dachte ich auch, sie sei tot. Aber sie ruht sich nur aus. Und dann geht das Zittern wieder los. Sie wartet immer noch auf ihr Männchen.«

Das Männchen lebte also auch noch? Und Tessa ruhte sich aus? Ich ließ meinen Kopf zurück an die Wand sinken. Mein Ohr stieß an etwas Hartes, Eckiges, das hinter mir ins Wanken geriet. Irritiert drehte ich mich um. Die gesamte Wand war mit eingerahmten Kinderfotos übersät. Es war immer der gleiche Junge – rothaarig, klein, zierlich und mit aufgeweckten goldbraunen Mandelaugen.

»Oh. Ist das …?« Ich blickte Herrn Schütz fragend an.

»Mein Sohn«, sagte er leise. Seine Augen verdunkelten sich. »Das ist mein Sohn.«

Tillmann war der Sohn von Herrn Schütz? Tillmann hatte einmal von seiner »Mum« gesprochen. Nie von einem Vater. Irrte ich mich und dieses Kind war nur irgendein Junge, der zufällig so aussah wie er? Doch nun erinnerte ich mich, dass Maike gesagt hatte, nur Tillmanns Vater habe ihn davor bewahrt, von der Schule zu fliegen.

»Aber er lebt nicht hier bei Ihnen, oder?«, hakte ich vorsichtig nach. Herr Schütz schüttelte langsam den Kopf.

»Nein«, sagte er wie zu sich selbst. »Sie hat ihn mir weggenommen, nachdem er auf einer Exkursion in den Bergen einen Asthmaanfall erlitten hatte und gestürzt ist. Sorgerecht futsch.«

Und jetzt schlug er sich alleine durchs Gestrüpp und lauerte mitten in der Nacht Mahren auf.

»Wir hatten Bären beobachtet«, erklärte Herr Schütz gedankenversunken. Er hatte keine Ahnung, wie harmlos Bären doch im Vergleich zu Nachtmahren waren. Ich hätte gerne etwas Tröstendes gesagt, doch er nahm mich gar nicht mehr wahr. Außerdem wollte ich nicht länger herumtrödeln. Bei einem Teil meines Plans konnte er mir aber trotzdem noch behilflich sein. Ich trank den letzten Schluck Kaffee, der so stark war, dass ich mich beinahe geschüttelt hätte, und klopfte mit den Fingerknöcheln sacht auf das Terrarium, um Herrn Schütz in die Gegenwart zurückzuholen. Müde sah er mich an.

»Ich nehme sie wieder mit zu mir, in Ordnung?« Er nickte. »Und apropos Exkursion – haben Sie vielleicht eine Pflanzenbestimmungsenzyklopädie, die Sie mir ausleihen können? Nur für ein paar Tage. Ich möchte gerne – äh – mich ein bisschen umsehen. Da draußen. Kräuter und so«, erklärte ich vage.

Ein Lächeln stahl sich auf sein zerfurchtes Gesicht. »Aber natürlich, natürlich«, rief er, stand auf und ging aus dem Raum. Es rumpelte und polterte eine Weile und dann kam er mit drei Büchern unter dem Arm zurück.

»*Kosmos Naturführer* – der Klassiker, kennst du aus der Schule. *Das große Buch der Heilpflanzen* von Pahlow und hier, wunderschön, die *Enzyklopädie der psychoaktiven Pflanzen* von Rätsch. Tolle Illustrationen!«

»Sie sind ein Schatz!«, rief ich etwas zu begeistert und lief rot an. Ich sprang auf und zog mir eilig meine Jacke über. Sein Blick ruhte fragend auf mir, doch ich wich ihm aus. Die Vorstellung, mit ihm in dieser rauchigen, schäbigen Küche zu sitzen und die ganze Angelegenheit, ja, vielleicht sogar meinen Plan, für den ein studierter Biologe möglicherweise ein guter Berater sein mochte, rein wissenschaftlich zu beleuchten, schien verführerisch. Doch es kostete zu viel Zeit. Und es barg die Gefahr, dass Herr Schütz mich anschließend umgehend in die Jugendpsychiatrie einweisen ließ.

»Danke für alles – und ein schönes Wochenende«, stotterte ich und eilte nach draußen. Grübelnd ließ ich mich vom Bus nach Kaulenfeld schaukeln, ohne die Spinne aus den Augen zu lassen. Nun galt es, noch eine Weile zu schauspielern und Energie zu tanken. Und genau zu überlegen, wie ich vorgehen wollte. Doch schon jetzt war mir klar, dass ich die Nacht abwarten musste, denn nur dann würde alles so funktionieren, wie ich es mir ausmalte – ein bizarres, fast wahnsinniges Szenario, aber ich hatte es schließlich mit einer Wahnsinnigen zu tun.

Zu Hause herrschte eine eisige Atmosphäre. Ich wurde den Eindruck nicht los, dass Mama und Papa Streit hatten, obwohl kein lautes Wort fiel. Nein, es fiel gar kein Wort. Papa fuhr gegen Abend in die Klinik und Mama rupfte mit verbissenem Gesicht Unkraut, als habe sie es mit abgrundtief bösen Dämonen zu tun. Ich half ihr dabei, und wenn ich zwischendurch verschwand – ich sagte ihr, ich habe mir die Blase verkühlt –, verglich ich das, was ich sah, mit den Abbildungen in Herrn Schütz' Büchern. Meine Nervosität wuchs ins Unerträgliche und ich biss mir bei meinen Versuchen, mich ruhig zu halten, die Innenseiten beider Wangen auf.

»Es ist besser so, Ellie«, sagte Mama ohne rechten Nachdruck, als wir, eine stiller als die andere, im Wintergarten saßen und zu Abend aßen. »Dass er nun weg ist. Geflohen.«

»Ja, wahrscheinlich«, pflichtete ich ihr matt bei und schniefte. Sie glaubte mir. Ich zwang mich dazu, zwei Schinkenbrote herunterzuwürgen, viel Wasser und zwei starke Espressos zu trinken. Gerne hätte ich Mama umarmt, denn vielleicht war es das letzte Mal, dass ich die Gelegenheit dazu hatte. Doch alles, was Verdacht weckte, musste ich mir verbieten.

Als ahnte sie, was ich vorhatte, kam Mama heute Abend nicht zur Ruhe. Es dauerte ewig, bis unten die Kerzen erloschen und sie zu Bett ging. Stundenlang hatte ich bewegungslos auf der Treppe verharrt und nur darauf gewartet. Es konnte beginnen.

Ich erhob mich, ging leise in mein Zimmer und zog mich um. Schwarzes Tanktop, schwarze Jeans, schwarze, flache Boots. Meine Haare kämmte ich zurück, so straff es ging, und flocht sie zu einem dicken Zopf. Dann holte ich einen leeren Umzugskarton aus dem Keller und schlich in den Garten. Ich füllte einen kleinen Topf mit schwarzer Torferde und sah mich um.

Ich fand schnell, was ich suchte, nachdem meine Augen sich an die Dunkelheit gewöhnt hatten. Der Garten war voll davon. Schon während des Unkrautjätens hatte ich meine Marschroute durch die Beete im Geiste abgesteckt. Mama gärtnerte nicht nur gerne. Sie schirmte uns ab. Es steckte System dahinter, auch wenn ihre Pflanzreihen chaotisch wirkten. Bündelweise schnitt ich Zweige, Blüten und Triebe ab und warf sie in den Karton. Zum Schluss drang ich lautlos in Papas Büro ein und riss die Orchideen aus ihren Kübeln.

Mit zwei Expandern befestigte ich die überquellende Kiste auf dem Fahrrad meiner Mutter. Mein eigenes lag ja immer noch im Unterholz.

Jetzt kam der unangenehmste Teil. Nachdem die Spinne während der Heimfahrt immer wieder gezittert hatte, kauerte sie nun schlaff und unschlüssig am Boden. Sie war zu weit weg, um klare Signale zu empfangen. Würde es überhaupt gelingen, dass sie mich an die richtige Stelle im Wald leitete? Oder irrte ich mich komplett? War es doch einfach nur eine besonders gestörte Spinne?

Mit einem flauen Gefühl im Bauch schob ich den Deckel des Terrariums zur Seite. »Stirb endlich«, knurrte ich, als ich das Einmachglas über sie stülpte, es umdrehte und fest verschloss. Gereizt hob sie ihre Fangarme, um sich dann flach auf den Boden zu pressen. Nein, sie sah nicht ein zu sterben. Ich aber auch nicht. Ich umhüllte das Glas mit mehreren langen schwarzen Stoffffetzen, die ich aus Mamas Nähzimmer stibitzt hatte, und packte es zusammen mit den Büchern und meinem Discman in meinen olivgrünen Rucksack. Viel Hip-Hop hatte ich nicht in meinem CD-Regal stehen, doch die wenigen Klassiker sollten genügen. Cypress Hill, Snoop Dogg, Everlast. Ich war mir fast sicher, dass Tillmann Hip-Hop hörte. Nach einem kurzen Zögern nahm ich auch noch die *Greatest Hits* der Red Hot Chili Peppers heraus und legte sie obenauf.

Ich musste mich nur noch überwinden, ihn anzurufen und mit ins Boot zu holen. Ja, er hatte Asthma. Aber er hatte ein Spray und es half. Tillmann liebte die Gefahr. Er wollte dabei sein, dessen war ich mir sicher. Und er war der Einzige, der von alldem wusste. Nur er konnte meinen Eltern erzählen, was geschehen war, wenn mein Vorhaben sich als Irrsinn entpuppte und ich da draußen für immer verloren ging. Doch. Ich brauchte Tillmann. Es ging nicht anders. Aber ich durfte ihn nicht ins Zentrum des Kampfes lassen. Er würde »nur« mein Fahrer und Bote sein. Diesmal musste ich mich durchsetzen. Ich lehnte mich aus dem Fenster und wählte seine Nummer, die glücklicherweise in meinem Handy abgespeichert war.

»Ja?«, meldete er sich. Er klang abgespannt.

»Hast du geschlafen? Bist du fit?«, fragte ich ihn mit gedämpfter Stimme und wünschte Mama einen tiefen, festen Schlummer. Die Chancen standen gut, denn Papa war nicht da.

»Äh – Ellie? Bist du das?«

»Ja, wer sonst? Ich hab einen Plan. Kannst du Auto fahren? Ihr Jungs könnt das doch immer früher, als ihr dürft.«

»Hm. Ich hab mal den alten Trecker von meinem Dad gesteuert.«

»Okay. Das muss reichen. Wir treffen uns in einer halben Stunde vor Colins Haus. Ich glaube nicht, dass sie dort ist. Nimm dein Spray mit.«

»Alles klar«, sagte er, plötzlich hellwach, und legte auf.

Mit der gefährlich schwankenden Kiste auf meinem Gepäckträger und dem schweren Rucksack samt Giftspinne auf dem Rücken erreichte ich Colins Haus. Tillmann war schon da. Das trutzige Anwesen wirkte ausgestorben und verlassen, als habe seit Jahrzehnten niemand mehr hier gelebt. Ein kalter Wind begann die Tannenspitzen zu biegen und schwere Regentropfen mischten sich in die Böen.

Colins Wagen stand wie ein schlafendes, kantiges Ungetüm in der Einfahrt. Ich stieg vom Rad und fummelte den Autoschlüssel aus meiner Hosentasche. Tillmann leuchtete den Wagen mit seiner Taschenlampe an. Der schwarze Lack war von tiefen Kratzern übersät, immer fünf dicht nebeneinander. Nicht einmal vor ihm hatte sie in ihrer wahnhaften Gier haltgemacht, diese alte Schlampe.

»Hier!« Ich warf Tillmann den Schlüssel zu. Geschickt fing er ihn auf und hatte binnen weniger Sekunden die Türen entriegelt. Ich stellte den Karton in den Laderaum. In den Zweigen und Trieben raschelte es verdächtig.

592

»Was hast du vor, Ellie?«, fragte Tillmann mich kritisch und wich angewidert zurück, als wir Platz genommen hatten und ich das Glas mit der Spinne aus meinem Rucksack zog. »Und wie siehst du überhaupt aus?«

Ich musterte ihn ausführlich. Seine Augen waren aufmerksam und klar, aber auch sehr fordernd. Ich atmete langsam aus.

»Du musst mir jetzt blind vertrauen. Ich weiß, das ist schwer. Aber es geht nicht anders. Wir fahren erst einmal in den Wald. Wo ist er am undurchdringlichsten und wo sind die Bäume am höchsten?«

Tillmann überlegte einen Moment. »Unterhalb der Ruine. Da gibt's auch keine Wanderwege mehr oder so. Allerdings –«

»Dann bring uns dahin«, unterbrach ich ihn. »Kannst du das?«

»Mal sehen«, murmelte er und steckte den Schlüssel in die Zündung. Er drehte ihn um und der Motor begann dröhnend zu tuckern.

»Boah, geil, ein V8«, grinste Tillmann. Doch als er das Gaspedal drückte, bewegte sich das Monstrum keinen Millimeter von der Stelle.

»Was ist?«, zischte ich. »Warum fährt er nicht? Kein Benzin?«

»Wenn er kein Benzin mehr hätte, würde er nicht anspringen«, wies mich Tillmann naseweis zurecht und fummelte an der Gangschaltung herum. Der Hebel ließ sich nicht aus seiner Verankerung lösen. »Und jetzt mach keinen Stress, ich muss mich konzentrieren. Das ist eine Automatik. Ist neu für mich.«

»Fein«, stöhnte ich und legte mir die flache Hand aufs Herz, um mich zu beruhigen. Die Spinne verharrte immer noch scheinbar leblos am Boden des Glases. Tillmann machte sich an den Armaturen zu schaffen. Das Schiebedach fuhr surrend auf und im Nu durchnässte der Regen unsere Haare. Wild Hebel und Knöpfe austestend schloss Tillmann es wieder. Immerhin fand er auf diesem Weg die Scheibenwischer. Der Regen wurde stärker.

593

»Ich glaub, jetzt weiß ich es«, sagte Tillmann zufrieden, stellte den Sitz niedriger ein und trat ein Pedal. Nun ließ sich die Gangschaltung betätigen. »D«, flüsterte er. Der silberne Knauf rastete ein, Tillmann nahm den Fuß vom Pedal – der Bremse, wie mir aufging – und wie von Geisterhand bewegt rollte der Wagen nach vorne.

»Stopp!«, schrie ich und riss die Arme vors Gesicht. Das Glas mit der Spinne fiel klappernd in den Fußraum. Mit einem durchdringenden metallischen Knirschen kam der Wagen zum Stehen.

»Puh, das wird teuer«, mutmaßte Tillmann gelassen. Ich äugte nach vorne. Er hatte Colins Wagen tatsächlich gegen eine Tanne gesetzt. Die Motorhaube wölbte sich in der Mitte leicht nach oben.

»Auch egal. Fahr!«, herrschte ich ihn an.

Tillmann zuckte mit den Schultern und manövrierte den Wagen aus der engen Einfahrt, was die Reparaturrechnung schätzungsweise verdoppelte. Doch er lernte schnell. Als ich die Ruine zwischen den tief dahinziehenden Regenwolken erahnte, quietschten die Reifen kaum mehr, wenn der Wagen sich in die Kurve legte, und beim Bremsen wurden wir nicht mehr samt Rucksack und Karton nach vorne geschleudert. Angst hatte ich keine. Im Vergleich zu dem, was mich da draußen erwartete, war diese Höllentour vermutlich eine lustige Spazierfahrt.

Tillmann bog, ohne zu blinken, von der Landstraße in einen Schotterweg ein und hielt abrupt an. Flink schaltete er die Scheinwerfer aus.

»Was ist los?«, fragte ich und löste meinen Blick von der Spinne, die zögerlich ihre Beine aufzustellen begann. Ein jäher Schauer durchlief ihren Panzer. Wir waren auf dem richtigen Weg.

»Treibjagd«, sagte Tillmann knapp und deutete nach vorne. »Sie bereiten die Treibjagd vor.«

Am Ende des Weges flatterte ein Absperrband im Wind und ich sah eine Truppe von Jägern, die mit dampfendem Atem in der Kälte standen und ihre Gewehre überprüften. Das gehetzte Kläffen der Hunde schallte bis zu uns herüber. Die Spinne erhob drohend ihre Fangarme.

»Wir müssen da durch. Es geht nicht anders. Die denken bestimmt, wir gehören zu ihnen, vielleicht erkennen sie sogar Colins Wagen und Colin ist immerhin Jäger. Fahr einfach. Aber bring niemanden um dabei.«

»Ellie – das da vorne ist Bennis Vater!«

»Na und? Er weiß ja nicht, dass wir im Wagen sitzen. Das geht so schnell, das kriegen die gar nicht mit.«

Kopfschüttelnd sah Tillmann mich an. Seine Nase war blass geworden, doch eingeschüchtert oder gar ängstlich wirkte er nicht.

»Du bist total bescheuert, Ellie«, sagte er grinsend.

»Ja, und jetzt fahr, aber lass das Licht aus!« Er trat das Gaspedal durch. Aufröhrend schossen wir an den Jägern vorüber und für Sekunden blickte ich in erstaunt aufgerissene Augen und Münder. Dann durchpflügte der Wagen brutal die Absperrungsbänder. Eines blieb wie ein fehlgeleitetes Hochzeitsfähnchen am Außenspiegel hängen, bis ein Zweig es im Vorbeifahren abriss. Ich drehte mich hastig um. Wir wurden nicht verfolgt.

»Weiter geradeaus«, gab ich Tillmann die Richtung vor. Nach einigen Metern ließ die Spinne ihre Fangarme sinken. »Nein, rechts, probier rechts.« Den Weg hatten wir sowieso längst verlassen. Der Wald wurde immer dichter und ab und zu kippte der Wagen gefährlich zur Seite, wenn die Reifen sich wieder einmal über einen Felsbrocken oder quer liegende Äste kämpfen mussten.

»Ellie, ich seh kaum mehr was«, beschwerte sich Tillmann und kniff suchend die Augen zusammen.

»Ich aber. Ich sag dir, wo es weitergeht, okay? Rechts!«, brüllte ich. Reaktionsschnell gehorchte er, bevor der Wagen die Böschung hinunter in eine Schlucht stürzen konnte. Rumpelnd fing er sich.

Schnaufend fuhr Tillmann weiter. Zwischendurch griff er mechanisch nach seinem Spray und inhalierte.

»Yes«, sagte ich zufrieden, als die Spinne kaum merklich, dann aber immer stärker zu zittern begann und schließlich aufgepeitscht gegen den Deckel sprang. Der Wagen raste über ein Schlagloch und unsere Köpfe prallten hart gegeneinander. Rasch angelte sich Tillmann das Lenkrad zurück, um zwei Bäumen auszuweichen. Dann musste er anhalten. Ein schwerer, dicker Stamm lag quer und rundherum wuchsen die Tannen zu dicht, um durchzukommen. Jetzt konnten wir nur stehen bleiben oder umkehren.

»Ende Gelände«, kommentierte Tillmann lakonisch und lehnte sich aufstöhnend zurück. Er warf einen angeekelten Blick auf die Spinne, die immer wieder gegen das Glas sprang und am ganzen Leib zitterte. Inzwischen regnete es Bindfäden. Doch der Himmel verfärbte sich in ein nasses dunkles Grau. Der Morgen nahte.

»Ich glaube, das reicht«, beschloss ich.

Tillmann stellte den Motor aus. Ich öffnete die Tür einen Spalt weit und lauschte. Kein einziger Vogel sang. Ich hörte nur das beständige, erstickende Rauschen und Prasseln des Regens. Wir waren in einem dichten Hänsel-und-Gretel-Wald gelandet. Eine hohe Tanne reihte sich an die nächste, die Stämme im unteren Bereich vollkommen kahl, der weiche Boden unter ihnen übersät von Nadeln. Hier würde es auch bei Tageslicht nie richtig hell werden.

Ich schloss die Tür, drehte mich um und kroch auf die Ladefläche. Mit den Stoffstreifen aus dem Rucksack band ich mir all die Zweige an den Körper, die ich abgeschnitten hatte – Schwarzes Bilsenkraut, Nachtjasmin, Stechapfeltriebe, Engelstrompete, Bittersüßer Nachtschatten und Alraunenwurzeln. Mama hatte sie zu Hunderten angepflanzt. Solanaceae. Nachtschattengewächse. Dann griff ich hastig nach den Orchideen und klemmte die Blütenstängel in meinen Zopf, unter mein Stirnband und zwischen die Stofffetzen, bis von

596

meiner Haut und meinen Kleidern fast nichts mehr zu sehen war. Den Topf mit der Erde hielt ich kurz in den Regen, um sie zu befeuchten, vermischte die schwarzen Krümel mit einem Großteil der aufgesparten Blüten und schmierte sie mir ins Gesicht und auf den Hals. Zum Schluss nahm ich meine Wasserflasche, vermischte den Inhalt mit Blütenmatsch und Erde und nahm testweise ein paar Schlucke. Es schmeckte abscheulich, doch sicher war sicher. »Dreck reinigt den Magen, oder?«, sagte ich entschlossen und trank sie leer. Tillmann sah mir entgeistert dabei zu, als habe ich schon lange meinen Verstand verloren.

»Ellie«, sagte er schließlich unbehaglich.

»Still!«, wies ich ihn zurecht und krabbelte zurück auf den Vordersitz. »Was immer jetzt auch passiert – du musst hier warten und darfst nicht an mich denken. Nicht an mich, nicht an ihn. Und auch nicht daran, was ich tun könnte. Vor allem nicht an sie. Versprich mir das! Es ist überlebenswichtig. Sie können Gedanken lesen. Zumindest manche von ihnen.«

Tillmann schluckte und nickte. Ich holte die Bücher, den Discman und die CDs aus dem Rucksack.

»Das ist alles, was ich an Indianerbüchern finden konnte.« *Der letzte Mohikaner*, ein paar Bildbände, ein Sachbuch und die Lebensweisheiten eines Medizinmannes. »Und hier hast du Musik.« Ich reichte ihm die CDs und den Discman. »Konzentriere dich nur auf die Bücher und die Musik. Und schlaf auf keinen Fall ein, hörst du?«

»Kann ich nicht mitkommen?«, fragte er mit brennendem Blick.

»Nein. Ich brauche dich hier. Du würdest sie sofort anlocken. Das ist zu riskant für uns alle.« Ich senkte meine Stimme. »Eigentlich habe ich jetzt schon viel zu viel darüber geredet.«

»Aber was mache ich, wenn du nicht wiederkommst?«

Wenn ich nicht wiederkam … Der süße Geruch der Orchideen

ließ die Übelkeit in Wellen durch meinen Magen branden. Ich grub die Fingernägel in meine Handflächen und atmete flach in den Bauch.

»Ich komme wieder. Und wenn doch nicht, dann geh zu meinen Eltern und erzähle ihnen alles, was du weißt.« Eines musste ich ihm trotzdem noch sagen. Es konnte schließlich passieren. »Sollte ich aber irgendwie seltsam wirken – mit anderen Augen, anderen Bewegungen, kraftvoller –, dann sieh zu, dass du Land gewinnst, okay? Kommen wir zu dritt, hau ebenfalls ab. Wenn die beiden ohne mich hier auftauchen, musst du erst recht verschwinden. Und wenn sie alleine kommt, so wie gestern – fahr, so schnell du kannst. Tillmann, versprich mir das. Ich weiß, dass es geht, man kann sie abhängen. Mit diesem Auto erst recht. Meinem Vater ist es gelungen. Aber ich komme wieder.«

Ich reichte ihm das Glas mit der Spinne. Gerne hätte ich es als Radar mitgenommen, doch ich brauchte die Witwe, damit Tillmann mich zurückholen konnte.

»Wenn diese Spinne sich plötzlich nicht mehr rührt – und zwar länger als nur ein paar Sekunden –, dann denk an mich und an ihn, so fest du kannst. Aber nur dann! Sonst nicht. Du musst sie provozieren, um dir sicher zu sein. Kannst du das?«

Er zuckte mit den Schultern. »Ich muss wohl«, sagte er mit unüberhörbarer Abscheu. »Und wo gehst du jetzt hin?«

Ich blickte hinaus in den strömenden Regen. Die Schwärze der Nacht hatte sich gemildert und ich konnte einige Meter weit sehen. Trotzdem hatte ich keine Ahnung, was mich da draußen erwartete. Sie waren nicht weit, das hatte mir das Verhalten der Spinne gezeigt. Doch würde ich sie auch finden?

»Ich hole ihn zurück«, sagte ich und erschrak vor meiner eigenen Stimme. Sie klang kalt und unbarmherzig. Ich schaute Tillmann an. Er entgegnete meinem Blick angespannt, aber ruhig. »Tschau«, flüsterte ich und schob mich aus dem Auto. Schon nach wenigen Metern hatte der Regen mich durchnässt. Ich schmeckte Erde auf der Zunge und öffnete den Mund. Süß benetzte das Regenwasser meine trockene Kehle.

Wo bist du, Colin?, fragte ich in Gedanken und rief mir sein Gesicht vor Augen. Seine spitzen Ohren, die markante Nase, sein schräger kohlschwarzer Blick. Wo bist du?

Ich blieb stehen. Vor mir glitzerte etwas auf dem Waldboden und in das Prasseln des Regens mischte sich jenes unverkennbare Geräusch, das Wassertropfen verursachen, die auf Metall fallen. Ich kniete mich nieder und zog eine Gürtelschnalle aus den durchgeweichten Tannennadeln. Colins Gürtelschnalle. Was hatte das zu bedeuten? Hatte Tessa sie ihm hier vom Leib gerissen? War sie eine ihrer Trophäen – oder hatte Colin ihr etwa eine Spur gelegt?

Ich lief weiter, ohne zu überlegen, und folgte ausschließlich meinem Gefühl. Da – dort drüben klebte etwas an dem Stamm einer schräg im Unterholz hängenden Tanne, was nicht in den Wald gehörte. Ich trat näher. Es war ein dickes Büschel roter Haare. Sie hatten hier gekämpft. Obwohl der Wind nur ganz oben in den Baumwipfeln rauschte, bewegten sich die verklebten Strähnen rhythmisch hin und her.

Ich ließ mich auf den Boden fallen und kroch von Baumstamm zu Baumstamm, bis ich das ferne Glucksen eines Baches vernahm. Warum hörte ich sie nicht? Hielten sie gerade inne, um neue Kraft zu tanken? »Ich werde hoch oben sein«, hatte Colin geschrieben. Ihr von oben auflauern. Lautlos drehte ich mich auf den Rücken und starrte in die sich gespenstisch biegenden Tannenspitzen. Nichts.

Doch dann erzitterte jäh die Erde unter mir. Ich fuhr herum und presste mich fest an den dicken Stamm zu meiner Linken. Ein unmenschliches Kreischen, schrill und tief zugleich, ließ mein Blut erstarren. Tessa. Sie griff an.

Colin, rief ich in Gedanken. Ich bin da. Komm zu mir. Ich bringe dich weg. Komm her. Bitte. Aber wie sollte er mich hören? Ich hatte mich schließlich getarnt. Es gab kein Gut und kein Böse. Es gab nur zwei Mahre. Und einen davon musste ich überlisten.

In das Kreischen mischte sich ein kehliges, dumpfes Grollen, das kein Ende zu nehmen schien und von seinem eigenen Echo eingeholt wurde. Irgendetwas splitterte und krachte, doch es hörte sich nicht nach Holz an. Ich robbte dem Grollen entgegen, bis meine Stirn gegen einen Felsbrocken stieß. Obwohl sofort Blut über meine Schläfe sickerte, war ich dankbar für den kühlen Stein an meiner Stirn. Er verbarg mich. Langsam, Millimeter für Millimeter, hob ich meinen orchideenbehangenen Kopf, bis meine Augen über den Felsrand spähen konnten.

Jetzt wusste ich, was eben zerborsten war. Tessas Knochen. In seltsam verdrehter Haltung lag sie zwischen zwei Baumstümpfen, die Beine unnatürlich gespreizt, den Nacken überstreckt. Er hatte ihr das Rückgrat gebrochen. Wo war er? Ich blickte nach oben. Auf allen vieren, wie ein Tiger vor dem Sprung, kauerte Colin in schwindelerregender Höhe auf einem schmalen Ast. Er bog sich unter seinem Gewicht ächzend durch, doch Colin geriet nicht einen Augenblick aus der Balance. Statuenhaft verharrte er und blickte auf Tessa hinab, als wisse er genau, was nun geschehen würde.

Tessa grunzte und ihre Haare bewegten sich schlängelnd zur Seite, bis der Regen ihr teigiges Gesicht überströmte. Wie konnte sie überhaupt noch leben? Colin stöhnte dumpf auf. Und jetzt hörte ich es auch – mit einem leisen, organischen Knistern wuchsen ihre Knochen wieder zusammen. Ihre Beine entspannten sich und ihre Halswirbel sprangen knirschend in die richtige Position. Atemberaubend schnell hockte sie sich auf ihre behaarten Füße, stieß ein triumphierendes Lachen aus und sah sich schnobernd um.

600

Geräuschlos ließ Colin sich vor ihr auf den Boden fallen, und ehe Tessa seiner gewahr werden konnte, trafen seine Fußkanten ihr Gesicht. Schwarzbraunes Blut spritzte in Fontänen auf ihre Umhänge und verdampfte mit einem giftigen Zischen in der feuchten Luft. Colin wirbelte herum und hieb seine bandagierten Hände auf ihr Rückgrat und ihren Nacken. Wieder krachte es, bevor er ihr die angezogenen Knie in den Leib stieß. Tessa torkelte zu Boden, doch seine Berührungen schienen sie nicht im Geringsten zu schmerzen oder gar zu irritieren. Im Gegenteil – mit lüsternen Augen, der überschminkte Mund speicheltriefend, sah sie dabei zu, wie Colin ihre Knochen brach, bis sie als entstelltes, blutendes Bündel auf dem Boden lag, das nur lange genug warten musste, um wieder zu Kräften zu kommen.

Rückwärts zog Colin sich in den Schatten einer Tanne zurück. Warum packte er sie nicht? Warum drückte er ihr nicht so lange die Kehle zu, bis all ihre Kräfte versiegten? Ohne seinen Blick von Tessas verdrehtem Körper zu lösen, wischte er mit seinen Händen heftig über den nassen Stamm der Tanne, als versuche er, sich damit reinzuwaschen. Er ekelte sich immer noch vor ihr. Er wollte sie nicht anfassen. Trotz meines Entsetzens glomm ein kleiner, wärmender Funken Freude in meinem Bauch auf.

Colin stockte und zog witternd die Luft ein. Mit einem gewaltigen Satz hatte er sich auf mich gestürzt und drückte mich so fest in den Grund, dass meine Wirbelsäule knackte. Rasende Angst überfiel mich, als er meine Kehle packte und mich mit wild funkelnden Augen anknurrte. Hinter uns knisterte und knirschte es leise. Tessa erholte sich.

»Verschwinde«, grollte Colin. Wütend bleckte er seine Zähne. War das der Colin, den ich gekannt hatte? Ich begann zu schlottern.

»Nein«, sagte ich tonlos, um Tessa nicht auf mich aufmerksam zu machen. »Ich habe einen Plan. Komm mit mir.«

Colin presste mich noch fester in den Boden. Ich versuchte, mein Knie anzuheben, um ihn wegzudrücken, aber ich hatte keine Gewalt über meinen Körper. Ich konnte nicht einmal mehr blinzeln oder meine Stimme benutzen. Doch denken konnte ich noch.

Lenk sie ab. Lenk sie ab und ich hol dich hier raus.

Zornig blitzte Colin mich an. Schon bekam ich keine Luft mehr. Sein Gewicht lastete zu schwer auf meinen gequetschten Lungen. Eine regengeschwängerte kalte Brise trieb Tessas gurrendes Kichern zu uns herüber. Sie war wieder bei sich.

»Nein«, gab er knurrend zurück. Er schloss einen Moment die Augen, küsste mich hart und lange und huschte dann wie eine Spinne den nächsten Baum hinauf. Ich konnte wieder Luft holen. Doch mein Körper war nach wie vor gelähmt.

Colin, du Mistkerl, fluchte ich in Gedanken. Was hatte er jetzt wohl vor – ihr erneut alle Knochen zertrümmern, um sie für einige Minuten außer Gefecht zu setzen und mich in der Zwischenzeit wegzuschaffen? Mit aller Macht und Konzentration versuchte ich mich auf die Seite zu rollen. Doch nicht einmal mein kleiner Finger zuckte. Auch meine Augen blieben starr offen. Nur meine Brust senkte sich atmend auf und ab, ohne dass ich es hätte steuern können.

Deshalb hatte ich auch keine Chance, die Luft anzuhalten, um mich vollkommen tot zu stellen, als plötzlich ein dunkler Schatten auf mein Gesicht fiel und ich in die bösen Augen eines massigen Keilers blickte. Schaum tropfte aus seiner schwarz glänzenden Nase und seine scharfen Hauer waren blutbenetzt. Auch über seine struppigen Flanken flossen dünne Blutrinnsale. Er musste von einem der Jäger angeschossen worden sein. Aufgebracht begann er die nasse Erde aufzuwühlen. Dann bewegte er sich sabbernd ein paar Meter seitwärts, wankte drohend hin und her und senkte brüllend sein Haupt, bis seine Hauer den Grund streiften. Er wollte mich töten.

Im nächsten Moment raste der Eber auf mich zu. Seine blutunterlaufenen Pupillen hefteten sich starr auf meine. Oh bitte, Colin, lass mich wenigstens die Augen schließen, wenn er sich über mich wirft und mich zerfetzt. Ich möchte an dich denken, dein Gesicht vor mir sehen, während ich sterbe. Bitte.

Mit einem markerschütternden Kreischen prallte der borstige Rumpf des Keilers gegen meinen Bauch. Mein Bein wurde aufgeschlitzt und ich spürte, wie das Blut meine Hose durchnässte. Jetzt. Jetzt war es so weit. Ich würde sterben. Doch mit einem Mal löste sich der wuchtige Körper von mir. Ich war frei – und ich konnte mich bewegen. Wieder quiekte der Keiler, doch diesmal klang es angsterfüllt. Ich warf mich zur Seite. Warmes rotes Blut spritzte mir ins Gesicht und in meinen vor Schrecken weit geöffneten Mund. Ich spuckte würgend aus.

Colin hatte den Keiler am Rücken gepackt. Er wuchtete das panisch mit den Läufen rudernde Tier weit über seine Schultern, als wiege es so viel wie eine Tüte Mehl, und warf es gegen den Felsbrocken. Die Augen des Ebers verdrehten sich. Ein Zucken durchlief sein borstiges Fell. Dann schlug er mit einem letzten Wimmern auf der Seite auf und rutschte schwer gegen mich. Grunzend vibrierte seine Nase, bis auch sie starr wurde und sich der Schaum an seinen Lefzen in durchsichtiges Eis zu verwandeln schien.

Doch schon näherte sich Tessa, mit lockend ausgebreiteten Armen und ihrem schrillen, leisen Singsang, die schlüpfrigen Augen voller Lust und Gier. Colin streifte mich mit einem vernichtenden Blick und ich verfiel wieder in den totenähnlichen Zustand von vorhin. Ich atmete, aber ich war nicht Herrin meiner Muskeln.

Geschickt wich Colin Tessa aus, doch wie bei Tillmann gestern wurden seine Bewegungen allmählich schwerfälliger. Wie lange mochten sie schon kämpfen? Colin war äußerlich unversehrt und ich konnte mir kaum vorstellen, dass sie ihn bislang überhaupt berührt hatte. Doch wenn sie es schaffen würde, ihn zu Boden zu bringen und sich auf ihn zu schieben, war es vorbei. Nur das versuchte er mit aller Macht zu verhindern. Ihre Nähe war Gift.

Colin und Tessa bewegten sich aus meinem Sichtfeld. Ein neuerliches Krachen erschütterte den Boden. Wessen Körper hatte es verursacht? Tessas oder Colins? Doch eine jähe Berührung an meinem Bein ließ meine Gedanken im Nu erstarren. Eine kühle Schnauze drückte sich gegen meine blutende Wade und das hungrige Knurren eines dritten Wesens mischte sich in das grauenvolle Kampfgetöse aus berstenden Knochen und Tessas hypnotischem Singsang. Ich musste das Tier nicht sehen, um es zu erkennen. Ich wusste um seine Träume und sie galten mir. Es war der Wolf. Er hatte mein Blut gerochen. Es gibt also recht viele Arten, im Wald zu sterben, stellte ich nüchtern fest.

Tessas Gesang ging in einem widerwärtigen Gurgeln unter. Der nächste Genickbruch. Ich lag starr da und wartete darauf, dass sich die messerscharfen Zähne des Wolfes in meine Haut senkten. Noch hatten sie sie nicht durchrissen. Menschenhaut ist derb wie Leder. Doch zu meinem grenzenlosen Unglauben spürte ich plötzlich, wie die warme Zunge des Wolfes tröstend und sehr sorgfältig über meine Wunde leckte.

Ehe ich begreifen konnte, was da mit mir geschah, tauchten Colins schwarze Augen vor mir auf. Grob zerrte er mich von dem toten Körper des Ebers fort, gegen den ich die ganze Zeit gelehnt und dessen Blut sich mit meinem vermischt hatte, bis er mich an einem Baum absetzen konnte. Meine Augen begannen zu schmerzen und zu tränen. Colin drehte den Eber auf den Rücken, riss mit einer einzigen Bewegung seinen Bauch auf und stach seine Fingernägel in die Halsschlagader, während dampfendes Gedärm auf den Waldboden glitschte. Ohne eine Miene zu verziehen, hielt er erst seinen Oberkörper in den Strahl des Blutes, dann sein Gesicht.

Wäre ich nicht gelähmt gewesen, hätte ich mich abgewendet. So aber musste ich ihm zusehen, ohne meine Lider auch nur eine Sekunde schließen zu können. Colin griff in den klaffenden Bauch des Keilers und holte das noch schwach zuckende Herz heraus; mit der anderen Hand angelte er sich wahllos Gewebe und Gedärme.

Der Wolf verharrte friedlich neben dem toten Eber und seine gelben Augen hingen fast verträumt an Colins ausdruckslosem Gesicht.

Colin richtete sich auf und wartete darauf, dass Tessa wieder zu sich kam. Es dauerte nicht lange, bis sich das zermürbende Knirschen ihrer Knochen in das Prasseln des Regens mischte. Sie hustete röchelnd und spuckte schwarzbraune Blutklumpen auf ihre Gewänder. Langsam, Glied für Glied, dehnte und reckte sie sich. Dann stand sie tänzelnd auf, als wäre nichts gewesen, und wiegte sich singend vor und zurück.

Colin streckte sich zu seiner vollen Größe, den Kopf stolz erhoben, die Brust geschwellt, den Bauch eingezogen. Nun breitete auch er die Arme weit aus und schritt elegant und leichtfüßig auf Tessa zu. Die Gedärme in seiner Hand schleiften über den Boden und hinterließen eine schleimige Blutspur, die nicht einmal der Regen auswaschen konnte. Ein zufriedenes, erwartungsfrohes Lächeln breitete sich auf Tessas bleichem Antlitz aus. Auch Colin lächelte.

Nein, dachte ich verzweifelt. Was tust du denn jetzt? Was machst du da? Nicht! Bitte ergib dich ihr nicht!

Doch Colin hielt seine Arme erhoben, bis sein besudelter Oberkörper Tessas Gewänder berührte. Aufstöhnend rieb Tessa sich an seiner Brust und drückte ihr Gesicht gegen sein zerrissenes Hemd. Colin schloss seine Arme fest um sie. Schon geriet er ins Schwanken. Noch wenige Sekunden und Tessa würde ihn rücklings zu Boden drücken. Doch bevor Colin nach hinten kippen konnte, erhob sich der Wolf ruckartig und begann zu hecheln. Sein Körper war so angespannt, dass seine Muskeln bebten.

Schaudernd presste Colin Tessa seine Lippen auf den Mund. Sie sackte kurz in die Knie. Ohne die Lippen von ihren zu lösen, wickelte Colin Tessa die Gedärme um den Hals und stieß das Herz des Keilers in den Ausschnitt ihrer beschmutzten Gewänder. Der Wolf knurrte unheilvoll. Colin brüllte vor Anstrengung, als er sich mit einem heftigen Fauststoß von Tessa löste. Verdutzt grapschte sie nach seinen Armen, um ihn wieder an sich zu ziehen. Doch der Wolf war schon da. Jaulend stürzte er sich auf Tessas Rücken und brachte sie zu Fall.

Bevor ich merkte, dass Colin meine Lähmung aufgehoben hatte, war er bei mir und zog mich mit weit abgespreiztem Arm hoch.

»Ich sollte dir den Hintern versohlen«, schimpfte er. Ich wich unwillkürlich vor ihm zurück und er ließ mich sofort los. Er stank nach den Eingeweiden des Ebers und nach Tessas muffigen Gewändern, dem Moschus ihrer teigigen Haut. Seine Wangen waren so bleich, dass ich glaubte, seine Knochen durchschimmern sehen zu können. Tessas Kreischen gellte durch den dämmrigen Wald, als der Wolf ihre Gewänder zerriss und über ihren zähen, weichen Körper herfiel.

Colin krümmte sich, als müsse er sich übergeben.

»Ich habe sie berührt, überall«, keuchte er und presste sich die Hand auf die Kehle. »Ihr Gift … es ist auf meiner Haut.«

»Der Regen wird es abwaschen«, versuchte ich ihn zu beschwichtigen, obwohl ich seine Nähe und seinen Geruch kaum mehr aushalten konnte. »Erst müssen wir hier weg. Kannst du laufen?«

Ich wartete seine Antwort nicht ab. Er war ein Nachtmahr, er musste laufen können. Hinkend kämpfte ich mich vorwärts, nur weg von diesem grauenerregenden Gebrüll hinter uns.

»Spür Tillmann auf. Er müsste jetzt wissen, dass wir kommen«, wies ich Colin an. Doch nun war ich es, die nachließ. Mein verletztes Bein gehorchte mir kaum noch und der Blutverlust hatte mich geschwächt. Um mich herum drehte sich alles. Doch lieber wollte ich hier an Ort und Stelle verenden, als mich von Colin anfassen zu lassen. Er hatte Tessa umarmt. Er hatte sie geküsst. Und er triefte vor Blut und Schleim.

»Wag es nicht!«, zischte ich, als er nach meinem Arm greifen wollte. Er hielt inne, nickte und schlug einen Haken. Auf allen vieren kroch ich ihm hinterher. Ein Stück vor uns plätscherte es im Unterholz. Wir hatten einen der unzähligen Bäche erreicht. Colin eilte ans Ufer und tauchte seinen Oberkörper unter, bis die Strömung das gröbste Blut und Gewebe von ihm gelöst hatte. Er fuhr so heftig mit den Handflächen über seine Haut, dass es aussah, als wolle er sie sich von den Knochen reißen. Doch noch immer wirkte er, als könne er sich selbst nicht ertragen. Gehetzt sah er mich an. Ich ging einen Schritt auf ihn zu und sog die Luft ein. Ich konnte ihn wieder riechen. Ihn, nicht Tessa. Und sein betörender Duft verdrängte alles andere.

»Es ist okay«, sagte ich leise. »Du musst mir jetzt helfen.«

Ich trat so nahe an ihn heran, dass ich die Wassertropfen auf seinen fahlen Wangen sekundenschnell verdunsten sehen konnte. Colin nahm mich in einer einzigen raschen Bewegung hoch, legte mich über seine Schultern und rannte mit schwerelosen Schritten direkt zum Auto. Tillmann saß wie versteinert auf dem Fahrersitz.

Rücksichtslos riss Colin die Tür auf, stieß ihn zur Seite und schob mich nach hinten auf die Ladefläche.

Er drehte den Schlüssel. Der Wagen sprang sofort an.

»So, liebe Ellie«, fauchte Colin und wandte sich drohend zu mir um. Tillmann zuckte erschrocken zusammen.

»Er ist in Ordnung«, beruhigte ich ihn schnell.

»Nachdem du meinen Wagen ruiniert und dich fast umgebracht hast, wäre ich dir sehr verbunden, wenn du mich über deinen Plan unterrichten würdest.«

Ich musterte ihn prüfend. Körperlich schien er unversehrt zu sein. Über seine Seele konnte ich mir jetzt keine Gedanken machen. Doch plötzlich krümmte er sich wieder. Schauer ließen seinen Körper erbeben.

»Dieses Biest«, stieß er gequält hervor. Seine Hände rutschten vom Lenkrad. Colin sank stöhnend mit dem Oberkörper auf den Beifahrersitz.

»Ihr Gift wirkt nach. Aber das müsste vorübergehen«, sagte ich zweckoptimistisch. Tessa hatte ihn nicht zum Fallen gebracht. Ich hatte es genau gesehen. Und das war das Entscheidende: nicht zu fallen. Sondern stehen zu bleiben. Es musste einfach vorübergehen.

»Was macht die Spinne?«, fragte ich, ohne den Blick von Colin abzuwenden. Tillmann drehte sich schuldbewusst von mir ab.

»Ellie – ich dachte echt, dass sie tot ist. Ich hab sogar das Glas geschüttelt. Aber … als ihr euch eben genähert habt – irgendwie hat sie gezuckt. Oder hab ich mir das nur eingebildet?«

Ich ließ mein Gesicht auf die Ladefläche fallen und zwang die Panik hinunter. Okay, Plan B. Ich hatte schließlich damit gerechnet – wenn auch nicht damit, dass es so schnell ging. Dann war es eben noch nicht zu Ende. Mühsam hob ich den Kopf und sah Tillmann an. Er biss sich auf die Lippen. Offenbar hatte er wirklich ein schlechtes Gewissen.

»Fahr du!«, rief ich. »Und zwar schnell! In die Klinik von meinem Vater. Wir müssen hier weg, sofort.«

Tillmann schob sich über Colins schlaffen Körper zurück auf den Fahrersitz und lenkte den Wagen mit pfeifendem Atem durch den Wald. Im Osten verfärbte sich der Himmel rostrot.

Ich kroch nach vorne und legte mein Ohr auf Colins Brust. Das

Rauschen war da, schwach und leise, aber es war da. Und weil ich hoffte, ihm seinen Ekel nehmen zu können, jetzt und für immer, blieb ich liegen, ganz nah bei ihm, mit Schmerzen im ganzen Körper und blutendem Bein, aber bei Colin, und presste meine warmen Fäuste in seine Achselhöhlen, bis seine Brust sich endlich entspannte.

Galgenfrist

»Ellie!« Jemand rüttelte unsanft an meiner Schulter. Doch ich regte mich nicht. Ich wollte nicht geweckt werden. Es war so schön, hier zu liegen und zu schlummern.

»Ellie, verdammt, jetzt wach auf, wir sind da!« Ich versuchte, die Hand an meiner Schulter wegzuschieben, aber sie griff noch fester zu. Die Fingernägel bohrten sich tief in meine Haut. Dann wurde es plötzlich so hell, dass meine Augen sich von allein öffneten. Tillmann leuchtete mir mit der Taschenlampe mitten ins Gesicht. Tillmann? Schlagartig wusste ich wieder, wo ich war.

»Wir sind da«, sagte Tillmann noch einmal und deutete genervt nach vorne. Wie ein Unheil verkündendes Monstrum ragte die Klinik vor uns auf. »Und jetzt?«

»Mist, verfluchter«, jammerte ich. Ich konnte mein Bein nicht mehr bewegen. Es hing an meinem Körper, als gehörte es nicht zu mir. Ich stützte mich auf Colins Oberkörper, in dem es immer noch leise, aber beruhigend rauschte, und zog meine Beine heulend und schimpfend nach vorne, bis ich auf der Kante des Lederpolsters zum Sitzen kam. Colin ruhte kalt und unbewegt hinter mir, immer noch zusammengekrümmt, aber seine Gesichtszüge hatten sich geglättet.

»Bist du dir sicher, dass er lebt?«, fragte Tillmann skeptisch.

»Ja«, antwortete ich schwer atmend und untersuchte flüchtig mein Bein. Es war schwarz verkrustet, doch die Wunde nässte nur noch. An meinem Blutverlust würde ich jedenfalls nicht sterben. Wenn, dann an einer Infektion, aber die würde mich erst in einigen Tagen dahinraffen. Eiter, hohes Fieber, Sepsis. Beerdigung.

»Warum willst du ihn da reinbringen?«

»Tote Seelen«, erklärte ich kurz angebunden, denn jedes Wort schmerzte. »Wirken wie ein Schutzpanzer, weil sie nicht mehr träumen.«

Ich wartete ein paar Sekunden, bis ich wieder sprechen konnte, ohne das Gefühl zu haben, dabei die Besinnung zu verlieren. Dann nahm ich die Spinne und gab sie Tillmann.

»Bitte steck sie ein, vielleicht brauche ich sie noch mal.« Widerwillig gehorchte er und stopfte das Glas in die Tasche seiner Kapuzenjacke.

»Wir müssen ihn ganz in die Nähe der Geschlossenen bringen«, sprach ich gedämpft weiter. Colin reagierte nicht. »Dort ist er am sichersten. In irgendein leeres Zimmer.«

Die Geschlossene. Jene Abteilung, in der die schlimmsten Fälle behandelt wurden. Menschen, die versucht hatten, sich oder andere umzubringen, die schwer drogenabhängig waren. Oder gar nicht mehr wussten, wer sie waren, und irgendwelchen eingebildeten Stimmen folgten, die ihnen die unglaublichsten Sachen befahlen. Immer wenn Papa davon erzählt hatte, waren mir eisige Schauer über den Rücken gekrochen und gleichzeitig hatte mich eine zügellose Neugier befallen. Genau deshalb wusste ich jetzt zu viel darüber, um mich nicht zu gruseln.

»Wir brauchen also einen Schlachtplan«, mutmaßte Tillmann nachdenklich und runzelte die Brauen. »Hast du einen?«

Ich schüttelte nur den Kopf. Ich wurde es langsam leid, Pläne zu schmieden. Ich konnte das Wort Plan nicht mehr hören. Aber so, wie wir aussahen, machten wir uns mehr als verdächtig. Ich war immer noch voller Erde, Zweige und Blüten. Colin – ja, was Colin

611

war oder tat, wusste ich nicht genau. Aber da Mahre nicht schlafen konnten, war er sicher ansprechbar. Trotzdem durfte auch ihn niemand zu Gesicht bekommen. Seine Hose und sein Hemd waren zerrissen und noch immer klebten Blutreste an seiner weißen Haut. Tillmann wirkte einigermaßen normal, doch das konnte uns nicht retten.

Ich schaute auf die Uhr im Wagen. Kurz vor sechs. Dann ließ ich meinen Blick über die dunkle, abweisende Front des Klinikgebäudes schweifen. Geschlossene Abteilungen befanden sich fast nie im Erdgeschoss. Meistens richtete man sie im zweiten oder dritten Stock ein. Ja, im oberen Bereich des Baus konnte ich Gitter vor den Fenstern erkennen. Und im Stockwerk darüber, direkt unter dem Dach, wand sich ein Bauschlauch bis hinunter zum gepflasterten Hof. Etliche der schmutzigen, blinden Scheiben hatten Sprünge und es gab keinerlei Jalousien oder Läden.

»Okay. Jetzt habe ich eine Idee«, sagte ich gefasst. »Ich glaube, die Pfleger machen um diese Uhrzeit ihre Runde bei den Patienten, verteilen das Frühstück und geben die Tabletten aus. Wir werden einen günstigen Augenblick abpassen, in dem wir ihn unbemerkt in das oberste Stockwerk schleusen können. Denn wie es aussieht, wird dort renoviert. Und heute ist Sonntag. Es werden keine Bauarbeiter da sein.«

Ich wischte mir notdürftig die Erde aus dem Gesicht, doch sie klebte wie Zement an meiner Haut. Der Duft der Orchideen setzte sich immer aufdringlicher in meiner Nase fest. Aber mein größtes Handicap war mein Bein.

»Du wirst mich stützen müssen.«

»Kein Problem«, erwiderte Tillmann. »Und was ist mit ihm?«

Ich wandte mich dem leblosen Körper hinter mir zu. »Colin?«, fragte ich leise und strich über seine bleiche Wange. Langsam hoben sich die langen, gebogenen Wimpern und er sah mich an – angewidert von sich selbst und noch immer wütend, aber wach. Er sagte nichts.

»Ich glaube, er redet nicht, um Kraft zu sparen«, vermutete ich ratlos. Dann blickte ich Colin tief in seine stumpf glänzenden Fieberaugen. »Aber tragen können wir dich nicht. Und jetzt bitte keine Machtspiele. Ich bin nicht Louis.«

Ich schob mich an Colin vorbei aus dem Wagen. Wie in Zeitlupe und doch verblüffend geschmeidig richtete er sich auf, stieg aus und trat zu uns. Seine Lider blinzelten kein einziges Mal.

»Wie kommen wir an der Pforte vorbei?«, fragte Tillmann sachlich.

»Kannst du sie irgendwie ablenken? Sie lähmen oder sonst was?«, bat ich Colin und warf einen Blick auf die dürre Frau im Pförtnerhäuschen, die uns bereits verwundert entgegenschaute. Colin drehte sich geisterhaft langsam in ihre Richtung und versenkte seine Augen in ihre. Ihr Kopf fiel schlaff zur Seite. Sie schlief. Colin nickte unmerklich.

Sein eisiger Atem trieb uns nach vorne. Mit zusammengepresstem Kiefer und geballten Fäusten unterdrückte ich einen Aufschrei, als mein Bein gegen die Tür des Aufzugs stieß. Colin lehnte sich starr an die Wand und ließ seine Lider herabsinken. Ob er meditierte, um seinen Ekel zu unterdrücken?

Ich studierte die Knopfleiste. E, 1, 2, 3. Kein vierter Stock. Hatte Papa nicht kürzlich etwas von untragbaren Zuständen erzählt? Dass die Bauarbeiter jeden Morgen, Mittag und Abend lärmend an seinen schwierigsten, kränksten Patienten vorbeistapften, um zur Treppe hinauf zum Dachgeschoss zu gelangen? Ich drückte die Taste mit der 3.

Der Aufzug setzte sich in Bewegung. Selbst dieser kleine Ruck ließ mich vor Schmerzen schwanken. Tillmann fing mich ab. Die kurze Fahrt nach oben zerrte unruhig an meinem Magen.

»Kannst du bitte noch mal?«, fragte ich Colin sanft. Schließlich mussten wir irgendwie da reinkommen. Und geschlossene Abteilungen hatten unweigerlich verriegelte Türen. Er antwortete nicht. Seine Schweigsamkeit rüttelte an meiner Geduld.

Die Aufzugstüren öffneten sich schnarrend. Ich stellte mich mit dem Rücken an die kalte Wand neben der dreifach verriegelten Tür und versuchte, das pulsierende Brennen in meinem Bein wegzuatmen. Tillmann sah sich neugierig um. Colin positionierte sich direkt vor der Tür, den Blick eisern auf das Schloss gerichtet. Quälende Minuten verstrichen, bis sich Schritte näherten und das Schloss rasselte. Colins Arm griff lautlos nach vorne. Er fing den schlaffen Körper des Pflegers auf, bevor er fallen konnte, und legte ihn achtlos auf dem Boden ab. Der Mann schnarchte laut. Colin sackte kurz in sich zusammen, dann verwandelten sich seine Muskeln und Sehnen wieder in Stahl.

Trotz meines verletzten Beins dauerte es nur wenige Wimpernschläge, bis wir das Ende des Korridors erreicht hatten. Hinter uns erhob sich ein wehklagendes Schreien, das einfach nicht leiser werden wollte.

»Ein weiteres Mal schaffe ich es nicht, ohne euch gefährlich zu werden«, drang Colins Stimme in meinen Geist.

Hab verstanden, sendete ich stumm zurück. Es waren ja nur noch wenige Meter. Wir waren noch keine drei Schritte weit gegangen, als sich der weiß gewandete Hintern eines Pflegers aus der linken Tür am Ende des Ganges schob.

»Hier herein«, wisperte Tillmann und stieß uns in das Zimmer zu unserer Rechten. Colin folgte uns, schloss die Tür und kroch auf allen vieren die Wand hoch. Dann haftete er sich rücklings an die Zimmerdecke.

»Cool«, murmelte Tillmann und vergaß für einen Moment, mich zu stützen. Wimmernd ging ich zu Boden.

»Hallo«, sagte eine mädchenhafte, aber erschreckend verbrauchte Stimme neben mir. »Da sind Sie ja wieder.«

Verblüfft fuhr ich herum, während Tillmann mich wieder auf die Beine stemmte. Beinahe wären wir beide hingefallen. Eine kleine, fettleibige Frau stand neben uns, mit fernen Augen und streng gescheiteltem schütterem Haar. Sie trug einen Frotteeschlafanzug mit aufgestickten rosafarbenen Bärchen.

»Ähm – ja«, sagte ich freundlich und setzte mich auf das freie Bett.

»Und warum sind Sie hier?«, fragte sie. Es klang, als habe sie diese Frage schon unzählige Male gestellt und interessiere sich gar nicht für die Antwort. Mir fiel spontan kein Leiden ein, das zu mir passen würde.

»Größenwahn«, knurrte es über mir. Ich schaute nach oben. Colin hing immer noch reglos an der Decke. Die alte Frau folgte meinem Blick. »Frisch gestrichen«, sagte sie stolz und richtete ihre blassen Augen wieder auf mich. Sie hatte Colin weder gesehen noch gehört.

»Na? Sagen Sie es schon – warum sind Sie hier?«, flüsterte sie verschwörerisch.

»Ich weiß es nicht«, sagte ich. »Wahrscheinlich ein Irrtum.«

Die Frau lächelte kindlich, doch ihre Augen blieben hohl. »Ja, ja, das sagen sie alle. Aber Sie sind schon lange hier. Drei Wochen mindestens. Ich hab Sie immer beim Frühstück gesehen.«

Ich schluckte. Die Frau deutete mit ihrem feisten Zeigefinger auf sich selbst und raunte bedeutungsvoll: »Schizophrenie. Aber ich komme bald raus. Ich darf bald raus. Sie müssen noch bleiben. Aber ich darf raus. Ich darf raus.« Sie wiederholte es wie ein Mantra, als würde es dadurch wahr werden. Dann unterbrach sie sich selbst mit einem hohen »Oh!« und starrte auf ihre leere Tablettendose. Ihr Lächeln erstarb schlagartig.

»Sie haben heute Ihre Tabletten ja noch gar nicht bekommen. Sie müssen doch Ihre Tabletten nehmen. Warten Sie, ich rufe den Pfleger ...«

Colin ließ sich geräuschlos fallen und schob uns kalt atmend aus dem Zimmer. Tatsächlich – die Tür am Ende des Ganges stand offen. Eine allzu vertraute Hand schloss sich um die Klinke.

»Nein!«, rief ich erschrocken, als Colin sich auf sie zubewegte, und wollte ihn aufhalten. Doch ein eisiger Luftzug trieb Tillmann und mich ihm nach und an Papa vorbei ins Treppenhaus.

»Elisabeth!« Papa starrte mich fassungslos an, dann folgte er uns.

Die Tür fiel klappernd ins Schloss. Noch einmal schwoll hinter uns das heisere Wimmern der Frau an, die eben so irr geschrien hatte. Irgendwo tropfte ein Abfluss und es roch nach Desinfektionsmitteln und Bauschutt.

»Tu ihm nichts«, bat ich flehentlich, doch Colin war wieder in seine meditative Starre zurückgefallen, die Augen geschlossen, der Körper wie aus Stein.

»Elisabeth«, sagte Papa noch einmal und musterte mich verblüfft, bevor seine Blicke zu Colin wanderten und sich verdüsterten.

»Gut, okay«, antwortete ich mit lallender Zunge. »Er ist nicht geflohen. Er hat gegen sie gekämpft. Und ich – ich hab ihn rausgeholt, und wenn du uns jetzt nicht hilfst, dann ziehe ich morgen zu Paul und komme nie wieder. Nie!«

»Du wirst langsam ziemlich schwer«, klagte Tillmann und sackte in die Knie. Ich rutschte gegen die Wand. Mit unverhohlener Faszination sah ich dabei zu, wie frisches hellrotes Blut aus meiner Wunde auf den Boden sickerte.

»Ich lasse mich nicht erpressen, Elisabeth«, sagte Papa. Es klang nicht sehr überzeugend. Erschrocken blickte er auf meine Wunde. Ich griff beherzt in das Blut und malte damit ein Mondgesicht auf den Boden.

»Gut«, kicherte ich. »Dann fahre ich morgen eben zu Paul und sterbe dort. Hihi.« Das Mondgesicht bekam zwei Segelohren, einen Hals und dicke Brüste. Sorgfältig positionierte ich die Warzen.

»Mein Gott, das Kind ist ja voller Halluzinogene«, stöhnte Papa und begann, die Flechten von meinem Körper zu reißen. »Du meinst ja, sehr schlau zu sein«, brummte er und entfernte einen Tollkirschenzweig aus meinem Gürtel. »Aber dass sie in ihrer Gegenwart –«, er warf einen zornigen Blick zu Colin hinüber, »– zigfach so stark wirken können, wenn du sie direkt am Körper trägst, und erst recht, wenn du Blut verlierst, ist dir bei deinem Ausflug in die Botanik wohl entgangen.«

»Ich hab's sogar getrunken«, verkündete ich stolz.

»Grundgütiger«, stöhnte Papa und klopfte mir die Wangen, um mich wach zu halten. Ich biss ihm in die Finger.

»Ach, das hatte also einen Sinn mit den Pflanzen«, sagte Tillmann belustigt. »Mann, Ellie, ich dachte schon, du bist total irre geworden.«

»So könnte man es auch bezeichnen«, knurrte Papa, der sich gerade in Mamas schwarzen Stoffstreifen verhedderte. »Was machst du überhaupt hier?«

»Okay, ich glaube, ich verschwinde dann mal«, murmelte Tillmann betont unbeteiligt und steuerte die Treppe an.

»Autoschlüssel«, ertönte es grollend von der Wand, an der Colin kauerte. Er streckte seine flache Hand aus. Ich kicherte erneut und begann versonnen, Papas Haare zu kleinen Zöpfen zu flechten, während er mit einer störrischen Alraunenwurzel kämpfte, die sich in meinem Kragen verfangen hatte.

»Na gut«, murrte Tillmann und ließ den Schlüssel in Colins Hand fallen. »Darf ich denn mal Karateunterricht bei dir haben?«

»Raus jetzt!«, brüllte Papa aufgebracht.

»Bin ja schon weg«, sagte Tillmann beschwichtigend. »Ich ruf dich an, Ellie.«

»Wenn ich noch lebe, gehe ich ran«, gluckste ich zufrieden.

Papa zog den letzten Zweig aus meinen Haaren und marschierte die Treppe hinauf ins Obergeschoss. Ich konnte hören, wie er zwischen all den Renovierungsgerätschaften eine Tür aufriss.

»Hier herein!«, befahl er.

Colin löste sich aus seiner Versteinerung und huschte katzenhaft die Treppe hinauf und in den Raum, aus dem modrige Luft bis zu mir strömte. Für einen Herzschlag lichtete sich meine Betäubung und ich wollte Colin folgen. Doch Papa war schon wieder bei mir. Warnend umfasste er mein Handgelenk.

»So, mein Fräulein, und jetzt kümmern wir uns um dich.«

»Bist du endlich fertig?«, fragte ich.

Ich hatte Papa zweimal auf seine Hose gekotzt, weil er es nicht gewagt hatte, mein Bein oder gar mich zu betäuben, während er die Wunde reinigte und vernähte. Denn ich befand mich nach wie vor in einem nicht ganz unangenehmen Rauschzustand, von dem niemand wusste, wie lange er andauern würde. Wie eine Prinzessin thronte ich auf dem Operationstisch und sah Papas ruhigen Händen bei ihrer Arbeit zu. Geschickt zog er den letzten schwarzen Faden durch die Ränder des Schnittes und verknotete sie.

»Und das war wirklich …?«

»Ein Wildschwein«, beruhigte ich ihn mit schleppender Stimme. Ich nahm die Finger an meine Ohren, um die spitzen Hauer des Keilers nachzuahmen, beugte mich vor und machte laut: »Buh!« Papa griff kopfschüttelnd nach dem Verbandszeug.

Als nur noch meine Zehen unter den weißen Bandagen herausspitzten, schoben sich die Wolken vor dem milchigen Fenster zur Seite und gaben die Morgensonne frei. Grelle Strahlen fielen auf die

618

Skalpelle und ließen sie silbrig glitzern. Papa und ich kniffen die Augen zusammen und wandten uns ab. Mein Rausch verflog so schnell, wie er gekommen war, und der Schmerz griff brutal nach meinem gesamten Denken und Fühlen.

»Bring mich nach Hause, Papa«, flüsterte ich, bevor ich nachgab und ohnmächtig in die kühlen grünen Laken des Operationstisches sank.

Erst am Sonntagabend löste sich Mama aus ihrem Schockzustand, stellte sich in die Küche und briet ein paar saftige Steaks. Zuerst lockte ihr Geruch Papa an, während ich im Bett saß und meine schmerzenden Schläfen massierte. Das Bein pochte unentwegt vor sich hin, doch Fieber hatte ich nicht. Als ich Besteck klappern hörte, schnappte ich mir meine Krücken und humpelte nach unten. Mama und Papa saßen sich stumm gegenüber, ohne sich anzusehen oder miteinander zu reden. Ich nahm mir ein Steak und blickte erst Mama, dann Papa an. Sie schauten an mir vorbei.

»Ich möchte zu ihm«, durchbrach ich die angespannte Stille. »Jetzt.«

Mama ließ ihr Messer fallen. In ihren Augenwinkeln glänzten Tränen. Papa atmete tief durch und sah mich an. Mir blieb das Stück Fleisch, das ich eben noch gekaut hatte, in der Kehle stecken. Hastig griff ich über den Tisch und spülte es mit einem Schluck Wein aus Mamas Glas hinunter. Die Säure brannte in meinem Hals.

Papa erhob sich. »Dann komm mit, Elisabeth.«

»Nein«, hauchte Mama.

»Wieso nein? Du hast doch gewollt, dass sie die Wahrheit erfährt«, sagte Papa mit schneidender Kälte in der Stimme. Welche Wahrheit?, fragte ich mich und das Gefühl der Beklemmung steigerte sich ins Unerträgliche.

Mama zuckte zusammen und sah ihn zornig an. »Ich will es und ich will es nicht. So wie ich dich will und manchmal eben doch nicht.«

»Könnt ihr eure Beziehungsprobleme vielleicht später diskutieren?«, blaffte ich sie an. »Ihr benehmt euch ziemlich kindisch.«

Mit einer unmissverständlichen Armbewegung wies Papa mich an, ihm zu folgen. Zwanzig schweigende Minuten später standen wir uns in dem leeren dunklen Kliniktrakt oberhalb der Geschlossenen gegenüber.

»Dort ist er«, sagte Papa und wies auf eine schwere Eisentür. »Fünf Minuten«, fügte er hinzu. »Ich warte hier.«

Das war mir zwar nicht willkommen, aber mein Instinkt sagte mir, dass ich gut daran tat, ihn in der Nähe zu haben. Warum nur war er meiner Bitte so rasch gefolgt? Das passte einfach nicht zu ihm. Ich humpelte zur Tür, drückte die rostzerfressene Klinke hinunter und stieß sie auf.

»Colin!«

Ich wollte auf ihn zustürzen, doch sein Blick stoppte mich.

»Nicht, Ellie, bleib, wo du bist«, rief er warnend. Ich stockte.

»Warum?«, setzte ich an, doch er musste es mir nicht erklären. Colin saß in der Ecke dieses leeren, nüchternen Zimmers auf einem klapprigen Stuhl, die Hände auf dem Rücken gefesselt. Noch immer trug er seine zerfetzte Hose und das zerrissene Hemd, doch offensichtlich hatte er sich waschen können. Seine Augen glänzten fiebermatt und waren von dunklen bläulichen Schatten umrandet. Überall im Gesicht zeichneten sich seine Adern violett ab. Hart traten seine Wangenknochen unter der gespannten Haut hervor.

Er sah krank aus. Und sehr hungrig. Und dann war da noch etwas, was ich nicht wahrhaben wollte, aber auch nicht ignorieren konnte. Es machte mir Angst. Colin machte mir Angst. Jetzt durchlief ein Beben seinen Oberkörper und ein leises Grollen drang aus seiner Kehle. Ruckartig wandte er den Kopf und blickte zum Mond, der bleich durch das winzige, vergitterte Fenster schien. Draußen, ganz in der Ferne, hörte ich ein wolfsartiges Jaulen. Colins Hände zogen an den Fesseln. Doch sie waren so fest geschnürt und zusätzlich an das Heizungsrohr geknüpft, dass er sie nicht lösen konnte. Nicht in dieser Verfassung.

»Warum hat er dich gefesselt?«, schluchzte ich.

»Ich wollte es«, sagte Colin mit rauer Stimme. Er sah mich nicht an. »Es ist besser so.«

Meine Tränen tropften auf den schmutzigen Boden und hinterließen dunkle, runde Flecken. Es war Vergeudung. Pure, nutzlose Vergeudung. Trotz Colins Warnung trat ich auf ihn zu, beugte mich zu ihm herunter und hielt ihm meine Wange an den kalten Mund. Meine Krücken polterten zu Boden. Wieder durchlief das Beben seine Brust und seine Zunge leckte gierig über meine Haut. Ich sackte auf meine zitternden Knie.

Es war nicht wie sonst. Mit jeder Träne, die er aß, wurde Kraft aus meinem Körper gesaugt. Doch ich biss die Zähne zusammen, verdrängte den rasenden Schmerz in meinem Bein und hielt durch.

Ich musste weinen, weil ich sonst erstickte, und er hatte Hunger. So einfach war das. Wir halfen uns gegenseitig. Ich konnte schließlich nachher nach Hause gehen und die Reste von Mamas Steaks essen. Als mir etwas leichter ums Herz war und ich mich nur noch mit äußerster Kraftanstrengung aufrecht halten konnte, riss Colin stöhnend seinen Kopf weg. Ich griff nach oben, zog mich an seinen Schultern auf seinen Schoß und sank gegen seine Brust. Ich küsste seine nackte Haut. Sie fühlte sich an wie erfroren. Ich ließ meine Lippen nach oben wandern – ja, hier, an seiner Kehle, hatten meine Tränen eine dünne, warme Spur gezogen. Das Rauschen in seinem

621

Körper, das sich eben noch so unregelmäßig und gepresst angehört hatte, wurde ruhiger und rhythmischer.

Eine kleine Weile warteten wir schweigend ab, bis ich wieder etwas Energie gesammelt hatte und die warme Linie an Colins Kehle sein Brustbein erreicht hatte.

»Sie ist nicht tot, oder?«, fragte ich, was ich längst wusste. Tillmann hatte mich nachmittags angerufen. Die Spinne bewegte ab und zu ihre Beine, als wolle sie austesten, ob sie sie benutzen konnte. Colin lachte schnaubend auf. Es klang wie das Fauchen eines verletzten Tieres.

»Sie stirbt einfach nicht. Ich hätte es auch noch weiter versucht, aber … Ellie, sieh mich bitte an. Ich tu dir nichts, ich schwöre es. Schau mich an.«

Ich hob meinen Kopf. Es waren immer noch Fieber und Hunger in seinen Augen, doch meine Tränen hatten gewirkt. Ein matter Abglanz des früheren Funkelns war zurückgekehrt.

Er lächelte müde. »Ich hätte weiter gegen sie gekämpft, wenn du nicht aufgetaucht wärest – wahrscheinlich vergeblich. Aber als ich dich gewittert habe, in all den Blüten und den Zweigen, wie du ihr so tapfer und stur entgegenmarschiert bist … Es hat Kraft aus mir gezogen, aber es hat mich auch glücklich gemacht.«

»Dann hast du eine sehr merkwürdige Art, das zu zeigen«, warf ich ein. »Dabei hat meine Tarnung funktioniert. Sie hat mich nicht bemerkt.«

»Irgendwann wäre es geschehen, glaub mir. Und stell dir vor, die Halluzinogene hätten schon im Wald gewirkt … Dass sie uns beide bekommt – nein, das habe ich ihr nicht gegönnt.« Er sah mich ernst an. »Nur – das hier ist keine Lösung.«

Ich schob diesen Satz weit weg. Ich wollte ihn nicht wahrhaben.

»Tja. Nun bist du also doch nicht tot. Ätsch.«

Colin grinste schwach und schüttelte traurig den Kopf. Ohne Vorwarnung überwältigte mich plötzlich rasende Eifersucht. Ich löste mich von ihm, stand schwankend auf und blitzte ihn wütend an. Colin blickte gelassen zurück.

»Verdammt, Colin, wie konntest du so eine Frau an dich heranlassen? Du warst jung und schön und sie – sie ist einfach nur ekelhaft! Ich hatte die ganze Zeit gedacht, sie habe ein Gesicht wie ein Model, aber ...« Hilflos brach ich ab. Ich verstand es immer noch nicht.

»Wenn sie tut, was sie tut – sich in die Seele verbeißt und einen glauben macht, sie ist deine Erlösung, ist sie wunderschön. Sie ist eine Verheißung. Aber in dem Moment, in dem ich begriffen hatte, was mit mir passieren sollte, habe ich ihr wirkliches Gesicht zu sehen bekommen. Und du hast recht. Sie ist eine widerwärtige Vettel.«

Ich konnte nicht mehr stehen. Ich ließ mich wieder auf Colins Schoß nieder und lehnte meine Wange an seine kühle Brust, um einen klaren Kopf zu bewahren. Doch schon begannen meine Tränen an Wirkung zu verlieren. Das Rauschen in seinem Körper wurde schriller und nervöser. Sein Hunger kehrte zurück. Und mit ihm das Grauen, das immer wieder in mir aufwallte, wenn ich mich zu nah an Colins Körper presste. Er fing an, gefährlich zu werden.

»Die Ratten hier sind nicht sehr nahrhaft, Ellie«, sagte er bitter. »Einfältige, gierige Träume – Fortpflanzung und Fressen, mehr nicht. Ich weiß nicht, wie lange ich das noch ertrage. Ich brauche den offenen Himmel über mir, die freie Natur. Ich brauche die Nacht. Und ich brauche mein Pferd.«

Wieder trug der Wind das ferne Wolfsheulen zu uns herüber. Unwillkürlich zerrte Colin an den Fesseln. Ich sah, wie sie sich tief in seine Haut schnitten. Blaues Blut sickerte seine Finger entlang und tropfte von den spitz zulaufenden messerscharfen Nägeln.

Colins Stimme wurde tiefer und grollender, als er weiterredete. »Wenn ich Louis nicht bei mir habe und großen Hunger verspüre, wird der Mahr in mir immer stärker. Das Böse, Dämonische. Und dieses ganze Elend um mich herum – ja, es schützt mich vor Tessa, aber es kann mich nicht ernähren. Hier träumt fast niemand mehr. Und wenn, ist es das pure Grauen. Je mehr ich davon trinke, desto schwächer werden meine guten Gefühle.«

»Nimm von meinen Träumen, Colin. Ich habe genug. Du kannst Kindheitserinnerungen von mir haben – die sind schön, wirklich, ich hab schöne Sachen erlebt bei meiner Oma. Oder möchtest du Urlaubserinnerungen haben? Wir waren zwar nie in der Sonne oder im Süden, aber mit kalten Fjorden kannst du wahrscheinlich sowieso mehr anfangen«, redete ich auf ihn ein.

»Was glaubst du denn, wogegen ich kämpfe, seitdem du diesen Raum betreten hast, mein Herz«, sagte er leise. Seine Arme zuckten und für einen kurzen Moment schrammten seine Fingernägel am Holz des Stuhles entlang. Es splitterte. Feines Sägemehl rieselte zu Boden. Er schüttelte den Kopf, obwohl es ihn sichtlich Mühe kostete. »Nein. Wohin sollte das führen? Willst du jeden Tag hierherkommen und mich trinken lassen? Das würde dich vernichten. Ich würde dich zerstören. Das kann ich nicht.«

Jetzt war mir klar, warum Papa mich so ganz ohne Betteln und Diskussionen hergebracht hatte. Colin und ich hatten keine Zukunft. Traurig lächelte er mich an, ohne dass das Grollen aus seiner Kehle verstummte.

»Ich dachte, es geht vielleicht. Irgendwie. Und ich musste wissen, ob du wieder gesund wirst und dein Vater dich in Sicherheit bringt.« Seine Nase strich zart über meine Wange. »Gott, ich hätte dich mit Haut und Haaren verschlingen können. Du warst hinreißend in deinem Rausch.« Sein schwaches Lächeln verblasste. »Ich habe es versucht, Ellie. Es geht nicht. Es macht mich krank.«

Er ließ den Kopf sinken, um ihn dann gleich wieder zu heben, damit er weiter in den Mond schauen konnte. Seine Augen klammerten sich an ihm fest, als könne sein schwaches Leuchten den bohrenden Hunger lindern. Ich durfte nicht erwarten, dass er hierblieb. Er litt.

»Irgendwo hab ich mal gelesen, dass Liebe bedeutet, den anderen freizulassen. Ich fand das kitschig. Aber es ist wohl wahr, oder?«, sagte ich und der Schmerz in meiner Kehle drohte mich zu ersticken.

Ich nahm sein kaltes Gesicht in die Hände und küsste erst seine Augen, dann seinen Mund. Zögerlich erwiderte er den Kuss. Er spannte sich am ganzen Körper an, um meinem Angebot zu widerstehen, doch er blieb standhaft. Mein Geist wurde nicht berührt.

»Louis steht im Stall von Maikes Großvater. Aber, Colin, versprich mir eines: Geh nicht, ohne dich von mir zu verabschieden. Das würde ich einfach nicht überstehen.«

Ich spürte den schwarzen, verschlingenden Sog von Colins Blick, obwohl ich meine Augen niedergeschlagen hatte. Sein Atem streifte eisig und heiß zugleich meinen Nacken. Ein betörender Duft kitzelte meine Nase. Meine Lider wurden schwer.

»Ellie, wenn ich jetzt das mit dir tun würde, wonach alles in mir schreit – du müsstest mich am ganzen Körper fesseln, um auch nur einen Bruchteil deiner Seele zu retten. Ich will dich.«

»Colin …«

Ihn nur einmal noch küssen … nur einmal … Doch irgendetwas zog und rüttelte an meiner Kraft und meine Gedanken wurden schwammig. Ich rutschte blind nach unten.

»Geh!«, rief Colin. »Schnell!«

Ich schaffte es gerade noch, meinen Muskeln den Befehl zu erteilen, mich zur Tür zu bringen, obwohl die Schmerzen in meinem Bein mir die Tränen in die Augen trieben. Papa hob mich mühelos

625

auf seinen Arm und jagte mit mir die Treppen hinunter ins Freie. Bevor ich Colins Fenster suchen konnte, um zu ihm nach oben zu blicken, hatte Papa mich in den Wagen gezogen. Erst als wir die Klinik weit hinter uns gelassen hatten, löste sich die Anspannung in meinem verkrampften Rücken und meine Zähne hörten auf, klappernd aufeinanderzuschlagen.

»Das war knapp«, knurrte Papa und tätschelte mir kurz das gesunde Knie. Ich nickte nur. Ja, es war verdammt knapp gewesen. Und doch wollte ich schon jetzt wieder zu ihm zurück.

Zu Hause saß Mama immer noch vor ihren kalt gewordenen Steaks. Die Salatblätter ertranken schlaff in ihrem Dressing.

»So. Das war das letzte Mal, dass ich in einem stillen Haus tatenlos warte und mir Sorgen mache«, sagte sie mit sturem Blick. Als Papa ihr über den Rücken strich und sie ihn anlächelte, wurde mir schlagartig bewusst, wie es um mich und Colin stand. Er würde wieder fliehen. Und sobald Tessa bei Kräften war, würde sie ihm entweder folgen oder zurück nach Italien gehen und lauern. Jahrelang. Jahrzehntelang, wenn es sein musste. Sie würde lauern, bis Colin wieder etwas Schönes empfand und dabei in Gefahr geriet, sie zu vergessen. Sein Schicksal war, an Tessa zu denken – sosehr er sie auch verabscheute. Nicht mir durften seine Gedanken gelten.

Die traute Zweisamkeit meiner Eltern brannte wie ätzende Säure in meinem Herzen. Ich musste allein sein. Tränenblind humpelte ich die Treppe hinauf in mein Zimmer und schloss die Tür hinter mir. Ich nahm Colins graue Kapuzenjacke, die ich ihm nie zurückgegeben hatte, zog sie mir an und rollte mich auf meinem Bett zusammen. Der weiche, ausgewaschene Stoff duftete immer noch schwach nach Colin – nach Pferd, Kaminrauch, Sommerwald und seiner reinen, seidigen Haut.

Obwohl es keinen Grund dazu gab, fühlte ich mich mit einem Mal geborgen und getröstet. Wärme umschmeichelte mich und

626

meine wirbelnden Gedanken kamen zur Ruhe. Es gab nichts mehr zu grübeln, zu bedauern oder zu fürchten, sondern nur noch eines zu tun: tief und fest zu schlafen.

Ein Lächeln entspannte mein Gesicht, als ich die Augen schloss und mein Körper langsam vergaß zu sein und sich hinabsinken ließ, dorthin, wo das Böse und die Angst keinen Zutritt hatten.

Morgenröte

»Öffne deine Augen. Jetzt«, flüsterte es in meinem Geist. Ich gehorchte sofort.

Mein Zimmer war in mildes samtgraues Mondlicht getaucht. Wie ein Schleier legte es sich auf meine Haut. Ich setzte mich auf und betrachtete verwundert meine Arme. Jedes einzelne feine Härchen schimmerte und glänzte. Mein Bein war unversehrt.

»Komm nach draußen. Komm zu mir«, erklang das Flüstern erneut.

Ich musste mich nur ganz leicht mit meinen nackten Zehen vom Boden abstoßen, um die Schwerkraft zu überlisten. Mister X, der mit gelb schillernden Augen in der Mitte des Raumes hockte und sein knisterndes Fell spielen ließ, sprang lautlos auf die Fensterbank. Ich folgte ihm. Geschmeidig balancierte er über den Dachfirst, hüpfte auf den Giebel der Garage und von dort aus hinunter auf den Zaun und den Feldweg. Es war mir ein Leichtes, es ihm nachzutun. Ich musste meine Füße nicht einmal aufsetzen. Ich tat es dennoch, weil ich das Kitzeln der moosbewachsenen Ziegel, das verwitterte Holz und die Kühle des taunassen Grases unter meinen bloßen Sohlen genoss. Ein schwarzer, klarer Himmel spannte sich über die Welt. Der Mond stand hoch. Ich konnte die Krater in seinem runden Gesicht erkennen und streckte die Arme nach ihm aus. Ich hätte ihn so gerne berührt.

Leichtfüßig galoppierte der Kater den silbrig erhellten Feldweg hinauf, an der wispernden Eiche vorbei bis zu den Apfelbäumen, die ihre uralten Zweige fast bittend den Sternen entgegenreckten. Es roch nach der wilden Süße überreifer Früchte. Ich konnte die Insekten und sich windenden Würmer hören, die an dem saftigen Fleisch der Äpfel nagten.

Louis' Mähne fiel wellig über seinen geschwungenen Hals. Ich ließ meine Finger über sein ebenholzfarbenes Fell gleiten, während er mich mit seinen großen Augen anschaute und leise schnaubte. Seine geblähten Nüstern witterten Freiheit.

Colin wandte den Kopf zu mir und glitt lautlos von Louis herab. Die Tiere des Waldes hatten ihn trinken lassen. Seine Augen funkelten und glitzerten, als würde schwarzes Feuer in ihnen lodern. Nachtschwärmer umflatterten seine Stirn. Ich klaubte einen Falter aus seinen züngelnden Haaren und setzte ihn mir auf den Handrücken. Seine pudrigen Beine klammerten sich schutzsuchend fest. Ich pustete seine Schwingen an, damit er davonflog. Mit einem tiefen Summen floh er von meiner warmen Haut.

»Weck mich!«, bat ich Colin. Noch nie hatte meine Stimme so schön geklungen. Ich fand alles schön an mir. Staunend betrachtete ich meine nackten Füße und meine schmalen, zierlichen Knöchel. Ich fühlte meine Stärke und meinen wachen Verstand in jedem Millimeter meines Körpers.

Und trotzdem – das war nicht die Wirklichkeit.

»Bitte weck mich! Ich möchte mich erinnern können.« Colin reagierte nicht. Er nahm meine Arme, küsste meine Fingerspitzen und zog mich fest an sich. Es war, als ob Jahre an uns vorüberzogen, Frühling, Sommer, Herbst und Winter zugleich. Ich spürte die heiße Sonne auf meinem Rücken, Sturm in meinen Haaren und eisige Schneeflocken in meinem Nacken.

»Leb wohl, Ellie«, sagte Colin, bevor er mich küsste und seine scharfen Fingernägel ganz sacht in meinen Rücken grub. Ich liebte den Schmerz. Ich liebte sogar die Trauer, die mich jetzt schon zu greifen versuchte. Doch noch war Colin hier. Noch konnte sie mir nichts anhaben.

»Warum weckst du mich nicht?«, fragte ich und legte meine Hände auf seine Wangen. Ich musste mir sein Gesicht einprägen, mit allen Sinnen. Für immer.

»Weil der Abschied zu sehr wehtun würde«, antwortete er und lächelte mich ein letztes Mal an, bevor er sich auf Louis' Rücken schwang und in die Finsternis ritt.

Der Trost und die Geborgenheit blieben. Sie trugen mich durch die kalte Nacht zurück in mein leeres, einsames Zimmer. Gelöst schmiegte ich mich in mein Bett und fühlte noch immer Colins Arme um meinen Körper. Sie hielten mich fest bei ihm, bis der Traum zu verblassen begann und der Schlaf mir das Bewusstsein nahm.

Als ich wieder zu mir kam, ans Fenster lief und nach draußen sah, waren alle Felder, Bäume und Wege von silbergrauem Raureif überzogen. Der Wald hob sich starr und weiß gegen den mattblauen Morgenhimmel ab.

Von der höchsten Tanne, ganz hinten am Waldrand, löste sich ein schwarzer Schatten, flog auf unser Haus zu und schrie klagend. Ich sah ihm lange nach, wie er seine Flügel hob und senkte, gleichmäßig und stark, und sich der aufgehenden Sonne näherte.

Und ich wusste, dass Colin gegangen war.

Mit einem vorwurfsvollen Miau schälte sich Mister X aus meiner Bettdecke, sprang neben mich aufs Fensterbrett und starrte mich fordernd an. Sofort fiel mir das rote Lederhalsband mit der metallenen Hülse in die Augen. Ich öffnete sie und entnahm das zusammengerollte Papierchen.

»*Pass gut auf ihn auf, bis wir uns wiedersehen – in diesem oder einem anderen Leben.*

Du weißt ja – er liebt Fisch.

Und ich liebe Dich.

Colin«

Ich drückte das Briefchen an mein Herz, ging zu meinem Nachttisch und zog die Schublade auf. Ich griff nach der Liste mit meinen Verlustmeldungen. Kopfschüttelnd las ich sie. Dann nahm ich einen dicken Stift, strich alle Einträge durch und schrieb in großen, deutlichen Buchstaben darunter:

»*Letzte und einzige Verlustmeldung: meine Angst.*«

Ich danke ...

... meiner unermüdlichen Lektorin Marion Perko, die das sagenhafte Talent hat, mir immer wieder genau im richtigen Moment Mut zu machen; meiner Agentin Michaela Hanauer, die mich trotz Kugelbauch unter Vertrag nahm und goldene Brücken baute; dem Autor Gerd Ruebenstrunk, der mit einem Anruf meine Welt veränderte; Sabine Giebken, ohne deren »Bitte schreib weiter!« Colin und Ellie sich womöglich niemals kennengelernt hätten; dem Reitstall Steinau für etliche Verspannungs- und Entspannungsstunden hoch zu Ross; meiner »Muse« T-Stone für einen charakterstarken Vornamen und Einblicke in die Seele eines Teenagers; meinem Kater Rambo für seine durchaus romantauglichen Schrullen und nicht zuletzt der wunderbaren Natur um mich herum für ihre beruhigende Stille zwischen den schreibtechnischen (und so erfüllenden) Höllenritten der vergangenen zwölf Monate.